L.I.E. 영문학총서 제31권

『T. S. 엘리엇 연구』 창간 20주년 기념

21세기 T. S. 엘리엇

한국 T. S. 엘리엇학회

L. I. E. — SEOUL

2014

이 도서의 국립중앙도서관 출판시도서목록(CIP)은 서지정보
유통지원시스템 홈페이지(http://seoji.nl.go.kr)와 국가자료공동목
록시스템(http://www.nl.go.kr/kolisnet)에서 이용하실 수 있습니다.
(CIP제어번호: CIP2014000713)

발간사

한국 T. S. 엘리엇학회는 학회지『T. S. 엘리엇 연구』를 창간한 지 올해로 스무 돌을 맞이하게 되었다. 돌이켜보면, 1991년 9월에 창립된 학회가 처음으로 정기간행물인 학회지를 발간하게 된 해는 그로부터 2년이 지난 1993년 5월이었다. 창간호가 발간되기에 앞서 본 학회는 4차례의 학술발표회를 가졌고, 그 학술대회에서 발표된 논문에 기초해서 "T. S. 엘리엇과 종교"를 주제로 하여 특집호를 발간한 것이 창간호이다. 그 다음 해에도 학회지를 간행할 계획이었지만 게재할 논문이 부족하여 1994년도에는 발간되지 않았다. 그리하여 제2호와 제3호를 통합하여 합본으로 학회지가 간행된 것은 창간호가 발간되고 2년이 지난 1995년이다. 학회지가 매년 한 권씩 발간되기 시작한 것은 1996년에 제4호를 발간한 그 이후부터이다. 그리하여 1996년부터 1999년 제7호까지 매년 한 권씩 정기적으로 학회지가 간행되었다. 학회 창립 이후 해마다 회원 수가 증원되고, 또한 기고자의 요구가 증가하자 학회는 2000년도부터 일 년에 2회에 걸쳐 학회지를 간행하게 되었다. 이 규정은 현재까지 지속되고 있으며, 매년 전반기에 한 권 또 후반기에

한 권의 학회지가 발간되고 있다. 그 결과 2013년도 전반기에 간행된 학회지를 포함하면 창간 20주년을 맞이하는 현 시점까지 간행된 학회지는 총 34권에 이르고 있다.

지난 2003년도에 한국 T. S. 엘리엇학회는 학회지 창간 10주년을 맞아 기념사업의 일환으로 단행본 총서 시리즈의 발간을 기획하여 성공적으로 완수한바 있다. 그 사업으로 발간된 세 권의 총서 단행본은 제1권이 『T. S. 엘리엇 詩』으로서 2006년 2월에 발간되었고, 제2권 『T. S. 엘리엇 批評』은 2007년 11월, 제3권 『T. S. 엘리엇 詩劇』은 2009년 9월에 각각 발간되었다. 세 권의 총서는 20세기의 세계적인 대문호 T. S. 엘리엇의 문학적인 업적을 시인, 비평가, 극작가의 영역으로 대별하여 10년간 학회가 축적해온 괄목할만한 논문을 엄정하게 선별하여 영미문학 전공자이거나 혹은 다른 문학연구자에게도 읽혀질 수 있도록 수정 · 보완하여 발행한 것이다.

이번에 간행되는 『21세기 T. S. 엘리엇』은 학회지 『T. S. 엘리엇 연구』의 창간 20주년을 기념함과 동시에 21세기로 나아갈 엘리엇 연구의 지표를 제시하는 논문들을 수록하고 있다. 『21세기 T. S. 엘리엇』은 모두 23편의 논문을 싣고 있는데, 몇 편의 신작을 제외하면 대부분의 논문은 2000년 이후 학회지 『T. S. 엘리엇 연구』에 수록되었던 것을 수정 · 보완한 것이다. 이 책에 실린 논문은 총서에는 수록되지 않은 것들로서 새로운 자료의 발굴이거나 또는 참신한 비평적 관점을 통해 엘리엇의 삶과 작품에 새롭게 접근할 수 있는 방법을 제시해서 작품해석에 독창성을 보여주는 논문을 위주로 실었다. 이 책은 모두 4부로 나누어져 있는데, 제1부는 철학 및 신학적 관점에서 엘리엇의 사상,

언어, 작품에 접근한 것이고, 제2부는 엘리엇의 시, 시극,『황무지』의 번역에 관련된 논문을 실었다. 또 제3부는『크라이테리언』을 비롯하여 엘리엇의 작품 본문비평 및 평론, 보수주의에 관한 논문을 실었고, 마지막 제4부는 동양사상의 관점에서 엘리엇의 시를 연구한 논문들을 실었다.

21세기에 와서 엘리엇 연구는 20세기의 독자들에게 엘리엇이 불러일으켰던 높은 관심을 불러올지 의문스럽지만, 확실한 것은 2012년에 미망인 발레리가 타계한 이후 미발간된 엘리엇의 많은 자료가 간행될 것으로 예상된다. 그렇게 되면 20세기에 잘 보이지 않던 엘리엇이 21세기에 와서 대문호로서 그의 진면목을 더욱 또렷하게 보여줄 수 있을 것으로 기대된다.

끝으로 소중한 원고를 집필하여 기고해주신 한국 T. S. 엘리엇학회 회원님들께 깊이 감사드린다. 이 저서의 발간을 처음 제안하시고 물심 양면으로 도와주신 김재화 전 회장님과 연구와 편집을 맡은 이만식, 양병현 전 부회장님의 노고를 치하한다. 또 여러 가지 일로 바쁜 틈에도 편집과 교정을 위해 소중한 시간을 내 주신 편집위원들과 특히 간사 일을 맡았던 김성현 선생님께 고마움을 전한다. 마지막으로 이 저서의 출간을 흔쾌히 맡아주신 국학자료원 정구형 대표님께 심심한 사의를 표한다.

2013년 12월
『T. S. 엘리엇 연구』창간 20주년 기념
단행본 발간위원장 노저용

『21세기 T. S. 엘리엇』의 출간을 자축하며

그동안 정기적으로 발간해온 학회지『T. S. 엘리엇 연구』가 창간 20주년을 맞으면서 많은 지적 자산을 확보하게 되었습니다. 그 안에는 한두 번 읽거나 참조하고 덮어두기에는 아까운 논문들이 많이 있습니다. 학회지 창간 20주년을 맞아 게재된 논문을 다시 수정하고, 새로 집필한 논문을 추가하여 단행본『21세기 T. S. 엘리엇』을 간행합니다.

문학의 창작과 연구는 그 지적 활동이 서로 다른 길이라 해도 돌이켜 보면 한국에서의 현대 영미시 연구는 엘리엇 세계를 통해 탁월한 화음으로 결실을 맺은 듯합니다. 이를 자축하면서도 학회 치적의 평가는 항상 미래의 것입니다. 21세기에는 학문적 연구에 대한 질문과 방법도 달라질 것입니다.

이번에 간행되는『21세기 T. S. 엘리엇』은 또 하나의 책을 낸다는 명분주의를 극복하고 지난 20년의 결실을 정리하고 앞으로의 위상을 그려보는 계기로 삼고자 합니다. 이 일을 위해 애쓰신 발간 편집위원

들과 필자 선생님들에게 노고의 보람과 각별한 기쁨 있으시기를 기원
합니다.

2013년 10월 11일
학술지발간 20주년에 즈음하여
한국 T. S. 엘리엇학회 회장 김재화

T. S. 엘리엇 연보

1888년 9월 26일 Henry Ware Eliot과 Charlotte Champe Stearns Eliot의 일곱 번째 막내둥이로 미국 Missouri 주 St. Louis에서 출생. 그의 조상 Andrew Eliot이 1668년에 영국 Somerset 주 East Coker에서 Massachusetts Bay Colony로 이주. 그의 할아버지 William Greenleaf Eliot은 1834년 Harvard College를 졸업하고, St. Louis로 옮겨 목사로서 최초의 유니테리언 교회 건립. 또 Washington University, Smith Academy, St. Mary 학교도 설립.

1898년 Smith Academy 입학.

1905년 *Smith Academy Record*에 처음으로 시 발표. Smith Academy 졸업 후 Massachusetts 주 Milton Academy에 입학.

1906년 Harvard대학교 입학.

1907년 *Harvard Advocate*에 습작 시 발표.

1909년 B. A. 학위 취득. 희랍어, 나전어, 독일어, 불어, 영어영문학, 역사, 프로렌틴 회화, 역사 등 수강.

1910년 M. A. 학위 취득. Irving Babbitt, George Santayana, W. D. Briggs 교수의 강의 수강. 9월 프랑스 Sorbonne대학에서 1년간 베르그송의 강의를 수강하기 위해 도불. Alain-Fournier로부터 불어 개인지도 받음. 의학도 Jean Verdenal과 친교 맺음.

1911년 Harvard대학교 철학과 박사과정 입학. 희랍철학, 실험 심리학, Descartes, Spinoza, Leibniz 연구. 인도어, 철학, 산스크리트 강의 수강. "The Love Song of J. Alfred Prufrock," "Portrait of a Lady," "Preludes"와 "Rhapsody on a Windy Night" 씀.

1912년 철학과 조교로 임명. Emily Hale 만남. 논리학, 칸트철학, 심리학, 형이상학 등 연구.

1913년	윤리학, 형이상학 세미나 및 Josiah Royce의 세미나 수강. 영국철학자 F. H. Bradley의 저서 *Appearance and Reality* 탐독. Bradley 철학에 관하여 박사학위 논문 쓰기로 결정.
1914년	Bertrand Russell 만남. Harvard대학으로부터 장학금 받아 옥스퍼드에서 1년간 연구함. 옥스퍼드에서 Harold Joachim 지도로 아리스토텔레스의 철학 연구. 영국 도착 전에 독일 Marburg대학에서 국제여름학교 참가 예정이었으나 제1차 세계대전의 발발로 독일에서 약 2주 체류했다가 8월 말경 급히 런던으로 피신. 9월 22일 런던에서 Ezra Pound를 만나 평생에 걸친 우정 시작.
1915년	6월 26일 영국인 Vivienne Haigh-Wood와 결혼. 8월 잠시 미국 귀국 가족상봉.
	"The Love Song of J. Alfred Prufrock"을 미국의 시 전문지 *Poetry*에 발표함. "Preludes"와 "Rhapsody on a Windy Night"를 영국의 *Blast*에 최초로 발표함. 또 세 편의 시 "The Boston Evening Transcript," "Aunt Helen," "Cousin Nancy"를 *Poetry* 10월호에 발표함. 뒤이어 11월 Ezra Pound가 편집한 현대시선 *Catholic Anthology*에 5편의 시 "The Love Song of J. Alfred Prufrock," "Portrait of a Lady," "The Boston Evening Transcript," "Miss Helen Slingsby," "Hysteria" 발표. High Wycombe 문법학교의 교사로 취업.
1916년	Highgate Junior School로 이직. Harvard대학에 박사학위 논문 제출, 우수한 논문으로 평가되었으나 제1차 세계대전 중이라 구술시험에 참석하지 못함. 그 결과 철학박사 학위를 받지 못함. 저널에 서평 기고 시작. 옥스퍼드대학교 및 런던대학교 연장강의 시작하여 1918년까지 지속.
1917년	3월에 London City에 있는 Lloyds 은행 입사. 발표된 12편의 시를 모아 첫 시집 *Prufrock and Other Observations*를 6월에 출간. *The Egoist* 잡지의 부편집장직 맡음. 불어 시와 4행시 씀.
1919년	1월 부친 Henry Ware Eliot 타계. "Burbank with a Baedeker:

Bleistein with a Cigar"와 "Sweeney Erect"를 계간지 *Art and Letters*의 여름호에 발표. *The Egoist*에 평론 "Tradition and the Individual Talent" 발표.

1920년   2월 시집 *Ara Vos Vrec* 출간. 11월 평론집 *The Sacred Wood* 발간.

1921년   신경쇠약 진단받고 Lloyds로부터 3개월간 유급휴가 받음. 처음 Margate로 휴양 갔다가 스위스의 Lausanne로 옮김. Lausanne로 가는 길에 파리에서 Pound 만나고 Vivienne는 파리에 남겨 둠. Lausanne에서 "The Waste Land"의 후반부 탈고. 1922년 1월 중순경 런던으로 귀가하여 복직. 3월까지 Pound의 도움으로 "The Waste Land" 추가 수정.

1922년   계간지 *The Criterion* 편집장 맡음. 10월 15일 *The Criterion* 창간호에 "The Waste Land" 발표. 11월 미국의 *The Dial*에 발표. 12월 자신의 "Notes"를 포함한 단행본 *The Waste Land*가 뉴욕의 *Boni & Liveright* 출판사에서 출간. The Dial Award 수상.

1924년   평론집 *Homage to John Dryden* 출간.

1925년   Lloyds 은행에서 Faber & Gwyer 출판사로 이직. *Poems, 1909−1925*를 Faber사에서 출간.

1926년   케임브리지대학교에서 Clark Lectures 강의. "Fragment of a Prologue"를 *The New Criterion*에 발표.

1927년   영국국교회에서 세례와 견진 받음. 영국 신민으로 귀화. "The Journey of the Magi"를 "The Ariel Poems, No. 8"로 Faber & Gwyer에서 출간. "Fragment of an Agon"을 *The New Criterion*에 발표.

1928년   "Salutation"을 *The Monthly Criterion*에 발표. "A Song for Simeon"을 "The Ariel Poems, No. 16"으로 출간. 평론집 *For Lancelot Andrewes: Essays on Style and Order* 출간.

1929년   9월 모친 Charlotte Champe Eliot 타계. 평론집 *Dante*와 시작품 "Animula" 발표.

1930년   *Ash-Wednesday*, "Marina," St.-J. Perse의 *Anabase* 영역본 출간.

1931년	"Triumphal March" 발표.
1932년	*Selected Essays 1917–1932* 출간. Harvard대학교 Charles Eliot Norton 강연자로 1년간 미국 체류. "Fragment of a Prologue"와 "Fragment of an Agon"을 *Sweeney Agonistes*라는 제목으로 단행본 출간.
1933년	Charles Eliot Norton 강연집 *The Use of Poetry and the Use of Criticism* 출간. Vivienne과 별거. University of Virginia에서 Page-Barbour Lectures 강연. The Johns Hopkins대학교 강연.
1934년	Page-Barbour Lectures를 단행본으로 묶어 *After Strange Gods*로 발간.
1935년	Canterbury Cathedral에서 *Murder in the Cathedral* 초연.
1936년	"Burnt Norton"을 수록한 *Collected Poems 1909–1935* 발간.
1937년	East Coker 방문.
1939년	*The Family Reunion* 첫 공연. *The Idea of a Christian Society*와 *Old Possum's Book of Practical Cats* 출간.
1940년	"East Coker"를 *The New English Weekly*의 부활절 호에 발간.
1941년	"The Dry Salvages"를 Faber & Faber에서 발간.
1942년	"Little Gidding"을 Faber & Faber에서 발간.
1943년	*Four Quartets*를 미국 Harcourt, Brace and Company에서 발간.
1947년	Harvard, Yale, Princeton대학교로부터 명예 박사학위 받음. Vivienne 세상 떠남.
1948년	Penguin 판 *Selected Poems* 발간. *Notes Towards the Definition of Culture* 발간. Order of Merit 및 노벨 문학상 수상.
1949년	*The Cocktail Party* 초연.
1951년	1950년 11월 하버드대학교에서 행한 The Theodore Spencer Memorial Lecture를 *Poetry and Drama*로 출간.
1952년	미국판 *The Complete Poems and Plays* 출간.
1953년	*The Confidential Clerk* 초연. John Hayward가 편집한 엘리엇의 *Selected Prose*를 Penguin사에서 출간.
1955년	The Hanseatic Goethe Award 수상.

1957년　Valerie Fletcher와 재혼. *On Poetry and Poets* 출간.

1958년　Edinburgh 축제에서 *The Elder Statesman* 초연.

1963년　*Collected Poems 1909–1962* 출간.

1964년　US Medal of Freedom 수상. *Knowledge and Experience in the Philosophy of F. H. Bradley* 출간.

1965년　1월 4일 타계. 유언에 따라 그의 유골이 East Coker의 St. Michael Church에 안장됨. *To Criticise the Critic and Other Writings* 출간.

1969년　*Complete Poems and Plays* 출간.

1971년　Valerie Eliot의 편집으로 *The Waste Land: a Facsimile & Transcript of the Original Drafts Including the Annotation of Ezra Pound* 출간.

1988년　탄신 100주년을 맞아 Valerie 여사가 서간집 제1권 *The Letters of T. S. Eliot: 1898–1922*를 발간.

1993년　Cambridge대학교 강연(Clark Lectures 1926)과 The Johns Hopkins 대학교 강연(Turnbull Lectures 1933)을 Ronald Schuchard가 편집하여 Faber에서 *The Varieties of Metaphysical Poetry* 발간.

1996년　Christopher Ricks의 편집으로 *Inventions of the March Hare: Poems 1909–1917* 발간.

2009년　서간집 제1권 *The Letters of T. S. Eliot: 1898–1922*를 Valerie 여사와 Hugh Haughton이 개정판 발간. 서간집 제2권 *The Letters of T. S. Eliot: 1922–1925*를 Valerie 여사와 Hugh Haughton이 편집 발간.

2012년　서간집 제3권 *The Letters of T. S. Eliot: 1926–1927*을 Valerie 여사와 Hugh Haughton이 편집 발간. Valerie Eliot 여사가 11월 2일 향연 86세에 타계. 유해는 부군 T. S. 엘리엇이 묻혀 있는 East Coker의 St. Michael 교회에 안장됨.

2013년　서간집 제4권 *The Letters of T. S. Eliot: 1928–1929*를 Valerie 여사와 John Haffenden이 편집 발간. 1924년 11월 8일에 케임브리지대학교의 문학클럽의 초청으로 엘리엇이 발표했으나 발간되지 않은 채로 잊혀져 온 그의 평론 "A Neglected Apsect of Chapman"이 2013

년 11월 7일 자 *The New York Review of Books*에 처음으로 발간됨. 이 평론은 엘리엇의 산문전집 총 여덟 권 중에서 앤토니 쿠다(Anthony Cudda)와 로날드 슈하르드(Ronald Schuchard)가 공동으로 편집하여 2014년 4월에 발간할 전집의 제2권에 수록될 예정임.

목 차

제3부 _ 『크라이테리언』· 본문비평 · 보수주의

제4부 _ 중국과 인도의 종교 사상적 관점

제1부

철학 및 신학적 관점

브래들리와 엘리엇:
생태학적 인식론*

김 구 슬(협성대학교)

1

20세기는 절대성에 대한 희망이 사라지고 다양한 상대성 이론이 활발하게 전개되던 시기였다. 새 천 년의 최대 쟁점으로 부상하고 있던 문제들 중의 하나는 인류의 생존과 미래가 걸려있는 환경 생태학과 관련된 것이다. 20세기의 문학 연구는 신비평적 접근을 쉽게 포기하지 못했으며, 최근의 많은 포스트모더니스트 비평이론들은 지나치게 언어의 분석에 사로잡힌 나머지 물리적 세계에 대한 관심은 비교적 적었던 것 같다(McDowell 371). 그럼에도 불구하고 근자에는 데카르트적 이원론보다 지난 30여 년간에 걸친 생태학적 발견들과 더 잘 양립할 수 있는 '전일적 세계관'(a holistic world view)의 출현을 반기는 분위기

---

* 이 글은 『T. S. 엘리엇 연구』 제9권(2000)에 「T. S. 엘리엇의 비평이론과 생태학적 통찰」이라는 제목으로 수록되었던 것을 수정한 것임.

이다(372). '전일적 세계관'이란 부분과 부분, 부분과 전체 사이의 유기적 연관성에 기초한 일원론적 세계관이다. 최근의 생태학에 대한 관심의 확장은 문학 창작과 비평에 새로운 해석의 가능성을 열어주었다. 생태학은 기본적으로 배리 커머너(Barry Commoner)가 생태학의 제1의 법칙으로 정의한 "모든 것은 다른 모든 것과 연관되어 있다"(Everything is connected to everything else)[1]라는 사고로부터 출발한다. 생태학이란 무릇 모든 존재들은 개별적 유기체로서 독립적으로 존재하는 것이 아니라 상호 연결의 그물망을 구성하고 있다는 생태학적 지혜에 도달하기 위한 방법론이다. 생태학적 사고는 근원적으로는 인간의 창조적 상상력과 연관된다. 창조적 상상력은 만물의 유기적 연관성을 보는 능력이기 때문이다. 이러한 시각은 우리 시대의 사회적, 정치적, 경제적, 기술공학적 영역에 대한 생태학적 전망이 궁극적으로 문학에 대한 생태학적 전망으로까지 심화, 확대될 가능성을 암시한다.

생태학자이자 비교문학자로서 문학 창작을 '인간 종'(the human species)의 중요한 특징으로 간주하고 있는 미커(Joseph W. Meeker)는 『생존의 희극: 문학 생태학 연구』(The Comedy of Survival: Studies in Literary Ecology)에서 "만약 문학 창작이 인간 종의 중요한 특징이라면, 문학이 인간 행위와 자연 환경에 미치는 영향을 발견하고, 문학이—만약 어떤 역할을 한다면—인류의 복지와 생존에 어떤 역할을 하는지 그

---

1) 프롬(Harold Fromm)과 함께 총 25편의 논문을 수록한 생태비평 관련 논문집 『생태비평 독자: 문학생태학의 이정표』(The Ecocriticism Reader: Landmarks in Literary Ecology)를 공동으로 편집한 글랏펠티(Cheryll Glotfelty)는 생태비평을 다른 비평적 접근들과 비교하면서, 일반적으로 문학이론은 작가들과, 텍스트들, 그리고 세계 사이의 관계를 고찰하는 것으로서, 대부분의 문학이론에서 '세계'는 사회, 즉 사회적 영역과 동의어이지만, 생태비평의 경우 '세계'는 전 생태계를 포함하는 확장된 개념임을 밝히고 있다. 이어서 그는 enviro-는 인간이 중심에 있다는 함의를 가지고 있어 인간중심적이고 이원론적임에 반해, ecocriticism(생태비평)은 사물 간의 관계, 이 경우는 인간의 문화와 물리적 세계 사이의 관계를 연구하므로 enviro-보다 eco-를 학자들이 더 선호한다고 덧붙이고 있다(The Ecocriticism Reader xix—xx).

리고 인간이 다른 종들과 우리 주변의 세계와 갖는 관계에 대해 문학이 어떤 통찰을 주는지를 면밀하고 정확하게 검토해야 할 것이다"(3-4)라고 말하고 있다. 문학을 생태학적 시각에서 고찰하려는 시도는 그러므로 문학의 특성인 창조성에 대한 보편적 이해로부터 출발해야 할 것이다. '문학 생태학'[2]이 함의하는 창조적인 관점은 어떻게 인간이 비인간 세계(non-human world)와 조화로운 관계를 유지할 수 있는가, 그리고 문학과 문학비평이 현재의 생태적 위기를 극복하는 데 어떻게 기여할 수 있는가에 집중한다. 그렇다면 시인, 문학 그리고 문학비평의 생명력은 인간의 진정한 창조성에 대한 인식과, 문학이 이러한 창조적 원리를 실천할 수 있다는 전제에 근거한다고 볼 수 있다(Rueckert 119).

오늘날 인류가 처한 위기는 근대문명에 깔려 있는 서구의 형이상학이 상정하고 있듯이 대상(object)과 그 대상을 인식하는 정신을 독립된 실체로 간주하는 이원론적 인식론과, 정신적 존재로서의 인간과 물질적 존재로서의 자연을 양분하여 인간의 우월성을 전제함으로써 인간에 의한 자연의 약탈과 정복을 정당화하게 된 인간중심주의에서 그 근본적인 원인을 찾아볼 수 있다. 화이트 교수(Lynn White, Jr)에 의하면 기독교는 인간과 자연의 관계를 이원론적으로 인식했을 뿐만 아니라, 인간이 자신의 목적을 위해 자연을 이용하는 것을 신의 의지라고 주장하기에 이르렀다는 것이다. 오늘날 환경의 훼손과 생태계의 파괴는 가깝게는 현대의 과학과 기술공학의 산물이라고 할 수 있겠지만 그것은 인간중심주의적인 기독교 도그마에 깊이 뿌리박은 자세와 별도로 이해될 수는 없을 것이라는 것이 그의 주장이다(10-14).

---

2) 미커는『생존의 희극』에서 '문학 생태학'을 "문학 작품에 나타나는 생물학적 주제들과 관계들에 관한 연구"이며, "동시에 인간 종의 생태학에서 문학이 담당해온 역할을 발견하려는 시도"라고 정의하고 있다.

그러나 생태계의 위기는 기본적으로 우주를 바라보는 인간의 태도, 세계관의 문제이며, 더 근원적으로는 인간이란 무엇인가라는 자아 정의에 관한 존재론적이며 윤리적인 그리고 철학적인 문제이다. 오늘날의 철학적 동향에서 발견할 수 있는 환경윤리나 심층생태학, 또는 생태여성주의 그리고 사회 생태학 등은 환경 폐해의 근본적인 원인을 이해하고 비판하며, 지구와의 올바른 관계를 위한 윤리적, 개념적 토대를 제공해 줄 대안적인 관점을 공식화하려는 노력으로 대두된 것이다(*ER* xxi). 현 시점에서 인류의 미래를 약속하기 위해서는 "일원론적 형이상학"과 자연중심적 가치관으로 서술할 수 있는 "생태학적 세계관"으로의 전환이 필요하다(『미래』 9). 이 글은 일원론적 형이상학에 토대를 둔 엘리엇(T. S. Eliot)의 비평이론을 생태학적으로 고찰해봄으로써 그의 비평이론이 함축하고 있는 "생태학적 세계관"을 제시하게 될 것이다.

2

엘리엇의 비평이론은 그의 세계관을 반영하는 것이며, 그것은 기본적으로 불협화하고 무질서한 우주 속에서 질서와 통일성을 찾고자 하는 욕구의 발현이다. 엘리엇은 그러한 해답의 실마리를 브래들리(F. H. Bradley)의 철학 속에서 발견하게 되었던 것 같다. 엘리엇의 브래들리 연구 『브래들리 철학의 지식과 경험』(*Knowledge and Experience in the Philosophy of F. H. Bradley*)은 엘리엇 자신이 취하고 있는 많은 유보적 자세에도 불구하고 일차적으로 브래들리의 형이상학적, 지적 체계를 옹호하려는 시도이며 엘리엇이 자신의 논문에서 개진하고 있는 사유 체계는 그의 비평이론의 근간이 된다. 브래들리는 당시 정신과 대상을 분리된 실체로 간주하던 서구의 이원론적 형이상학에 대한 반역의 기수라 할 수 있다. 브래들리의 철학은 조화와 포괄성과 통일성이라는 일원론적 원리이며, 그의 목적은 우리들로 하여금 우주를 "통합되고 질서 있고 솔기 없는 전체"(a unified and ordered and seamless whole)로 "새롭게" 보도록 하자는 데 있기 때문이다(Wollheim 282). 볼하임이 지적하듯이 브래들리 철학의 새로움은 바로 종래의 이원론적 원리를 뒤엎는 일원론적 원리에 있다. 브래들리 철학이 생태주의적 사유에 기여하는 중요한 측면은 통일성에 기초한 그의 일원론적 세계 이해이다. 물론 브래들리의 시대는 오늘날 우리가 직면하고 있는 자연 자원과 에너지의 고갈, 지구의 온난화, 인구의 폭발적 증가, 자연재해 등의 문제들과 직접 관련될 수는 없다. 그러나 브래들리가 제기하고 있는 철학적 논지 속에 함축되어 있는 사유는 기본적으로 생태학적 세계관이 보여주는 유기적이며 '전일적인 세계관'과 맥을 같이 한다. 엘리엇이 당시 철학계에서 별로 주목을 받지 못했던 브래들리를 유독 자신의 박사학위 논문으로 택했던 것으로 볼 때 어쩌면 그가 브래들리를 발견하기 전부터 그의 사유의 방식은 이미 브래들리적인 방향으로 가고 있었던 것인지도 모른다. 엘리엇은 자신이 해결하기 어려웠던 딜레마인 인간의 상충적이며 대립적인 인식을 유기적이며 통합적인 인식으로 전환시킬 수 있는 결정적인 단초를 브래들리에게서 발견했던 것이다. 엘리엇이 브래들리의 철학을 "지상적 지혜"(worldly wisdom)와 "상식"(common sense)의 철학이라고 불렀던 것은 이런 이유에서 일 것이다(SE 454).

브래들리가 자신의 철학에서 제시하고 있는 '실재'(Reality)는 경험

세계의 온갖 다양한 현상적 요소들을 포함하는 거대한 '하나'의 세계이며 통일체이다. 그 속에서는 현상적인 모든 요소들, 심지어 소외와 적의마저 변용되어 조화로운 통일체에 기여한다(*AR* 432). 그가 실재를 현상적인 모든 것들이 함께 변용되어 조화를 이루는 하나의 통일체로 간주하는 것은 전 우주, 인간과 그 밖의 모든 종을 하나의 고리에 의해 연결되어 있는 조화로운 하나의 생명체로 보는 생태학적 세계인식, 또는 러브(Glen A. Love)가 말하는 '생태의식'(eco-consciousness)[3]과 유사한 시각이다. 생태의식은 원자적이며 단편적인 세계인식이 아니라 유기적이며 총체적인 세계인식이기 때문이다.[4] 생태학적 사유는 인식론적으로 분석적인 사고방식보다는 종합적인 사유를 더 강조하고 중시한다. 현상적인 부분들은 하나의 전체 속에서만 그 의미를 가지며, 궁극적으로 그것들은 서로 분리될 수 없으므로 개별적 현상은 단 하나인 전체 속에서만 바르게 인식되기 때문이다(『위기』82).

엘리엇이 발견한 브래들리의 '직접경험'(immediate experience)은 이러한 생태학적 사유에 이상적인 기틀을 마련해준다. 엘리엇은 『브래들리 철학의 지식과 경험』 1장에서 브래들리의 『현상과 실재』(*Appearance*

---

3) 그동안 환경위기에 무관심했던 문학연구에 대한 반성적 성찰을 담고 있는 「자연 재평가하기: 생태학적 비평을 향하여」("Revaluing Nature: Toward an Ecological Criticism")에서 러브는 글랏펠티를 인용하며 지난 30여 년간 우리 사회가 직면해 온 인권과 여성의 해방, 그리고 환경 파괴 등과 같은 세 가지 위기가 전 세계적인 문제가 됨으로써 학문적인 재평가 작업이 진행되고 있는 오늘날 문학비평과 문학이론의 무관심한 태도에 대해 반성적인 질문을 던지고 있다(226). 이어 그는 기존의 비평적 해석은 대체로 '자아의식'(ego-consciousness)을 최상의 문학적, 비평적 업적의 증거로 간주해왔지만, 인간중심주의적 가정과 방법론에 부합하지 않는다고 해서 간과되어왔거나 무시되어왔던 문학의 형식에 크게 기여하는 것은 '생태의식'이라고 주장하고 있다. 또한 그는 오늘날 문학의 가장 중요한 기능은 위협받는 자연세계 속에서 문학의 위치를 충분히 고려하도록 인간의 의식을 재정립하는 하는 일이라는 점을 덧붙이고 있다(230).

4) 자신의 문학이론에 체계들과 관계들에 관한 많은 사고를 편입시킴으로써 자신의 이론을 관계의 학문인 생태학의 문학적 등가물이 되도록 했던 바흐친(Mikhail Bakhtin)의 문학이론 역시 상반된 실체의 상호작용을 통한 실재의 재현을 제시하면서 "상반이 없이는 발전이 없다"(Without contraries is no progression)라는 블레이크의 명제를 즐겁게 적용하고 있다(McDowell 372–75).

and Reality) 그리고 『진리와 실재론』(*Essays on Truth and Reality*)을 중심으로 인식의 기초가 되는 어떤 것을 가정한다. 그는 그것을 '직접경험,' '경험'(experience) 또는 '감정'(feeling)이라고 부른다. '직접경험'은 인식자와 인식의 대상, 주관과 객관의 구분이 존재하지 않는 '무시간적 통일체'(timeless unity)이며 모든 인식의 출발점이 된다(*ETR* 176). 그러나 '직접경험'은 본질적으로 불안하고 불안정하여 즉각 초월된다(161). '직접경험'으로부터 초월된 세계는 자아가 의식적이 되고 '정신'(mind)이 우월권을 요구하게 됨으로써 정신에 의해 분열된 일종의 대상의 세계로서 인식자와 인식의 대상, 주관과 객관, 시간과 공간으로 해체된 '현상'(appearance)의 세계이다. 대상의 세계에서만 우리는 시간과 공간과 자아를 갖는다(*KE* 31). '직접경험'이 모든 구분과 관계가 존재하기 이전의 통합된 상태라면, 현상의 세계에서 우리는 사물들을 부분과 전체의 통일성 속에서가 아니라 단지 부분과 부분의 관계 속에서만 파악하므로 브래들리는 이 두 번째 단계를 '관계적 의식'(relational consciousness)이라고 부른다(*AR* 462).

'관계적 의식'이란 기계적이고 과학적이며 분석적이므로 실재를 파악할 수 있는 총체적인 관점을 제공하지 못한다. 엘리엇이 말하듯이 과학적이고 분석적인 관점으로 파악된 세계란 "불협화하고 양립할 수 없는"(jarring and incompatible) 세계일 뿐이기 때문이다(*KE* 147). 그는 이 두 번째 단계를 총체성이 해체되어 버린 부적절한 단계로 보았다. 이것을 언어적 관점에서 보자면, '직접경험'은 주체와 객체가 분열되기 이전의 세계이고 의식이 분화되기 이전의 상태이므로 그것은 어쩌면 어떠한 언어도 존재할 필요가 없는 의미 이전의 상태이다. 주체와 객체가 분열되고 그리하여 이미 언어가 개입된 '관계적 세계'에서 언어란 불가피하게 본질을 왜곡시키는 이원론적 가정을 지니게 된다(Brooker and Bentley 42).[5] 언어란 불가피하게 언어를 사용하는 주체의 가치를 재현하기 때문이다(McDowell 373). 브래들리가 현상 없는 실재도, 실재 없는 현상도 없다고 말하듯이 이상적인 통일체인 실재는 현상세계와 별개의 것이 아니라 온갖 현상적인 요소들이 융해되고 포괄된 것이므로, 궁극적 통일체인 실재에 도달하기 위해서는 현상세계를 포기하거나 부정할 것이 아니라, 그것을 포용하는 통합적인 관점이 필요하다. '직접경험'은 본질상 자기초월적이므로 총체성이 해체된 현상세계의 '관계적 의식'은 최초의 '직접경험'과 유사한, 그러나 현상세계의 모든 구분과 분열이 극복되어 더욱 고양되고 단단한 통합의 상태를 지향한다. 브래들리는 이 궁극적 실재를 그것이 '관계적 의식'을 초월한다는 의미에서 '초관계적'(supra-relational)이라고 부른다(*ETR* 238-39).

엘리엇의 비평이론의 지적 토대가 되는 이러한 인식의 단계를 생태학적 시각에서 고찰해볼 수 있을 것이다. 주체와 객체, 주관과 객관이 분리되지 않은 '직접경험'은 세계를 절대적인 구별이 불가능한 단일한 총체로 인식하는 시각으로서 오늘날과 같은 생태적 위기 이전의 통합된 일원론적 세계일 것이다. 한편 인식자와 인식의 대상, 주체와 객체가 구분되어 총체성이 해체된 '관계적 의식'은 근대 서구사상의 특징이라 할 과학적이고 분석적인 이성중심주의적 사유, 또는 인간중심주의적인 이원론적 세계인식과 다르지 않다. '관계적 의식'에 근거한 이원론적 세계인식이야말로 오늘날 생태계의 위기를 초래한 근본적인

---

5) 이러한 맥락에서 볼 때, 오늘날의 생태의 문제를 말하는 주체로서의 인간과 침묵하는 객체로서의 자연과의 관계로 고찰하면서, 이성과 지성과 진보를 신뢰하는 중세의 해석학과 르네상스 휴머니즘의 패스티쉬인 우리의 특별한 해석이 자연이라고 불리는 '비언어'(not-saids)의 세계인 광대한 침묵의 영역을 창조했다고 주장하는 메인즈(Christopher Manes)의 주장은 나름대로의 설득력이 있다("Nature and Silence" 15-17). 맥도웰 역시 바흐친의 문학이론을 생태학적으로 해석하면서 자연의 거대한 그물 속의 모든 실체들은 각각 인정받고 목소리를 낼 가치가 있다는 가정에 근거하여 많은 목소리들과 관점들이 상호작용하는 대화적 형식을 실재를 재현할 수 있는 이상적인 형식으로 제시하고 있다(372-73).

원인이라고 할 수 있다. 질서 있고 통합된 세계를 지향했던 엘리엇이 궁극적으로 추구하는 세계는 이원론적 세계관이 극복된 세계, 브래들리식으로 말하자면 '관계적 의식'이 초월되어 더 고양된 형태로 재통합된 '초관계적' 세계가 될 것이다. '초관계적' 세계는 해체되고 분열된 오늘날의 이원론적 인식이 극복된 세계, 우주를 분리될 수 없는 거대한 그물로 인식하는 일원론적이며 유기적인 생태중심적인 세계관이 될 것이다. 궁극적 실재가 현상세계와 별개의 것이 아니라 온갖 현상적인 요소들이 융해되고 포괄된 것이듯이, 생태중심적인 세계관은 단순히 이성중심적인 과학적 지식이나 기술을 부정하거나 포기하는 것이 아니라 그것의 긍정적인 측면들을 포괄하고 통합할 때 가능할 것이다. 이제 '직접경험'을 기초로 한 엘리엇의 주요 비평이론들인 역사의식, 비개성 시론, 객관적 상관물 이론, 감수성 이론 등을 통하여 그것들의 토대가 되는 생태학적 사유의 근거를 고찰해보기로 하자.

3

엘리엇은 「비평의 기능」("The Function of Criticism")에서 예술가들이 가져야 하는 전통의식을 언급하면서 자신의 문학관을 다음과 같이 피력하고 있다.

> . . . 그 당시에 나는 문학을, 그것이 세계의 문학이든, 유럽의 문학이든, 한 국가의 문학이든 각 개인들의 저술의 집합으로서가 아니라 '유기적 전체들'(organic wholes)로서, 다시 말하면 각각의 문학예술 작품들과 개개의 예술가들의 작품들이 그 유기

적 전체들과의 관계 속에서, 바로 그 관계 속에서만 비로소 그 의미를 지니게 되는 체계로 생각했다. 따라서 예술가 밖에 그 무엇인가가 있어 그는 그 어떤 것에 충실해야 하며, 그가 자신의 고유한 입지를 획득하고 확보하기 위해서는 그것에 자신을 종속시키고 희생해야 한다. 공동의 유산과 공동의 대의가 예술가들을 의식적으로든 무의식적으로든 결합하고 있으며, 이 결합은 대체로 무의식적이다. 어느 시대이건 진정한 예술가들 사이에는 무의식적 공동체가 있다고 믿는다. . . . 비평가는 . . . 자기의 존재를 정당화하려면 자신의 개인적인 편견과 기상(奇想)─우리 모두가 면하기 어려운 해독─을 통제하고, 참된 판단을 공동으로 추구하며 가능한 한 많은 동료들과 자신의 이견을 조정해야 할 것이다. (*SE* 23─25)

문학을 "유기적 전체들"로 이해하는 엘리엇의 유기체적 예술관은 기본적으로 우주를 유기적인 하나의 그물로 이해하는 생태학적 사유와 유사하다. 각 개체가 하나의 커다란 우주의 그물 속에서 각자의 내재적 가치를 지니면서 타자와 조화를 이루어 상생하듯이, 하나의 문학작품과 개개의 예술가들의 작품은 문학이라는 커다란 유기체적 틀 속에서 비로소 진정한 의미를 지니게 된다. 각각의 개체가 이기적인 목적으로 타자를 도구적으로 이용하거나 억압하는 것이 아니라 자신의 존재 밖의 커다란 우주적 질서에 순응할 때 자신의 고유한 내재적 가치를 지닐 수 있듯이, 예술가 역시 "개인적인 편견과 기상(奇想)"(personal prejudices and cranks)을 제어하고 "공동의 대의"(a common cause)를 위해 자신의 이견을 조절하여 자신 밖의 질서에 순응하고 자신을 희생시켜야 한다. 이것은 생태학의 원리가 함의하고 있는 겸양과 화해와 조화와 균형의 자세이다. 특히 "공동"의 유산(a common inheritance),

"공동"의 대의(a common cause), 무의식적 "공동체"(an unconscious community), 그리고 "공동"의 추구(in the common pursuit) 등에서 볼 수 있듯이 "공동"과 "공동체"의 반복 사용은 생태학적 사유에 전제되는 상생적인 공동체 의식을 환기시킨다. 공동체 의식이란 자아와 세계를 무의식적으로 결합시키며 "개인적인 편견과 기상"을 통제할 때 가능한 '생태의식'이기 때문이다. 엘리엇이 "공동의 유산과 공동의 대의가 예술가들을 의식적으로든 무의식적으로든 결합하고 있으며, 이 결합은 대체로 무의식적이다"라고 말할 때 그는 우리의 삶의 기저에 하나의 통합된 세계가 존재하며, 자아와 세계 사이에 시공을 초월하는 "무의식적" 공감이 내재하고 있다고 생각하는 것 같다. 인간의 심연에 존재하는 "무의식적 공동체"는 '직접경험'과 유사한 것이며, 그것은 전통의식에 근거한 엘리엇의 역사의식의 뿌리가 된다.

엘리엇은 「전통과 개인의 재능」("Tradition and the Individual Talent")에서 전통과 역사의식의 관계를 다음과 같이 말하고 있다.

> 전통이란 유산으로 물려받을 수 없으며, 그것을 얻으려면 엄청난 노력을 해야 한다. 전통은 우선 역사의식을 포함하는데, 역사의식이란 과거의 과거성 뿐만 아니라 과거의 현재성에 대한 의식도 포함한다. 이 역사의식으로 말미암아 작가는 자신의 세대를 뼛속까지 파악할 뿐만 아니라 호머 이래의 유럽 문학 전체와 그 일부를 이루는 자국의 문학 전체가 동시적인 존재를 가지고 있으며 또 동시적인 질서를 형성하고 있다는 느낌을 가지고 글을 쓸 수 있게 된다. 이 역사의식은 시간적일 뿐만 아니라 무시간적인 것에 대한 인식이고, 시간적인 것과 무시간적인 것을 동시에 인식하는 의식이며, 이것이 작가를 전통적이도록 만드는 것이다. (SE 14)

엘리엇의 전통과 역사의식은 '직접경험'에 근거한 개념이다. '직접경험'에는 시간과 공간의 개념이 존재하지 않으므로(AR 32−35) 그 속에서는 현재니 과거니 미래니 하는 구분이 존재하지 않는다. 이러한 시간관에 근거한 엘리엇의 역사의식은 상대적이며 유동적인 세계에서 통일과 질서의 원리를 찾고자 하는 욕구의 발현으로서, "과거의 과거성 뿐만 아니라 과거의 현재성에 대한 인식"(SE 14)이다. 그러므로 역사의식은 과거와 현재의 동시적 질서를 볼 수 있는 '직접경험'에 접근하게 되며, 이는 만물을 공시·통시적으로 바라보는 생태학적 시각의 한 변용이다. 관계의 탐구라 할 수 있는 자신의 문학이론을 통해 생태학적 분석을 위한 하나의 이상적인 출발점을 제공해 주고 있는 바흐친을 논하면서 맥도웰은 하나의 실체가 다른 실체와의 상호관계에 의해 주로 창조되고 변화를 겪는다는 것을 깨닫기 시작한 것을 20세기의 과학적 세계관에서 일어난 중요한 변화 중의 하나로 꼽고 있다. 그러므로 어떤 것도 그것이 단독으로 유지할 수 있는 불변의 본질을 지니지 못한다는 것이다(371−73). 바흐친에 의하면 "위대한 작품들은 먼 미래에도 계속 살아남는다. 사후의 삶의 과정에서 위대한 작품들은 새로운 의미들로 풍부해진다"(4). 이 진술에 대하여 "이러한 접근은 그것이 하나의 문학 작품과 그것의 과거, 현재, 그리고 미래의 환경 사이의 관계를 발견할 수 있도록 하므로 생태학적 방향성을 지닌 문학에 적합"(374)한 것이라고 지적한 맥도웰은 즉각 엘리엇을 연상시킨다. 이렇게 볼 때 엘리엇이 질서나 전통, 또는 역사의식 등의 개념을 통해 환기시키는 시간관은 기본적으로 과거와 현재와 미래 사이의 역동적인 대화를 강조하는 생태학적인 사유의 일단을 보여주는 것이라 할 수 있다.

『생태학, 정책, 그리고 정치학』(Ecology, Policy and Politics)이라는 저서를 통하여 인간의 복지와 자연세계와의 관계를 다루고 있는 오닐

(John O'Neil)은 과학의 결과를 미래와의 관계에 존재하는 것으로 조망하며, 그러한 관점을 예술에도 적용하여 다음과 같이 말하고 있다. "이것은 예술에 있어서도 마찬가지이다. 많은 예술작품들의 위대성은 그 예술작품이 원래 창조된 것과 아주 다른 문맥 속에서 인간의 문제들, 곤경들을 지속적으로 조명하는 데 있다. 마찬가지로 하나의 예술작품의 많은 미적 특징들은 다른 작품들과의 관계에 비추어 볼 때 비로소 명백해진다. 그런 의미에서 '과거는 현재가 과거에 의해 정향되는 것만큼이나 현재에 의해 수정되어야 한다'는 엘리엇의 논평은 옳다. 그러므로 만약 예술을 이해하고, 그것에 기여할 수 없는 세대들에 의해 예술의 미래가 강탈된다면, 그 예술은 성공이냐 실패냐의 조건을 상실하게 될 것이다"(33). 엘리엇을 직접 인용하면서 논지를 전개하고 있는 오닐의 예술관은 앞에서 언급한 바흐친이나 맥도웰의 논리를 더욱 힘 있게 밀고 나간다. 가령 17세기 형이상학파 시인들에 대한 엘리엇의 재평가는 과거가 현재에 의해 수정되고, 과거와 현재가 역동적인 대화를 통하여 연계되는 좋은 예로서 관계의 학문인 생태학의 관점에서 시간의 문제를 해석할 여지를 제공한다.

오닐의 생태학적 통찰[6]에서 한 걸음 나아가 오늘의 환경윤리학자들, 특히 요나스는 현재 중심적이고 인간 중심적인 전통윤리학을 뛰어넘어 전 생태계에 각기 고유한 목적과 가치를 인정함으로써 그것에 주체적인 지위를 부여한다. 이러한 새로운 유형의 자연윤리학은 칸트에 결여되어 있던 시간지평을 윤리학에 추가하여 실제로 미래에 대한 예

---

6) 오닐은 『생태학, 정책 그리고 정치학』에서 "도구적 가치"와 "내재적 가치"의 관점에서 논의를 전개하면서 기존의 생태학의 접근이 인간중심주의에 토대를 두고 있어 인간 이외의 세계를 단지 인간의 만족을 위한 도구적 가치를 지닌 것으로만 취급함으로써 미래 세대의 이익에 무관심하다고 지적하고 있다. 이어 그는 어떻게 인간의 복지와 인간 이외의 세계의 내재적 가치의 수용이 조화를 이룰 수 있는가를 반성적으로 고찰한다. 오닐의 반성적 성찰은 오늘날의 생태계의 위기를 극복할 수 있게 하는 하나의 윤리적인 대안이 될 것이다.

측을 가능하게 한다. 전통윤리학의 인과적 책임 한계를 앞질러가 미래의 모습을 예측하는 요나스의 책임윤리학은 인간의 현재적 행위의 결과가 미래에 존속되는 인간의 활동과 일치하도록 행위하라는 생태학적 차원에서의 해석으로 정리해볼 수 있을 것이다(김진 260-71). 요나스는 인간과 인간, 인간과 자연의 관계에서 종래의 마르크스주의 등이 표방하던 유토피아적인 윤리학이 결여하고 있던 책임의 원칙을 강조하고 있다. 현재의 순간적 행위가 아니라 인류의 미래까지 윤리학의 범위를 확장시켜야 한다는 그의 논지는 환경, 생태적 위기에 직면한 오늘의 우리들에게 깊은 공감을 전해준다. 이런 맥락에서 볼 때 엘리엇의 전통이나 역사의식의 개념 역시 시간적인 것과 무시간적인 것이 동시적으로 존재하는 역동적인 시간관으로서 현재와 과거와 미래를 고찰한다는 점에서 기존의 환경윤리학의 시간지평을 미래에까지 확장한 요나스의 생태주의적 책임윤리학의 통찰을 담고 있다고 할 수 있다.

지금까지 논의된 역사성의 관점에서 엘리엇의 '비개성 시론'(the impersonal theory of poetry)을 살펴보자. 진정한 역사의식을 갖기 위해서 예술가는 자신의 외부의 어떤 것에 자신을 복종시키지 않으면 안 되며, "예술가 밖의 그 무엇인가"를 위해 자신을 포기하고 희생해야 한다고 엘리엇은 말한바 있다. "예술가 밖의 그 무엇인가"는 물론 역사의식에 근거한 전통이다. 예술 창조의 과정에서 개인적 개성을 일탈하여 "예술가 밖의 그 무엇인가"에 자신을 종속시킬 수 없을 때 어쩌면 "작가가 조명할 수도, 명상할 수도, 예술로 만들 수도 없는 질료들로 가득 찬"(SE 144) 『햄릿』(Hamlet)과 같은 실패작이 나올 것이다. 시인은 "표현할 '개성'이 아니라 특수한 매재를 가지고 있으며, 개성이 아니라 이 매재 속에서 비로소 인상들이나 경험들이 예기치 못한 특이한 방법으로 결합"(20)되며, 성숙한 시인의 정신은 더 섬세하게 완성된 매재가 되어, 이 매재 속에서 특수하거나 아주 다양한 감정들이 자유롭게 "새로운 결합물들"(new combinations)로 형성되는 것이다(18). 엘리엇은 블레이크(William Blake)가 인간 본성에 대한 상당한 이해력과 언어와 언어의 음악성에 대한 뛰어난 독창적 감각을 가지고 있었음에도 불구하고, 이러한 것들이 비개성적인 이성이나, "상식," 과학의 객관성에 대한 존중에 의해 잘 통제되지 못함으로써 기존의 전통적인 사상의 틀을 지니지 못했음을 지적한바 있다(322). 엘리엇이 브래들리의 철학을 두고 "지상적 지혜"와 "상식"의 철학이라고 말했을 때 그가 생각했던 "상식"이란 다수의 의견도, 순간의 견해도 아니며, 그것은 성숙과 연구와 사고로 얻어질 수 있는 균형 잡힌 "지상의 지혜"이다(454). 말하자면 블레이크는 대단히 독창적이지만 너무 개성적인 시인이었으므로, 바로 그 개성으로부터 일탈할 때 가능한 "상식"과 "지상의 지혜"인 전통의식을 결여하고 있다는 것이다.

시인이 개성을 벗어나 자신보다 큰 존재, 자신의 외부의 존재에 자신을 종속시킨다는 것은 주체가 객체를 주관화하거나, 또는 주체가 객체 또는 타자를 공격적으로 지배하거나 억압하는 관계가 아니라, 자기중심적 배타성에서 벗어나 공동체 중심적인 사고에 의해 주체와 객체가 상호 조화를 이루는 생태학적 사유의 한 표현이다. 자신을 낮추어 자신보다 더 큰 존재에 자신을 종속시키기 위해서는 "끝없는 자기희생, 인격의 끝없는 소멸"(17), '직접경험'이 전제하는 "소멸과 완전한 밤"(*KE* 31), 요컨대 자기부정과 '겸양'의 자세가 필요하다. 엘리엇은『네 개의 사중주』(*Four Quartets*)에서 이렇게 말하고 있다. "우리가 얻고자 하는 단 하나의 지혜는 / 겸양의 지혜일뿐이다. 겸양에는 끝이 없다"(*CPP* 179). 엘리엇이 인간이 얻고자 하는 단 하나의 지혜로 꼽고 있는 "겸양의 지혜"는 생태학적 사유가 요구하는 중요한 덕목이다. 생태학적 사유란 종래의 인간 / 자연, 주체 / 객체의 수직적인 위계적 가치관에서 수평적인 평등적 가치관으로 전환하여 상생적인 관계를 유지하려는 겸양의 자세이기 때문이다. 그러므로 생태학의 제1의 요구조건은 객체 또는 타자의 내재적 가치를 인정하는 일이다. 이러한 자세를 통해서만 인간 / 자연, 남성 / 여성, 지성 / 감성 등의 이항대립적인 위계적 가치관은 극복될 수 있을 것이다.

요컨대 전통과 역사의식을 기초로 한 엘리엇의 '비개성 시론'은 주체가 개성을 버리고 자신을 낮추어 타자와의 공감적인 만남을 지향하는 "노력"을 통하여 어떠한 개인이나 시대도 독자적으로 절대적인 가치나 권리를 가질 수 없다는 것을 각성시키는 생태학의 윤리적 겸양의 미학이 아닐 수 없다.

4

창작에 있어서나 문학비평에 있어서나 엘리엇의 주요 관심사는 '직접경험'이다. 그가 그다지도 '직접경험'에 집착한 것은 어쩌면 그의 초기시에서 발견할 수 있는 주관적 유아론의 망령 때문인지도 모른다. 엘리엇이 「햄릿」("Hamlet")에서 주장하는 그의 '객관적 상관물'(an objective correlative) 이론은 유폐된 자아의 감옥으로부터 벗어나려는 주관적 관념론자의 필사적인 노력을 공식화한 것이다(Freed 60). 엘리엇은 『햄릿』에 대해 논하며 다음과 같이 말한바 있다.

"정서를 예술의 형식으로 표현하는 유일한 방식은 '객관적 상관물'을 발견하는 것이다. 다시 말해 그 특별한 정서를 공식화할 수 있는 일련의 대상들, 상황, 일련의 사건들을 발견하는 것이다. 그리하여 감각적 경험으로 종결되는 외적 사실들이 주어지면 정서가 즉각 환기된다. (SE 145)

엘리엇은 『햄릿』과 『맥배드』(Macbeth)를 비교하면서, 『햄릿』의 실패의 원인을 햄릿이 자신의 마음의 상태를 적절한 대응적 상황으로 제시하기에는 지나치게 정서의 지배를 받고 있었던 데에서 찾고 있다. 반면 『맥배드』가 예술적으로 더 성공적이 될 수 있었던 것은 『햄릿』에서와는 달리 전달하고자 하는 정서를 감각적 인상을 통해 기술적으로 전달할 수 있는 적합한 대응물을 발견했기 때문이라는 것이다(145). 주관주의적인 유아론에 사로잡힌 햄릿은 자신이 제어할 수 없는 정서적 갈등 상황에서 그것을 극복하고자 했으나 객관적인 상황으로 적절하게 투사할 수 없었던 유아론적인 비극의 주인공이었던 것이다.[7] 자신의 문학이론에 지적 활력을 제공해준 브래들리 논문에서 엘리엇은 다음과 같이 주관적 정서의 객관화의 문제를 더 구체적으로 진술하고 있다.

순수한 감정으로서의 기쁨은 추상이며 사실 그것은 항상 부분적으로는 객관적이다. 정서는 사실상 대상의 일부이며 궁극

---

7) 미커에 의하면 문학의 형태로서나 철학적 자세로서 비극은 서구문화, 특히 희랍인들의 창조물이며 비극은 인간이 자신보다 더 강력한 힘들과 갈등의 상태 속에 존재한다는 것을 가정한다. 그러므로 비극문학과 철학은 갈등이나 파멸에 직면해서 자신의 우월함과 위대함을 증명하려고 한다. 반면 희극은 비극에 비해 특별한 이데올로기나 형이상학적 체계에 덜 의존하므로 훨씬 보편적이다. 따라서 희극은 기본적으로 비관주의적이고 비극은 낙관주의적이라는 역설이 성립될 수도 있다는 것이다. 요컨대 희극은 저항과 갈등이 전제되지 않으므로 생태계에 적응력이 강한 체계인 반면 비극은 불가능한 것을 성취하기 위해 타자와 갈등하고 타자를 지배하려는 반역의 체계라고 할 수 있다("The Comic Mode" 157-63).

적으로 기쁨만큼 객관적이다. 그러므로 대상이나 대상들의 복
합물이 환기되면 이와 마찬가지로 기쁨이 환기되며, 그것은 당
연히 주관적 측면보다는 객관적 측면에 환기되는 것이다. (*KE* 80)

　적절한 대응물을 통하여 관념이나 주관적인 정서를 객관화하려는 '객
관적 상관물' 이론은 불가피하게 '직접경험' 그 자체의 본질인 대상과
정서, 객관과 주관의 통합으로부터 전개된다(Skaff 154). '직접경험'에서
는 주관과 객관, 사상과 정서의 구분이 존재하지 않으므로 주관적 정
서의 객관화라는 표현의 문제는 달리 말하면 주체와 타자와의 공감적
만남을 위한 열린 자세인 '생태의식'을 요구한다. 주관적 정서를 객관
적 대상들을 통해서 표현하기 위해서는 주관적 감정을 타자에게 이해
시키고자 하는 의도가 전제된 생태학의 열린 시각이 요구되기 때문이
다.8) 그렇다면 정서를 객관화할 수 없었던 햄릿은 객체와의 대화에 실
패한 반생태주의적인 비극의 주인공이 된 셈이다. 각 개체가 지니고
있는 순수한 감정이 주관적인 추상이면서도 부분적으로 객관적일 수
있다는 위의 인용문은 궁극적으로 주관적 감정의 객관화, 주체와 객체
의 공동의 만남의 가능성을 암묵적으로 말함으로써 생태학적 지향성
을 보여주고 있다.

5

　밀턴을 재조명한 「밀턴 II」("Milton II")에서 엘리엇 자신이 밝히고

---

8) 이것은 이른바 바흐친의 대화주의를 연상시킨다. 이것은 작가가 끊임없이 대화에 문을 열어
　놓음으로써 각각의 실체들 사이의 polyphony를 가능하게 하려는 의지인 '개방성'(open-endedness)
　과 유사한 시각이다(McDowell 376).

있듯이 그의 '감수성'(sensibility) 이론은 자신이 미처 예상하지 못했을 정도로 문학계에 엄청난 파장을 불러일으켰다. 감수성 이론의 발원지인 「형이상학파 시인들」("The Metaphysical Poets")에서 엘리엇은 영국인의 의식의 변화를 역사적인 관점에서 고찰하여, 17세기 시인과 19세기 시인을 지적 시인과 명상적 시인으로 구분하고 있다.

> 테니슨이나 브라우닝도 시인이며 그들도 사색한다. 그러나 그들은 사상을 장미의 향기처럼 직접 느끼지는 못한다. 던에게 하나의 사상은 하나의 경험이어서 그것이 그의 감수성을 변화시켰다. 시인의 마음은 작업할 준비를 완벽하게 갖추게 되면 분산된 경험을 끊임없이 통합하지만, 일상인의 경험은 무질서하고 불규칙하고 단편적이다. 일상인은 연애를 하거나 스피노자를 읽거나 간에 이 두 경험은 서로 아무런 관계를 갖지 못하며, 또 타이프라이터의 소리나 요리 냄새와도 아무런 관계를 갖지 못한다. 그러나 시인의 마음속에서 이런 경험은 항시 새로운 전체를 형성한다. (*SE* 287)

'감수성' 이론은 '객관상관물' 이론과 깊이 접맥되어 있다. 엘리엇은 「밀턴 II」에서 감수성의 분열 이론을 역사철학적인 관점에서 이렇게 재고한다. "나는 감수성의 분열이라는 용어로 제기된 주장에 . . . 어느 정도 정당성이 있다고 믿는다. 그러나 지금 생각해보면 밀턴과 드라이든에게 짐을 떠맡긴 것은 . . . 하나의 실수였다. 이런 분열이 일어났다면 그 원인은 대단히 복잡하고 심오한 것이어서 문학비평의 관점에서 그 변화를 설명하는 것이 정당화되기란 어렵다고 생각한다. . . . 우리는 그 원인들을 단지 영국에서만 찾을 것이 아니라 유럽에서 찾아야 할 것이다"(*OPP* 173). 그렇다. 감수성의 분열의 문제는 단지 문학적인 문제에 그치는 것이 아니라, 역사철학적인 관점에서 고찰해보아야 할 문제이다. 프리드(Lewis Freed)가 지적하듯이 그 원인은 영국에서는 로크(Locke), 유럽에서는 데카르트(Descartes) 등이 될 것이다(132). 그러나 감수성의 분열은 그로부터 더 거슬러 올라가 플라톤 이래의 이성중심주의와 기독교의 인간중심주의적 해석에서 그 뿌리를 찾아볼 수 있을 것이다.

　형이상학파 시인들을 두고 엘리엇이 의미한 형이상학적 시란 사상이 대단히 강렬하게 시 속에 용해되어 사상 속에서만 존재했던 것을 감각적 이미지를 통해 구체화시킴으로써 사상과 감정이 융합된 이른바 '통합된 감수성'(unified sensibility)을 의미한다. 엘리엇은 "던(John Donne)에게 하나의 사상은 하나의 경험"이라고 말하고 있다. "경험"이란 '감정,' '직접경험'과 호환적으로 사용되는 용어로서, 그것은 이상적인 통일체이다. 이 통일체 속에서는 관념적인 것과 실제적인 것, 감각과 사상, 또는 주관과 객관은 통합되어 있어서 사상과 감정 사이의 선을 긋는 일은 불가능하다(*KE* 18). 그러므로 던에게 "사상"이 "경험"이 된다는 것은 사상이 그의 감수성을 변화시켜 사상과 정서가 융합이 된 '직접경험'을 의미한다. 그렇다면 경험의 두 측면인 감정과 사상, 또는 주관과 객관이 강렬하게 융해되어 만날 수 없을 때 감수성은 분열된다. 생태학적으로 보자면 감수성의 분열은 인간과 자연, 지성과 감성의 상호침투적인 관계가 해체되는 것을 의미하며, 그것은 상호성에 대한 생태학적 의식을 상실함으로써 야기되는 것이다. 테니슨이나 브라우닝이 사색하되 사상을 장미의 향기처럼, "직접" 느끼지 못한다는 것은 브래들리 식으로 말하자면 경험의 직접성의 상실을 의미하며,9) 생태학

---

9) 브래들리는 느껴지는 것을 제외하고는 어떤 것도 실재적이 아니라고 말한다. "결국 느껴지는 것 이외에는 어떤 것도 실재적이지 않으며, 내게는 결국 내가 느끼는 것 외에는 어떤 것도 실

적으로 말하자면 "장미의 향기"로 상징되는 "자연환경과의 상호성의 문화를 상실"[10](Buell 110)했다는 것을 의미한다. 여기에서 간과해서는 안 되는 것은 시인의 마음은 "경험을 끊임없이 통합"하지만 일상인의 마음은 그렇지 못하다는 것이다. 앞에서 생태학적 사유는 분석적인 사고보다는 종합적인 사유를 더 강조하고 중시한다고 말한바 있다. 시인의 마음은 사상을 장미의 향기처럼 직접 느끼듯이, 연애와 스피노자, 또는 타이프라이터 소리와 요리 냄새라는 상이한 두 경험도 하나의 경험으로 융합시킬 수 있는 생태학적 친연성을 지니고 있다. 사물의 연관성을 보는 이러한 통찰은 시인과 문학의 특성이라 할 수 있는 창조적인 통찰이며, 이는 궁극적으로 문학의 생태학적 지향성을 증명하는 것이다.

6

엘리엇의 문학과 비평이론의 초석이라 할 수 있는 '직접경험'은 주체와 객체, 사상과 감정의 분열이 존재하지 않는 일원론적 통일체이다. 그러나 인간이 의식적이 되고, 지성이 우월권을 요구함으로써 주체와

재적이지 않다"(Nothing in the end is real but what is felt, and for me nothing in the end is real but that which I feel.)(*ETR* 190). '직접경험'이라는 용어가 의미하듯이 경험은 "직접" 느껴져야 한다.

10) 쏘로(Henry David Thoreau)를 중심으로 한 미국문화의 형성을 환경적 상상력의 관점에서 고찰하고 있는 뷰얼은 엘리엇의 「게론천」("Gerontion") 중 다음의 구절, "이런 것을 안 후에 무슨 용서가 있단 말인가?"(After such knowledge, what forgiveness?)를 인용하면서 엘리엇은 아마 "환경적 지식(environmental knowledge)에 대해서 이야기하고 있었을지도 모른다"(who might have been talking about environmental knowledge)라고 언급하며 생태학적 해석을 시도하고 있다. 이어서 그는 "만약 모두가 쏘로처럼 살고, 쏘로만큼의 환경적 감수성을 가지고 있다면 환경적인 문제는 발생하지 않을 것이다"(If everyone lived like him, had the degree of environmental sensitivity at which he arrived, there would be no environmental problem)라고 덧붙이면서 오늘날의 인간의 자세와 지식에 대해 반성적인 성찰을 하고 있다(*The Environmental Imagination* 139).

객체, 사상과 감정, 지성과 감성은 분열되어 우리는 '관계적' 세계에 존재하게 되었다. 본질적으로 자기초월적인 '직접경험'은 '관계적' 의식이 극복되고 재통합된 '초관계적' 의식의 세계, 다시 말하면 회복된 '직접경험'을 지향한다. 이제까지 살펴보았듯이 브래들리의 형이상학을 지적 체계로 삼고 있는 엘리엇의 문학과 비평이론의 핵심적인 개념들은 '직접경험'의 일원론적 사유에 기초하는 생태주의적 통찰을 담고 있다. 『사회생태론의 철학』(*The Philosophy of Social Ecology*)의 저자 북친(Murray Bookchin)은 생태문제를 기본적으로 사회문제로 생각한다. 현대사회에 팽배해 있는 인간의 자연 지배와 이로 인한 자연의 파괴는 인간의 인간지배라는 사회관계와 밀접한 관련을 맺고 있으며, 인간의 인간 지배는 남성의 여성 지배, 남성의 남성 지배, 그리고 궁극적으로 자연에 대한 인간의 지배에 근원을 제공하기 때문이다(253). 초기 인간 공동체는 유기적인 사회로서 인간 / 인간, 인간 / 자연이 평등과 조화의 원리로 살아가는 일원론적 세계였다. 그러나 인간중심적이며 이성중심적인 이원론적인 사고가 오늘날 우리가 안고 있는 생태적 위기를 초래하게 되었으며, 그 근본적인 원인은 철학과 윤리의 문제에 있다고 할 수 있다. 현 시점에서 새롭게 제시되어야 할 대안은 그것이 어떤 것이든 간에 엘리엇이 충고하듯이 "가능한 한 많은 동료들과 자신의 이견을 조정하며"(*SE* 25) 함께 공생할 수 있는 것이 되어야 할 것이다. 또한 엘리엇이 전통과 역사의식을 통해 예고하고 있듯이 그것은 과거와 현재와 미래를 동시적으로 조망할 수 있는 윤리학이어야 할 것이며, 종래의 현재중심적인 시각을 뛰어넘어 인류의 미래에까지 시간 지평을 확장시킨 책임윤리학이어야 할 것이다. 그것은 불가피하게 모든 존재의 내재적 가치를 인정하는 공감과 화해의 지혜를 담고 있는 생태중심적인 윤리학이 될 것이다. 엘리엇의 비평이론에 대한 생태학적 접근은 그의 비평이론에 대한 기존의 해석에 새로운 차원을 제공함으로써 앞으로 문학비평이 나아가야 할 방향을 제시해줄 수 있으리라 기대한다. 오늘날과 같은 생태적 위기의 시대에 문학이나 제 학문이 외부세계에 대해 갖는 관심과 그것을 통한 새로운 방안의 모색은 그 어느 때보다 절실하기 때문이다.

인용문헌

김진.『칸트와 생태주의적 사유』. 울산: 울산대학교 출판부, 1998.

박이문.『문명의 미래와 생태학적 세계관』. 서울: 당대, 2000. (『미래』로 표기함)

_____.『문명의 위기와 문화의 전환』. 서울: 민음사, 1999. (『위기』로 표기함)

북친, 머레이. 문순홍 역.『사회생태론의 철학』. 서울: 솔, 1997.

Bakhtin, M. M. *Speech Genres and Other Late Essays*. Ed. Caryl Emerson and Michael Holquist. Trans. Vern W. McGee. Austin: U of Texas P, 1986.

Bradley, F. H. *Appearance and Reality*. Oxford: The Clarendon P, 1951. (*AP*로 표기함)

_____. *Essays on Truth and Reality*. Oxford: The Clarendon P, 1950. (*ETR*로 표기함)

Brooker, Jewel Spears and Joseph Bentley. *Reading the Waste Land: Modernism and the Limits of Interpretation*. Amherst: U of Massachusetts P, 1990.

Buell, Lawrence. *The Environmental Imagination: Thoreau, Nature Writing, and the Formation of American Culture*. Cambridge, Massachusetts: The Belknap P of Harvard UP, 1995.

Eliot, T. S. *The Complete Poems and Plays of T. S. Eliot*. London: Faber and Faber, 1975. (*CPP*로 표기함)

_____. *Knowledge and Experience in the Philosophy of F. H. Bradley*. New York: Farrar, Straus and Company, 1964. (*KE*로 표기함)

_____. *On Poetry and Poets*. New York: Farrar and Straus, & Giroux, 1976 (*OPP*로 표기함)

_____. *Selected Essays*. London and Boston: Faber and Faber Ltd., 1980. (*SE*로 표기함)

Freed, Lewis. *T. S. Eliot: The Critic as Philosopher.* West Lafayette, Indiana: Purdue UP, 1979.

Glotfelty, Cheryll & Harold Fromm, eds. *The Ecocriticism Reader: Landmarks in Literary Ecology.* Athens, Ga: U of Georgia P, 1996. (*ER*로 표기함)

Manes, Christopher. "Nature and Silence." *The Ecocriticism Reader: Landmarks in Literary Ecology.* Athens, Ga: U of Georgia P, 1996.

Mcdowell, Michael J. "The Bakhtinian Road to Ecological Insight." *The Ecocriticism Reader: Landmarks in Literary Ecology.* Eds. Cheryll Glotfelty & Harold Fromm. Athens, Ga: U of Georgia P, 1996. 371−91.

Meeker, Joseph. *The Comedy of Survival: Studies in Literary Ecology.* New York: Scribner's, 1972.

_____. "The Comic Mode." *The Ecocriticism Reader: Landmarks in Literary Ecology.* Eds. Cheryll Glotfelty & Harold Fromm. Athens, Ga: U of Georgia P, 1996. 155−69.

O'Neil, John. *Ecology, Policy and Politics: Human Well-Being and the Natural World.* New York: Routledge, 1993.

Rueckert, William. "Literature and Ecology: An Experiment in Ecocriticism." *The Ecocriticism Reader: Landmarks in Literary Ecology.* Eds. Cheryll Glotfelty & Harold Fromm. Athens, Ga: U of Georgia P, 1996. 105−23.

Skaff, William. *The Philosophy of T. S. Eliot: From Skepticism to a Surrealist Poetic 1909−1927.* Philadelphia: U of Pennsylvania P, 1986.

White, Lynn Jr. "The Historical Roots of Our Ecologic Crisis." *The Ecocriticism Reader: Landmarks in Literary Ecology.* Eds. Cheryll Glotfelty & Harold Fromm. Athens, Ga: U of Georgia P, 1996. 3−14.

Wollheim, Richard. *F. H. Bradley: The Nineteenth-century Metaphysician and Moralist who was the Greatest of the British Idealists.* Harmondsworth, Middlesex: Penguin Books Inc., 1959.

엘리엇 시 언어 전략의 존재론적 해명*

―장미원과 정지점 체험을 중심으로

김 병 옥(인하대학교 명예교수)

1

『엘리엇과 미국 철학』(*T. S. Eliot and American Philosophy*)에서 엘리엇 사상은 "하이데거(Martin Heidegger)와 공통점이 많다"고 맨주 자인 (Manju Jain)은 말한다(Jain 147-48). 뿐만 아니라 엘리엇 사상은 "해석학적 철학들(hermaneutical philosophies)을 예상케 한다"고 자인은 말한다(Jain 147). 이 말은 엘리엇의 개성배제 시론이 해석학적 방법과 닮은 데가 있음을 뜻한다. 자인의 말을 실마리로 삼아 필자는 장미원과 정지점 체험을 중심으로 「번트 노턴」("Burnt Norton")을 하이데거 존재 논법으로 읽고자 한다.

하이데거 철학은 해석학적 방법에 따르는 존재론이라고 불린다. 그

---

*『현대 비평과 이론』 제16권 제2호 통권 32호. (2009년 가을-겨울) 98-123.

의 해석학적 존재론이란 현존재(現存在, Dasein, existence)[1]라는 이름의 인간이 이 세상에서 어떻게 있는가, 즉 시간의 흐름 속에서 생성(become)하고 변화하는 현존재의 실존 모습이 어떠한가를 밝힌다. 이처럼 현존재의 실존 모습을 밝히는 하이데거 논법은 엘리엇의 개성배제론, 즉 시인의 주관적 인식을 배제하는 시법(詩法)과 상통한다. 하지만 존재란 무엇이냐고 묻는다면 우리는 쉽게 해답을 찾아내지 못한다. 존재(Sein, Being)[2]란 "결코 존재하는 실체라고 생각해서는 안 된다"고 하이데거는 말한다(Macquarrie 4). "존재하는 것, 즉 실체의 존재 자체는 존재하는 것, 바꿔 말해 실체가 아니다"(BT 26). 그러나 현존하는 인간이나 사물의 존재 그 자체가 인간이나 사물일 수 없지만 존재에 관한 탐구의 길은 열려 있다고 하이데거는 말한다. 하이데거에 따르면 존재하는 것이 어떤 모습으로 있는가를 묻는 데에서 존재 탐구의 길은 열린다.

우리는 존재라는 말을 지나치게 어렵게 생각할 이유가 없다. 우선 하이데거가 말하는 존재를 존재하는 것이 존재함, 즉 '있음'으로 우리는 수용하는 것이다. 하이데거가 말하는 존재 사유(思惟)란 투명한 개념으로 논리정연하게 짠 관념체계 위에서 이루어지는 것이 아니다. 그의 논법에 따르면 시인의 존재 사유란, 존재하는 것이 시인의 눈앞에 나타나는 형상 그대로 언어의 힘을 빌려 드러내는 일이다. 이것이 개

---

1) Dasein이라는 말은 원래 '세계의 여기저기에 (da) 있음(sein)'의 뜻이다. 하이데거는 이 말을 '세계 안에서 현재 존재하는 인간'이라는 뜻으로 전용(轉用)한다. 그런 의미에서 '현존재'라는 번역이 나온다. Dasein에 해당하는 적절한 영어 단어란 찾을 수 없어, 부득불 'existence'라는 단어가 등장하게 된다. 하지만 하이데거 글의 영문 번역에서는 대체로 Dasein이라는 원어가 그대로 사용된다.

2) 하이데거 용어를 영어로 옮길 때 Being은 존재(Sein)를 뜻하고 being은 존재하는 것, 즉 존재자(das Seiende)를 뜻한다. 따라서 beings라는 복수형식이 가능하다. 하이데거는 특히 인간이라는 존재자를 현존재(現存在, Dasein)라고 부른다.

성배제의 시법(詩法)이자, 철학의 이름을 빌린다면 해석학적 방법이다. 존재하는 것은 생동하고 변화한다고 하이데거는 말한다. 하지만 존재란 그 자체가 개념도 아니고 논리도 아니다. 그는 존재에 관한 형이상학을 거부한다.『황무지』(*The Waste Land*)에서 한 구절 보자.

유령의 도시
겨울날 새벽 갈색 안개 속에서
군중이 런던교(橋) 위로 흘러갔다, 저렇게도 많이.
죽음이 저렇게 많은 사람들을 망쳐놓았을 줄 나는 생각 못했다.
이따금 짤막하게 한숨들을 내뿜고
제각기 발 앞에 두 눈을 고정시킨 채 걸어갔다.
언덕길을 올랐다 킹 윌리엄가(街)를 내려가
성(聖) 매어리 울노드 사원이 꺼져가는 소리로
아홉시를 알리는 곳으로 흘러갔다.

Unreal City,
Under the brown fog of a winter dawn,
A crowd flowed over London Bridge, so many,
I had not thought death had undone so many.
Sighs, short and infrequent, were exhaled,
And each man fixed his eyes before his feet.
Flowed up the hill and down King William Street,
To where Saint Mary Woolnoth kept the hours
With a dead sound on the final stroke of nine. (*CPP* 62)

이 시구는 "유령의 도시"에 사는 군중들의 존재 모습을 드러낸다.「시인의 사명은 무엇인가?」("What Are Poets For?")에서 하이데거는 신이 없는 "세계의 깜깜한 밤"이 지배하는 "옹색한 시대"(destitute time, *PLT* 91)라는 말을 쓴다. 이 말은 이 시구의 분위기에 그대로 들어맞는다. 시인의 문제란 바로 인간의 문제로 연결됨을 하이데거는 말한다. 바꿔 말하면 시인에게는 인간의 존재가 문제된다는 이야기다. 이 시구에서 생기 잃은 사람들의 모습이 화자의 눈을 엄습했다. 이들 입에서 나오는 것은 오직 한숨뿐이다. 걸음걸이도 무의미하게 물 흐르듯 한다. 『인식과 경험』(*Knowledge and Experience in the Philosophy of F. H. Bradley*)에서 인간이 생동하고 변화하는 데 가장 중요한 두 요인으로 감정(feeling)과 사고(thought)를 엘리엇은 든다. 그러나 이들 군중의 발걸음에서는 감정과 사고의 흔적이 보이지 않는다. 그저 살아있되 죽은 이들의 걸음걸이나 매한가지다. 교회는 이들의 영혼을 구원할 힘을 잃었다. 종소리는 "꺼져가는 소리"(dead sound)다. 종소리는 이런 사람들의 상황을 말해주는 상황 상관물이다. "예술 작품은 하나의 상징"(*PLT* 20)이라고 하이데거는 말한다.

인용된 시구 상황이 나타내는 그런 "옹색한 시대"에 시인의 사명은 무엇인가?"(*PLT* 91)라고 하이데거는 물음을 던진다. 엘리엇 시를 읽으면서 이 옹색한 시대의 심연에 그가 얼마나 깊이 다다랐는지, 바꿔 말해서 인간의 존재 문제라는 심연에 엘리엇이 얼마나 깊이 다다를 수 있었는지 살펴보는 것도 우리에게는 중요한 일이다. 이런 존재문제를 그 깊숙한 내부까지 드러내는데 무엇보다 중요한 것은 엘리엇의 언어 전략이다. 언어는 "존재의 집"(the house of Being, *PLT* 132)이다. 이 존재의 집에서 발원하는 언어로 시인은 "존재를 건립"한다고 하이데거는 말한다(*EHD* 38, 하이데거 詩論 28). 이제 「번트 노턴」에서 일어나는 장미원 체험으로 넘어가보자.

2

　무엇이 있다거나 존재한다는 말은 지극히 평범한 말이다. 그러나 정말로 있다거나 정말로 존재한다는 말을 되씹어보면, 이 말은 당장 커다란 문제가 되어 우리 자신으로 되돌아온다. 우리는 현존한다. 우리는 지금 살고 있다. 이런 말은 의심할 여지가 없는 말이다. 그러나 우리의 현존 방식은 참다운 방식인가? 「번트 노턴」의 화자는 암묵리에 이런 물음을 던진다. 이런 물음을 파고들면 우리들의 현실 존재 자체란 쉽게 해결할 수 없는 심각한 물음으로 바뀐다. 그리하여 존재한다는 말의 의미는 단순한 일반적인 문제가 아니라 우리들 자신의 존재 의미로 구체화한다. 그렇다면 존재 의미란 어떻게 구체화한단 말인가? 이 구체화는 언어를 통해서 이루어질 수밖에 없다. 시에서 언어 형식은 시인의 사유(思惟)형식을 나타낸다. 이 사유형식은 시인의 언어 전략을 데리고 다닌다. 엘리엇의 언어 전략을 살펴보자. 「번트 노턴」의 첫 구절을 인용한다.

> 현재의 시간과 과거의 시간은 아마
> 둘 다 미래의 시간 속에 존재하고
> 미래의 시간은 과거의 시간 속에 들어 있으리라.
> 모든 시간이 영원히 현존한다면
> 모든 시간은 되찾을 수 없다.
> 있었을 법한 일은 하나의 추상으로서
> 오직 사변의 한 세계에서만
> 영원한 가능성으로 남는 법.
> 있었을 법한 일과 있어왔던 일은
> 같은 끝을 지향하고, 그건 항상 현존한다.

Time present and time past

Are both perhaps present in time future

And time future contained in time past.

If all time is eternally present

All time is unredeemable.

What might have been is an abstraction

Remaining a perpetual possibility

Only in a world of speculation.

What might have been and what has been

Point to one end, which is always present. (*CPP* 171)

시인을 보지 말고 시를 보자는 말이 있다. 엘리엇은 시에서 자기 이 야기가 아니라 화자의 이야기를 전개한다. 화자는 독백 형식으로 자 기 이야기를 털어놓는다. 독백 형식이란 화자의 "자기 극화"(self-dramatization, *SE* 129)라는 엘리엇 극적 수법의 한 방식이다. 시작(詩 作)에서 엘리엇 관심은 극적 수법을 통한 인물의 창조다. 이 시의 화자 는 이지적이고 사변적 성격의 인물로 등장한다. 모든 시간은 되돌릴 수 없다고 화자는 말한다. 이 시구는 시간의 회복 불가능이라는 논지 를 철학적 논리의 옷을 입혀 드러낸다. 그러나 이런 논리는 이내 무너 지고 만다. 과거에 실제로 있었던 일이나 실현될 법했으나 실현되지 않았던 일이나 다 같이 "같은 끝"(one end), 즉 동일한 극점(極點)으로 나아간다. 이 동일한 방향의 끝은 "영원히 현존하는"(always present) 끝이다. 이 끝은 어디에 있어도 좋은 끝이 아니다. 시를 읽어나갈수록, 오히려 이 끝은 어떤 특정한 가치와 의미를 지닐 것이라는 예감을 낳 는다. 이 끝에 관한 언급은 이 정도로 끝내고, 인용된 시구를 존재론 입 장에서 살펴보자.

방금 인용된 이 시구는 시간에 관련되는 추상 언어로 구성된다. 하지만 이런 현상은 겉보기에 불과하다. 이 속을 들여다보면, 겉으로는 추상 언어로 구성되는 시간표현은 구체적 형상의 사물 성격을 띤다. 시간은 살아서 "현존한다"(present)거나 "하나의 추상"(an abstraction), "사변의 한 세계"(a world of speculation), "영원한 하나의 가능성"(a perpetual possibility), "같은 끝"(one end)이라는 표현이 화자의 입에서 나온다. 이런 언어 표현은 시간에다 어떤 특정한 형상의 존재 형태를 부여한다. 시간은 하나의 존재 위상을 획득한다. 엘리엇은 화자로 하여금 이처럼 추상 언어를 변용하여 존재를 드러내는 언어 모험을 감행하게 한다. 하이데거 존재론에서 존재자가 없는 존재를 생각한다는 것은 무의미한 짓이다. 하지만 "형이상학을 극복하려는 의도에서조차 형이상학에 관한 고려는 떨칠 수 없다"고 하이데거는 말한다(*OTB* 24). 시에서 논리와 개념의 성격을 띤 메타 언어가 등장함은 피할 수 없는 일이다. 「번트 노턴」에서 추상적 개념 언어가 등장하는 데에는 엘리엇 나름의 이유가 있다. 1930년에 발표한 「문학과 프로파간다」("Literature and Propaganda")라는 글에서 그는 이렇게 말한다.

> 시가 철학에 관하여 증명하고자 하는 것은 단지 철학의 삶이 누려지도록 하는 가능성일 뿐이다—삶은 철학과 예술 둘 다 내포하는 법...... 시란..... 어떤 것이 참이라는 주장이 아니다. 시란 그 참이 우리에게 더욱 한껏 실감나도록 만드는 것이다.

> What poetry proves about any philosophy is merely its possibility for being lived—for life includes both philosophy and art..... For poetry..... is not assertion that something is true, but the making that truth more fully real to us. (*LOIA* 106)

이 인용에는 형이상학 성향의 서술을 시에서 한껏 실감나게 만드는 한편 형이상학의 힘을 빌려 존재(엘리엇 용어로 "실재, reality")[3]의 심연에 다다르고자 하는 엘리엇 의도가 담겨 있다. 이제 화자를 따라 존재의 심연으로 내려가 보자. 우리가 살피고자 하는 점은 화자라고 하는 존재자 자체가 엘리엇 눈앞에 나타나는 모습이다. 「번트 노턴」은 화자의 사색하는 시라고 할 수 있다. 이런 사색하는 시에서는 사색하는 테두리가 특색을 띤 채 드러난다. 물론 이 특색은 언어가 건립한다. 이를 위한 언어 전략을 다룰 때 우리가 유념해야 할 점은 메를로-퐁티(Maurice Merleau-Ponty)의 말이다. "언어란 주체가 부여하고자 하는 [존재]의미의 세계에서 어떤 입장을 드러낸다"(Merleau-Ponty 193). 엘리엇의 시 언어 전략은 메를로-퐁티 말과 같은 입장을 유지한다. 이 입장은 시에서 화자의 사유(思惟)방법을 의미한다. 이 시에서 화자의 사유방법은 과거에 관련되는 기억을 시발점으로 삼는다. 기억은 화자의 현재 상황을 말해주는 한 매체다. 과거는 현재 안에서 새로운 의미를 얻는 하나의 살아 움직이는 공간을 열어준다. 이처럼 기억이라는 매체를 활용하여 화자는 인간의 원초 세계인 장미원이라는 "존재의 바탕"(ground of Being)(*PLT* 191)을 찾아간다. 그는 상상 속의 길손이 되어 장미원에 이른다. 장미원은 "우리들 첫 세계"(our first world)라고 화자는 함께 가는 사람에게 말한다. 이 첫 세계는 화자의 기억 속에 떠오르는 머나먼 태고 적 세계다. 이 첫 세계란 원초 또는 태초 세계라는 이름으로 바꾸어도 무방할 것이다. 『인식과 경험』에서 엘리엇은 이 원

---

3) 존재론 입장에서 보아 엘리엇의 실재 문제란 존재 문제다. 그가 존재나 존재론이라는 말을 입 밖에 내지 않았을망정 시에서 드러나는 그의 개성배제 시법(詩法)은 하이데거 존재 논법과 상통한다. 이처럼 상통한다 함은 두 사람 다 주관적 인식방법을 배제하고, 드러나는 그대로 존재 모습을 밝히는 데에 있다. 『T. S. 엘리엇과 미국 철학』에서 "엘리엇과 하이데거 사상 사이에는 공통점이 많다"(Jain 147–148)는 만주 자인의 짧은 언급은 두 사람 사이의 이런 점을 지적하는 것으로 보아야 할 것이다.

초 세계의 의의에 관하여 다음과 같이 말한다.

> 대상물에 관한 인식이 [우리 정신의] 구성물이라고 할 수밖
> 에 없는 세계에 속하는 것이라면, 실재(reality)[4]를 찾기 위하여
> 우리는 원시적 경험으로 돌아가야 하지 않을까?

> If knowledge of objects belongs to a world which is admittedly a
> construction, should not we return to the primitive experience to
> find reality? (*KE* 152)

엘리엇 말을 좇아서 장미원의 한 대목을 보자.

> 새가 말했다. 빨리, 아이들을 찾아라, 찾아,
> 모퉁이를 돌아서. 첫 문을 지나서
> 우리들 첫 세계로 들어가, 지빠귀 새 요술을 좇아서
> 우리 따라 가볼까? 우리의 첫 세계로.
> 아이들 저기 있었구나, 의젓이, 눈에 띄지 않고,
> 시들은 잎들 위로 가을 열기를 받으며
> 살랑대는 대기 속을 가볍게 움직이고 있었다.
> 그러자 관목 숲 속에 숨어 들리지 않는

---

4) 엘리엇이 쓰는 실재란 말은 하이데거가 말하는 존재의 근원에 해당한다. 엘리엇에 따르면 실
재란 "적멸(寂滅, annihilation)이자 깜깜한 밤(utter night)의 경지"이며 "인식이라는 여행의 시작
이자 끝(the beginning or end of our journey)"이다(*KE* 31). 실재란 우리들의 인식대상이 되는 모든
것들이 드러나게 하는 토대이다. 한편 하이데거의『형이상학이란 무엇인가?』(*Was Ist Metaphysik?*)
에서는 존재의 근원이란, 엘리엇 말처럼 깜깜한 어둠 속에 감추어져 있다. 존재한다는 것은, 이
깜깜한 밤, 즉 무(無)의 경지에서 "나타남"(entstehen, emergence)이다(ITM 14). "무의 경지(Nichts,
nothingness)란 존재하는 것이 드러날 수 있게끔 해주는 바탕이다." 한편 "존재하는 것의 존재
에서 무화(無化) 작용이 일어난다"고 하이데거는 말한다(*WM* 90, 91). 존재와 무는 '동전의 양
면'인 셈이다. 무란 없음이 아니라 근원적인 침묵을 뜻한다. 이 침묵이란 쉽게 말해 우리 눈앞
에 드러나지 않은 채 감추어져 있는 상태다. 엘리엇이 말하는 적멸 또는 깜깜한 밤이라는 실
재란 하이데거가 말하는 존재의 원천, 즉 '무'라는 심연에 해당한다. 엘리엇의 실재라는 말과
하이데거의 존재라는 말은 "모든 생존(existence)의 근원적인 원천"(Wilson 56)을 뜻한다.

음악에 호응하여 새가 응답했다.
보이지 않는 시선이 오갔다, 장미꽃들은
누가 보고 있음을 의식하는 표정이었다.

Quick, said the bird, find them, find them,
Round the corner. Through the first gate,
Into our first world, shall we follow
The deception of the thrush? Into our first world.
There they were, dignified, invisible,
Moving without pressure, over the dead leaves,
In the autumn heat, through the vibrant air,
And the bird called, in response to
The unheard music hidden in the shrubbery,
And the unseen eyebeam crossed, for the roses
Had the look of flowers that are looked at. (*CPP* 171−172)

이 시구에서 아이들이 숨박질하고 새가 응답한다. 이들이 쓰는 말은 "빨리," "찾아라"라는 소박한 말들이다. "인식의 무구(無垢, epistemological innocence), 바꿔 말해 어린이나 새의 심성이 드러내는 바와 같이 교육 받은 문명인 세계의 형성을 위한 태초의 기반이 되는 천진한 감각 세계"가 이런 소박한 말들의 세계다. 교육받은 문명인의 인식이란 개념과 논리에 의존하지 않을 수 없다. 그러나 장미원의 세계에서는 문명의 티를 찾아볼 수 없다. 이런 세계는 "벌거벗은 감각 세계"(sensational nudity)이자, 개념이나 논리를 거치지 않고 사물을 직접 경험하는 세계다(Michaels 172). 이와는 달리 "의젓이(dignified)," "살랑대는 대기(vibrant air)," "호응(response)," "보이지 않는 시선(unseen eyebeam)"은 문명의 세례를 받은 말들이다. 그러나 시에서 엘리엇 의도는 화자 입에서 나오는 "dignified, vibrant air, response, unseen eyebeam"이라는 단어들이 문명의 티를 내고 개념을 내포하는 그런 양상을 차단한다. 이들 단어는 단지 "감성을 담고 물질 성격을 띤 언어"로 독자들이 수용해주기를 엘리엇은 기대한다. 사고와 실재라는 주제 아래 철학은 "논리라는 맥락 속에서 언어를 고립시킨다." 반면 시에서 "단어란 그 단어가 드러내고자 하는 경험과 뗄 수 없는 부분이다. 단어란 이해될뿐더러 체험되어야 한다"고 엘리엇은 말한다(Habib 149). 이와 같이 엘리엇은 시에서 사물을 '직접 경험'5)하는 원초 세계를 추구한다. 이런 방법을 써서 엘리엇은 존재하는 것이 있는 그대로, 즉 존재하는 것의 존재 모습을 그대로 독자들에게 보여준다. 이와 같이 엘리엇의 시법(詩法)은 해석학적 방법과 유사하다고 말할 수 있다. 이런 의미에서 엘리엇 시와 언어는 하이데거가 추구하는 해석학적 존재론 측면에서 다루어질 수 있다.

세계란 하나의 대상이 아니라 이 세계를 보는 사람과 연관되는 여러 모습으로 드러나게 하는 의미 맥락을 형성한다. 이런 현상을 두고 우리는 체험이라는 말을 쓴다. 엘리엇은 이처럼 시 화자의 체험을 통해서 화자가 이해하는 대로 세계가 드러나게끔 언어를 불러 모으게 한

---

5) "엘리엇 시 구성 원리뿐만 아니라 그의 문학비평에서 드러나는 중요한 비평 개념 배후에는 브래들리 정신이 있다"(Bolgan 252). 브래들리에 따르면 인식의 세계에서 실재(reality)에 이르는 토대는 직접경험이다. 직접경험이란 인식 주관과 인식 대상인 객관, 예컨대 정신과 물체, 자아와 타자, 자아와 세계 사이의 구분이 일어나기 전의 경험 상태를 뜻한다. 브래들리는 다음과 같이 말한다.
"처음에 우리 앞에 드러난 것, 우리 앞에 있어서 느껴지는 것을 넘어서는 아무것도 없다. 기억, 상상, 희망, 공포, 생각이나 의지 같은 것은 없고 차이나 비슷함을 지각하는 작용도 없다. 간단히 말해서 무엇과 무엇 사이의 관계라든가 무엇에 관한 주관적인 감정이라는 것은 없다. 있는 것이라고는 오직 몸에 와 닿는 느낌뿐이다"(Levenson 177 재인용).
이처럼 직접경험을 토대로 하여 엘리엇은 시 쓰기에서 주관과 객관의 구분을 없이하고 소재가 드러나 있는 그대로 독자에게 보여주고자 한다. 개성배제, 극적 수법, 객관적 상관물 개념을 주축으로 하는 엘리엇 시관(詩觀)이란 실은 이 직접경험이라는 개념에서 파생했다고 우리는 말할 수 있다.

다. 이렇게 불러 모으기는 어느 특정한 상황 속에서 드러나는 존재 밝히기다. 존재를 밝힌다 함은, 지금껏 드러나지 않은 채 감추어져 있던 존재자의 존재를 밝히는 일이다. 그리고 이런 밝힘은 진리를 드러내는 일이라고 하이데거는 말한다. 그는 진리를 희랍어 단어를 써서 알레테이아(*aletheia*)라고 부른다. 그의 알레테이아 해석은 독특하다. 그의 해석에 따르면 이 단어는 부정(否定)의 접두사 a와 망각과 은폐를 뜻하는 *lethe*로 풀이 된다. 그리하여 진리란 본래 사물과 지성의 일치나 판단과 대상의 합치가 아니라 은폐된 것이 드러나는 것 자체를 뜻한다고 그는 주장한다. 그에 따르면 진리란 존재의 규정이 된다. 존재 규정이란 존재하는 것의 속성이라는 내용을 밝히기다. 이렇게 해서 시인은 존재하는 세계와 그 세계의 존재속성을 계시하는 텍스트를 만든다. 이런 텍스트 속에서 시인 엘리엇은 지금껏 말해지지 않은 존재 모습을 드러낸다. 이 과정에서 엘리엇이 불러들이는 언어는 힘을 갖기 시작한다. 여기서 우리가 염두에 두어야 할 일이 하나 있다. 하이데거 논법에 따를 때, 이 하나는 시인이 탐구하는 것은 인간의 경험이 아니라 존재의 의미를 밝히는 단서가 될 시라는 점이다.

1930년대에 들어서부터 전개되는 하이데거 시론 논법을 빌리자면, 「번트 노턴」에서 엘리엇은 "우리들, we"의 원초 세계인 장미원 식구들을 불러들인다. 원초 세계란 인간이라는 존재자가 태어나 삶을 누리는 최초의 바탕이다. 장미원의 아이들과 새 역시, 이처럼 인류의 역사에서 존재하는 것이 최초로 모습을 드러내는 바탕의 장소에 살고 있는 존재자들이다. 교육받은 지성인들을 시에 불러들일 때에도 엘리엇은 이들의 감정과 사고는 존재의 원초 바탕에 이르도록 한다. 원시 사회 언어가 아니라 오늘의 언어를 쓸망정, 시에서 등장인물들은 감정과 사고가 융합된 신체 행동을 통하여 자기 모습을 드러내고 될 수 있는 대로 개념 언어를 피한다. 뿐만 아니라 등장인물들로 하여금 논리와 개념 언어를 배제한 채 눈앞에 드러나는 사물이나 사태를 드러나는 그대로 직접 경험하도록 엘리엇은 만든다. 인용된 시구에서 화자의 언어표현은 이처럼 직접경험의 언어범주에 든다. 이런 것이 엘리엇의 전반적인 시 수법이다. 그리하여 존재하는 것의 모습을 드러나 있는 그대로 나타내는 언어 전략을 엘리엇은 구사한다.

장미원을 드러내는 시구는 앞서 인용된 시간에 관한 화자의 독백에서 나타난 "같은 끝"(one end), 즉 동일한 극점(極點)의 존재를 불러들인다. 이런 가운데 상상의 날개를 활짝 펴고 날면서 화자는 우리들이 풀어헤쳐 보지 못한 존재 영역을 건드린다. 시에서 이렇게 건드려서 열어 보임을 "존재하는 것의 진리"(*PLT* 61) 드러내기라고 하이데거는 말한다. 논리의 훈련을 쌓을뿐더러 모든 것을 속속들이 계산해내고야마는 지성(知性)의 눈으로 본다면 장미원 장면이란 알맹이도 없는 말을 늘어놓는 것이나 다를 바 없다. 그러니 존재하는 것들을 파헤치는 순간 엘리엇은 언어라고 하는 것과 부딪치게 된다는 사실은 전혀 이상할 것이 없다. 엘리엇 의욕은 언어를 고정관념이라는 틀 속에서 풀어내기다. 사정이 이러하니 일상의 언어습관이라는 딱딱하게 굳어진 장벽을 허물고, 새로운 언어를 불러오는 모험을 화자로 하여금 엘리엇이 감행케 할 수밖에 없다. 장미원 중앙의 연못 장면을 보자.

연못은 메마르고, 메마른 콘크리트, 갈색 변두리.
햇빛이 비치자 연못은 물로 가득 차,
연꽃이 고요히, 고요히 솟아오르고,
수면은 빛의 중심을 받아 번쩍이고,
아이들은 우리 등 뒤에서 연못에 비치고 있었다.

Dry the pool, dry concrete, brown edged,
And the pool was filled with water out of sunlight,
And the lotos rose, quietly, quietly,
The surface glittered out of heart of light,
And they were behind us, reflected in the pool. (*CPP* 172)

    화자와 장미원 식구들이 연못을 들여다보는 장면이 과거 시제로 전개된다. 화자는 상상의 세계에 빠져들어 간다. 햇빛을 받자 연못에 물이 가득 찼다. 연꽃이 고요히 피어오르고 수면이 빛의 중심에 부딪쳐 반짝댔다. 설럿(J. E. Cirlot)에 따르면 연꽃이란 "중심점(central point) 또는 정지된 동력(動力, unmoved mover)에서 성장하는 우주"일뿐더러 "여러 신들(deities) 속성"의 상징이다(Cirlot 193). 화자는 이런 연꽃이 피어오르는 모습을 볼뿐더러 빛의 중심(heart of light)을 보았다. 전깃불이 번쩍이거나 빛이 비치는 현상을 볼 수 있지만, 빛이나 전기라는 존재 자체를 우리는 볼 수 없다. 하지만 "빛의 중심"(heart of light)을 보았노라고 화자는 말한다. 이 장면은 『황무지』의 한 장면을 떠올린다. 그 장면을 옮겨 보자.

    …… 나는 말이 안 나왔다,
눈이 멀었다, 살아 있는 것도
죽은 것도 아니었다, 아무것도 모른 채
나는 빛의 중심인 침묵 속을 들여다보았다.

    …. I could not,
Speak, and my eyes failed, I was neither
Living nor dead, and I knew nothing,
Looking into the heart of light, the silence. (*CPP* 62)

『황무지』화자는 벙어리가 되고 장님이 되었다. 삶과 죽음의 중간 상태에서 의식이 작용하지 않는 무사고(無思考, unthought) 상태에서 화자는 마음의 눈으로 빛의 중심을 들여다보았다. 이 중심은 침묵이다. 빛의 중심은 침묵이라고 화자는 말한다. 침묵이란 공허이자 무(無)다. 「번트 노턴」에서도 이처럼 "빛의 중심"을 침묵으로 해석할 수 있는 가능성을 우리는 찾게 된다. 「번트 노턴」의 화자도 자연 속에서 빛의 중심인 침묵을 읽어냈다고 우리는 말할 수 있을 것이다. 「번트 노턴」의 화자는 이 침묵이라는 공간을 언어로 메우려는 언어 모험 의욕을 부린다. 화자가 메운 최초의 일은 "빛의 중심에서 연꽃이 고요히, 고요히 솟아올랐다"(And the lotos rose, quietly, quietly)는 표현이다. 『황무지』의 경우와는 달리 방금 인용된 「번트 노턴」의 장미원 장면은 문명이 배제된 순수 자연의 차원에 머물고 있다. 그러다 한 점 구름이 지나가고 물이 텅 빈 연못 모습이 드러났다.

> 그러자 구름 한 점 지나가고, 연못은 텅 비었다.
> 가요, 새가 말했다. 나뭇잎엔 아이들이 가득
> 신나게 몸을 숨긴 채 웃음소리를 참고 있어요.
> 가요, 가요, 가요, 새가 말했다. 인간은
> 벅찬 현실을 제대로 감당하지 못한다.

> Then a cloud passed, and the pool was empty.
> Go, said the bird, for the leaves were full of children,
> Hidden excitedly, containing laughter.
> Go, go, go, said the bird: human kind
> Cannot bear very much reality. (*CPP* 172)

이제 시의 장면은 장미원이라는 순수 자연의 차원에서 혼탁한 문명이 개입하는 비자연(非自然)의 차원으로 바뀌었다. 화자를 위시하여 장미원 식구들이 무엇에 쫓기는 듯한 분위기가 이 시구에서 암시된다. 그러자 새가 우리들(we, 화자와 대화 상대인 다른 한 사람)에게 "가요" 소리를 되풀이한다. 존재자마다 존재 테두리라는 것이 있다. 이 테두리 안에 들지 못하는 타자(他者)는 거부 아니면 배척 대상이다. "우리"는 장미원의 침입자들이다. 다른 한편으로 신나게 놀아대는 장미원 식구들은 그들대로 우리에게 방해가 된다. 인간은 이런 벅찬 현실을 제대로 감당하지 못함을 화자는 알아차린다. 이처럼 자연의 차원에서 비자연의 차원으로 시 장면이 바뀌는 데에서 엘리엇의 언어 전략이 나타난다. 이 전략은 시 전체가 어느 특정한 방향으로 나아가도록 하는 기점(基点)을 세우는 일이다. 이 기점이란 다름 아닌 빛이다.

이 빛을 침묵에 연계한다면 장미원 연못에 비치는 빛은 화자에게 특별한 의미를 부여한다. 즉 침묵이란 모든 일이 일어날 수 있는 기점이다. 그러므로 장미원 연못에 비치는 빛은 현실 속에서 일어난 일이나 일어날 가능성으로 남아있었던 모든 일을 품고 있다. 빛을 기점으로 이 두 갈래 일 사이의 구분은 사라져버리고 하나로 집약하는 "같은 끝"(one end)이라는 극점(極點)이 화자 의식 속으로 밀려든다. 이 극점은 세속의 시간을 초월하여 항상 현존한다. 과거의 가능성으로 남아있던 일이나 현실에서 일어난 일 사이의 구분은 사라져버린다. 이처럼 구분이 사라져 버림을 생각한다면, 화자의 기억 속에 남아 있는 장미원의 발자국 소리는 현실의 세계에서 나타날 수 있는 잠재력을 지니게 된다. 이 점을 밝히는 화자의 언어 전략은 「번트 노턴」의 시작 구절로 되돌아가는 일이다. 시를 보자.

과거의 시간과 미래 시간
있었을 법한 일과 있어왔던 일은
같은 끝을 지향하고, 이건 항상 현존한다.

Time past and time future
What might have been and what has been
Point to one end, which is always present. (*CPP* 172)

　화자는 이 동일한 끝을 찾아나서는 탐구의 길에 오른다. 이 끝은 정지점(still point)이라고 불리는 한 점에 이른다. 정지점은 존재의 근원이 되는 점이다. 엘리엇은 화자로 하여금 이 정지점을 언어로 건립하게 한다. 정지점을 건립하자면 들어갈 내용물들이 있어야 한다. 화자는 묻고 물어서 이 내용물들을 불러 모으는 길을 떠난다. 이렇게 불러 모으는 화자의 언어 전략을 살펴보자. 「번트 노턴」 제2부 첫 구절을 인용한다. 이 구절은 장미원 체험이 있은 다음에 화자가 불러들이는 천상과 지상의 있음직한 존재 모습들이다. 이런 모습들이 화자의 내면 세계인 마음의 공간에서 용솟음쳐 오른다.

　진흙 속의 마늘과 청옥들은
　파묻인 차축(車軸)에 엉겨 붙는다.
　핏속에서 떨리는 철선은
　만성의 상처 아래서 노래하고
　오래 망각된 전쟁들을 달랜다.
　동맥을 따라서 가는 춤과
　임파의 순환은
　별들의 운행에서 제 모습이 그려지고
　나무에서 위로 올라가 여름을 맞이한다.

무늬 진 나뭇잎에 비치는 빛을 받아
움직이는 나무 위로 우리는 올라가
아래의 질퍼덕한 바닥에서 울리는 소리를 듣는다
쫓는 사냥개와 멧돼지가
예나 이제나 습성대로 소리를 지른다.
하나 성좌 속에서 조화가 있다.

Garlic and sapphires in the mud
Clot the bedded axle-tree.
The trilling wire in the blood
Sings below inveterate scars
Appeasing long forgotten wars.
The dance along the artery
The circulation of the lymph
Are figured in the drift of stars
Ascend to summer in the tree
We move above the moving tree
In light upon the figured leaf
And hear upon the sodden floor
Below, the boarhound and the boar
Pursue their pattern as before
But reconciled among the stars. (*CPP* 172)

　먼 옛날 전쟁터에 있었던 일인지 차축 하나가 진흙바닥에 뒹굴고 있
다. 진흙에 파묻혔던 마늘과 청옥 몇 개가 차축에 엉겨 붙은 채 공존하
고 있다. 인간의 혈액 속에는 마음의 금선(琴線)이 떨리는 소리로 노래
부르며 먼 옛날의 잊어버린 전쟁을 달랜다. 동맥 속 피의 약동과 임파
의 약동은 나무 위로 올라가 여름을 구가한다. 이 같은 "다양성은 통일

못지않게 본질적"이라고 엘리엇은 말한다(*OPP* 23). 엘리엇은 다양성과 통일을 함께 생각한다. 하이데거 논법을 빌리자면 시의 화자는 존재의 근원이라는 심연을 찾아서 묻고 물어서 가는 길손이다. 그의 눈앞에는 지상과 천상의 다양성이 하늘의 별들처럼 우주 질서에 편입하여 조화를 이루고 있다. 여러 상반되는 것들 사이의 조화가 드러난다. 이렇게 드러난다 함은 눈앞에서 일어나는 일을 화자가 마치 직접 경험하는 듯한 수법으로 엘리엇은 시를 전개하기 때문이다. 이 조화는 화자에게 새로운 사유(思惟) 가능성을 열어준다. 화자의 마음속에서는 시간과 공간을 환히 드려다 볼 눈이 트인다. 그는 이 가능성을 형이상학 성격의 언어를 빌려서 나타낸다.

> 회전하는 세계의 정지점에서. 육체도 육체가 아닌 것도 아니고,
> 거기[정지점]서 오는 것도 거기로 가는 것도 아닌, 정지점 거기
> 에 춤이 있다.
> 하나 정지도 아니고 운동도 아니다. 고정이라고 부르지 말라.
> 거기에 과거와 미래가 모여 있다. 거기서 오는 운동도 아니고
> 거기로 가는 운동도 아니다,
> 올라가는 것도 내려가는 것도 아니다. 이 점, 정지점 없이는
> 춤이 없으리, 오직 그 춤이 있을 뿐.

> At the still point of the turning world. Neither flesh nor
>   / fleshless;
> Neither from nor towards; at the still point, there the dance is,
> But neither arrest nor movement. And do not call it fixity,
> Where past and future are gathered. Neither movement from
>   / nor towards,
> Neither ascent nor decline. Except for the point, the still point,

There would be no dance, and there is only the dance. (*CPP* 173)

　이 시구는 존재의 근원이 되는 "실재란 통일"이고 "유일한 실재는 모든 것을 포괄하는 하나의 전체라는 절대이며, 이 절대의 내용은 상호연관 되어 있다"(Habib 130)는 엘리엇 신념을 반영한다. 하지만 우리들이 할 수 있는 일이란, 모든 지식을 발생 기원으로 되돌려서 엘리엇 신념을 이루는 지식의 전제 조건을 검토해보는 일이다. 이런 과제를 해결하는 길을 찾아서 화자는 이 발생 기원에 접근한다. 방금 인용된 이 시구는 이런 접근을 위한 언어 전략의 산물이다. 이 전략은 시에서 정지점이라는 용어를 낳는다.

　『네 사중주』(*Four Quartets*) 제사(題詞)에서 나오는 "헤라클레이토스(Heraclitus)의 로고스(logos)와 하이데거가 말하는 존재(Being)와 「번트 노턴」의 정지점은 서로 뜻이 비슷하다"고 에릭 월슨은 말한다(Wilson 57). 하이데거에 따르면 로고스와 존재란 "스스로 꽃피듯이 나타서. . . 자체를 열어 보임이며. . . 생성하고 관찰 가능한 형상으로 남아있다"(*ITM* 14). 로고스와 존재는 존재하는 것이 존재하는 그대로 현존하게 하고 "헤어져 있는 것들을 한데 모아 통일하는 근원적 힘이다"(*ITM* 131). 로고스나 존재와 마찬가지로 정지점 역시 하이데거 말을 빌리자면 본질에서 볼 때 원동능력(原動能力, vis primitiva activa)으로 존재한다. 이 원동능력은 "시원이 되는 힘일뿐더러 어느 것이든지 자기 자신한테로 모아들이는 힘"(*PLT* 101)을 말한다. 화자는 마음의 눈으로 이 정지점을 들여다보았다. 정지점을 들여다본다함은 화자가 존재의 근원이라는 바탕에 깊숙이 다다르게 되었다는 이야기다. 이런 이야기를 전개하는 엘리엇 언어 전략이란, 정지점이 눈앞에 드러나는 대로 화자가 직접 경험하는 방식이다.

하이데거에 따르면 눈앞에 드러나는 것을 언어로 밝힌다 함은, 이 드러나는 것을 드러나는 무엇이라는 모습으로(as. . .) 이해하여 언어로 밝힌다는 뜻이다. 시의 화자는 회전하는 세계의 정지점을 체험하고 이해하는 존재형상으로(as. . .) 정지점의 내용을 언어로 밝힌다. 이 정지점에는 과거와 현재가 한데 모여 있을망정 구체적인 형상이 아니면서 오직 춤이라는 형상만 있는 것으로 화자는 이해한다. 이 이해가 드러나는 것을 무엇이라는 모습으로(as. . .) 화자가 밝히는 방식이다. 화자의 이해는 계속 이어진다.

> 우리가 거기[정지점] 있어왔노라고 나는 말할 수 있을 뿐, 하나
> 어디라고 말할 수 없다.
> 얼마동안이라고 말할 수 없다. 그 말은 정지점을 시간 안에 두는 것이니까.
> 실생활의 욕망에서 마음의 자유,
> 행동과 고통에서 해방, 안과 바깥의
> 강박에서 해방, 하나 감각의 은총에 둘러싸여
> 한 가닥 하얀 빛이 정지한 가운데 움직인다.

> I can only say, *there* we have been: but I cannot say where.
> And I cannot say, how long, for that is to place it in time.
> The inner freedom from the practical desire,
> The release from action and suffering, release from the inner
> And the outer compulsion, yet surrounded
> By a grace of sense, a white light still and moving, (*CPP* 173)

정지점은 시공간을 초월하고 인간 만사를 초월한다. 그러니 시공간 안에서 정지점의 위상은 찾을 수 없다. 이런 가운데 빛에 관한 화자의

체험이 언급된다. 이 체험은 장미원에서 화자가 보았던 빛의 광경의 연속이다. 빛은 이제 정중동(靜中動)의 형상으로 바뀌고, 존재하는 것에 관한 화자의 모든 체험은 "감각의 은총," 즉 감각이 베푸는 은총에 둘러싸여있다. 이런 다음 현실 세계에서 일어나는 인간의 존재 상황으로 화자의 생각은 옮겨간다. 화자의 생각은 사변적인 언어로 나타난다.

> 하나 과거와 미래의 사슬은
> 변화하는 몸이라는 허약 속에 짜여있지만
> 육신이 감당 못할
> 천국과 지옥으로부터 인류를 보호한다.

> Yet the enchainment of past and future
> Woven in the weakness of the changing body,
> Protects mankind from heaven and damnation
> Which flesh cannot endure. (*CPP* 173)

과거와 미래의 시간은 인간을 구속하는 사슬이면서 허약한 인간의 몸속에 짜여 있다. 하지만 이 사슬이 역설(逆說)을 낳는다. 그 역설이란 인류에게 육신이 감당할 수 없는 천국의 환희와 지옥의 고통을 막아준다는 것이다. 엘리엇에 따르면 이 역설은 과거에서 미래에 이르는 시간의 사슬, 즉 인간이 얽매인 시간의 흐름 속에서 "부정하는 무엇" (something negative)에서 나오는 긍정이다. 이 부정하는 무엇이란 시간의 사슬 속에서 "[사고와 행동의] 강력한 습관의 장벽들을 허물어버리기다"(*UPUC* 144). 그리하여 「번트 노턴」 제2부 끄트머리에 가서 "오직 시간을 통해서 시간은 정복된다"(Only through time time is conquered)고 화자는 말한다. 이런 역설은 엘리엇이 말하는 "부정하는 무엇"(something negative)에서 나오는 긍정이다. 이처럼 부정과 긍정을 통하여 과거 습관의 장벽이 허물어진다. 이 허물기는 흘러가는 시간 속에서 일어난다. 「번트 노턴」에서 "아니다"라는 부정의 길을 찾는 엘리엇 사유(思惟) 과정은 하이데거 말을 빌리자면 "부정하는 한 신학 (a negative theology) 방법에 견주어진다"(*OTB* 47).[6)]

방금 인용된 두 시구, 정지점에 관련된 시구와 과거와 미래라는 시간 사슬에 관련된 시구는 형이상학 논리를 담은 사변적인 언어로 이루어져있다. 이런 시구의 언어 전략을 해명하자면, 앞서 「문학과 프로파간다」에서 인용된 엘리엇의 말로 우리는 다시 되돌아가야 한다. 엘리엇 말을 우리 말 번역으로 다시 인용한다.

> 시가 철학에 관하여 증명하고자 하는 것은 단지 철학의 삶이 누려지도록 하는 가능성일 뿐이다—삶은 철학과 예술 둘 다 내포하는 법..... 시란..... 어떤 것이 참이라는 주장이 아니다. 시란 그 참이 우리에게 더욱 한껏 실감나도록 만드는 것이다. (*LOIA* 106)

이제 빛과 정지점의 체험이 있은 다음, 화자는 세상 사람들이 사는 곳으로 길을 나선다. 이 길은 화자가 제 자신의 존재 정체를 탐구하는 존재 모험의 길에 해당한다. "모험은 존재자의 존재"라고 하이데거는 말한다(*PLT* 101). 모험의 입장에서 볼 때 화자는 제 나름대로 제 성격에 따라 현존재(現存在, Dasein, existence)라는 이름의 "인간 존재 전체 속으로 들어가, 이 전체라는 바탕에서 제 보금자리를 찾고자한다"(*PLT*

---

6) 신학이라는 밀을 쓰지만 하이데거는 자기 철학 저술에서 신이라는 말을 쓰지 않는다. 그는 무신론적 실존 철학의 대표자로 불린다. 시론(詩論)에서 "신다운 존재자들"(die Göttliche, divinities, *PLT* 199)이라는 표현을 그는 사용한다. 그는 원래 신학의 길을 지망했으나 몸이 허약하여 신학의 길을 포기하고 철학도가 되어 시론을 폈다.

106). 이처럼 제 보금자리를 찾아나서는 길에서 런던(London)의 한 지하철 역 광경을 화자는 목격한다.

> ...... 오직 시간에 얽매인
> 긴장된 얼굴들 위에 까물대는 불꽃
> 착란이 낳은 착란에서 착란이 일어난 얼굴들
> 환상에 차고 의미를 잃고
> 집중 없는 부어터진 무감정
> 사람들과 앞 시간과 뒷 시간에 이는
> 찬 바람에 소용돌이치는 종이 조각들,
> 병든 허파 속을 들락대는 바람,
> 앞 시간과 뒷 시간.

> .... Only a flicker
> Over the strained time-ridden faces
> Distracted from distraction by distraction
> Filled with fancies and empty of meaning
> Tumid apathy with no concentration
> Men and bits of paper, whirled by cold wind
> That blows before and after time,
> Wind in and out of unwholesome lungs
> Time before and time after. (*CPP* 174)

『황무지』의 사람들을 엘리엇은 언제 꺼질지도 모를 촛불에 비유하여 "깜박거리는 촛불, a flicker"이라고 했다. 이 깜박대는 촛불이 시간에 얽매인 긴장된 얼굴들을 비치고 있을 뿐이다. 화자는 이런 상황이 일어나고 있는 시간을 밝히고자 "앞 시간과 뒷 시간"이라는 말을 불러들인다. 이 시간은 열차가 지나가기 전과 지나간 뒷 시간을 말한다. 지하철역에 모인 사람들은 삶의 의미를 상실한 채 긴장, 착란, 환상, 무감정의 모습이다. 지하철역의 분위기 역시 찬바람이 일어 종이 조각들이 소용돌이친다. 「번트 노턴」을 위시하여 엘리엇 시 전반을 통해서 알 수 있듯이, 이런 사람들은 시간 세계의 현실 문제에만 얽매여 마음의 안정을 얻을 여유를 상실하고 있다.

하이데거 말을 빌리자면 「번트 노턴」의 화자는 이런 사람들과는 거리를 두고 독자적인 길을 가는 신념의 기사(騎士)다. "독자적인 현존재(인간 존재)만이 자유를 누린다"고 하이데거는 말한다(*BT* 222). 하이데거는 인간의 본래적인(authentic) 존재 방식을 독자성에서 찾는다. 인간은 스스로 미래를 창조한다는 의미에서 독자적 존재라야 한다는 생각이 하이데거 철학 바탕에 깔려 있다. 이 독자적 존재방식이 곧 실존방식이다. 이런 입장에서 본다면 지하철역에 모여 있는 사람들의 일상생활이란, 개성을 상실하고 너와 나의 구분 없이 오직 세속에 따르기만 하는 평균화된 비본래적(inauthentic) 존재방식에 따른다. 이처럼 평균화된 일상생활 속에 매몰된 사람들을 하이데거는 세인(世人, das Man, 적합한 영어단어가 없어서 they로 옮겨진다)이라고 부른다. 하이데거는 일상성의 성격을 퇴락(Verfall, fall)으로 규정한다. 그의 논법에 따르면 세인들이 쓰는 말은 요설(Gerede, idle talk)이다. 반면 「번트 노턴」의 화자와 같은 본래적 인간은 본래적 말(Rede, talk, discourse)을 쓴다. 하지만 본래성(authenticity)과 비본래성(inauthenticity)에 관한 구분은 도덕적 비판이나 철학적 입장에서 오는 문화론에 근거한 것이 아님을 하이데거는 강조한다. 그의 의도는 순전히 존재론의 차원에서 출발한다. 세상 사람들은 참다운 존재 방식에 관한 물음을 회피한다. 그러기에 이들은 존재 의미를 망각하고 있다. 이런 연유에서 하이데거는 존재망각(Seinsvergessenheit, oblivion of Being)이라는 말을 쓴다.

앞 장(章)에서 장미원 체험에서 정지점 체험에 이르기까지 드러나는 「번트 노턴」화자의 존재 상황과 그 의미 그리고 이 상황과 화자의 존재 의미를 밝히는 언어 전략을 필자는 살펴보았다. 그러나 문제는 여전히 남아있다. 그 문제란 존재의 심연에 화자가 어느 정도의 깊이까지 도달했는가라는 물음이다. 「번트 노턴」제5부는 이 물음에 대한 일종의 해답이 된다. 엘리엇의 경우 이 해답은 일종의 시 창작론이기도 하다. 엘리엇이 전개하는 창작론은 장미원과 정지점 체험의 숨은 뜻에 언어를 써서 접근하기 위한 열쇠이기도 하다. 시를 인용해보자.

> 말이 움직이고 음악이 움직인다
> 오직 시간 안에서만. 그러나 살아 있는 것만이
> 죽을 수 있을 뿐. 말은 하고나면
> 침묵에 든다.

> Words move, music moves
> Only in time: but that which is only living
> Can only die. Words, after speech, reach
> Into silence. (*CPP* 175)

언어로 모험을 감행하는 시인이라는 존재자가 더 많은 발언을 할양이면, 이 발언은 곧 노래가 된다. "노래는 현존재다"(Gesang ist Dasein. Song is existence. *PLT* 138)고 하이데거는 말한다. 하이데거는 또 횔더린(Friedrich Hölderlin[1770−1843])의 시구를 빌려 "오이디푸스(Oedipus) 왕은 아마 / 눈이 하나 더 있겠지"[7](*EHD* 44, 하이데거 詩論

31)라고 말한다. 이 말은 노래하는 시인은 보통 사람이 다다르지 못하는 눈과 예지를 지녔다는 뜻이다. 하지만 시간이 지나면 시의 운명이란 어쩔 수 없이 죽음이라는 침묵으로 돌아가고 만다. 그런 의미에서 방금 인용된 시구에서 "말은 하고나면 / 침묵에 든다"고 시의 화자는 말한다. 화자는 시에서 참 침묵이란 어떤 것인가를 명상한다.

> ...... 오직 형식과 모형에 의해서만
> 말이나 음악은 침묵에
> 이를 수 있다, 중국 항아리가 여전히
> 침묵 속에서 영원히 움직이듯.
> 가락이 이어지는 동안의 바이올린 침묵이 아니다.
> 그것만이 아니라 소리와 침묵의 공존,
> 아니 끝이 시작에 앞서고,
> 시작의 앞과 끝의 뒤에,
> 끝과 시작은 항상 거기에 있었다고 말하자구나.
> 만사는 항상 현재다.

> . . . . Only by the form, the pattern,
> Can words or music reach
> The stillness, as a Chinese jar still
> Moves perpetually in its stillness.
> Not the stillness of the violin, while the note lasts,
> Not that only, but the co-existence,
> Or say that the end precedes the beginning,
> And the end and the beginning were always there
> Before the beginning and after the end.
> And all is always now. (CPP 175)

---

7) Der König Oedipus hat ein Auge zuviel vielleicht.

이처럼 화자는 시작(詩作)에서 정지점에 다다르는 길을 생각해본다. 정지점에 다다른 시에서는 여전히 소리와 침묵이 공존하고 시작과 끝이 공존해야 한다. 이런 시는 항상 현재라야 한다. 중국 항아리가 여전히 침묵 속에서 영원한 동작을 드러내듯 시 또한 그러해야 한다. 이러자니 시인의 운명이란 고뇌의 연속일 수밖에 없다. 시 한 구절을 인용해보자.

> . . . . . . 말이란 짐을 진 채
> 가까스로 견디다 터지고 때로는 깨어지기도 한다.
> 긴장한 나머지 헛딛고 미끄러지기도 하고 소멸하기도 한다
> 적확하지 못해 마침내 썩고 만다. . . .

> . . . . Words strain,
> Crack and sometimes break, under the burden,
> Under the tension, slip, slide, perish,
> Decay with imprecision, . . . (*CPP* 175)

인간을 주체로 하는 말이 시의 소재를 표현하는 짐을 지면 위기에 처한다고 화자는 말한다. 시 언어의 기능은 존재하는 것의 진실을 밝히는 언어 모델을 창조하는 데에 있다. 사정이 이러한데 「번트 노턴」에서 화자가 존재의 심연에 다다르기 위하여 언어를 불러 모으는 일에 성공을 거두었을까? 장미원에 들어가면서 화자가 마음에 차지 않는 듯한 표정을 암시하는 대목이 있다. 이 대목은 침묵과 정지점에 이르고자 하는 화자 마음속에서 일어날 수 있는 상황에 견주어질 수 있을 것이다.

...... 내 말이 이처럼
그대 마음에 메아리친다.
하나 무슨 목적으로
장미꽃잎 주발에 쌓인 먼지를 건드리는지
나는 모르겠다.

.... My words echo
Thus, in your mind.
                    But to what purpose
Disturbing the dust on a bowl of rose-leaves
I do not know. (*CPP* 171)

화자의 말을 한 대목 더 인용해보자.

우리가 거기[정지점에] 있었다고 나는 말할 수 있을 뿐,
        / 하나 어디라고 말할 수 없다.
얼마 동안이라고 말할 수 없다. 그 말은 정지점을 시간 안에
        / 두는 것이니까.

I can only say, *there* we have been: but I cannot say where.
And I cannot say, how long, for that is to place it in time. (*CPP*
173)

우리는 화자의 말을 어떻게 받아들여야 할까? 비트겐슈타인 말을 들
어보자. "내 언어의 한계는 내 세계의 한계를 의미한다. 논리라는 것
이 세계를 메운다. 그러나 세계의 한계 역시 논리의 한계다"(Wittgenstein
149). 결국 「번트 노턴」에서 엘리엇이 화자를 시켜 언어를 불러 모으
게 한만큼 독자는 존재의 심연을 체험할 수 있는 셈이다.

인용문헌

Bolgan, Anne C. "The Philosophy of F. H. Bradley and the Mind and Art of T. S. Eliot: An Introduction." *British Literature and British Philosophy: A Collection of Critical Essays*. Ed. S. P. Rosenbaum. Chicago and London: The U. of Chicago P, 1971. 251−77.

Cirlot, J. E. *A Dicitionary of Symbols*. Trans. Jack Sage. London and Henley: Routledge & Kegan Paul, 1962.

Eliot, T. S. *The Complete Poems and Plays of T. S. Eliot*. London: Faber and Faber, 1967. [*CPP*로 표기]]

_____. *Knowledge and Experience in the Philosophy of F. H. Bradley*. New York: Farrar, Straus, 1964. [*KE*로 표기]]

_____. *On Poetry and Poets*. London: Faber and Faber, 1957. [*OPP*로 표기]]

_____. "Poetry and Propaganda." *Literary Opinion in America: Essays Illustrating the Status, Methods, and Problems of Criticism in the United States in the Twentieth Century*. 3rd ed. rev. Vol. I. Ed. Morton Dauwen Zabel. New York: Harper and Row, 1962. [*LOIA*로 표기]]

_____. *Selected Essays*. 3rd ed. London: Faber and Faber, 1951. [*SE*로 표기]]

_____. *The Use of Poetry and the Use of Criticism*. 2nd ed. London: Faber and Faber, 1964. [*UPUC*로 표기]]

Habib, M. A. R. *The Early T. S. Eliot and Western Philosophy*. Cambridge: Cambridge UP, 1999.

Heidegger, Martin. *Being and Time*. Trans. John Macquarrie and Edward Robinson. New York: Harper & Row, 1962. [*BT*로 표기]]

_____. *Erläuterungen zu Höderlins Dichtung*. Frankfurt am Main: Vittorio

Klostermann, 1951. [*EHD*로 표기]]

_____. *An Introduction to Metaphysics*. Trans. Ralph Manheim. New Haven: Yale UP, 1959. [*ITM*으로 표기]]

_____. *On Time and Being*. Trans. Joan Stambaugh. New York: Harper & Row, 1972. [*OTB*로 표기]]

_____. *Poetry, Language, Thought*. Trans. Albert Hofstadter. New York: Harper & Row, 1971. [*PLT*로 표기]]

_____. 全光珍 옮김. 『하이데거 詩論과 詩文』. 서울: 탐구당, 1979 [하이데거 詩論으로 표기]]

_____. 이기상 원문 대역. 『형이상학이란 무엇인가?』(*Was Ist Metaphysik?*). 서울: 서광사, 1994. [*WM*으로 표기]]

Jain, Manju. *T. S. Eliot and American Philosophy: The Harvard Years*. Cambridge: Cambridge UP, 1992.

Levenson, Michael H. *A Genealogy of Modernism: A Study of English Literary Doctrine 1908−1922*. Cambridge: Cambridge UP, 1984.

Macquarrie, John. *Martin Heidegger*. London: Lutterworth, 1968.

Merleau-Ponty, Maurice. *Phenomenology, Language & Sociology: Selected Essays of Maurice Merleau-Ponty*. Ed. John O'Neil. London: Heineman, 1974.

Michaels, Walter Benn. "Philosophy in Kinkanja: Eliot's Pragmatism." *Glyph* 8 (1981): 170−202.

Russell, Bertrand. Introduction. *Tractatus Logico-Philosophicus*. Ludwig Wittgenstein. New York: The Humanities, 1951.

Wilson, Eric. "On the Way to the Still Point: Eliot's *Four Quartets* and Martin Heidegger." *Yeats Eliot Review* 13: 3−4 (1995): 56−62.

엘리엇의『네 개의 사중주』와
데리다의「어떻게 말하는 것을 피할 수 있는가」:
두 텍스트의 상보적 해석*

김 양 순(고려대학교)

1

이전의 시대가 자아와 세계를 인식하기 위해 통합·종합하는 힘과 지각을 강조했다면, 왜 현대에는 "부정"(negation), "부정성"(negativity)에 대한 매혹이 증가하는 것일까? 차이와 불연속과 미완성, 혹은 완성될 수 없는 경험에 대한 현대의 관심, 즉 "부정을 나타내는 행위"(negative gestures)에 대한 몰두는 시뿐만 아니라 철학, 역사의 언어에도 반영되어 있다(Budick and Iser xi). "부정을 나타내는 행위" 중에서 말할 수 없는 것에 대한 인식은 "언어의 전환"(linguistic turn)에 힘입어 더욱 가속화된 것이고, 흥미롭게도 이러한 인식은 데리다(Jacques Derrida)의 "해

---

* 이 논문은『T. S. 엘리엇 연구』제15권 2호(2005.12)에「엘리엇의『네 개의 사중주』와 데리다의 「어떻게 말하는 것을 피할 수 있는가」: 두 텍스트의 상보적 해석」으로 게재되었던 것을 수정한 것임.

체적" 사유뿐만 아니라, "질서"와 "통합"을 갈망하던 엘리엇(T. S. Eliot)의 후기시에도 드러나 있다.

본고에서는 『네 개의 사중주』(Four Quartets)에1) 나타나 있는 "침묵"에 대한 엘리엇의 탐색과 데리다의 해체주의, 특히 그의 에세이 「어떻게 말하는 것을 피할 수 있는가」("How to Avoid Speaking")를 연결 지어 보고자 한다. 이러한 시도는 존슨(Samuel Johnson)이 "가장 이질적인 개념들이 폭력적으로 결합된"(the most heterogeneous ideas are yoked by violence together) 것으로 형이상학적 "기상"(conceit)을 비판하였듯이, 일견 지나치게 기발한 것에 탐닉하는 위험스런 발상으로 보일 수 있다. 그러나 데리다와 엘리엇의 비교연구는 이미 데이비드슨(Harriet Davidson), 펄(Jeffrey Perl), 브루커(Jewel Spears Brooker), 벤틀리(Joseph Bentley)와 같은 비평가들을 통해 불완전하게나마 이루어진 바 있다.2) 데리다와 엘리엇을 연결 짓는 과제에서 양자가 동일한 문제들을 경험하고, 유사하게 사고하였나 하는 것보다, 한쪽의 텍스트가 다른 쪽의 텍스트를 어느 정도로 설명해 줄 수 있는가 하는 것이 더욱 중요한 문제로 보인다. 이런 관점에서 컨즈(Cleo McNelly Kearns)는 『네 개의 사중주』와 「어떻게 말하는 것을 피할 수 있는가」는 상호 해명해 줄 수 있는 가능성이 높다고 보았다. 또한 그는 "부정신학(negative theology)에 대한 데리다적인 분석"으로 『네 개의 사중주』의

---

1) "네"라는 관형어는 국어문법상 단위명사(단위성 의존명사) 앞에서 그 수량이 넷임을 나타내는 말이다. Four Quartets 제목의 일반적인 번역이 『네 사중주』이긴 하지만, 이러한 이유에 근거하여 필자는 『네 개의 사중주』로 번역, 표기하고자 한다. 참고로 단위명사의 예로서는 네 "마리," 네 "명," 네 "시간" 등이 있다. 반면 "사중주"는 단위명사로 보기 어려운 일반명사이다.

2) 데이비드슨의 『T. S. 엘리엇과 해석학: 『황무지』에서의 부재와 해설』(T. S. Eliot and Hermeneutics: Absence and Interpretation in The Waste Land), 펄의 『회의와 현대적 적의』(Skepticism and Modern Enmity), 브루커와 벤틀리의 『『황무지』 읽기: 모더니즘과 해석의 한계』(Reading The Waste Land: Modernism and the Limits of Interpretation) 등이 그 예이다.

미묘하고 우회적인 서술을 더 잘 이해할 수 있다고 주장한다(145－46).

2

첫째로 엘리엇과 데리다가 공유하는 점은 언어 전반에 대한, 특히 "단정적인"(predicative) 언어에 대한 불신이다("How to Avoid Speaking" 4). 결정짓는 것은 한계를 지우는 것이고, 다른 가능성을 차단하는 것이다. 단정적인 언어에 대한 불신과 비판에는 이유가 있다. 개념적인 언어, 정의하는 언어로 "아래로 향하는 길"(way down)을 표현하는 것은 거의 불가피하게 적극적이거나 긍정적인 차원, 즉 한정적인 정의를 위협하는 "위로 향하는 길"(way up)의 의미를 또한 암시한다는 것이다. 왜냐하면 말이 신성한 기원, "말씀"(the Word)에서 나오든지 혹은 단순히 이전의 텍스트에서 나오든지 간에, 말하는 것은 그 자체의 작용 방식으로써 어느 정도의 긍정을 함의하기 때문이다(Kearns 137). 데리다가 「어떻게 말하는 것을 피할 수 있는가」에서 지적하였듯이, "가장 부정적인 발화는 모든 허무주의와 부정의 변증법을 넘어, 타자의 흔적" 즉 "그것보다 더욱 오래된 사건, 혹은 앞으로 발생할 것의 흔적"을 보전한다(28).[3]

데리다의 구절, "타자의 흔적"은 『네 개의 사중주』의 도입 부분 특히 시간에 관한 명상을 떠오르게 한다.

---

3) "As if," "without," 혹은 "let me put it this way"와 같은 단어나 어구들은 긍정적 확신을 유보하고, 언어의 서술(진술)적 성격을 불완전하게 만든다. 동시에 이러한 표현들은 그 이전과 이후에서 의미의 완성의 가능성을 가리키고 있는 셈이다.

현재의 시간과 과거의 시간은
아마도 모두 미래의 시간 속에 존재하고
미래의 시간은 과거의 시간에 들어있다.
모든 시간이 영원히 현존한다면
모든 시간은 회복할 수 없는 것이다.

Time present and time past
Are both perhaps present in time future
And time future contained in time past.
If all time is eternally present
All time is unredeemable. (*CPP* 171)

   과거, 현재, 미래를 명확하게 구분하는 것은 환상에 불과하며, 연대
기적인 시간의 범주인 과거, 현재, 미래는 각각 타자들의 흔적을 내포
하고 있다. "모든 시간이 영원히 현존한다면," 현재는 과거이고, 과거
는 미래이기 때문에, 마찬가지로 시간은 부재하는 것으로 생각될 수
있다. 현존과 부재는 개념상으로는 상반되는 것이지만, 사실상 각각의
경계를 유지할 수 없으며, 상호의존적이다. 각 순간은 독자성을 갖기
어렵고, 차연, 즉 초월적 기표나 순간의 끝없는 대체와 지연을 재개한다.

있을 수 있었던 일은 하나의 추상으로
다만 사색의 세계에서만
영원한 가능성으로서 남는 것이다.
있을 수 있었던 일과 있었던 일은
하나의 목표를 향하고, 그 목표는 항상 현존한다.

What might have been is an abstraction

Remaining a perpetual possibility
Only in a world of speculation.
What might have been and what has been
Point to one end, which is always present. (*CPP* 171)

"있을 수 있었던 일"은 "항상 현존하는 하나의 목표"를 가리킨다. "목표"(end)와 "현재"(present)라는 단어의 유희가 암시하듯이, 항상 현재는 "차연"의 자리이다. 궁극의 목표로 제시되는 것은 그 자체를 해체하면서 관계적 성격을 드러내는 것이다.

이런 관점에서 볼 때, 『네 개의 사중주』에 등장하는 상반된 특질을 지닌 신비로운 장면들이 새로운 의미를 띠게 된다.

거기에 그것들은 있었다. 위엄을 갖추고, 눈에는 띄지 않게.
가을 햇볕을 받으며, 죽은 잎들 너머로
진동하는 대기 속에서 가볍게 움직였다.
그러자 관목 숲에 가려서 들리지 않는 소리에
응답하며, 새가 소리를 내었다.
그리고 보이지 않는 시선이 교차하였다. 왜냐하면 장미는
보여지는 꽃의 모습을 지니고 있었기에.
그곳에서 그것들은 영접받고 영접하는 우리의 손님이었다.
우리들이 움직이자, 그들도 정형적 방식으로,
텅 빈 오솔길을 따라 회양목 광장으로 들어가,
마른 연못을 내려다보고 있었다.
마른 연못, 마른 콘크리트, 갈색으로 가장자리를 두르고,
햇빛이 비치자 연못에는 물이 가득 찼고,
연꽃이 고요히 고요히 솟아오르며,
수면은 환한 빛으로 반짝였다.
그리고 그것들은 우리 뒤에서 연못에 비치었다.

그러자 한 조각 구름이 지나갔고, 연못은 텅 비었다.
가라고, 새는 말하였다. 나뭇잎들은
들떠서 웃음을 머금고 숨어 있는 아이들로 가득했다.
가라, 가라, 가라고 새가 말하였다. 인간이란
너무 벅찬 진실을 감당할 수 없다.
과거의 시간과 미래의 시간
있을 수 있었던 일과 있었던 일은
한 목표를 향하며 그 목표는 항상 현존한다.

There they were, dignified, invisible,

Moving without pressure, over the dead leaves,

In the autumn heat, through the vibrant air,

And the bird called, in response to

The unheard music hidden in the shrubbery,

And the unseen eyebeam crossed, for the roses

Had the look of flowers that are looked at.

There they were as our guests, accepted and accepting.

So we moved, and they, in a formal pattern,

Along the empty alley, into the box circle,

To look down into the drained pool.

Dry the pool, dry concrete, brown edged,

And the pool was filled with water out of sunlight,

And the lotos rose, quietly, quietly,

The surface glittered out of heart of light,

And they were behind us, reflected in the pool.

Then a cloud passed, and the pool was empty.

Go, said the bird, for the leaves were full of children,

Hidden excitedly, containing laughter.

Go, go, go, said the bird: human kind

Cannot bear very much reality.

Time past and time future

What might have been and what has been

Point to one end, which is always present. (*CPP* 171−72)

연못은 물이 말라 있는 것으로, 그러다가 물이 가득 차 있는 것으로, 다시금 비어 있는 것으로 보인다. 나뭇잎은 죽어 있으나, 대기는 진동하며, 따라서 삶과 죽음은 공존하는 것이다(*CPP* 171−72). 그리고 "정형적 방식"(formal pattern)은 "회양목 광장"(box circle)에 비유되는데, 이는 "상자"(box)의 종결과 봉쇄, 동시에 "원"(circle)의 끝없는 전진과 역행을 암시한다(Austin 229). 만약 비전이 속임수라면 그것은 또한 인간이 참아낼 수 없는 진실이기도 하다. 왜냐하면 "있었던 일"뿐만 아니라, 추측, "있을 수 있었던 일"도 하나의 목표를 향하고 있기 때문이다. 실제와 가공은 동일한 기원, 즉 "차연"으로 옮겨진다. 실제와 가공 중 그 어느 것도 본연의 특성을 갖지는 못한다.

둘째로『네 개의 사중주』에 나타난 엘리엇의 "무"(the void)에 대한 탐색이 데리다의 주장에 근접한 것으로 보인다. 그리고 엘리엇의 "정점"(still point)은 또한 "차연"(*différance*)의 개념과 유사한 듯하다. 예컨대, 비흘러(Michael Beehler)에 따르면,「번트 노턴」("Burnt Norton") II 에서 "떠도는 별들"은「번트 노턴」V의 떠도는 단어들에 반영되고, 이것은 춤의 모습을 연상시키면서, 그것들이 하나의 문법, 시, 책으로 형식화됨으로써 생겨날 동질적 영향을 경계한다. "말이 움직인다"(words move)해도, "정적"은 "형식과 패턴"에 의해서 생겨난다. 정적은 움직임이 멈춤으로 해서 고요해 보이는 것에 불과한 것이다. "중국의 자기가 정적 속에서 영원히 고요하게 움직이"(Chinese jar still / Moves perpetually in its stillness)는데, 이처럼 정적이 출현하는 것은 단지 「번트 노턴」 I에서 만들어진 환상을 통해서이다(132). 경험의 고요한 핵심과 격동하는 경험의 주변에 자리한 정적은 "차연"에 의해 만들어진 것처럼 보인다. 흥미롭게도 엘리엇은 정점의 "본질"을 상호 부정하는 일련의 이미지들을 통해 표현하고 있다.

> 회전하는 세계의 정점에, 육체가 있지도 없지도 않은,
> 어디서부터도 아니고 어디를 향한 것도 아닌, 정점 그곳에
> 정지도 아니고 움직임도 아닌 춤이 있다. 그것을 고정이라고
> 　　　부르지 말라,
> 그곳에서 과거와 미래가 만나게 된다. 어디서부터 나오는
> 　　　움직임도 아니고 어디를 향한 움직임도 아니며,
> 상승도 하강도 아니다. 그 점, 정점을 제외하고는,
> 춤은 없을 것이다, 거기에서만 춤이 있다.

> At the still point of the turning world. Neither flesh nor fleshless;
> Neither from nor towards; at the still point, there the dance is,
> But neither arrest nor movement. And do not call it fixity,
> Where past and future are gathered. Neither movement from nor
> 　　　towards,
> Neither ascent nor decline. Except for the point, the still point,
> There would be no dance, and there is only the dance. (*CPP* 173)

　정점은 고정된 지점이 아니라, 기호들이 기호들과의 관계 속으로 들어가는 은유적 공간을 나타내는 듯하다.4) 경험의 핵심에 자리하고 있

---

4) 초기의 『F. H. 브래들리 철학에서의 인식과 경험』(*Knowledge and Experience in the Philosophy of F. H. Bradley*)부터 후기의 『네 개의 사중주』까지의 연속성의 문제는 고도로 복잡하지만, 이러한 논의는 또한 초기 엘리엇의 철학적 진술과 연결된다. 엘리엇은 『인식과 경험』에서 말과 대상은

는 "차연"으로써 우리는 "길의 중간에, 단지 중도에 있을 뿐 아니라 / 안전한 발판도 없는 곳 . . . / 내내 어두운 숲 속, 가시덤불 속에"(In the middle, not only in the middle of the way / But all the way, in a dark wood, in a bramble, / . . . where is no secure foothold) 남게 된다(*CPP* 179).

데리다는 소쉬르(Fernard Saussure)나 야콥슨(Roman Jakobson)의 구조주의의 한계를 지적하면서, "기호의 시대는 본질적으로 신학적이다"라고 말하였다(*Of Grammatology* 14). 데리다가 강조하였듯이 기호는 기본적으로 이중적인 성격을 가지고 있다. "기표"를 통한 생각과 표현이라는 "기의"의 개념은 "세속적인 것과 비세속적인 것, 외부와 내부, 이상적인 것과 비이상적인 것, 보편적인 것과 비보편적인 것, 초월적인 것과 경험적인 것" 사이의 차이를 반영해 주고 이러한 차이에 의존한다(*Of Grammatology* 8). 이러한 구분은 "'타락'하고 이곳 아래 감각적인 외부로 추방되기 이전에 '발생할' 수 있는 기의"를 가정한다(*Of Grammatology* 13). 이러한 기호의 체계 안에서는 순전·명백한 이해가 상대적으로 타락한 상태로 남아있는 외부, 감각 세계를 넘어서서 존재한다는 것이다.

한편 엘리엇의 정화의 글쓰기는 「리틀 기딩」("Little Gidding") I에 표현되어 있듯이 "의미의 껍질"(a husk of meaning)을 전달하기 위해 애쓴다. 이런 맥락에서 『네 개의 사중주』는 "초월적 존재"에 대한 "동경"을 나타내기보다 언어적 "역설, 변용"으로 구성된 것으로 보인다 (Kenner 271).

서로 "다르지"만, 그것들은 독자적인 설득력, 차이를 위해서는 상호 관련성에 의존하게 된다고 말하였다(134).

　　　　　　　그리고 당신이 여기 온 이유라고 생각한 것은
단지 껍질, 의미의 껍질에 불과하다.
목적이 달성된다면 그것이 실현될 때
비로소 껍질에서 터져 나온다. 목적이 없었거나
혹은 그 목적이 당신이 생각한 목표를 벗어나서
달성되는 과정에서 변화한다.

　　　　　　　And what you thought you came for
Is only a shell, a husk of meaning
From which the purpose breaks only when it is fulfilled
If at all. Either you had no purpose
Or the purpose is beyond the end you figured
And is altered in fulfillment. (*CPP* 192)

목적이 달성될 때에야 비로소 목적은 그 의미의 껍질에서 터져 나와 드러나게 되듯이, 전통적 이미지로서의 기표는 일종의 껍질로서 기의를 전달하려는 그 목적이 달성되면 떨어져 나가는 것이다. 엘리엇 자신도 기표를 통해 궁극적인 기의에 이르는 것의 어려움을 예리하게 인식하고 있다. 예컨대 로께(René Roques) 역시 기표와 기의 사이의 관계가 역설적이라고 다음과 같이 말한다. "어떤 것을 드러나도록 하는 것은 또한 베일로 감추는 것이다. 진리를 발가벗기기 위해서 이 베일을 휘젓는 행위는 진리를 또한 파괴하는 것이다"(345–46, 356). 의미를 나타내는 베일 없이, 진리란 접근할 수 없는 것으로 남게 된다. 그러나 베일을 통해서 보면, 진리는 항상 희미한 존재이다. 의도와 의미가 통합되지 않고 『네 개의 사중주』의 경우 시인이 의도한바, 즉 시적 탐색의 궁극적인 목표는 초월적인 의미가 아닌 비어 있는 기호로 드러나게 된다.

　따라서 『네 개의 사중주』의 언어는 계속적으로 새로운 기호와 새로운 독자와의 새로운 관계 속으로 들어간다. 제이(Gregory S. Jay)의 진술을 인용하면, "실제 단계"(actual level)에서 작업하는 시인은 "해설"(interpretation)의 단계에서 자신의 권위와 언어가 불가피하게 다른 이들에 의해 변용되는 것을 수용한다. 일단 그렇다면 시인이 기대했던 목표를 넘어서서, 자신의 텍스트를 부단히 변경하고, 분해하는 의미의 새로운 차원을 받아들이는 것이다(234).

차연이나 혹은 말과 지시대상 사이의 간극에 대한 인식은 「리틀 기딩」의 도입부분의 주제이기도 하다. 「리틀 기딩」은 극도로 애매모호한 순간, 즉 의미를 파괴하기 위해 사용되는 의미, 상상력을 파괴하기 위해 사용되는 상상력, 자연적이고 경험적인 세계와 대비되는 세계를 묘사하면서 시작한다. 개념적인 언어의 급진적인 해체의 과정은 "생성의 체계 속에도 없는," "상상할 수도 없는 영도의 여름"의 순간에 이른다.

> 한겨울의 봄은 그 나름의 독특한 계절이다
> 해질 무렵 추근하지만 영원하고,
> 극지방과 열대 사이, 시간 속에 정지되어 있다.
> 짧은 날이 서리와 불로써, 가장 환할 때,
> 짧은 해가 연못과 도랑의 얼음에 불붙이고,
> 마음속의 열기가 되는 바람 없는 추위 속에서
> 수면의 거울에
> 이른 오후에는 눈멀 정도의 섬광을 반사한다.
> 그리고 장작불이나 화롯불보다 더 강렬한 불길이
> 잠든 정신을 일깨운다. 바람은 없지만, 일년 중 어두운 이때에
> 오순절의 불길이 있다. 녹고 어는 가운데
> 영혼의 수액은 꿈틀거린다. 흙냄새도
> 생물의 냄새도 없다. 이는 봄철이지만
> 시간의 계약 가운데에는 없는 것이다. 지금 생울타리는

덧없는 눈꽃으로 한 시간 동안
하얗다. 이는 여름 꽃보다
더 순간적이고, 꽃봉오리를 맺지도 빛바래지도 않고,
생성의 체계 속에도 없는 것이다.
여름은 어디에 있는가, 상상할 수도 없는
영도의 여름은?

Midwinter spring is its own season
Sempiternal though sodden towards sundown,
Suspended in time, between pole and tropic.
When the short day is brightest, with frost and fire,
The brief sun flames the ice, on pond and ditches,
In windless cold that is the heart's heat,
Reflecting in a watery mirror
A glare that is blindness in the early afternoon.
And glow more intense than blaze of branch, or brazier,
Stirs the dumb spirit: no wind, but pentecostal fire
In the dark time of the year. Between melting and freezing
The soul's sap quivers. There is no earth smell
Or smell of living thing. This is the spring time
But not in time's covenant. Now the hedgerow
Is blanched for an hour with transitory blossom
Of snow, a bloom more sudden
Than that of summer, neither budding nor fading,
Not in the scheme of generation.
Where is the summer, the unimaginable
Zero summer? (*CPP* 191)

"시간 속에 정지되어" 있는 "영원"함은 이성적 경계의 와해를 통해 독자의 의식 내에서 비로소 가능한 시간이다. "한겨울의 봄"과 "영도의 여름"은 의미 작용의 배후에 있는 것을 의미하려는 시도로 보이며, 「번트 노턴」의 한 장면, 텅 비어 있는 연못에서 충만함을 보았던 순간을 연상하게 한다.

한편 데리다는 『그라마톨로지에 대하여』(*Of Grammatology*)에서 언어의 상태를 다음과 같이 재평가한다.

> "기표의 기표"는 언어의 운동을 . . . 분명 그것의 기원 속에서 기술하고 있다. 그러나 그 구조가 "기표의 기표"로 표현되는 기원은 그것의 생성과정에서 그 자체를 숨기거나 지우게 된다. 거기서 기의는 항상 이미 하나의 기표로서 작용한다. 문자 언어에만 속하는 것으로 간주되던 이차성은 일반적으로 모든 기의에 영향을 미치고, 그것도 항상 이미, 게임에 가담하는 순간, 영향을 끼친다. 언어를 구성하는 의미 대상의 유희를 . . . 벗어날 수 있는 기의는 단 하나도 없다. (7)

따라서 각 기호는 다른 기호들의 흔적을 지니게 되며, 흥미롭게도 「리틀 기딩」에서의 영국은 "지금"과 "그때," "이곳"과 "저곳"을 동시에 나타내준다.

만약 당신이 어디서든 출발하여,
어느 노정을 밟아 어느 시간 혹은 어느 계절에
이 길로 온다면,
그것은 항상 같을 것이다. 당신은 감각과 관념을
떨쳐버려야 할 것이다. 당신은 증명해 보이기 위해서,
배우기 위해서, 혹은 호기심을 채우기 위해서,
혹은 보고서를 작성하기 위해서 이곳에 온 것이 아니다. 당신은

기도가 영험이 있었던 이곳에 무릎 꿇기 위해 온다. 그리고
　　　　　기도는
말의 배열, 기도하는 마음의 의식적인 행위,
혹은 기도하는 목소리 이상의 것이다.
그리고 죽은 자들은 살아서 표현할 길이 없었던 것을,
죽어서 당신에게 말할 수 있다. 죽은 자들의 의사전달은
산 자의 언어를 넘어서 불꽃 혓바닥을 가지고 있다.
무시간의 순간이 교차하는 이곳은
영국이면서 아무 데도 아니다. 언제나 없으면서 항상 있는 것이다.

                    If you came this way,
Taking any route, starting from anywhere,
At any time or at any season,
It would always be the same: you would have to put off
Sense and notion. You are not here to verify,
Instruct yourself, or inform curiosity
Or carry report. You are here to kneel
Where prayer has been valid. And prayer is more
Than an order of words, the conscious occupation
Of the praying mind, or the sound of the voice praying.
And what the dead had no speech for, when living,
They can tell you, being dead: the communication
Of the dead is tongued with fire beyond the language of the living.
Here, the intersection of the timeless moment
Is England and nowhere. Never and always. (*CPP* 192)

　　여기서의 반복은 무익하고 정체된 형식의 반복이 아니라, 과거와 미
래를 재구성하는 사건으로서 항상 변형되고, 재해석되는 것을 가리킨

다. 엘리엇은 "우리가 출발한 곳에"(where we started) 도달하고, "그 장소를 처음으로 알게"(know the place for the first time)된다(*CPP* 197). 죽은 자의 언어가 "산 자의 언어를 초월하여 불이 붙어 나오는데"(is tongued with fire beyond the language of the living)(*CPP* 192), 이는 결코 고정되거나 정체되지 않은 현 시점에서의 재해석과 또한 차연으로 가능한 과거와 현재의 교차에 기인하는 것이다. 타버리지 않고 타오르는 성령의 불꽃은 필연적인 다의성을 상징하며, 해체의 끊임없는 창조성을 명시해 주는 것이다(Austin 255).

"언어는 우리 외부에, 우리 안에, 우리 이전에 시작되었고, 이는 신학에서 신으로 부르는 것이다"라고 데리다는 주장한다("How to Avoid Speaking" 29). 부정신학에 따르면, "신"이라는 용어는 그것이 얘기될 수 있다면, 단지 "차연"과 해체적인 의미에서 얘기될 수 있다. 이런 관점에서 부정신학은 로고스 중심적·신학적 사용을 불안정하게 하고, 타자의 흔적, 예고, 인식 등과 밀접하게 연관되어 있는 기표인 "신"의 다른 용도에 관심을 돌린다. 부정신학 역시 물질적이며, 역사적으로 자리하고 있을 뿐 아니라, 그 개념 자체에 종종 이단적인 것이 되기도 한다.『네 개의 사중주』에서 말하고 있듯이, 말은 부담과 긴장으로 금이 가고 때로는 부서질 뿐만 아니라, 이러한 파멸은 언어의 기능에 보다 본질적인 것으로 작용한다. 수사적 위험에서 언어를 완전히 자유롭게 해 줄 어떤 긍정적 혹은 부정적 방식도 존재하지 않는다. 왜냐하면 그 위험은 표현의 매개 자체 내에 존재하고 있기 때문이다. 데리다가「어떻게 말하는 것을 피할 수 있는가」에서 간략하게 언급했듯이, "그 위험은 기호의 구조 내에 각인되어 있는 것이다"(5).

사실상 해체주의와 부정신학 사이의 관계에 대한 문제는 해체주의가 시작된 이래로 논쟁의 대상이 되었고, 데리다 자신도 이 문제가 단순하지 않다고 평가하였다. 데리다는 이 논쟁을 「차연」(1968)("Différance")[5] 이라는 글에서 시작하였고, 이 글은 이후 『철학의 여백』(*Margins of Philosophy*)에 수록된다. 데리다는 차연이 현존처럼 그렇게 있는 것도 아니고, 부재처럼 그렇게 없는 것도 아니라고 말한다. 즉 차연은 존재하는 것과 존재하지 않는 것, 현존과 부재의 대립을 넘어서 있다. 이런 관점에서 데리다는 차연이 에카르트(Meister Eckhart)의 "부정신학"과 유사할 수도 있다고 말하면서도, 부정신학은 여전히 신의 "초본질성" (hyperessentiality)을 해명하려고 시도함으로써, 존재론의 잔영을 버리지 못하고 있기에 부정신학과 차연의 철학 사이에는 분명 차이가 있다고 역설한다("How to Avoid Speaking" 7-8).

데리다에게 차연은 신을 가리키는 다른 이름이 아니다. 한편 부정신학은 신이 말로써는 표현될 수 없다는 입장을 취하면서도, 신의 현존 자체를 부정하지는 않는다. 즉 부정신학에서 신은 상상이나 인지로서는 형용될 수 없는, 숭고하고 뛰어난 존재 양태인 것이다. 따라서 "차연은 낱말도 개념도 아니다"(*défférance* is literally neither a word nor a concept.)라는 데리다의 주장(*Margins of Philosophy* 3)과 부정신학의 관점이 일치한다고 보기는 어렵다.[6] 다음 장에서는 부정신학과 차연을 염두에 두고 『네 개의 사중주』를 좀 더 면밀하게 읽어보고자 한다.

---

5) 1968년 1월 27일 "프랑스 철학 학회"(Société française de philosophie)에서 한 연설로서, 같은 해에 『프랑스 철학 학회 보고서』(*Bulletin de la société française de philosophie*)와 『집합 이론』(*Théorie d'ensemble*, coll. Tel Quel)에 동시에 실렸다가, 단행본 『철학의 여백』에 수록됨.

6) 차연이 신학적인 것도 아니고, 부정신학 중 가장 부정적인 체계에도 속하지 않는다는 데리다의 주장은 『철학의 여백』 6쪽을 참조.

엘리엇에게도 말은 분명 문제를 안고 있는 매체이다. 따라서 청자를 침묵으로 이끄는 것이 오히려 바람직한 것으로 보이기도 한다. 데리다 가 「어떻게 말하는 것을 피할 수 있는가」에서 비트겐슈타인(Ludwig Wittgenstein)의 말을 인용하고 있듯이, "말할 수 없는 것에 대해서는 침묵해야만"(Concerning that about which one cannot speak, one must remain silent) 할 것도 같다(11 재인용).[7] 한편 엘리엇은 말한 후의 "침 묵"을 두고 「번트 노턴」에서 다음과 같이 말하고 있다.

> 말은 말한 후에 침묵에
> 이른다. 단지 형식과 패턴에 의해서만
> 말이나 음악은 고요에 이를 수 있다.
> 마치 중국의 자기가 정적 속에서
> 영원히 고요하게 움직이는 것처럼.
> 곡조가 지속되는 동안 바이올린의 고요,
> 그것만의 고요가 아니라, 공존,
> 아니면 끝이 시작을 앞서고,
> 그리고 시작 이전과 끝 이후에
> 시작과 끝은 항상 거기에 있었다고 말할까.

> Words, after speech, reach
> Into the silence. Only by the form, the pattern,
> Can words or music reach

---

7) 한편 D. F. 피어즈(Pears)와 B. F. 먹기니스(McGuinness)가 번역한 『논리철학논고』(*Tractatus Logico-Philosophicus*)에서는 "What we cannot speak about we must pass over in silence"라고 번역되어 있다 (74).

The stillness, as a Chinese jar still

Moves perpetually in its stillness.

Not the stillness of the violin, while the note lasts,

Not that only, but the co-existence,

Or say that the end precedes the beginning,

And the end and the beginning were always there

Before the beginning and after the end. (*CPP* 175)

고요의 의미는 겸허함이다. 불확정한 세계 속에서 시인은 절망이 담긴 해설로부터 전환하여, "우리가 얻고자 바라는 유일한 지혜는 겸허함의 지혜이다. 겸허함에는 끝이 없다"(The only wisdom we can hope to acquire / Is the wisdom of humility: humility is endless)라고 말한다 (*CPP* 179). 이 지점에서 우리는 그의 겸허함으로의 방향 전환을 엘리엇과 데리다의 차이로도 볼 수 있겠다. 이는 분석의 결과로서의 차이라기보다 부정적 인식에 대한 반응의 차이일 것이다. 데리다와 엘리엇의 이와 같은 차이를 두고, 제이는 데리다의 방법론이 다만 지식의 불확정성에 대한 지식을 추구하는 것으로 보인다면, 엘리엇의 시적 탐색은 지혜에 대한 열망에 의한 것이라고 말한다. 상술해 본다면, 제이는 시를 "로고스 중심적," "해체주의적"인 것으로 구분하고, "해체주의적"인 것에 더 권위를 둔다 하더라도, 지혜에 대한 열망은 남게 되고, 또 다른 지식의 심연으로 들어간다고 주장한다. 이와 같은 "철학적 상상력"의 겸허함으로 엘리엇은 "부정적 능력"(negative capability)에 이르게 되고, 이러한 겸허함은 역사를 부단히 재개하는 일을 수행하게 된다는 것이다(219). 그럼에도 불구하고, 제이는 궁극적인 목적으로서 지혜가 갖는 불확실성을 인정하고 있다. 왜냐하면 전통적 의미에서의 완벽한 지식으로서의 지혜는 부단히 무지를 발견하는 지혜와 만나게 되고, 과거의 것을 반복하는 것도 사실상 회상에 해당되며, 또 다른 해석으로 기존의 해석을 수정하는 것이기 때문이다. 즉 제이의 논의에 따르면, 엘리엇은 지혜에 대한 자신과 타자의 열망을 떠올리고 가치 있는 기억을 반복함으로써, 그것의 한계와 가능성을 드러낸다는 것이다(219). 예를 들어 「번트 노턴」의 장미원의 장면, "우리의 첫 세계"의 순간도 "우리가 걸어보지 않은 길을 따라 / 우리가 한 번도 열지 않은 문 쪽으로"(Down the passage we did not take / Towards the door we never opened) 향해 있는 "기원"(origin)을 나타내는 회고적 해석의 시점이다(*CPP* 171).

「이스트 코우커」의 후반부에서는 절망에서 수용으로의 전이를 볼 수 있다. 각각의 긍정은 부정으로 구성되고, 각각의 부정은 필연적으로 긍정적 기호에 존재한다.

> 그곳에 이르기 위해서,
> 당신이 있는 곳에 이르기 위해서, 당신이 있지 않은 곳에서
> 나오려면,
> 황홀함이 없는 길을 가야 한다.
> 당신이 알지 못하는 것에 도달하기 위해서
> 당신은 무지의 길을 가야 한다.
> 당신이 소유하지 않은 것을 소유하기 위해서는
> 당신은 무소유의 길을 가야 한다.
> 당신이 아닌 것에 이르기 위해서
> 당신이 있지 않은 길을 통과하여야 한다.

> In order to arrive there,
> To arrive where you are, to get from where you are not,
> You must go by a way wherein there is no ecstasy.

In order to arrive at what you do not know

    You must go by a way which is the way of ignorance.

In order to possess what you do not possess

    You must go by the way of dispossession.

In order to arrive at what you are not

    You must go through the way in which you are not. (*CPP* 181)

엘리엇의 시는 일반적으로, "부정의 방식"(negative way)으로써 신에 접근할 수 있다는 부정신학에 영향은 받은 것으로 평가된다.[8] 부정신학은 신성한 존재의 유형 및 성격을 규정지으려는 시도가 단순히 부적절할 뿐만 아니라, 근본적으로 잘못된 것이라는 입장을 취한다. 왜냐하면 신성은 인간의 이해나 존재론의 범주를 초월해 있는 것이므로, 그러한 종류의 시도는 신적 존재를 이해하는 데 오히려 방해가 되기 때문이다. 에카르트는 그의 제자들에게 "만약 누군가 신을 알게 되었다고 생각한다면, 그가 어떤 것은 알게 되었다 하더라도, 신을 알게 된 것은 아니다"라고 가르친다(Kearns 131 재인용). 컨즈의 논의에 따르면 엘리엇도 이와 유사한 견해를 갖는다는 것이다(131).

그러나 펄이 지적한 대로, 엘리엇은 실재에 대한 접근을 놓치지 않기 위해, 직접적인 진술이 즉각적으로 반대진술을 요구한다는 의미에서, 엄격한 회의주의자(55-58, 63-65)이다. 따라서 위의 구절에서처럼, 엘리엇은 긍정의 방식과 부정의 방식을 병치시킨다. 새로운 수용의 관점에서 비추어 볼 때, 엘리엇은 신의 존재의 신비를 비결정적인 시적 표현으로 드러내주고 있다.

---

8) 엘리엇의 부정의 방식을 그의 후기시뿐만 아니라, 초기시와 시극을 포함한 전 작품에 적용하여 해설한 비평서로는 1982년에 출간된 헤이(Eloise Knapp Hay)의 『T. S. 엘리엇의 부정의 방식』 (*T. S. Eliot's Negative Way*)이 있다.

『네 개의 사중주』는 의미심장하게 헤라클레이토스(Heraclitus)의 두 개의 단편적인 글로 시작하였다. 그 중 첫 번째 글, "단지 하나의 중심이 있는데도, 대부분의 사람들은 자기 자신의 중심 속에서 살아간다" (Though there is but one Centre, most people live in centres of their own)[9]는 거의 대부분 자기 본위의 망상에 해당하는 사적인 지혜를 포기하고, 우리가 만들어 낸 것이 아니기 때문에 진리인 말씀을 따르라고 충고한다. 다시 말해서 자기중심적인 완성과 종결을 버리는 것은 겸허한 위치로 움직여서 나아가기 위한 것이다. 로고스, "인간의 비전에는 너무나 눈부셔서 / 보이지 않는 빛"(Light invisible. . . / Too bright for mortal vision)을(CPP 166) 포착하고 규명할 수 없다는 겸허한 인식을 전달하는 것이 엘리엇에게는 그 실패가 불가피하다는 것을 인식하고 "침묵"을 열망하는 것보다 더욱 의미 있는 것이다.

> 반쯤 추측된 암시, 반쯤 이해된 선물은 그리스도의 성육이다.
> 여기에 존재의 여러 영역의 불가능한
> 화합이 실현되고,
> 여기에서 과거와 미래는
> 정복되고, 화합한다.

> The hint half guessed, the gift half understood, is Incarnation.
> Here the impossible union
> Of spheres of existence is actual,
> Here the past and future
> Are conquered, and reconciled. (CPP 190)

---

9) 윌리엄슨(George Williamson)은 이 부분을 "Although the Law of Reason (*logos*) is common, the majority of people live as though they had an understanding (wisdom) of their own"으로 번역함(208).

우리는 『네 개의 사중주』라는 작품의 경험에서부터 추측들로 점철된 각자의 삶을 생각할 수 있게 된다. 우리에게는 "잃었다가 찾았다가 / 다시 잃은 것을 회복하려는 투쟁이 있을 뿐이다"(there is only the fight to recover what has been lost / And found and lost again and again). 그리고 "단지 시도만 있을 뿐. 나머지는 우리의 일이 아니다"(there is only the trying. The rest is not our business)(*CPP* 182). 언어의 가능성, 신에 대한 인식에 관한 회의와 함께, 더욱 흥미로운 것은 한계를 받아들이는 겸허함으로 인해 결국 한계를 넘어서 나아갈 수 있게 된다는 점이다. 종교적인 맥락에서 볼 때, 우리의 무력함에 대한 인식으로 비로소 은총을 받아들이고 우리 자신의 한계를 극복할 수 있게 된다.

4

「어떻게 말하는 것을 피할 수 있는가」라는 제목은 데리다가 이 글에서 밝히고 있듯이, 어느 날 전화 메시지를 받고 당장 제목을 하나 정해야 할 필요가 있었을 때, 떠오른 "Comment ne pas dire. . . ?"에서 유래한다("How to Avoid Speaking" 15). 불어의 "dire"는 자동사, 타동사둘 다 가능한 동사로서, 이 구절은 "어떻게 침묵할 수 있는가, 일반적으로 어떻게 말하지 않을 수 있는가, 어떻게 말하는 것을 피할 수 있는가"의 의미뿐만 아니라, "어떻게 말을 할 때 이러 저러한 것을, 이러 저러한 방식으로 얘기하지 않을 수 있는가" 하는 의미도 포함한다. 즉 이표현은 말을 할 때 어떻게 하면 이러 저러한 추론적·논리적·수사적양식을 피할 수 있는가? 어떻게 부정확하고, 이상하고, 부적절한 형식을 피할 수 있는가? 어떻게 그러한 서술, 단정, 단언 자체를 피할 수 있는가? 예를 들어 "어떻게 부정형을 피할 수 있는가, 혹은 어떻게 부정적이지 않을 수 있는가?" 마침내 어떻게 무언가를 말할 수 있는가? 라는 의미도 갖는 것이다. 요컨대 "어떻게 말하는 것을 피할 수 있는가"라는 물음은 명백히 역전된, "어떻게 말할 수 있는가?"(How to say, how to speak?)라는 질문으로 돌아가게 된다. 따라서 "Comment ne pas dire . . ."의 두 가지 해석 사이에서 불안정한 의미가 생겨난다. 데리다가 지적하듯이, 문제는 "어떻게 침묵할 수 있는가"(how to be silent(how to avoid speaking at all))에서부터 "어떻게 말하지 않는가, 말을 *잘* 하기 위해서 어떤 말을 피해야 하는가"(how not to speak, and which speech to avoid, in order to speak *well*?)로 옮겨가는 것이다. 결론적으로 "How to avoid speaking"은 "어떻게 말해서는 안 되는가?," "어떻게 말하는 것이 필요한가?"를 의미한다. 여기서 "어떻게"(how)는 "왜"(why)라는 의미를 감추고 있으며, "필요하다"(it is necessary)는 "해야 한다"(should, ought, must)라는 다양한 의미를 품고 있다("How to Avoid Speaking" 15).

한편 엘리엇에게는 "말로 표현할 수 없는" 실재에 대해 "어떻게 말할 수 있는가" 하는 것이 중요한 문제이다. 신 그리고 인간이 신에 대해 생각하고 말하는 것 사이에는 분명 큰 간극이 있다. 신학적 관점에서 볼 때 말로 표현될 수 없는 신은 창조와 성서를 통해 침묵을 깨트리고 있지만, 더욱 급진적으로 말한다면, 그것 역시 인간의 언어로 인간의 한정된 구문으로 말한 것이다. 그러므로 언어와 표현할 수 없는 것에 대한 기독교적 관념은 신의 초월뿐만 아니라, 우리의 말과 신성한 말씀 사이에 의사소통을 위한 통로를 고려한다. 이러한 통로는 성육으로 열리게 되었다고 할 수 있으며, 또한 콜리쉬(Marcia L. Colish)가 지칭한 "회복된 수사"(redeemed rhetoric)를 사용하는 자들이 나아갈 수 있는 길이기도 하다. 엘리엇의 시에서 말할 수 없는 것은 인간의 언어에 앞서 존재하며, 또한 그 언어를 완성하는 절대적인 존재의 신비로 남아있다. 「드라이 샐베이지즈」("The Dry Salvages")에서는 모든 기억과 기록된 역사의 배후에 있는 근본 요소, 그리고 언어를 넘어서 궁극적인 의미를 예시하는 말씀을 "원시적인 공포"로 묘사한다.

> 내가 이전에 말했다.
> 의미로 재생된 과거의 경험은
> 다만 한 인생의 경험만이 아니라
> 많은 세대들의 경험이고, 거기에는
> 아마도 실제로 말로 표현할 수 없는
> 무언가를 잊을 수 없게 한다고.
> 그것은 기록된 역사의 확신의 배후를 돌이켜보는 것이고,
> 어깨 너머로 원시적 공포를 향해 힐끗 돌아보는 것이다.

> I have said before
> That the past experience revived in the meaning
> Is not the experience of one life only
> But of many generations—not forgetting
> Something that is probably quite ineffable:
> The backward look behind the assurance
> Of recorded history, the backward half-look
> Over the shoulder, towards the primitive terror. (*CPP* 186—87)

엘리엇은 1927년 영국 국교도로 개종한 직후, 모어(Paul Elmer More)에게 보낸 「참회의 화요일, 1928」("Shrove Tuesday, 1928")이라는 제목의 편지에서 자아를 초월해 있는 존재에 접근하려는 시도를 강조하는 듯한 심연에 대한 이미지를 제시하고 있다. "모든 인간의 행복과 모

든 인간관계 가운데서" "발견하는 공허함"을 지적하면서 이러한 공간을 채워줄 수 있고, 인생과 자신을 화해할 수 있게 하는 것으로 신의 존재를 들고 있다(Simpson 161 재인용). 이러한 공허감은 보편적인 "원시적 공포"를 개인적으로 표현한 것으로 보인다.

엘리엇에게 "공허함," "무," "부정"에 대한 인식은 그가 그것을 채우거나, 거부하거나, 설명하거나, 통합하거나 혹은 신의 은총에 그것을 맡기든 간에 그의 전 작품에서 중요하게 작용한다. 『네 개의 사중주』는 언어를 넘어서는 침묵이 그 공허를 채울 수 있을지에 대해 질문한다. 혹은 부정의 방식만이 재현의 조건을 초월한 존재를 지시할 수 있을 것인가에 대해 숙고한다. 그러므로 엘리엇은 「드라이 샐베이지즈」의 구절, "우리는 경험하였지만 그 의미는 포착하지 못하였다"(We had the experience but missed the meaning)를 통해 주장한바를 다양한 방식으로 표현하며, 지속적으로 의미를 탐색하고 있다. 가능한 방식을 발견하고 유지해가는 정신의 움직임이 그의 중요한 관심사 중 하나인 것이다.

인용문헌

Austin, William J. *A Deconstruction of T. S. Eliot: The Fire and the Rose.* New York: Edwin Mellen P, 1996.

Beehler, Michael. *T. S. Eliot, Wallace Stevens, and the Discourses of Difference.* Baton Rouge: Louisiana State UP, 1987.

Brooker, Jewel Spears, and Joseph Bentley. *Reading* The Waste Land*: Modernism and the Limits of Interpretation.* Amherst: U of Massachusetts P, 1990.

Budick, Sanford, and Wolfgang Iser, eds. *The Languages of the Unsayable: The Play of Negativity in Literature and Literary Theory.* Stanford: Stanford UP, 1987.

Caputo, John D. "Mysticism and Transgression: Derrida and Meister Eckhart." *Jacques Derrida.* Vol. II. Ed. Zeynep Direk and Leonard Lawlor. London: Routledge, 2002. 198−211.

Davidson, Harriet. *T. S. Eliot and Hermeneutics: Absence and Presence in* The Waste Land. Baton Rouge: Louisiana State UP, 1985.

Derrida, Jacques. "How to Avoid Speaking: Denials." *Languages of the Unsayable.* Ed. Sanford Budick and Wolfgang Iser. Stanford: Stanford UP, 1987. 3−70.

_____. *Margins of Philosophy.* Trans. Alan Bass. Chicago: U of Chicago P, 1982.

_____. *Of Grammatology.* Trans. Gayatri Chakravorty Spivak. Baltimore: Johns Hopkins UP, 1976.

Eliot, T. S. *The Complete Poems and Plays of T. S. Eliot.* London: Faber and Faber, 1978. [*CPP*로 표기함]

_____. *Knowledge and Experience in the Philosophy of F. H. Bradley.* London:

Faber and Faber, 1964.

Ferretter, Luke. "How to Avoid Speaking of the Other: Derrida, Dionysius and the Problematic of Negative Theology." *Paragraph* 24 (2001): 50—65.

Hay, Eloise Knapp. *T. S. Eliot's Negative Way*. Cambridge: Harvard UP, 1982.

Jay, Gregory S. *T. S. Eliot and the Poetics of Literary History*. Baton Rouge: Louisiana State UP, 1983.

Kearns, Cleo McNelly. "Negative Theology and Literary Discourse in *Four Quartets*: A Derridean Reading." *Words in Time*. Ed. Edward Lobb. Ann Arbor: U of Michigan P, 1993.

Kenner, Hugh. *The Invisible Poet: T. S. Eliot*. 1959. London: Methuen, 1979.

Perl, Jeffrey. *Skepticism and Modern Enmity*. Baltimore: Johns Hopkins UP, 1989.

Roques, René. *Structures théologiques de la gnose á Richard de Saint-Victor*. Paris: Presses Universitaires de France, 1962.

Simpson, Louis. *Three on the Tower: The Lives and Works of Ezra Pound, T. S. Eliot and William Carlos Williams*. New York: William Morrow, 1975.

Williamson, George. *A Reader's Guide to T. S. Eliot*. London: Thames and Hudson, 1980.

Wittgenstein, Ludwig. *Tractatus Logico-Philosophicus*. Trans. D. F. Pears and B. F. McGuinness. London: Routledge, 1974.

T. S. 엘리엇과 폴 틸리히*

이 준 학(전남대학교 명예교수)

1

폴 틸리히는 잘 알려진 것처럼 20세기의 가장 위대한 개신교 신학자 중의 한 사람이며 기독교의 여러 상징을 현대인에게 의미 있는 언어로 재해석하려는 노력을 계속해 온 독일출신의 종교 철학자 또는 철학적 신학자이다. 『현대신학총서』(*Library of Living Theology*) 시리즈의 편집 자였던 찰스 케글리(Charles Kegley)와 로버트 브레톨(Robert Bretall) 은, "'위대한'이라는 단어는 우리의 생각으로는 우리 시대의 극소수의 사상가들의 이름 앞에만 붙일 수 있는 형용사이지만, 틸리히는 우리뿐 아니라 많은 사람들이 의문의 여지없이 이 극소수 속에 해당되는 것으 로 믿는 위대한 사상가"(ix−x)라고 썼다. 그들은 틸리히를 두고 듀이

---

*『영어영문학』제43권 3호(1997년도 가을호).

(Dewey)나 화이트헤드(Whitehead), 러셀(Russell) 그리고 싼타야나(George Santayana) 등과 같은 등급에 속하는, 그러나 이들과 달리 확고하게 기독교의 토양 위에 선 사상가로 평가하고 있다.

틸리히의 대표적 저작인 세 권으로 된 『조직신학』(Systematic Theology)의 제1권이 출판되었을 때 엘리엇은 이 책을 두 번이나 거듭 읽고, 이 책의 위대성에 대한 찬사와 함께, 짧지만 한 페이지 정도의 진지한 독후감을 적어 보냈다(1954년 3월 22일 자 편지). 이 편지에서 그는 계속해서 다음과 같이 쓰고 있다.

> 이렇게 말한다고 해서 내가 당신의 책에 완전히 동의한다고 생각한다는 것은 아닙니다. 그렇게 생각한다는 것은 무례일 것입니다.—왜냐하면 그것은 내가 당신의 책의 각 페이지의 모든 것을 이해한다고 생각한다는 것을 의미할 것이기 때문입니다. 내가 의미하는 것은 조금 다른 것입니다. 나는 이 작품이, 우리가 그것을 전적으로 수용하느냐의 여부에 관계 없이, 중요하며 우리의 정신을 풍요하게 하는 종류의 책이라는 것을 알았습니다. 설사 내가 이 책과 매우 다른 견해를 갖고 있다는 것을 알게 된다 할지라도, 나는 당신이 이 책을 쓴 것에 대하여 감사해 할 것입니다. 더욱이 이 책은(다른 진정으로 심오한 신학적 저술이 그래야 하는 것처럼), 당신 자신의 마음속에 들어 있지 않았거나, 당신이 주의를 기울였던 문제들과는 뚜렷한 관련이 없는데도, 독자들이 관심을 가진 문제들을 밝게 해명해 주고 있는 책입니다.

'한 권의 책을 계속해서 끝까지 읽는 일보다 더 어려운 일이 없다'는 엘리엇의 편지내용에서 짐작해 볼 수 있듯이, 몹시 분주한 생활을 하던 66세의 엘리엇이 적은 분량도 아니면서 더구나 난해한 신학적 개념들로 가득 찬 이 책을 중요한 곳에 마크까지 해가면서 두 번이나 거듭 읽었다는 사실은, 이 책의 내용이 엘리엇에게 얼마나 큰 공감과 흥미를 불러 일으켰는지를 충분히 느낄 수 있게 해 준다.

그들이 언제 처음 만났는지는 아직 확실히 말할 수는 없다. 틸리히는 히틀러의 국가사회주의 운동(National Socialist Movement)에 대하여 공개적인 비평을 계속해 왔고, 그 결과로 나치당과 사이가 좋지 않았기 때문에 1933년 히틀러가 독일 수상에 취임하자 즉시 그가 교수로 있던 프랑크푸르트 대학에서 쫓겨났으며, 그 해 가을, 니버 형제—라인홀드 니버(Reinhold Niebuhr)와 리차드 니버(Richard Niebuhr)—의 도움으로 유니온 신학교의 철학적 신학교수(Professor of Philosophical Theology)로 초빙되어 미국에 왔다(Martin 24—25). 잘 알려진 것처럼 엘리엇은 1932년 11월 4일 하버드 대학에서 첫 강의를 했고 다음 해인 1933년 6월에 영국에 돌아왔으며 그해 가을 강연차 다시 버지니아 대학을 방문하였으나, 그들이 미국에서 만날 기회는 몇 달 간격으로 아슬하게 비껴갔다. 두 사람이 처음 만난 것은 아마 1938년에서 1947년까지 지속된 'The Moot'에 참가하기 시작하면서부터일 것으로 추측된다. 1936년 4월 '옥스포드 개신교 세계 협의회'에서 틸리히를 만난 올드햄(J. H. Oldham) 목사는 '종교적 질서(religious orders)'에 관한 그의 구상에 깊이 감동하여(Tillich 1936, 42), 구미의 기독교 지식인들의 모임인 'The Moot'를 만들고, 일 년에 몇 차례씩 만나 기독교 사회의 기본적 문제들에 관하여 연구하고 토론하였다. 이 모임에 참석한 인사들은 엘리엇과 미들턴 머리(J. Middleton Murry) 같은 문인들과, 클리스토퍼 도우슨(Christopher Dawson), 라인홀드 니버, 폴 틸리히 같은 신학자들, 그리고 칼 만하임(Karl Mannheim)이나 마이클 폴라니이(Michael Polanyi) 같은 학계 인사들, 레슬리 뉴비긴(J. Lesslie Newbigin)

이나 대주교 윌리엄 템플(William Temple) 같은 종교인, 앤서니 이든 (Anthony Eden)이나 리차드 크로스맨(Richard Crossman) 같은 정치인들, 그리고 토우니(R. H. Tawney)나 아놀드 토인비 같은 역사가들이었다(Dale 140). 서로 배경과 활동 영역이 다른 'The Moot'의 구성원들 사이의 격의 없는 진지한 토론은 그들 사이에 깊은 유대감을 형성하였을 뿐 아니라, 엘리엇 자신의 발전을 위하여 매우 유용한 것이었다(141).[1]

틸리히는 그의 저서 『문화신학』(*Theology of Culture*) 속에 런던에서 엘리엇과 긴 대화를 나누었다는 기록(125)을 남기고 있고, 엘리엇도 앞에서 언급한 틸리히에게 보낸 편지에서 "Julie Mannheim의 집에서 틸리히를 만났을 때 남아프리카로의 선박여행에 『조직신학』 제1권을 가지고 가겠다는 말을 했었다"는 내용을 전하고 있는 것으로 보아, 두 사람이 'The Moot' 시절 이후로도 자주는 아니지만 계속 만났었다는 것을 알 수 있다. 강연과 저술로 바쁜 두 사람이 지속적으로 만나 긴 이야기를 나누었다는 것은 두 사람 사이의 정신의 유대관계가 상당히 깊었음을 짐작할 수 있게 해 준다. 고든(Lyndall Gordon) 여사는 그녀의 『엘리엇의 새로운 생애』(*Eliot's New Life*)에서 "1950년부터 50년대 중반을 통하여 엘리엇은 하바드 대학의 신학자 폴 틸리히의 책을 읽고 있었다"(238)고 말하면서, 틸리히를 읽으면서 엘리엇은 1927년의 독신서약을 비롯한 1950년대 이전의 수도원식의 금욕적 생활스타일로부터 벗어났으며, 이 새롭게 찾은 자유는 그의 삶을 만끽하게 하고 그의 두 번째 결혼을 가능하게 만들었다는 뜻의 말을 하고 있다(238-40). 틸리히는 기독교의 상징들을 철학적으로 뿐 아니라 예술적 상징으로

---

1) 이 모임의 가장 활동적 회원 중의 한 사람이었던 칼 만하임은, 엘리엇의 『황무지』와 유사한 표현으로, '현대생활의 황폐화는 각 개인들이 어떤 종류의 질서 안에서 각자의 경험에 등급을 매겨 분류해 볼 수 있게 해주는 진정한 경험의 패러다임의 결여 때문'이라고 진단하였다(141).

표현하려는 엘리엇의 노력에 대하여 깊은 찬사를 보내고 있으며(Brown 39), 앞에서 언급한 엘리엇의 편지에 대한 답장 속에서, 엘리엇이 이 답장 이전에 틸리히에게 보낸 괴테 강연 원고에 대한 공감을 밝히고 있으며, 엘리엇은 같은 해 10월 26일 자로 또 답장을 쓰고 있다.

2

그러면 이 두 사람으로 하여금 지속적인 유대관계를 갖도록 지탱해 준 깊은 공감의 내용은 무엇일까? 필자는 그것이 무엇보다도 먼저 그들이 삶의 현실에서 구체적으로 체험한 인간 실존의 절실한 고통이라고 말해보려 한다. 『폴 틸리히의 실존신학』(*The Existentialist Theology of Tillich*)을 쓴 버나드 마틴(Bernard Martin)은 이 책의 서문에서 "틸리히의 사상은 그의 삶에 대한 지식과 이해 없이는 이해될 수 없다. 그의 신학은, 그것이 그의 지성으로부터 나왔을 뿐 아니라 그의 삶으로부터, 그의 개인적 실존의 쓰라린 경험으로부터 나왔다는 의미에서 '실존적'이다"(7)라고 말하고 있으며, 틸리히는 엘리엇의 시와 시극이 인간의 실존의 상황을 기술하고 있는 것으로 보았다. 런던에서 엘리엇과의 오랜 대화 후에, 틸리히는 엘리엇이 진정한 실존주의자로 여겨진다고 기록하고 있다(Tillich 1959, 125).

엘리엇은 우리가 모두 아는 것처럼 거의 약속된 것이나 다름없는 하버드 대학의 교수직을 포기하고, 이국땅에서 가난한 시인의 모험적인 삶을 선택한 한 젊은이가 겪어야 하는 삶의 고통을 샅샅이 견디어 내야 했던 사람이다. 그리고 1917년 4월 미국이 제1차 세계대전에의 참전을 결정했을 때, 엘리엇은 스물아홉의 나이로 이미 미국 해군에 지원서를 내고 있었다. 소년 시절 탈장을 앓았다는 이유로 거절당했지만, 그는 포기하지 않고, 다음 해에는, 그가 근무하던 로이드 은행에 사표까지 제출하고 정보 분야에로 복무를 자원하였다. 두 주 후에 그는 다시 은행으로 돌아갈 수밖에 없었으나(Behr 13–16), 그가 전쟁 중에 두 번이나 군복무를 자원했다는 사실은 실존의 삶에 대한 그의 진지한 태도를 가늠해 볼 수 있는 중요한 단서를 제공한다. 전장(戰場)은 인간 실존의 부조리한 고통이 가장 첨예하고 적나라하게 드러나는 현장이다. 엘리엇의 두 번의 복무지원은, 개인적인 다른 이유를 생각해 볼 수 있다 하더라도, 근본적으로 그가 이 세계의 고통에 다른 사람들과 함께 동참하겠다는 결의의 단호한 표현이다. 왜냐하면 전쟁터에서 우리는 단 하나 뿐인 생명을 한순간에 잃어버릴 수 있다는 것을 잘 알고 있기 때문이다.

틸리히는 일차대전이 발발하자 곧 자원하여 1914년 9월부터 4년간 직접 최전선에 참여하였다. 전선의 반대편에는 떼이아르 드 샤르텡(Teillard de Chardin)이 불란서 군의 종군신부로 전쟁에 참가하고 있었다. 틸리히는 전선에서 종군목사이며, 무덤 파는 사람이었다. 전쟁의 고통을 같이 겪으면서 가까워진 한창 나이의 젊은이들의 무덤을 파고 죽음의 관위에 진흙 같은 끈끈한 흙을 파 덮으면서, 그는 더 이상 자신의 죽음을 생각하지도 못했다. 그는 이미 죽음의 힘에 사로잡혀 죽어 있다고 느꼈다. 그는 그의 친구 마리아 크라인(Maria Klein)에게 다음과 같은 편지를 보냈다.

> 나는 항상 더 이상 내가 살아 있는 것이 아니라는 아주 강렬한 느낌을 직접 몸으로 느끼고 있다. 그래서 난 생명을 대수롭

게 생각하지 않는다. 누군가를 발견하고 기뻐하며 신을 인식하는 모든 일들은 살아 있는 사람들의 일이다. 생명 자체는 그렇게 믿을 것이 못된다. 단지 내가 언젠가는 죽을 수도 있다는 것이 아니고, 모든 사람이 죽는다는 것, 정말 죽는다는 것, 그리고 너도 역시— 그 다음 인류의 고통— 나는 전적으로 종말론자이다.— 내가 세계의 죽음에 대하여 어린아이 같은 환상을 보고 있는 것이 아니다. 나는 정말 우리의 이 시대의 죽음을 실제로 체험하고 있다. (1916년 11월 27일 자) (Pauck 51)

그의 가족에게 쓴 편지에서 그는 끝없는 개인의 죽음과 전체 문명의 질서의 죽음을 체험한 이 시기를 "개인적 카이로스(Kairos)"(Pauck 51 & Brown 153)라고 표현하였는데, 이 시기를 견디면서 그는 그의 생애에 처음이자 마지막 단 한 번의 정신의 대전환을 경험하게 된다(Pauck 41).

엘리엇이 인간 실존의 현장에서 느낀 고통은 그의 초기시들에 나타나는 세상과 인간 그리고 신에 대한 회의를 통해 간접적으로 그러나 절실하게 표현되기 시작하였다. 엘리엇은 앞에서 언급한 프랜시스 허버트 브래들리에 대한 논문에서, "회의와 환멸은 종교적 이해를 위한 유용한 도구"(Eliot 1976, 450)라고 말하였는데, 엘리엇의 시에 나타난 회의의 조명을 통해서 보면 우리는 그의 궁극적 관심 곧 종교가 틸리히의 경우처럼 인간실존의 고통이라는 것을 느낄 수 있게 된다.

엘리엇의 초기시에서 세상에 대한 회의는 먼저 외로움의 이미지들을 통하여 암시적으로 표현된다. 외로움이 깊어질 때 삶에 대한 회의는 필연적이라는 것을 우리는 안다. 두 남녀의 동문서답의 대화형식으로 쓴 시 「사랑의 대화」("Conversation Galante") 속에서 화자인 젊은 청년을 괴롭히고 있는 것은, 밤과 달빛 그리고 달밤에 테라스에 앉아 있는 소녀의 아름다운 조화가 보여주는 로맨틱한 광경을 통해서 그가 보는 삶의 무의미성이다. 그는 이 광경들이 실제로는 존재하지 않는 것을 갈망하게 만든다는 것을 알고 있다. 이 로맨틱한 풍경 속에서 듣는 아름다운 음악도 그에게는 존재하지 않는 것을 존재하는 것처럼 느끼게 만드는 술책이다. 음악도 그에게는 '우리들 자신의 공허를 드러낼' 뿐이다(Thompson 9). 엘리엇의 초기시의 주인공들은 모두 이 공허와 실존의 고립감에 빠져 있다. 브룩커(Jewel Spears Brooker) 교수가 「개런티언」("Gerontion")에 대한 그녀의 비평에서 말한 것처럼, 서로 고립된 "단편들이 어떤 마음의 천국에서 융합될 수 있을 것이라는 생각은 철학자들에게는 커다란 위로가 될 수 있을지 모르지만, 정신의 폐허 속에서 살고 생활해야 하는 개별적 인간들에게 그것은 별 위로가 되지 못하는 것이다"(Brooker 24).

틸리히는 "20세기의 대부분의 창조적 예술과 문화 그리고 철학이 그 본질에 있어 근본적으로 실존주의적"(Tillich 1987, 90)이라고 말하고 있는데, 이때 "실존주의란 모든 사고의 보편적 요소로서, 인간이 자신의 실존과 실존의 상황 속에서의 갈등, 이 갈등의 근원 그리고 이 갈등의 극복에 대한 기대 등을 기술하려는 시도"(90)이다. 그는 "예술적으로나 시적으로나, 신학적으로나 또는 철학적으로나, 인간의 궁경(predicament)이 기술되는 곳에는 어느 곳에든지 실존적인 요소가 존재한다"(90)고 말한다. 어떤 방식으로 기술되건 그것은 모두 실존의 고통을 극복하고자 하는 의식적 무의식적 몸부림이며, 다른 정신들보다 훨씬 민감한 예술가들에게 있어 이러한 몸부림은 그들의 작품 속에 더욱 첨예하게 드러난다. 이런 관점에서 틸리히는 20세기의 시각예술에 진지한 관심을 보여왔으며, 일차대전 종군 중 마지막 휴가 때 베를린에서 보티첼리(Botticelli)의 그림을 만난 순간을 정점으로 하여 예술에 대한 관심은 그의 사상에 다양한 영향을 미치게 된다. 그의 종교 철학의 기본적 범주는 바로 그의 예술의 경험에 대한 깊은 사고로부터 추출된 것이며, 유명한 그의 문화신학에 대한 발상을 제공한 것도 바로 이 예술에 대한 그의 깊은 사고였다(Thomas 2).[2] 그는 시나 예술 작품이 어느 사회의 문화를 얼마나 적나라하고 절실하게 반영하는지를 알았으며, 그의 엘리엇의 시에 대한 공감과 관심도 그의 이러한 예술에 대한 깊은 이해의 바탕 위에 근거하고 있는 것이다.

근대 산업 사회의 탄생 이후 오랜 세월을 두고 축적되어 온 인간정신의 궁경은 『황무지』의 제사(epigraph) 속에 잘 표현되어 있다. 아폴로 신으로부터 예언의 능력과 자신의 손에 쥔 먼지만큼의 생명을 받았으나, 영원한 젊음을 요구하는 것을 잊어 버렸던 씨빌(Sibyl)은 나이를 너무 많이 먹어 완전히 쭈그러져 항아리 속에 매달려 있다. 아이들이 "무녀야, 넌 뭘 원하니?"라고 물었을 때 그녀의 대답은 "죽고 싶어(I want to die)"였다. 그녀가 죽고 싶다고 말했을 때 그녀가 의미한바는, 생생한 생명으로의 회복의 가망이 없는 쇄락의 삶에 대한 두려움이었다. 『황무지』의 제30행에서 화자가 "내가 너에게 한 줌의 먼지알 속의 공포를 보여주겠다"고 말했을 때 이 말이 의미하는 바도 바로 이 재생의 가망성이 없는 생명에 대한 공포였다. 20세기의, 누가 가해자인지조차 분명히 가려낼 수 없는, 톱니바퀴처럼 모든 것이 서로 영향을 주고받으며 얽혀 있는, 복잡한 문명사회에서 이제 인간은 재생에의 갈망조차 잃어버린 채, 이제 그만 생 자체를 포기하고 싶은 절망의 상황에 와 있는 것이다.

성배전설에 의하면 『황무지』의 제1부의 하이야씬쓰 정원의 소녀는,

---

2) 헤겔은, "세계의 국민들이 그들의 심정에 느껴지는 가장 심오한 직관과 관념을 위탁해 놓은 곳이 바로 예술이다. 예술은 그들 주민들의 지혜와 종교를 이해하는 열쇠이다.— 많은 나라들의 경우 다른 열쇠는 없다"고 말하였다(Hegel 17).

성배의 운반자―사랑을 가져오는 처녀―이다. 성배를 찾아 나선 기사는 '위험성당'으로의 긴 고난의 여행 뒤에, 만일 성공한다면, 물과 꽃이 있는 황홀한 정원에서 그녀를 만나 결혼하도록 되어 있다. 그러나 성배기사는 실패하고 그의 실패는 그의 침묵 속에―'나는 말할 수 없었고, 눈을 떨구었다'―간접적으로 암시되어 있다(Capri-Karka, 109). 그래서 이 부분의 마지막 행에서 '바다는 황량하고 쓸쓸하다.' 이 시의 마지막 부분에서 천둥이 의미하는바 'Datta. . . Dayadhvam. . . Damyata' ('Give, Sympathise, Control')의 세 가지 명령3)에 대하여도 이 시의 주인공의 반응은 부정적이다.

그는 사랑을 주지 못하고 대신 감각적 욕망에 굴복한다. '동정하라'는 두 번째 명령에 대하여도 그의 대답은 유아론적 세계에서의 고립을 암시함으로써 그가 사랑을 줄 능력이 없음을 보여준다. 세 번째의 '통어하라'는 명령에 대하여 주인공은 매우 사적인 경험을 암시하는 식으로 대답하고 있다. 그는 사랑을 상징하는 바다와 여행의 이미지를 사용하여, 순종하여 뛰는 가슴으로 '즐겁게 반응하였을' 어떤 사람을 초대하지 못했기 때문에 유감을 느끼고 있음을 암시하고 있을 뿐이다(104). 시의 말미에서 천둥의 명령이 다시 반복되고 있는 것은 이 명령들이 아직 유효하다는 것, 그리고 그것들의 가능성과 평화가 최소한, 주인공이 아닌 다른 사람들에게는 있을 수 있다는 것을 암시하고 있지

---

3) 우리는 천둥이 실제로 명령을 하지는 않는다는 것을 알고 있다. 브루커(Brooker)와 벤틀리(Bently)가 말하고 있는 것처럼, "천둥은 아무것도 말하고 있지 않을 뿐 아니라, 아무것도 의미하지 않는다. 천둥소리는 'twit,' 'jug' 또는 'tereu' 등의 소리로 우는 새소리나 'co co rico'라고 울었던 수탉의 소리와 같은 것이다. 이러한 소리들은 'Da' 소리와 함께 순수한 소음, 전혀 의미 없는 소리들을 흉내 내기 위한 의성어일 뿐이다. 그러나 'Datta'라는 말이 주어지자 비의미어의 완벽한 단일성이 깨져 이중의 의미를 띠게 된다(Brooker and Bently 189)." 사실 어떤 소리에 부여되는 의미는, 이 시 속에서, 천둥소리(Da)를 들은 사람들이, 이 소리를 그들 자신의 관념과 관련된 단어(Datta 등)의 머리말로 쓰고 있듯이, 그 소리를 듣고 말하는 사람들에 의해 붙여지는 것이다.

만, 이 시는 전체적으로 불모의 세계에서의 시인의 강렬한 개인적 곤경의 경험을 통하여, 황무지의 상황에서 우리가 겪어야 하는 인간실존의 고통의 무서움을 절실하게 표현해주고 있다.

그러나 여기서 우리가 간과해서는 안 될 것은 틸리히의 인간실존의 고통에 대한 개념이나, 엘리엇의 인간 실존의 고통을 기술하고 있는 시들 속에 성(the sacred)과 속(the secular)의 구별이 전혀 없다는 것이다. 엘리엇의 황무지의 주민들 속에는 세속인과 종교인의 구분이 없을 뿐 아니라 서로 다른 종교들 사이의 구분도 없다. 그들은 모두 실존의 고통을 같이 겪으며 살아야 하는 황무지의 똑같은 주민들일 뿐이다. 틸리히는 "만일 종교가 궁극적 관심에 의해 사로잡힌 '상태'라면, 이 상태는 어느 특별한 영역에 의하여 제한될 수 없다"(Tillich 1959, 41)고 말한다. 궁극적 관심이 갖는 무조건적 성격은 그것이 우리의 삶의 모든 순간을 지칭하며 모든 공간을 포괄하고 모든 영역을 포함한다는 것을 의미한다. 그래서 틸리히는 '우주는 신의 성소(聖所)'(41)라고 말한다. 신의 성소인 한 우주 속에서 우리는 모두 '존재의 근원'(the ground of being)인 신의 세계 속에 있기 때문에 성과 속이라는 인위적 구분은 아무런 의미를 갖지 못한다. 근본적으로 종교적인 것과 세속적인 것은 구분된 영역이 아니라 서로 안에 속한 같은 영역인 것이다(41). 성과 속의 구별로부터의 이러한 자유와 해방이 바로 엘리엇과 틸리히의 공통성인 동시에 그들의 사상이 갖는 보편성의 한 근거이다. 엘리엇은 1952년 6월 21일, 파운드가 연금되어 있던 세인트 엘리자벳(St. Elizabeth) 병원에서 파운드(Ezra Pound)와 만난 자리에서 당시 파운드의 작품을 주제로 학위논문을 쓰기 위해 워싱턴 대학에 와 있던 중국인 Angela Jund Palandri의 도교의 영향(Taoist influence)에 관한 질문에 대해 대답하면서, "내가 얻으려고 했던 것은 보편적 진리였으며...

결국 모든 종교가 지향하는 것은 궁극적 진리"(139)라고 말하였다. 우리는 그가 얻으려고 했던 것이 기독교적 진리라고 그 스스로가 말하지 않았다는 것에 주의할 필요가 있을 것이다.

3

틸리히는 종교와 예술의 관계와 관련하여 다음과 같이 네 가지 차원의 구분을 하고 있다. 첫째의 차원은 궁극적 관심이 직접적으로가 아니라 간접적으로만 표현되는 차원이다. 이것은 보통 세속의 예술작품을 말하며, 작품 속에 종교적 내용을 가지고 있지 않다. 두 번째 차원의 작품들도 성자나 그리스도 같은 종교적 내용은 가지고 있지 않다. 그러나 종교적 스타일은 가지고 있다. 스타일이란 각기의 예술가나 각기의 계파가 보여주는 특별한 형식 속에 나타나는 작품들의 총체적 형식이며, 이 총체적 형식은 어떤 시대의 실존의 궁극적 의미의 문제에 대한 대답으로서, 그 시대 속에 자기 해석의 양식으로 무의식적으로 존재하는 것의 표현이다. 이러한 스타일의 특징은 거기에 항상 심층을 뚫고 표면으로 튀어나오는 어떤 것이 항상 존재한다는 것이다. 이러한 일이 일어나는 곳에서는 어디에서든, 그것이 어떻게 묘사되었건 비록 종교적 내용은 없을지라도, 종교적인 어떤 스타일을 갖게 된다고 틸리히는 말한다. 이해하기에 쉽지는 않지만 사실 역사상 의미 있는 많은 위대한 예술 작품들이 여기에 속하고 있다. 세 번째 차원의 예술작품은 종교적 내용을 다루고 있으나 비종교적인 스타일을 지닌 세속적 형식의 작품들이며, 네 번째 차원은 종교적 스타일과 종교적 내용이 융합된 예술작품들의 차원이다. 이 차원의 작품이야말로, 가장 구체적 의미에서, 종교적 예술이라고 불리워질 수 있는 예술이다. 그러나 틸리히는 두 번의 세계대전을 겪고 난 "오늘날에도 이러한 종교적 예술이 가능한가?"고 묻고 있다(Tillich 1987, 92−93).

틸리히가 중요하게 다루고 있는 것은 두 번째 차원의 예술작품이다. 그는 이 차원을 실존적 차원이라고 부른다. 이 차원의 작품들은 간략히 말하면 종교와 세속의 어느 내용에도 구애받지 않고 인간의 실존의 고통 앞에서 인간의 궁극의 문제에 대한 예술가의 관심을 어떤 리얼한 인간의 상황에 대한 충실한 묘사를 통하여 표현하는 차원이다. 그는 시각예술에 있어 현대 실존주의 운동이 세잔느(Cézanne)에서 시작되었다고 보고 있는데, 그는 이들 현대 실존주의 예술가들의 작품 속에서 전통적인 유기적 형식이 사라지고, 그와 함께 항상 유기적 형식의 묘사와 관련되어 온 이상주의도 사라진 것을 본다. 이러한 현상은 우리의 실존의 형식 속에 유기적 성격이 사라진 것을 반영하고 있다. 인상주의 화가들이 사용한 화려한 색채나 사물을 미화시키는 과거의 이상주의자들의 경향은 점차 사라지고, 비유기적인 입체적 형식이 점차 화폭을 지배하게 된다. 이러한 경향은 유기적으로 통일되어 있는 것으로 보이는 미화된 표면 아래 있는, 실체(reality)의 깊이를 들여다보고자 하는 시도의 표현이다. 대표적인 작품으로 그는 반 고흐(Van Gogh)의 「별 밤」("Stary Night")과 「밤의 카페」("Night Café")를 들고 있으며, 강연 도중 "어떤 작품을 현대의 가장 뛰어난 프로테스탄트 종교 예술 작품이라고 생각하느냐?"는 질문에 서슴지 않고 피카소의 「게르니카」("Guernica")라고 대답하였다. 그것은 사람이나 동물들 그리고 집들이 모두 철저하게 비유기적으로 흩어진 적나라한 현실의 공포를 그리고 있는 그림이다. 그가 이 작품을 추천한 이유는 그것이 아무것도 감추지 않고, 있는 그대로의 인간 상황을 보여주고 있기 때문이었다. 그는 프로테스탄티즘이 무엇보다도 먼저, 어떤 것도 감추어서는 안 된다는 것이 아니라, 인간의 실존의 상황을 소외와 절망의 깊이에서 보아야 한다는 것을 의미한다면, 이 작품은 가장 강력한 종교적 예술작품이라고 말하고 있다(94-96).

틸리히의 관점에서 엘리엇의 『황무지』를 읽을 때 우리는 두 작품 사이에서 많은 공통점을 발견하게 되며, 틸리히가 「게르니카」에 대하여 한 것과 똑같은 말을 엘리엇의 『황무지』에 대하여도 할 수 있게 된다. 『황무지』는 「게르니카」처럼, 재생의 희망도 부활의 희망도 없는 전형적인 황무지의 공포를 묘사하고 있으며, 그것은 현실에 대한 파편화된 이미지들 속에, 우리의 일상의 단편적인 장면들 속에 그리고 비유기적 성질의 죽음과 황폐의 풍경 속에 잘 드러나 있다. 그러나 보들레르의 시 속에서처럼, 이러한 장면과 풍경들의 의미를 더 분명하게 해 줄 설명이나 생각은 문맥 속에 드러나 있지 않다. 이 시 속에 나타난 모든 이야기들은 주관적이고 제한적이며 서로 공통점이 없는 인상들의 축적으로 한정되어 있다. 그러나 현대시에서 우리의 현실의 공포를 이 작품보다 더 시각적으로 더 리얼하게 보여주는 작품은 찾기 힘들다. 엘리엇은 이 작품을 통하여 모든 인간의 실존의 상황을 가능한 한 제한 없이 보여줌으로써, 독자로 하여금 소외와 절망의 깊이에서 인간의 상황을 볼 수 있게 해주고 있는 것이다.

4

이제 우리는 인간의 궁극의 관심과 관련된 틸리히의 신학의 중심적 문제에 접근해 볼 시점에 도달하였다. 그는 그의 유명한 『문화 신학』(*Theology of Culture*)의 제1장에서 "종교란 가장 넓은 의미에서 그리고 가장 근본적으로 궁극적 관심((ultimate concern)"(7-8 & Tillich 1951, 12-14, 24-25, 110-11, 120-21, 214-16, 220-23 & Wheat 1)이라고 말하였는데, 이 정의는 그의 조직 신학의 핵심이 되는 말이다. 그는 모든 신학의 두 가지 기준을 인식하고 있었는데, 그 첫째는 '인간들에게 궁극적 관심의 문제가 될 수 있는 목표를 다루는 명제들만이 신학적이라는' 것이었다(Thomas 5-6).[4] 틸리히의 조직신학 속에 궁극적 관심으로서의 신앙에 근거하지 않는 중요한 교리는 하나도 없다(Armbruster, 296). 그러나 존 힉(John Hick) 교수가 그의 명저 『종교철학』(*Philosophy of Religion*)에서 지적한 것처럼, 사람들은 어떤 다른 것들에 대하여—예를 들면 국가나 개인적 성공 또는 신분 등—궁극적 관심을 가지고 있다. 하지만 이러한 것들은 적절히 표현하면 단지 예비적 관심(preliminary concern)일 뿐이며, 이러한 예비적 관심들이 궁극적 관심이 되는 경우 그것은 곧 우상숭배가 된다(66). 틸리히가 말하는 궁극적 관심은 어떤 특수한 교리나 경전이 주는 표준에 따라야 하는 편파적, 조건적 관심이 아니라 다만 '궁극성'(ultimacy)이라는 표준에 의해서만 제한을 받는 무조건적이며 전체적인, 인간의 모든 유한성을 초월한 관심이다. 따라서 종교는 어떤 특수한 집단이나 종파를 초월해서 '전인간'(全人間)의 정신과 관계되는 것이다. 그러므로 누가 자기의 궁극적 관심을 성실히 추구하는 과정에서 그것에 대한 작품을 썼다면 우리는 그의 작품 앞에 '종교적'이라는 형용사를 붙일 수 있는 것이다. 엘리엇의 후기 작품이 종교적이라는 말의 의미는 여기에 있으

---

4) 두 번째 기준은 우리들의 존재나 비존재의 문제와 관련된 대상만을 다루는 진술만이 신학적이라는 것이다(Thomas 6).

며, 그의 시가 갖는 보편성(universality)의 근거도 또한 여기에 있는 것이다.

틸리히의 철학적 신학 사상에 대한 엘리엇의 공감과 이해는 그들이 주고받은 편지 속에 나타나 있지만, 그의 후기의 시와 시극들, 특히 『네 개의 사중주』(*Four Quartets*)에 분명히 드러나고 있는 것으로 보인다. 보는 눈에 따라 평가가 엇갈릴 수는 있을 것이다. 1927년 엘리엇이 영국 국교회로 개종했을 때, 그리고 그가 『랜슬롯 앤드류스를 위하여』(*For Lancelot Andrewes*)에서 "문학에서는 고전주의자, 정치에서는 왕당파, 종교에서는 영국 국교도"(7)라고 선언했을 때 충격을 받았던 사람들에게 이 작품은, 칼 샤피로(Karl Shapiro)에게서처럼, "신비적 의식을 통찰하는 데 실패한 작품"이고, "즐거움에 대한 믿음과 욕구의 결여로 불구가 된 한 천재적 시인에 의한 정신적 의미를 추구하는 헛된 시도"(Shapiro 36)로 보여지고 있다. 그러나 그를 깊이 이해하는 많은 독자들에게 이 작품은 헬렌 가드너에게처럼 "아름답고, 만족스러우며, 독립적이고, 자족적이며, 완전한"(Gardner 75) 작품으로 보여지고 있다. 테드 휴즈(Ted Hughes)는 1986년에 행한 짧은 연설에서, 60대나 70대의 나이에 도달한 세계 도처의 위대한 시인들이, 그동안 모든 언어들 속에 일어났던 현대 문화의 시적이며 정신적인 혁명과 반혁명 그리고 그것들이 세웠던 바벨탑의 흥망과 성쇠 뒤에 남은 최고의 스승과 책으로서, 엘리엇과 엘리엇의 시 『네 개의 사중주』를 들고 있는 것에 대하여 놀라움과 기쁨을 감출 수 없다고 말하였다(Hughes 4).

우리는 틸리히의 신학에서 '궁극적 관심'이라는 말이 '신'과 같은 뜻으로 쓰여지는 것을 알고 있다. 틸리히의 신학에서 "신은 하나의 존재가 아니라 존재자체(being-itself)이다"(Tillich 1951, 188, 237 & 243). 신은 "존재의 근원"(155−58)이며 "존재의 힘"(23−31 & 235−37)이고 또한 인간의 "궁극적 관심"이다. '존재자체'의 존재론적 정의는 틸리히의 존재론에 대한 엘리엇의 이해와 공감을 고찰하는 데 있어 매우 중요한 개념인데, 틸리히는 그의 유명한 『조직신학』의 제1권에서 이것을 다음과 같이 설명하고 있다.

> 신은 하나의 존재가 아니라 존재자체이다. . . . 존재자체는 무한과 유한을 초월한다. 그렇지 않다면 존재자체가 그것 외의 다른 것에 의하여 조건지어질 것이다. 존재의 진정한 능력은 존재와 존재를 조건지어 주는 것을 넘어서 존재하는 데 있다. 존재자체는 모든 유한한 존재를 무한히 초월한다. . . . 한편 모든 유한한 것들은 존재자체와 그것의 무한성 속에 포괄된다. (237)

"존재자체"에 대한 틸리히의 이러한 개념은 『네 개의 사중주』의 가장 중요한 부분인 「번트 노튼」("Burnt Norton")의 1부의 첫 10행에 나타난 '항상 현존하는 한 점'(. . . one end, which is always present)의 존재론적 개념과 놀랍게도 일치한다. '현재의 시간과 과거의 시간은/ 아마 미래의 시간에 존재하고'로 시작하는 첫 두 행은, 미래의 내용은 과거와 현재에서 경험된 것 즉 유한한 것을 내용으로 하지만, 이 유한성은 그것이 미래에 포함되면서 이 유한한 시간과 그 범주 속의 공간을 초월해서 존재하게 된다는 의미이다. 왜냐하면 과거와 현재에서 추출되어 미래에 포함된 내용은 과거나 현재 속에서 일상적 시간과 공간의 개념으로 설명되는 구체적 사건들이 아니라 그것이 주는 생각이나 느낌이며, 이 느낌이란 것은 시간과 공간의 일상적 범주에서 생긴 것이면서도, 이 범주를 초월해서 존재하는 것이기 때문이다. 슈미트(Kristina Smidt)도 "우리가 생각하고 기억하고 느끼는 많은 것들은 시간을 차지하지 않고 있는 것 같다"(Smidt 1961, 144)고 말하고 있다. '미래의 시간은 과거의 시간(time past)에 포함되어 있다'로 끝나는 셋째행의 'past'는 현재까지를 포함한 시간개념으로, 이것은 현재도 미래의 시간에서 보면 과거가 되어 있는 시간이기 때문이다. 따라서 이 행은 미래의 내용은 과거에서 경험되었던 내용이라는 의미이다. 결국 유한성 속에서 나온 '느낌'에 의해 모든 시간은 통합되어 동시성 속에 공존하는 것이 된다.5) 이렇게 되면 "회복이란 시간의 차이에 의존하는 것이기 때문에"(Williamson 211) 결국 시간은 회복할 수 없는 것이 된다. 넷째 행과 다섯째 행의 의미는 바로 이것이며, 영원히 존재하는 시간 속의 느낌은 슈미트의 말처럼 "'있을 수 있었던 일'은 제외하고, 옳거나 그른, '있은 일'에만 의거하여"(Smidt 1961, 144) 얻어질 수밖에 없는 것이기 때문에 '있을 수 있었던 일'--'있은 일' 외의 다른 일의 무한한 가능성을 암시하고 있다는 의미에서 '무한성'을 상징한다─과 '있은 일'─과거라는 시간 속에서 얻어졌다는 의미에서 '유한성'을 상징한다─은, 이 무한성과 유한성을 초월해서 '항상 존재하는 한 점'을 지향한다. 이 한 점은 앞에서 언급한 대로 일상의 유한성 속에 근거를 두고 있다는 것까지를 종합해 보면, 우리는 그것이 위에서 인용한 '존재자체'의 개념과 일치하는 것을 알 수 있게 된다('present'는 지향하는 한 점 즉 존재자체의 모든 시간에 있어서의 '현존성'을 암시하는 표현으로, 현재와의 동시성을 갖지 못한 것은 무엇이든 지향할 바가 되지 못함을 암시하고 있다). 「이스트 코우커」("East Coker")에는 존재자체에 대한 인식이 처음과 끝이라는 시간의 유한성을 나타내는 개념을 통

---

5) 『네 개의 사중주』는 성 어거스틴의 『참회록』(Confession)에 대한 명상이다. 어거스틴에게 있어 시간은 상상력에 기초하고 있는 것이다. 과거는 인간의 회상의 능력 속에 존재하며, 미래는 인간의 기대 속에 존재하고, 현재는 과거의 기억과 미래에 대한 기대를 상상력이 통합시킴으로써 생기는 것이다(Dale 142).

하여 나타나고 있으며, 「드라이 샐베이지즈」("Dry Salvages")에는 강과 바다 등의 공간적 상징과 종소리가 주는 시간을 초월한 느낌을 통해 존재 자체에 대한 인식을 나타내주고 있고, 「리틀 기딩」("Little Gidding")에서는 영국이라는 공간의 개념과 무시간의 교차점이라는 시간개념을 통하여 존재자체에 대한 인식을 암시하고 있다.6)

5

틸리히의 『조직 신학』에 나오는 그의 철학적 신학사상의 많은 부분들은 엘리엇의 후기극을 깊이 이해하는 데 도움이 되는 단서들을 제공하고 있어서, 틸리히의 종교철학으로부터 엘리엇이 받은 영향 또는 두 사람의 사고의 유사성을 더 깊이 알 수 있게 해준다.

엘리엇의 가장 대표적 장막 시극으로 평가되고 있는 『대성당의 살인』(*Murder in the Cathedral*)은 표면상으로는 순교자 토마스 베켓이 순교의 고통에도 불구하고, 세속의 쾌락과 권력, 명예뿐 아니라, 지상과 천국에서의 순교의 영광의 유혹까지도 물리치고 신의 뜻에 복종하여 순교의 길을 선택함으로써, 신의 도구로서의 성직자의 소명을 받아들여, 인간에 대한 신의 사랑의 계획을 완성하는 것을 내용으로 하고 있다. 그러나 이 극의 더 깊은 주제는 사랑과 고통과의 관계이다. 세상에서는 아무런 보답이 없는 순교의 영광조차 허락되지 않는 최고의 고통인 순교의 죽음은, 대주교이기 이전에 하나의 연약한 인간인 그에게 도대체 무엇인가? 인간으로서 행할 수 있는 최고의 사랑인 순교를 통

---

6) 이 부분에 관하여는 필자의 졸고, 「T. S. 엘리엇의 시와 시극에 나타난 "궁극적 관심"」, 『영어영문학』 40. 1 (1994): 49–52.

해 그가 받는 것은 현실적으로 고통일 뿐이다. 그러나 사제들의 만류를 뿌리치고 순교의 자리로 나아가면서 베켓은 '우리는 고통 받음으로써 이길 뿐이다'고 말한다. 인간의 세계에서 승리의 방법으로 가장 통쾌한 것은 맞싸워 정복하는 방법이다. 그러나 베켓은 고통 받음으로써 정복하는 것이 '승리의 첩경'이라고 말한다. 힘에 의한 싸움의 승리는 끝없는 복수의 악순환을 초래하는 것이기 때문에 일시적인 승리일 뿐이다. 그러나 고통을 통한 승리는 어렵지만 영원한 승리이다. 베켓이 싸워 이기는 통쾌한 승리를 포기하고 고통의 승리를 택하는 것은, 전자의 방식이 인간 상호 간의 영원한 적대(antagonism)나 분리를 가져오기 때문이다. 그러나 고통을 통한 승리는 모든 인간의 공감과 영원한 화합을 약속한다. 틸리히는 "화합에의 욕망이야말로 사랑의 필수불가결한 요소(Tillich 1951, 280)"[7]라고 말하고 있는데, 틸리히의 이 말을 통해 우리는 엘리엇이 이 작품에서 말하고 싶었던 것의 핵심을 온전히 이해하게 된다. 그것은 순교의 가장 깊은 목표는 신이나 교회나 순교자의 영광이 아니라, 바로 사랑이라는 것이다.

엘리엇의 두 번째 장막시극인 『가족의 재회』(The Family Reunion)를 이해하는 데 있어서, 틸리히의 타락론(the theory of the Fall)은 필수적인 것으로 보인다. 칼빈(Calvin)은 원죄의 교리에 대하여 말하면서 원죄란 "인간본성의 유전적인 타락과 부패"를 말하는 것이며, "우리는 모두, 아담의 범죄의 결과로, 저주 아래 있다"(Heick 427)고 주장하였다. 그러나 20세기의 현대신학은 창세기 3장의 아담(Adam)의 타락의 이야기에 대한 지나친 축어적 해석으로 인해 생긴 원죄의 교리가 오히

---

7) 샤르뎅(Pierre Teilhard de Chardin)은, 사랑을 본질적으로 우주의 각 요소들 사이의 끌림(the attraction of each element of the universe)으로 보고, 이러한 사랑이야말로 인간과 우주의 근원적 에너지이며 인간 화합의 기본 에너지라고 말한다(Faircy 186-89).

려 기독교에 해를 끼쳤다고 보고 있다(Tillich 1957, 29). 틸리히는 창세기 3장의 이야기를 "보편적 인간상황에 대한 상징"(929)으로 해석해야 한다고 말한다. 폴 틸리히는 '아담의 타락'의 상징의 보편적 의미를 설명하기 위해 '타락'이라는 표현 대신에 '본질에서 실존으로의 전이(transition from essence to existence)'라는 말을 사용하고 있다. 이때 'essence'는 타락 이전의 '인간의 본질적 상태를 나타내는 말이며, 신화에서는 '황금시대' 또는 '낙원'이라는 말로 상징되는, 인간의 실존(actual existence) 이전의 상태를 상징하는 말이다. 이 상태는 가능성의 상태이지 실제의 상태는 아니며, 어떤 장소와 시간을 초월한 초역사적 상태이다. 'Existence'는 인간이 본래 속해 있던 'essence'의 상태에서 분리되어 삶의 현실을 경험하고, 그 경험의 결과에 대한 책임감과 도덕적 죄책감을 느끼게 되는 상태를 상징한다. 따라서 '본질에서 실존으로의 전이'라는 말은 인간이 본래 속해 있던 무구한 존재의 상태에서 이탈하여 죄악감을 느끼는 상태로 분리되는 상황을 의미하는 것이며, 성경속의 '타락'이 상징하는 바는 바로 이러한 '보편적 인간상황'인 것이다. 만일 아담의 죄가 그 이후의 모든 인류에게 미쳐 모든 인간의 죄의 근원이 된다면, 우리는 인간의 시초인 아담에게서 신과 인간이 구별되는 저 운명적 특질, 곧 '인간의 생명과 자유의 한계성'을 제거해 버리는 셈이 된다. 왜냐하면 인간은 자기 삶의 시간적 한계를 초월해서 누구나 무엇의 근원이 될 수는 없기 때문이다. 모든 정신적, 육체적 존재의 근원이 될 수 있는 것은 오직 신뿐인 것이다. 그러므로 아담의 죄가 모든 인류의 죄의 근원이 된다면 아담은 인간이 아니고 신이 되는 셈이다. 아담은 인간이며 인간의 한계를 벗어날 수 없다. 그는 'essence'의 상태의 인간 곧 본질적 인간(essential man)으로 이해되어야 하며, 본질에서 실존으로의 전이의 상징으로 이해되어야 한다. 따라서 원죄는 유전되는 죄의 원인이 되는 죄거나 유전되는 죄가 아니며, '본질에서 실존으로의 이탈'이라는 모든 인간에게 관련된 공통운명의 상징이라고 틸리히는 해석하고 있는 것이다.8)

『가족의 재회』는 자기 아내에 대한 아버지의 살의(殺意)의 유전의 문제를 다루고 있는데, 주인공 헤리(Harry)의 아버지가 실제로 자기 아내를 죽이지 않았듯이, 헤리도 그의 아내를 죽인 것은 아니다. 그러나 헤리의 말처럼 '기억하고 있을 동안에는 나타나지 않고 있다가 겨우 잠시의 부주의로 잊어버리는 순간 다시 나타나는, 복수의 여신 유메니데스(Eumenides)로 암시되는 인간의 원죄에 대한 현대적 해석을 통하여, 엘리엇은 현대 인간들이 겪는 끝없는 고통의 이유가 '본질로부터 실존으로의 전이'라는, 모든 시대와 공간을 통하여 "인간의 보편적 상황" 속에 작용했던 "일반적인 인간의 죄성"이라는 것을 느끼게 하려 하였다. 엘리엇의 원죄관의 현대성은, 주인공 헤리에게 유메니데스가 나타나는 이유가 그의 아내의 익사에 대한 죄 때문이 아니라, "총체적으로 인간 모두의 그리고 인간이 서로 책임져야 할 죄"(Carol Smith 142)로 밝혀지는 순간 분명하게 드러난다. 그리고 헤리가 죄책감에서 벗어나 자유로운 평화의 집에 온 것 같은 행복을 느끼며, 고통으로부터의 해방을 위한 유일한 방법인 속죄의 길을 가기로 결심한 뒤, 그가 유메니데스를 '빛 밝은 천사'라고 부르는 데서도 그의 현대성은 잘 드러나고 있다. 인간고통의 근본적 이유를 밝힘으로써 인간 실존의 고통을 조금이라도 경감시켜 보려던 엘리엇의 이러한 시도는 이성의 시대를 거쳐 인간 중심의 희랍적 세계관에 젖어 있는 기독교인을 포함한

---

8) "엘리엇이 철학자가 된 것은 자신 속에 있는 시인을 살아 있게 하기 위해서였다"(Thompson xxi)고 주장하는 Erick Thompson은, 엘리엇의 "Milton II"에 언급된 아담과 이브와 관련하여, 아담과 이브의 상징적 의미를 명확하게 하기 위해서 우리가 인용하고 있는 틸리히의『조직신학』제2권의 아담과 이브의 타락의 상징을 논한 부분을 인용하고 있다(96).

현대인들에게 깊은 공감을 불러일으키지는 못하였던 것 같다. 이 극의 흥행실패는 이 공감대를 형성하려던 그의 시도의 실패라고 말할 수도 있을 것이다. 그러나 틸리히의 원죄에 대한 새로운 해석과 일치하는 그의 원죄관은 개종 당시와는 달라진 그의 면모를 보여줌과 동시에 중요한 기독교의 교리에 관한 그와 틸리히와의 사고의 유사성을 우리에게 보여준다.

『칵테일 파티』(*The Cocktail Party*)에서는, 극의 초반에 주인공 Edward가 아내로부터 버림받은 상태라는 것을 알았을 때의 느낌을 존재론적으로 이해하는 데 있어, 그리고 여주인공 실리아(Celia)가 사랑하던 에드워드(Edward)의 변심을 알았을 때, 그녀의 심리를 이해하기 위해, 존재론에 근거한 틸리히의 실존적 소외론은 크게 도움이 된다. 그리고 실리아가 심령의 의사 노릇을 하는 라일리(Reily)를 찾아가 상담할 때 그녀가 느낀다고 말하게 되는 죄의식을 이해함에 있어서도 틸리히의 실존적 소외론은 크게 도움이 된다. 실리아가 느끼는 죄의식은, 세상에 존재하지 않는 보물을 숲속에서 찾겠다는 허황된 환상이 깨졌을 때의 자신에 대한 무안감과 부끄러움에서 생긴 감정과 유사한 것으로 설명되며, 그녀가 속죄해야 되겠다는 느낌은 바로 그녀가 실재하지 않는 사랑을 실재하는 것으로 착각하고 찾아 헤멘 것에 대한 부끄러움과 죄의식에 대한 속죄의 감정과 유사한 것이다. 인간은 '아담의 타락'의 상징을 통해 드러난 것처럼, 신화에서는 '황금시대,' 또는 '낙원'이라는 말로 상징되어지고 있는 본질(essence)로부터 이탈함으로써 악과 죄의 고통 속에 살도록 운명 지어진 존재이다(Tillich 1957, 29-56). 그러나 그녀는 세상에서 진정한 사랑을 찾으려함으로써 이러한 인간의 실존적 운명을 거역하고 사랑이 있는 세계로 도피하려했던 것이며, 이 도피의 시도가 실패함에 따라 그녀는-그녀의 고백 속에 '나 자신의 외부의 어떤 사람이나 어떤 것에 대한 공허감이나 실패감(the feeling of emptiness, of failure / Toward someone, of something, outside of myself)'9)으로 표현된—'본질로부터의 소외'의 상태인 인간 실존의 상황을 비로소 절감하고 있는 것이다.

엘리엇의 네 번째 장막시극『비서』(*The Confidential Clerk*)의 주제는 틸리히의 자유와 운명에 관한 사상과 전적으로 일치하는 내용을 보여준다. 「비서」속에서 엘리엇은 부유한 금융업자의 후계자가 되는 기회가 목전에 있음에도 불구하고, 부에의 환상과 야망을 버리고 자신이 살고 싶은 진정한(real) 삶을 위하여 극히 보수가 적은 시골 교회의 올겐주자가 되는 고통을 자원하는 주인공을 등장시킨다. 그리고 이 주인공 콜비(Colby)의 용감한 선택에 대한 조망을 통하여, 수많은 작고 큰 선택으로 표상되는 자유의 실천에 의하여 인간의 운명이 결정되는, 자유와 운명의 "상극적 상호의존 관계(polar interdependence)"(Tillich 1951, 182)를 명확하게 보여준다. 인간은 언젠가는 죽을 수밖에 없는 제한된 조건 속에서 사는 유한한 운명적 존재이면서 동시에 삶의 모든 단계에서 어떤 것이건 선택할 수도 있는 자유로운 존재라고 틸리히는 말한다(182). 인간이 행복하거나 행복하지 못한 것은, 어떤 의미에서, 모든 순간에서의 그의 자유로운 선택의 결과이다. 그러나 인간들은 이 '자유로운 선택의 결과'를 운명이라 부르는 모순을 범하고 있다. 인간은 자연의 순리에 지배되는 한계를 지닌 존재이지만 그는 그를 다른 생명으로부터 분리시키는 특질인 정신의 힘에 의하여 항상 주어진 울타리를 뛰어넘는 자유를 지닌 존재이다. 유명한 진보주의 신학자인 라인홀드 니버는 그의 명저『인간의 본질과 운명』(*The Nature and*

---

9) 실존의 상태는 소외의 상태이다. 이 상태에서 인간은 존재의 근원으로부터, 다른 존재들로부터, 그리고 자기 자신으로부터 분리된다(Tillich 1957, 44).

Destiny of Man)의 초두에서 이것을 다음과 같이 말하고 있다.

> 인간은 자연과 시간의 끊임없는 변화 속에 포괄되어 있으면서 동시에 그것을 초월하는 존재이다. 인간은 자연의 필연성과 이법(理法)에 종속되어 있는 피조물이다. 그러나 그는 또한 자신의 생명의 덧없음을 알고 있는 자유로운 정신이며, 이러한 앎을 통하여 자신안에 있는 어떤 능력에 의해 현실을 초월하는 존재이다. . . . 인간의 오랜 역사를 통하여 인간의 정신이 자연의 필연성으로부터 자유로워진 적은 한 번도 없다. 그러나 인간의 정신이 주어진 상황을 초월하여 더 궁극적인 가능성을 생각할 수 없었던 적 또한 한 번도 없다. (1-2)

그러나 인간은 자신이 선택한 불행한 결과에 대하여 인간의 운명의 주관자인 신에게 그 책임을 물으며, 신이 그 책임을 다하지 못한다는 죄목으로 나체처럼 거침없이 신의 죽음을 선포하기까지 하고 있다. 그러나 신은 유한한 인간의 원망이나 사망선고의 차원, 곧 인간의 감정이나 이성의 차원을 넘어선 존재이다. 중요한 것은 신을 아무리 원망해도 우리의 자유로운 선택의 결과인 불행한 삶의 운명은 변하지 않고 우리 앞에 엄연히 현실로서 존재한다는 사실이다. 인간이 할 수 있고 해야 할 일은 자유냐 운명이냐의 문제가 아니라, 어떻게 하면 인간의 행복에 더 도움이 될 선택을 함으로써 현실보다 더 나은 운명을 선택할 수 있느냐를 생각하는 일 뿐이다. 왜냐하면 운명은 인간에게 일어날 일을 미리 결정하는 인간을 넘어선 신비한 힘이 아니라, 인간의 자유의 기반이며(Tillich 1951, 185), 틸리히의 말처럼 인간 자신의 행복을 실현하기 위한 "모든 자아 실현의 행위 속에서 자유와 운명은 하나로 통합되는 것"(Tillich 1957, 78)이기 때문이다. 그리고 『비서』는 바로 이러한 사고의 예술적 형상화의 결과이다.

엘리엇의 마지막 장막시극인 『노 정치가』(*The Elder Statesman*)는 인간 실존의 고통에 대한 해답을 찾으려는 온갖 노력에도 불구하고 결국 연약하기에 많은 잘못을 저지를 수밖에 없는 인간의 뉘우침과 용서의 문제를 다루고 있는 작품인데, 이 작품에서 가장 중요한 부분은 주인공 크레버튼경(Lord Claverton)이 자기 사위 찰스(Charles)에게 말하는 다음과 같은 대사이다.

> 만일 한 인간이, 일생에 단 한 사람이라도,
> 잘 듣게나, 범죄뿐 아니라
> 비열한 짓, 비루한 행동, 비겁한 행위뿐 아니라
> 그가 바보짓을 했을 때의 (안 한 사람 누군가?)
> 우스꽝스러운 상황들까지도
> 모두 낱낱이 기꺼이 고백하고 싶은 대상을 가지고 있다면
> 그때 그는 그 사람을 사랑하는 것이며, 그 사랑이 그를 구원해
> 줄 것일세.

> If a man has one person, just one in his life,
> To whom he is willing to confess everything—
> And that includes, mind you, not only things criminal,
> Not only turpitude, meanness and cowardice,
> But also situations which are simply ridiculous,
> When he has played the fool (as who has not?)—
> Then he loves the person, and his love will save him.[10]

이 대사를 통해 엘리엇은 '뉘우침'과 '사랑'을 연결하고 또 이 사랑을

---

10) T. S. Eliot, *The Complete Poems and Plays of T. S. Eliot* (London: Faber and Faber, 1969) 568. 이후 *CPP*로 약기함.

'구원'과 연결하고 있는데, 이것을 제대로 이해하기 위해서 우리는 틸리히의 도움을 필요로 한다. 우리가 누구에게 잘못을 고백한다고 할 때, 우리는 그 고백을 통해 고백의 대상에게서 용서받음으로써, 궁극적으로 잘못을 저지르기 이전의 마음으로 되돌아가 다시 가까워지기를—재화합(reunion)되기를—간절히 바란다. 앞에서 살펴본 것처럼 틸리히는 이 "재화합에의 욕망이야말로 모든 사랑의 필수불가결한 요소"라고 말한다. 그래서 고백의 행위는 사랑의 행위가 되며, 이와 같은 맥락에서, 사랑은 자기고백의 행위 곧 자신의 약점과 과오를 진실로 인정하는 적나라한 뉘우침의 행위이다. 그렇다면 '그의 사랑이 그를 구원하리라'는 말은 '자기 잘못에 대한 뉘우침이 그를 구원하리라'는 말로 바꾸어 볼 수 있을 것이며, 이 말이 의미를 갖는 것은 이 극 속에서 주인공 클레버튼 경—또는 그에 의해 상징되는, 연약함으로 많은 잘못을 저지른 인간들—이 진정한 뉘우침을 통해 마지막 구원에 이르고 있는 것으로 보이기 때문이다.

6

니체는 19세기 후반에 이미 '신은 죽었다'고 선언하였는데, 20세기 후반에 데리다도 이와 비슷한 선언을 하였다. "텍스트의 밖에는 아무 것도 없다(Il n'y a pas dehors la texte)"는 것이다. 이 선언은 글쓰기에 의해 만들어진 텍스트를 보증하고 인정해 줄 신 또는 진리 같은 궁극적 실체에 대한 존재론적 부정을 의미한다. 이러한 선언이 수용되고 공감되는 포스트모던 시대의 글쓰기 속에서 우리는 그동안 우리를 지탱해 준 형이상학적 확신에 근거한 어떤 중심을 찾을 수 없다. 데리다나 푸코 등으로 대표되는 20세기 후반의 포스트모더니즘과 탈구조주의자들의 글 속에 인간의 실존의 문제에 대한 해답은 없으며, 오직 극단적 회의와 자기폐쇄적인 텍스트의 체계화로부터의 끊임없는 도피가 있을 뿐이다. 우리는 지금 이러한 글들로부터 우리들의 삶의 의미 곧 우리들의 삶의 문제데 대한 궁극적 해결책을 찾기를 기대하고 있다(Jasper 121).

여기서 우리가 간과해서는 안 될 것은 이러한 모든 생각들의 근저에, 인간의 궁극적인 문제에 대한 끈질긴 탐구의 결과 마침내 해답은 없다는 결론에 도달한 인간의 절망이 깔려 있다는 사실이다. 이 마지막 같은 선언들의 밑바닥에는 "신의 은총에 의하여 창조되고 유지되는 것으로 알고 있는 세상에서, 그의 피조물에 부과되는 악과, 설명할 수도 분명히 정당화될 수도 없는 불안과 공포 앞에서, 우리는 어떻게 사랑의 신에 대한 믿음을 지탱할 수 있는가? 왜 수백만의 어린이들이 굶거나 병으로 죽어야 하며, 왜 끔찍한 지진이 일어나며, 왜 전쟁과 잔혹한 일들이 일어나며, 왜 우리는, 사도 바울의 말대로 '죄의 노예'가 되어야 하는가"(Jasper 117) '악한 자들이 강하게 되며, 선하므로 약하고 가난하게 된 인간들의 고통의 소리가 하늘에 닿아 있는 지금, 신은 진정 어디에 있는가?'고 묻는 인간들의 간절한 기도가 깔려 있다. 물질의 풍요에 반비례하여 증가하는 인간의 정신의 빈곤에 대한 절실한 인식과 더 갈 데 없이 막다른 골목에 몰린 지성의 절망이 이들의 선언 밑에 쓰러져 있는 것이다. 회복할 수 없는 생명과 소중한 것들의 놀라운 파멸 앞에서, 상처받은 전통적 신에 대한 믿음을 간신히 껴안고, 참호 속에 죽은 자처럼 누워 있던 서른 살의 종군목사 틸리히에게 황홀한 존재의 확신을 안겨 준 것은『성경』이 아니라 니체의 시「짜라투스트라」

("Thus Spoke Zarathustra")였던 것이다(Pauck 52). 다른 병사들처럼 그도 언제 죽을지 모를, 아무 희망도 없는 살육의 전장에서 남은 생명의 마지막 단 한 방울까지라도 달게 빨아 마시고 싶었다고 고백하였다. 엘리엇에게도 이 세계는 희망 없는 죽은 땅이었다.

> 이것은 죽은 땅입니다.
> 이것은 선인장의 땅입니다.
> 이곳에 우상들이
> 세워지고, 이 우상들이
> 희미하게 깜박이는 별 빛 아래서
> 죽은 자의 땅의 간구를 듣습니다

> This is the dead land
> This is the cactus land
> Here the stone images
> Are raised, here they receive
> The supplication of deadman's land
> Under the twinkle of a fading star. (*CPP* 84)

엘리엇이 절망의 세계 속에서 본 것은 '깨어진 형상들의 무더기'와 '한줌의 먼지알 속의 공포'였다. 그러나 엘리엇과 틸리히는 모두 신에 대한 믿음, 아니면 적어도 삶에 대한 믿음을 버리지 않았다. 틸리히는 전쟁 중에 "신 없는 믿음(faith without God)"(Pauck 54)이라는 모순된 감정을 경험했음을 고백하고 있으며, 엘리엇은 "나 자신의 신앙은 결코 제거될 희망조차 없는 회의에 사로잡혀 있다"(Bergonxi 112)고 고백하고 있지만, 헤겔 좌파였던 슈티르너나 니체, 하이데거나 싸르트르, 메를르 퐁티 등이—경우에 따라서는 명백하지 않지만,—부정적 회의 끝에 신을 떠난 것처럼 신을 버리진 않았다. 그들은 유신론적 실존주의자였던 키르케고어나 야스퍼스 그리고 가브리엘 마르셀처럼 인간의 유한성과 합리적 이성의 능력의 한계를 절감하고 무한한 신의 세계 속에서 인간 실존의 고통의 문제에 대한 해답을 찾으려 하였다. 우리는 엘리엇이 그의 장시 「이스트 코우커」에서 노래하고 있는, '인간이 얻기를 바랄 수 있는 유일한 지혜는 겸손이며—겸손은 무한하다'는 시구를 상기하여야 한다.

그러나 그들의 믿음 속에 회의가 사라진 적은 결코 없었던 것으로 보인다. 스캅(William Skaff)은 그의 저서 『T. S. 엘리엇의 철학』(*The Philosophy of T. S. Eliot: From Scepticism to a Surrealist Poetic, 1909–1927*)에서, "20세기의 인간으로서 엘리엇은 유니테리안이즘의 철학적 기초가 된 회의보다, 그리고 흄(Hume)이 그 테두리 안에서 논리적 근거를 가지고 종교의 타당성에 대하여 의문을 제기했고 록(Locke)이 그 안에서 과학적 견지에서 예술의 효율성을 부정했던, 영국 경험주의의 철학적 근거가 된 회의보다, 더 깊은 회의를 가지고 있었다"(9)고 까지 말하고 있다. 그러나 틸리히가 엘리엇의 편지에 대한 늦은 답장과 함께 보내 주었고, 엘리엇이 곧 '자신이 꼭 읽어야 할 책' 이라고 답장(1955년 10월 26일 자)을 보낸 틸리히의 저서 『성서적 종교와 궁극적 실체에 대한 탐구』(*Biblical Religion and the Search for the Ultimate Reality*) 속에서 틸리히가 쓰고 있는 것처럼, "신앙과 회의는 본질적으로 서로 모순되는 것은 아니다"(60). 그는 계속해서 말한다.

> 신앙은 신앙과 신앙 속의 회의 사이의 부단한 긴장이다. 이
> 긴장은 항상 서로 싸움에 도달하는 긴장은 아니다. 하지만 위험

은 항상 내재해 있다. 이러한 신앙의 성질이 신앙을 논리적 증거나 과학적 개연성, 전통적 자기 확신 그리고 의심하지 않는 권위주의와 구별시켜준다. 신앙은 무조건적인 어떤 것에 대한 즉각적 깨달음과 스스로에게 닥치는 불확실성의 위험을 받아들일 용기를 모두 포괄하고 있다. 신앙은 '아니오'라는 불안에도 불구하고 '예'라고 말한다. 신앙은 의심하는 '아니오'와 회의의 불안을 배제하지 않는다. 신앙은 회의없는 안전의 성채를 구축하지 않고—단지 신경증적으로 왜곡된 신앙만이 이러한 성을 구축할 뿐이다—의심하는 '아니요'와 불안을 스스로 속에 수용한다. 신앙은 자신과 자신에 대한 회의를 포용한다. (60-61)

사실 "회의란 믿음에 대한 부정(negation)이지만 불신(disbelief)과는 다르다."[11] 회의는 어떤 명제에 대해서 확실한 결론에 도달하지 못한 상태를 말하는 것이며, 불신은 어떤 명제의 당위성을 완전한 오류로 단정하고 그것을 확실한 것으로 믿는 믿음의 한 형태인 것이다. 따라서 회의에는 어떤 것을 믿었다가 실망하는 데서 오는 좌절이 있을 수 없다. 항상 새롭고 끊임없는 회의가 있을 뿐이다.[12] 사실 고대 철학에서 회의란 엿보다(ausspähen), 구하다(suchen), 탐구하다(untersuchen)의 뜻을 가지고 있었다(Löwith 28). 여기서 우리가 유추해 볼 수 있는 것은, 회의가 추구하는 것은 더 깊은 회의가 아니라 진리라는 사실이다. 끝없는 회의는 끝없는 진리탐구이다. 엘리엇 자신도 『문화의 정의에 대한 노트』(Notes Towards the Definition of Culture)에서 이러한 고전적 의미의 회의—scepticism—를 극단적 의미의 부정적 회의—pyrrhonism—와 분명히 구별하고 있다. 그는 'scepticism'을 불신이나 파괴적인 것으

---

11) *Encylopedia of Religion and Ethics*, 1965 ed, s.v. "Scepticism."
12) 로날드 부쉬(Ronald Bush)는 "엘리엇이 ... 인간의 내면의 삶의 문제를 탐구하기 위하여 회의라는 도구를 사용하였다"고 말하였다(9).

로 보지 않고, 증거를 면밀히 검토하는 습관 또는 어떤 결정을 유보하는 능력이라고 말하고 그것을 고도의 문명의 특징이라고 설명하는 반면, 'pyrrhonism'은 그 속에서는 문명이 죽고 마는 원인의 하나라고 말한다. 'scepticism'이 힘이라면 'pyrrhonism'은 유약(weakness)이다(엘리엇 1962, 29).

그러나 궁극적 실체에 대한 철저한 회의와 자유로운 탐구의 뒤에 우리에게 남는 것은 시원한 해답보다는 오히려 인간의 유한성에 대한 깊은 자각과 더 아픈 고통이다. 우리는 이 고통을 피하고 싶다. 그러나 틸리히가 말한 것처럼 "고통은, 죽음처럼, 유한한 존재들에게 필연적으로 따르는 요소"(Tillich 1957, 70)이다.[13] 엘리엇이 그의 '보들레르론'에서 말한 것처럼, 어떤 의미에서, "인간은 위대한 힘 즉 단지 고통을 받는 능력"(Eliot 1976, 423)밖에 없는 존재인지도 모른다. 그러나 "많은 기독교[14] 신비가들은 이 고통에서 미덕을 발견하였다"(Smidt 1961, 151). 슈미트는 계속하여 다음과 같이 말한다.

교회는 항상 사물들에 대한 기획 속에 고통의 자리를 발견하려고 노력해왔으며, 그것이 바른 정신 속에 수용되기만 한다면 가치있는 것이라고 생각하였다. 엘리엇의 정신 속에서 이러한

---

13) 20세기에 신학과 고통에 대하여 가장 자극적인 책 중의 하나인 「고통」("Suffering")을 쓴 Dorothy Soelle 여사는 신학은 "어떤 경험들에 대한 사려깊은 기술"(Soelle 1967, 10)이어야 하며, 이 경험은 "고통에 대한 경험에 근거하는 것"(Soelle 1984, 90)이라고 말하였다(Richard 73-74).

14) 엘리엇이 기독교도이고 틸리히가 기독교 신학자라는 사실 때문에 그들이 던지는 궁극의 문제에 대한 성찰에 대하여 편견을 가질 수도 있을 것이다. 그러나 그들은 기독교가 진실로 세계의 모든 다양한 현상들을 포괄하지 못한다면, 인간세계의 궁극의 문제에 대하여 진정한 질문을 던질 수 없다는 것을 잘 알고 있었다. 그래서 그들의 해답은 근본적으로 종교적 도피주의에서 나올 수 있는 성질의 것이 아니었으며, 그래서 그들의 해답은 결코 유토피아적인 것이 아니었다. 그들은 진정한 해답을 요구하는 현대문화의 부정적 특징들과 모순 그리고 탈선의 문제들을 치밀하게 분석하고, 그에 대하여 편파적이 아닌 보편적 해답을 찾아내려 하였다(Van Dusen 43-45).

생각은 강렬한 반응을 불러일으켰다. 왜냐하면, 한 사람의 예술가로서, 그는 고통을 무엇인가 가치있는 것의 근원으로 생각하는 경향이 있었기 때문이다. (151)

　『대성당의 살인』에서 주인공 베켓은 "우리는 이제 고통 받음으로써 이길 뿐"이라고 선언하고 있으며, "엘리엇이 고통 속에서 인간을 통합시키는 최선의 길을 발견하였다"(152)고 말하고 있다. 틸리히도 "고통은 고통의 공격을 받은 존재 속에서 고통 받는 자의 보호와 치료를 요구하는 한 의미 있는 것이며, 이때 고통은 살아 있는 존재의 한계와 가능성을 동시에 보여줄 수 있다"(Tillich 1957, 71)고 말하였다. 바로 이것이다. 인간은 그 존재론적인 유한성과 세상에 만연하는 악이 주는 고통에 의하여 죽을 수밖에 없는 한계를 지닌 존재이지만, 그가 다른 존재의 고통을 치유해 주기 위하여 스스로 고통을 자원한 순간, 그는 인간의 유한성의 상징인 "악 자체인. . . 죽음"(Chardin 1974, 64)의 고통을 딛고 부활한다. 엘리엇은 보들레르에 대하여 말하면서 보들레르가 "고통을 피할 수도, 고통을 초월할 수도 없어서, 결국 고통을 자기 자신에게로 끌어들였다"고 쓰고 있는데, 우리는 엘리엇과 틸리히가, 동료 인간의 실존의 고통을 치유하기 위한 그들의 노력 속에서, 고통을 그들 자신에게로 끌어들임으로써, 그들의 작품을 읽는 독자들의 정신 속에 매순간 부활하여 인간의 한계와 가능성을 동시에 보여 줄 것이라고 말해 볼 수 있을 것이다. 왜냐하면 문학은 어떤 의미에서 인간 실존의 고통의 문제에 대한 끝없는 질문이며, 종교적 사유 또한 이와 같은 것이기 때문이다.

인용문헌

Armbruster, Carl J. *The Vision of Paul Tillich*. New York: Sheed and Ward, 1967.

Behr, Caroline. *T. S. Eliot: A Chronology of His Life and Works*. New York: St. Martin's P, 1983.

Bergonzi, Bernard. *T. S. Eliot*. New York: Macmillan, 1972.

Bergsten, Staffan. *Time and Eternity: A Study in the Structure and Symbolism of T. S. Eliot's* Four Quartets. Studea Litterarum Upsaliensia, 1 Stockholm: Svenska Bokforlaget, 1960.

Brooker, Jewel Spears. *The Placing of T. S. Eliot*. Columbia: U of Missouri P, 1991.

Brooker, Jewel Spears, and Joseph. Bentley. *Reading* the Waste Land*: Modernism and the Limits of Interpretation*. Amherst: The U. of Massachusetts P, 1990.

Brown, D. Mackenzie, ed. *Ultimate Concern: Tillich in Dialogue*. New York: Harper & Row, 1965.

Browne, E. Martin. *The Making of T. S. Eliot's Plays*. London: Cambridge UP, 1970.

Bush, Ronald. *T. S. Eliot: A Study in Character and Style*. New York: Oxford UP, 1984.

Capri-Karka, C. *Love and the Symbolic Journey in the Poetry of Cavafy, Eliot, and Seferis: An Interpretation with Detailed Poem-by-poem Analysis*. New York, NY: Pella, 1982.

Dale, Alzina Stone. *T. S. Eliot: The Philosopher Poet*. Wheaton, Illinois: H. Shaw, 1988.

Eliot, T. S. *Christianity and Culture*. San Diego, New York, London: HBJ Book,

1949.

_____. *The Complete Poems and Plays of T. S. Eliot*. London: Faber and Faber, 1969.

_____. "Eeldrop and Appleplex: Part 1." *Little Review* 4 (May 1917).

_____. *Knowledge and Experience in the Philosophy of F. H. Bradley*. London: Faber and Faber, 1964.

_____. Letter to Paul Tillich. 22 March 1954. Tillich Archive. Andover-Harvard Theological Lib., Cambridge, Mass.

_____. Letter to Paul Tillich. 26 October 1955. Tillich Archive. Andover-Harvard Theological Lib., Cambridge, Mass.

_____. *Notes Towards the Definition of Culture*. London: Faber and Faber, 1962.

_____. *Selected Essays*. London: Faber and Faber, 1976.

Faircy, Robert L., *Teilhard de Chardin's Theology of the Christian in the World*. New York: Sheed and Ward, 1967.

Gordon, Lyndall. *Eliot's New Life*. Oxford: Oxford UP, 1988.

Grant, Machael, ed. *T. S. Eliot: The Critical Heritage*. London: Routledge & Kegan Paul, 1982.

Harvard College, Class of 1910. *Twenty-fifth Anniversary Report*. Cambridge: Cosmos P, 1935.

Hegel, Georg Wilhelm Friedrich. *On Art, Religion, Philosophy: Introductory Lectures to the Realm of Absolute Spirit*. Ed. J. Glenn Gray. New York: Harper & Row, 1967.

Heick, Otto W. *A History of Christian Thought*. Vol. 1. Philadelphia: Fortress P, 1965.

Hick, John H. *Philosophy of Religion*. 3rd ed. Englewood Cliffs, N. J.: Prentice-Hall, Inc., 1983.

Hughes, Ted. *A Dancer to God: Tributes to T. S. Eliot*. New York: Farrar Straus Giroux, 1992.

Jasper, David. *The Study of Literature and Religion: An Introduction*. 2nd ed. Basingstoke: Macmillan, 1992.

Kegley, Charles W. and Robert Walter Betall, eds. *The Theology of Paul Tillich*. The Library of Living Theology, vol. 1. New York: Macmillan, 1952.

Loomer, Bernard. "Tillich's Theory of Correlation." *Journal of Religion* 36 (July 1956): 150.

Löwith, Karl. *Wissen, Glaube und Skepsis*. Göttingen: Vandenhoeck & Ruprecht, 1956.

Martin, Bernard. *The Existentialist Theology of Paul Tillich*. New York: Book-man Associates, 1963.

Niebuhr, Reinhold. *The Nature and Destiny of Man*. Vol. 2. New York: C. Scribner's Sons, 1949.

Palandri, Angela Jung. "Homage to a Confucian Poet." *Tamkang Review* 5 (1974): 129−41.

Pauck, Wilhelm and Marion Pauck. *Paul Tillich, His Life & Thought*. New York: Harper & Row, 1976.

Richard, Lucien. *What Are They Saying About the Theology of Suffering?* New York and Mahwah, NJ: Paulist P, 1992.

Skaff, William. *The Philosophy of T. S. Eliot: From Skepticism to a Surrealist Poetic, 1909−1927*. Philadelphia: U of Pennsylvania P, 1986.

Smidt, Kristian. *Poetry and Belief in the Work of T. S. Eliot*. Oslo: 1 Kommisijon hos J. Dybwad, 1949.

_____. *Poetry and Belief in the Work of T. S. Eliot*. London: Routledge and Kegan Paul, 1961.

Smith, Carol H. *T. S. Eliot's Dramatic Theory and Practice: From Sweeney Agonistes to the Elder Statesman*. Princeton, NJ: Princeton UP, 1963.

Smith, Grover. *T. S. Eliot's Poetry and Plays: A Study in Sources and Meaning*. 2nd ed. Chicago: U of Chicago P, 1974.

Solle, Dorothy. *Christ the Representative: An Essay in Theology After the Death of God*. Trans. David Lewis. Philadelphia: Fortress P, 1967.

_____. *The Strength of the Weak: Toward a Christian Feminist Identity*. Trans. Robert and Rita Kimber. Philadelphia: Westminster P, 1984.

Teilhard de Chardin, Pierre. *On Suffeing*. London: Collins, 1974.

Thomas, John Heywood. *Paul Tillich*. RIchmond: John Knox P, 1965.

Thompson, Eric. *T. S. Eliot: The Metaphysical Perspective*. Carbondale: Southern Illinois UP, 1963.

Tillich, Paul. *Biblical Religion and the Search for Ultimate Reality*. Chicago: U of Chicago P, 1955.

_____. Letter to T. S. Eliot. 5 Ocboter 1955. Tillich Arichive. Andover-Harvard Theological Lib., Cambridge, Mass.

_____. *My Travel Diary, 1936: Between Two World*. New York: Harper & Row. 1970.

_____. *On Art and Architecture*. Ed. John Dillenberger. New York: Crossroads, 1987.

_____. *Systematic Theology*. Vol. 1. Chicago: U of Chicago P, 1951.

_____. *Systematic Theology*. Vol. 2. Chicago: U of Chicago P, 1957.

_____. *Theology of Culture*. New York: Oxford UP, 1959.

Van Dusen, Henry P., ed. *The Christian Answer*. New York: C. Scribner's Sons, 1945.

Wheat, Leonard F. *Paul Tillich's Dialectical Humanism: Unmasking the God Above God*. Baltimore: Johns Hopkins UP, 1970.

제2부

시 · 시극 · 『황무지』 초역

『황무지』와「프루프록의 사랑 노래」에 나타난 멜랑콜리의 모더니티*

김 성 현(서울과학기술대학교)

1. 서론: 멜랑콜리의 모더니티

역사적으로 멜랑콜리(melancholy)는 매우 중요한 문화적 징후로 이해되어져 왔다. 멀게는 플라톤과 아리스토텔레스로부터 가깝게는 줄리아 크리스테바(Julia Kristeva)나 리차드 커니(Richard Kearney)와 같은 현대문화비평가들에 이르기까지 많은 철학자, 비평가, 문학가들이 멜랑콜리의 사회문화적 의미에 많은 관심을 기울였다. 다양한 사회 문화적 맥락에서 차용되어왔던 만큼, 멜랑콜리의 개념적 정의는 매우 광범위한 스펙트럼을 가지고 있는데, 현대적 의미의 멜랑콜리는 프로이드(Sigmund Freud)와 벤야민(Walter Benjamin)의 정의에 크게 의존하고 있다.[1] 프로이드와 벤야민에 의해 재조명 받게 된 멜랑콜리의 개념

---

*『T. S. 엘리엇 연구』 제22권 2호 33–63에 수록된 글을 재수록함.

1) 본론에서 다시 자세히 설명하겠지만, 프로이드는 멜랑콜리의 분석을 위해 비슷한 정서적 증

은 20세기 초 산업화와 함께 형성된 대도시에서의 새로운 경험과 감정을 효과적으로 설명하는 데 많은 도움을 주었으며, 동시에 이 시기 벌어졌던 전쟁이나 정치적 혁명과 같은 급격한 사회변동의 문화적인 영향을 생각해 볼 때, 멜랑콜리는 20세기 초의 모더니즘과 밀접한 영향 관계를 가진 중요한 키워드로 다루어질 수 있을 것이다.

하지만, 멜랑콜리는 모더니즘의 문화적, 심리적 징후로 읽혀질 수 있는 매우 중요한 화두였음에도 이 시기 활동했던 T. S. 엘리엇과 멜랑콜리와의 관계를 분석한 연구는 상대적으로 적은 편이다. 『황무지』 출간 직후 콘래드 에이큰(Conrad Aiken)이 「우울의 해부」("An Anatomy of Melancholy")[2]라는 짧은 리뷰를 썼던 것을 제외하면 엘리엇과 멜랑콜리와의 본격적인 연구는 거의 전무한 것이 사실이다. 하지만 모더니즘시기 문화예술 전반에 영향을 미쳤던 사회문화적 여건들, 즉, 전쟁의 충격, 상실감, 허무주의, 그리고 대도시 삶에 팽배해진 권태와 같은 요소들을 생각해 볼 때, 엘리엇의 작품 속에 나타나는 다양한 멜랑콜리적 요소들은 모더니티를 형성하는 매우 근본적인 특성이라고 할 수 있다. 엘리엇이 작품 속에서 지속적으로 묘사하고 있는 것은 일상적 공간(「J. 알프레드 프루프록의 사랑노래」)과 대도시, 물질주의와 산업

상인 슬픔 혹은 애도의 행위와 비교하여 그 차이를 설명하며, 궁극적으로 멜랑콜리는 근원을 알 수 없는 슬픔, 상실된 대상에 대한 리비도가 소멸되거나 철회되지 않고 자아로 향하게 됨으로서 자아의 퇴행을 야기한다고 주장하였다. Sigmund Freud, "Mourning and melancholia." *The Standard Edition of the Complete Psychological Works of Sigmund Freud*, Vol. 14. Trans. James Strachey (The Hogarth,1964) 237–58. 이에 반해, 벤야민은 멜랑콜리의 구성요소들을 토성의 영향이라는 문화사적인 요인과 결합시켜, 개인적 차원의 멜랑콜리를 역사적인 수준으로 확대 적용시킬 수 있는 토대를 제공하였다.

2) 로버트 버튼(Robert Burton) 의 『우울의 해부』(*The Anatomy of Melancholy*) 를 염두에 둔 제목으로 추정되는데, 버튼의 책은 그 오래된 역사에도 불구하고 현대 멜랑콜리 연구에서 빠지지 않고 등장하는 매우 중요한 자료이다. 에이큰은 『황무지』에 대해서 "매우 강력한, 멜랑콜리적 어조의 작품"("a powerful, and melancholy-tone poem")라고 평가하고 있지만(Aiken 161) 결과적으로 멜랑콜리의 문화사적 인식을 중요하게 다루고 있지는 않다는 점에서 한계가 있다.

발전, 문명의 비인간화(『황무지』), 인간에겐 불가해한 역사적인 시간 (『네 사중주』) 등을 포함하고 있는데, 이러한 요소들은 직간접적으로 멜랑콜리의 주제를 환기시키며 모더니티를 형성하는 중요한 역할을 하고 있기 때문이다.

모더니티의 문제는 많은 비평가들, 문화가들에 의해서 연구되고, 정의되고, 분석되고 있지만, 모더니즘이 형성되던 시기뿐만 아니라, 현재까지도 모더니즘을 이해하고 정의내리는 작업은 '악명' 높을 정도로 매우 다층적이다. 하지만, 마틴 하이데거(Martin Heidegger)가 주장하듯이 모더니즘 시기에 '감정'의 문제가 사회 문화적으로 중요한 의미를 차지했었던 것을 감안해 볼 때, 모더니즘의 특성을 분석하는 데 있어서 감정의 문제를 살펴보는 것은 중요한 의미가 있을 것이다. 하이데거는 철학을 "정서, 감정, 기분"(23)의 문제라고 주장하면서 역사적으로 모든 철학들은 일종의 정서적 구조를 가지고 있었음을 지적하고 있다. 더 나아가, 하이데거는 모더니즘의 인식론적 배경을 제공해주는 바탕으로써, "회의와 절망," "맹목적 집착"이 "희망과 믿음"과 한데 혼합되어 "근대 철학"을 구성하게 되었다고 주장하는데(91) 이것은 그가 근대성의 인식론을 형성하는데 감정적인 요소를 매우 중요하게 여기고 있기 때문이다.

이에 반해, 엘리엇은 시의 본질에 대해 "감정으로부터의 도피"라고 정의 내릴 정도로, 표면상 감정의 문제를 시학적인 영역에서 제외하려고 했던 것처럼 보인다. 하이데거가 모더니즘의 형성요인들 중 감정의 문제에 많은 관심을 기울였던 것과는 다소 대조적인 셈이다. 비록 그렇긴 하지만, 감정을 부정하려고 했던 엘리엇의 주장 속에 부정의 형태로든 긍정의 형태로든, 그가 감정의 문제에 대해 매우 깊은 관심을 가지고 있었다는 것은 부정할 수 없을 것이다. 다시 말해, 엘리엇의 주장은 그의 작품에 '감정을 제외한 감정'의 문제라는 새로운 화두를 제시하고 있는 것이고, 이러한 '감정이 없는 감정'은, 곧 설명되겠지만, 바로 멜랑콜리적인 정서와 연관 지을 수 있다.

멜랑콜리라는 단어의 어원적인 개념을 살펴보는 것은 멜랑콜리의 다양한 사회문화적 쓰임의 맥락과 그 인접개념을 이해하는 데 유용한 도움을 줄 수 있을 것이다. 스탠리 잭슨(Stanley Jackson)의 설명에 따르면, 멜랑콜리아(Melancholia)라는 말은 그리스어 $\mu\varepsilon\lambda\alpha\gamma\chi o\lambda$ $\acute{\iota}\alpha$의 라틴 번역에 해당되는데(4), 이것은 두려움이나 우울과 같은 정신적인 질환을 의미한다. 그리고 이 단어는 라틴어로 atra bilis 혹은 영어로 4체액설의 한 요소인 black bile(흑담즙)으로 번역되는 $\mu\acute{\varepsilon}\lambda\alpha\iota$ $\nu\alpha$ $\chi o\lambda\eta$(melaina chole)에서 연유한다(Jackson 4). 이 용어에는 "malencolye, melancoli, malencolie, melancholie, melancholy"와 같은 다양한 형태로 쓰였는데, 이러한 용어 모두는 공통적으로 멜랑콜리아(melancholia)의 동의어로 나타난 것들이다. 멜랑콜리의 개념은 모더니즘 시기부터 현재에 이르기까지 그 문화적 중요성이 점진적으로 커져가고 있으며, 모더니즘 시기에 멜랑콜리의 개념이 "재발견"("redefined")되고 "재평가"("revaluated")되었다는 역사적 사실을 고려해 볼 때 (Ferguson 19), 비록 엘리엇의 시에 멜랑콜리라는 개념이 직접적으로 등장하지 않는다 해도, 엘리엇의 작품을 멜랑콜리라는 관점에서 독해할 수 있는 여지는 충분한 것처럼 보인다. 또한 멜랑콜리가 모더니즘적 맥락에서 의미적으로 유사한 기원을 갖는 권태와 침울, 무기력 등의 정서적 상태와 밀접한 관계가 있다는 사실은, 엘리엇의 작품 속에 나타난 멜랑콜리의 모더니즘적 요소를 살펴보는데 많은 도움을 줄 수 있을 것으로 보인다. 그것은 「J. 알프레드 프루프록의 사랑노래」와 『황무지』에 현대인의 무기력하고 권태로운 일상이 공통적으로 나타나고 있기 때문인데, 이를 바탕으로, 본 논문에서는 엘리엇의 작품, 특히 초기작인 「프루프록의 사랑노래」와 『황무지』에서 멜랑콜리의 모더니티가 어떻게 나타나고 있는지를 살펴보도록 하겠다.

2. 「J. 알프레드 프루프록의 사랑노래」[3]와 『황무지』에 나타난 멜랑콜리의 모더니티

엘리엇은 "시는 감정의 분출이 아니라, 감정으로 부터의 도피"이며, 시는 "개성의 표현이 아니라, 개성으로 부터의 탈출"이라고까지 주장한다("Tradition and Individual Talent" 10). 하지만, 그의 『시와 시인론』에 실린 또 다른 에세이 「시의 사회적 기능」에서, 그는 번역의 과정을 거치면 의미가 적절하게 이해되지 않는 감정, 혹은 정서와 시 사이에 존재하는 불가분의 관계에 대해서 논한다. 더 나아가, 엘리엇은 시인의 의무가 바로, "이전에는 표출되지 않았던 새로운 감정을 의식적으로 독자들과 공유하는 것"("The Social Function of Poetry" 9)이라고까지 주장하는데, 이러한 엘리엇의 주장은 다소 역설적이다. 한편으로는 감정을 표현하는 것을 회피해야 하는 것으로, 또 한편으로는 새로운 감정의 필요성을 주장하고 있기 때문이다. 이러한 역설적인 주장을 모순되지 않고, 일관성 있게 해석하기 위해서는 엘리엇의 "감정으로 부터의 도피"라는 주장에 대한 새로운 설명이 필요할 것 같다. 대도시화와 산업화로 인해 현대사회에서 인간적인 유대관계는 더 이상 불가능 해졌다고 인식하면서(「프루프록의 사랑노래」), 엘리엇은 인간적

---

3) "The Love Song of J. Alfred Prufrock"은 이후 줄여서 「프루프록의 사랑노래」로 표기함.

인 감정의 표현이 현대사회를 표상하는데 무의미해졌음(『황무지』)을 자신의 시에서 표현하고 있다. 하지만, 인간적 감정의 불가능성에 대한 인식은 결과적으로 또 다른 정서적 감응을 불러일으키게 된다. 그것은 인간적 감정의 상실, 인간적인 것의 상실, 참된 가치의 상실, 그리고 그것으로 인한 내적인 공허감에 해당되며, 모두 멜랑콜리라는 문화적 현상으로 포괄될 수 있는 것들이다. 다시 말해, 엘리엇은 감정과 정서의 문제를 부정함으로 해서 역설적으로 그 중요성을 더욱 강조하고 있는 것으로 볼 수 있는 것이다. 그러한 감정의 불가능성은 대도시에서 살아가는 삶의 익명성과 대도시의 무수한 자극에 대한 내성으로 인해 무감각해진 정신, 그리고 늘 같은 일이 단조롭게 반복되는 일상 속에 매몰된 고유한 개성을 상실한 무기력하고, 권태로워하며, 도덕적으로, 정신적으로 마비된 상태에서 벗어나지 못하는 군상들에 대한 묘사로 제시되고 있다.

엘리엇 작품에 대한 조지 윌리엄슨(George Williamson)의 분석은 그러한 '감정' 과 '기분'의 연구에 초점이 맞춰져 있는데, 윌리엄슨은 엘리엇의 초기시들이 "사회적인 모습들을 새로운 방식으로 이해하는 것보다도 감정"을 전달하는데 더 많은 노력을 기울이고 있었음을 지적한다(51). 윌리엄슨은 심지어 엘리엇의 시들이 "동시대의 종교적 감정"까지도 표출하고 있다고 추정하고 있는데(20), 그런 만큼, 엘리엇의 작품에 대한 그의 분석은 그러한 "감정적 가치"(15)와 "정서적 태도"(51) 그리고 "혼합된 정서"(51)를 보여주는 측면에 중점을 두고 이루어졌다. 이렇게 엘리엇이 중요하게 생각한 감정의 문제를 다루기 위해서, 윌리엄슨은 비록 '멜랑콜리'라는 단어를 사용하지는 않았지만, 사실상 그가 중점적으로 다루고 있는 감정의 문제는 멜랑콜리적인 것과 많이 중첩되는 것으로 나타난다. 이것은 「프루프록의 사랑노래」에 대한 그의 간략한 설명 속에서 좀 더 분명하게 드러난다. 그에 따르면, "「프루프록의 사랑노래」는 권태와, 공포, 좌절과 잠재된 감정에 대한 조소, 그리고 현대적 삶에 대한 수치를 목격"(51−52) 한 것에 대한 진술이라는 것이다. 이와 같이, 「프루프록의 사랑노래」 전체를 아우르는 주된 감정은 왜소한 자아와 그에 따른 심리적 망설임, 그에 따른 일상의 견딜 수 없는 권태와 나른함이라고 할 수 있을 것이다. 특히, 「프루프록의 사랑노래」에서, 주인공의 외모에 대한 묘사에 의해 제시되는 것처럼 엘리엇이 반복적으로 사용하고 있는 분절된 신체의 이미지들은 직접적으로 멜랑콜리의 함의를 담고 있다고 할 수 있다. 엘리엇에게 "신체는 단순히 생물학적인 것이 아니라 자아, 타자성, 젠더 등을 둘러싼 다양한 담론들이 교차하는 문화적, 역사적 지형"[4]이었음을 상기할 때, 그러한 문화적 담론의 한 틀로서 모더니티와 분절된 신체의 관계를 멜랑콜리라는 접점을 통해 살펴 볼 수 있을 것이다.

「프루프록의 사랑노래」에서 중점적으로 나타나는 파편성의 이미지는 분절된 관점과, 조각난 기억들 그리고 이것들로 구성되는 것 역시도 한계가 있는 불완전한 통합이며 완성될 수 없는 전체에 불과하다는 인식을 제공해 준다. 이것은 궁극적으로 전체성의 불가능성, 합일에 이르지 못하는 상실의 기조를 유발하며 멜랑콜리적 세계관의 근본적인 바탕으로 기능하게 된다. 『황무지』에서 직접 언급되고 있다시피, "부서진 이미지들의 무더기"("a heap of broken images")(*CPP* 22)는 엘리엇이 서구의 이상주의가 만들어낸 기만적인 전체성에 대한 비판과 동시에 그것의 현실적 불가능성에 대한 냉정한 미학적 고찰로 읽혀질

---

4) 이홍섭, 「엘리엇 시에 나타난 파편적 신체와 근대성의 눈들」, 『T. S. 엘리엇 연구』 20. 2 (2010) 103. 이 논문에서는 엘리엇의 초기시에 나타난 분절된 신체의 이미지와 근대성 형성과의 관계에 대한 논의가 잘 나타나 있다.

수 있을 것이다. 이러한 파편성에 대한 인식은 모더니즘의 중요한 요소로 연구되었다. 린다 노클린(Linda Nochlin)에 따르면, 19세기부터 20세기에 이르는 기간 동안 많은 화가들이 의식적으로든 무의식적으로든 분절된 신체의 이미지를 표현했던 것이 당시 화가들이 모더니즘을 인식했던 방식에 대한 부분적인 증거이며, 그로인해 모더니티에 대한 인식은 "잃어버린 총체성과 사라진 전체성에 대한 통렬한 회의"로 나타나게 되었고, 회화적으로는 절단된 신체의 재현으로 나타난 것이라고 한다(7-8). 결론적으로 이와 같은 "전체성의 상실"(8)과 그것의 예술적 재현 방식으로서의 파편성은 모더니즘 시학의 근본적 특징으로 나타나게 되었다고 노클린은 주장하고 있다. 이런 맥락에서『황무지』는 현실을 파편적으로 인식하고, 이상적인 전체성 혹은 절대성의 부재를 자각한 것에 대한 엘리엇의 미적 반응이며, 그것이 보여주고 있는 텍스트의 파편성은 모더니티의 가장 두드러진 특성으로 이해될 수 있을 것이다. 이러한 파편성에 대한 언급들은『독일 비애극의 기원』에서 행한 벤야민의 작업을 상기시키고 있는데, 벤야민은 파편성과 총체성이라는 구도에 각각 알레고리와 상징을 도입하여 알레고리가 가지는 파편성을 설명하고 있다(24). 벤야민은 상징을 유기적 통일성과 총체성, 전체성을 담지하는 전략을 보았고, 그에 반해 알레고리는 영원히 부분적일 수밖에 없어서 전체가 되고자 하는 갈망이 궁극적으로 덧없는 상실의 인식을 가져다주는 것으로 파악했다. 이러한 덧없음에 대한 인식과 이룰 수 없는 전체성에 대한 열망은 매우 직접적으로 현대성의 정서, 특히 실존주의적 권태와 우울의 핵심과 맞닿아 있다.[5]

---

5) 스탠리 잭슨(Stanley Jackson)에 따르면 16세기에서 17세기에 멜랑콜리는 "질병을 명명하는 명칭"과 동등한 것이었다. 이후, 질병이라는 의미보다 천재성 혹은 특별한 재능을 부여받은 사람의 특성으로 이해했던 아리스토텔레스적인 의미가 르네상스 시기에 다시 활발하게 사용되었는데, 이러한 영향으로 당시에는 멜랑콜리의 의미를 핵심으로 하는 "melancholia, melancholie,

패트리샤 메이어 스팩스(Patricia Meyer Spacks)와 라인하르트 쿤 (Reinhard Kuhn)은 20세기의 매우 중요한 사회적 요소로서 권태의 감정을 지적한다(Spacks 219. Kuhn 51). 스팩스에 따르면, 권태는 "상실되었거나 진정한 전통이 사라진, 세속화되고, 파편화된 세계 속으로 개인을 구속하는" 모더니즘을 이해하는 매우 유용한 관념이다(219). 그리고 그 연관 개념으로써 실존적 권태(ennui)라는 개념이 비슷한 시기 권태를 지칭하는 용어로 매우 광범위하게 쓰이게 되었다고 쿤은 밝히고 있다(373). 더 나아가, 쿤은 멜랑콜리와 실존적 권태의 종합이 마르셀 프루스트(Marcel Proust)나 T. S. 엘리엇과 같은 모더니즘 작가들의 대표작품에 미학적 배경을 제공하였음을 간과하지 않고 있다(373). 비슷한 맥락에서, 모더니즘의 형성기에 권태가 어떠한 역할을 했는지를 연구하던 엘리자베스 구드스타인(Elizabeth Goodstein)은 권태를 "현대성에 걸맞는 주관적인 질병의 형태" 혹은 "인간이 세상과 관계를 맺는 가장 근본적인 방법으로써의 아주 보편적이고 전방위적인 경험"인 일종의 "도시의 현상"이라고 규정한다(46). 구드스타인은 권태야말로 "현대화의 징후"이며, 그것은 "현대화의 주관적인 중요성"이 어떻게 권태 속에 반영되었는지를 알려준다고 주장한다(127). 현대성에서 파생된 "주관적인 경험"으로써, 권태와 실존적 권태, 멜랑콜리는 모두

---

melancholy"와 같은 다양한 용어들이 널리 쓰이게 된다. 그런 과정 속에서, 이 단어는 질병을 의미하는 것 말고도, 슬픔이나 절망, 낙당 혹은 상실과 같은 정신의 병리적 상태를 묘사하기 위해 사용되었다. 하지만, 17세기와 18세기를 거치면서, 멜랑콜리아(melancholia)라는 개념은 점차적으로 질병의 의미에만 국한되어 사용된다. 그러면서 멜랑콜리라는 용어는 현대의 우울 (depression)의 의미를 갖는 단어가 된다. 멜랑콜리라는 개념은 근본적으로 "두려움과 슬픔"이이었으며, 이러한 의미적 핵심이 멜랑콜리의 개념을 구성하도록 문화적으로 확장되었다. 이러한 과정에 대해 잭슨은 다음과 같이 설명하고 있다: "멜랑콜리아의 핵심적 증상은 슬픔이다. 그것은 감정을 다루는 다양한 이론들에서 나타나는 가장 기본적인 것 중 하나이다. 동시에 슬픔은 기독교에서 트리스티티아(tristitia)라고 부르는 대죄 중의 한가지였다"(15). 멜랑콜리와 아케디아(acedia)와의 밀접한 관계에 대한 잭슨의 지적과 같이, 슬픔과 고통이라는 요소는 중세의 권태로 이해될 수 있는 아케디아의 개념을 이해하는 중요한 요소이다.

그 의미적인 영역이 모두 비슷하다. 이 개념들은 모두 슬픔의 요소를 포함하고 있으며, 이것은 동시에 멜랑콜리 메커니즘의 중추적 역할을 하기도 한다.

이런 측면에서 「프루프록의 사랑노래」에 나타나는 무기력과 권태의 이미지들은 매우 멜랑콜리적이다. "저녁이 테이블 위의 마취된 환자처럼 하늘에 퍼질 때"("the evening is spread out against the sky / Like a patient etherize upon a table" *CPP* 13)와 같은 묘사나, "오후, 저녁" 등과 같은 시간적 배경, "노란 안개", "노란 연기" 그리고 화자의 내면에서 정신적 에너지를 소진시키고 있는 지나친 "우유부단함"과 "망설임"("And time yet for a hundred indecisions, / And for a hundred visions and revisions" *CPP* 14) 등은 전형적인 멜랑콜리 이미지에 해당한다. 특히 저녁은 멜랑콜리가 지배하는 시간인데, 이 시간은 낮과 밤이 교차하여, 그 시간적 경계가 불분명한 때이고, 짐승과 날짐승의 경계를 상징하는 박쥐가 날아오르는 시간이다. 이렇게 멜랑콜리적 세계감이 가득한 시간적 배경은, 프루프록의 내면적인 갈등, 망설임, 그리고 그의 제한적 관점에서 파생되는 파편적인 이미지들로 가득 차 있다. 이 시가 포함된 시집, 『프루프록과 다른 관찰들』이라는 제목이 명시하고 있듯이, 이 작품은 다층적인 관점들이 서로 교직되어 만들어지는 현대인의 내면적 풍경이다. 하나의 관점은 비록 그 관점에서 하나의 풍경을 조망할 수 있지만, 또 다른 관점의 존재가 가능하다는 것은, 그러한 풍경이 궁극적으로 완전한 실체, 전체성의 리얼리티를 반영할 수 없음을 의미한다. 이러한 인식은 결국 이상적 절대에 다다를 수 없다는, 일종의 상실된 대상에 대한 심리적 반응과 유사하며, 이것은 곧 멜랑콜리적인 상태라 불러도 무방할 것이다. 멜랑콜리의 도상학적 특성 속에 관찰과 숙고, 혹은 시선의 의미가 꽤 중요하게 지적되고 있음은 '관찰'

의 의미가 멜랑콜리와 매우 밀접한 관계를 맺고 있음을 증명해 준다. 실제로 벤야민은 "우울한자의 시선 속에서 드러난 세계에 대한 묘사 속에서 애도의 이론이 발달할 수 있다"(139)고 언급했는데, 이것은 멜랑콜리의 주제를 담고 있는 많은 그림 속에서 관찰자의 시선 혹은 명상적 눈빛이 매우 빈번한 모티프로 반복되는 이유일 것이다.

> 그리고 나는 이미 그 눈들을 알고 있다, 그들을 모두 알고 있다–
> 당신을 식상한 문구 속에 못 박아 버리는 그 눈을,
> 그리고 식상한 구절들 속에 갇힌 채 핀 위에 활짝 펼쳐질 때
> 내가 핀에 꽂혀 벽 위에서 버둥거릴 때,
> 어떻게 나는 시작할 수 있겠는가?
> 내 생의 날들과 생활의 편린들을 내뱉듯이 말할 수 있을까
> 어떻게 감히 할 수 있겠는가?[6]

> And I have known the eyes already, known them all-
> The eyes that fix you in a formulated phrase,
> And when I am formulated, sprawling on a pin,
> When I am pinned and wriggling on the wall,
> Then how should I begin
> To spit out all the butt-ends of my days and ways?
> And how should I presume? (*CPP* 14−15)

이 장면은 "눈들"의 시선에 마치 거미줄에 매인 것처럼 꼼짝 못하는 주인공의 무기력을 보여주고 있다. 이러한 무기력은 정신적 권태와 아주 유사하며, 이것은 멜랑콜리의 징후이며, 뒤이어 이어지는 이미지들은

---

6) 엘리엇의 시 번역은 이창배 교수님의 『엘리엇 전집』을 따랐으며, 필요한 경우 부분적으로 수정하였다.

마치 노클린이 제시했던 것처럼 인간의 신체가 파편화되어 나타난다.

> 나는 이미 그 팔들을 알고 있다, 그 팔들 모두를 알고 있다−
> 하얀 맨살 위로 팔찌가 휘감겨 있는
> (램프불빛 아래서 보면 얇은 갈색 솜털이 보송하다!)
> 내가 이렇게 딴 소리를 지껄이는 것이
> 옷에서 풍기는 향수 때문인가?
> 팔들은 테이블 위에 가지런하게 있거나 쇼올을 두르고 있다.

> And I have known the arms already, known them all−
> Arms that are braceleted and white and bare
> (But in the lamplight, downed with light brown hair!)
> Is it perfume from a dress
> That makes me so digress?
> Arms that lie along a table, or wrap about a shawl. (*CPP* 15)

프루프록은 대상을 인식하는 데 있어서, 전체를 보지 못하고 오로지 자신의 관심이 집중된 신체의 일부에만 집착하고 있다. 특히, 자신이 보고 있는 신체의 일부로서의 "팔"이 전체에서 떨어져 나온 신체의 일부라는 인식이 아니라, 그것들 자체가 마치 독립된 개체인 것처럼 다루고 있는데, 이로 인해 독자는 신체의 전체성을 인식하기보다, 묘사된 팔의 파편성을 보다 더 분명하게 인식하게 된다. 이와 같이 분절되고 조각난 이미지로 제시되는 부분적인 신체의 이미지들은 작가가 자신을 인식하는 방식을 엿볼 수 있는 중요한 의미를 갖는다. 프루프록 자신이 스스로를 인식하는 관점 또한 유사하게 이루어지는데, 마치 자신을 '게다리' 정도나 되었어야 한다고 표현하기까지 한다.

차라리 나는 고요한 바다 밑바닥을 휘젓고 다니는
한 쌍의 엉성한 게다리나 되었어야 했는데

I should have been a pair of rugged claws
Scuttling across the floors of silent seas. (*CPP* 15)

지속적으로 묘사되고 있던 파편화한 신체의 일부가 이제는 대상에
서부터 자신에게로 투영되었고, 이제 프루프록은 자신의 온전한 신체
에 대한 갈망보다는 오히려 불완전하고 파편화된 신체의 일부 속에 자
신의 의식을 투영시키고 있다. 이러한 파편화된 신체의 재현은 의식적
으로 프루프록이 멜랑콜리적인 감정에 압도당하고 있는 증거로 해석
할 수 있을 것이다. 앞서, 파편적 신체의 회화적 재현이 모더니즘 시기
에 두드러졌다는 노클린의 주장을 상기해 볼 때, 파편화된 신체에 대
한 의식, 전체를 구성하는 하나의 개체로 인식하지 못하는 불완전성은
그것 자체로 상실의 인식, 혹은 결여의 인식과 직결되며, 그 결과 멜랑
콜리적인 정서를 환기시키고 있다. 이러한 파편적 / 분절적 이미지의
병치와 다층적 관점은 그것이 엘리엇의 철학적 입장을 반영한다는 차
원에서 뿐만 아니라, 일원적이고, 항구적인 관점이 허구일 수 있다는
추론을 가능하게 한다는 점에서 더 중요하다. 그러한 허구성에 대한
인식은 총체성이 결여된 현실을 자각하게 하고, 궁극적으로는 그러한
결여에 대한 반응으로서 멜랑콜리와는 뗄 수 없는 인간 삶의 허망함과
쓸쓸함을 표현하고 있는 것이다.

　멜랑콜리가 통상 인간의 병적인 용어로 이해되어져 왔던 역사를 상
기해 볼 때, 모더니즘 시기에 인간의 몸이라는 화두가 그 어느 때 보다
더 중요한 의미를 차지했었다는 사실은 매우 눈여겨 볼만 하다(Armstrong

2). 이것은 많은 모더니스트들이 마치 증상을 진단하고, 치료의 과정을 필요로 하는 환자를 살피는 것과 같은 방식으로 모더니즘에 대한 자신들의 의견을 표현했다는 사실에서 더욱 의미심장하다. 모더니즘의 이론적 토대를 제공했던 프로이드 역시도 인류의 문명을 마치 환자를 진단하는 것과 같은 관점에서 살펴보았으며, 그 결과, 그는 환자의 정신을 정신분석학적으로 "분석"할 수 있는 텍스트로 접근하는 선례를 남겨 놓았다. 이러한 문화적인 맥락에서 육체적인 감정의 문제는 이전보다 훨씬 더 중요한 문제로 대두되었고, 이것은 부분적으로 왜 수많은 모더니스트들이 멜랑콜리, 공포, 권태와 같은 인간 감정의 문제를 다루려고 했었는지를 설명해준다. 안토니 이스토프(Anthony Easthope)에 따르면, 모더니즘은 "고독을 보편적인 인간의 조건"(168)으로 다루고 있는데, 이것은 멜랑콜리가 모더니즘을 관통하는 핵심적인 정서라는 관점과 아주 일치하는 주장이다.

모더니즘은 하나의 개념적 정의로 포함시키는 것이 불가능할 정도로 서로 모순적인 많은 요소들로 이루어져 있다. 이러한 측면은 어빙 하우(Irving Howe)에 의해서 접근되었는데, 그는 모더니즘의 개념을 그것에 속하지 않는 것을 지워가는 방식으로 정의할 것을 주장한다:

현대성은 그것이 아닌 것에 의해서 정의되어야 한다. 그것은 일종의 포괄적 부정이다. 현대작가들은 한 문화가 감각이나 느낌에 대한 어떤 스타일이 널리 퍼지고 난 후에야 비로소 작업을 시작한다. 그들의 현대성은 바로 이러한 널리 유포된 스타일에 대한 항거, 공식적인 질서에 대한 굽히지 않는 거부 속에서 형성된다. 모더니즘은 자기 자신의 스타일을 가질 수 없다. 만약, 모더니즘에 어떤 유행이 존재한다면, 그것은 자기 스스로를 부

정하는 것이며, 따라서 더 이상 현대성을 유지할 수 없는 것이
다. (13)

모더니즘 시기 아방가르드의 개념과도 매우 밀접하게 맞닿아 있는
위와 같은 논의는 모더니티의 속성이 어떠한지를 매우 단적으로 설명
해 주고 있다. 어떠한 방식으로든 정의내릴 수 없다는 것이 모더니즘
의 본질적인 특징이며, 정의 내리는 순간, 그것은 이미 모더니즘의 범
주에 속하지 않게 되는 매우 역설적인 속성을 지니고 있는 것이다. 이
러한 맥락에서, 모더니즘의 핵심으로 여겨질 수 있는 것은 무언가 정
의내릴 수 없고, 애매하고, 일관되지 않으며 중의적인 것을 의미한다.
『황무지』에 대한 콘래드 에이큰의 반응은 바로『황무지』가 가지고 있
는 주제적 불일치, 다시 말해 다양한 주제들의 혼종이라는 매우 실험
적인 스타일을 잘 설명해주고 있다. 에이큰에 따르면『황무지』의 성
공이 그 "계획된 구성이 아니라, 비일관성 때문에, 그것의 명확한 설명
적 의미가 아니라, 그 애매모호함 때문"(127)이라는 것이다. 흥미롭
게도, 엘리엇은 존 단(John Donne)의 시「첫 번째 기념일」("The First
Anniversary")을 매우 높이 평가했는데, 엘리엇에 따르면 그것은 이 작
품이 세상에 대한 하나의 통일된 관점이 결여되어 있음을 상징하여,
세상에 대한 인간의 정신적 혼란스러움을 잘 표현하고 있기 때문이었
다.「첫 번째 기념일」에 묘사된 것은 20세기 모더니즘에 대해서 어빙
하우가 설명한 것과 매우 유사하게 나타난다.[7]

---

7) 존 단의 시 전문을 옮겨보면 다음과 같다:
그리고 모든 새로운 철학들에 회의를 던지고
불의 요소들은 모두 꺼졌다
태양은 사라지고, 그리고 지구, 그리고 인간의 위트는
그것을 찾을 수 있는 곳으로 그를 직접 인도해 줄 수 있을 것이다.
그리고 자유로운 인간들은 고백할 것이다, 이 세상은 이미 소비되었다고,

일관성이 결여된 상대적이고 파편적인 세계를 존 단은 미학적으로 인식하고 있었다는 엘리엇의 찬사는 질서와 통일성 그리고 전통적인 가치를 부정하고 있는 모더니즘에 대한 어빙 하우의 묘사 속에서 반향되고 있다. 단은 17세기의 시인이었는데, 이 시기는 대략적으로 유럽에서의 바로크 시대와 일치한다. 그것은 벤야민이 멜랑콜리의 중요성을 재발견하여 모더니즘의 맥락 속에서 다시 활성화시키기 위해 연구했던 독일의 바로크 비극이 쓰여진 시기이기도 하다. 벤야민의 이론이 엘리엇의 시를 이해하는 데 도움을 줄 수 있다는 사실과, 실제 엘리엇과 벤야민이 동시대인이었음을 생각해 보면, "엘리엇 시의 많은 부분들이 벤야민의 비평이론 속에 나타나고 있는"(Svarny 161) 사실은 매우 흥미롭다. 이런 관점에서 벤야민이 『독일 비극의 기원』(*The Origin of German Tragic Drama*)에서 심도 있게 연구했던 17세기에 대해 엘리엇 역시 많은 관심을 기울이고 있었다는 사실은 꽤 주목할 만하다. 벤야민은 멜랑콜리를 바로크시대 독일 비극의 정수로 간주하고 있는데, 이것은 17세기 영국의 형이상학파 시인들이 활동했던 시기와 거의 동시대적인 범주에 속할 뿐만 아니라, 실제로 프랭크 커모드(Frank Kermode)는 영국의 형이상학파 시인들이 어느 정도 바로크적인 범주에 속한다는 것을 암시하기도 했었다(161).

한편, 이러한 멜랑콜리의 감정적 징후는 인간의 성격이 4 체액과 관련이 있다고 믿었던 아랍의 과학자들에 의해, 토성적인 정조로 인식되

행성에 있을 때, 그리고 궁창에서
그들은 정말 많은 새로운 것을 구한다, 그들은 이것이
다시 모두 파괴되어 자신의 구성요소가 될 것을 알고 있다
왜냐하면 모든 것이 조각나있고, 일관성은 사라졌기 때문이다.
모든 것은 보충해주는 것이고, 모든 것의 관계이다: (존 단, 「첫 번째 기념일」)
이상, 시에서 유추할 수 있다시피, 단은 세상 만물이 결국 파편적일 수밖에 없는 것으로 묘사하고 있다.

었다(Arikha 118). 널리 알려져 있다시피, 4 체액설은 인간의 성격이 4 체액, 즉 피(blood), 황색즙(bile), 흑담즙(melancholy), 담(phlegm) 과 같은 네 가지 요소들에 의해서 결정된다는 이론으로서, 16세기와 17세기를 거치는 동안 매우 광범위하게 퍼져 있었던 이론이다.[8] 그중 특히 멜랑콜리는 아리스토텔레스에 의해서 병적인 증상으로 간주되었으며(Radden 51), "흑담즙에 의해서 야기된 병적인 정신적 우울"(Burton 1)로 정의되었다. 이에 관해 현대의 대표적인 벤야민 연구가인 조지오 아감벤(Giorgio Agamben)은 다음과 같이 설명한다.

> 중세의 4체액설의 우주론에서 멜랑콜리는 전통적으로 흙과 가을(혹은 겨울)이나, 건조한 원소, 추운 것, 북풍, 검은색과 늙음(혹은 성숙)과 깊은 연관을 맺고 있었다. 이것을 주관하는 것은 새턴(Saturn)으로써, 거기에서 파생된 이미지들은 목매달아 죽은사람, 불구자, 농부, 도박꾼, 수사와 같은 것이 해당된다. 생리학적 현상으로써, 멜랑콜리 체액의 과다(*adbundanita melancholiae*)는 까만 피부, 피, 그리고 소변, 혹은 맥박이 강해지는 것, 속이 뜨거워지기, 헛배가 부르거나, 신물이 넘어오는 것, 왼쪽 귀의 이명, 변비 혹은 변이 과다하게 배출되거나, 우울한 꿈들로 나타나는데, 이러한 질병들이 궁극적으로는 히스테리와, 치매,발작, 나병, 치질, 옴과 자살충동으로 유도된다. (11)

아감벤의 설명 속에서 몇몇 멜랑콜리와 연관된 중요 단어들을 찾아볼 수 있는데, 그것들은, "가을," "바람," "늙음," "토성," "수사," "우울한 꿈," "치매," 그리고 "자살 충동"과 같은 것들이다. 멜랑콜리가 문화

---

8) 레이몬드 클리방스키, 프리츠 삭슬, 에르윈 파노프스키의 공저, 『토성과 멜랑콜리』는 이러한 천체와 인간의 체액과의 연관관계에 대해, 멜랑콜리는 토성과, 낙천성은 목성, 다혈질의 담즙질은 화성, 무기력의 점액질은 금성이 관장한다고 한다. Raymond Klibansky, Fritz Saxl, Erwin Panofsky, *Saturn and Melancholy* (Krausreprint, 1964) 118—27.

의 정수를 관장하고 지배하는 토성과 밀접하게 연관되어 있다는 것은 멜랑콜리가 시간을 핵심으로 삼았던 모더니즘의 형성에 직간접적으로 영향을 끼쳤다는 것을 보여준다. 시간이 어떻게 본래의 가치와 리듬을 잃어버리고 산업사회에서 인위적이고 기만적인 체계가 되었는지를 산업시대의 이데올로기의 조작과 연관 지어 연구했던 제이 그리피스(Jay Griffiths)는 모더니즘을 하나의 "거대한 새턴신화의 반복"(292)이라고 규정했을 때, 그는 새턴신화가 모더니즘에 깊숙이 각인되어 있음을 지적한 것이었다.

그렇다면 이러한 새턴 신화는 어떻게 시간의 문제와 결부되었는가? 파노프스키는 새턴이라는 용어와 그 단어의 그리스식 명칭 때문에 크로노스와 동일시되었다고 밝히고 있다. 파노프스키에 따르면, 토성의 그리스식 이름은 크로노스(Kronos)이다. 이 이름은 그리스어로 시간을 가리키는 단어 흐로노스(Chronos)와 발음이 유사해서, 사람들은 결국 토성을 의미하는 단어와 시간의 신을 의미하는 단어를 혼동하였고, 결국에는 토성을 가리키는 새턴(Saturn)이라는 말에 시간의 신을 의미하는 흐로노스의 문화적 의미가 결합하게 되었다고 한다.9) 그렇기 때문에 토성과 결합된 멜랑콜리적 특성이 시간의 특성과 통합되었다. 동시에 새턴은 농업의 신이기도 했으며, 이것은 나중에 농사 혹은 문화를 상징하는 낫이나 작은 낫을 지니고 있는 도상학적인 형태로 재현되게 되었으며(Battistini 18-23) 그 결과, 시간의 신에 관한 묘사는 매우 폭력적이고 카니발리즘적인 것으로 나타나게 되었다. 더 나아가, 시간의

---

9) 크로노스와 *Κρσνος* Kronos, 흐로노스는 *Χρσνος* Chronos 발음상의 유사성 때문에 사람들에게 두 개별적인 신화적 존재의 속성이 하나로 통합되었을 것이라고 추측. 이것으로 농업의 신인 크로노스의 상징인 낫이 시간의 신, 곧 죽음을 관장하는 크로노스의 속성과 중첩되면서 낫은 인간을 추수하는 도구, 즉 죽음을 상징하는 아이콘으로 나타났음을 지적한다. 에르빈 파노프스키, 이한순 옮김, 『도상해석학 연구』(시공사, 2001) 134.

신은 종종 심오한 지혜를 가지고 있는 늙은이의 형태로 나타났는데, 이것은 그가 문화의 지적인 토대를 관장하기 때문이었다. 이러한 새턴과 멜랑콜리와의 관계를 살펴볼 때, 멜랑콜리는 새턴신화가 가지고 있는 대부분의 문화적 요소들을 흡수한 것으로 보인다. 또한, 새턴은 "자기 파괴와 권태"(*Saturn and Melancholy* 131)를 야기하는 모든 것들을 지배하는 것으로 설명되는데, 이러한 자기 파괴 요소는 프로이드가 설명한 멜랑콜리의 나르시스적인 퇴행과도 매우 밀접하게 연관되어 있다. 자신의 이미지 속으로 침잠하여 자아의 몰락을 가져오는 나르시스적인 퇴행은 자아의 상실, 그리고 그것은 자신에 대한 식인증적 증상으로 직접적으로 읽혀질 수 있다는 점에서 멜랑콜리의 카니발리즘적 속성과 밀접한 관계를 갖게 된다.[10]

고대와 중세로부터 연유한 멜랑콜리가 현대에도 여전히 그 문화적 의미가 유효하다는 점을 염두에 둘 때, 『황무지』에 나타나는 멜랑콜리와 관련된 인유는 멜랑콜리와 현대성과의 접점을 더욱 분명하게 해준다. 『황무지』가 쓰여졌던 전쟁이후의 시기에 세계는 필연적으로 인간을 고뇌하고 사색하게 하였는데, 이 시의 마지막 부분에 등장하는 '히에로니모'는 이러한 측면을 더욱 분명하게 보여주고 있다.

> "페허의 탑 안의 아퀴테느 왕자"
> 이러한 단편으로 나는 나의 페허를 지탱해 왔다
> 그러면 당신 말씀대로 합시다. 히에로니모는 다시 머리가 돌았다.

---

10) 신화적 측면에서, 멜랑콜리와 새턴의 카니발리즘이라는 신화와의 밀접한 관계는 루벤스(Peter Paul Rubens)나 고야(Francisco Goya)의 그림, '자식을 잡아먹는 새턴'이라는 그림에 잘 나타나 있다.

Le Prince d'Aquitaine à la tour abolie

These fragments I have shored against my ruins

Why then Ile fit you. Hieronymo's mad againe. (*CPP* 75)

'히에로니모'는 셰익스피어의 『햄릿』에 결정적인 모티브를 제공한 것으로 여겨지는 토마스 키드(Thomas Kyd)의 『스페인 비극』에 등장하는 인물이다. 햄릿이 아버지를 잃어버린 것에 대한 복수를 계획했다면, 히에로니모는 잃어버린 자식에 대한 복수를 위해 연극을 이용한다. 자식을 잃은 피해자이면서 동시에 그 복수를 추구하는 살인자이기도 한 히에로니모에게 삶과 죽음의 문제는 매우 직접적인 현실의 문제였다. 자식을 잃은 것에 대한 복수심으로 가득 찬 히에로니모 역시 상실의 고통을 광적인 복수로 상쇄하려 한다는 점에서 명백히 햄릿과 같은 멜랑콜리적 인물로 이해될 수 있을 것이다(커니 108). 히에로니모와 더불어 같은 맥락에서 등장하는 아퀴텐느 왕자는 자신의 왕권을 잃어버린 채 높은 탑 위에 유폐되어 있었는데, 그 역시 멜랑콜리적 인물로 간주될만한 특징을 지니고 있다. 라인하르트 쿤(Reinhard Kuhn)은 "왕좌에서 쫓겨난 군주의 상징"[11])으로서의 아퀴텐느 왕자를 『황무지』에 나타나는 어부왕과 함께 좌절과 절망, 그리고 깊은 상실감을 표현하는 인물로 해석한다. 한때 왕이었던 자가 자식에 의해 축출되는 이러한 모티브는 제우스에게 축출당한 크로노스 신화와 관련이 있으며 궁극적으로 이 신화는 크로노스의 로마식 이름인 사투르누스, 곧 멜랑콜리를 주관하는 새턴신화와 밀접한 관계를 형성한다.

이런 맥락에서, 멜랑콜리는 토성과 매우 밀접한 문화적 연관성을 가지고 있다. 중세의 아랍학자들은 토성이 지구를 둘러싼 천체의 행성들

---

11) Reinhard Kuhn, *The Demon of Noontide: Ennui in Western Literature* (New Jersey: Princeton UP, 1976) 108.

중 가장 느리다고 생각하였고, 앞서 지적했던 것처럼 그리스어의 토성이라는 단어와 시간을 의미하는 단어는 발음이 서로 유사하여 토성을 의미하는 단어 속에 시간의 의미가 포함되게 된다. 그 결과, 전통적으로 늙은 노인으로 의인화되어 표현되던 시간의 이미지 속에 전형적인 토성의 이미지, 즉 늙고, 거칠고, 사나운 농부이면서 동시에 지혜로운 노인의 이미지가 겹쳐지게 되었다. 또한 토성이 지닌 '느림'의 이미지는 현대의 권태, 혹은 지루함이라는 감정으로 연결된다.『황무지』에서 이러한 권태는 타이피스트의 사랑을 묘사하는 장면에서 매우 직접적으로 나타나는데, 엘리엇은 사랑을 나누고 난 후의 감정이 결여된 기계적인 반응을 묘사함으로써 그러한 무의미하고 권태로운 일상을 표현하고 있다.

> "자 이젠 끝났다. 끝나서 기쁘다"
> 아름다운 여인이 어리석은 행동에 몸을 빠뜨리고,
> 혼자서 다시 방 안을 거닐 때에,
> 기계적인 손길로 머리를 쓰다듬고
> 축음기에 레코드를 거는 것이다.

> 'Well now that's done: and I'm glad it's over.'
> When lovely woman stoops to folly and
> Paces about her room again, alone,
> She smoothes her hair with automatic hand,
> And puts a record on the gramophone. (*CPP* 69)

'권태'(ennui)와 '지루함'(boredom) 혹은 '생명력이 없음'에 이르는 많은 현대사회의 이미지들은 벤야민이 "마음의 나태"[12]라고 설명한 중세의 "아케디아"(acedia)[13]와 관련이 깊다. 이러한 감정은 19세기 이후 현대에 이르기까지는 '권태' 혹은 '지루함'으로 나타난다. 이런 맥락에서『황무지』나「프루프록의 사랑노래」에서 빈번하게 볼 수 있는 현대인의 무기력, 권태, 고독, 소외 등의 감정들은 모두 멜랑콜리라고 하는 하나의 근원적 정서로 통합되고 있는 것이다.

프랑스의 시인 네르발의『물려받지 못한 자』는『황무지』의 끝 부분에 나타나는 아퀴테느 왕자에 관한 인유의 출처로 알려져 있는데, 쥴리아 크리스테바(Julia Kristeva)는 멜랑콜리에 관한 자신의 연구서『검은 태양』(*Black Sun*)의 제목을 바로 같은 시의 같은 연에서 빌려왔다. 크리스테바에 의해 비유적으로 묘사된 검은 태양, 즉 우울의 태양은 환하게 세상을 비추는 것 같지만, 사실 그 빛은 어둠이고 그 희망은 절망의 끝이다. 역사적으로 우울은 천재성의 징조 혹은 광기의 증거로 이해되었다. 발음의 유사성에서 기인한 우연적인 결합으로 인해 멜랑콜리에는 시간과 토성의 특성이 동시에 혼용되어 나타나게 되었음을 앞에서 살펴보았듯이, 이러한 영향으로 멜랑콜리의 양극성은 토성의 양극성과 중첩되면서 훨씬 강화되어 나타나게 되었고, 시간의 신으로서 토성이 지니고 있는 식인성은 또한 멜랑콜리적인 특성을 나타내는 한 요소가 되었다. 이러한 식인성의 근저에는 '상실'에 대한 멜랑콜리의 정조가 잘 드러난다. 감정은 선험적이라는 벤야민의 주장과, 멜랑

---

12) 벤야민, 199.

13) 아케디아는 주로 사막 한가운데에 위치해 있던 수도원의 수도사들에게 많은 영향을 주었는데, 특히 수도사들의 수행에 가장 취약한 시간인 정오에 빈번히 발현하였다. 이렇게 생겨난 정오의 권태감은 수도사들에게 종교적 의무를 다하지 못한다는 죄책감을 안겨주었고, 그로 인해 아케디아는 '정오의 악마'(the demon of noontide)라고 불리게 된다. 그 죄책감에서 연유하는 슬픔의 감정은 현대의 실존적 권태의 감정으로까지 연결되어 있기 때문에 권태, 슬픔, 멜랑콜리 와 같은 개념들은 모두 비슷한 문화사적 배경을 가지고 있다고 할 수 있다(「T. S. 엘리엇의 황무지에 나타난 도상학적 이미지 분석」, 78-79).

콜리는 뚜렷한 원인이 없다는 아리스토텔레스로부터 프로이드에 이르기까지의 공통된 지지를 받는 특성을 염두에 둘 때 멜랑콜리는 경험된 상실에 대한 심리적 증상일 뿐만 아니라, 오히려 상실자체를 문제 삼아 존재하지 않는 그 무엇에 대한 논의를 이끌어 내는 기제로써 나타나게 된다.

그런 의미에서, 엘리엇의 『황무지』는 인간이 경험적으로 성취할 수 없는 전체성 혹은 절대성 앞에서 어떤 심리적 반응을 보이게 되는지에 관한 문제를 효과적으로 인식하고 있으며, 동시에 『황무지』에 드러난 다양한 목소리와 다양한 관점들이 분절되고 이질적인 이미지와 병치되는 것은 하나의 고정된 이상적 리얼리티를 부정하는 엘리엇의 철학적 입장을 형식적으로 표현한 것이라고 할 수 있을 것이다. 이전의 단일한 시적 화자에 의한 시적 전개는 사실상 허구적일 수 있는 것인데, 왜냐하면 그러한 절대적 관점은 객관적으로 존재할 수 없기 때문이다. 존재하지도 않았던 것을 상실한 것으로 착각함으로써 생겨나는 기만적인 멜랑콜리는 자본주의 세계가 만들어내는 욕망의 환상성과 밀접한 관계를 가지고 있다. 자본주의는 인간 삶의 근본적 양태에 존재하지 않았던 욕망을 만들어내고, 그 욕망을 증폭시킨다. 그렇게 증폭되고 과장된 욕망의 실재적 충족은 극소수의 사람에게만 가능하며, 또 엄밀한 의미에서 그러한 욕망의 실재적 충족은 근원적으로 불가능하다. 이러한 구조적 생리는 자본주의의 아주 내재적인 속성이라고 할 수 있다. 궁극적으로 자본주의의 허영을 떠받치고 있는 것은 증폭된 욕망의 그림자를 잡으려 하는 불특정 다수의 익명적인 존재들과, 그들이 숨 쉬듯 뿜어내는 우울과 몽상이라고 할 수 있겠다. 자본주의의 환상성과 멜랑콜리가 만나는 것은 바로 이 지점이며, 그러한 멜랑콜리적인 정서 혹은 세계감이 엘리엇이 작품 활동을 하던 당시 모더니즘의 핵심적인 주된 정서적 모티브인 것이다.

"비실재의 도시"로 묘사되는 자본주의화된 대도시 런던의 모습과 그 거리를 가득 채우는 익명의 군중들은 인간적인 참된 경험 혹은 의미를 상실한 채 무의미하게 살아가도록 내던져진 현대인의 실존적 상황을 짐작하게 한다.

> 비실재의 도시.
> 겨울날 새벽 갈색 안개 속으로
> 군중이 런던교 위로 흘러간다, 저렇게 많이,
> 나는 죽음이 저렇게 많은 사람을 죽게 했다고는 생각지 못했다.
> 때로 짤막한 한숨이 터져 나오고,
> 각자 자기 발 앞에 시선을 집중하고 간다.
> 언덕을 오르고, 킹 윌리엄가로 내려가 성 메리 울노쓰 교회가
> 마지막 일격이 꺼져가는, 아홉시 종소리로
> 예배 시간을 알리는 그곳으로 군중은 흘러갔다.
> 거기서 나는 내가 아는 한 사람을 보았다. "스텟슨!" 하고 소리
> 질러 그를 세웠다.
> "자네 밀라에 해전 때 나와 같은 배에 있던 친구로군.
> 자네가 작년에 정원에 심었던 시체에선
> 싹이 트기 시작했던가? 올해에 꽃이 필까?
>
> Unreal City,
> Under the brown fog of a winter dawn,
> A crowd flowed over London Bridge, so many,
> I had not thought death had undone so many.
> Sighs, short and infrequent, were exhaled,
> And each man fixed his eyes before his feet.
> Flowed up the hill and down Kind William Street,

To where Saint Mary Woolnoth kept the hours

With a dead sound on the final stroke of nine.

There I saw one I knew, and stopped him, crying: 'Stetson!

'You who were with me in the ships at Mylae!

'That corpse you planted last year in your garden,

'Has it begun to sprout? Will it bloom this year? (*CPP* 62−63)

여기서 멜랑콜리의 핵심적인 이미지들이 순차적으로 나타나고 있는데, 먼저 안개와 같은 갈색의 스모그로 뒤덮인 대도시는 매우 묵시록적인 공간으로 나타난다. 그곳의 거리를 무리지어 걸어가는 익명의 군중들은 어떠한 삶의 지향점을 가지고 있는 것처럼 보이지 않는다. 단지 무리 속에 함께 있음으로써 그들은 자신의 시선을 "발 끝에 두고 있으면서도" 어딘가를 향해 갈 수 있는 것이다. 그들의 발걸음을 재촉하는 것은 다름 아닌 시간이다. 이 시간은 매우 강박적인 것처럼 제시되는데, 그것은 "dead sound" 혹은 "final stroke"와 같은 표현 속에서 나타난다. 다시 말해, 대규모의 산업화와 함께 시작된 시간에 대한 통제 혹은 시간에 의한 삶의 자연적인 리듬을 상실하게 된 것은 즉각적으로 죽음에 대한 인식으로 결부되는데, 여기서는 자신과 함께 참전했던 스텟슨의 등장으로 제시되고 있다. 멜랑콜리적인 이러한 이미지들은 필연적으로 죽음을 향해 가는 것으로 나타나는데, 그것은 시신이 묻힌 정원의 꽃이 피었느냐는 화자의 질문에서 정점에 달한다.

전쟁을 치르면서 인류는 전례 없는 대규모의 집단적 죽음을 목격하였으며14) 『황무지』에는 이러한 전쟁과, 병사, 폭격의 이미지 등이 전

---

14) 1차 세계대전 이후에 죽음을 소재로 한 예술을 의미하는 '마카브르'의 주제가 유행하게 된다. '마카브르'란 인간의 죽음을 다양한 소재로 표현한 것을 의미하는데, 필립 아리에스(Philip Aries)는 마카브르를 '죽음의 춤'의 개념에서 비롯된 의미의 확장으로 간주하고 있다. 울리 분덜리히(Uli Wunderlich)에 따르면, 세계대전 시기 영국과 프랑스에서 '죽음의 춤'을 소재로 한

편에 걸쳐서 간헐적으로 나타나고 있다. 특히, 5부에서는 마치 폭격으로 인해 파괴되는 도시들과 그 폐허위로 중첩되는 죽음의 행렬을 묘사하고 있는 장면이 나타난다.

공중에 높이 들리는 저 소린 무엇인가
모성적인 슬픔의 울음소리
끝없는 벌판 위에 떼 지어 가는 후드를 쓴 군중들은 누구인가
다만 평평한 지평선에 에워싸여
갈라진 대지에서 고꾸라지며 가는 그들은 누구인가
산 너머 저 도시는 무엇인가
보랏빛 대기 속에 깨지고 다시 서고 터진다
무너지는 탑들
예루살렘 아테네 알렉산드리아
비엔나 런던
비실재의

What is that sound high in the air

Murmur of maternal lamentation

Who are those hooded hordes swarming

Over endless plains, stumbling in cracked earth

Ringed by the flat horizon only

What is the city over the mountains

Cracks and reforms and bursts in the violet air

예술활동이 매우 급속한 유행으로 퍼져나갔다고 한다. 모더니즘시기에 '죽음의 춤' 모티브가 많은 사람들의 관심을 끈 것은 비단, 문학, 회화뿐 아니라 무용과 춤에 이르기까지 광범위한 것이었다. 특히, 전쟁과 같은 사회문화적 외상에 대한 상징으로 20세기의 많은 예술가들에 의해서 표현되었는데, 오토 딕스(Otto Dix)나 프란스 마저렐(Frans Masereel), 막스 베크만(Max Beckmann)의 그림에서 볼 수 있듯이, 전쟁과 비참한 병사, 해골의 모습 등이 빈번한 소재로 사용되었다(김성현, 「T. S. 엘리엇 황무지에 나타난 도상학적 이미지 분석」, 『서강인문논집』 (2012): 73-74.

Falling towers
Jerusalem Athens Alexandria
Vienna London
Unreal (*CPP* 73)

　"공중에 높이 들리는 저 소리" 란 전쟁의 공습을 의미하며 "모성적인 슬픔의 울음소리"[15]는 그로 인한 죽음을 애도하는 것으로 읽혀질 수 있다. 이들의 죽음은 대규모로 이루어져, 마치 대도시에서 형성된 익명의 군중들처럼 "후드를 쓴 군중"들로 표현되었고, 그들은 계속해서 죽음을 향한 행진을 멈추지 않는다. 도시는 이제 전쟁과 비인간화된 문명의 집결지로 나타나고, 결국 붕괴되는 묵시록적인 계시의 장소로서 나타난다. 압도적인 죽음의 이미지는 뒤이어 이어지는 천둥의 소리를 통해 나타난다. 엘리엇이 천둥의 소리를 빌어 주장하는 "우레의 울림: 주라, 동정하라, 자제하라"는 메시지 속에는 온통 죽음으로 가득한 현대문명의 야만성 속에서 인류가 지향해야 하는 삶의 진정한 의미를 말하고 있다. 이러한 인식을 통해, 인류는 비인간화된 도시와 역설적으로 점점 야만스러워지는 문명으로부터의 해방될 수 있고, 삶을 살아가는 과정이 곧 죽음의 과정이라는 사실을 인식할 수 있으며, 그리하여 인간은 늘 자신의 죽음을 자각하며 매 순간 의미 있는 삶을 지향할 수 있게 되는 것이다. 그럼에도 불구하고 문명의 상징으로 나타나는 "런던교"는 붕괴되고 엘리엇은 자신의 시를 조각들의 모음이었다고 고백한다.

---

15) 장근영은 이 부분에 대해 "현대의 불모와 불임의 성"에 대한 문제를 제시하는 맥락으로 이해하였는데, 이 또한 본질적으로 성의 에너지를 상실한 현대의 황폐함의 문제를 지적하고 있는 것으로 볼 수 있다. 장근영, 「모더니즘의 지평: 엘리엇과 로이를 중심으로」, 『T. S. 엘리엇 연구』 22. 1 (2012): 152.

런던교가 무너진다 무너진다 무너진다
"그리고서 그는 정화의 불 속에 뛰어들었다"−
"언제 나는 제비처럼 될 것인가"−제비여 제비여
"폐허의 탑 안의 아퀴테느 왕자"
이러한 단편으로 나는 나의 폐허를 지탱해 왔다.

London Bridge is falling down falling down falling down
Poi s'ascose nel foco che gli affina
Quando fiam uti chelidon − *O swallow swallow*
Le Prince d' Aquitaine à la tour abolie
These fragments I have shored against my ruins. (*CPP* 74−75)

『브래들리 철학에서의 지식과 경험』에서 설명하고 있듯이, 엘리엇
은 이전 세대가 당연하게 받아들였을 통일된 전체, 완벽한 의미, 완전
한 전체와 같은 개념이 더 이상은 불가능하다는 것을 깨닫는 것에서
오는 어떤 근본적인 감정이 존재한다고 주장한다.16) 현상에 대한 완전
한 이해를 의미하는 즉각적인 경험이라는 것이 사실상 불가능하다는
것이다: "비록 즉각적인 경험이 앎의 목표이고 바탕이지만, 어떠한 경
험도 즉각적일 수 없다."17) 그러므로, 경험은 오로지 인간의 "비실재
적인 추상"18)에 의해서만 가능하며, 그렇기 때문에 경험적 인식의 한
계를 인정해야 하는데, 왜냐하면 경험의 "진실"과 "유효성"은 바로 그
러한 "비실재적인 추상"을 통해서만 가능하기 때문이다. 따라서, 엘리
엇에 따르면 모든 개별적인 경험들은 그러한 자의적이고 제한된, "특

---

16) T. S. Eliot, *Knowledge and Experience in the Philosophy of F. H. Bradley* (New York: Farrar, Straus and Company, 1964) 19−20.

17) Eliot 18.

18) Eliot 18.

정한 중심"의 관점에서 파악된 결과물인 것이다. 그러므로 엄밀한 의미에서 즉각적인 경험에서 생겨나는 감정은 인간의 인지범위를 초월하는 것이며, 인간이 느끼는 모든 감정들은 자의적이고 상대적인 것이어야 하는 것이다. 이런 맥락에서, 엘리엇은 "감정을 일종의 혼돈 혹은 애매한 상태인 것으로 받아들여져야 한다"고 주장한다. 감정은 애매모호한 것이라는 그의 주장은 실재를 파악하는 방식에도 영향을 끼쳤다. 엘리엇은 "실재란 일종의 관습"이라고 주장하는데, 이것은 인간이 현상을 있는 그대로 파악하고 경험할 수 없다는 것을 의미하는 것이다. 인간은 오직 자기 자신의 존재와 같은 차원에서만 경험할 수 있다는 것이다.[19] 그는 덧붙여서, "세상은 일종의 인위적인 구축물"이고, 우리는 그 바탕위에서 자신의 유한한 경험체계를 쌓아 올린다고 주장한다.[20] 자아라는 것 역시도 인간이 세상을 파악하고 이해하는 거점으로써 "구축물"[21]에 해당되며, 이것은 바로 "객관적인 진실"을 "상대적인 진실"로 만들어주는 하나의 "유한한 중심"에 해당된다.[22] 이것은 주체의 파편화 혹은 주체의 다성적인 목소리를 수반하는데, 그것은 『황무지』의 원래 제목이 하나의 서사 속에 있는 "많은 다양한 목소리"(*He Do the Police in Different Voices*)[23]라는 사실을 의미심장하게 만든다. 바로 이러한 파편화는 벤야민의 지적처럼 "멜랑콜리한 인간의 시선을 통해 묘사된 세계" 속에서 세계는 불완전하고, 파편적인 것으로 나타나며, 그렇게 야기된 상실의 인식이 20세기 모더니즘에 널리 번져나가게 된 것이다.

---

19) Eliot 98.

20) Eliot 166.

21) Eliot 166.

22) Eliot 168-169.

23) Ackroyd 10.

3. 결론

　『황무지』를 포함한 엘리엇의 초기시가 쓰여졌던 20세기 초의 사회
문화적 상황은 매우 경제적으로는 매우 풍요로웠지만 정신적으로는
매우 침울하고 어두웠던 시기였다. 전쟁과 불황, 실업, 대도시의 익명
성, 전례 없는 규모의 군중들 속의 소외감 등이 결정적으로 현대인들
의 정신에 큰 영향을 미치게 되었으며, 그 문화적 징후는 허무주의나
염세주의 혹은 비관적인 세계관으로 나타나게 되었다. 그러한 세계에
대한 정서적 반응은 일반적으로 멜랑콜리적인 것으로 해석할 수 있는
데, 그러한 관점에서 엘리엇의 「프루프록의 사랑노래」와 『황무지』에
중요한 멜랑콜리적 요소가 있음을 살펴보았다. 결론적으로, 엘리엇의
주요 작품에 나타나는 멜랑콜리적 요소들은 엘리엇 자신의 다른 작품
들뿐만 아니라, 비슷한 시기에 쓰여진 다른 모더니스트 작가들의 작품
을 이해하는 데에도 많은 도움을 줄 수 있을 것으로 여겨진다. 그러한
연관관계의 상호텍스트성은 중세의 멜랑콜리에서, 보들레르, 프로이
드, 벤야민, 엘리엇, 크리스테바에 이르는 멜랑콜리 담론으로 면면히
이어져 오며, 현대인의 정신성, 모더니즘의 멜랑콜리적 세계관을 이해
하고 분석하는 데 매우 중요한 역할을 차지하고 있다. 그리하여 멜랑
콜리적 인식론은 비단 모더니즘이라는 하나의 제한된 역사적 시기를
이해하는 데 유용할 뿐만 아니라 현대의 정신세계, 가치관과 세계관을
이해하는 데에도 많은 도움을 줄 수 있을 것으로 여겨진다. 현대문명
세계는 과거 어느 문명시대보다 물질적으로 풍요로워졌으나, 그에 따
른 심각한 부작용과 폐해 또한 어느 시대보다 더 심각한 수준이 되었
다. 특히 정신적인 측면에서 문명화된 세계는 이전 시대에는 존재하지

도 않았던 많은 다양한 심리적 질병들을 양산해냈다. "우울증"은 단연 그 선두적인 현상이 될 것이고, 그에 수반되는 불안, 고독, 외로움, 삶의 부조리에 대한 인식 등은 현대세계의 정신성을 특징짓는 매우 중요한 문화적 지표들이다. 이러한 맥락에서 이미 20세기 초에 현대세계의 병적인 정신성을 멜랑콜리로 표현해낸 엘리엇의 작품들은, 그자체로서 당대의 정신세계를 표현하고 그것을 예술적으로 훌륭하게 승화시켰을 뿐만 아니라, 21세기에도 여전히 그 시사적인 중요성을 잃지 않고 있다고 말할 수 있을 것이다.

인용문헌

김성현. 「T. S. 엘리엇의 『황무지』에 나타난 도상학적 이미지 분석」. 『서강인 문논집』. 서강대학교 인문과학연구소, 2012. 39－87.

벤야민, 발터. 『독일 비애극의 원천』. 조만영 옮김. 새물결, 2008.

분덜리히, 울리. 『메멘토 모리의 세계: 죽음의 춤을 통해 본 인간의 삶과 죽음』. 김종수 옮김. 길, 2008.

아리에스, 필립. 『죽음 앞의 인간』. 고선일 옮김. 새물결, 2004.

엘리엇, T. S. 『T. S. 엘리엇 전집: 시와 시극』. 이창배 옮김. 서울: 동국대학교 출판부, 2001.

이홍섭. 「엘리엇 시에 나타난 파편적 신체와 근대성의 눈들」. 『T. S. 엘리엇 연 구』 14. 1 (2012): 103－120.

장근영. 「모더니즘의 지평: 엘리엇과 로이를 중심으로」. 『T. S. 엘리엇 연구』 14. 1 (2012): 152.

커니, 리차드. 『이방인, 신, 괴물』. 이지영 옮김. 개마고원, 2004.

Ackroyd, Peter. *T. S. Eliot*. London: Hamish Hamilton, 1984.

Agamben, Giorgio. *Stanzas: Word and Phantasm in Western Culture*. Trans. Ronald L. Martinez. Minneapolis: U of Minnesota P, 1993.

Aiken, Conrad. "An Anatomy of Melancholy." *T. S. Eliot: The Critical Heritage*. Ed. Michael Grant. Vol. 1., London: Routledge & Kegan Paul, 1982.

Arikha, Noga. *Passions and Tempers: A History of the Humours*. New York: Harper Perennial, 2007.

Eliot, Thomas Stearns. *The Complete Poems and Plays of T. S. Eliot*. New York: Faber and Faber, 1969.

_____. "The Social Function of Poetry." *On Poetry and Poets*. New York: The

Noonday P, 1957.

_____. "Tradition and Individual Talent." *Selected Essays.* New York: Harcourt, Brace & World, Inc., 1964.

Ferguson, Harvie. *Melancholy and the Critique of Modernity.* London: Routledge, 1995.

Freud, Sigmund. "On Narcissism: An Introduction." *The Standard Edition of the Complete Psychological Works of Sigmund Freud.* Vol. 14. Trans. James Strachey. London: The Hogarth, 1964. 67−104.

_____. "Mourning and melancholia." *The Standard Edition of the Complete Psychological Works of Sigmund Freud.* Vol. 14. Trans. James Strachey. London: The Hogarth, 1964. 237−58.

Jackson, Stanley. *Melancholia and Depression.* New Haven: Yale UP, 1990.

Jaidka, Manju. *T. S. Eliot's Use of Popular Sources.* London, The Edwin Mellen P 1997.

Kenner, Hugh. *The Invisible Poet.* London: Methuen Co., 1979.

Kitzes, Adam H. *The Politics of Melancholy from Spenser to Milton.* New York: Routledge, 2006.

Klibansky, Raymond. Erwin Panofsky and Fritz Saxl. *Saturn and Melancholy: Studies in the History of Natural Philosophy Religion and Art.* Liechtenstein: Thomas Nelson & Sons Ltd, 1964.

Kuhn, Reinhard. *The Demon of Noontide: Ennui in Western Literature.* New Jersey: Princeton UP, 1976.

Menand, Louis. *Discovering Modernism: T. S. Eliot and His Context.* Oxford UP, 1987.

Nochlin, Linda. *The Body in Pieces: The Fragment as a Metaphor of Modernity.* New York: Thames & Hudson, 1994.

Radden, Jenniffer, ed. *The Nature of Melancholy: From Aristotle to Kristeva.*

Oxford: Oxford UP, 2000.

Svarny, Erik. *'The Men of 1914' T. S. Eliot and Early Modernism.* Milton Keynes: Open UP, 1988.

Williamson, George. *A Reader's Guide to T. S. Eliot: A Poem-by-Poem Analysis.* New York: Syracuse UP, 1998.

이인수 역『신세대』지「황무지」와
육필원고「황무지」의 비교*

김 용 권(서강대학교 명예교수)

1. "엘리엇 붐"과 이인수 역『신세대』지「황무지」

『현대시사』(*A History of Modern Poetry*, 1987)의 저자 David Perkins 교수는 Eliot의 만년에 관해서 적으면서 그가 "Little Gidding"(1942)을 발표한 후 더는 중요한 시를 쓰지 않았으나, 그의 명성은 2차대전 후에 더욱 상승하였다고 말한다. 1948년 Eliot가 노벨 문학상을 수상하자 언론은 그를 "celebrity"로 대우했다고 한다(Perkins 31). 한편 대다수 학자들의 Eliot에 대한 평가는 일반 비평가나 편집인들 보다는 25년이나 뒤졌던 것 같고, 1949년에 UNESCO가 미국대학의 영문과 교수들에게

---

* 이 논문은『T. S. 엘리엇 연구』제17권 2호(2008)에 게재되었음.
본 논문에서 인용한 이인수 교수에 관한 R. W. Chambers 교수의 추천서는 이교수의 유족인 이성일 교수로부터 제공받은 것으로 이성일 교수에게 감사를 표한다. 또『황무지』의 263행에 있는 "fishmen"(어시장 일꾼)은 Manju Jain의 *A Critical Reading of the Selected Poems of T. S. Eliot* (Oxford: Oxford UP, 1991), 177에 의거한 것으로 "These are not people fishing, but workers from nearby Billingsgate fish market"라고 적고 있다. 위의 출전은 노저용 교수로부터 제공받았음을 밝혀둔다.

"Twenty Best American Books"를 지정할 것을 의뢰했더니 Robinson과 Frost는 거명하였으나 Eliot는 제외했다고 한다. Eliot를 영국인으로 보았던 것이다. 그러나 전년도인 1948년에 전국 도서관협회의 간행물과 「전문가들」한테서 수합한 "The Best Books of Our Time"은 "the Best Poets"를 Frost, Auden, Sandburg의 순으로 적었고, Eliot는 14위에 올렸다. 같은 해, *New Colophon: A Book Collector's Quarterly*는 독자에게 서기 2000년에 가서 고전이 될 만한 생존 미국작가들을 추천하게 하였더니, Frost, Sandburg, Eliot, Millay를 각각 3위, 5위, 7위, 10위에 올렸다고 한다. 그리고 10년 후인 1958년에 컬럼비아 대학의 영문학과 대학원생들은 Eliot를 1위로 선정했다고 한다(Perkins 6−7).

이 시기에 한국에서의 Eliot에 대한 평가나 인식은 어떠했을까. 먼저 1948년 11월 6일 자 조선일보의 2면 문화란에 실린 수상 뉴스의 전문이다.

노−벨 賞 發表

物理賞은 英『에』氏

[스톡호름 五日發 AP合同] 1948年度『노−벨』賞이 四日發表되었다. 美國出生英國物理學者 도마스 스턴즈 에리올 氏와『스웨덴』化學者『아베』氏가 수상하였다. 物理賞을 탄『엘리올』氏는 그의 發見으로 原子力課題의 解決에 貢獻한바 있었고 最近 發刊된 著書에서 그는 蘇聯이 原子力管理에 對한 美國案을 拒否함은 正當하다고 指摘하였던 것이다.

受賞者에는 各各 四萬四仟萬弗의 賞金이 授與되였으며 이에 앞서 醫學賞은 殺虫劑『DDT』發明者「폴 뮤레」博士에게 授與되었으며,「스웨덴」「아카테미」는「에디임」氏의 훌륭한 先驅的인 現代詩에 對하여 文學賞을 授賞하였는데 그의 읽기 困難한 詩로 말

미아마 그는 1927년 市民權을 얻은 英國文壇에서 出世하게 되였
든 것이다. 「티스루스」氏는 그의 生物化學에 있어서의 發見과
主要한 實驗裝置의 發見에 依하여 賞을 받은 것이다.

1948년도 노벨상은 평화와 경제학 부문은 수상자가 없었고, 물리학
은 영국의 물리학자 P. M. S. Blackett(1891－1974), 화학은 스웨덴의
Arne Tiselius(1902－1971), 의학은 스위스의 Paul H Müller(1899－
1965)였으며 문학이 미국출생 영국시인인 T. S. Eliot였다. Eliot를 물리
학자로 보도하는 바람에 정작 영국의 물리학자인 P. M. S. Blackett는
이름마저 없어졌다. 4만 4천만 불의 상금은 4만 4천 불의 오기였을 것
이다. 뉴스 보도의 원문이 이처럼 황당무계하지는 않았을 것이고 통신
사나 신문사의 외신부의 번역과정에서 이런 어이없는 실수가 생겼을
것이다. 이튿날의 지면에 정정기사가 나왔는지 찾을 수 없었지만, 「훌
륭한 선구적인 현대시」, 「읽기 곤란한 시」인 『황무지』의 시인 엘리엇
에 대한 관심은 그런대로 존재하고 있었다. 수상보도가 나오기 2주 전
10월 23일 자 자유신문에 "The Hollow Men"의 제1부와 제5부의 번역
(역자미상)이 「허무한 인간」이란 제목 하에 실렸었다. 그리고 같은 신
문 11월 7일 자 지면에는 「T. S. 엘리어트의 시－노벨문학상 수상을 계
기로」라는 김기림(金起林)의 짧은 글과 함께 편석촌(片石村, 김기림의
아호) 역의 「창머리의 아츰」("Morning at the Window")이 실렸다. 그
보다 13일 후인 11월 20일(토) 날짜의 동아일보에는 『T. S. 엘리오트
素描 － 노－벨文學賞受賞을 契機하야』(S生)라는 논평이 실렸다. 그리
고 12월 30일 발행인 월간지 『民声』(5:1)에 楓晩生(林學洙의 아호) 역
의 「從妹엘리콜」("Cousin Nancy")와 「매기의 旅行」("Journey of the Magi")
이 실렸는데 이 두 편은 임학수 역 『現代英詩選』(1939년)에 실렸던 것

이다. 필자는 앞의 네 편의 시에 대해서 「엘리엇 시의 번역—1930년대, 40년대를 중심으로」(『T. S. 엘리엇 연구』 11, 2001년)에서 논한바 있다. 이상이 이인수 역 『황무지』를 앞서 노벨문학상 수상시인에게 보낸 국내의 관심과 경의의 전부이다.

그러면 1949년 1월 5일 발행의 『新世代』지 新春号에 실린 이인수 역 『황무지』는 언제 어떻게 번역되었을까. 신춘호는 1949년 1월 1일 인쇄, 1월 5일 발행으로 되어 있다. 잡지 인쇄 전에 편집마감에서 교정 마감까지 보통 2~3주의 시일이 소요된다고 보면, 『황무지』 번역원고는 늦어도 1948년 12월 중순 전에 잡지사에 전달되었을 것이다. 이인수 교수가 11월 중순 경에 번역 청탁을 받았다면 총 433행인 장시 『황무지』를 번역한 시간은 30일 남짓 밖에 안 된다. 문제는 『황무지』 번역이 이인수 교수의 단독 번역이 아니고 김종길 학생과의 "공역"이라는 점이다. 이 교수는 "역자의 말"에서 ". . . 이 시를 번역한 수고의 절반은 . . . 김치규 군에 돌려야" 한다고 말하고 "이 번역문에도 도처에 군의 말솜씨가 숨어있는 것을 다행으로 여기는 바이다"라고 말하고 있다. 이 교수의 말을 미루어 볼 때 『황무지』 번역은 두 version이 있었다. 이 교수가 번역한 육필원고를 Version A라고 한다면 학생 김치규가 그것을 수정한 또 하나의 육필원고가 Version B라 할 수 있다. 이 교수가 말한 "이 번역문"이 바로 Version B이고 이것이 잡지사의 Editor's Text 나아가선 Printer's copy로 마침내는 Published text가 된 것이다.

이상과 같이 『황무지』 번역이 두 version이 있었다고 볼 때 앞에서 언급한 "30일 남짓"한 시간 내에서 두 번이나 번역한다는 것은 물리적으로 불가능한 일이다. 이인수 교수의 육필원고는 아무리 늦어도 이 교수가 번역청탁을 받기 전에 이미 되어 있었을 것이다. 이러한 추정은 김치규 교수의 다음과 같은 회고에 의해서 입증된다. 김 교수는 문학과 지성사의 황동규 편 작가론총서『엘리어트』(1978년)에 실린「한국현대시에 끼친 엘리어트의 영향」에서 1948년 엘리어트의 노벨상 수상 보도가 있은 후『황무지』번역 청탁을 받은 이인수 교수는 "우연히 그 번역의 초고를 당시 고려대 3학년이던 필자에게 만들게 하여 이리하여 1949년 초에 이 장시의 한국 최초의 번역이 서울의 한 월간지에 선을 보이게 되었다"(김종길 1978)고 말한바 있다. 김 교수는 최근에도 고려대 문과대 교우회지인『時計塔』3호(1998년 4월 25일)에 실린「나의 은사 영문과 이인수 교수」라는 회고에서, "1948년 가을 엘리엇이 노벨문학상을 받게 되자 어느 일간지의 청탁을 받은 이 선생께서는『황무지』완역의 초고를 3학년생인 나에게 만들게 하여, 그것에 약간의 손질을 한 것이 이듬해 초에 그 잡지에 발표되었다"고 말하였다 (김치규 1998). 그리고 1999년에도 이 선생이 "군데군데 약간의 손질을 하셨지요"(김치규 1999)라고 말하고 있다.

김 교수의 세 차례에 걸친 회고에서 일관된 주장은 앞에서 언급한 '30일 남짓'한 시일에『황무지』번역이 한 번밖에 없었다는 것이다. 한 번 뿐이라면 물리적으로 가능한 일이다. 그러나『新世代』지에 발표된 『荒蕪地』가 김 교수의 단독 번역이라는 주장은 논란의 여지가 있어 보인다. 앞에서 보았듯이 이인수 교수가「역자의 말」에서 "이 시를 번역한 수고의 절반은 . . . 김치규 군에 돌려야" 한다고 한 말에 배치되기 때문이다.『新世代』지 인쇄본(Version B)과 이인수 교수의 육필원고(Version A)와의 비교 대조에서 곧 드러나지만, 인쇄본은 육필원고를 개역한 것이다. 김교수의 회고에서 이교수의 육필원고에 대한 언급이 없는 것은 아마도 반세기가 지난 과거사에 대한 기억상의 착오 때문이 아닌가 여겨진다. 인쇄본과 육필원고 번역을 비교하기 앞서「역자의 말」을 고찰하는 것이 순서이다.

2. 「역자의 말」을 중심으로

번역 텍스트에 달린 「역자의 머리말」 또는 「역자후기」는 으레 원작의 문학적 성취와 특징을 논한 다음, 원작을 번역하게 된 동기와 목적을 밝히고, 번역 방법과 태도에 대하여 언급하기 마련이다. 이인수 교수는 총 730자 남짓한 「역자의 말」의 첫 문단에서 『황무지』가 「엘리오트의 걸작일 뿐만 아니라 현대영시의 모나리사」라고 부른다. 이어서 「난숙한 서구 중산문화의 붕괴를 경고하고 슬퍼하는」이 장편시가 「인용과 암시로 표현된 많은 어구와 고사」로 넘쳐 있어 난해한 시 라고 말한다. 그리고 이 교수는 『황무지』를 번역하게 된 것이 엘리오트가 「금년도 노벨 문학상을 받게 되었다는 뉴스 가치를 위해... 새삼스레 소개하려는 데」 있지 않고, 시작생애를 통하여 '발전적 해소'를 거듭한 엘리오트에 의하여 예시된 현대 영시의 「그런 과정」을 알리려는 마음에서 번역하게 되었다고 말한다.

이보다도 절실한 이유는, 「8 · 15를 지나 3년 반이나 되는 남조선의 오늘의 정신적 심리적 분위기가 차라리 40년 전 『황무지』의 시대성을 아직도 벗어나지 못했다」는 생각과, 이 장편시가 「조선 현대시에 다소라도 양식이 됨직도 하다는 신념」 때문이었다. 그런데 *The Waste Land* 가 발표된 것은 1922년이므로 1948년의 시점에서는 26년 전에 불과한데 「40년 전」의 시점이 언제인지는 분명치 않다. 단순한 오식일지도 모른다. 그러나 1945년 8 · 15의 해방에서 3년 반이 지난 남조선의 사회적 심리적 분위기가 『황무지』의 시대성을 벗어나지 않았다는 주장은 아래와 같은 상황을 가리키는 것으로 보인다. 곧 1945년 8월 15일 일본의 무조건 항복으로 한반도는 해방되었으나, 곧 이어 한반도는

38도선에서 분단되었고, 남쪽은 미군이 북쪽은 소련군이 점령하면서 군정이 실시되었다, 남북통일을 이룩하기 위한 수많은 좌파 · 우파 정당 사회단체가 난립한 가운데, 12월 27일 모스크바 3상회의에서 한국 5개년 신탁통치안이 발표되자, 남북은 찬탁 · 반탁으로 양분된다. 이어서 정부수립 논의를 위한 미소공동위원회가 설치되고 회합을 거듭했으나 결렬되었고, 1947년에 발족한 UN한국위원단의 감시 하에 1948년 5월에 남한에서만 총선거가 실시되어 8월 15일에 대한민국정부가 수립되었다. 이어서 9월 9일 북쪽에서는 조선민주주의인민공화국이 출현하였다. 이인수 교수는 1945년 8월 15일을 전후한 조선의 현실에 대하여 진작부터 회의와 절망을 느꼈던 것 같다. 1947년 8월 5일에 서울에서 *Grove of Azalea*라는 합동영어시집이 발간되었는데, 여기에는 김규식, J. Kyuang Dunn, 장익봉, 변영로, 변영태, 강용흘, 이인수 등의 자작시가 실려있다. 제일 연소인 이인수가 기고한 시는 "Variations on the Theme of Despair: Before and After August, 1945"라는 제목인데, "Before"는 I Morning Prayer in the Desert, II Descent from the Mountains, III Chorus of the Spirits that Appear in a Woman's Day-dream, "After"는 IV Monologue of a Scarecrow로 총 100행으로 되어 있다(Lee In Soo 1947). 「절망의 주제에 대한 변주」는 제목이 말해 주듯, "bitter," "desolation," "grieving," "groans," "forsaken," "dearth," "dessicated," "plight," "misery," "grief," "darkness," "remorse," "discontent," "all-suffering," "anguish," "doubts" 등의 부정적인 낱말이 도처에서 "절망의 주제"를 변주하면서 마지막 5행은 이렇게 끝나고 있다.

＼＼＼＼＼＼

The Patriots back from exile will relieve

Your burdened souls, and guide your feet. O ye

That trample without direction, cease to weave

Your patterns of ambition! Learn to be

Firm on your soil, and love humility. (96−100)

「1945년 8월 전후한 절망의 주제에 대한 변주」에는 「망명에서 돌아온 애국자들」이라는 어구를 제외하고는 조선식민지, 종전, 해방 그리고 분단과 갈등 등의 정치사회적 현실을 표현하는 용어가 전혀 보이지 않는다. 오히려 "how shall we set in order / This chaos"(Ⅰ 16−17)나 ". . . the groans of haunted, lost mankind without belief"(Ⅱ 6), "The eternal doubts of Man whose term / of life must end in self-fold darkness"(Ⅲ 17−18)나, "The Mill / Of Destiny that grinds to dust, / Alike all hopes, all pains, all lust"(Ⅲ 24−26)처럼 인간 또는 인류의 "실존적 운명성"에 대한 언급을 통해서 *The Waste Land*의 「분위기」를 연상케 한다.

이어서 이 교수는 「4백30줄 나머지 되는 원시의 뜻과 줄에 충실하도록 우리말로 역했」으나 「조선시로서 어색한 점」이 있을 것이라고 말한다. 「원시의 뜻과 줄에 충실하게 우리말로 역했다」는 말은 서양의 번역사에서 원문과 역문의 관계를 "faithful but ugly spouse vs. beautiful but unfaithful love"라는 부부관계에 빗대어 「정확하나 어색한 번역」과 「유창하나 부정확한 번역」으로 나누어 설명해 온 관행을 떠올리게 한다. 『한국근대번역문학사연구』의 저자 김병철(金秉喆)(1921−2007) 교수는 시번역에서 원시의 연(聯)과 행수(行數)를 일치(一致)시키는 것이 "시역상의 제일보" 또는 "초보적 정도(正道)"라고 말하고 「불일치」는 범법행위(犯法行爲)라고 비판한다. 김 교수에 의하면 1920년대의 우리의 시번역은 일본어역의 중역(重訳)인 탓으로 시 내용과 행수의 불일치가 극심했는데 비하여 1930년대 시번역은 "원시와 역시의 외형의 일치를 2분의 1에서 3분의 2로 끌어올려 놓았다"(김병철 717)고 평가한다. 그러나 1940년에서 1945년 8월 15일까지의 기간에는 검토된 12편의 역시에서 "외형일치의 준수가 무시되어 있어 5년 사이에 조금도 진전이 없었다는 사실이 드러난"(804)다. 또 1945년 8월 15일에서 1950년 6월 25일까지의 기간에 신문 잡지에 실린 27편의 역시에서는 "1930년대의 시역에서 보는 것처럼 전공자의 사명감에서 온 의욕적인 특집행위는 볼 수 없을 뿐만 아니라 역자 미상이 10편씩이나 눈에 띄는데, 1945년 이후에도 아직 1920년대에 성행하던 무책임성이 군림하고 있어 1930년대의 질서는 후퇴하고 만 셈이다"(828)고 지적한다. 그러나 엘리어트가 5편이나 번역된 것은 "의욕적인 것으로" 보이며, "『황무지』의 전역(全訳)이 이루어진 것은 특기할 만하다"고 평가한다(828). 이『황무지』전역이 "내용·외형 일치"의 기준에 얼마나 접근했는지는 곧 보게 될 것이다.

　김병철 교수가『황무지 완역』에서 주목하고 있는 또 하나의 특징은 이것이 "이인수 역으로 되어 있으나 김치규(金致逵)와의 공역이었다"는 점이다(김병철 827). 김 교수가 인용하고 있는 이인수 교수의「역자의 말」의 해당부분은 이렇다. "끝으로 이 시를 번역한 수고의 절반은 고려대학 영문과 학생 金致逵(宗吉)君에 돌려야 함을 여기서 독자에게 밝혀 드리고져 한다. 비록 '共訳'이라는 표시는 군의 謙遜이 허락지 않으리나, 이태동안 한 교실에서 영문학을 공부하면서 필자는 언제나 군의 말에 대한 감각과 시적 통찰력에 놀랐던 것이고, 이 번역문에도 도처에 군의 말솜씨가 숨어있는 것을 다행으로 여기는 바이다"(김병철 827).

문학번역사상 소설이나 희곡의 공역은 종종 보이지만 시의 공역은 드물다. 사실상 이 『황무지』의 공역은 한국번역문학 사상 최초의 사건이며, 게다가 교수와 학생의 공역이라는 점에서 특기할 사건이다. 여기서 두 공역자에 관해서 간략히 소개할 필요가 있겠다.

李仁秀(1916-1950)는 전남 구례 출신으로 그곳에서 국민학교 4년을 마치고 서울의 재동국민학교 5학년에 편입학했다. 국민학교를 졸업한 후 경기도립상업학교에 진학한다. 마침 경성제국대학의 예과와 학부의 영문학과의 영국인 초빙강사이던 R(Reginald) H(Horace) Blyth (1898-1964)의 부인인 Anna (Bercovitch) Blyth가 경기도립상업학교에서 영어회화를 가르치고 있었다. Blyth는 1923년에 London대학의 University College를 일등급 우등으로 졸업하였고 1924년 초에 동창생인 Anna(철학전공)와 결혼한 후 8월에 서울에 도착하여 그해 개교한 경성제국대학 예과에서 9월부터 강의를 해 왔었다. Anna는 도상 신입생인 이인수가 「참하고 하니까-생긴게 똑똑하게 생겼지 사람도 똑똑하니까」(피천득 324) 그를 예과 교사의 1km 동남방인 전농리에 있는 2층 자택에서 함께 살게 하였다. 그래서 이인수는 「정통 영어를 그이한테서 어렸을 때부터 배웠으니 . . . 뭐 생활같이 돼버린」(피천득 324) 것이다. 1933년 3월 도상을 우등 졸업한 이인수는 4월에 경성고등상업학교에 진학한다. 이듬해 1934년 4월 Anna Blyth는 부부간의 불화로 혼자 영국으로 돌아가는 길에 이인수를 데리고 간다. 같은 해 9월에 이인수는 London 대학에 입학하여 영어, 수학, 라틴어, 불어, 독어를 공부한다. 1937년 6월 B. A. Honours의 부전공인 독어독문학시험에 합격하고, 40년 6월에 영어영문학 B. A. Honours 시험에 합격한다. 그래서 이인수는 한국, 일본 외의 외국 대학에서 정식으로 영어영문학을 전공하고 문학사를 취득한 최초의 한국 사람이다.

때마침 2차 세계대전이 일어났고 일본국적 외국인은 본국 송환의 길에 오르게 되었다. 이인수도 9월 초에 Liverpool에서 송환선에 오른다. 이인수를 수년간 지도했던 University College의 영어영문학 교수인 R(Raymond) W(Wilson) Chambers(1874－1942)는 두 paragraph로 된 자필 추천서(1940년 8월 28일 자)를 들려 보냈는데 전문은 아래와 같다.

28 August 1940

Mr. Insoo Lee has been a student of mine for several years. I have been astonished at his intimate knowledge, both of the English Language, and of English Literature. He most thoroughly deserved the English Honours degree which he has just taken. Personally, I feel that I have made in him a friend whose friendship I shall always value. I am sure that he has before him a very great future in spreading a knowledge of the English Language, and of English Literature, with which he is so thoroughly and deeply acquainted. He will be one of the few men in his part of the world who are most thoroughly qualified to do this.

I wish him every success, and from my knowledge both of his character and of his abilities, I am sure that he will achieve it.

R. W. Chambers
Quain Professor of English Language
and Literature in University College, London

Chambers 교수의 주요 관심분야는 Old English와 the Renaissance이며, *Epic and Romance*(1897)와 *The Dark Ages*(1904) 등으로 유명한 W

(William) P(Paton) Ker(1855－1923)에 이어 Quain Professor(1922－1941)를 지냈으며, *Widsith* (1912), *Beowulf: an Introduction to the Study of the Poem* (1921), *On the Continuity of English from Alfred to More*(1932) 등의 저자이다. Chambers 교수는 Langland와 More 등을 다룬 논문집 *Man's Unconquerable Mind*(1939)의 자필 서명본을 이인수에게 들려 보내기도 했다.

이인수는 1940년 후반에 귀국한 후 향리에 내려가 한동안 붓글씨에 전념한다. 1941년 4월에 서울의 중앙중학의 영어교사로 취임하여 1945년 10월까지 근무한 후 보성전문의 영어강사로 취임한다. 1946년 9월에 보성전문이 고려대로 승격하면서 고려대 영어영문학과의 부교수로 임명되었다. 이인수는 고려대에서 현대영시, 영작문을 강의했을 뿐만 아니라, 서울대, 연세대에도 출강하였다. 1948년 봄 고려대에서 현대영시 강의 중에 Eliot의 *The Waste Land*를 강독하는 동안, 아니면 그 전에 『황무지』를 번역했던 것 같다. 그리고 1948년 8월에는 조선영문학회(朝鮮英文學會)의 월례보고회에서 장문의 「T. S. 엘리어트의 古典主義文學論」을 발표하였다. 조선영문학회는 전년도인 1947년 봄에 양주동, 정지용, 김기림, 장익봉, 임학수, 피천득, 이호근, 우형규, 이인수, 김동석, 설정식 등의 영문학자들이 모여 만든 것이다. 이 모임은 그러나 회칙을 제정하거나 임원을 선출한 「학회」는 아니었으나, 「월례보고회」를 열 정도로 의욕적인 활동을 벌였던 것으로 보인다. 이인수는 그의 월례보고논문에서 Eliot의 초기시와 평론은 말할 것 없고 *Four Quartets*(1943)와 *The Idea of a Christian Society*(1939)에 이르기 까지 Eliot의 시와 산문을 두루 논의하였다.

한편 金致逵(필명 金宗吉)는 1926년 경북 안동에서 태어났다. 초등학교에 입학하기 전에 천자문(千字文), 효경(孝經), 소학(小學) 등 한문

교육을 받았다. 1940년 봄에 5년제인 대구사범학교에 입학하여 45년 3월에 졸업한다. 그리고 8 · 15 해방 전까지 안동의 초등학교에서 교편을 잡은 후 10월에 상경하여 혜화전문학교 문과에 진학한다. 혜화전문에 재학하면서 시작에 열중하였고, 1946년 봄에는 을유문화사에서 발간하는 주간지 『소학생』(주간 윤석중)의 동시 현상모집에 응모하여 동시 「바다로 간 나비」로 수상한다. 같은 해 9월에 혜화전문이 동국대학으로 승격하자 2학년에 편입학한다. 그리고 1947년 봄 『경향신문』 신춘문예에 시 「문」이 당선되어 등단하게 된다. 시작에 열중하는 한편 외국문학 특히 영문학을 전공하기로 하고 영시나 영시 이론의 권위자를 수소문했는데, 다들 고려대학의 이인수 교수라고 하는 것을 알게 되어 1947년 여름에 고대 2학년 편입시험을 치루고 20여 명의 응시생 가운데 유일하게 합격한다. 그리하여 김치규는 1947년 가을학기부터 이인수 교수의 영작문연습과 현대영시 과목을 수강하였고, 1948년 봄 학기에 *The Waste Land*를 접하였다. 김치규는 ". . . 이인수 선생의 「20세기 영시」 그 중에서도 <엘리엇> 강의는 나를 매료시켜, 내가 그 분을 스승으로 모신 보람을 만끽하게 했다"(1998: 4)고 훗날에 회고하였는데, 이 두 사람의 엘리어트 공역은 어쩌면 이미 예정된 것 같기도 하다.

3. 활자인쇄본 『황무지』

다음은 『신세대』에 실린 『황무지』의 「활자인쇄본」과 『T. S. 엘리엇 연구』지에 실린 이성일 교수의 「타자본」에 대한 textual criticism이다(인쇄「본」과 타자「본」의 「본」은 printed version 또는 typed version

의 뜻이다).

맨 먼저 눈에 띠는 것은 『황무지』 모두에 나오는 "*Nam Sibyllam. . .* *θέλω*"의 페트로니우스(Petronius)의 Epigraph와 "For Ezra Pound / *il miglior fabbro*"의 엘리어트의 dedication의 번역이 활자인쇄본과 타자본에 나와 있지 않은 것이다. "타자본은 활자화된 텍스트에 나타나는 그어떤 사소한 오류도. . . 원본에 나타나 있는 그대로 재현하려" 한 것이므로 활자인쇄본과 같다(이성일 231). 그러므로 역자가 이 부분을 번역하지 않았을 리는 없고, 문예지가 아닌 일반 교양지인 『신세대』지의 편집자가 삭제하지 않았는가 생각된다.

교정 · 인쇄상의 착오도 보인다. 원시의 I The Burial of the Dead의 line 73: "Or has the sudden frost disturbed its bed"의 번역이 빠져있다. 또 II A Game of Chess의 line 113: "What are thinking of What thinking? What?의 번역도 빠져있다. III The Fire Sermon의 line 226: "On the divan are piled(at night bed)"는 번역문에는 괄호 없이 "밤에는 침대로 쓰는 디밴 위에는"로 되어 있다. 같은 제3부 line 248과 line 249는 타자본에서는 분리되어 있지 않다. 같은 부의 292−95행, 296−99행, 300−05행의 세 편의 노래의 시작과 끝의 인용부호가 번역에는 빠져 있다. V What the Thunder Said의 376행과 477행도 번역에서 분리되어 있지 않았다.

그리고 번역시 전체에 걸쳐서 외국어를 비롯한 단어와 고유명사의 오역이 적지 않다.

1. I The Burial of the Dead의 첫 행 April is the cruellest month. . . 은 "4월은 잔인한 달이라. . ."로 superlative인 cruellest가 단순히 cruel로 되었다. Harriet Davidson의 아래와 같은 해석에 동

의한다면, "잔인한 달"은 이 시의 기본적 tone의 심각한 misreading 이다.

"The Burial of the Dead" famously begins with a desire for stasis and anxiety about the change, growth, and sexuality symbolized by April and the Spring rain"(Davidson 126).

2. 이와 같은 맥락에서 . . . breeding / lilacs. . . 를 "라이락은 크고"로 타동사를 자동사로 바꿔 놓은 것은 ". . . anxiety about the change, growth. . . "를 감소시킨다. 이와 반대로 자동사를 타동사로 잘못 읽은 예를 들어본다.

What is the city over the mountains
Cracks and reforms and bursts in the violet air (371-72)
산 너머엔 또 무슨 도시가 있길래
보랏빛 저녁하늘에 *발포하고 개혁하고 폭발하는* 게냐:
이것은 "도시가 붕괴하고 다시 일어서고 다시 폭삭 내려앉는다"로 해야 그 다음 줄 "Falling towers"(무너져 내리는 탑들)와 자연스럽게 연결될 것이다.

3. line 8: the Starnbergersee *스타안벨거세의 호수* : 쉬타른베르크 호(수). 독일어에서는 지명(Starnberg)에 -er를 결합해서 형용사를 만든다(Frankfurter Zeitung). See(zé:)는 남성이면 호(수), 여성이면 바다이다.

4. line 10: the Hofgarten 정원:
호프가르튼은 Munich 시에 있는 공원의 이름이다.

5. line 12. . . echt deutsch *순독일 혈통인걸요*:
진짜 독일인이에요.

6. line 33: Mein Irish Kind *애란의 우리님은*:
Das Kind는 영어의 child이다.

7. line 51: Here is the man with three staves 이것은 *지팡이 세 개 짚은 사나이* :
이것이 세 개의 *장대*를 가진 사나이.

8. II A Game of Chess (장기) line 77(『장기』의 첫 행):

   The Chair she sat in, . . . *몸을 포긴 椅子는*:

   그녀가 앉은 의자는. . .

9. 『장기』의 제6행 두 기둥 사이로 천장까지 닿는 거울은:

   원시에는 거울(the glass)이 "천장까지 닿는"이라는 대목은 없다.

   동16행: 촛불의 거림은 *반사경*을 그슬러:

   "반사경"은 어디에도 보이지 않는다.

10. line 128: O O O O that Shakespeherian Rag

    아—아—아—아 세익스피어의 *누더기쪼각*:

    셰익스피히아적인 재즈(곡). Rag는 ragtime(jazz dance music)의 약어.

11. III The Fire Sermon(火敎) line 186:

    . . . and chuckle spread from ear to ear:

    *귀에서 귀로 속사기는 조소의 킥킥거림*이 들려온다:

    (해골의 양쪽 귀까지) 입이 찢어지도록 낄낄거리는 웃음.

    속삭임과 킥킥거림은 oxymoron이다.

12. line 198: Sweeney to Mrs Porter in the spring

    봄이 오면 스위니씨를 포오터부인에게로 태워다 주는:

    스위니씨를 샘에서 목욕하는 포오터 부인에게로 데려다 주는

13. line 202: *Et O ces voix d'enfants, chantant dans la coupole*:

    아 둥근 지붕아래서 합창하는 어린이들의 노랫소리여!:

    아 둥근 지붕의 예배당 안에서. . .

14. line 255: She smoothes her hair with automatic hand:

    자동식 손으로 머리를 쓰다듬고는:

    저도 모르게 손으로 머리를 쓰다듬고는

15. line 263: Where fishmen lounge at noon. . . :

    낮술 먹는 어부들의 말소리:

    한 낮이면 어시장 일꾼들이 빈둥거리는. . .

16. lines 297−98. . . . After the event / He wept : . . . 男便은 . . .
   맹세했다:
   *He*를 男便으로 볼 아무런 정황이 없다. Moorgate는 London
   slum이다(Nelson 296).

17. lines 309−10 O Lord Thou pluckest me out /
   O Lord Thou pluckest: 오 주여
   그대 나를 責하시니 / 오 주여 그대 책하시니 :
   오 주여 그대 나를 구출하시니 /
   오 주여 그대 *구출하시니*. 엘리어트는 Notes on *The Waste
   Land* 안에서 이 구절이 St. Augustine의 *Confessions*에서 인용
   한 것이라고 적고 있다. 한 평자는 이 구절이 Zechariah 3:2
   에서 The Lord가 Joshua를 두고 ". . . is not this a brand plucked
   out of the fire?"라고 하는 말을 되풀이 한다고 본다(Nelson
   297).

18. line 318: Gentile or Jew: *신앙이 다르다고 묻지를 마라* :
   기독교도이건 유대인이건. Gentile은 유대인의 입장에서 이
   방인, 곧 기독교도 이다. 319행의 "O you who turn the wheel. . . "
   의 "you"에 걸리므로, "신앙이 다르다고 묻지를 마라"는 확
   대 해석이다.

19. lines 356−59: Where the hermit-thrush sings in the pine trees /
   Drip drop drip drop drop drop drop / But there is no water:
   그러나 거긴 오직 산새가 소나무에서 / 뚝뚝뚝
   물방울 소리같은 노래를 할 뿐 / 물 소리는 없다:
   산새가 소나무 사이에서 노래하는 곳 /
   뚝 뚝 뚝 뚝 뚝 뚝 뚝 / 그러나 물은 없다.
   이것은 이인수 교수의 육필원고에 나오는 번역이며, 이것
   이 정확한 번역이다.

20. line 404: The awful daring of a moment's surrender: 한 찰라
   에 *항복해* 버리는 울컥 나오는 이 무서운 대담:

한 찰라 정욕(blood)에 *빠-져드는* 이 무서운 만용

21. lines 406-408: Which is not to be found in
our obituaries / . . . / Or under seals broken by
the lean solicitor: 그렇다고 죽은 뒤 행장에 남을 것도 아니
오 / 빈 방에서 수척한 변호사가 개봉하는 / 유서에 울을 것
도 *아니다.*

"not to be found"가 어째서 "유서에 울을 것도 아니다"가 되
었는지 이해할 수 없다.

이상에서 눈에 띄는 오역의 몇 가지 사례를 지적하였다. 이 밖에도
논란의 여지가 있는 경우가 적지 않을 것으로 생각하지만 이 정도로
줄이고 이인수 교수의 육필원고를 검토하기로 한다.

4. 육필원고『황무지』

맨 먼저 제기되는 물음은 육필원고 작성의 시점이다. 이성일 교수
는, 육필원고가 "이인수 교수가『황무지』를 활자화하기 이전 혹은 그
이후에 원고지에 육필로 작성한" 것이라는 매우 조심스럽고 신중한 견
해를 내놓았다(이성일 230). 그러나「활자화한 이후」설은 한마디로 있
을 수 없는 일이다.「이후설」은 첫째 이인수 교수가「역자의 말」에서
한 말 "원시의 뜻과 줄에 충실도록 訳했다"와 "이 시를 번역한 수고의
절반은 . . . 김치규 군에 돌려야 한다"와는 맞지 않는다. 둘째로 인쇄본
이 실제로는 공역이라 할 수 있지만, 이인수역으로 발표된 것을 다시
이인수 이름으로 개역한다는 것은 상식적으로 납득이 가지 않는다.

오히려 자필원고 번역이 활자인쇄본 이전에 나왔다는 것을 뒷받침

하는 근거가 있다. 육필원고 번역의 『황무지』 5부의 제목을 보면 I 죽은이의 埋葬, II 將棋한판, III 불의 說敎, IV 水中魂의 노래, V 우뢰의 웨침으로 되어 있다. 한편 활자인쇄본의 제목은 第一部 埋葬, 第二部 將棋, 第三部 火敎, 第四部 水死, 第五部 雷語로 모두 두 글자로 되어 있다. 김치규 교수는 1954년 2월에 金宗吉訳 『20世紀英詩選』(新生文化社)을 간행했는데 『황무지』는 이 시선의 모두에 실려있다. 그리고 5부의 제목은 예의 埋葬, 將棋, 火敎, 水死, 雷語 그대로이다. 그리고 1 埋葬의 첫 행은 "四月은 가장 殘忍한 달"로 바뀌었다. 이를 미루어 이교수의 육필원고 번역은 활자인쇄본 이전에 작성된 것으로 보아야 한다(『20世紀英詩選』에 대해서는 다음 기회에 논하기로 한다).

그러면 육필원고—앞 절에서 사용한 용어로는 Version A—는 활자인쇄본 즉 Version B를 얼마나 앞섰는가? 필자는 앞 절에서 "아무리 늦어도 이 교수가 번역청탁을 받기 전에 이미 되어 있었을 것"으로 추정한바 있다. 그런데 이 육필원고를 면밀히 검토해 볼 때 그 시점은 1948년 전반부였을 것으로 보인다. 이인수 교수는 1948년 봄학기에 고려대 영문학과의 현대영시 강의에서 『황무지』를 강독하였다. 이 교수는 강의를 대비해서 아니면 강의 중에 육필원고를 준비하지 않았을까 생각되는 것이다.

400자 민중서관 원고용지에 이 교수가 가로로 적은 번역은 역시 본문이 30쪽 역자주가 8쪽으로 되어 있다. 첫 장의 첫 줄에 제일부의 표제인 "죽은이의 埋葬"이 적혀 있는 걸로 볼 때 시 전체의 표제 『황무지』와 Petronius의 Epigraph와 Pound에 대한 엘리어트의 Dedication의 번역은 별지에 적었던 것으로 보인다. 왜냐하면 역자주는 바로 Epigraph와 Dedication을 다룬 것이기 때문이다. 역주의 첫 페이지에는 Jury가 영역한 Epigraph를 실었다. Jury는 *T. S. Eliot's* The Waste Land : *Some*

Annotations(F. W. Preece and Sons, 1932)의 저자인 C. R. Jury 이다. 여담이지만 Jury와 그의 저서는, 1945년에서 1989년까지 45년간에 출간된 *The Waste Land*에 대한 국내의 연구논문과 석 · 박사학위논문을 계량서지학(bibliometrics)적 관점에서 다룬 尹順根의 논문 「『황무지』연구의 계량서지학적 고찰」(『서지학연구』 제8집, 1992)의 참고문헌목록(총 255점)에는 올라 있지 않다.

이인수 교수는 Pound에 관해서 Eliot자신이 편집한 Pound의 시선집 서문에서 표명한 Pound에 대한 찬사와 *After Strange Gods*(1934)에서 Pound의 *Cantos*에 나타난 지옥에 대한 Eliot의 평을 둘 다 영문으로 인용하고 있다. 영문으로 인용한 것을 보면 이 교수의 육필원고 번역은 일차적으로는 강의를 위해 작성된 것이 분명하다.

다음은 육필원고와 이성일 교수의 타자본에 대한 textual criticism의 몇 가지 사례이다.

1. 육필원고의 제1부, 제2부의 한자 제명 「죽은이의 埋葬」과 「將棋 한판」이 타자본에서는 한글로 표기되어 있다(학회지 편집진이 바꿔놓았다고 함).

2. line 2의 lilac 라일락을 위시하여 line 431 Hieronymo 히어로니모에 이르기 까지 수많은 인명, 지명, 사물명에 방점이 붙어있으나 타자본에는 밑줄이 없다.

3. line 76: "You!—mon frère!": "독자여! . . . 동지다"
   mon frère *형제여* 가 빠져있다.

4. line 218의 Old man의 육필원고의 번역은 老翁 인데 타자본에서는 老叟가 되었다. 뜻은 같다.

5. lines 259—60: O City city, I can sometimes hear
   Beside a public bar in Lower Thames Street의 두 줄이

육필원고(19)와 타자본(264)에서는 떨어져 있다.

6. line 377 Unreal / line 378 A woman. . . 이 육필원고(27)와 타
자본(269)에서 虛無 / 아낙네가. . . 로 이어져 있다.

　육필원고 번역에도 상당수의 오역이 눈에 띄는데, 대부분은 인쇄본
의 오역과 동일하다. 이것을 보더라도 인쇄본 번역이 육필원고 번역을
대본으로 사용한 것임을 알 수 있다. 몇 가지 예를 들어본다.

1. line 1: April is the cruellest month, breeding:
四月은 *殘惡한* 달이기에.
cruellest의 최상급이 빠져있다.

2. line 8: . . . over the Starnbergersee: *스타벨거세의 호수*
쉬타른베르크호(수)

3. line 9: . . . in the colonnade: . . . 나무 밑에 몸을. . .
colonnade의 1차적 의미는 두리기둥, 회랑이고, 2차적 의미는
a row of trees 이다. 회랑으로 본다면 화자가 회랑이 있는 야
외 공간에 나와 있었다는 것이 되고, 나무(들)로 보면 화자는
숲이나 수목이 가까이에 있는 곳에 나와 있다고 볼 수 있다.
역자가 colonnade 가 회랑이라는 것을 몰랐을 리가 없다. "나
무 밑"을 오역으로 볼 수도 없을 것이다.

4. line 10: . . . into the Hofgarten: . . . 庭園에.
Hofgarten은 München시에 있는 공원이름이다.

5. line 12: . . . stamm' aus Litauen, *echt deutsch* :
출생은 리투아니아지만 순독일 혈통인걸요:
진짜 독일인예요. Lithuania는 1차대전 후 독일의 보호하에
독립왕국이 되었는데, 많은 독일인이 이주했었다.

6. line 13: . . . at the archduke's. . . : . . . *皇太子*집에서:
archduke는 황태자, 태공의 뜻인데 여기서는 태공이다.

7. line 28: your shadow. . . striding behind you:
. . . 너희 뒤에 *껑충거려*쫓아오는 그림자도 아닌:
striding은 성큼성큼 걷다 이다.

8. line 33: Mein Irisch Kind: 애란의 *님*이여:
Kind는 Child.

9. line 46: with a wicked pack of cards. . . : *영묘한*카드를 한 벌. . . :
wicked에는 "신령스럽고 기묘한"(영묘한)이라는 뉘앙스는 없다.
"causing or likely to cause harm, distress, or a trouble"(*Merriam-Webster's Collegiate Dictionary* 2003)이라면 사악한 카드이다.

10. line 51: Here is the man with three staves. . .
이것은 *지팡이 세개 짚은* 사나입니다:
staves, 막대기, 장대이므로 "막대기(장대) 셋을 가진 사나이"다.
cf. 봉준수, "『황무지』 번역의 어려움", 138.

11. line 77: The Chair she sat in. . . : 앉은자리는. . . :
she가 빠져있다.

12. (장기 한판.) 3행 "체경은 기둥사이로 *천장 까지* 뻐쳐"와 17
행 "거림은 *반사경*을 거슬러"의 "천장까지"와 "반사경"은
원시에 나오지 않는다.

13. line 127: O O O O that Shakespeherian Rag―:
아―아―아― *숨가푼 세익스피어의 누더기.*
저 세익스피히어적인 재즈. Rag는 ragtime의 준말로 사전의
entry date는 둘다 1897년. "The Shakespearian Rag"(1912)는 가
사는 Gene Buck와 Herman Ruby, 음악은 Dave Stamper작이
며, "That Shakespearian rag, / Most intelligent, very elegant. . . "
라는 chorus가 나온다(Nelson 290). 이런 뜻의 rag는 *Shorter
Oxford English Dictionary*(1933)의 제3판(1980)에도 나오지 않
는다. *NSOED*(1993)에는 나와 있다.

14. line 186: . . . and chuckle spread from ear to ear:
귀에서 귀로 퍼져가는 조소가 들려오다:

(해골의 양쪽 귀까지) 입이 찢어지도록 낄낄거리는 웃음.
cf. 봉준수, "황무지 번역의 어려움" p.134.

15. line 198: Sweeney to Mrs Porter *in the spring*:
봄이 되면 쓰위니君이 포오터夫人을 찾는 것이니라.
쓰위니씨를 *샘에서* 목욕하는 포오터夫人에게 데려다주는.
Mrs Porter와 그녀의 딸은 prostitutes이다(Nelson 293).

16. line 202: *Et O ces voix d'enfants chantant dans la coupole!*
아—둥근 집웅에서 들려오는 합창대의 노래소리여!:
아 둥근 지붕의 예배당 안에서. . .

17. line 255: She smoothes her hair with automatic hand.
자동식 손으로 머리를 쓰다드므며:
저도 모르게 손으로 머리를 쓰다듬고는. . .

18. line 265: Where fishmen lounge at noon. . .
낮술 먹는 어부들의 말소리:
한낮이면 어시장일꾼들이 빈둥거리는

19. lines 296—97: ". . . and my heart / under my feet. . .
가슴은 *발바닥에 밟혔나니*. . . :
마음은 발이 하자는 대로. cf. He is now under my feet.
그는 지금 내가 마음먹기에 달려있다.

20. line 318: Gentile or Jew: *믿음의 달름을 묻지를 말라* :
기독교도이건 유대인이건.
Gentile or Jew는 line 319 *you who* . . . 에 걸린다.

21. lines 371—72: What is the city over the mountains /
Cracks and reforms and bursts in the violet air.
산 넘어스면 무슨 도시냐 / 자주빛
하늘에 와르르 무너지고 터지는 개혁의 소리:
. . . 자주빛 하늘에 (도시가) 붕괴하고 다시 서고 다시 폭삭
내려앉는다.

22. line 404: The awful daring of a moment's surrender.

한 찰나에 항복하는 이 무서운 대담이란:
한 찰나 정욕에 빠져드는 이 만용.
surrender에는 감정, 습관 따위에 몸을 내맡긴다는 뜻이 있다.

5. 활자인쇄본과 육필원고의 대조

인쇄본과 육필원고의 대조를 위해 앞에서 언급한 이인수 교수의 「역자의 말」("430줄 나머지 되는 원시의 뜻과 줄에 충실하도록 우리 말로 역했다")과 김병철 교수의 주장("시번역에서 원시의 연과 행수를 일치시키는 것이 시역상의 제일보 또는 초보적이며 불일치는 범법행위이다")을 다시 한 번 인용한다. 『황무지』의 원시 *The Waste Land*는 총 433행이다. 인쇄본은 총 436행이고 육필원고는 총 481행이며 원시 보다 무려 48행이나 많다. 원시와 두 번역시의 총 시행을 부 별로 세분하면 아래와 같다. 숫자는 각 부의 최종 행수이다.

	원시	인쇄본	육필원고
I The Burial of the Dead	76	75	88
II A Game of Chess	172	174	201
III The Fire Sermon	311	313	353
IV Death By Water	320	324	362
V What the Thunder Said	433	436	481

육필원고의 행수와 원시의 행수 간의 "불일치"는 이인수 교수가 번번이 원시의 한 행을 두 행으로 옮기고 있기 때문이다. 예컨대 1부의 "April is the cruellest month"로 시작하는 첫 연은 18행인데 육필원고

는 20행으로 되어 있다. 원시의 8−10행 "Summer surprised us, coming over the Starnbergersee / With a shower of rain; we stopped in the colonnade, / And went on in sunlight, into the Hofgarten,"의 2행이 "여름은 난데없이 스타인벨거세의 湖水를 넘어 / 묻어오는 소낙비와 더부러 우리를 쫓거니, / 우리는 나무 밑에 몸을 의재했다가 / 볕을 마지하여 정원에 들어가서"의 4행으로 는 것이다. 또 원시 16행의 "Marie, hold on tight. And down we went"를 "마리 마리 꼭 부짜버하고 사촌은 소리치드니만 / 쏜살 같이 내려가드군요"의 2행으로 옮긴 것이다. 이교수는 제5부에서도 429행 "*Quando fiam uti chelidon*−O swallow swallow"를 "언제나 나는 제비처럼 되랴 / −아 제비야 제비야"의 2행으로, 431행 "These fragments I have shored against my ruins"도 "나는 이 파편을 주어뫃아 / 나의 멸망에 대비하였나니"로 2행을 만들었다. 이 교수는 제2행의 Lilacs out of the dead land mixing / Memory and desire, stirring의 "mixing"을 "뒤섞어"와 "버므리며"의 두 단어로 옮긴다든가, 431행의 "shored"를 "주어뫃아"와 "대비하였나니"의 두 단어로 옮기는 등, 1대 1의 등가어(equivalents)로 옮기지 않고 원어를 풀어 쓰는 경향이 있다. 그 결과로 육필원고 번역은 원시보다 38행이 더 많아졌고 원시와 역시 간의 「외행 일치의 원칙」에서 크게 벗어나고 말았다.

　한편 인쇄본의 행수는 436행이다. 그런데 인쇄본에서 원시 제 74행과 제113행이 편집 인쇄과정에서 누락되었거나 빠졌으므로 정확하게는 438행이다. 원시의 433행보다 5행이 늘었을 뿐이므로 원시와 역시와의 일치가 거의 이루어졌다고 볼 수 있다. 이 교수가 「역자의 말」에서 「430줄 나머지 되는 원시의 뜻과 줄에 충실하도록 우리말로 역했다」고 말한 것은 인쇄본을 가리키는 것으로 보인다.

인쇄본이 육필원고를 "대본"으로 한 것은 두 version을 나란히 놓고 보면 금방 알 수 있다. 어느 한 version을 투명지에 옮겨서 다른 한쪽에 덮어씌우거나 아니면 양쪽에 공통한 단어, 어구, 행에 밑줄을 처본다면 두 버전 도처에 똑같은 표현이 널려 있는 것을 볼 수 있다. 『황무지』의 첫 18행 안에도 똑같은 단어, 어구, 문(sentence)이 보이지만 원시 43행 "Madame Sosostris, famous clairvoyante"에서 제59행 "One must be so careful these days"까지의 25행은 2, 3행의 어순이 바뀌었을 뿐 나머지는 행과 단어가 한자도 틀리지 않는다. 또 원시의 207행 "Unreal City"에서 214행 "Followed by a weeknd at the Metropole"까지의 8행은 첫 2행이 "虛無의 都市 / 겨을 낮 거뭇노란 안개 밑에서"(육필원고)와 "虛妄한 都市 / 겨을날 누우런 안개 속에"(인쇄본)로, 그리고 211행의 C.i.f가 "運賃保險料負擔濟"(육필원고)와 "賣主負担의"(인쇄본)로, 그리고 끝 행 ". . . 놀자고 하더라"(육필원고)와 "놀자고 했다"(인쇄본)가 다를 뿐 나머지는 한 글자도 다른 데가 없다. 또 III「火敎」의 훨씬 뒤에 나오는 "The Song of the (three) Thames daughters"의 번역도 한 두 곳의 표현이 다를 뿐 두 번역이 똑같다. 그리고 인쇄본역 전체를 통하여 육필원고의 단어나 어구가 전혀 나오지 않는 시행은 극소수에 지나지 않는다. 인쇄본의 이 같은 시행에는 곧잘 한문어구가 나타난다. 예컨대 제3부「화교」의 원시 2-3행 ". . . The wind / Crosses the brown land, unheard. The nymphs are departed."의 "unheard"는 육필원고의 "소리없이"(205행)가 인쇄본에서는 "蕭條히"(178행)로 나온다. "소조히"는 "매우 호젓하고 쓸쓸함"을 뜻하므로 여기서는 오역이다. 또 원시 "O the moon shone bright on Mrs Porter"(line199)의 "shone bright"가 육필원고에서 "아ㅡ 밝은 달은 부인과(233행)"인데 인쇄본에서는 "아ㅡ皎皎明月이여"(203행)이다. Sweeney라는 속물이 Mrs Porter라는 창녀를 찾아가는 장면의 묘사인데 "교교명월"은 매우 ironic하다. 원시 228-29 "I, Tiresias . . . / Perceived the scene, and *foretold* the rest—"의 "foretold"는 육필원고에서는 "남저지를 豫探하였도다—"(266행)인데 인쇄본에서는 "其余는 於此可知라"(230행)라고 나온다. "knowing"과 "foretelling"은 뜻이 다르다. 끝으로 원시 422행 "Gaily, when invited, beating obedient"의 "gaily"는 육필원고에서 *"반가웁게 承諾하였으련만"*(467행)으로, 인쇄본에서는 "請했든들 그대 마음도 欣喜雀躍 / 반가히 내 손에 따를 것을"(424-25행)로 나온다. "흔희작약"은 너무 좋아서 뛰며 기뻐함의 뜻이므로 이것은 중복이다. 이상의 한자성어는 원시와 무관한 이국적 분위기를 연상케 한다.

앞의 한자성어는 예외로 치고 육필원고와 인쇄본의 차이는 주로 다른 동의어의 사용과 어순의 변화에서 생긴 것이지만 구문상의 변화에 따른 것도 있다. 한 예로 II A Game of Chess의 첫 17행(77-93행)의 번역의 차이이다. 원시에는 절과 절 사이를 표시하는 콤마(comma)가 하나, 세미콜론(semicolon)이 둘, 그리고 문장 끝의 피리어드가 하나이다. 육필원고 번역은 괄호속의 문("Another hid his eyes behind his wing")의 번역("또 하나는 날개로 눈을 가렸다.")의 마침표를 포함해서 다섯 개, 다시 말해서 다섯 문이고 행수는 18행이다. 인쇄본은 콤마는 하나도 없이 제17행 끝에 마침표가 하나 있을 뿐이다. 인쇄본역은 보통은 콤마를 거의 쓰지 않는 우리의 가사(歌辭)나 시를 닮았다.

또 하나의 예는 원시 187행에서 192행까지의 6행의 번역이다. 먼저 원시를 인용한다.

A rat crept softly through the vegetation
Dragging its slimy belly on the bank

While I was fishing in the dull canal
On a winter evening round behind the gashouse
Musing upon the king my brother's wreck
And on the king my father's death before him (187−93)

육필원고:

쥐 한마리 풀속으로 뱃대기를 끌고
물기슭을 기여가는데 때마츰
겨을 夕陽에 나는 瓦斯탕크 뒤를 돌아
흐린 물 고인 運河에서 낚시질 하며
破船한 兄 王의 신세를 생각하고
兄 앞서 돌아가신 임금 아버님을 슬퍼하다. (221−26)

인쇄본:

어느땐가 荒凉한 겨을 夕陽에 瓦斯탕크뒤를 돌아
濁한 運河에 낚시를 드리우고
難破한 兄王과
그보다도 앞선 父王의 죽엄을 슬퍼했을때
더러운 뱃대지를 江기슭에 끌면서
소리없이 풀밭을 기어가든 한마리의 쥐. (189−94)

　　육필원고는 원시의 서술의 순서에 따라 주절을 먼저 번역한 후 time clause인 종속절을 옮겨 놓았다. 인쇄본은 그 정반대로 종속절을 먼저 옮기고 주절을 옮겼다. 그뿐만 아니라 쥐의 행동을 서술하지 않고 "소리없이 풀밭을 기어가는 한 마리의 쥐"라는 명사구를 만들었다. 이 명사구는 쥐의 모습 또는 이미지를 부각시키지만, 이 시행 전후의 서술의 흐름을 중단시킨다. 이 같은 명사구의 사용도 우리 시에서 자주 대하는 수법이다.

인쇄본과 육필원고와의 뚜렷한 차이는 번역한 시행 수의 차이이다. 원시 433행에 대해서 육필원고는 48행이 많은 481행인데 비하여 인쇄본은 단 3행이 많은 436행이다(편집·인쇄과정에서 누락되었을 2행을 더하면 438행이다). 단 3행 초과라면 원시와 번역시의 "외형일치의 기준"(김병철)을 충족시켰다고 볼 수 있다. 이인수 교수가 "역자의 말"에서 "430줄 나머지 되는 原詩의 뜻과 줄에 忠實하도록 우리말로 訳했다"고 말한 것은 자신의 육필원고가 아니고 "말에 대한 감각과 시적 통찰력"으로 그를 놀라게 한 김치규 학생이 솜씨 있게 수정 보완한 육필원고의 개역 곧 인쇄본을 두고 한 말임이 분명하다. 이인수 교수는 이어서 『황무지』를 번역한 수고의 절반은 김치규 군에 돌려야 한다고 밝히고, 김치규의 겸손으로 "共訳"의 표시를 하지 못한 것을 아쉬워한다. 이인수 교수의 말에는 10년 연하인 제자 "il miglior fabbro"에 대한 각별한 믿음과 애정이 담겨있다.

인용문헌

金秉喆. 『韓國近代飜譯文學史』. 乙酉文化社, 1975.

김치규(김종길) 역. 『二十世紀英詩選』. 新生出版社, 1954.

_____. 「한국 현대시에 끼친 엘리어트의 영향」. 황동규 편. 『엘리어트』. 문학
과 지성사, 1978.

_____. 「나의 은사 이인수 교수」. 『時計塔』, 고려대학교 문과대 교우회지 3
호. 1998년 4월 25일.

_____. 「김치규 선생을 찾아서」. 『안과 밖』 6 (1999).

_____. 『시와 삶 사이에서』. 현대 문학사, 2005.

봉준수. 「『황무지』 번역의 어려움」. 『안과 밖』 6 (1999).

尹順根. 「『荒蕪地』研究의 計量書誌學的 考察」. 『書誌學研究』 第八輯.
1992.

이성일. 「T. S. 엘리엇의 『荒蕪地』 初譯一故 李仁秀 教授 肉筆原稿 와 活
字 印刷本」. 『T. S. 엘리엇 연구』 16. 2 (2006): 229-80.

李仁秀 譯. 『新世代』 新春号 「荒蕪地」. 『T. S. 엘리엇 연구』 16. 2 (2006):
232-52.

_____. 『荒蕪地』 육필원고. 『T. S. 엘리엇 연구』 16. 2 (2006): 253-73.

피천득. 「피천득 선생을 찾아서」. 『안과 밖』 3 (1997).

川島 保良編. 『回想のプライス』. 印象社, 1984.

Davidson, Harriet. "Improper desire: Reading *The Waste Land*." *The Cambridge
Companion to T. S. Eliot*. Ed. A David Moody. Cambridge: Cambridge UP,
1994.

Lee In Soo. "Variations on the Theme of Despair Before and After August 1945."
Grove of Azalea. Ed. Y. R. Pyun. Seoul: Kukje Pub. Co. 1947.

Nelson, Cary, ed. *An Anthology of Modern American Poetry*. Oxford: Oxford UP, 2000.

Perkins, David. *A History of Modern Poetry: Modernism and After*. Cambridge: Harvard UP, 1987.

엘리엇 시와 영상기법:
시적 이미지로 「프루프록의 연가」 읽기*

김 재 화(성공회대학교)

1

영상은 언어를 문자에서 해방시킴으로써 단어의 개념적인 해석 대신 직접 그 의미를 스크린상의 이미지로 만들어낸다. 영상매체는 같은 시적 이미지를 만들어 내기 위해 몇 번이고 부차적인 요소들을 도입 또는 삭제해 가며, 다른 예술 양식(음악, 미술, 기계장치의 효과 등)의 기법을 보조기능으로 사용한다. 이러한 다변화되고 발전하는 현대 기술문명 때문에 활자문학은 더욱 고고하거나 특별한 위치에서 그 정체성을 발휘하고 있는지도 모른다. 오늘의 교육현장에서도 전자기기를 이용한 문학작품 강의가 보편화되고, 이미 수많은 명작들은 영화화되어 학생들은 텍스트와 더불어 스크린상의 영상물을 통해 학습하고 있다.

---

*『21세기 T. S. 엘리엇』을 위해 특별히 집필된 것임.

시의 영상화는 소설과 희곡에 비해 대체로 이야기 구조가 아니기에 더욱 전문적 이해와 고도의 기술로 압축된 시어들의 의미를 도출해 내야 한다. 그럼에도 엘리엇 시의 경우 대부분 사실성과 환상적인 이미지가 병치되어 이를 영상화할 때 나타나는 시적 예술성은 엘리엇 문학의 또 다른 장르로 흥미 있게 연구될 분야이다. 문자문학과 영상의 두 분야는 본질적으로 같은 지적 문화공동체 안에서의 독창적 문제의식의 표현이며, 다만 그 표현기법이 다를 뿐이다.

엘리엇의 시도 그가 살던 시대의 지적 문화환경과 무관할 수 없는 것이다. 그 예로, 엘리엇의 초기시도 그 전 시대의 문화체계로 이해할 수 없는 독특함 때문에 비평가로부터 혹평을 받기도 했다. 1914년 이후 18년 동안에 엘리엇의 시, 특별히 「J 알프레드 프루프록의 연가」("The Love Song of J. Alfred Prufrock"; 이하 「프루프록」으로 약함)에 대한 혹평 중, 그의 시가 큐비스트(Cubist, 입체파)적이고, 시적 모반(謀叛; anarch)이며, 술취한 노예(drunken helot)라는 말들을 볼 수 있다. 1916년 10월, 아더 워(Arthur Waugh)는 파운드의 『가톨릭 시선』(*Catholic Anthology*)에 대해선 전반적으로 호평을 한 반면, 「프루프록」에 대해서는 유난히 혹평을 가한 것이다(Harwood 88). 뒤늦게 『뉴 스테이츠맨』(*New Statesman*)에서, 엘리엇의 시가 지금은 이해하기 힘든 21세기적 요소를 담고 있다고 말하면서, 그의 시의 독창성에 대해 높이 평가한다. 이와 같은 당시의 놀라움의 질타와 찬사의 일면은 거의 100년 가까이 지난 뒤 오늘날 한참 영상에서 활용되고 있는 큐비즘적인 기법에 관한 것이며, 이미지를 중점으로 한 표현양식 때문인 것이다.

「프루프록」은 이 시에 등장하는 주인공 화자의 독백으로 그의 망상 속의 장면들을 한 토막씩 이어가는 형식이다. 영상 몽타주(montage)기법과 다를 바가 없다. 몽타주는 심리적으로 연관된 여러 개의 화면을 급속히 연속시키는 기법으로 하나의 통일된 이미지를 만들어낸다. 엘리엇이 『황무지』에서 보여준 다양한 기법 중 하나인 모자이크(mosaic) 기법이 어느 부분을 떼어내도 전체적인 흐름을 유지하는 것과 같다. 즉, 어느 면 또는 한쪽씩 연결하거나 삭제해도 전체적인 의미 창출의 통일성은 그대로 유지된다. 독자는 이런 복잡하고 난해한(intricate) 시를 읽는 지적 흥분과 감동으로 엘리엇 시를 읽게 된다. 이와 마찬가지로 오늘의 영상매체들도 발달된 기술에 힘입어 날로 복잡하고 다중적인 장면들을 연출하고, 우리의 안방에서도 TV 화면을 통해 나날이 변혁을 거듭하고 있는 양상을 우리는 경이롭게 지켜보고 있다. 「프루프록」의 영상화의 경우, 어떤 복잡한 영상기법을 도입 사용해도 이름이 뚜렷한 주인공이 있고 이야기의 줄거리가 형성되고 있기에 무리 없이 통일성을 유지해 갈수 있다. 시에서의 프루프록의 출발 발걸음부터 종결점에 이르는 행로를 순서대로 따라가고, 그의 독백에서 부각되는 내면의 심리상태는 영상 이미지로 유추해 가면 된다. 그의 행보가 목적하는 바를 이룰 수 있는가에 대한 관심은 이야기의 서사성이 있기에 영상화의 경우도 순서의 도치 없이 그대로 시행을 따라가도록 한다.

이 시가 그동안 많은 비평가들에 의해 구체적으로 해설되어 왔기에 뒤에 오는 연구자들에게는 어느 면에서 새로운 시각으로 시를 읽는 마음을 닫게 할지도 모른다. 그럼에도 엘리엇 시가 아직도 현대시의 감각을 지니고 있는 것도 바로 그 기법에 있다고 해도 과언이 아니기에 20세기 초의 문화체계뿐 아니라 오늘의 시점에서도 그 특성을 음미해 볼 수 있는 것이다. 직선적인 움직임이 아닌 필름을 잘라놓듯이 하고, 전혀 다른 것과의 병치 등은 시작(詩作) 당시 엘리엇과 동시대의 화가들, 특히 피카소나 조르주 브라크가 실시하고 있었던 화법, 즉 큐비스트적 기법이다. 사물을 캔버스에 부착시키는 방식이, 많은 압축된 정

보들 속에 숨겨진 의미(implication)를 생각하게 만드는 것이다(Tamplin 152). 이러한 기법은 이미 영상이미지 창작에서도 유사하게 도입된 것들이다.

1900년 피카소가 스페인을 떠나 '꿈과 빛의 도시'로 여긴 그 시절의 파리는 혁명적 분위기로 20세기 이전의 자연 모사(模寫)에 치중했던 예술가들의 시선을 바꾸어 놓고 있었다. 특히 화가들에게 충격적인 사건은 사진의 등장이다. 그들은 유일하게 자연이란 대상을 시각화해낼 수 있었던 특권을 누려왔으나 이제 새로운 매체인 사진과는 경쟁할 수 없음을 뼈저리게 느낀 것이다. 이때부터 사진과의 융화를 모색하는 시대가 열리고, 재료의 변용으로 기계문명에 속했던 산업이 예술의 경계를 헐게 되었다. 이러한 예술적 변동기의 와중에서 피카소보다 10년 뒤, 1910년 가을 엘리엇은 어머니의 반대를 무릅쓰고 파리에 도착한다. 약 1년 동안의 파리 체재였지만 예민한 20대 초의 엘리엇이 미국의 동부문화와 다른 파리의 예술적 변혁기를 담담하게 바라만 보았을 리가 없다. 엘리엇의 전기 작가로 연대별로 상세하게 엘리엇의 행적을 기록한 것으로 유명한 에크로이드(Peter Ackroyd)는 이 시점의 엘리엇을 이렇게 기술하고 있다.

이는 그가 유럽 대륙을 처음으로 방문한 것이며, 파리의 분위기에 빠져들기 위한 것으로서, 이전의 하버드 교수들로부터 받은 약간의 자극을 갖고 있을 뿐인데, 익사하는 사람이 갑자기 공중으로 휙 끌어올려진 경험과 흡사한 것이었다.

It was his first visit to that continent; to be immersed in the atmosphere of Paris, having only previously tasted the excitement offered by Harvard professors, was akin to the experience of a drowning man who is suddenly plucked up into the air. (Ackroyd 40)

이어서 파리에서의 엘리엇은 당시 그곳에 거주하고 있던 핸리 제임스 (Henry James)의 환대로 소르본 대학 근처의 문화중심지에 거처를 정하게 된다. 엘리엇 자신은 이 시기를 '낭만적인 해'(a romantic year)라고 하였으나 실은 '독자적인 지적 관계에 눕혀진'(couched in characteristically intellectual terms) 것이었다(Ackroyd 40 참조).

피카소가 주장한 것처럼 예술작품은 주제만의 문제가 아니고, 창의적 사고, 변형능력, 그리고 미술이 아닌 것에서 미술을 창작해내는 능력에 있다고 한다면, 엘리엇 시도 풍부한 시각적 이미지, 영상이란 또 하나의 양식으로 미학적 구현이 가능한 것이다. 이런 입장에서 오늘의 발달된 첨단 영상기술로 재구성하는 일은 본래의 가치를 유지하면서 엘리엇 시 연구의 지평을 넓히는 일이라고 생각한다. 그 시작으로 이 논문에서는 지면에서 그려보는 제한점이 있음을 인식하면서 「프루프록」을 택해 영상기법으로 읽어보고자 한다.

2

시와 영상에 관해 논의할 때의 기본적인 토의 방향을 세 가지로 요약한다면, 첫째, 시인이 받은 영향, 이를 토대로 영상적 구조와 모양이 그의 시에 반영이 되었는가, 둘째, 시적 감성과 비전이 두 가지 다른 양식에서 공유하는 점이 있어 시적 상상력의 특성을 증명할 수 있는가, 셋째, 어떻게 시와 영상이 은유나 상징, 또한 기타 시적 관용어가 다르거나 유사하게 쓰이고 있느냐를 알아보는 것이다(Corrigan 42). 이러한 세 가지 간추린 기준을 통합하여 엘리엇 시의 영상화의 가능성을 살펴 보기로 한다.

엘리엇은 일찍이 후기 엘리자베스시대 시인들과 형이상학파 시인 들에게서 영향을 받았으나 청년기에는 프랑스 상징파 시인들에게서 영향을 받았다. 특히 학부 2학년 때 만난 보들레르(Charles Baudelaire), 다음 해 아더 사이먼(Arthur Symons)의『문학에 있어서의 상징파 운동』(*The Symbolist Movement in Literature*)이라는 얄팍한 페이지의 책을 보게 된 것, 그리고 이 운동을 통해 알게 된 라포르그(Laforgue)에게서 강한 영향을 받았다. 언어의 효과, 리듬 등의 중요성은 전자에게서, 후자로 부터는 자신을 객관화하여 풍자하는 표현법을 배웠다. 프루프록이라 는 인물이 시인과 거리를 두고 때때로 풍자되고 희화화되기까지 한 모 습에서 우리는 라포르그의 영향을 볼 수 있다. 또한 엘리엇이 한참 새 로운 언어기법으로 주목받는 시인의 자리에 있었던 기간, 20세기 초에 서 1930년대에 이르기까지, 영상기법의 발달은 아방가르드(Avant-garde)에 의해 활발하게 퍼져 토대를 잡고 있었다. 아방가르드 운동은 당시 모더니스트의 기수였던 엘리엇의 시의 방향을 다르게 했으며, 1908년에 시를 쓴 그에게 영국인이건 미국인이건 그에게 영향을 준 사람은 없다 할 정도였다(Perloff 14). 또한 1차 세계대전부터 1920년 대까지는 프랑스를 중심으로 다다이즘(Dadaism) 예술운동이 일어나 기존의 전통예술에 맞서 자유롭고(spontaneous), 반이성주의이며, 무 의식의 세계를 임의적으로 그려냈다. 이 운동은 문학과 미술, 그리고 영화 예술에도 상당한 영향을 미치면서 '아방가르드' 영화를 활발하게 양산시켰다. 엘리엇은 하버드 대학원생이었던 파리 유학 시절, 위에서 언급한 큐비스트 운동 이외에도 전위적 영상작업의 대두에 관해서도 알고 있었을 것이며, 이 시기는 그가「프루프록」을 발표하기 바로 직전이었다. 그때 시작한 전위적 영화제작 기술은 그 후 1920년대에는 이미 3D효과를 창출하는 영상기법이 나왔을 정도로 활발했던 것이다. 3D란 '이미지'의 환상적 깊이를 만들어내는 과정이며, 하나의 액자(Frame) 안에서 공간적으로 앞면으로부터 후면으로의 공간거리가 있는 것처럼 보이게 하는 기법이다(Branford 1). 그리고 영화에서 여러 가지 의미로 사용하는 몽타주 기법이 도입됐다. 몽타주는 불어로 '모으다'(montrer)의 뜻이지만 영화에서는 일반적으로 '편집,' '한 장면'(sequence), '짧은 쇼트'(short shots), '점프'(jump cuts), '전도'(傳倒: wipes) 등으로 사용된다(Branford 150). 엘리엇 시에서도 이미지를 인위적으로 조각내어 병치 또는 중첩시키는 다중적인 시점으로 사물을 보도록 유도하고 있다.

엘리엇 시의 진수라고 할 수 있는 동서고금 지식의 패러디, 독특한 비유와 상징, 간단히 해석할 수 없는 언어의 다층적 의미 등, 시의 관념적인 요소들은 고도의 기술적인 진전으로, 낭송(recitation), 내레이션(narration), 보이스 오버(voice over) 등으로 미학적 구현이 가능할 것이다. 또한 근래의 영화는 외국어 제한자막(closed caption)으로 제작되는 것이 많기에 엘리엇 시의 객관적 상관물의 이미지를 자막과 일치시키고 특별한 음악으로 강조하면 음악은 내용과 분리되고도 오래 기억되는 효과가 있다. 이것은 또 하나의 음악적 상관물이 아닐까 하는 것이 필자의 생각이다.

오늘날 문학과 영상에 대한 관심의 증폭은 시대적 문화 환경에 기인된다고 하겠다. 다른 예술분야의 고유성과 캐논도 매체끼리의 상호작용에 의한 혼합이 이루어져왔다. 예로, 베켓(Samuel Becket)의 작품에 대한 이해도 영상과 비디오가 아니었으면 불완전했을 것이다(Corrigan 2). 문학 이외의 예술 분야에서는 새로운 의식을 기반으로 한 '테크노에틱 아트'(Technoetic Arts)가 고도의 기술혁명을 수반하여 미래에 또 다른 어떤 경이로운 양식의 예술을 보여 줄 것인가 기대되고 있다. 생성적 힘의 예술을 믿는 에스콧(Roy Ascott)은 사이버 공간의 매력을 이야기하면서, 이 공간 안에서 이루어지는 변형의 프로세스에서 일종의 테크노에틱한 생성이 이루어짐을 그 결과보다도 선호한다. 이제까지의 서구예술이 물질성을 초월, 경험과 의식의 다른 수준에 도달하기를 시도해 온, 정신적이고 몽상적인 것은 이제 어쩔 수 없이 궁지에 처해졌다고 말한다(Ascott 5). 미디어 아트의 급진적 변화는 지금까지 컴퓨터가 가져왔던 것보다 더 큰 충격을 줄 것이라고 내다보고 있는 것이다.

3

그럼 영상으로 「J. 앨프리드 프루프록의 연가」의 장면들을 지면에 펼쳐 읽어보기로 한다.

먼저 제1행부터 12행까지는 원문전체를 옮겨 첫 장면들의 묘사를 시각화하기로 하고 다음 이어지는 시행(詩行)들은 중요한 부분만을 중점적으로 고찰하기로 한다.

> 자 그럼 우리 갑시다, 그대와 나,
> 저녁이 하늘을 배경으로 펼쳐져 있을 때에
> 마치 수술대 위에 에테르로 마취된 환자처럼;
> 우리 갑시다, 거의 반쯤 인적 끊긴 거리들을 지나서,
> 속삭이는 은신처들의

하루밤 싸구려 일박(一泊)호텔의 편안치 않은 밤들
그리고 굴껍질들로 톱밥이 흩어진 레스토랑들:
거리들은 마치 지루한 논쟁처럼 이어지는데
음흉한 의도를 갖으면서
그대를 압도적인 문제로 이끌어 갈 것임을......
오, 묻지 마오, "그것이 무엇이냐?"고
우리 갑시다, 방문이나 해봅시다.

Let us go then, you and I,
When the evening is spread out against the sky
Like a patient etherized upon a table:
Let us go, through certain half-deserted streets,
The muttering retreats
Of restless nights in one-night cheap hotels
And sawdust restaurants with oyster shells:
Streets that follow like a tedious argument
of insidious intent
To lead you to an overwhelming question. . . .
Oh, do not ask, 'What is it?'
Let us go and make our visit. (*CPP* 13)

　―저녁의 거리 풍경― 1부터 12행에서의 장면 속의 동작들은 꼭 미
학적인 영상이 아닌 것이 좋다. 그러나 첫 머리에서 화자가 출발하면서
말한 "그대와 나"는 많은 연구자들이 '두개의 자아,' 망설이는 내적
자아와 그래도 행동하고자 하는 자아로 해설한바 있기에 그 논리를 따
른다면 사실적 묘사로는 부합되지 않는 부분이다. 화자 뒤에 희미한
그림자 영상이라도 부쳐 상징적으로 내적 자아를 표현할 수도 있을 것
이다. 한편 두 개의 갈라진 자아가 아닌 통상적으로 '자 우리들'이라는

일반화시킨 화법으로 본다면 앞으로 비교적 선명하게 그려지는 주인공의 겉모습으로 표현하면 될 것이다. 즉, 프루프록이란 남자는 팔다리가 가느다랗고 대머리가 벗겨진 모습, 망설이다가 청년기를 넘어선 자신감 잃은 사람이다. 이 모습은 사실적 표현이 적절하다. 한편 행동력은 결여된 면이 있으나 그의 내면에서 부단히 생각하는 자의식의 흐름을 어떻게 표현하는가는 매우 중요하고 어려운 부분이다. 지적 이미지를 화자의 독백들을 통해 그려낼 수 있으나, 어떤 목소리로 내레이션을 하느냐에 따라 프루프록의 인상이 정해질 것이다. 시인 엘리엇 자신은 처음부터 거리를 두고 이 시의 화자를 객관화시켜 바라본다는 느낌에서 필자는 우리가 들어 익숙한 시인 자신의 목소리가 아닌 것으로 해야 한다고 생각한다. 엘리엇이 「프루프록」 이후 1919년에 발표한 「전통과 개인의 재능」("Tradition and the Individual Talent")을 참작해 보면 창작 주체란 체험하는 소재를 작품으로 전환하는 매개기능을 할 뿐이다. 작가는 유럽정신이라는 유기체에서 무수한 감정과 어구와 이미지를 얻어서 이로부터 새로운 합성물을 만드는 그릇이며, 작가의 개성은 작품 속에 정착하는 실체가 아니라 여러 인상과 경험을 특이한 방식으로 결합하는 단순한 매개체가 되는 것이다(*SE* 19−20).

다음, "저녁이 수술대 위에서 에테르에 마취된 환자처럼" 하늘을 배경으로 펼쳐져 있을 때의 장면도 사실적으로 그린다. 저녁 하늘과 누워있는 남자를 부분적으로 겹치게(overlap)하여 의식과 무의식의 상태를 상상하게 만든다. 그의 의식 속에 각인돼 있는 혐오스런 장소는 침침한 도시 뒷골목의 풍경이다. 지저분한 음식점과 싸구려 여관들, 밤늦게까지 뭔가 소곤거리는 말소리, 이런 장면들은 사실적이면 된다. 그것들은 화자의 무의식 속에 "음흉한 의도"로 싫증나게 질질 끄는 논의처럼 이어지는 거리들로 인식되고 있다.

그럼 이런 거리의 모습을 어느 도시의 것으로 영상화하는 것이 적절한가는 특히 "굴껍질들로 톱밥이 흩어진 레스토랑들"이 있는 곳을 생각해봐야 한다. 엘리엇의 「황무지」에는 구체적으로 런던의 거리를 상기시키는 도시 분위기와 각별히 템즈(Thames)강의 이름도 나오지만 이 시에서는 현대 도시의 모습이라는 것을 짐작하게 할 뿐이다. 우리는 엘리엇이 보았을 파리의 식당이나 상점에 프랑스 시민들이 즐기는 생굴(oyster)들이 톱밥가루와 함께 전시돼 있는 모습을 상상할 수 있다. 그러나 이 장면은 20세기 초의 미국도시, 세인트루이스이든 동부의 보스턴이건 시민들이 즐겨 찾는 수수한 모습의 굴요리 식당으로 하면 될 것이다. 뭔가 고답적인 의식으로 "압도적인 문제"를 향해 가는 화자와는 어울리지 않는 일상적 풍경이다. 평소 이런 거리는 무의식중에 화자를 짜증나게 만드는 곳이다. 그의 의식과 무의식은 이 시의 시작부터 끝까지 교차하면서 이것도 저것도 아닌 결단하지 못하는 인물상을 그려낸다. 다음에 이어지는 화려한 여인들의 방이 그의 의식 속에 하나의 '엄청난 목적'이 되고 있다는 점에서도 침침한 저녁 풍경은 사실적으로 그려 대조시키면 좋을 것이다. 여기 도시의 실재는 화자가 보기에는 싸구려 여관과 지저분한 식당에서 투덜대는 사람들의 모습처럼 안주할 수 없는 장소이다.

　─목적지, 여인들의 거실─ 13과 14행의 짧은 두 줄; "방안에서는 여인들이 왔다 갔다 미켈란젤로를 이야기하며"(In the room the women come and go / Talking of Michelangelo.)(*CPP* 13)의 구절은 뒤에 또 한 번 후렴처럼 반복된다. 미켈란젤로의 멋있는 조각상을 강조하면서 열등감에 사로잡혀 혈기 없는 화자의 모습과 오버랩시키면 그 대조적인 이미지가 단숨에 부각된다. 화자 프루프록은 외형에 관심 두는 여인들

의 속성을 알고 있는 듯 그들의 대화와 거리를 두고 있다. 흔히 이성적인 사람이 잘 갖는 방어적이며 냉소적 태도로 그들을 바라보게 하는 장면이기에 보는 이로 하여금 프루프록의 정체성이 모호해진다. 여인들은 주인공과 특별한 관계가 아니기 때문에 클로즈업시킬 필요 없이 약간의 사회비판적 시각을 두고 당시의 파티 분위기를 연상시키도록 한다. 이 장면은 불과 두 행에 걸친 것이지만 화자가 보는 여인들의 인상을 시에 나타난 것 이상으로 회화적으로 그리면 흥미를 자아내게 할 수 있다. 예로, 몽타주 기법으로 한 장면을 '짧은 쇼트,' '점프,' '전도' 등 앞서 열거한 영상 기법을 대대적으로 활용하면 좋을 것이다.

　─노란 안개와 고양이─ 15부터 22행에서 펼쳐지는 장면 속 고양이의 여러 모습의 동작들은 이 시 가운데 가장 구체적이며 선명한 방법으로 엘리엇의 '객관적 상관물'이 되는 '안개'로 이미지화할 수 있는 부분이다. 사실과 환상의 교차 또는 융합을 독특한 이미지로 병치시키는 고도의 영상기술이 필요한 부분이기도 하다.

　　　노란 안개는 등을 창유리에 비비고,
　　　노란 연기도 그 입을 창유리에 비비며
　　　그 혀로 저녁 구석구석을 핥았다가,
　　　하수도에 괸 웅덩이에 머뭇거리고는,
　　　굴뚝에서 떨어지는 검댕이를 제 등에 떨어트리고,
　　　테라스를 살짝 빠져나가, 갑자기 껑충 뛰고서,
　　　지금이 온화한 10월의 밤임을 알아차리고,
　　　집 둘레를 한 번 빙 돌고는, 잠이 들었다.

　　　The yellow fog that rubs its back upon the window-panes,

The yellow smoke that rubs its muzzle on the

    window-panes,

Licked its tongue into the corners of the evening,

Lingered upon the pools that stand in drains,

Let fall upon its back the soot that falls from chimneys,

Slipped by the terrace, made a sudden leap,

And seeing that it was a soft October night,

Curled once about the house, and fell asleep. (*CPP* 13)

위 구절의 중심 이미지는 저녁 안개의 모습이다. 거리를 휩싸고 있는 노란 안개가 소리 없이 퍼져가는 영상을 배경으로, 고양이의 동작을 이 정경의 '환유'로 오버랩시킬 수 있다. 여기에서 투명하지 않은 노란색의 상징성을 강조한다. 마치 마비된 환자처럼 무기력하고 몽롱한 현실세계이다. 사실적인 안개는 엘리엇의 어린 시절 세인트루이스 고향에도 있었고 보스턴에도 있다. 그러나 이 시행들이 비교적 길게 형상화한 고양이의 모습은 전적으로 시적 은유이다. 유리창에 등과 코를 비비거나 거리 구석구석을 핥고 집을 한 바퀴 돌고는 잠들어버리는 느리고 교태스런 고양이의 동작은 자막 또는 목소리의 템포와 리듬, 그리고 느릿한 배경음악으로 미학적 이미지를 만들 수 있다. 서서히 (slow motion) 페이드아웃(F.O.) 시킴으로서 이 장면을 오래도록 인상에 남도록 한다. 영상기술의 예술성이 돋보일 수 있는 장면이다.

－"살인과 창조," 관념어의 의미전달－ 23부터 34행에서의 장면 중 "살인과 창조할 시간"(time to murder and create)이라는 구절이 느닷없이 나오는 것은 앞서 여인을 만나는 일이 "압도적 문제"(overwhelming question)(*CPP* 14)로 말한, 같은 맥락의 충격어법이다. 사실 관념의 영

상화는 길게 해설적인 서술로 하면 지루하고, 이미지로 처리할 때의 의미 전달은 수용능력에 따라 반응의 공감대가 이루어지기 어렵다. 그러나 한편, 먹고 마시며 잡다한 일상의 대화를 이어가면서 시간을 끌다가 갑자기 고답적인 말로 일상어를 차단해버리는 수법은 오히려 영화에서 익숙히 보여주는 장면이다. 그대로 원문을 따라 모호하고 난해한 어구를 구사해도 상황을 쉽게 이해시킬 수 있다. 이러한 도치적 대화법은 그 행간을 독자나 관객의 상상과 추리를 유도하여 긴장과 흥미를 돋운다. 이 대화법의 효과는 지루하게 이야기의 반복이 이어질 때의 차단과 긴장완화(Comic relief)의 효과를 얻을 수 있다. 어법의 강약을 두고 음향효과를 더하면 더욱 흥미로운 언어의 유희를 감상할 수 있을 것이다.

　　−여인들과 프루프록의 자화상− 35부터 48행에서의 여러 장면들은 계속 여인들의 파티 풍경을 희화적으로 그리면서 프루프록의 자신 없는 발걸음이 묘사된 부분이다. 여인들은 여기서도 여전히 미켈란젤로를 반복 거론하고 있다. 그러나 화자 프루프록은 그들의 속마음을 예견한다. 그들은 자신의 모습에서 "머리카락이 가늘어진 것," 그리고 "팔다리가 가늘어진 것" 등을 알아 볼 것이라고 생각한다. 그가 한껏 허세를 부리고 입은 "모닝코트, 턱까지 빳빳이 받쳐진 칼라 / 내 넥타이도 화려하고 괜찮은 것 / 그렇지만 단순한 핀으로 드러낸 것−"(My morning coat, my collar mounting firmly to the chin / My necktie rich and modest, but asserted by a simple pin−)(CPP 14) 등의 차림새는 그 나름대로 꽤 격식을 차려 입은 것이다. 그리고 넥타이 핀(후에 그 자신이 이 핀에 꽂혀 꿈틀거린다)도 옷차림과 조화를 이루도록 신경을 썼다. 그러나 전반적으로는 뭔가 어색하여 장면과 불일치의 요소로서 형상화

할 수 있다. 또한 이러한 준비된 복장으로 보아 프루프록이 여인들에게 향한 감정은 단지 이성에 대한 욕망의 끌림만은 아니라고 본다. 여인들과 함께 미켈란젤로에 관해 형이상학적이며 정신적 교감도 갈망한다고 볼 수 있다. 여인들이 단지 그의 외모를 중시 또는 야유의 시선을 보낼 것이라는 상상이 그를 가로막는 것이다. 따라서 다음과 같이 얼핏 거창하게 들리는 말을 활자로 띄우고, 주인공의 가라앉은 목소리로 읊도록 하여 프루프록의 내면의 고민을 엿보게 하면 좋을 것이다.

> 내가 한 번
> 우주를 뒤흔들어나 볼까?
> 한 순간에도 시간은 있다
> 한 순간이 역전의 결정과 수정의 시간이 되는

> Do I dare
> Disturb the universe?
> For decisions and revisions which a minute will reverse. (*CPP* 14)

여인들과의 만남을 결정하는 것이 화자에게는 우주를 흔들 만큼 압도적인 문제인 것인가. 이제까지 우리가 보아온 프루프록의 자화상은 망설이며 행동하지 않는 매우 소극적이며 자신감 잃은 소우주의 인물이다. 그런 그가 말한 '우주'라는 개념은 어떤 범위의 말인가를 우리는 이 장면에서 주시할 필요가 있다. 프루프록 개인뿐 아니라 그가 속한 시대의 일반적인 우주관이 어떤 규모의 것인가를 이해하면 프루프록의 이 대사도 실은 거창한 것으로만 해석할 수 없는 것이다. 문어적 의미로는 천지를 뒤흔든다는 것이지만 현대에 와서의 우주에 대한 통념으로는 일반화된 과장어법에 불과하다. 잠시 우리는 다음 장면으로 넘어가기 전 현대적 세계관에 바탕을 둔 프루프록을 그려봐야 할 것 같다. 이는 시인 엘리엇의 시대와 그가 그리는 인물의 시대적 배경이 동일할 수도 또는 아닐 수도 있기 때문에 짚어봐야 할 문제이다. 그럼 여기서 프루프록 시대가 그를 그린 엘리엇과 동일한 현대임을 설정하고 그의 우주관을 다음과 같은 학설의 일환으로 살펴보기로 한다.

런던대학 명예교수로 20세기 저명한 물리학자이며 철학적 사상가의 한사람인 데이비드 봄(David Bohm)은 인류의 역사를 통해 인류가 갖는 일반적인 세계관의 변화를 서술하면서, 그때마다의 기본적인 시대정신은 개인에게 뿐 아니라 사회전반에 걸쳐 영향을 주었고, 또한 육체적인 면뿐 아니라 정신적인 면, 그리고 윤리적으로도 영향을 주어왔다고 규정한다. 현대는 인간의 행동이 우주의 중요한 중심이라고 여겼던 희랍시대, 특히 아리스토텔레스적 견해와는 한참이나 떨어져 나온 것임을 봄 교수는 시대별 상세한 고찰을 통해 기록하고 있다. 이제 현대에 사는 개개인이 우주의 질서를 지키기 위해 적절한 행동을 취하는 도덕적 책임이란 것을 갖고 있는가. 프루프록이 우주를 뒤흔들고 싶어 하면서도 여인을 만나러가는 일은 소심하기 짝이 없는 것은 과연 그만의 특별한 성격 탓일까. 필자는 비평가들의 시각이 프루프록을 통상에서 벗어난 유별스런 인물로 오랫동안 거의 획일적으로 선정한 것에 대해 의문을 갖고 있었다. 그럼 이쯤 하여 봄 교수의 일목요연한 현대인의 우주관을 일부나마 적어보기로 한다.

　　이제 이와는 반대로, 지구에 대한 현대적 견해는 단지 물질적 본체들−별들과 은하들 그리고 그와 같은 것−의 광대한 우주안에서의 단지 한 줌의 흙에 불과한 것이고, 그리고 이것들은 또한 원자들, 분자들, 그리고 그것들이 구축하는 조직체계로서,

마치 그것들은 우주적 조직의 부분처럼 되어 있다. 이 조직체계는 분명하게 어떤 의미를 갖고 하나의 전체를 구성하지 않는다— 적어도 이제 규명할 만큼은 되어 있지 않은 것이다. 이 체계의 기본적인 질서는 독립적으로 존재하는 전체속의 부분들이고 그것들이 서로 발휘하는 힘들을 통해 맹목적으로 서로 영향을 주고 있는 것이다.

Now in contrast, in the modern view the earth is a mere grain of dust in an immense universe of material bodies—stars, galaxies, and so on—and these, in turn, are also constituted of atoms, molecules, and structures built out of them, as if they were parts of a universal machine. This machine, evidently, does not constitute a whole with meaning—at least, as far as can now be ascertained. Its basic order is that of independently existent parts interacting blindly through forces that they exert on each other. (Bohm 2)

이러한 우주관으로 보면 인간은 근본적으로 무의미한 존재이다. 그가 의미 있는 행동을 하는 것은 그의 눈으로 보는 의미이며, 우주는 개인이 갖고 있는 도덕적 심미적 가치들로 볼 뿐인 것이다. 나아가 궁극적으로 그의 운명과는 무관한 것이다. 뵘 교수는 어쩌면 인간은 유기적 조직사회의 일원이라는 견해를 갖고 있을 때가 훨씬 편안하다는 것이다. 현대에 이르러 불안하고 자기중심적 사고에 매몰된 인간형이 프루프록이다. 현대에 와서 언어 역시 생각의 소통과 교류가 되지 못하고 단지 기호이거나 또는 의미 희박한 기호에 불과한 것이다. 단어의 의미의 중요성도 단지 순간적인 의도에서 발설하는 것이라면 결국 전체적인 맥락에서 문장이나 구절을 이해할 수밖에 없다(16 참조).

프루프록이 점점 목적의식이 와해되고 바닷물에 빠지듯 하는 것도 다음의 간단한 설명으로 이해가 된다.

> 요점은 그는 그의 의도에 따라 행동한다는 것이며, 지각, 대
> 상이 들어오면 내면의 신호와 의미 있는 내면의 활동이 명확하
> 지 않은 채 연장되는 일이 발생한다. 그리하여 점점 더 감각이
> 예민한 단계에 깊이 빠져들게 된다.

> The point is that as you act according to your intention, and as
> the perception comes in, there can arise an indefinite extension of
> inward signa-somatic and signa-significant activity. That is, you go
> to more and more subtle levels ever more deeply. (82)

그러한 활동은 대충 정신적인 면의 경험이다. 어떤 일이 진행되는
것은 어떤 외부 신체적인 표현과는 전혀 부합되지 않는 정신적인 면의
경험인 것이다. 프루프록의 작금의 희미한 행동과 독백도 정신적인 경
험에 속한 것이기에 앞서 우주(천지)를 뒤흔들어 보겠다는 것도 그의
정신적 행동에 불과하다 하겠다. 이런 내면의 심리적 경향의 영상화는
프루프록의 얼굴 표정을 클로즈업시켜 그의 고민을 이해해보는 것도
좋을 것이다. 과장된 독백일지라도 우리 범인들에게도 어느 때 개인적
인 고민거리가 마치 온 천지의 무게로 억눌려 있을 때가 있을 것이다.
요즘 우리가 흔히 알고 있는 '코미디'(comedy)의 정의도 아리스토텔레
스가 말한 정의와 비교하면 한참 차원이 낮은 것이다. 희랍극에서의
코미디는 '남의 어리석음을 보고 자신을 알라'는 교훈이 담겨 있었다.
우리가 주인공에 대해 결단력 없음을 냉소적으로 바라보게만 한 것이
엘리엇의 의도는 아닐 것이다. 문학은 비극만이 '연민'(pity)과 '카타르
시스'(Catharsis)의 감정을 독자에게 전해주는 것은 아니다. 따라서 이

장면의 희화적 요소들은 우리가 웃으면서 동정심이 우러나게 만들면 훨씬 깊이 있는 의미해설이 될 것이다.

－프루프록의 변명－ 49부터 61행은 심리극에서 사용되는 소도구, 음악, 그림 등의 보조적 기능을 충분히 활용하지 않으면 주인공의 심리상태가 적절하게 표현될 수 없을 만큼 관념적이다.

집안에 있는 여인들의 방에서 흘러나오는 음악을 차츰 사라지게 하면서, 주인공이 자기의 일생을 "커피 스푼으로 재면서 왔다"(measured out my life with coffee spoons)는 이 시에서의 또 하나의 유명한 구절 등, 그 이후의 주인공의 의식의 독백들은 빠른 템포이면서 정확한 목소리의 내레이션으로 처리하여 독특한 엘리엇 시어의 감각을 살리도록 한다. 화자 자신은 박제된 인간처럼 벽에 못 박혀 있으면서 어떻게 그의 상대역인 여인들의 세계의 질서를 깨면서까지 일을 진행할 수 있을 것인가 자문자답의 변명을 늘어놓는 장면은 앞에서의 거창한 대사와 뚜렷이 상반된 어조로 표현한다.

－여인들의 묘사－ 62부터 74행에서 그려진 여인들의 신체적 특성을 약간 과장하여 비쳐주면 좋을 것이다.

나는 이미 그 팔들을 알고 있다. 그것을 모두 알고 있다
팔찌를 낀 허옇게 드러난 팔들을
(그렇지만 램프 아래서 보면, 엷은 갈색 솜털로 덮인!)
내가 이처럼 제 정신을 가다듬을 수 없는 것은
옷에서 풍기는 향수냄새 때문인가.
테이블에 놓인 팔, 숄을 휘감은 팔,

그러면 한 번 해 볼까.

그러나 어떻게 말을 꺼낼 것인가.

이렇게 말해볼까, 나는 저녁 때 좁은 거리를

지나왔습니다

셔츠 바람의 외로운 남자들이 창문으로 몸을 내밀고

뿜어내는 파이프의 연기를 나는 보았지요, 라고...

나는 차라리 텁수룩한 한 쌍의 집게발들이 되어

고요한 바다 밑바닥을 허둥지둥 도망치기나 할 것을.

And I have known the arms already,

       known them all —

Arms that are braceleted and white and bare

(But in the lamplight, downed with light brown hair!)

Is it perfume from a dress

That makes me so digress?

Arms that lie along a table, or wrap about a shawl.

And should I then presume?

And how I should I begin?

.　.　.　.　.　.

Shall I say, I have gone at dusk through

       narrow streets

And watched the smoke that rises from the pipes

Of lonely men in shirt-sleeves, leaning out of

       windows? . . .

I should have been a pair of ragged claws

Scuttling across the floors of silent seas. (*CPP* 15)

.　.　.

이 장면에서 화자가 여인들을 가까이 관찰하듯 한 묘사는 그의 결벽증적 시각으로 약간 혐오스런 이미지로 간간히 대상을 클로즈업시킨다. 예로, 프로이드의 강박신경증 환자는 특히 청결에 대한 강박관념이 있는 사람들을 뜻한다. 프루프록의 의식이 관찰하는 여인들의 솜털 있는 팔, 향수 냄새의 역겨움 등 신체적 묘사는 청아한 모습이 아닌 그로테스크한 모습으로 그의 시선을 따라 잡아간다. 그들의 얼굴 표정, 의상, 특히 말하는 입모습, 웃음 등 주인공의 눈에 비치는 면모는 논리적 서술로 설명할 수 없는 부분이다. 이제 프루프록은 여인들을 향하기는커녕 인간임을 포기하듯 바다 밑을 옆으로 기어가는 게의 모습이다. 허둥대며 건너는 한 쌍의 텁수룩한 집게발을 클로즈업한다. 똑바로 걷지 못하는 비정상적인 프루프록의 걸음걸이와 겹치는 이미지를 만든다. 그런 다음 조용하고 아름다운 바다풍경을 배경으로 하여 인간의 왜소하고 복잡한 의식과 무관한 자연으로 대비시킨다.

－성경 속 인물들－ 75부터 110행 가운데 예언자 요한을 상기하는 장면이 나온다. 마태복음 14장 1절부터 12절까지의 내용을 굵은 활자로 영상화 한다. 성경구절을 엘리엇의 음성처럼 병행하여 읽으면 잘 알려진 이야기임으로 해설 없이도 쉽게 이해된다. 참고로 여기에 그 부분의 성경 구절을 옮겨보기로 한다.

그 때에 분봉왕 헤롯이 예수의 소문을 듣고

그 신하들에게 이르되 이는 세례 요한이라
저가 죽은 자 가운데서 살아났으니 그러므로
이런 권능이 그 속에서 운동 하는도다 하더라
전에 헤롯이 그 동생 빌립의 아내
헤로디아의 일로 요한을 잡아 결박하여
옥에 가두었으니
이는 요한이 헤롯에게 말하되 당신이 그 여자를
취한 것이 옳지 않다 하였음이라
헤롯이 요한을 죽이려하되 민중이 저를 선지자로
여기므로 민중을 두려워하더니
마침 헤롯의 생일을 당하여 헤로디아의 딸이
연석 가운데서 춤을 추어 헤롯을 기쁘게 하니
헤롯이 맹세로 그에게 무엇이든지 달라는대로
주겠다 허락하거늘
그가 제 어미의 시킴을 듣고 가로되
세례 요한의 머리를 소반에 담아 여기서
내게 주소서 하니
왕이 근심하나 자기의 맹세한 것을
그 함께 앉은 사람들을 인하여 주라 명하고
사람을 보내어 요한을 옥에서 목베어
그 머리를 소반에 담아다가 그 여아에게 주니
그가 제 어미에게 가져가니라

    프루프록이 자신의 목이 해롯왕의 딸이 춤추면서 들고 들어오는 쟁반 위에 얹혀 있는 것으로 상상하는 부분과, 예수가 죽음에서 살려낸 라자로(Lazarus) 이야기(요한복음 11장 1절부터 44절)도 성경대로의 내용을 영상으로 옮기도록 한다. 이들 영상들은 풍부한 문학적 소재로 이야기의 길이를 임의대로 확장시킬 수 있는 것이다.

－셰익스피어의『햄릿』과의 패러디－ 111부터 119행에서 프루프록은 스스로를 햄릿 왕자와 비교하다가 자신의 나약함이 폴로니우스(Polonius)의 우스꽝스런 행동과 비슷하게 여기면서 지금 마치 클라운 역을 하고 있다고 생각한다. 이 패러디는『햄릿』의 인물들과 장면들을 보여주면 흥미를 더할 수 있는 부분이다. 다만, 폴로니우스를 셰익스피어극의 다른 어릿광대(Fool)처럼 비극의 긴장을 끊는 정도의 수준으로 할 것인가는 생각해 볼 인물 설정의 문제를 갖고 있다. 그는 클로디우스(Claudius)왕과 함께 선왕의 자리를 찬탈하는 역모를 모의하지도 않았고, 어느 시대나 있는 맹목적 충신에 불과하다. 자신의 딸이 햄릿 왕자의 사랑을 받는다는 일로, 그 진의를 가리지 못하고 들떠서 허둥댈 뿐이다. 별로 죄지은 것도 없는 그가 햄릿 왕자의 오판으로 칼에 찔려 죽게 되는 것은 억울한 인물이라는 것이 필자의 생각이다. 햄릿의 복수 목적에 희생되는 부녀이기에 프루프록과 '어릿광대'의 이미지를 어떻게 그릴 것인가는 먼저『햄릿』의 폴로니우스라는 인물을 광대로 만들 것인가에 따라 달라진다고 생각한다.

－몽상적 장면－ 125행부터 끝으로 가면서 주인공의 패배의 기색은 완연해진다. 인어들의 노래를 듣는 장면은 환상적인 곡으로 배경 음악을 넣고, 해초도 아름다운 색조를 띄게 한다.

> 나는 보았다 인어들이 파도를 타고 바다 쪽으로 가며
> 뒤로 젖혀진 파도의 하얀 머리카락을 빗는 모습을
> 바람이 바닷물을 희고 검게 불 때에.
>
> 우리는 바다의 방에 머물렀었다

적갈색 해초로 휘감은 바다처녀들 곁에,
이윽고 인간의 목소리에 잠이 깨고는 물에 빠져든다.

I have seen them riding seaward on the waves
Combing the white hair of the waves blown back
When the wind blows the water white and black.

We have lingered in the chambers of the sea
By sea-girls wreathed with seaweed red and brown
Till human voices wake us, and we drown.

이 장면의 영상은 엘리엇 시의 특성을 살리는 시적 어조로 내레이션을 하고, 미술, 음향, 효과장치를 동원하도록 한다. 아름다운 바다풍경과 바닷물 소리, 적갈색 해초가 춤추듯 나부끼는 관경, 이 모든 색조의 조화 속에서 처녀들이 머리 빗는 모습은 이 시에서 엘리엇이 가장 아름답게 그린 장면이다. 바다의 처녀들은 도시문화에 오염되지 않았고, 이전에 방안에서 오만하게 왔다 갔다 하는 지적이며 냉소적인 여인들과는 다르다. 남성에게 두려움마저 주는 도시의 여인상과는 전혀 다른 자연의 모습이다. 비록 프로포즈도 못해 보고 바다로 피신 온 주인공이지만 전적으로 그를 너무 왜소하고 비참하게 그리고 싶지 않은 것이 필자의 생각이다. 현대사회에서 점점 의기소침해진 다수의 프루프록형에 대한 관심과 이해를 유도할 수는 없을까. 바다 물속으로 프루프록 한사람 뒤에 그의 유형 인물들을 엷은 색의 그림으로 속속 이어가들어가게 한다. 유령처럼이 아닌 약간 멋을 부린 그들 그림자는 드디어 소외자 프루프록을 클로즈업시켜 누가 그를 익사하게 만드는가를 생각하게 한다. 그런 생각의 시선들, 특히 미켈란젤로를 읊었던 여인들의 시선도 교차시킨다. 프루프록이 잠시 머물었던 바다 속 방의 이미지는 인간에게 필요한 안식처로 묘사한다. 음악과 색상으로 인간이 포근하게 위로 받을 수 있는 방의 이미지가 좋을 것이다. 곧 그가 익사할 운명이라 해도 현대도시의 인간이라면 그런 곳으로 도피하고 싶은 꿈을 꾸는지도 모른다. 프루프록과 함께 그의 자아, 또는 다수의 동류 남성들 그림자(silhouette)가 허우적거리지 않고 오히려 멋지게 보일 만큼 차분하게 바다 속으로 가라앉는 것이 좋겠다. 지상의 인간의 목소리들도 서서히 멀어져간다. 비극적 결말이 아닌 풍요의 바다 안에서 화답과 환희의 음악이 잔잔히 울려 퍼진다. 바다의 색은 "빨간색, 갈색"의 해초를 두른 바다처녀들이 한가롭게 노닐 만큼 아름다우면 좋을 것이다. 계속 그들을 깨우려는 인간의 목소리도 점점 사라지고 위로와 평화의 곡이 자연과 어울리게 퍼져간다.

이렇듯 프루프록의 이미지를 끝까지 아무것도 이루지 못하고 실패한 사람으로만 그리고 싶지 않은 것이 필자의 생각이다. 앞서 지적한 바, 그는 오히려 통상적인 것을 거부하는 많은 현대인의 유형일 수 있다. 오늘날처럼 과학 기술과 문화, 그 안에서 함께 공존하는 예술, 시, 음악, 회화 등 다양한 장르가 상호 자극을 받으며 보합 발전하는 현실에서 우리는 점점 이전의 관례적 논의를 벗어나 엘리엇 시를 읽을 수 있을 것이다. 그 일환으로 저명한 현대 사진예술 작가이며 이론가로, 그리고 교수로 하버드와 시카고 예술전문대(the Art Institute of Chicago)에서 강의하고 있는 조안 폰트큐벨타(Joan Fontcuberta)의 말에서 그 당위성을 찾는다. 그는 "객관적 실재와 이미지"(Objectivity and the Image)라는 대담 글에서 아래와 같이 말한다. 그와의 대담자는 예술과 과학의 접목과 교류에서의 정체성의 문제에 깊이 관심 두고 있는 에리얼 루즈 알타바(Ariel Ruiz I Altabla) 제네바 대학 교수이다.

알타바: 그렇다면 당신은 '사실'(truth; 객관적 사실)에 대한 개념은, 얼마동안 당신이 집중해온 것, 변하지 않으면 안 된다는 것인가요? '사실'이란 더 이상 존재하지 않는다는 것인가요? 본질은 뭔가 일어나고 있는 순간 조작 중 그 특성이 나타나는 것을 말하는 것입니까?

ARA: Then do you think that the idea of truth, which you've focused on for sometime, is also subject to change? Do you think of truth as not existing anymore, but being operationally defined in the moment something is happening?

폰트큐벨타: 네. 절대적으로 그렇습니다. 나는 '사실'이란 하나의 관례적 규약이죠. 그것은 일종의 동의이고, 시각에 따라 이루어지는 것입니다. 객관적 실재가 있는 것이 아니죠. . . . . . 그래서 우리는 '사실'보다는 지식의 체계라든가 지식의 모델들에 관해 이야기해야 합니다. '사실'이 시적 개념이 된 것이죠—

알타바: 그렇다면 과학이 '시적 개념'에 근거한다고 생각하시는 건가요?
폰트큐벨타: 물론 그렇다고 볼 수 있죠.

JF: Yes. Absolutely. I think that truth is a convention. Truth is a sort of agreement, and depends on point of view. There's no objective truth. . . . . . So we should talk about systems of knowledge or models of knowledge rather than truth, Truth has become a poetic concept—
ARA: So you think science is based on a poetic concept?
JF: Why not?. . . . . . (Bly 83)

위 대담자들의 말에 귀 기울여짐은 오늘의 예술계가 폰트큐벨타의 이론과 작품에 많은 관심을 두고 있다는 점이다. 뉴욕의 대표적 현대 미술관인 모마(MoMA; Musium of Modern Art)와 파리의 국립현대미술관 등은 폰트큐벨라의 사진작품을 주목하여 소장하고 있다. 20세기 초, 엘리엇이 파리에서 경험한 예술계의 획기적인 변모와 발전상황은 이미 과학에 속했던 기계문명과 예술의 벽을 허물기 시작한 것이었으니 오늘날의 영상기술의 시적 이미지의 형상화는 앞으로 계속 새로운 시도가 이루어질 것이다. 다만 엘리엇 시 연구에 대한 접근이 시의 진수를 왜곡시키는 방향으로는 가지 말아야 한다. 고도의 영상기술을 지닌 사람이 엘리엇 시를 읽을 수 있는 지식과 감성의 소유자로서 시의 중요한 부분을 이미지로 표현한다면 활자로만 읽는 것과 또 다른 문학성과 예술성을 도출해낼 것이다. 예로 프루프록이 바닷물결 소리를 들으며 물속으로 들어갈 때 카메라가 돌아가는 기계소리마저도 하나의 음악적 효과로서 예상 밖의 신비스런 음향을 자아내게 할 것이다.

4

「프루프록」의 영상화 시도에서 필자는 기본적으로 유념해야 할 몇 가지 방향을 되도록 따라가기로 하였다. 모든 장면과 시구가 영상에 적합한 것도 아니며 또 그렇게 편성할 필요도 없는 것이다. 첫째는 시인이 받은 시대적 문화사조의 영향이 시의 영상구조에도 반영돼야 하며, 둘째, 시적 상상력이 양식이 다른 영상에서도 그 특성을 공유할 수 있어야 하며, 셋째, 첨단기술의 발달로 경이로운 영상화의 가능성을 가늠할 수 있으나, 엘리엇 시의 특별한 은유나 상징, 시각적 이미지를 유사하게 옮길 수 있는가이다. 이러한 교과서적인 지침을 완벽하게 지킬 수 없는 것은 필자의 작업도 또 하나의 창작과정이기 때문이다. 그런 인식으로 엘리엇 시를 자의적으로 접근하여 해설의 오류를 범하지 않도록 주의를 했으며, 「프루프록」 전편의 시행들을 순서대로 한 장면씩 나누어 조심스럽게 가상의 영상화작업을 하였다.

이런 의도는 필자의 경우처럼 종이 위에 그려보는 제한성으로 시의 본질을 벗어나지는 않았으나 논문은 창작물과 다르기에 고도의 영상기술의 현주소에서는 아쉬움이 많을 수밖에 없다. 과학은 점차 더 시적 상상력을 도입하여 그 범위를 빠르게 넓혀가고 있다. 이에 비해 문학이 그 경계를 넘는 속도는 따라가지 못하고 있다. 오늘날 우리는 허블 망원경이 우주의 행성들을 촬영한 것을 보면서 이전에 상상하지도 못한 그 신비로운 모습에 감탄한다. 누가, 오늘의 화가와 시인이, 그 영상기술보다 더 아름답게 표현할 수 있겠는가. 그럼에도 과학기술은 시인 개인의 관점과 자의식, 그리고 상상력은 완벽하게 그려내지 못한다. 따라서 「프루프록」의 영상화의 경우, 원문의 중요한 부분은 내레이션이나 문자를 통해 의미전달을 확실히 해야 할 것이다.

엘리엇은 그의 초기시부터 세상을 범상하게 그리지 않았다. 시인은 「프루프록」을 집필하던 직전 그의 습작기에 19세기 프랑스 상징파 시인들에 대해 관심을 기울인바 있다. 또한 불과 1년의 파리 체재기간이었지만 20세기 초 그곳에 집결하여 예술의 변혁을 실천한 새로운 문예사조를 젊은 엘리엇은 예리하게 지켜보았을 것이다. 그 시대의 상징주의 시인들은 상징에 의존하여 관념세계의 무한한 의미를 드러내 보일 것을 주장했다. 엘리엇은 특히 라포르그에 대해 후일 "나에게 표현법과 나 자신의 시어의 가능성을 가르쳐준 최초의 사람"이라고 고백한 일이 있다(Bergonzi 7). 라포르그풍의 풍자기법은 영상화에서도 그대로 옮길 수 있으며 흥미를 갖고 그 진의를 음미하도록 유도할 수 있는 것이다.

엘리엇이 「프루프록」에서 보여준 독창적 표현기법은 그 전 시대의 문화체계에서 볼 수 없었던 것이어서 당시 그가 받은 경탄의 찬사와 몰이해로 받은 엇갈린 비평도 주로 시의 기법에 관한 것이었다. 그 기법의 유사성을 오늘날 영상제작에서 보편적으로 활용하고 있는 큐비즘적이며 몽타주기법에서도 찾아볼 수 있다. 몽타주는 시 속의 여러 장면들을 몇 개의 화면으로 급속히 이어주면서 주제의 통일성을 잃지 않게 하는 기법이다. 「프루프록」에는 영화에서처럼 주인공이 등장하며, 그의 망상 속에 독백으로 시작되는 장면들이 한 토막씩 이어가는 줄거리의 서사성이 있다. 그대로 따라가면 한편의 영화처럼 이야기의 시작과 결말이 있다. 사실성과 환상적 시각이미지(visual image)가 교차하며 진행되는 것도 풍부하게 영상미를 창출해낼 수 있는 부분이다. 「프루프록」의 영상화는 제작수준과 시의 수용능력에 따라 엘리엇의 독특한 시 형식과 표현기법을 또 다른 양식에서 감상할 수 있게 된다. 시 읽기에서 갖는 지적 흥미와 감동 역시 감소됨 없이 그 시적 가치와 예술성을 충분히 음미하게 되는 것이다.

엘리엇은 단테에 관한 글에서도 '시각적 이미지'의 중요성을 알레고리의 예를 들어 이미지와 의미의 관계를 설명한바 있다. 단테의 장점은 시각적 상상력이며, 명확한 시각적 이미지가 의미를 갖게 되면 그 이미지는 더 강렬해진다는 것이다(*SE* 44). 또한 영상화의 긴요한 보조로 음악과 다양한 소리와 빛, 기타 실내, 거리, 자연 풍경, 의상과 소도구들은 효과장치로서 그 개개의 특질을 넘어 전체의 조화로운 흐름속에서 「프루프록」의 세계를 부각시킨다. 그 중에서도 엘리엇 자신은 음악의 중요성에 대해 큰 관심을 두고, 그의 비평문 「시의 음악성」에서 음악적 특질은 "소리"뿐만 아니라 "의미"와도 연관되는 것으로, 언어의 이차적 의미를 불러일으키는 것이라고 말한바 있다(*OPP* 26).

이미지를 중점으로 한 표현양식 이전의 당시 유행하던 정신분석적 접근방법으로 주인공의 분열된 두 개의 자아의 문제를 다루는 것도 내용을 복잡하게(intricate) 만들어가면서 영상화의 재미를 더할 수 있다. 사실 두 개의 자아는 모두 주관(subjectivity)이 없는 존재이기에 독립적으로 그릴 수가 없다. 또한 현대사회에도 지루하게 남아있을 인습에 적응하지 못하는 기타 다수의 프루프록형의 모습들도 주인공의 그림자처럼 형상화가 가능하다. 그들은 현대사회에서 침체된 위치에 생존하지만 비굴하지 않게 그렸으면 한다. 대신 그의 심리적 행적의 끝이 비록 익사를 예상하지만 막다른 길이 아닌 평화와 위로의 바다를 거치는 것으로 그렸으면 한다. 주인공과 같은 다수의 이미지를 프루프록 동류의 모습이건 다양한 현대인의 뒤처진 모습이건 시각적 이미지와 의미의 관계를 엘리엇의 말대로 더 강렬하게 표현하면 좋을 것이다. 기타 장면들 속의 인물들은 파편화된 몽타주 기법으로 하나하나씩 연결할 수가 있다. 끝 부분에서 신화적인 해녀가 그에게 노래를 불러 줄 것이라고 한 구절에서는 프루프록에 건네는 위안과 위로의 환상을 만들 수 있다. 모든 것을 품어 줄 수 있는 바다 풍경은 이 시에서 가장 여유롭고 아름다은 장면이다.

엘리엇이 「프루프록」에서 주인공의 서사적 목소리(narrative voice)가 있음에도 불구하고 "I"라는 대명사를 쓰고 있음은 '몰개성 이론'을 어떻게 적용하는가를 생각하게 만든다. 엘리엇의 방식은 시의 창작 과정에서 시인은 마치 한발 물러서, 시를 만들어 가는 요소들(materials)이 어떤 작용으로 형상화되는 것인가를 지켜보는 것이다(Badenhausen 31). 영상도 마찬가지로 예술적으로 형상화할 수 있는 장면들, '마취된 환자처럼' 누워 있는 사람, '고양이와 안개,' '시끌한 골목길 일박 호텔의 남자들,' '미켈란젤로를 말하는 여인들' 그리고 '파도에 머리 빗는 처녀들,' 이들은 사실적거나 회화적으로, 또는 환상적인 이미지로 다양하게 표현할 수 있는 영상의 소재들이다.

성경구절에 관한 부분은 엘리엇의 목소리처럼 정중하게 읽고, 다른 장면들은 뚜렷이 다른 목소리의 내레이션으로 하거나 영문 캡션을 사용할 수 있다. 엘리엇 시의 영상도 그의 시와 마찬가지로 궁극적으로 익숙지 않는 소재들을 새로운 문화체계의 주류문화 속에서 이해하게 만드는 것이다. 더욱이 엘리엇 시어의 다의성은 영상화에 어느 정도 자유로운 해석을 허용한다. 영상 이미지에 대해 깊이 있는 연구를 한 들뢰즈(Gilles Deleuze)는 영화가 본질적으로 그 기계적인 특성 덕분에 다른 예술보다 사유의 이미지가 탁월하게 제시된다는 것이다. 영화와 철학의 특별한 관계를 역설한 들뢰즈는 철학도 영화와 같은 비철학적 영역을 새로운 표현수단으로 이해해야 한다고 주장한다. 그러한 열려 있는 접근으로 필자는 오늘의 문화예술 및 과학계에서 논의되고 있는 새로운 이론들, 우주관의 변천과 객관적 진실(truth)의 무위 등을 이 논문에 접목시켜보았다. 엘리엇의 시도 앞으로의 '테크노에틱'한 표현기술에 의해 그의 사유 세계의 지평이 더 넓혀질 것이다.

인용문헌

박진환.『21C 詩學과 詩法』. 서울: 조선문학사, 2001.

이창배.『현대영미시해석』. 서울: 탑출판사, 1995.

_____.『T. S. 엘리엇 연구』. 서울: 민음사, 1988.

Ackroyd, Peter. *T. S. Eliot*. London: Hamish Hamilton, 1984.

Ascott, Roy.『테크노에틱 아트 (*Technoetic Arts*)』. 이원곤 옮김. 연세대학교 출판부, 2002.

Badenhausen, Richard. *T. S. Eliot and the Art of Collaboration*. Cambridge: Cambridge UP, 2004.

Bergonzi, Bernard. *T. S. Eliot*. New York: Macmillan, 1972.

Bly, Adam ed. "Objectivity and the Image." *Science is Culture*. New York: HaperCollins Publishers, 2010.

Bohm, David. *Unfolding Meaning*. New York: Routledge, 2005.

Branford, Steve. *The Film Studies Dictionary*. London: Arnold, 2001.

Corrigan, Timothy. *Film and Literature*. New Jersey: Prentice Hall, 1999.

Eliot. T. S. *The Complete Poems and Plays of T. S. Eliot*. London: Faber and Faber, 1969. [Abbreviated as *CPP*]

_____. *On Poetry and Poets*. New York: Noonday, 1976. [Abbreviated as *OPP*]

_____. *Selected Essays*. 3rd edition. London: Faber and Faber, 1980. [Abbreviated as *SE*]

Harwood, John. *Eliot to Derrida, The Poverty of Interpretation*. London: Macmillan, 1995.

Hay, Eloise Knapp. *T. S. Eliot's Negative Way*. Cambridge: Harvard UP, 1982.

de Lacotte, Suzanne Heme. 이지영 옮김. 『들뢰즈: 철학과 영화 (*Delueze: Philosophie et cinema*)』. 파주: 열화당, 2004.

Perloff, Marjorie. *21st-century Modernism*. Oxford: Blackwell, 2002.

Tramplin, Ronald. *A Preface to T. S. Eliot*. London: Longman, 1987.

T. S. 엘리엇 시의 공간:
『황무지』를 중심으로*

안 중 은(안동대학교)

1

한국에서 압축적인 언어로 구성되어 있는 장르인 영시를 연구하고 해석하는 데에 있어서 봉착하는 제일 큰 난관 중의 하나는 작품 속에 등장하는 공간, 즉 장소에 관한 이해일 것이다. 예컨대, 엘리엇(T. S. Eliot)의 『황무지』(*The Waste Land*, 1922)에 등장하는 "큐"(Kew)라는 지명을 막연히 "큐"라고 번역하여 학생들에게 가르치는 것보다는 직접 그 장소를 방문함으로써 "큐 정원"(Kew Gardens)임을 육안으로 관찰하고, 작품의 사건이 그 정원에서 벌어진 것을 알면 더욱 생생한 시 이해의 제고에 큰 도움이 될 것이다. 엘리엇의 시에 나타난 공간은 우선 『황무지』에서 "슈타른베르거제"(Starnbergersee), "호프가르텐"(Hofgarten),

*『T. S. 엘리엇 연구』 16. 1 (2006): 169−201.

"캐넌가 호텔"(Cannon Street Hotel), "메트로폴"(Metropole), "템즈강"
(Thames), "런던교"(London Bridge), "런던"(London), "하이베리"(Highbury),
"리치먼드"(Richmond), "큐," "무어게이트"(Moorgate), "마게이트"(Margate),
"히말라야"(Himavant) 등의 다양한 고유지명으로 나타나서 상징성을
시사하고 있다. 또한「풍경들」("Landscapes")의 제목 하에「뉴햄프셔」
("New Hampshire"),「버지니아」("Virginia"),「어스크」("Usk"),「래노크」
("Rannoch"),「앤곶」("Cape Anne") 등 5편의 단시들도 공간을 소재로
삼은 시들이다. 그리고『네 사중주』(Four Quartets)의 4편의 시들인「번
트 노턴」("Burnt Norton"),「이스터 코우커」("East Coker"),「드라이 샐베
이지즈」("The Dry Salvages") 및「리틀 기딩」("Little Gidding") 등의 제
목 역시 공간의 상징성을 함축하고 있다. 필자는 엘리엇의 시에 등장
하는 모든 장소를 방문할 수는 없었지만, 엘리엇의 시 특히『황무지』
에 등장하는 일부 장소를 답사, 제시함으로써 엘리엇의 공간 의식을
고찰하고자 한다.

엘리엇, 파운드(Pound), 조이스(Joyce) 및 프루스트(Proust) 등의 현대
작가들의 작품에 드러난 공간에 관한 최초의 논문은 1945년에 조셉
프랭크(Joseph Frank)가『스와니 리뷰』(The Sewanee Review)지에 발표한
「현대 문학에서의 공간의 형태」("Spatial Form in Modern Literature")
일 것이다. 또한 엘리엇 자신은 1960년에『디덜러스』(Daedalus)지에
기고한「시인에 주는 풍경의 영향」("The Influence of Landscape upon
the Poet")에서 자신의 풍경은 도시 심상으로서 그의 출생지인 세인트
루이스(St. Louis)와, 빠리(Paris) 및 런던(London)이고, 자연 풍경으로는
미시시피강이며, 시골 풍경으로는 특히 6월부터 10월까지의 뉴잉글랜
드 해안이라고 밝히면서 풍경 즉, 공간의 중요성을 시사하고 있다
(Eliot 1960, 422). 원숙기의 시에 나타난 이러한 공간의 배경 훨씬 이

전에 엘리엇은 이미 16세에 세인트루이스에서 쓴 「한 편의 서정시」 ("A Lyric")에서 시간과 공간을 노래하고 있으며, 그의 「고래 이야기」 ("A Tale of a Whale")와 「왕이었던 그 사람」("The Man who was King") 의 단편 소설들이 남태평양(South Pacific)을 배경으로 하고 있음은 공간에 대한 상상력과 감수성이 그의 내면에 내재해 있다는 강력한 반증인 것이다(Braybrooke 378-80). 이러한 언급에 부응이나 하려는 듯이 칼 말코프(Karl Marlkoff)가 적절히 표현했듯이 "시간의 시인"(poet of time)인 동시에 "공간의 시인"(poet of space)이며, 헬런 가드너(Helen Gardner)가 규정한 "장소의 시인"(poet of places)인 엘리엇의 시에 나타난 공간에 대한 연구는 1968년에 가드너가 「엘리엇 시의 풍경들」 ("The Landscapes of Eliot's Poetry")과 동년에 존 보이드(John D. Boyd)가 「「드라이 샐베이지즈」: 지형의 상징」("'The Dry Salvages': Topography as Symbol")을 발표함으로써 공간에 대한 관심을 촉구하였다(Gardner 330). 이어서 1976년에 라이브탄즈(J. M. Reibetanz)는 「『네 사중주』: 장소의 시」("Four Quartets as Poetry of Place")를 발표하였고, 1978년에 낸시 뒤벌 하그로브(Nancy Duvall Hargrove)는 1972년에 발표한 「T. S. 엘리엇의 「풍경들」에 나타난 상징성」("Symbolism in T. S. Eliot's 'Landscapes'")과 1974년에 발표한 「T. S. 엘리엇의 『재의 수요일』에 나타난 풍경의 상징」("Landscape as Symbol in T. S. Eliot's *Ash-Wednesday*") 을 토대로 『T. S. 엘리엇 시의 풍경 상징』(*Landscape as Symbol in the Poetry of T. S. Eliot*)이란 압권을 출판함으로써 공간에 관한 괄목할만한 업적을 이루어 놓았다. 한편, 1981년에 존 솔도(John J. Soldo)가 「'자연의 힘과 공포': T. S. 엘리엇의 미국 풍경들의 의미」("'The Power and Terror of Nature': The Significance of American Landscapes in T. S. Eliot")를 발표하였고, 이듬해에 존 세리오(John N. Serio)가 「엘리엇 시

의 풍경과 목소리」("Landscape and Voice in T. S. Eliot's Poetry")를 발표하였으며, 1985년에 로버트 프랜시오시(Robert Franciosi)가 「『황무지』의 시적 공간」("The Poetic Space of *The Waste Land*")을 발표하였다. 이후 1991년에 스티브 엘리스(Steve Ellis)가 『영국적 엘리엇: 『네 사중주』의 구도, 언어 및 풍경』(*The English Eliot: Design, Language and Landscape in* Four Quartets)을 출판하였다. 또 1992년에 수전 펠치(Susan M. Felch)가 「자연 상징: T. S. 엘리엇의 초기시에 나타난 자연의 심상」("Nature as Emblem: Natural Images in T. S. Eliot's Early Poetry")을 발표하였고, 그 이듬해에 피터 퍼초우(Peter Firchow)가 「호프가르텐의 햇빛: 『황무지』와 1914년 이전의 뮌헨」("Sunlight in The Hofgarten: *The Waste Land* and Pre—1914 Munich")을 발표하였다. 또한 1998년과 1999년 사이에 잉게 라임버그(Inge Leimberg)가 「T. S. 엘리엇의 『네 사중주』와 다시 방문한 장소」("The Place Revisited in T. S. Eliot's *Four Quartets*")를, 엘리노 쿡(Eleanor Cook)이 「『네 사중주』와 T. S. 엘리엇의 장소 의식」("T. S. Eliot's Sense of Place in *Four Quartets*")을 발표하였다. 그리고 최근 2000년에는 샤말 백치(Shyamal Bagchee)가 「미국적 「풍경들」 시: 1930년대의 엘리엇」("The American 'Landscapes' Poems: Eliot in the 1930's")을 발표함으로써 엘리엇의 시에 나타난 공간에 대한 연구가 반세기 이상 지속적으로 이루어져 왔음을 알 수 있다. 필자는 이와 같이 국외에서 활발하게 진행되어 왔으나 국내에서의 연구가 전무한 엘리엇의 시 중에서 『황무지』에 나타난 공간, 즉 장소와 풍경들의 의미와 상징성을 기존의 연구를 바탕으로 좀 더 심도 있고도 종합적인 천착을 함으로써 엘리엇의 난해한 시를 보다 쉽게 해석하는 하나의 단초를 제공할 것이다.

엘리엇이 1921년 가을에 신경쇠약 치료차 방문한 영국의 마게이트
와 스위스의 로잔느(Lausanne)에서 요양하면서 집필했으며, 윌리엄 스
파노스(William Spanos)가 규정한 "공간의 시"(spatial poem)인 『황무
지』에 나타난 명시적 · 암시적 고유 지명들을 중심으로 공간의 의미와
상징성을 모색하기로 한다(Franciosi 재인용 17). 우선 『황무지』의 제1
부 「사자의 매장」("The Burial of the Dead")의 첫 시 단락에는 독일의
지명인 "슈타른베르거제"(슈타른베르거호(湖): Starnberger See)와 "호
프가르텐" 공원이 등장한다.

> 여름은 소낙비를 몰고 슈타른베르거제를 건너 와
> 우리를 놀라게 했다. 우리는 주랑(柱廊)에 머물렀다가,
> 해가 나자 호프가르텐에 들어가
> 커피를 마시고 한 시간 동안 얘기했다. (Eliot 1988, 57)[1]

> Summer surprised us, coming over the Starnbergersee
> With a shower of rain; we stopped in the colonnade,
> And went on in sunlight, into the Hofgarten,
> And drank coffee, and talked for an hour. (*WL* 3, II 8−11)

이 슈타른베르거제는 독일의 최동남단에 위치한 베르히테스가든
(Berchtesgaden)의 남쪽 바로 아래에 있고, 북쪽으로는 호수 명칭이 유
래된 슈타른베르크(Starnberg) 마을이 있으며, 바이에른(Bayern)주의
주도인 뮌센(München, Munich) 가까이 위치해 있다. 또 알프스(Alps)

---

[1] 엘리엇의 인용시 번역은 고 이창배 교수의 번역을 따랐으나 일부 수정하였다.

산이 멀리 보이는 남북 길이가 21km, 동서 폭이 3-5km, 최장 수심이 127m인 커다란 빙하 호수로서 요트 놀이를 즐기며, 호숫가의 간이 의자에 앉아서 휴식할 수 있는 공간이다(Hargrove 1978, 218). 또한 이 슈타른베르거제에서 20마일도 채 안 되는 거리인 뮌센의 중심지에 위치한 호프가르텐은 예전에는 왕의 소유지였는데, 탑이 있고, 잘 손질된 나무와 꽃들이 자라며, 분수가 치솟고, 벤치에서 독서를 하거나 멋진 카페에서 커피나 차를 마시며 지친 몸을 쉴 수 있는 공간이다(Greene 57). 실제 호프가르텐 안에 들어서 있는 건물은 주랑으로 연결되어 있어서 엘리엇의 시적 의미의 박진감을 고조시키고 있다. 엘리엇은『황무지』초고에서 이 슈타른베르거제를 베르히테스가든 인근과 오스트리아 국경의 알프스산 높은 곳에 위치해 있는 "쾨니히스제"(Königssee)로 표기했다가 현재의 지명으로 변경한 것이다(*WLF* 7). 이렇게 엘리엇이 수정한 이유를 하그로브는 쾨니히스제가 슈타른베르거제보다 뮌셴에서 좀 더 멀기 때문이라는 다소 궁색한 주장을 하고 있다(Hargrove 1978, 218). 그러나 필자는 독일어로 왕을 의미하는 "쾨니히"(König)와 바다, 호수를 의미하는 "제"(see)의 합성어인 실제 지명인 "쾨니히스제"가 신화적인 어부왕(Fisher King)을 직접 연상시키는 우려를 불식하려는 엘리엇의 의도에서 수정했을지 모르며, 어쩌면 슈타른베르거제에서 1886년에 바바리아(Bavaria) 왕국의 루드비히 2세(Ludwig II) 왕이 익사한 사실이 엘리엇이 그의 시적 모티프에 더 적합한 공간으로 판단하여 수정했을 개연성이 높다는 퍼초우의 주장이 더욱 설득력이 있다고 본다(Firchow 448-50). 그런데 하그로브와 퍼초우는 엘리엇이 초고에 표기한 "쾨니히스제"를 "쾨니히제"(Königsee)로 오기(誤記)함으로써 원전 비평의 관점에서 과오를 범하고 있으나, 후자의 표기도 인정이 되는 현실을 감안하는 것도 좋을 듯하다. 실제 쾨니히스제와 호프가르텐과의 거리는 슈타른베르거제와 호프가르텐과의 거리보다 훨씬 멀고, 후자의 두 공간도 육안으로 서로 볼 수 없는 거리에 위치해 있다. 그러나 엘리엇은 시에서 이 두 공간이 아주 지척에 있는 것처럼 표현하고 있는 것이다.

여기서 화자는 5-6행에 등장하는 마리(Marie)인데, 이 여성은 1913년에 『나의 과거』(*My Past*)를 출판하여 당시에 며칠 동안 『뉴욕 타임즈』(*The New York Times*)지로부터 집중적인 조명을 받은 실존 인물인 마리 폰 라리슈(Marie von Larisch) 백작부인이자 오스트리아의 황후 엘리자베스(Elizabeth)의 질녀일 것으로 추정되고, 엘리엇은 관심을 가진 이 여인을 1914년 여름에 헤센(Hessen)주의 마르부르크(Marburg)로 가던 도중에 만났다. 마리의 이 자서전은 루드비히 2세가 슈타른베르거제에서 익사한 사건을 수록하고 있는데, 이것은 『황무지』의 「수사」("Death by Water")의 모티프가 된 것으로 여겨진다(Firchow 451; Jain 153). 또한 슈타른베르거제와 호프가르텐의 공간은 뮌셴과 관련 있는데, 이 도시는, 엘리엇이 『황무지』에서도 인용하고 있으며, 남녀의 비극적인 사랑을 다룬 오페라 『트리스탄과 이졸데』(*Tristan und Isolde*)의 작가인 바그너(Wagner)의 음악 극장의 원래 고장일 뿐만 아니라, 바그너의 가장 위대하고 부유한 후원자인 루드비히 2세가 거주한 곳이었다. 또한 호프가르텐에서의 "호프"(Hof)는 루드비히 궁정을 지칭하며, 슈타른베르거제에 미쳐서 익사한 루드비히 2세는 『황무지』의 주요 심상들인 어부왕, 익사한 페니키아 선원, 미친 배우 / 왕 이에로니모(Hieronymo) 등을 통합하는 실존 인물인 것이다(Firchow 457-8).

한편, 엘리엇의 「주석」에 의하면 보들레르가 그의 『악의 꽃』(*Les Fleurs du mal*, 1857)에서 빠리(Paris)를 "개미떼처럼 우글대는 도시, 꿈이 가득한 도시"(Fourmillante cité, cité pleine de rêves)로 묘사한 것의 영향을 받아서 런던을 "공허한 도시"(Unreal City)로 규정하고 있다(*WL* 28).

> 공허한 도시,
> 겨울 새벽 갈색 안개 속으로
> 군중이 런던교 위로 흘러갔다. 저렇게 많이,
> 나는 죽음이 저렇게 많은 사람을 죽게 했다고는 생각지 못했다.
> (Eliot 1988, 59)

> Unreal City,
> Under the brown fog of a winter dawn,
> A crowd flowed over London Bridge, so many,
> I had not thought death had undone so many. (*WL* 6, II 62−63)

엘리엇이 대문자 "C"로 표기한 이 도시 지역은 바로 영국의 월가 (Wall Street)로서 현재 런던의 금융 지구와 영국 대부분의 상권과 통화권을 아우르고 있는 템즈강 북쪽 제방을 따라 있는 작은 지역이다. 이 도시민들이 검은 양복을 입고, 반짝이는 코안경을 쓰고, 우산을 안테나처럼 흔들며, 지하철 터널과 거대한 개미탑 같은 제방으로 들락날락하는 모습은 보들레르가 표현한 개미떼를 연상케 한다. 또한 엘리엇이 파운드의 충고로 삭제한 『황무지』의 초고에서 이 도시를 "런던아, 너는 콘크리트와 하늘 사이에 달라붙어 / 우글거리는 생명을 죽이고 잉태하는구나"(London, the swarming life you kill and breed, / Huddled between the concrete and the sky)와 "런던아, 너의 시민들이 바퀴 위에 달라붙어 있다!"(London, your people is bound upon the wheel!)로 돈호하는 데에서 역시 개미떼를 연상할 수 있을 것이다(*WLF* 31). 이 런던 시민들은 버스나 지하철을 타고 템즈강 남안의 사우쓰왁(Southwark)

으로부터 런던교를 건너 직장으로 서둘러 가는 것이다(Day 286–87).
오늘날의 런던교는 엘리엇이『황무지』를 작시한 1920년대의 사진과
비교하면 무척 상이함을 실감할 수 있다. 필자가 2004년 여름에 방문
하여 관찰한 런던교는 1973년에 건립된, 엘리자베스 2세(Elizabeth II)
여왕의 이름이 새겨진, 콘크리트 교량으로서 견고성은 있으나 예술성
은 별로 느낄 수 없었다. 또한 과거의 런던교는 1968년 미국 아리조
나(Arizona)주 레이크 하바수 시(Lake Havasu City)가 해체하여 구입·
이전하여 1971년에 재건축했고, 지금은 다리의 일부 유물만 런던의
한 시내에 전시되고 있음을 확인하였다. 그러나 당시에 존 레니(John
Rennie)가 설계하고 1824–1831년 사이에 건립된 283미터의 고풍스런
다섯 개 아치의 화강암의 런던교 사진은 하버드 대학교의 호턴 도서관
(Houghton Library)에 소장되어 있는데, 다리 위로 2층 자동차와 사람들
이 분주하게 움직이는 옛 모습을 엿볼 수 있다(Hargrove 1978, 50–51).
이러한 런던교는, 엘리엇이 소장하고 있던 1908년판 배데커(Baedeker)
의 런던 안내 책자에 의하면, 매일 22,000대 탈것들과 약 110,000명의
보행자들이 런던의 남부 지역에서 템즈강을 건너 직장으로 이동할 수
있게 하는 대동맥이다. 이 런던교 위를 "겨울 새벽" 다시 말해, 겨울의
낮이 짧은 런던의 아침 9시에 시민들이 출근하는 모습을 엘리엇은 시
각적 상상력을 통하여 미끄러지듯이 흘러가는 죽은 사람들의 환영(幻
影)으로 표현하고 있다(Day 287; Hargrove 1978, 66–67). 이런 의미에
서 겨울 새벽 갈색 안개에 쌓인 "공허한 도시" 런던은 가스똥 바슐라르
(Gaston Bachelard)가 그의『공간의 시학』(La poétique de l'espace, The
Poetics of Space, 1958)에서 규정한 질식할 듯한 밀폐 공간인 "적대적 공
간"(hostile space)으로 간주할 수 있을 것이다(xxxii; Franciosi 21).
　이윽고 "때로 짤막한 한숨이 터져 나오고, / 각자 자기 발 앞에 시선

을 집중하고 가는"(Sighs, short and infrequent, were exhaled, / And each man fixed his eyes before his feet. ll 64—65) 이 환영들은 단조로운 기계적인 일상의 권태감과 출근길에 떠밀리거나 우산 쇠테에 눈이 찔릴지 모르는 공포심에서 발 앞만 보고 걸어가는 런던 시민의 군상을 연상시킨다(Hargrove 1978, 67). 이 환영들은 언덕을 오르고, 킹 윌리엄가(King William Street) 아래로, 성 메어리 울노쓰(Saint Mary Woolnoth) 성당으로 마치 안개가 퍼져 가듯이 이동하고 있다.

> 언덕을 오르고, 킹 윌리엄가로 내려가
> 성 메어리 울노쓰 성당이 꺼져가는 종소리로
> 아홉시의 마지막 예배 시간을 알리는 곳으로 흘러갔다.
> (Eliot 1988, 59)

> Flowed up the hill and down King William Street,
> To where Saint Mary Woolnoth kept the hours,
> With a dead sound on the final stroke of nine. (WL 6, ll 66—68)

이 환영의 군중은 언덕 즉, 피쉬가 힐(Fish Street Hill) 위로 오르고, 1890년부터 1900년 사이에 세계 최초의 지하전철로서 시티와 남부 런던(City & South London) 철로의 종착역이 위치했으며, 현재 역설적으로 생명보험회사가 즐비한 킹 윌리엄가 아래로 내려간다. 그리고 다시 이 군중은 엘리엇이 근무한 적이 있는 로이드 은행(Lloyd's Bank) 사무실에서 보면 좁은 롬바드가(Lombard Street) 바로 맞은편에 위치해 있는 아담한 성 메어리 울노쓰 성당 안으로 예배드리러 운집한다. 이 "울노쓰"란 이름은 12세기 초 이 지역에 살았던 기증자인 울노쓰 드 웨일브록(Wulnoth de Walebrok)을 기념하기 위해 명명된 것으로 믿어지지만, "양모"의 의미인 "울"(wool)에서 섬유산업과 상업적인 교회를 연상케 한다(Hargrove 1978, 69). 이 성당을 가까이 스코틀랜드 왕립은행 그룹(The Royal Bank of Scotland Group)의 국제사립은행지부인 카우츠사(Coutts & Co.)와 영국은행(Bank of England) 및 고리대금업의 장구한 역사를 지니고 있는 롬바드가가 에워싸고 있다. 이 롬바드가의 명칭은 12세기 이 지역에 정착한 롬바드 대금업자들에게서 유래되었는데, 롬바드인들은 가공할만한 상인과 은행원들이었다(Day 287). 따라서 이 성 메어리 울노쓰 성당은 오늘날 은행원들의 성당인 것이다. 그러나 "꺼져가는 종소리로 / 아홉시의 마지막 예배 시간을 알리는" 이 성당이 미사시에 성체거양(聖體擧揚)을 알리거나, 그리스도가 죽은 제9시를 알리는 9번씩 울리는 종을 모두 우렁차게 칠 수 없다는 데에서 타락한 성당임을 암시하고 있다(Day 290; Greene 57). 또한 생명을 상징하는 템즈강물에서 멀리 떨어진 "언덕 위에" 위치해 있고, 영국은행을 비롯한 은행들로 에워싸여 있는 이 성당은『황무지』의 제5부「우뢰가 말한 것」("What the Thunder Said")의 389행에 등장하는 "산간의 황폐한 공동(空洞)"(decayed hole among the mountains)에 위치한, "바람만의 집인 텅빈 예배당"(empty chapel, only the wind's home. WL 23)과 일맥상통한다(Day 289). 따라서 성 메어리 울노쓰 성당은 상업적이고, 건조하고, 열매 없고, 악하며, 반종교적인 의미를 함축하고 있는 공간이다. 이런 의미에서 이 성당을 묘사하고 있는 위의 67−68행을 삭제하라는 파운드의 충고를 엘리엇이 수용하지 않고 초고 그대로 둔 것은 시사하는 바가 많다(Day 291).

한편, 엘리엇은『황무지』의 제3부「불의 설교」("The Fire Sermon")에서 이국적인 공간까지도 그의 182행인 "레망호 물가에 앉아 나는 울었노라"(Eliot 1988, 64; "By the waters of Leman I sat down and wept.

WL 12) 속에 용해시키고 있다. 로잔느에 위치해 있는 레망 호수(Lac Léman)는 바이런(Byron)에게 시적 영감을 준 유명한 쉬용(Chillon) 성이 보이며, 제네바 호수(Lake Geneva)의 그린(Greene)이 주장하는 "과거 명칭"이라기보다는 "프랑스어 명칭"이다(Greene 58; Jain 171). 이 레망 호숫가에서 비통해 하는 화자를 통해 엘리엇은 바빌론으로 포로가 되어 끌려간 유태 민족이 바빌론 호숫가에서 평소 연주하던 비파를 나무에 걸어놓고 조국을 잃은 당시의 처지를 비통해하던 모습을 현대적으로 변용한 것이다. 이것은 엘리엇이 첫 번째 아내인 비비엔(Vivien)과의 불행한 결혼으로 야기된 신경쇠약으로 로잔느에서 1921년 11월부터 정신과 의사 로제르 비또즈(Roger Vittoz)로부터 치료를 받으면서『황무지』를 집필하던 당시에 부모와 심지어 아내와도 격리된 자신이 마치 신에게서 유기(遺棄)된 신의 선민의 한 사람으로 간주한 것임을 암시하고 있다. 또한 이 레망에서 파생된 영어 "leman"은 고어로 "애인"의 의미가 함축되어 있으므로, 레망호는 한때 사랑했던 비비엔의 성적 타락을 한탄하는 엘리엇의 심중을 드러내는 의미심장한 공간으로 여겨진다(Greene 58; Hargrove 1978, 74).

한편, 엘리엇은 캐넌가 호텔과 메트로폴 호텔의 공간의 함축적인 의미를 통하여 스미르나(Smyrna)의 상인 유게니데스 씨의 남성 동성애를 절묘하게 묘사하고 있다.

> 스미르나의 상인, 수염이 시꺼먼
> 유게니데스씨는 주머니 가득히 건포도의
> 런던착 운임 및 보험료 지불 보증 일람불 어음을 가지고 있었다.
> 그는 저속한 프랑스어로
> 캐넌가 호텔의 오찬에 나를 초청하고

이어서 주말에는 메트로폴 호텔에서 쉬자는 것이었다. (Eliot 1988, 65)

Mr. Eugenides, the Smyrna merchant
Unshaven, with a pocket full of currants
C.i.f London: documents at sight,
Asked me in demotic French
To luncheon at the Cannon Street Hotel
Followed by a weekend at the Metropole. (WL 14, II 209, 211−14)

물론 스미르나는 성경의 요한계시록(Revelation) 1장 11절에도 등장하는 소아시아의 7대 교회 중의 하나가 있던 곳이고, 현재 터키 서부의 제2항구 도시인 이즈미르(Izmir)로서 동서양의 관문으로 양탄자와 비단뿐만 아니라 담배, 무화과, 면화, 야채 등 배후지의 농산물을 주로 수출함으로써 교역이 발달한 상업 중심지이며, 인구가 350여만 명의 대도시이기도 하다. 이 물질문명을 상징하는 스미르나의 상인은 제1부의 「사자의 매장」에 등장하는 소소스트리스 부인(Madame Sosostris)이 제시하는 타로 카드인 "외눈의 상인"(one-eyed merchant)이 구현된 것이고, 고환의 생명력의 상실을 상징하는 "건포도"와 그의 "저속한 프랑스어"를 통해서 성적인 타락상을 유추할 수 있다(Day 288). 이 캐넌가 호텔은 유럽 대륙 여행자들의 주요 종착역인 캐넌가 역 인근에 있었던 빅토리아조 건축 양식의 호텔로서 해외에서 출입국하는 사업가들이 애용하던 밀회의 장소로서 로이드 은행의 외사부에 근무한 엘리엇이 자주 들렀음이 확실한 가증스런 상업적인 공간이었다. 그러나 이 호텔은 제2차 세계대전 시에 독일의 공습으로 파괴되었으며, 지금은 인터넷으로 웅장했던 그 건물의 컬러 사진만 볼 수 있다(Day 288; Hargrove

1978, 74, 219). 또한 메트로폴 호텔은 런던에서 60마일 떨어진 영국 남부의 아름다운 휴양지인 브라이턴 해변가(Brighton Beach)의 프로므나드(The Promenade)에 위치한 동성애자들의 은신처였는데, 헨리 8세가 아내들과 방탕한 생활을 하려고 건립했다는 내용의 노래가 있을 정도로 유명한 공간이다(Greene 58; Hargrove 1978, 50-51, 75; Jain 173). 여기서 "캐넌"(Cannon)의 의미가 대포이고, "메트로폴"에서 "폴"(pole)은 장대이니 정신분석학적 비평의 접근으로 해석할 경우에 모두 남근(男根)을 함축하는 용어들이므로, 유게니데스가 1인칭 남성화자인 "나"를 이러한 공간에서의 오찬과 휴가로 초청하는 것에서 동성애 성교를 강력히 시사하고 있다. 그러나 엘리엇이 이러한 동성애를 염두에 두고 작시를 한 것이 분명하지 않은 것은, 그가 슈미트(Smidt)에게 밝혔듯이 실제 수염이 텁수룩하고, 주머니에 건포도가 가득한 스미르나에서 온 사람으로부터 메트로폴에서의 오찬 초청을 받았다고 진술한바 있기 때문이다(Day 288). 그럼에도 불구하고 엘리엇은 파운드가 별명으로 호칭한 "능청맞은 주머니쥐"(Old Possum)의 특성을 다분히 소유하고 있기 때문에 엘리엇의 이 진술을 그대로 수용하지 않는 것이 몰개성 시 해석의 하나의 책략일 것이다. 사실, 엘리엇은 1911년 여름에 여행한 뮌센에서 완성한 「J. 알프레드 프루프록의 연가」("The Love Song of J. Alfred Prufrock")에 반영되어 있듯이, 그의 여성 혐오증의 결과 장 베르드날(Jean Verdenal)과의 동성애를 통해서 행복을 추구한 것은 기정사실이기 때문이다(Firchow 448).

또한, 제3부의 218행부터 256행까지 테베(Thebes)의 양성(兩性) 장님 예언자 테이레시아스(Tiresias)가 간파하는 여드름투성이의 작은 부동산 소개소의 청년 직원과 여타자수의 사랑 없는 정사 이후에, 그녀가 축음기 위에 기계적으로 올려놓은 레코드판은 낭만적인 또는 관능적인 사랑의 음악으로 유추된다. 이 음악이 템즈강물의 흐름을 따라 흘러가면서 만돌린의 유쾌하게 흐느끼는 소리와 어부들이 떠드는 소리와 섞이는 것을 엘리엇은 청각적 상상력을 통하여 절묘하게 묘파하고 있다.

> '이 음악은 물살을 타고 내 곁을 흘러'
> 스트랜드가를 따라 빅토리아 여왕가로 올라갔다.
> 오 시티여, 도시여, 내게 때때로 들린다,
> 템즈강하가의 어느 선술집 옆에서
> 흐느끼는 만돌린의 유쾌한 음악과
> 그 안에서 대낮에 빈둥거리는 어부들의
> 껄껄대고 지껄이는 소리가. 그리고 그곳엔
> 순교자 마그너스 성당의 벽이
> 이오니아식 백색과 황금색의 형언할 수 없는 찬란함을 지녔다.
> (Eliot 1988, 67)

> 'This music crept by me upon the waters'
> And along the Strand, up Queen Victoria Street.
> O City city, I can sometimes hear
> Beside a public bar in Lower Thames Street,
> The pleasant whining of a mandoline
> And a clatter and a chatter from within
> Where fishmen lounge at noon: where the walls
> Of Magnus Martyr hold
> Inexplicable splendour of Ionian white and gold. (WL 16−17, II 263−65)

이러한 남녀의 욕정을 물씬 풍기는 음악은, 서쪽에서 시티 중심가로

뻗어있는 런던의 가장 큰 상업 대로들이자 "물가" 또는 "강둑"의 의미인 고대영어에서 형성된 거리명인 스트랜드가를 따라서 빅토리아조 당시에도 교통량이 분주했던 빅토리아 여왕가 위로 흘러간다(Greene 58). 그리고 다시 이 음악은 속(俗)을 상징하는 공간인 피쉬가 힐과 남쪽에서 시티로 진입하는 템즈강하가(Lower Thames Street)에 위치한 선술집에서 대낮부터 들리는 만돌린의 쾌락적인 소리와 어부들의 와자지껄대는 소리로 대변되는 청각적 심상은, 성(聖)을 상징하는 공간인 순교자 성 마그너스(St. Magnus the Martyr) 성당 내부 벽면의 흰색과 황금색의 이오니아식 기둥의 형언할 수 없는 광채로 드러나는 시각적 심상과 뚜렷이 대비되고 있다. 이 흰색과 황금색은 순결과 영원을 상징하며, 기쁨의 부활절 예배의 색채인 것이다. 기둥의 광채가 성당의 내부에서 발견할 수 있듯이 스텟슨(Stetson)으로 상징되는 만인이 영혼의 회복을 위해서는 각자의 내면을 성찰하라는 요구이기도 하다(Knowels 381). 여기서 엘리엇이 그의 「주석」에서 1671년과 1687년 사이에 건축된 "순교자 성 마그너스 성당의 내부가" 당대의 최고 건축가 "크리스토퍼 렌(Christopher Wren)의 가장 훌륭한 설계 중의 하나라고 생각한다"라고 내린 평가를 주목할 만하다(WL 32; Hargrove 1978, 76). 이런 맥락에서 순교자 성 마그너스 성당은 앞에서 언급한 성 메어리 울노쓰 성당과 공간의 상징성 의미에서 극단적으로 대조적이다. 순교자 성 마그너스 성당은 런던교에서 뚜렷이 보이는 템즈강하가의 제방둑 위에 위치함으로써 생명을 상징하는 강물과 인접해 있기 때문이다. 고대 북유럽인으로 바다 항해자인 오크니 백작(Earl of Orkney)—성 마그너스는 종교적 신념으로 순교한 것이 아니라, 1117년에 정적(政敵)인 사촌과의 권력 다툼에서 체포되어 처형당했기 때문에 "순교자"는 사실 잘못 붙여진 이름이다. 이러한 성 마그너스를 기념하는 이

성당은 오늘날 영국 국교회의 고교회파(High Church)로서 제단 가까이 고해실과 분향과 성자의 유골들이 보존되어 있는 성당이다. 게다가 원래의 성당은 1666년 런던의 대화재(Great Fire)로 소실되기 전에 런던교 바로 그 자리에 위치해 있었다(Day 290). 이것은 기독교의 상징성으로 해석할 경우에 교회 즉, 그리스도의 몸이 만인의 지옥행을 막기 위해 버티고 있음을 시사하는 것이다(Knowles 381). 그러나 런던교 인근의 300야드 이내 거리의 푸딩로(Pudding Lane)에서 발생한 대화재는 순교자 성 마그너스 성당과 피쉬가의 건물들을 순식간에 파괴해 버렸다(Knowles 377). 현재 이 순교자 성 마그너스 성당이 어부들의 영혼의 안식처인 것은 지저분한 빌링스게이트 어시장(Billingsgate Fish Market) 바로 상류에 위치해 있고, 이 성당 묘역에 있는 목재 벤치들은 엘리자베스 2세의 즉위식을 기념하여 "생선장수 참배단"(Worshipful Company of Fishmongers)에서 기증한 사실로서 유추할 수 있을 것이다. 지금까지도 이 성당은 엘리엇 당시와 같이 어부를 비롯한 시민들을 위하여 점심시간에 예배를 개설하고 있다. 따라서 순교자 성 마그너스 성당이 그린이 주장하는 "또 다른 타락한 교회"가 아니라 데이의 주장대로 종교, 자유, 기쁨, 물, 물과 관련 있는 사람들—선원과 어부와 심지어 사도들—을 연상시키는 공간인 것이다(Greene 59; Day 290−91).

템즈강하가의 음악을 따라 가던 시인의 시선이 이제는 템즈강 자체를 구체적으로 응시한다.

강은 땀 흘린다
기름과 타르
짐배는 둥실
썰물에 뜨고

. . . . . .
짐배는
아일 오브 독즈를 지나
그리니치 유역(流域)으로
통나무를 흘려보낸다. (Eliot 1988, 67)

The river sweats
Oil and tar
The barges drift
With the turning tide
. . . . . .
The barges wash
Drifting logs
Down Greenwich reach
Past the Isle of Dogs. (*WL* 17, II 266−69, 273−76)

　　엘리엇이 위에서 묘사하고 있는 1920년대 초의 템즈강은, 그가 176
행과 183행에서 두 차례나 인용한 스펜서(Spenser)의 「결혼축가」
("Prothalamion")인 "아름다운 템즈여, 부드럽게 흘러라, 내 노래 그칠
때까지"(Sweet Thames, run softly, till I end my song) 시행에 등장하는
템즈강의 모습과는 매우 대조적이다. 이 현대의 템즈강은 스펜서가 활
동한 16세기 영국 르네상스 시대의 아름다운 공간의 모습이 아니라,
산업혁명과 물질문명을 상징하는 "기름과 타르"가 흐르며, 건축 자재
로 사용되는 "통나무"의 운반 통로로 변한 것이다. 짐배가 통나무를,
런던과 그리니치의 중간 지점에 있는 불결한 선거(船渠, dock)와 가스
공장 지구인 아일 오브 독즈(Isle of Dogs)를 지나, 시티에서 5마일 하
류에 위치한 그리니치 유역(Greenwich Reach)으로 흘려보내는 맥락에

서 세계시간의 기준점인 그리니치의 공간은 의미심장하다(Day 288; Greene 59; Hargrove 1978, 78). 전장 346km되는 템즈강의 아름답던 자연의 모습이 사라지고, 땀 흘리는 강으로 구체화된 현대인간의 물질적인 욕망이, 불결하고 황량한 산업주의가 지배하는 아일 오브 독즈를 지나 그리니치 유역으로 내려감으로써 시공을 초월하여 전 세계로 만연되는 것을 함의하기 때문이다. 사실 그리니치에서 유람선을 승선하여 이 템즈강 상류를 따라 올라가면 엘리엇이 다음 시행에서 언급하고 있는 고풍스런 "하얀 탑들"(White towers)이 나타난다.

> 남서풍 받으며
> 물결을 타고
> 종소리는 흘러가고
> 하얀 탑들 (Eliot 1988, 68)

> Southwest wind
> Carried down stream
> The peal of bells
> White towers (*WL* 18, II 286−89)

템즈강상에서 바라볼 때에 "하얀 탑들"은 북쪽 제방과 런던의 정동쪽에 위치하고 있으며 현재 박물관으로 개방되고 있는 흰색의 "런던탑"(Tower of London)을 바로 지칭한다는 것을 직감할 수 있다. 덧붙여 1078년에 정복자 윌리엄(William the Conqueror) 시절 프랑스 깡(Caen)산 백석을 재료로 로체스터(Rochester)의 주교인 건돌프(Gundolf)가 건설한 중심부의 탑을 "백탑"(White Tower)이라고 명명하고 있는 사실이 이 추정을 더욱 신뢰하게 한다(Hargrove 1978, 78). 역사적으로 이

"런던탑"은 헨리 8세(Henry VIII)가 『유토피아』(*Utopia*)의 작가이자 로마 가톨릭 신자인 토마스 모어(Thomas More)경과 그의 아들을 유폐시키고, 자신의 여섯 아내 중 앤 불린(Anne Boleyn)과 캐써린 하워드(Catherine Howard) 두 아내를 처형하였으며, 엘리자베스 1세 여왕도 1554년 공주 시절에 이복누이 메어리(Mary)에 의해 반역죄로 2개월간 감금된 곳으로도 악명 높은 공간이다. 또한 이 "런던탑"은 빅토리아(Victoria) 여왕이 군주로서 최초로 거주하기 시작한 버킹엄 궁전(Buckingham Palace) 이전에 특히, 중세 시대에 영국 왕실의 궁전 역할을 해왔다. 이와 같이 영국 역사의 영욕을 간직하고 있는 유서 깊은 이 런던탑은 제5부 「우뢰가 말한 것」("What the Thunder Said")에 나오는 "무너지는 탑들"(Falling towers, *WL* 22, Ⅰ 374)과 제라르 드 네르발(Gerard de Nerval)이 소네트 「엘 데스디차도」("El Desdichado")에서 묘사한 "폐허의 탑 안의 아뀌떼느 왕자"(*Le Prince d'Aquitaine à la tour abolie*, *WL* 25, Ⅰ 430)의 심상들과 연결된다(*WL* 36). 또한 "런던탑"의 무너짐은 곧 "런던교"의 무너짐(London Bridge is falling down falling down falling down, *WL* 25, Ⅰ 427)과 일맥상통한다고 유추할 수 있다. 남성성과 물질문명을 상징하는 무너지는 런던탑과 런던교는 곧 도시 문명의 총체적인 파괴를 의미하는 것이다. 이러한 파멸은 공적으로는 스페인의 무적함대를 격파함으로써 영국의 제국주의와 문예부흥의 위대한 시대를 열었으나, 사적으로는 "붉은빛 금빛의 / 번쩍이는 선체"(A gilded shel l/ Red and gold, Eliot 1988, 67-68; *WL* 17, Ⅰ 282)를 타고 농탕치던 처녀 여왕 "엘리자베스와 레스터"(Elizabeth and Leicester, *WL* 17, Ⅰ 279) 백작과의 불륜이 전제되어 있다. 템즈강상에서 영국을 대표하는 엘리자베스 여왕의 불륜과 템즈강하가의 선술집에서 어부로 대표되는 하층민들의 방탕은, 현대의 남녀를 표상하는 부동산 중개

소의 서기와 여타자수와의 무의미한 성행위와 연결됨으로써, 지위고하와 고금을 막론한 총체적인 성적 타락이 다음에 고찰할 고대 및 현대의 내표적인 문명도시들의 파멸과 직결되는 것이다.

이어서 엘리엇은 템즈강의 세 명의 여성화자들을 통하여 여성성이 무의미하게 파괴되는 상황을 공간의 적절한 배열로 그 의미를 강화시키고 있는데, 우선 첫 번째 여성화자의 고백을 들어보자.

> '전차와 먼지투성이 나무들.
> 하이베리가 나를 낳았어. 리치먼드와 큐는
> 나를 망쳤어. 리치먼드에서 나는 무릎을 올렸어
> 좁은 카누 바닥에 반듯이 누워.' (Eliot 1988, 68)

> 'Trams and dusty trees.
> Highbury bore me. Richmond and Kew
> Undid me. By Richmond I raised my knees
> Supine on the floor of a narrow canoe.' (WL 18, II 292−95)

"전차와 먼지투성이 나무들"은 산업화의 산물과 부산물이고, 자연을 상징하는 "나무들" 자체도 공해로 오염된 상태이다. 이것들은 정신분석학적인 접근법으로 해석할 경우에 각각 남성성을 상징하는데, 특히 푸르거나 싱싱하지 않은 "먼지투성이"의 나무들은 남근이 이미 성병에 감염되어 있음을 암시하고 있다. 템즈강 북서쪽에 위치한 런던의 교외였으나, 현재 이슬링턴 런던 자치구(London Borough of Islington) 안에 있는 인구 2만여 명의 작은 "하이베리"에서 여성화자가 태어났으니 이 출생도 불결한 남성성으로 인해 병약한 여성임을 시사하고 있다. 이 하이베리는 한때 비교적 부유한 지역이었으나, 도시 황폐의 희생물로 1920년대에는 낙후가 진행되었다(Greene 59). 또한, 이 여성은 "리치먼드"와 "큐"에서 몸을 망쳤다고 고백함으로써 두 공간에 대한 혐오감을 표출하고 있다. 필자가 현장 답사한 하이베리 지역에는 하이베리 공원(Highbury Fields)이 있고, 런던에서 8마일 남서부에 위치한 템즈강상 리치먼드 런던 자치구(London Borough of Richmond Upon the Thames)인 리치먼드에는 리치먼드 공원(Richmond Park)을 비롯하여 다른 자치구보다 더 많은 녹지 공간이 있으므로 당시에 인기 있던 여름 휴양지였으며, "큐"는 리치먼드 바로 인근에 있는 면적이 300에이커나 되는 유명한 왕립식물원(Royal Botanic Gardens)인 큐 정원을 지칭하는 데에서 미묘한 공통점을 감지할 수 있었다. 이 세 지역은 바로 제1부의 35행부터 41행까지 등장하는 히아신쓰 소녀가 밤에 성폭행 당했으며, 제2부「체스 시합」("A Game of Chess")의 124행과 125행 사이에 엘리엇이 『황무지』 초고에서 삭제한 부분으로 실제 공간이 아닌 상상적인 공간인 "히아신쓰 정원"(hyacinth garden)과 연결되고, 더 나아가 창세기(Genesis)에서 아담과 이브가 선악과를 따먹은 후에 벌거벗은 것을 알고서 성적 수치심을 느낀 인류 최초의 경험의 공간인 에덴동산(Garden of Eden)과 접맥된다고 볼 수 있다. 또한 하이베리와 리치먼드와 큐의 세 공간의 공통점은 여성성을 상징하는 공원이요 정원이며, 이러한 공간에서의 여성화자의 출생과 성장이 성적 타락으로 점철되어 있으므로 이 세 공간은 바로 "황무지"란 공간의 은유적 의미와 상통함을 알 수 있다. 이 여성화자가 리치먼드에서 카누를 타고 반듯이 누워 무릎을 올렸다는 것은 여성이 남성보다 리치먼드를 관류하는 템즈강 위에서 자발적으로 성행위를 주도했다는 의미로 간주할 수 있다.

두 번째 여성화자는 "무어게이트"라는 공간에서 남성과 가진 성관계를 무심하게 진술하고 있다.

'내 발은 무어게이트에 있고, 내 가슴은
내 발 밑에 놓여 있어. 그 일이 있은 후
그는 울었어. 그는 "새 출발"을 약속했지.
나는 아무 말도 안 했어. 무엇을 원망해? (Eliot 1988, 68)

'My feet are at Moorgate, and my heart
Under my feet. After the event
He wept. He promised "a new start."
I made no comment. What should I resent? (*WL* 18, II 296–99)

이 무어게이트는 상업 지구를 관통하여 시티 지역 바로 건너까지 뻗
어있고, 템즈강 수로에서 오른쪽에 있는 도로로서 빈민 지역이면서 동
시에 런던 금융의 중심지이다. 또한 무어게이트는 엘리엇이 로이드 은
행에 근무하면서 이용한 지하철역 명칭이기도 하지만, 필자가 이 지역
을 답사했으나 특별한 의미를 발견할 수는 없었다(Day 289; Hargrove
1978, 79). 그러나 실제 이 "무어게이트"의 이름은 과거 런던 도시 주
위의 개활지인 "황야"(Moorfields)에서 유래한 것이며, 역사적으로 무
어게이트는 런던 성벽(London Wall)의 조그만 출입문들 중의 하나였
으나, 1761년에 파괴되어진 후에 오늘날 그 이름만이 존속하고 있는
것이다. 또한 "무어게이트"의 "무어"(Moor)는 에밀리 브론테(Emily
Brontë)가 혼자 즐겨 찾아갔고, 그녀의 소설 『폭풍의 언덕』(*Wuthering
Heights*, 1847)의 배경이 된 여름철에 히쓰(heath)만이 만발하는 하우쓰
(Howarth) 지역의 황무지를 연상시킨다. 아울러 "게이트"(gate)는 여성
성을 상징하는 "문"(門)의 단어이므로, 엘리엇이 "무어게이트"란 고유

지명을 원용함으로써 "황무지 같은 여성성"의 의미를 암시한다고 추정할 수 있다. 이러한 의미를 함축하는 무어게이트 공간에서의 성관계 이후에 남성은 "새 출발"의 재기를 다짐하지만, 여성은 아무 말 없이 후회하지 않는 무감각한 모습을 보임으로써 남성보다 더욱 둔감한 성의식을 드러내고 있다. 이러한 도시 지역은 의미 있는 사랑이 결여된 추잡한 도시 생활을 시사하고 있는 것이다(Hargrove 1978, 79).

템즈강의 세 번째 여성화자는 템즈강이 바다로 연결되는 마게이트 백사장에서 당한 성폭행의 후유증을 고백하고 있다.

> '마게이트 백사장에서였지.
> 나는 무엇이 무엇인지
> 기억나지 않아.
> 더러운 손들의 갈라진 손톱.
> 아무것도 기대하지 않는
> 비천한 인간들.' (Eliot 1988, 68)

> 'On Margate Sands.
> I can connect
> Nothing with nothing.
> The broken fingernails of dirty hands.
> My people humble people who expect
> Nothing.' (*WL* 18, II 300−05)

엘리엇이 1921년 10월 중순부터 11월 중순까지 휴가를 보낸 "마게이트"는 영국 남동부의 켄트(Kent)주 싸넷섬(Isle of Thanet)으로 별칭된 지역에 위치한 250년 역사로 최근 인구가 12,700명 정도 되는 바닷가 휴양지로 유명한데, 이 마게이트 백사장에서 세 번째 여성화자가 성폭행 당하여 남성 가해자의 "더러운 손들의 갈라진 손톱"만 기억하는 안타까운 후유증을 엘리엇은 묘파하고 있다. "수문"(水門) 또는 "절벽 사이 수영할 수 있는 물의 공간"의 의미인 마게이트는 1264년까지 "미어게이트"(Meregate)란 명칭으로 사용되다가 1299년에 마게이트로 바뀌었으며, 현대에도 이 두 가지 철자가 병용되고 있다. "미어"(Mere)는 영국의 호반지구 국립공원에 위치한 영국 최대 호수인 윈더미어(Windermere)나 워즈워쓰(Wordsworth)의 고향에 인접한 그라스미어(Grasmere) 호수 등의 접미사와 동일한 의미의 접두사로서 "물, 호수, 바다" 등의 뜻을 함축한다. 따라서 "마" 즉, "미어"는 정신분석학적 비평의 접근으로 해석하면 여성성을 의미하며, 마게이트 역시 앞의 무어게이트와 같이 여성성을 함의하는 "게이트"를 접미사로 사용하고 있으므로 지명 자체가 매우 여성적인 공간임을 쉽게 가늠할 수 있다. 또한 "백사장"이 사막을 상징하는 공간이므로 "마게이트 백사장"이란 공간의 의미는 여성성의 짓밟힘 즉, 여성의 육체와 정신의 파멸을 상징한다는 점에서 이 공간은 앞의 무어게이트와 더불어 또 다른 황무지요 재생이 불가능한 지옥임을 엘리엇은 적시하고 있는 것이다. 게다가 여성화자가 자신이 하층민 출신이며, 절망적이고 무의미한 삶을 영위하고 있음이 "더러운 손들의 갈라진 손톱"과 "아무것도 기대하지 않는 / 비천한 인간들"이란 시행들에서 드러난다(Hargrove 1978, 80).

한편, 307행의 "그리고서 나는 카르타고에 왔노라"(To Carthage then I came)의 한 압축된 시행으로 탕자였던 성 아우구스티누스(St. Augustine)가 찾아가서 육체의 정욕을 탐닉한 음란한 이교도의 고대 도시인 카르타고는 다양하게 성적 타락의 극치를 보이고 있는 현대의 대도시 런던과 공통된 공간의 의미로서 밀접하게 연결되고 있음을 알 수 있다. 역사적으로 디도(Dido) 여왕 하에 페니키아인들이 정착하여 건립한 막

강한 경제 제국인 카르타고는 카르타고어로 "새로운 도시"라는 의미를 지니고 있으나, 기원전 146년 지중해의 해상권을 차지하려는 로마와의 포에니 전쟁에서 패배하여 멸망한 도시 국가이다. 그 후 2세기경에 대도시로 재건되었으나 결국 647년에 아랍족에 의해 전멸되어, 엘리엇이 표현한 그대로 현재 폐허만이 남아 있는 "공허한 도시"가 되었다(Greene 59). 여기서 엘리엇이 그의 「주석」에서 밝혔듯이 성 아우구스티누스가 『고백록』(*Confessions*)에서 "한 떼의 불경스런 연인들이 내 귀에다 노래를 불렀던 곳"인 고대의 카르타고는 현대의 템즈강의 딸들이 성폭행 당하거나 무의미한 성관계를 가진 장소들과 성적 타락의 관점에서 동일한 의미의 공간임을 되새겨볼 만하다(*WL* 33). 그러나 이은 308-311행에서 기도를 통한 정화의 불길에 의해 이 글거리는 정욕의 불길이 점차 사그라지는 것은 황무지에서의 구원의 가능성을 엘리엇은 암시하고 있는 것이다(Hargrove 1978, 81).

지금까지 황무지의 주인공은 공허한 도시 런던과, 템즈강 및 심지어 마게이트 백사장에서 생중사만 발견하지만, 마침내 제5부 「우뢰가 말한 것」에서 구원을 얻기 위해 모세처럼 산으로 올라간다(Motola 67). 그러나 주인공은 "무너지는 탑들"로 상징되는 산 위에 건설된 도시 문명의 파멸을 환상적으로 목격한다.

> 산 너머 저 도시는 무엇인가
> 보랏빛 공중에 깨지고 다시 서고 터진다.
> 무너지는 탑들
> 예루살렘 아테네 알렉산드리아
> 비엔나 런던
> 공허하구나 (Eliot 1988, 71-72)

What is the city over the mountains
Cracks and reforms and bursts in the violet air
Falling towers
Jerusalem Athens Alexandria
Vienna London
Unreal (*WL* 18, II 372−77)

　시인 엘리엇은 "예루살렘 아테네 알렉산드리아 / 비엔나 런던"의 파
멸을 요한계시록(Revelation)에서 세상 종말을 환상으로 목도하는 사
도 요한(St. John) 같은 예언자의 눈으로 투시하고 있는 것이다. 이 도
시들의 묵시록적 종말을 예측 가능하게 한 것은 엘리엇의 『황무지』
집필 당시 종전되지 얼마 되지 않은 제1차 세계대전과, 1917년 러시아
볼셰비키 혁명으로 인한 동유럽의 몰락을 그 직접적인 배경으로 들 수
있을 것이다. 이러한 도시들의 몰락에 대해 엘리엇이 「주석」에서 밝힌
바와 같이 헤르만 헤세(Hermann Hesse)의 『혼돈을 바라보며』(*Blick ins
Chaos* <*In Sight of Chaos*>, 1920) 중 「유럽의 몰락」("The Downfall of
Europe")의 한 구절을 인용한 데에서 유추 가능하기 때문이다. 엘리엇
이 독일어로 인용하고 있는 부분은 "이미 유럽의 절반, 적어도 동유럽
의 절반이 혼돈으로 가고, 심연의 가장자리를 따라 미친 듯이 만취해서
여행하며, 게다가 드미트리 카라마조프가 노래한 만취의 찬가를 부르
고 있다. 충격을 받은 부르주아들은 이 노래를 비웃고 있지만, 성자와
선견자들은 눈물 흘리며 듣고 있다."[2])에서 도스토예프스키(Dostoevsky)
가 그의 소설 『카라마조프가의 형제들』(*The Brothers Karamazov*, 1879−

---

[2]) 엘리엇이 인용하고 있는 헤세의 독일어 원문은 다음과 같다. "Schon ist halb Europa, schon ist
zumindest der halbe Osten Europas auf dem Wege zum Chaos, fährt betrunken im heiligen Wahn am
Abgrund entlang und singt dazu, singt betrunken und hymnisch wie Dmitri Karamasoff sang. Ueber diese
Lieder lacht der Bürger beleidigt, der Heilige und Seher hört sie mit Tränen."

1880)에서 창조한 인물인 무모하고도 열광적인 드미트리 카라마조프 (Dmitri Karamazov)의 원시적·아시아적·신비적인 이상이 유럽의 영혼을 이미 잠식하기 시작했다는 헤세의 경고를 엘리엇이 공감하고 있는 것이다(*WL* 34−35; Firchow 456). 이 물질 문명도시들의 파멸의 공통점은 영성의 완전한 결핍으로 인한 격렬한 야만성과 야수성에 의한 것이다. 정치력뿐만 아니라 학문과 헤브라이즘과 기독교의 커다란 구심점이었던 예루살렘은 그리스도 출생 이전에 이미 여러 차례 약탈되었고, 4세기부터 7세기까지의 위대한 황금기도 614년 페르시아의 침공으로 종말을 고했다. 그 후 11세기에 야만 세력들인 투르크족, 13세기에 타타르족, 16세기에 다시 투르크족에게 점령당했다. 또한 그리스의 번영한 수도였고, 헬레니즘과 서양 문명의 중심지였던 아테네는 기원전 480년에 페르시아 군대에 의해 대파되었다. 그 후 267년에 게르만 민족인 헨리족(the Henli)의 침공으로 황폐화되었으며, 1456년에는 투르크족에게 점령당했다. 기원전 332년 알렉산더 대제(Alexander the Great)가 건설한 후 이집트의 수도였고, 당대 세계 최고의 도서관과 박물관이 있었으며, 상업과 문화와 학문의 중심지였던 알렉산드리아는 642년에 아랍족에게 예속되었고, 1517년에는 투르크족에게 지배당했다. 음악과 정치로 빼어난 도시 비엔나는 1529년과 1683년 두 차례에 걸쳐 투르크족의 침공을 받았다. 이 네 도시들은 야만성에 의한 인간의 정신적 및 문화적 속성이 파멸되는 상징들이다. 런던은 야만적인 외침을 받은 이 도시들과 달리 현대인들의 물질주의, 이기심, 육체적 정욕 등의 야만적인 내심의 태도로 멸망할 것임을 시사하고 있는 것이다(Hargrove 1978, 84−85). 이렇게 쇠망하는 인간 문명의 도시는 황무지 내지 황폐국의 심상으로서 성 아우구스티누스가 『신국론』(*The City of God*)에서 묘사하고 있는 영원한 "신의 도시"와 대조되고 있다(Greene 49).

이와 같이 절망적인 산 위에서 『황무지』의 주인공은 번갯불 번쩍이는 사이에 새벽을 알리는 수탉 소리와 생명의 비를 가져올 습기찬 바람소리를 듣는다(WL 23-4, II 391-94). 비가 내리지 않아 인도의 젖줄인 전장 2,510km의 갠지스(Ganga, Ganges) 강물도 바닥이 드러났으나, 이와 대조적으로 "문명의 위대한 발상지"인 히말라야(Himalayas)산 위로는 구원을 상징하는 비를 뿌릴 먹구름이 모여들고 있음을 적시하고 있다(Greene 36).

> 갠지스 강은 바닥이 나고 축 늘어진 나뭇잎들이
> 비를 기다렸다. 멀리 히말라야산 위에
> 먹구름이 몰렸다. (Eliot 1988, 72)

> Ganga was sunken, and the limp leaves
> Waited for rain, while the black clouds
> Gathered far distant, over Himavant. (WL 24, II 396-98)

갠지스강물의 마름은 인간과 자연에게 생명수의 고갈뿐만 아니라, 강물에 더러운 육신의 죄악을 씻을 수 없음으로써 구원의 불가능성을 함축하고 있다. 이 갠지스 강북에 있는 히말라야산은 산스크리트어로 "눈이 많은"의 뜻인 "히마반트"(Himavant)로 불리는데, 산스크리트어의 "히마"(himá)가 "눈, 서리"란 의미에서 연유한 것이다. 또한 힌두교에서는 눈의 신을 "히마바트"(Himavat)로 호칭하는데, 히마바트는 시바(Shiva)의 아내인 파르바티(Parvati)와 강의 여신인 "강가"(Ganga)의 아버지이다. 따라서 엘리엇이 이 "히마반트" 공간의 용어를 "강가"와 더불어 원음 그대로 원용하고 있음을 알 수 있다. 위 인용시에 이어서 히말라야산 위로 들리는 우뢰소리인 "다"(Da)의 청각적 심상은 종교적 심상으로 확대되어 엘리엇의 「주석」에 의하면 『브리하다라니야카-우파니샤드』(*Brihadaranyaka-Upanishad*)에 나타나 있듯이 신의 음성인 "*주라*"(*Datta*), "*동정하라*"(*Dayadhvam*), "*자제하라*"(*Damyata*)를 연상시킴으로써 주인공은 바로 이것들이 구원의 조건임을 깨닫게 된다(*WL* 24-25, 35). 물론 이 히말라야산은 제1부 「사자의 매장」의 17행 "산에서는 마음이 편하지요"(In the mountains, there you feel free)(*WL* 4)에 등장하는 순수한 인유의 자연의 산과 그 의미가 다른 공간이다. 또한 이 구원의 산은 『황무지』의 제5부에 지배적으로 나타나는 "사막 풍경"(desert landscape)으로 표상되고, 생명을 상징하는 물이 없는 암석과 모래로 덮인 산과는 상반되는 것이다(Reibetanz 527). 여기서 바슐라르가 적대적 세력에 상반되는 사랑의 공간으로 규정한 *지복의 공간*(*felicitous space*)과, 이와 대조적인 개념으로 앞에서 살펴본 "적대적 공간"을 고려해볼 만하다(Bachelard xxxi). 이 개념을 적용하면 구원의 비를 가져오는 먹구름이 모이는 히말라야산과, 그 안에서 자유를 느끼게 하는 자연 그대로의 산은 지복의 공간으로, 생명수가 없는 사막 풍경의 산은 적대적 공간으로 분류할 수 있을 것이다. 또한 앞에서 고찰한 성 메어리 울노쓰 성당과 순교자 성 마그너스 성당도 각각 적대적 공간과 지복의 공간의 개념으로 파악할 수 있을 것이다. 한편, 이 산의 공간 개념과 대비되는 바다는 물론 『황무지』에서는 고유지명으로 등장하지는 않지만, 이 시에 전반적으로 적대적 공간과 지복의 공간의 두 개념이 긴장되게 사용되고 있음을 간과할 수 없다. 예컨대, 파운드가 첨가를 권유하고, 바그너의 오페라에서 인용한 제1부 42행의 "바다는 황량하고 님은 없네"(*Oed' und leer das Meer*)에서의 바다는 바로 적대적 공간이다. 이와 대조적으로 제4부 「수사」 313행의 "깊은 바다 너울"(deep sea swell)과 315행의 "해저의 조류"(A current under sea), 421

행의 평온한 바다(The sea was calm)와 어부왕이 낚시하는 424행의 "해변"(shore) 등에서 표출된 바다의 심상들은 지복의 공간인 것이다 (Franciosi 21−28).

3

엘리엇은 동시대 선배 시인인 로버트 프로스트(Robert Frost)와 동시대 후배 시인인 로버트 로웰(Robert Lowell)과 더불어 자신을 "뉴잉글랜드(New England) 시인"이라고 규정하고 있는데, 이것은 주로 그의 『네 사중주』에 반영되어 있고, 엘리엇 저택(Eliot House)이 위치한 매사추세츠주 앤곶의 붉은 화강암으로 대변되는 뉴잉글랜드, 특히 엘리엇이 어린 시절에 휴양차 자주 방문한 그곳의 해안 풍경을 염두에 둔 표현이라고 볼 수 있다(Eliot 1960, 421; Gardner 319). 이와 아울러 엘리엇을 공간의 시인으로 규정할 때에 어린 시절 태어나고 성장했으며, "미국적 사중주"(American Quartet)로 불리는 「드라이 샐베이지즈」의 배경이 되고 있는 미조리 풍경(Missouri landscape)과 미시시피강 풍경(Mississippi River landscape)도 중시해야 할 것이다(Baskett 158−61).

지금까지 논한 고유지명들에 바슐라르가 규정한 "적대적 공간"과 "지복의 공간"의 개념을 적용하면 전자는 슈타른베르거제, 런던, 런던교, 킹 윌리엄가, 성 메어리 울노쓰 성당, 캐넌가 호텔, 메트로폴 호텔, 스트랜드가, 빅토리아 여왕가, 템즈강하가, 템즈강, 아일 오브 독즈, 그리니치 유역, 런던탑, 예루살렘, 아테네, 알렉산드리아, 비엔나, 하이베리, 리치먼드, 큐 정원, 무어게이트, 마게이트, 카르타고, 바닥 난 갠지스 강 등을, 후자는 호프가르텐, 레망호, 순교자 마그너스 성당, 히말라야산 등을 포괄할 것이다. 따라서 엘리엇은 『황무지』 전반에 걸쳐서 자연과 인간에게 휴식과 생명과 영생을 주는 복된 공간보다는 성적 타락의 현대인들과 상업과 물질문명으로 구축된 도시들의 파멸의 공간을 압도적으로 제시하고 있다. 결론적으로, 공간의 시인 엘리엇은 그의 공간의 시 『황무지』에서 호수, 정원, 도시, 강, 산, 사막, 바다 등을 포괄하는 여러 고유지명들을 원용하여 매우 적절한 상징성과 함축적인 의미를 제시함으로써 이 시 제목이 은유하는 그대로 단테(Dante)의 지옥의 관점에서 재현하고 있는 것이다.

인용문헌

Bachelard, Gaston. *The Poetics of Space*. 1958. Trans. Maria Jolas. Boston: Beacon P, 1969.

Bagchee, Shyamal. "The American 'Landscapes' Poems: Eliot in the 1930's." *Yeats Eliot Review* XVI. IV (2000): 2−10.

Baskett, Sam S. "T. S. Eliot as an American Poet." *The Centennial Review* XXVI. 2 (1982): 147−71.

Boyd, John D. "'The Dry Salvages': Topography as Symbol." *Renascence* 20. 3 (1968): 119−33.

Braybrooke, Neville. "T. S. Eliot in the South Seas." *The Sewanee Review* 74. 1 (1966): 376−82.

Cook, Eleanor. "T. S. Eliot's Sense of Place in *Four Quartets*." *Connotations* 8. 2 (1998−1999): 242−47.

Day, Robert A. "The 'City Man' in *The Waste Land*: The Geography of Reminiscence." *PMLA* LXXX. 1 (1965): 285−91.

Eliot, T. S. 『T. S. 엘리엇 전집: 시와 시극』. 이창배 역. 서울: 민음사, 1988.

_____. "The Influence of Landscape upon the Poet." *Daedalus* 89 (1960): 420−22.

_____. *The Waste Land*. 75th Anniversary Edition. Ed. Christopher Ricks. New York: Harvest, 1997. Abbreviated as *WL*.

_____. *The Waste Land: A Facsimile and Transcript of the Original Drafts Including the Annotations of Ezra Pound*. 1971. Ed. Valerie Eliot. New York: A Harvest Book, 1994. Abbreviated as *WLF*.

Ellis, Steve. *The English Eliot: Design, Language and Landscape in* Four Quartets.

London and NY: Routledge, 1991.

Felch, Susan M. "Nature as Emblem: Natural Images in T. S. Eliot's Early Poetry." *Yeats Eliot Review* XI. 4 (1992): 90−95.

Firchow, Peter. "Sunlight in The Hofgarten: *The Waste Land* and Pre-1914 Munich." *Anglia* III. 3 · 4 (1993): 447−58.

Franciosi, Robert. "The Poetic Space of *The Waste Land*." *American Poetry* 2. 2 (1985): 17−29.

Gardner, Helen. "The Landscapes of Eliot's Poetry." *Critical Quarterly* 10 (1968): 313−30.

Greene, David Mason. "Place Names: Identification and Significance." The Waste Land: *A Critical Commentary*. New York: American R.D.M. Corporation, 1965. 57−66.

Hargrove, Nancy Duvall. "Landscape as Symbol in T. S. Eliot's *Ash-Wednesday*." *Arizona Quarterly* 30 (1974): 53−62.

_____. *Landscape as Symbol in the Poetry of T. S. Eliot*. Jackson: U of Mississippi P, 1978.

_____. "Symbolism in T. S. Eliot's 'Landscapes'." *Southern Humanities Review* VI. 3 (1972): 273−82.

Jain, Manju. *A Critical Reading of the* Selected Poems *of T. S. Eliot*. 1991. Oxford: Oxford UP, 2003.

Knowles, Julie Nall. "London Bridge and the Hanged Man of *The Waste Land*." *Renascence* XXXIV. 2 (1987): 374−82.

Leimberg, Inge. "The Place Revisited in T. S. Eliot's *Four Quartets*." *Connotations* 8. 1 (1998−1899): 63−92.

Malkoff, Karl. "Eliot and Elytis: Poet of Time, Poet of Space." *Comparative Literature* 36. 3 (1984): 238−57.

Motola, Gabriel. "The Mountains of *The Waste Land*." *Essays in Criticism* 19. 1

(1969): 67—69.

Reibetanz, J. M. "*Four Quartets* as Poetry of Place." *Dalhousie Review* 56. 3 (1976): 526—41.

Serio, John N. "Landscape and Voice in T. S. Eliot's Poetry." *The Centennial Review* XXVI. 1 (1982): 33—50.

Soldo, John J. "'The Power and Terror of Nature': The Significance of American Landscapes in T. S. Eliot." *Liberal and Fine Arts Review* VII. 2 (1981): 52—62.

엘리엇과 예이츠의 문학적 상상과 종교적 상징*

— "The Magi"의 수사학을 중심으로

양 병 현(상지대학교)

1

예이츠(W. B. Yeats)는 시「동방박사」("The Magi")를 1914년 시집
『책임』(*Responsibilities*)에 발표하였다. 대체로 중기시집에 실린「동방
박사」는 짧은 시지만 예이츠의 시적 성숙과 종교에 대한 시각을 읽게
해준다. 상대적으로 엘리엇(T. S. Eliot)은「동방박사 여정」("Journey of
the Magi," 이후「동방박사」)을 1927년 발표하였다. 두 시가 '동방박
사'(Magi)를 공통의 주제로 다루고 있어 두 시인 간에 무엇인가 상호교
감이 있어 보이지만 직접적으로 관련은 없다. 다만 예이츠가 이 시를
쓴 지 15년 후 엘리엇이 같은 주제를 다루었다는 사실이 흥미를 준다.
두 시인 사이에 보다 직접적인 관계가 있다면 엘리엇으로부터 찾아질

---

* 이 논문은 『한국 예이츠 저널』 제13권(2000)에 수록되었던 것을 수정 보완한 것임.

수 있다. 엘리엇은 시에서는 고전주의요, 종교는 영국성공회(1927년 개종), 정치는 왕당파로 알려져 있다. 따라서 예이츠의 신교와 낭만주의 정신은 엘리엇의 비판이 되기도 하였다. 한때 엘리엇은 예이츠를 "마법에 의해" 천국을 갈 수 있는 사람으로까지 평가하였다(*UPUC* 140). 그만큼 예이츠의 시가 "자기 도취적"(self-induced trance)이고 환상적이라고 비판한다.1) 모더니즘 계열의 시인이며 신비평의 기수인 엘리엇이 당시에 예이츠의 낭만주의나 신비주의를 이렇게 직접적으로 비판한 자세는 자연스러운 것인지 모른다. 그러나 여기에는 엘리엇의 종교적 이데올로기나 편견이 크게 자리하고 있는 것도 사실이다. 이러한 예는 엘리엇이 예이츠의 시적 환상 상태를 "신지학" 혹은 "접신학"(theosophy)이라는 종교적 용어2)로 정의하는 데서 찾아진다. 이는 예이츠의 문학이 전통 종교로부터 벗어나 있다는 다소 부정적인 시각에 있다. 엘리엇에 따르면 예이츠의 시적 체험은 종교적인 측면에서 볼 때 매우 사적이며 "마취"(hashish)상태에서 나타날 수 있는 환상이나 신비이상이 아니다. 이처럼 두 시인의 관계는 예이츠의 시 세계에 나타난 종교적인 체험에 대한 엘리엇의 편견에서 찾아진다.

예이츠에 대한 엘리엇의 평가가 정당한 것인지는 시대가 변함에 따

---

1) 원문을 그대로 인용한다.

No one can read Yeats's Autobiography and his earlier poetry without feeling that the author was trying to get as a poet something like the exaltation to be obtained, I believe, from hashish or nitrous oxide. [Yeats] was very much fascinated by self-induced trance states; calculated symbolism, mediums, theosophy, crystal-gazing, folklore, and hobgoblins. Golden apples, archer, black pigs and such paraphernalia abound. Often the verse has a hypnotic charm: but you cannot take heaven by magic, especially if you are, like Mr. Yeats, a very same person(*UPUC* 140).

2) 참고로 랜덤하우스 사전 정의는 "any of various forms of philosophical or religious thought in which claim is made to a mystical insight into the divine nature or to a special divine revelation"이다. 국어사전의 경우 접신(接神)의 정의는 신이 사람의 몸에 내리어 신통한 능력이 생기는 일"이다(신국어사전, 동아출판사), 1989.

라 다르게 평가되고 있다. 문제는 엘리엇보다 예이츠에 대한 관심이 최근 증가하는 데 있다. 1965년 이후, 소위 엘리엇 시대 이후 포스트모더니즘이 성장하면서 낭만주의에 대한 관심이 커졌다. 이러한 시대적인 변화에 따라 최근 일련의 국제적인 세미나 등에서 엘리엇보다 예이츠에 대한 연구가 활발하게 이루어지고 있고, 현대 영시에 관한 국내 학회에서도 예이츠에 대한 관심이 적지 않다. 이런 성향을 반영하는 것인지는 모르지만 최근 엘리엇의 시를 낭만주의 시각으로 새롭게 바라보는 관심도 적지 않다. 안영수 교수는 "엘리엇이 낭만시인들을 영시 전통의 주류에서 철저히 배제"하였지만 그 자신이 낭만주의 전통을 벗어나기 어려웠다고 지적한다. 그는 또한 "현대시를 낭만주의를 중심으로 재평가하여야 한다는 자각"이 일어나고 있다고 덧붙인다(113). 물론 이러한 자각의 배경에는 엘리엇의 시를 낭만주의나 고전주의 중 어느 특정한 범주로 규정하기가 어렵다는 데에 있다. 엘리엇에게서 낭만주의 특성이 있다면 그의 예술 기법에 있을 것이다. 물론 예술 기법이 정신현상과 별개일 수는 없다. 모던 예술이 "신화적 방법"을 사용하는 공통점이 있다. 이때 "신화적인 방법"이란 인류의 신화를 현대 예술이 목적에 따라 변형시키고 현대적인 의미로 이를 재구성하는 기법을 말한다. 예를 들어, 모던 예술의 기법의 하나는 무력해 보이고 무정부적으로 느끼는 세상에 신화는 "통제하고 질서를 부여하며 형태와 의미를 주는 방법"이라고 한다(Skaff 112 & *SP* 177). 엘리엇 역시 이러한 신화적인 방법을 그의 시 세계에 적극적으로 활용하고 있다. 그러나 신화는 직관과 통찰에 의해 비로소 의미 파악이 가능할 수 있기 때문에 "그를 낭만적이거나 고전적이라고 명칭하기 어렵다"고 지적한다(Skaff 153). 이처럼 예이츠에 대한 엘리엇의 평가는 엘리엇 자신이 벗어날 수 없는 신비주의와 낭만주의 성향 때문에 본질적으로 정당하다고 보기 어려운 측면도 있지만 시대에 따라 사람들의 관심도 변한다고 보면 두 시인에 대한 평가도 모두가 달라지기 마련이다.

그럼에도 불구하고 예이츠에 대한 엘리엇의 평가는 두 사람의 스타일을 비교해 볼 때 그 나름의 의미는 있다. 그의 에세이 「율리시즈, 질서, 그리고 신화」("Ulysses, Order, and Myth" 1923)에서 엘리엇은 조이스(James Joyce) 소설이 신화를 문학 구성의 한 방법으로 사용하고 있고, 예이츠가 이를 "의식적"으로 자유롭게 활용한 "첫 번째 동시대인"이라고 평가한다(SP 178). 이점에서 예이츠나 엘리엇은 신화를 현대 예술의 중요한 모티브로 활용하고 있고, 당시 신화를 주요 소재나 주제로 하던 모던 예술의 특징에서 볼 때 예이츠에 대한 엘리엇의 평가는 타당성이 있다. 다만 신화를 표현할 때도 예이츠와는 달리 엘리엇의 시는 대체적으로 산문에 가까운 시가 많다. 「동방박사」 경우도 엘리엇 시는 형식이나 전개가 매우 느슨하게 구성되어 있어 예이츠처럼 어법이나 운율이 정형화되어 있지 않다. 사실 엘리엇의 시는 산문에 가깝다. 동방박사라는 종교적 신화를 소재로 하는 이 시에서조차 이러한 산문형식은 두드러지게 나타난다. 오히려 엘리엇은 이처럼 산문에 가까운 시를 통해서 상대적으로 짧고 간결한 예이츠의 서정시를 능가한다고 생각하는지 모른다. 그러나 엘리엇은 도저히 예이츠처럼 간결하면서도 상상력이 풍부한 시를 쓰지는 못할 것이다. 이들의 공통점은 스카프가 지적한 데로 "감성과 이성을 통합할 수 있는 정신경험의 형태"를 발견하고 "원시적이고 고대의 사건이나 신화를 현대에 살아있도록 허용하는 몇 가지 집단적이고 역사적인 무의식"에 있다. 스카프는 엘리엇은 조이스나 예이츠와는 다른 "제3의 시각"을 가지고 있다고 평가한다(153). 사실 이러한 시각은 엘리엇의 시가 산문에 가까운 점을 간과하는 측면이 있다. 산문은 이성과 논리에 치중한 인과성에 의존하고 있기 때문에 감성을 중시하는 예이츠 유형의 시와는 다르다. 엘리엇의 산문에 가까운 시는 신화 자체를 감성과 분리("dissociation of sensibility")시키지 못하는 예이츠 시에 대한 엘리엇 비판 자체이다.

이처럼 예이츠와 엘리엇은 신비주의나 낭만주의 관점에서 볼 때 형식이나 스타일까지 대립되어 보이는 것이 사실이다. 그러나 엘리엇이 보여준 차이 자체는 삶과 예술에 대한 관점의 차이라 보여진다. 따라서 예이츠에 대한 엘리엇의 평가 자체를 우리가 그릇된 편견으로 고려하기보다 엘리엇의 편견을 세상에 대한 다른 관점으로 이해할 필요가 있다. 이들이 보여준 관점의 차이는 사실 세상에 대한 대응이 매우 다르다는 느낌을 준다. 이점에서는 이들 모두가 직접적이고 적극적이라는 것을 알 수 있다. 무엇보다 이들의 문학적인 상상력과 종교적 상징은 표현에 있어 차이가 크다. 엘리엇의 시가 상상력을 우위로 두기보다 이성이나 지성에 중심을 두고 있다면, 예이츠의 시는 우아하고 상상력이 뛰어나면서도 시적 감성이 훨씬 감동적으로 느껴질 만큼 진지한 휴먼 드라마에 가깝다. 특히 종교적인 시, 혹은 종교를 주제로 하는 「동방박사」의 경우 이 두 시인은 매우 다른 시적인 스타일과 주제에 대한 관심이 다르다. 이 시를 통해 나타나고 있는 이 두 시인의 이러한 차이를 인간과 사회를 보는 시각으로 정리하는 것이 바람직하다.

그래서 이 글은 예이츠나 엘리엇에 관한 이 시대의 비평이론이나 담론 중심을 벗어나고자 한다. 물론 변화하고 있는 현대문화의 특성(모더니즘에서 포스트모더니즘을 포함해서)을 배제하고 엘리엇의 낭만주의 경향을 새롭게 논의하려는 자세나 그동안 배제되었다고 생각하고 있는 예이츠를 새로운 관심으로 보려는 자세 모두를 무시하려는 것은 아니다. 다만 시 자체에 관심을 갖고자 한다. 동일한 주제를 다루는 시를 통해서 현대시의 다양한 관점과 스타일의 다양성을 중시하고자 한다. 또한 이러한 관점과 스타일의 차이는 현대 문화를 이해하는 다양한 시각을 우리에게 제공하고 우리의 삶을 더욱 풍요롭게 할 것으로 기대된다. 특히 이 두 시인은 현대 문화 속에 차지하고 있는 종교적인 시각을 다양하게 살펴 볼 기회를 준다. 그러므로 본 글은 이 두 시인이 보여주는 공통점과 차이점에 일차적인 관심을 갖기보다 종교적인 주제를 토대로 어떻게 두 시인의 문학적인 상상력이 다르게 드러나고 종교적인 상징이 이 문학의 상상력을 어떻게 표현되고 있는가에 관심을 갖겠다.

2

메리 콜럼(Mary Colum)은 두 시인의 시 스타일의 차이를 미국인과 영국인의 의식 차이로 규정한다. 콜럼에 따르면, "미국인의 위대한 꿈의 하나는 도시 의복을 입고 도시 매너를 보이고 도시의 습관을 갖는 도시인이 되는 것"이고 "영국인의 위대한 꿈의 하나는 말과 개와 총을 가지고 시골의 집을 소유한 시골의 신사가 되는 것"이다(657). 대표적으로 엘리엇의 인물들인 '스위니'(Sweeney), '프루프록'(Prufrock), '버뱅크'(Burbank) 등은 모두가 미국식에 있어 신경증 환자로 묘사되고 있고 미국적 속물근성과 도시의 세련됨을 추구한다. 무엇보다 엘리엇이 "영국과 영국의 전통을 사랑함에도 불구하고 그의 글은 비영국적"이라는 콜럼의 지적이다(657). 사실 예이츠 같은 아일랜드 사람이기는 하지만 정작 영국 풍의 시인에게서 쉽게 발견되는 전통 형식은 엘리엇에게서는 찾기 어렵다. 특히 「동방박사」의 경우 예이츠의 시는 8행으로 매우 짧고 간결한 반면에 엘리엇의 시는 3연으로 43행이나 이어져 있다. 이처럼 예이츠의 시는 압운과 운율을 엄격하게 적용하면서도 깊고 심오하며 독자에게 많은 상상을 불러일으키지만, 엘리엇의 시는 전통적인 시의 운율 형식보다 내러티브 형식을 통해 고전 문구에 대한 인용과 암시를 빈번하게 사용하여 이러한 인용과 암시가 주는 이미지로 의미가 전달되도록 하고 있다. 즉, 엘리엇의 시는 다양한 이미지를 모자이크 형식으로 구성한 산문에 가깝다. 엄격한 의미에서 이러한 스타일의 차이는 영국 전통과 미국 전통의 차이라고 여겨지는 부분이 있다. 콜럼은 엘리엇이 미국적인 분위기를 많이 풍기고 있다고 보고 있고, 이 점 때문에 그의 시에 대한 냉소를 숨기지 않고 있다. 미국적인 분위기가 나쁘다는 시각은 아니겠지만, 시의 리듬의 경우 다양한 힘을 느낄 수 있지만 표현되는 감정은 대부분의 미국인처럼 절제되어 저음으로 짧고 신경적인 징후를 보이고 있다는 지적이다(657). 엘리엇의 초기시가 대체적으로 감정이 풍부하고 개성적인 스타일이 분명하게 드러나 보이고 가장 낭만적이라고 생각되고 있음에도 불구하고, 전체적으로 볼 때 엘리엇의 인물들은 인간이 보여주는 극적인 승화된 감정이나 이에 대한 수사는 없어 보이기 때문일 것이다. 콜롬이 보는 미국인들의 신경증후란 예이츠가 환희에 차서 도전하는 곳에 엘리엇은 시 속으로 단지 걱정과 망설임, 그리고 사소한 걱정거리들이다.

또한 엘리엇의 내러티브 역시 일반적인 산문에서 볼 수 있는 사건 배열과는 다르게 매우 심리적이며 언어적이다. 가능한 내러티브 형식은 시인 내부의 빈 공간 속에서 형성되는 사건이 일정한 플롯에 따라 전개된다고 생각하면 된다. 따라서 사건은 우리가 체험하는 일상적인 사건이 아니다. 경우에 따라서는 시인의 의식이 시간과 공간을 뛰어넘어 역사의 어느 곳에서나 편재해 있다. 달리 말하면 동방박사의 신화가 예수탄생이라는 역사적인 시간 개념을 넘어 시인의 의식 안에서 자유롭게 존재한다. 이 동방박사는 싱서의 신화가 최초로 보여주는 모습은 아니다. 엘리엇의 동방박사는 목적에 따라 다소 변형된 모습으로 나타나는 은유적인 존재이다. 이 존재가 현대라는 시간적인 문맥에서 죽음과 탄생의 주제로 반복된다. 엘리엇의 시에서 시간적인 문맥이란 인간이 매우 무력하게 존재하고 세상에 대한 환멸과 혐오로 가득 찬 모든 환경과 장소를 가리킨다. 물론 이때 시간과 공간에 대한 문맥은 엘리엇이 가진 세계관과 인생관을 대변한다. 이러한 다양한 문맥은 수사학적으로 환유에 속한다. 그러나 이러한 수사학은 언어로 통제되고 있고 의식적인 면에서 매우 심리적이다. 예이츠가 개개인의 심리 깊은 곳에 천착해 있다면 엘리엇은 의식의 흐름에 따른 사건을 언어로 이어간다. 예를 들면 동방박사가 역사상 많은 장소와 시간을 넘나들면서도 그가 만난 인물들은 모두가 비극적이고 정신적으로 황폐해 있다. 이러한 일관성은 최초의 신화적인 사건을 인간의 비극이라는 주제에 따라 비슷한 이지미지를 가진 다른 인물들을 반복시키고 재현시키는 데에서 찾아진다. 엘리엇이 구성한 이야기에 나오는 주인공은 시인 자신일 수 있고, 그가 창조한 인물일 수 있다. 그러나 이들은 매우 혼란스러워 보인다. 또한 어떤 정해진 공간이나 시간에 인물이 나타나기보다 목적이 부합하는 곳에 언제든지 등장한다. 주인공은 대체적으로 고전 속의 인물이고, 그가 살고 있는 환경은 유사하게 반복되어 있다. 스위니 캐릭터의 환경이나 프루프록 캐릭터의 환경이나 햄릿(Hamlet)의 환경이나 동방박사의 환경이나 모두 유사하다. 단지 이들 각각에 대한 이야기가 다를 뿐이다. 모두 절망에 빠지고 무력한 인물로 등장하고 이들이 사는 곳은 한결같이 황무지이다. 결국 엘리엇의 시의 스타일은 이러한 비슷한 인물들을 비슷한 환경 속에서 반복시키는 패턴을 유지하고 있다. 이것은 언어의 수사학적인 패턴에 대한 발견을 용이하게 한다. 즉, 엘리엇의 심리 전개는 언어가 가진 힘에 의지한다.

이런 점에서 예이츠의 주관적 심리와는 다르다. 예이츠의 심리 세계가 언어적인 측면보다 주관적인 체험을 강조한다면, 엘리엇의 심리 세계는 객관화되어 있는 빈 공간이다. 내러티브는 이 빈 공간을 흐르고 있다. 그러면서 이 내러티브는 공간 밖에 있다. 공허함은 엘리엇의 시의 세계이며 그의 스타일에서 단적으로 발견되고 있고, 엘리엇 자신의 자아나 세계는 존재의 공허함이나 삶의 허무가 역설적으로 존재하고 있다. 엘리엇의 내러티브 스타일은 어느 경우이든, 그의 전용된 말처럼, 다양한 은유들이 "객관적 상관물"처럼 다양한 스토리에 의해 전개되고 있다. 시에서 표현되는 다양한 인물들의 이미지는 모두 시인 자신의 내면에 언어적인 형태로 존재하고 있다는 뜻이다.

예이츠 시의 스타일은 다양한 이미지들을 분산시키기보다 상상력에 의해 이들을 통합시키는 순간 체험되는 내면적 환희에서 발견된다. 엘리엇이 전개시키는 이미지는 "감수성의 분리"라는 그의 전용된 말에서 알 수 있는 것처럼 따로 따로 분리되어 있거나 외면적으로 전혀 통일성이 없어 보이는 측면에서 예이츠와는 다르다. 시에서 엘리엇의 수사학 패턴과는 달리 예이츠의 경우 시 안과 시 밖에 시인이 따로 존재하지 않는다. 이미지 자체가 시인의 전체와 삶을 함께 포용한다. 예를 들어 댄서와 댄스와 구분을 찾아볼 수 없다. 댄스 자체가 댄서이고 댄서가 댄스 자체인 시적인 체험이 암시적이기보다 구체적이고, 부분적이라기보다 통합적이고, 시 밖이나 시인밖에 아무것도 없다. 시인이 모든 세계의 중심에 서 있고, 공허하기보다 존재로 가득 차 있다. 자아가 모든 세계의 중심이고, 세계와 자아와의 신비적인 통합이 새로운 시적 체험을 낳는다. 이처럼 예이츠의 시 세계는 낭만적 신비주의 경향을 띠는 일체의 수사학을 보여준다. 시인 자신을 대용하는 다른 인물의 은유는 없다. 자신은 동방박사이고 동방박사와 융합되며 자신 안에서 시공을 초월한 채 살아 있는 인물이다. 그것은 일체의 순간이고 역사와 신화와 동화되는 순간이며 영원을 지향한다. 그의 종교적 구원은 이러한 글짓 자체의 행위에 해당된다. 이 행위는 다양한 인물들의 유사한 반복에서 나타나 있기보다 순간에 이루어진 기쁨과 환희의 절정이다. 따라서 그 체험은 예이츠의 특유의 수사학으로 역사적인 예수 탄생과 동방박사의 신화가 다른 사건의 문맥에서 반복적으로 재현되고 있기보다 존재론적이다. 그러므로 예이츠의 수사학 패턴은 시인 자신이 은유에 해당되며 그의 체험이 환유이다. 체험은 항상 다르다. 그러나 체험의 본질은 같다. 다만 시인 자신이 동방박사의 은유에 해당되고 자신의 체험이 환유로 인식될 뿐이다. 이는 자신과 체험 자체가 차별을 둘 수 없는 정도에서 은유도 환유도 경계가 허물어진다. 이점에서 종교 역사와 신화의 경계가 허물어지고 동시에 시간과 공간이 허물어진다. 또한 자아와 삶의 세계에 대한 경계가 허물어진다. 이 모든 체험은 시인의 상상력을 떠나 존재하지 않는 숭고함에 있다.

다니엘 앨브라잇(Daniel Albright)은 예이츠가 "상상력 자체보다 이미지에는 별 관심이 없다"(31)고 지적한다. 양자파동이론을 적용한 앨브라잇에 따르면 엘리엇이 은유들이나 이미지들을 "매듭으로 엮는 네러티브"를 사용(241)하고 있는 반면에, 예이츠는 "물속에 반사되는 인상"(32)과 같은 은유들을 사용하고 있고, 이러한 은유는 매우 환상적이라고 한다. 종교적인 상징으로는 예이츠가 소위 "계시론적 수사학"(49)을 사용하고 있는 반면에 엘리엇은 그리스도의 이미지를 띤 분자들을 마치 파동에서 해방시키듯이 그리스도와 유사한 상징적인 은유들을

자기 구원의 과정 안으로 나열시킨다. 그에 따르면, 특히 예이츠에게
는 "어둠 속에서 보다 강렬한 불빛"(31)을 일으키는 방출 파동과 같은
감각적인 이미지가 파도처럼 유연하게 그러나 모호하게 소용돌이친다.

「동방박사」 시에 있어서 중요한 종교적 수사학이란 시간과 죽음,
그리고 상징에서 비롯된다. 수사학의 기저는 기독교의 역사적이고 상
징적인 사건인 예수의 탄생과 예수 탄생지로 가는 동방박사의 여정이
다. 이러한 여정은 사건에 의해서든 심리 현상이든 종교적인 의식이며
제의일 수 있다. 그리고 이 종교적인 의식과 제의행위에는 문학적인
표현이 필연적으로 따르게 된다. 크게는 현실 삶에 대한 불만족을 문
학의 상상력으로 표현해내는 자체가 종교적인 의식이나 제의라 볼 수
있고, 작게는 이러한 제의행위 자체가 구원을 함축한다고 말할 수 있
다. 우리가 하는 이야기 짓기, 말하기, 듣기는 구원의 몸짓과 다르지 않
다고 보기 때문이다. 이때 종교적인 의식이나 제의라는 틀 안으로 문
학적인 상상을 어떻게 끌어들이나 하는 것은 그것을 표현해내는 글쓴
이의 스타일이나 주제에 따라 매우 다르게 나타날 것이다. 무릇 글짓
은 그 자체가 종교적일 수 있는 행위를 함축하고 있거나, 종교적인 행
위를 글짓으로 나타낸다고 볼 때, 정진홍 교수의 지적처럼, "문학적 상
상(글짓 문화)은 제의(구원론 또는 몸짓－말짓의 복합문화)를 충동하
는 다양한 기제"(98)일 수 있음을 보여준다. 예이츠와 엘리엇은 현대문
화(모더니즘에서 포스트모더니즘까지)를 상징적으로 보여주는 인물
들이지만 이들의 문학적 상상과 종교적인 상징은 구원이라는 종교적
인 제의문화를 충동하는 다른 기제임을 알 수 있다.

알고 있듯이 예이츠와 엘리엇의 문학적 상상과 종교적 상징은 신화
에 의존하는 바가 크다. 종교적인 사건이나 신화는 융(C. G. Jung)의
"집단무의식"에서처럼 이들의 시적 상상력의 근저를 이루고 있다. 예

수 탄생은 서구에 커다란 종교적인 사건이지만 동방박사들의 성지로의 순례는 신화에 가깝다 하겠다. 이들의 순례는 시공을 뛰어넘어 예이츠와 엘리엇의 성지 순례를 의미할 수 있다. 예수 탄생은 인류의 고난과 구원을 의미하며, 개인적으로 이들 시인에게 종교적인 상징으로 다가온다. 이로부터 시 자체는 이러한 종교적인 상징을 시적 상상력의 세계로 승화시킨다. 다만 이들이 이러한 예수탄생이라는 역사적인 사건과 동방박사들의 성지 순례라는 신화적인 사건을 종교적인 구원 형식으로 시의 세계에서 재현시키고 있다. 말하자면 시라는 글짓은 종교적인 구원을 충동하는 하나의 기제라 할 수 있다. 이때 이들의 글짓과 구원은 종교적인 제의문화를 상징적으로 보여주는 예라 여겨진다. 그리고 이러한 제의문화는 두 시인의 시적 스타일과 표현양식을 다르게 형성하는 다양성을 보여준다. 예이츠의 낭만적 신비주의와 엘리엇의 고전적 형식주의가 같은 종교적 사건과 신화를 접근하는 데에 있어 다른 양상을 보여주는 이치와 같다. 예이츠의 경우 동방박사의 신화는 여기에서 개인의 의식 안에 깊은 체험으로 다가올 수 있는 반면에, 엘리엇의 경우 이야기 속의 인물이 어떤 사건을 겪으면서 갖게 되는 플롯에서 강조된다. 이러한 형식의 차원에서 예이츠의 시가 인간의 깊은 내면 탐구에 비추어 동방박사의 신화를 접근한다고 보면, 엘리엇은 상대적으로 이 신화를 고전에 대한 암시를 통해 기독교 전통에 비추어 외면화시키거나 객관화시킨다. 이러한 종교에 대한 입장은 예이츠보다 엘리엇이 훨씬 기독교 전통에 천착해 있는 듯 보인다. 그러나 동방박사 신화를 종교적인 제의문화로 형상화 해내는 작업은 탄생과 죽음이라는 고전적인 주제를 고려해 볼 때 매우 상이하게 목격된다. 이럴 때 예이츠는 종교를 사적인 체험으로 승화하는 측면에서 비기독교적이라는 비난을 받을 수 있지만 비종교적이라는 의미는 맞지 않는다.

예이츠는 자신의 『자서전』(*Autobiography*)에서 "자신은 매우 종교적이다"(77)라고 말한다. 자신이 종교적이라고 말하는 것은 특별한 고백이 아니다. 예이츠의 국가적인 환경과 가정의 배경이 구교이든 신교이든 기독교이고 그 기독교로부터 성장을 했기 때문이다. 어린 시절부터 자연스럽게 종교를 접해왔을 것이다. 이한묵 교수는 이러한 예이츠의 환경이 매우 종교적이라는 것과 그가 49살 때까지 성경을 공부한 이력 때문에 그가 시에서 성경을 사용하고 있음에도 불구하고 그의 종교적인 관심이 어떻게 시에 사용되고 있는지에 대한 연구는 간과되었다고 지적한다(109). 이 교수에 따르면 헤롤드 블룸(Harold Bloom)이나 리처드 엘먼(Richard Ellmann)은 예이츠가 간접적이든 직접적이든 3,000번 이상 성경을 사용하였다고 지적하고 있다. 문제는 성경의 사용과 기독교 전통에 대한 예이츠의 태도가 무엇인가 하는 것이다. 현대에 들어 종교가 상당히 세속화되어 있는 점은 언급하지 않더라도 적어도 예이츠의 경우 성경을 정통 기독교의 의미에서 사용하지 않았다는 것은 분명한 듯싶다. 이런 자세는 성경을 해석하는 차원에서 볼 때 매우 자의적이라는 것을 알 수 있다. 이러한 성경에 대한 자의적인 해석이나 비기독교적인 의미에서 성경을 차용하고 있기 때문에 그동안 예이츠의 종교성에 대한 연구가 다소 미흡하였거나, 혹은 성경에 대한 인용이나 암시, 문맥을 중심으로 예이츠의 종교성에 대한 연구를 탐색하고 있을 수도 있다. 중요한 것은 예이츠가 성경을 자신의 시에서 이상적이고 예언적인 문맥에서 주로 사용하고 있다는 부분이다. 이점은 그가 지속적인 성경의 사용을 통해 "신의 예술을 인간의 예술로 전환시키기 위해 철학적이고 정신적인 가능성을 탐구하였다"(110)는 입장이다. 이러한 차원에서 예이츠는 성경의 사건, 이미지, 상징, 언어 등을 지속적으로 사용하고 있음이 틀림없는 것 같다.

「동방박사」는 이러한 성경의 사건, 이미지, 상징, 언어 등에서 두 시인의 문학적 상상력과 종교적인 상징을 살펴보기에 매우 적절한 형식과 주제를 보여준다. 예이츠의 경우 농방박사 이미지는 화폭 속의 인물처럼 죽음이나 화석으로 그려져 있고, 엘리엇의 경우 예수가 태어난 베들레헴을 향해 여행을 떠나는 인물로 그려지면서 그들이 노정에서 겪게 되는 어려움과 고통을 묘사한다. 전자는 죽은 영혼을 자극하고 후자는 고통스러운 순례여정을 통해 종교적 구원을 상징적으로 그리고 있다. 종교적인 상징이란 동방박사가 시간이나 죽음의 문제를 수용하는 종교적인 제의문화로 들어오는 데서 의미를 갖는다.

우선 동방박사에 대한 사건은 시에서 시간을 뛰어넘는다. 오히려 현재에서 과거로 이행해가고 과거에서 현재로 다시 거슬러 올라오는 현상이 생긴다. 동방박사에 대한 추적은 시인의 회상 속에서 이루어지기 때문이다. 성경 속의 사건으로 우리를 돌아가게 만들고 돌아오게 하는 시간의 구조로 우리를 안내한다. 다시 말하면 흐르는 시간에 따라 과거로부터 현재를 확인하고 우리의 정체성을 동시에 확인한다. 이처럼 시간을 거슬러 최초의 사건을 현재에 되살리게 되면 최초의 사건에 비추어 볼 때 현재에 사는 우리가 어떤 정체성의 위기를 맞고 있는지 이해하게 된다. 예이츠나 엘리엇의 경우 모두 성경의 역사적인 사건이 역사적 시간을 넘기 때문에 환상적인 시간들로 느껴지게 되고 역설적으로 항상 동시적인 삶의 경험으로 인식된다. 다만 엘리엇의 경우 유사한 삶들이 다양한 형태로 시간 속에 배열되는 차이가 있을 뿐이다. 그러나 이러한 배열들은 복합적으로 연계되어 있다. 그러면서도 이를 엮고 있는 스토리는 단일한 주제를 이루면서 이끌어진다. 아무튼 이 두 시인 모두에게 동시적인 체험이 환상 속에서 영원성을 지향하든, 사건의 배열에 의해 지속되든 이것은 시간의 간격을 뛰어넘는 신비적 시간을 가리키고 있다. 이에 대한 체험은 직관에 의해 비로소 현실적으로 느껴진다. 이러한 과정은 심리적 시간이라 볼 수도 있다. 이는 시인의 내부에서 과거나 현재의 시간이 초월되고 역사적 사건이 불가피하게 파괴되거나 소멸된다. 이로 인해 동방박사를 우리는 우리와 동일시하는 혼란을 겪게 되고 정체성에 대해 혼동을 경험한다. 결국 특별한 역사적인 시간이 인간의 고통이나 환희로 전환되는 과정에서 시간 개념이 무력해지고, 이러한 고통과 환희를 표현해내는 이미지나 상징은 언어를 통해 구체적인 실존으로 다가온다.

문학은 이러한 실존적인 과정을 상상력에 의해 언어로 표출해내고, 동시에 종교적 구원을 향한 모티브를 발견한다. 예이츠가 동방박사를 화석의 이미지로 그리는 배경과 엘리엇이 동방박사를 고통과 절망에 쌓인 이미지로 그리는 배경에는 인간이 존재론적 위기를 느끼고 있는 데서 비롯된다. 이는 과거로부터 현재에 이르기까지 인간 존재에 대한 회의를 통해서 가능해진다. 이 회의는 지금 이곳에 있는 자기 스스로에 대한 정체성의 회의이다. 이들 스스로 갖는 질문은 우리가 어떻게 이러한 모습으로 살게 되었는 가이다. 이런 관점에서 보면 인간은 염세적이고 비관적이고 현재에 대한 회의로 고통을 받는 존재들이다. 그리고 이러한 존재에 대한 회의는 당연히 시간에의 공포를 수반한다. 그리고 이로부터 탈출하겠다는 욕망이 생긴다. 이때 과거의 사건이나 상징이 시간을 초월해 현실 속에서 의미를 갖게 된다. 이래서 신화는 의식적으로 혹은 무의식적으로 반복되며 새로운 생명력을 갖게 된다. 따라서 현재를 탈출하고자 하는 욕망이 시간의 소멸을 자극하고 과거를 현재화하게 된다. 최초의 사건을 읽고 다시 쓰는 행위가 곧 최초의 신화를 새롭게 구체화시키는 몸짓이다. 이러한 몸짓을 의식화하는 형태가 종교적인 제의일 것이다. 그러므로 시인의 회상은 종교적 구원을 찾기 위한 욕망이 하나의 동기로 발동하게 되고 이를 형상화한 자체가 문학적 상상력의 소산이다.

죽음의 경우 죽음은 삶의 소멸을 의미하지만, 죽음자체는 종교적인 차원에서 보면 미지의 세계, 즉 미래의 시간과 공간에 대한 현실이라 볼 수 있다. 또한 죽음에 대한 인식은 현실을 살아가는 인간의 자기 정체성에 대한 다른 표현이라 할 수 있다. 이점에서 죽음은 현실 속에서 자기인식을 하는 의지의 표현이다. 「동방박사」에서 두 시인 모두에게 동방박사는 죽음의 이미지로 그려져 있다. 예이츠에게 동방박사는 이미 과거에 죽은 생명이 없는 신화 속의 주인공일 뿐이다. 당시에 예수 탄생의 신비와 종교적인 의미를 체험하였을 그 모습은 시간이 지남에 따라 가혹한 세상에 의해 소멸되어 버렸다는 뜻일 것이다. 엘리엇에게 동방박사는 별을 따라 예수탄생지로 향하는 음산하고 긴장된 이야기 속에 나오는 주인공들이다. 동방박사는 탄생의 기쁨과 미지의 죽음을 동시에 느끼는 신비적인 인물로 묘사된다. 그런데 이러한 탄생과 죽음이 시인의 삶 내부 깊은 곳에 천착해 있다. 그러나 그 탄생과 죽음의 의미는 알 수 없다. 오히려 탄생과 죽음의 의미가 모호해진다. 그래서 시인은 현실적인 인식기능을 가지고 이 깊이를 측정하려 한다. 이 시인은 그러한 징표를 발견하여 그 의미를 알고 싶어 한다. 그리고 이 시인은 삶의 현실 속에서 그 죽음의 의미가 얼마나 차지하고 있는 것이지 느끼고 싶어 한다. 또한 이 시인은 죽음에 적응할 수 있는 한계를 느낀다. 마치 동방박사처럼 예수탄생과 죽음은 시인에게 탄생과 죽음의 문제를 제기한다. 물론 죽음의 한계를 밝히고 싶을 것이다. 육적인 것과 영적인 것에 대한 질의 자체가 무겁게 주체를 압도할 것이다. 때로는 죽음이 비약되거나 죽음으로부터 해방을 감행한다. 죽음에 대한 두려움이 그렇게 비약을 요청하거나 비약을 감행하도록 요구할 것이다. 죽음을 알려는 태도는 결국 사고의 비약을 낳는다. 그렇지 않으면 현실에서 오는 존재의 위기를 극복하기 어려울 뿐만 아니라 좌절과 절망에서 비탄하고 있을 것이다. 죽음을 만나고 죽음을 읽는 행위는 두려움과 공포를 당연히 수반하게 되고 현실은 설명하기 불가능하게 다가온다. 우리는 일상 속에서 죽음을 만나는 것을 꺼린다. 하지만 시인은 동방박사와 같은 인물을 기꺼이 환영한다.

시에서 탄생만큼이나 죽음은 시인들의 즐겁고 가장 재미있는 놀이이다. 동방박사처럼 이 놀이는 두려우면서도 기꺼이 죽음의 의미를 찾는 놀이다. 시 속에서 새로운 미지의 세계가 그려지고 동시에 현실 삶속에서 이를 누릴 것이라는 즐거움이 있다. 놀이 자체는 전율하는 즐거움을 안겨준다. 환상적이면서도 체험에서 오는 환희이다. 이 환희는 어쩌면 죽음에 대한 인간의 욕망의 다른 표현일 것이다. 이것이 죽음에 대한 인간의 본연적인 모습일 것이다. 때로는 죽음 놀이에 대한 회상은 현 세계로부터 강한 저항에 부닥칠 수 있다. 시 속에서만 가능해진다. 죽음을 맞는 환희는 문학적 상상력 안에서만 가능해진다. 우리는 시간을 극복하지 못한다. 그래서 시인의 순수를 승인하지 않으려한다. 죽음놀이를 즐기지 못하는 시인의 죽음이 슬픔처럼 드러나고 있다. 진정한 자기 모습으로 돌아가려는 자아에 도달하지 않으려는 세속적 저항이 긴장으로 도사리고 있다. 예이츠의 죽음은 시간의 소멸을 수용하는 영원히 해방된 실체라면, 엘리엇의 죽음은 시간과 무시간의 교차로에서 시간의 소멸에 저항하는 긴장된 모습을 보여준다. 죽음의 신비와 죽음의 현실성을 시인들은 그렇게 묘사하고 있다.

따라서 종교적인 차원에서 상징적인 의미를 갖고 있는 죽음은 회피해야 할 대상이 아니고 혹은 수용해야 하고 극복해야 할 대상도 아니다. 오히려 삶을 이루는 내부에 존재하고 영원한 타자로서 사랑해야 할 대상인 셈이다. 예이츠가 이를 서정적인 구조에서 표현한 것이라면 엘리엇은 서사적 구조를 통해 이야기하고자 한다. 시가 담고 있는 체험과 일련의 이야기는 이러한 종교적 상징을 극적인 효과를 통해 드러내고 있는 것이라 말할 수 있다. 그리고 시간과 죽음을 회상하는 일은 구원의 현실적인 구현이기도 하다. 구원이란 새로운 비전과 미지의 세계에 이르려는 존재양태의 변화로 볼 수 있다. 이들의 시가 이러한 존재양태를 염두에 두고 있다면 우리는 동방박사들의 상징성을 구원의 의미로 수용하는 데 아무런 어려움을 느끼지는 않는다.

이처럼 시에서뿐만 아니라 삶을 표현하는 곳에서도 예이츠와 엘리엇은 상반되어 보인다. 「동방박사」가 삶과 시의 관계를 매우 상반되게 보여주는 시로 적절하다는 의미이다. 삶과 시 모두에서 예이츠와 엘리엇을 대비시키면 자아가 통합하는 곳에 분열이 있고, 간결한 표현이 있는 곳에 산문이 있고, 비약이 있는 곳에 겸양이 있고, 말과 의미사이의 일치가 있는 곳에 불일치가 있고, 생생한 체험이 있는 곳에 관성과 무력이 있고, 환희와 유희가 있는 곳에 고통과 진지함이 있고, 긍정적이고 적극적인 곳에 부정적이고 소심함이 있고, 직접적이고 통일된 구조가 있는 곳에 간접적이고 산만한 구조가 있고, 활기 있게 그대로의 가치를 수용하고 자기 승화를 찾는 곳에 지치고 풍자적이고 자기 비하가 있고, 완고하고 용감한 독자가 있는 곳에 승복하고 회의하는 독자가 있다. 이들의 삶과 예술은 통합된 구조와 분리된 구조라는 수사학의 패턴에 따라 종교적인 주제가 순수한 개인의 차원에서 숭고한 체험으로 다가오거나 신앙의 틀 안에서 한 경건한 인물로 다가온다. 예이츠의 시가 신비적이고 감성에 의한 삶을 통합하는 것이라면 엘리엇의 시는 합리적이고 이성에 의한 삶을 초연히 묘사하고 있다는 뜻이다. 물론 이 두 시인 모두가 직관과 상상력에 의존하고 있다. 모순되어 보이고 이분법적으로 보이는 두 시인에게서 종교적 신비주의가 있다면 이성과 합리적인 사고와 상상력이 서로 상반되게 통합되어 있다는 것이다. 예이츠가 직관과 상상력에 의해 이성에 도전하고 궁극적인 삶의 가치관을 시의 세계에서 구현한다면, 엘리엇은 직관과 상상력에 의해 고전작품 사이에서 의미 찾기를 자극하고 시의 전반적인 형식이나 구조에 영향을 미친다.

3

예이츠에게 예수의 탄생은 "짐승 우리"(the bestial floor)처럼 암시적인 의미에서 우리 세상에 대한 물리적이고 정신적인 위협이었다. 이점은 엘리엇의 세계관과 유사하다. 예이츠는 세상이 신의 성육신이 명시하는 기독교의 정신을 상실하였다고 믿고 있다. 기독교에서는 골고다의 수난 혹은 "갈보리의 수난"(the turbulence of Calvary)은 십자가에 못 박힌 예수의 수난이며 곧 그의 죽음을 의미하지만 그리스도에 대한 믿음의 실체를 거부하는 세속 세계의 수난을 나타낸다. 그리고 이 수난은 그리스도의 탄생에 있어 신의 물리적인 요인을 강화시키는 탄생의 고통이다. 바로 거기에 기독교의 정신이 있다. 그렇지만 예이츠가 본 기독교는 우리의 영혼과 신체를 하나로 결합할 수 없는 그러한 물리적인 요인에 비추어 볼 때는 독약이다. 해롭다는 부분은 인간의 감수성이 인간의 완성을 성취할 수 있는 순기능을 한다는 사실을 기독교가 부정하거나 차라리 거부하고 있다고 생각되기 때문이다. 그리스도의 탄생은 이러한 인간성의 완성을 부정하고 오로지 정의를 실현하려는 엄격하고 가혹한 세상에 오히려 위협적이고 공포였다. 예이츠에게 그리스도의 역사적인 탄생은 세상에 대한 계시적 희망이었고, 인간의 완성이 추구될 수 있는 새로운 비전이었다.

동방박사 이미지는 가장 비천한 곳인 "짐승우리"에서 "걷잡을 수 없는 신비"(The uncontrollable mystery)를 목격한 이후 이들이 세상에 회귀한 이후에도 과거와 똑 같은 삶을 살아가야 하는 죽음 자체였다. 시인은 "딱딱하고 공허한 의복을 입고"(In their stiff, painted closthes) "창백하게 행복하지 못한"(pale unsatisfied) 얼굴로 "창공 깊은 곳에서 나타났다 사라지고"(Appear and disappear in the blue depth of the sky)하는 그들을 "항상 그랬던 것처럼 지금 마음의 눈으로 목격한다"(Now as at all times I can see in the mind's eye). 그들의 얼굴은 "풍상을 겪은 돌처럼 모든 고대인들의 얼굴을 하고"(With all their ancient faces like rain-beaten stones) "모두 은으로 된 투구를 쓰고 나란히 공중을 떠돈다"(all their helms of silver hovering side by side). 눈은 하나 같이 "정지된 채 고정"(still fixed)되어 있다. 여전히 그들은 "갈보리 수난"이 주는 불행에 고통을 받으면서도 한 번 더 짐승우리에서 일어나 불가사의한 신비를 열망한다. 한 번 더 이 세상이 바라는 그의 탄생은 어쩌면 "예수 주현"(the Epiphany)이다. 이는 동방의 세 박사의 베들레헴 내방이 상징하는 그리스도의 출현이다. 이는 곧 신비이다. 오로지 직관과 통찰에 의해서만 가능한 체험 그 자체이다. 세 동방박사가 체험한 신비는 합리적이고 객관적인 세상에서는 알 수 없는 신비이다. 그래서 그들은 세상에 의해 거부된 채 움직이지 않는 화석으로 예이츠에게 비친다. 시인에게 이들은 항상 그런 죽음의 이미지로 목격되었다. 신비적이고 환상적인 체험에서 오는 구원에 대한 비전이 구체적이고 실제적인 현실에 의해 거부되거나 희생당한 세 동방박사는 시인 자신인 셈이다. 시인 역시 딱딱하고 공허한 의복을 입고 죽어 있는 화석으로 그 불가사의한 신비를 설명할 수 없다는 사실이다. 그 역시 예수의 탄생이 주는 신비와 이해하지 못할 갈보리에서의 수난 사이에서 받은 동방박사의 충격으로부터 불가사의한 삶과 죽음사이에서 영원히 만족스럽지 못한 자기 모습을 발견한다.

문학적 상상이 펼치고 있는 동방박사에 대한 체험은 시간을 초월한다. 과거 종교적인 사건과 신화가 현재의 사건과 신화로 변한다. 당시 예수 탄생이 주는 "걷잡을 수 없는 신비"가 세상에 의해 거부되고 부정되어 가혹한 죽음으로 만나는 사건은 그 참다운 의미를 이해하지 못한 현실로 세상에 남겨져 있다. 이 사건은 인간의 실존적 위기이다. 예수 탄생과 죽음의 구조는 동방박사의 정체성뿐만 아니라 시인이 근원에의 회귀를 통해서만 정체성을 회복하는 축을 가지고 있다. 동방박사가 예수의 탄생을 다시 바라는 마음은 근원에로 회귀하고자 하는 욕망의 표현이다. 이는 곧 시인의 욕망이다. 욕망은 예수탄생을 통해 체험한 종교적 구원에 대한 환희이다. 그리고 이 환희 속에서 스스로의 정체성을 회복한다. 그리고 이러한 정체성은 객관적이고 이성적인 산물이 아니다. 신성이 "짐승우리"에서처럼 발가벗겨진 채 인간의 모습으로 태어나는 신비이다. 인간이 신을 만나는 정황과 일치한다. 말하자면 인간에게서 신의 탄생은 종교적 구원이며 신과 인간이 결합하는 일체를 시사한다. 그리고 그 신의 죽음 또한 궁극적인 긍정을 찾기 위한 역설적인 정황에서 이루어지는 신비이다. 이러한 숭고한 체험은 비로소 인간의 원초적인 감각과 자연그대로의 본성을 통해서 시간을 뛰어넘는다. 동방박사의 최초의 신비적인 체험은 항상 동일한 차원에서 극적으로 찾아진다. 인간의 완성은 이러한 정체성에 대한 새로운 비전과 회귀의 축에서 항상 이루어지고 있다. 신과 인간의 만남은 뜨겁고도

격정적이며 불가해한 신비이다.

동방의 세 박사가 본 그리스도의 수난이 구원을 위한 수난이라면 그들이 돌아온 세상은 엄격한 정의만이 단단한 현실로 되어 있었다. 이러한 깨달음 때문에 예이츠는 인간의 정신을 찬양하고 자신의 주관적인 체험에 호소할 수 있는 예술에 대한 관심을 가지고 있었다. 이러한 예술을 통해 비전과 현실 사이의 긴장을 해소하려고 노력하였다. 그에게 진정한 예술가는 동방박사의 화석화된 이미지가 살아 있는 인간의 모습으로 변화되는 존재였다. 동방박사들이 겪은 인간으로서의 체험이란 짐승 우리에서 그리스도를 낳는 동정녀 마리아의 고통을 세상에 대한 축복으로 여겼던 예이츠 자신의 체험이다. 시란 예이츠의 승화된 체험 자체이고 탄생과 죽음에 대한 예술의 숭엄한 표현이다. 그리스도의 갈보리의 수난은 세상이 일찍이 저지른 가장 사악한 행위로 시인 또한 그 세상으로부터 자신의 죽음을 목격한다. 문제는 동방박사가 겪은 인간적인 체험을 시인 스스로 내부에서 보다 죽음과 탄생이라는 종교적 구원을 문학적 상상에 의해 이루어내는 것이다. 시는 곧 예이츠 자신의 구원을 위한 종교적인 제의형식이다. 그리스도의 탄생을 목격한 동방박사의 영광은 생명이 없고 창백한 시인으로서 화석화된 자신을 자극시키는 시적인 동기이다. 이점에서 동방박사는 예이츠 자신의 은유이고 시인으로서 새로운 탄생은 역사적인 시공을 뛰어넘는 환유이다.

이처럼 예수의 죽음 또한 시인에게 탄생의 의미를 갖고 있다. 갈보리의 사건은 예이츠에게 불행한 사건이다. "갈보리 수난"으로부터 받은 동방박사의 충격이 세속의 역사에 그대로 이어져 있기 때문이다. 상대적으로 인간의 역사는 그리스도 탄생의 고통을 통해 만족스러운 상태보다 불행한 모습을 가지고 있었다. 신이 기획한 "제어할 수 없는 신비"란 기독교의 진리가 현실적으로 거의 성취될 수 없다는 역설을 드러낸다. 이것은 기독교의 교리나 신학적인 입장과는 거리가 먼 시인 자신이 그리스도의 인격적 완성과 정신적으로 일치할 수 있는 예술적 감수성과 관련이 깊다. 그리스도의 죽음은 불행한 사건이면서도 그가 보인 인류사랑에 대한 위대한 정신은 단순한 그의 희생만은 아니다. 또한 육체적 소멸을 의미한 것도 아니다. 오히려 진정한 자기 정체에 대한 인식이 사랑을 통해 완성되고 있다고도 생각된다. 사랑은 자기정체에 대한 인식의 토대이다. 더욱이 희생이나 소멸을 통해 자기 정체성이 역설적으로 이루어지는 측면도 있다. 이 죽음 또한 자기 부정과 긍정, 혹은 자기 긍정과 부정이라는 역설에서 이루어지는 신비이다. 이러한 신비는 이 세상에서 이루어지는 것은 아니다. 그러나 이 신비가 현실로 이어질 수 있는 가교에 시가 있다. 시를 통해 이 신비가 현실로 다가온다. 그리고 자기 고백을 통해 불가능한 꿈을 현실적으로 이끌어 내 그 안에서 느끼고 보고 호흡하고 접촉한다. 그러므로 시가 신비의 세계임을 고백한다. 이러한 차원에서 죽음은 그냥 죽음이 아니다. 현실이다. 이 현실을 글자로 음성으로 믿는 다면 지나치게 비현실적이고 낭만적이라고 할 것이다. 구원의 신비는 그 죽음을 현실화하는 과정에서 삶 속에 살아 있다는 데 있다.

「동방박사」에서 시간과 탄생, 그리고 죽음이 종교적인 상징으로 표현되면서 이 세 모티브가 구원의 구조를 이루고 있음을 알 수 있다. 그러나 이러한 구조가 일련의 합리적인 이성이나 엄격한 논리를 앞세우는 지성에 의해 이루어지고 있지는 않다. 시인의 훌륭한 감수성에 의존하는 바가 크다. 직관과 통찰에 의해 이러한 구원이 신비스럽게 성취되고 있다. 따라서 동방박사의 인간적인 체험이란 이러한 감수성을 통한 인간의 완성이라 볼 수 있다. 예이츠는 이러한 동방박사의 경험을 자신 안에서 동일시함으로써 스스로의 감성을 순화시킨다. 그들처럼 자신의 완성과 성취를 향하듯이 믿음을 향한 그리스도의 열정을 얻기 위해 전력을 다한다. 그는 역사와 세상의 비인간적인 면과 그리스도의 인간적인 측면사이에 존재하는 대립되는 힘들을 조화하려고 노력한다. 예이츠의 눈에 그리스도는 최고의 예술가가 그러하듯이 인간의 역설적인 힘들을 조율할 수 있는 완성된 인간이다. 마치 참된 예술가가 자신의 창조적인 행위 앞에서 기쁨을 찾듯이 창조주처럼 환희에 차 있다.

이처럼 세상을 놀라게 할 예수탄생은 시인의 삶에 새로운 의미의 시작이다. 그러나 예이츠에게 이 사건은 악마적인 탄생을 확실히 예견하고 있다. 이 예견은 자신의 삶을 거부해야 하고 시적인 비전을 질식시키는 기독교 역사를 말한다. 예이츠는 인간의 실질적인 활동을 부정하는 기독교는 그리스도의 정신은 아니라고 생각한 듯싶다. 동방박사는 그러한 반 그리스도 악마들을 상대로 하는 상징적인 인물들이다. 오히려 그리스도의 고통이 정점에 이른 "갈보리 수난"은 예수의 탄생처럼 생의 가장 기쁜 순간이다. 그리고 그 죽음은 또 다른 삶을 위한 마지막 종교적 의식이다. 이를 통해 인간이 저지른 가혹한 행위와 인간의 또 다른 악마적 이미지를 신비적인 힘으로 순화시킨다. 예술적인 삶에 필수적인 열정은 이러한 "제어할 수 없는 신비"이다. 그리고 이 신비는 인간의 소망을 신에게 건넬 수 있는 그리고 신의 의지를 인간에게 건넬 수 있는 살아 있는 경험이다. 동방박사에 대한 이러한 종교적 경험은 예이츠에게 시적 계시로 나타나고 우리에게 살아 있는 종교적인 제의이다.

실제로 엘리엇의 시는 예수의 탄생이 죄와 죽음으로부터 고통을 받는 인간의 불행함에 대한 분노를 암시한다. 예수의 "탄생이란 [그의]

죽음처럼 우리의 죽음, 우리를 위한 힘겹고 쓰라린 고통"이었다(Birth was / Hard and bitter agony for us, like Death, our death). 인간은 원죄로부터 구원받기 위해 새로운 복음을 전파한 예수의 탄생을 통해서만 신으로 향한 길을 찾을 수 있다. 신이 모세를 통해 명한 낡은 섭리는 자신의 민족이 마음과 행동으로 지켜야할 비싼 대가이다. 인류의 첫 인간이 신에게 불복종을 저지른 이후 그리고 인류가 신으로부터 소외되고 타락이 된 후 죄로 망쳐진 이 세상을 구원하기 위해 자신의 독생자를 보낸 것은 신의 은총이다. 사람들은 그러한 낡은 법을 파기하고 믿음, 소망, 사랑으로 새로운 섭리를 연 그리스도에 의해 신으로 가는 길을 찾을 수 있었다. 엘리엇에게 예수의 탄생은 인간의 구원을 의미하였다.

예수가 태어난 세상과 시기는 "어둠"(the darkness)과 "겨울"(the winter)이였다. 상징적으로 그러한 공간과 시간은 사람들이 자신들을 구원할 메시아가 오기를 오랫동안 기다리고 있음을 암시한다. 아이러니컬하게 사람들은 메시아가 마구간의 "짐승우리"에서 그러한 미천한 모습으로 오리라고 알지 못하였다. 그들은 그가 오는 것이 무엇을 의미하는지 이해하지 못하였다. 이국의 왕인 세 동방박사는 별을 연구하면서 이상한 일들이 일어나는 것을 알고 이상하게 빛나는 별의 의미를 찾기 위해 여행하였다. 그리고 이들은 예수 출생의 장소에 이르렀다. 이들은 그를 왕 중의 왕인 주로 받아들였다. 주가 어린아이로 오신 것을 몸소 체험하고 그의 오심이 세상의 구원을 의미함을 믿은 후 동방박사는 변화를 거부하는 자신들의 왕국에 돌아왔다. 세상은 삶의 진실을 지탱하는 어떤 믿음도 갖지 못하고 있었다. 새로운 삶을 달리 찾지 못하는 그들은 소외된 채 어둠과 겨울에 쌓여 있었다.

기독교란 그리스도 안에서 사는 기독교인의 삶이다. 예수의 죽음 이

후에 그리스도는 없었다. 엘리엇은 세상이 여전히 불행하고 비참하다고 생각하였다. 여기에서 엘리엇이 희망하는 세상은 그리스도의 세계이다. 지구에서 천국을 건설하는 것이다. 아마도 두 종류의 지형적인 의미에서 세상을 구분하는 것은 아닐 것이다. 세상을 천국과 이승으로 구분하는 자세는 아닐 것이다. 지구가 사람들의 죄에 의해 망쳐졌고 그리스도의 의미가 이 땅에서 사라졌다고 믿고 있다. 이 땅은 천국이지만 죽었고 추운 지옥이라는 것을 엘리엇은 보여주고 싶었다. 동방박사 시대는 이러한 추운 지옥이었다. 이때 구세주 그리스도의 오심은 세상을 놀라게 한 사건이었다. 세상은 여전히 신의 말씀으로부터 멀어져 있었다. 엘리엇은 우리 세계가 진실을 잃고 신에게서 믿음을 잃었다고 믿는다. 세상은 황무지다. 삶은 의미가 없다. 그는 동방박사의 세계가 자신의 세계라고 알고 있다. 기독교는 믿음, 소망, 사랑을 잃었다. 인간의 불행은 예수가 오시기 전보다 나빠졌다. 그는 자신이 궁지에 빠져있다고 느낀다. 전체적으로 존재론적인 절망 속에서 소외되고 고통 받고 있다. 그는 스스로를 위해 동방박사가 물리적으로 자신을 당시의 세계로 이끌어 주기를 바란다. 육체적으로, 정신적으로 긴 겨울 여행을 스스로 택하기를 바란다.

동방박사는 엘리엇의 인물이다. 동방박사는 추운 겨울에 주가 태어난 성스러운 장소인 베들레헴으로 가는 힘든 길을 찾아 나선 인물이다. 그 여행은 자신의 순례에 대한 목적을 의미한다. "깊은 길과 살을 에이는 날씨"(the ways deep and the weather sharp)는 여행의 어려움을 말한다. 엘리엇은 기독교인이 걸어야 할 모습을 제시한다. 신체적인 어려움을 통해 진정한 가치를 찾고, 정신적인 고난을 통해 진정한 기쁨을 찾는 고난의 길이다. 그는 그리스도가 자신에게 미친 삶의 형태, 그것을 유지하는 것이 매우 고통스럽다는 것을 안다. 물질적으로 "여름 궁전"(the summer palace)이나, 육체적으로 "실크 옷을 입은 소녀들"(the silken girls)로 묘사된 많은 유혹은 여행에 대한 어려움을 반영한다. 삶의 과정에서 물질적인 욕구를 거부하고 죄를 지지 않고 인간이 산다는 것은 어렵다. 오히려 쉽게 타락할 수 있다. 자신의 귀에 물리적인 세계가 충돌할 때의 소리는 믿음에 의해 정신적인 성장을 막는 장해물이다. 동방박사의 물리적인 여행이 자신의 정신적인 여행임을 반영하듯이 그렇게 기독교인의 삶은 정신적인 성취에 희망을 둔다. 아마도 엘리엇은 그리스도의 신체를 통해 주의 탄생이 이루어진 신비를 자신에게서도 이루어질 수 있기를 바랐던 듯싶다. 이런 체험은 신비이고 상호 인물을 동일시하는 종교적인 환상을 동시에 수반한다.

아이러니컬하게 동방박사는 세상을 위하여 태어나 십자가를 지기까지 살아 온 그리스도의 위대한 인간 드라마에서 관객이고 엑스트라 역할을 하였다. 엘리엇은 동방박사의 이러한 역할을 행복하게 그리고 있지는 않다. 그것은 그리스도의 신체적인 탄생이 주는 기쁨에 비추어 볼 때 기대할 만큼 행복하지 못하다는 의도이다. 이유는 동방박사에게 그리스도가 인간으로서 고통 받는 모습이 결코 상상이 되지 않기 때문이다. 그가 태어난 것은 육체적인 측면에서 보다 정신적인 조건을 만족시키는 즐거운 사건이었기에 그들의 고통은 더욱 슬픈 것이다. 엘리엇은 이러한 탄생의 즐거움과 죽음의 고통을 동방박사들로부터 자신의 것으로 받아들이고 있다. 엘리엇은 세상에 드러낸 그리스도의 성육신에다 동방박사의 의미를 연결시킨다. "낡은 섭리"(an old white horse)에 붙들린 사람들의 어리석음은 "새로운 시대"(a new bag)에 "새로운 섭리"(new wine)를 깨닫지 못한다. 자신의 정신적인 변화를 스스로 거부한다. "여섯 개의 손"(six hands)은 아마도 그리스도의 십자가 앞의 군인들을 상징한다. 이들은 여전히 "은전을 위해 주사위를 던지고 발은 빈 섭리의 껍질을 차고 있다"(dicing for pieces of silver / Feet kicking the empty wine-skins). 동방박사가 탄생지를 찾는 여정은 그냥 만족스러울 사건일 뿐이다. 엘리엇은 동방박사를 통해서 주의 성육신이 진실로 의미하는 것을 찾고 있다. 그는 "거기에는 탄생이 확실히 있다 / 우리는 증거가 있고 의심하지 않는다. 나는 탄생과 죽음을 목격했다" (There was a Birth certainly, / We had evidence and no doubt. I had seen birth and death)고 말한다. 탄생의 순간 죽음의 교차는 동방박사가 행한 아이러닉한 역할을 넘고 있다. 엘리엇은 기독교의 진실이 신체적인 탄생과 이의 죽음을 넘어선 영원을 향한 정신의 긴 여정으로 보고 있고, 육신을 넘어선 부활에 있다는 아이러니를 목격한다. 정신적인 영광은 신체적인 어려움을 뛰어 넘으면서 극적으로 그리고 신비스럽게 성취된다. 이러한 과정은 상징적으로 하나의 종교적 제의이다. 이 제의에서 자신이 속한 세상에서 신체적인 죽음을 의미한다. 그의 진실은 "나는 또 다른 죽음에 대해 기뻐해야 한다"(I should be glad of another death)에 있다. 여기에서 죽음은 삶의 또 다른 은유이다.

엘리엇은 자신이 탈출하고 싶은 세상을 시에서 낡은 섭리에 있는 왕국으로 언급한다. 그는 그리스도와 동방박사가 그들의 왕국으로부터 소외된 것처럼 스스로도 전적으로 사회로부터 소외됨을 느낀다. 하늘의 왕국은 엘리엇의 마음에 있다. 마음 밖에 어떤 천국도 존재하지 않는다. 개인적인 차원에서 얻게 되는 이러한 정신세계의 경험은 사회에 연루된 고통스러운 신체를 부정하고 있어 매우 실제적이다. 엘리엇의 시가 정신적인 것과 신체적인 것 사이에서 어떤 갈등과 긴장이 부족한 이유는 황무지같이 느끼는 사회로부터 그러한 은둔을 추구하거나 거리감을 주기 때문이다.

동방박사의 여행은 신체가 속한 사회로부터 정신세계로 향하는 시의 진행과 관련이 있다. 마치 단테(Dante)의 『신곡』(*Divine Comedy*)을 연상시키듯 지옥, 연옥, 천국을 여행하는 동방박사는 시인을 대신한 인물이다. 베들레헴으로의 여정은 천국을 향한 시인 자신의 순례인 셈이다. 동방박사는 시인 자신의 은유이며 동방박사의 여행 과정에서 겪게 되는 모든 어려움과 고통은 시인 자신의 어려움과 고통을 가리키는 문맥으로 전환된다. 이처럼 시의 구조는 은유와 환유가 교차하는 수사학에 의해 짜여 있다. 즉, 예수가 태어난 역사적인 시대와 비슷한 이미지를 가진 신화적인 인물들이 과거의 신화처럼 현대의 신화를 만들어내고 있다. 신화의 이야기나 내용이 다를 뿐이다. 이런 의미에서 예수의 탄생은 동방박사들이 느낀 것처럼 역사적으로 만족스러운 사건이지만 예수가 겪은 고통은 동방박사나 엘리엇 자신에 똑같은 고통으로 다가온다. 시에서 동방박사처럼 기독교인 엘리엇에게 고통은 정신적인 구원을 위한 여정이고 조건으로 비쳐진다. 시의 내러티브는 이러한 여정을 은유와 환유의 그물 망 속에서 사건 중심으로 이끌고 있다. 이때 시인 자신의 공허한 내면은 물리적인 세계인 황무지로부터, 사회로부터 타자화되어 격리되어 있다. 이러한 심리과정은 예이츠와는 달리 시인 자신 내부에서 신체와 정신사이의 긴장이나 갈등이 심각하게 존재하지 않는다. 역사적인 사건을 맞이하는 신화적인 여정이 시인 자신의 심리적인 여행으로 대치되어 있고, 이러한 여행은 구원을 위한 종교적 상징을 의미한다. 시는 곧 글짓으로 이러한 종교적인 주제를 객관적으로 구체화한 제의이다.

4

엘리엇의 에세이 「종교와 문학」("Religion and Literature" 1935)은 종교와 문학의 관계에 있어서 예이츠의 문학세계와 종교의 입장에 대한 비판의 정도를 진단해준다. 엘리엇은 "문학비평은 명백하게 윤리적이고 신학적인 관점을 가진 비평에 의해 완성되어야 한다"(388)고 말한다. 이처럼 문학평가에 대한 기준을 종교적인 관점에 의해 비로소 한 작품이 좋거나 나쁘다고 판단할 수 있고, 종교에 관한 성실성의 정도에 따라 작가를 주요 작가와 소수 작가로 분류할 수 있다는 신념을 가진 엘리엇이다. 특히 과거와는 달리 기독교와 같은 일반적인 문화나 합의가 없는 시대에 사는 작가들에 대한 평가는 엄격해야 한다고 생각했다. 그래서 작가들의 문학적인 상상력을 크게 신뢰하지 않은 것은 분명하다. 상상력에 크게 의존하는 시는 시 자체의 형식뿐만 아니라 작가의 주관적인 가치에 의존하는 경우 위대한 작품으로 평가할 수 없다는 엘리엇의 시각이다. 이처럼 엘리엇의 문학의 배경에는 서구 전통문화와 기독교가 중요한 위치를 점하고 있다. 특히, 고대신화나 종교적인 상징에 의존할 경우 기독교적 전통을 매우 중요시하였다. 그래서 일상의 삶을 그리는 상황에서도 전통적인 사건이나 상징, 그리고 이미지까지 일련의 암시적인 의미를 가지고 배열시킨다. 현대인의 모습과 삶의 형태 역시 마찬가지다. 이 형태들은 단편적으로 구성되어 있고, 이를 이어가는 글짓 자체는 산문형식에 가깝다. 엘리엇에게는 시가 곧 산문이며 자기 비평이요 자기 평가를 전제로 하는 점에서 예이츠의 시는 비이성적이고 비윤리적이며 사회에 대한 책임이 결여되어 있다고 보여진다. 이점이 시가 시이기를 바라는 예이츠에게 편견의 테러로 작용하고 있었다.

지금까지 이 두 시인 사이의 긴장은 거기에 있었다. 엘리엇이 신앙에서 궁극적인 행복을 찾고 종교적인 차원에서 삶을 추구하는 확실한 방법을 찾았던 반면에 예이츠는 시인으로서 시의 세계에서 새로운 차원의 완성된 삶을 소유하고자 하였다. 이들의 비전은 동방박사의 초상에서 제시되었다. 엘리엇은 동방박사를 통해 새로운 기독교인의 삶을 발견하였고 예이츠는 새로운 예술가적 삶을 탐색하였다. 두 시인이 꿈꾸는 세계는 다르게 제시되지만 상호 보완적인 것은 아니었다. 전자가 이 세상에 기독교의 왕국을 꿈꾼다면 후자는 계시적인 왕국이다. 이러한 서로 다른 꿈은 시의 형식과 스타일을 지배하고 있었다. 전통적인 영국 시의 정형성과 또 다른 전통인 미국 시의 산문성이다. 이점에서 예이츠는 엘리엇의 편견을 넘어선다. 그래서 우리는 이 두 시인을 시대에 따라 평가할 것이 아니라 편견을 넘어 다양성이라는 측면에서 서로 간의 가치를 고려해야 한다.

결과적으로 종교적인 주제 면에서 시「동방박사」는 두 시인의 상상력에 의해 종교적인 상징을 각각 다르게 수용하고 표출하고 있다. 살펴 본 대로 두 시인 모두 문학적 상상과 종교적인 상징을 동방박사와 예수 탄생이라는 종교적 신화와 사건을 토대로 하고 있다. 하지만 이러한 종교적 상징은 시 속에서 신화적인 구조로 정착되는 과정에서 시인에 따라 다양한 스타일을 자극한다. 언어와 관념이 일치되는 곳에 긴장을 경험하기도 한다. 시라는 글짓이 이러한 체험의 다양성을 가능하게 한다. 즉, 주제와 스타일의 차이였다. 다만 시의 종교성에 관한 한 예이츠나 엘리엇은 사제였고 시를 완성해 가는 과정은 이들의 종교의식이었다. 최초 종교적 신화는 구원의 신념을 토대로 다양한 모습으로 재현되고 있다는 사실이다. 이처럼 시 자체의 다른 경험은 시인 자신의 구원이고 비전이고 세상에 대한 대응이다. 물론 시가 언어로 표현되고 있기 때문에 「동방박사」의 구성은 일차적으로 은유와 환유의 수사학을 보여주고 있다. 이러한 수사학은 현실에 대응하는 의미체계를 다르게 설득한다. 종종 「동방박사」는 비현실적인 체험이나 세계를 다양하게 해석할 가능성을 제공한다. 이렇게 시는 제도 종교보다 종교적 상징에 대한 재생을 생생하게 가능하게 하고 영원한 삶을 향한 종교적인 제의 기능까지 수행한다. 이때 비로소 두 시인의 「동방박사」 시는 제의문화의 틀을 유지하고 독자에게 체험의 다양성을 제공한다.

인용문헌

안영수. 「T. S. 엘리엇과 낭만주의」. 『T. S. 엘리엇 연구』 3 (1995): 113−36.

이명용. 「Yeats와 Eliot 시에 나타난 죽음에 관한 연구」. 『한국예이츠저널』 10 (1999): 225−44.

Albright, Daniel. *Quantum Poetics: Yeats, Pound, Eliot, and the Science of Modernism*. Cambridge: Cambridge UP, 1997.

Colum, Mary. *St. Louis over Bloomsbury. T. S. Eliot: The Critical Heritage*. Ed. Michael Grant. London: Routledge & Kegan Paul, 1982. 656−59.

Eliot, T. S. "Journey of the Magi." *The Complete Poems and Plays: 1909−1950*. New York: Harcourt, Brace & World, Inc., 1971.

_____. "The Religion and Literature." *Selected Essays (SE)*. London: Faber & Faber, 1980. 388−401.

_____. "Ulysses, Order, and Myth." *Selected Prose (SP)*. Ed. Frank Kermode. New York: Harcourt Brace Jovanovich, 1975.

_____. *The Use of Poetry and the Use of Criticism (UPUC)*. London: Faber & Faber, 1975.

Lee, Han Mook. "The Biblical Intertextuality in Yeats's Poetry." *The Yeats Journal of Korea* 6 (1996): 151−64.

_____. "W. B. Yeats's Use of the Bible in His Poetry." *W. B. Yeats and His Connections* (1996): 109−20.

Skaff, William. *The Philosophy of T. S. Eliot*. Philadelphia: U of Pennsylvania P, 1986.

Yeats, W. B. "The Magi." *The Poems of W. B. Yeats*. Ed. Richard J. Finneran. New York: Macmillan Publishing Co., 1983.

『대성당의 살인』:
전기적 접근*

여 인 천(칼빈대학교)

　엘리엇은 1934년 5월에 공연을 시작한 시극『반석』(*The Rock*)이 비평가들의 반응과 관객의 호응 모두 대성공을 거두게 되면서, 1934년 여름에 치체스터에서 벨 주교와 함께 머무르고 있을 때 브라운(Brown, E. Martin) 연출가로부터 다음 해 캔터베리 축제 무대에 올릴 시극 작품을 하나 더 써 달라는 요청을 받게 된다. 바로『대성당의 살인』(*Murder in the Cathedral*)이라는 시극인데, 엘리엇은 집필에 대해 의논하기 위해서 1934년 크리스마스가 되기 전에 연출가 브라운 부부와 함께 지낸바 있다. 그때 브라운 부인이 작품의 제목이 원래『앞길을 막는 공포』(*Fear in the Way*)이었는데『대성당의 살인』으로 바꾸라고 설득해서 바꾸었다는 사실이다.『대성당의 살인』이라는 제목으로는 엘리엇과의 관련성을 쉽게 찾기는 힘들지만 그가 처음에 붙였던『앞길을 막는 공포』이라는 제목을 염두에 두고 시극의 내용을 살펴보면 그때 엘리엇의 상

* 본 논문은 2012년도 칼빈대학교 교내학술연구비 지원에 의해 연구되었음.

황을 떠올리는 데 어렵지 않게 된다.

　엘리엇과 비비언(Vivienne)이 결혼한 후 불안한 관계를 유지해 오다가 엘리엇이 1932년 모교인 하버드 대학교의 초청으로 미국을 방문하면서부터 비비언과의 별거를 통한 이혼을 구체적으로 계획을 잡은 것으로 보여진다. 모교방문을 마치고 1933년 6월쯤 영국으로 되돌아갈 때 비비언에게로 가지 않았고 그녀를 피해 혼자 하숙하다가 1934년 자신이 다니던 교회의 주교인 에릭 치트햄 신부의 소개로 사제방에서 머무르게 된다. 이때서야 평생 처음으로 혼자가 되었으며 공적인 활동과 사적인 신앙생활이 겸비된 새로운 삶을 시작하게 되었다고 말한다 (Acroyd 211).

　엘리엇에게 있어서 시극을 집필하기 이전부터 집필 당시의 결혼생활은 최악 상태라고 할 정도로 나빠져 있었다. 비비언과의 결별을 통보했음에도 불구하고 그녀는 계속해서 남편 엘리엇과 재결합하기 위해서 끈질기게 추적을 받게 된다. 엘리엇에게 있어서 그 당시 상황은 한 인간으로서 무엇 하나 제대로 해보려 해도 할 수 없을 정도로 무력해질 수밖에 없는 상태였다. 바로 비비언은 자신의 앞길을 막는 공포의 대상이었을 것이다.

　에크로이드(Ackroyd, Peter)는 엘리엇의 시극 『대성당의 살인』에 등장하는 인물들이 작가 자신과 전혀 무관하지 않는, 즉 전기적인 요소를 가지고 있다고 말한다.

> 　『대성당의 살인』과 같은 고대 비극에서는 드라마의 초점이 특정인의 자아의식에 맞추어져있고, 그 인물은 변함이 없지만 극이 전개되면서 인물의 성격이 점점 명확하게 나타난다.
> 　이 작품은 등장인물이 작가 자신과 전혀 무관하지 않으면서

다른 사람들에게는 결여되어 있는 특별한 깨달음을 가지고 있다는 점, 그러면서도 최대의 강점이 심각한 약점과 연관되어 있다는 점에서 엘리엇 작품의 전형이라고 할 수 있다.

> In Old Tragedy, as in *Murder in the Cathedral,* the dramatic focus is upon the consciousness of one man: he does not change but, as the action proceeds, more and more of his character is revealed.
> The play is typical of Eliot's work in the sense that it is concerned with a figure, not unconnected with the author himself, who has some special awareness of which others are deprived and yet whose great strengths are allied with serious weaknesses. (227)

그리고 한 사제가 베켓 주교의 성격에 대해 설명한 부분은 바로 엘리엇 자신의 성격에 대한 묘사이기도 하다.

> 대법관으로 국왕의 아첨을 받으시고,
> 오만한 궁인 등의 사회에서 그들의 호감과 두려움의 대상이 되어
> 언제나 외톨이로 그들과 섞이지 못하시고 의지할 데 하나 없이,
> 그들의 경멸을 받으시거나 그들을 경멸하셨다.
> 그의 자존심은 언제나 자신의 고결한 성품위에서 자랐으니
> 불편부당함이 그 자존심을 떠받쳤고,
> 넓은 도량이 또한 그 자존심을 떠받쳐
> 한 때 맡겨진 권력을 혐오하시고,
> 다만 신에게 귀의할 것을 바라셨다. (이창배 177)

> I saw him as Chancellor, flattered by the King,
> Liked or feared by courtiers, in their overbearing fashion,
> Despised and despising, always isolated,

Never one among them, always insecure;

His pride always feeding upon his own virtues,

Pride drawing sustenance from impartiality,

Pride drawing sustenance from generosity,

Loathing power given by temporal devolution,

Wishing subjection to God alone. (*CPP* 242)

엘리엇은 비비언과의 결혼생활을 끝내고자 온갖 노력을 기울였지만 비비언의 반대로 인해서 어려움을 겪게 된다. 그녀의 재결합을 위한 끈질긴 추적을 피하기 위해서 사람들 앞에 공적으로든 사적으로든 나서기를 두려워하게 된다. 이제야말로 그는 자신의 주변에서 자신이 의지할 데 하나 없는 고립된 외톨이라고 생각하게 된다. 결국 현실적인 상황에 혐오감을 느끼고 오직 신에게 예속되기를 간절히 바라고 있음을 보여주고 있다.[1)]

이제 시극의 줄거리와 엘리엇의 상황을 비교하면서 전기적인 특징을 살펴보고자 한다. 『대성당의 살인』의 줄거리는 다음과 같다. 캔터베리 토마스 베켓(Thomas Becket) 대주교가 헨리 왕과의 관계 악화로 거짓 누명을 쓰고 프랑스로 7년 동안 도피생활을 하다가 당분간의 평화 협정에 의해 영국으로 돌아오게 되고, 그의 귀국으로 인해서 교구민들에게 평화가 찾아올지 아니면 더욱 악화될지는 아무도 모르는 불안한 상황이다. 이때 4명의 유혹자들이 토마스 대주교에게 접근하여 그의 결심을 흔들고자 유혹한다. 첫 번째 유혹자는 정신(廷臣)으로 등장하여 토마스에게 옛날의 환락으로 돌아갈 것을 유혹하고 있고, 두 번째 유혹자는 왕당파 정치인으로 등장하여 토마스가 대법관 자리를

---

1) 엘리엇은 1934년 치트햄 신부가 주교로 있던 성 스티븐 교회의 사제관에 머물면서 그 교회의 위원으로 임명된 후 1959년까지 교회의 재정과 정기적인 미사헌금을 관리하는 일을 맡았다.

사임한 것을 잘못이라고 지적하면서 다시 그 권력을 잡고 2인자로서 나라를 다스리고 지상의 복과 천상의 영광을 누리라고 유혹하고 있고, 세 번째 유혹자는 노르만계 남작으로 등장하여 토마스가 교회의 힘을 빌려서 국왕과 맞서 싸울 것을 유혹하고 있고, 네 번째 유혹자는 순교를 통하여 성자로서의 영광을 누리고 정신적인 승리를 누리라고 유혹하는 것에 마음이 흔들리지만 이내 그것은 교만이며 신의 뜻이 아님을 깨닫는다. 즉 옳게 신을 섬기는 자는 섬기는 영광마저 바라지 않는 것임을 깨닫는다. 결국 성탄절이 지나고 새해가 시작하기 하루 전 토마스 베켓 대주교는 왕이 보낸 기사들에 의해 성당 안에서 죽임을 당한다.

『대성당의 살인』을 외관상으로 보면 토마스 베켓 대주교의 죽음을 극화하여 순교의 의미를 종교적으로 철학적으로 제시하는 것에 중점을 둔 것처럼 보인다. 그러나 전기적인 입장에서 보면, 토마스 베켓 대주교가 7년 만에 문제해결을 위해서 고국으로 돌아오듯이 엘리엇도 또한 1년은 못되는 기간 동안 미국에 있다가 비비언과의 이혼 문제해결을 위해서 돌아오고 있으며,[2] 그리고 그가 영국으로 돌아갔을 때 비비언과 이혼하려는 것에 대해 여러 가지 반응들이 있게 된다. 바로『대성당의 살인』에서 4명의 유혹자들과 비슷한 상황이 있었을 것으로 짐작해 볼 수도 있을 것이다. 엘리엇은 네 명의 유혹자를 통해서 자신에게 질문을 하고 있다.

첫 번째 유혹자를 통해서 자신에게 네 가 질문을 하는데, 첫 번째로 자신이 비비언과 옛날의 부부관계로 돌아갈 수 있을까라는 문제이다.

대주교님, 제가 이 판국에 무슨 참견을 하려는 건 아닙니다.

---

2) 엘리엇은 1932년 9월에 모교 하버드 대학으로부터 초청강연 요청을 받아 갔으며, 그러던 중 1933년 2월쯤에 비비언과 이혼을 밝히는 편지와 서류를 영국으로 송부했다고 한다. 그리고 1933년 6월 24일에 투스카니아호를 타고 영국으로 귀국하게 된다.

제가 과거의 모든 쓰라린 일을 잊고 여기에 나타난 것은 현재의
중후하신 당신께서 유쾌했던 과거를 회상하시고,
나의 겸손한 경박함을 이해해 주시리라고 바라는 마음에서 온
것입니다.
대주교께선 은총을 못 받고 있는 한 옛 친구를 경멸할 의도는
없으시겠지요?
정든 톰, 명랑한 톰, 런던의 베켓 대주교님.
템즈강의 그날 밤을 잊으시진 않겠지요
국왕님과 당신과 나, 정답게 한데 어울렸던 그때를?

You see, my Lord, I do not wait upon ceremony;
Here I have come, forgetting all acrimony,
Hoping that your present gravity
Will find excuse for my humble levity
Remembering all the good time past,
Your Lordship won't despise an old friend out of favour?
Old Tom, gay Tom, Becket of London,
Your Lordship won't forget that evening on the river
When the King, and you and I were all friends together?
(*CPP* 246)

그러나 그는 비비언과의 결혼생활에 대해서 이미 끝나버린 과거의
일이고 또한 잊을만한 가치조차 없는 것이라고까지 말하고 있다.

지난날의 애기를 하는 군. 덕분에 잊을 만한 가치조차 없는 것
들이 생각난다. . . .
그러나 한 사람의 생애에 같은 때가 두 번 돌아오지는 않는다.
밧줄을 끊어라. 껍질을 벗겨버려라.
다만 어리석은 자만이 자기의 어리석음에 집착하여

제가 올라앉은 차륜을 제가 돌릴 수 있다고 생각 하느니라.

You talk of seasons that are past, I remember
Not worth forgetting. . . .
But in the life of one man, never
The same time returns. Sever
The cord, shed the scale. Only
The fool, fixed in his folly, may think
He can turn the wheel on which he turns. (*CPP* 247)

두 번째로 사람이란 상대방이 아무리 싫더라도 가끔 다시 좋아지는 경우도 있다라고 질문해 본다.

고개를 끄떡하는 것도 좋고 눈을 깜빡하는 것도 좋지요.
사람이란 싫어서 내박쳤던 것을 좋아하는 수도 가끔 있지요.
즐겁던 지난날이 다시 돌아옵니다.

My Lord, a nod is as good as a wink.
Aman will often love what he spurns.
For the good times past, that are come again (*CPP* 247)

그러나 "이번에는 안 돼. / 행동을 조심해야지"(Not in this train / Look to your behaviour.)(*CPP* 247)라고 말하면서 다시는 후회하는 일을 만들지 않을 것이며 앞으로 행동을 조심하겠다고 다짐해 본다. 세 번째로 자신이 너무 자존심을 내세우는 것은 아닌지 그리고 자신의 행동이 너무 지나치게 냉혹한 것은 아닌지 질문해 본다.

이런 보조로 가선 안 됩니다.

그렇게 빨리 가시면 다른 치들은 당신보다 더 빨리 앞설지도 모릅니다.
대주교님은 너무 자존심이 강하십니다.
짐승도 극성스레 울어대면 편안치 못하지요.
우리 주인, 국왕님의 하시는 태도는 이것이 아니었지요.
대주교님께선 지금까지도 죄인들에 대해서 그렇게 냉혹하신 일은 없었지요,

Not at this gait!
If you go so fast, others may go faster.
Your Lordship is too proud!
The safest beast is not the one that roars most loud,
This was not the way of the King our master!
You are not used to be so hard upon sinners (*CPP* 247)

그러나 "너는 20년이나 늦게 온 셈이야."(You come twenty years too late.)라고 말하면서 비비언과 결별을 오랫동안 준비해왔기 때문에 이젠 너무 늦었다고 말한다. 네 번째로 자신이 결정할 수 없는 일이라면 운명에 맡겨보는 것도 괜찮을 것이라고 마음의 문을 열 것처럼 말한다.

그러시다면 당신 운명에 맡겨 두는 수밖에 없군요.
한층 고상한 악의 쾌락에 도취하시도록 내 상관 안하리라.
그것이 한층 값진 댓가로 보상되고야 말 것은 틀림없지요.
안녕히 계십시오. 대주교님, 내가 이 판국에 참견하진 않겠습니다.
왔을 때처럼 모든 쓰라린 일을 잊고서,
다만 현재의 중후하신 당신께서 나의 겸손한 경박함을 이해해 주시리라 바라면서 떠납니다.

Then I leave you to your fate.

I leave you to the pleasures of your higher vices,

Which will have to be paid for at higher prices.

Farewell, my Lord, I do not wait upon ceremony,

I leave as I came, forgetting all acrimony,

Hoping that your present gravity

Will find excuse for my humble levity. (*CPP* 247−48)

그러나 "불가능한 일, 바라고 싶지도 않은 일"(The impossible, the undesirable)이라고 말하면서 완강하게 거절한다.

두 번째 유혹자를 통해서 엘리엇은 부인과의 불편한 관계를 회복하고 작가로서 비평가로서 왕성한 활동을 그대로 유지하는 것에 대해서 생각해 본다.

> . . . 그런 것이 생각났으니,
> 그렇게 유쾌한 기억은 아니지만 생각난 대로 견디는 수밖에 없지요.
> 다른 기억들, 그보다 이전의 훨씬 중요한 기억들.
> 말하자면 대법관으로 계실 때의 기억 같은 것은 그에 비하면 유쾌했습니다.
> 요새 것들의 으스대는 꼴을 좀 보시오!
> 누구나 인정했던 대정책가, 그분이 다시 이 나라를 다스려야 합니다.

> . . . Now that I have recalled them,
> Let us but set these not too pleasant memories
> In balance against other, earlier
> And weightier ones: those of the Chancellorship.

See how the late ones rise! You, master of policy
Whom all acknowledged, should guide the stare again. (*CPP* 248)

그러나 엘리엇은 단호하게 거절한다. 시극을 집필하던 시기 전 이후로 신부가 제공하여 준 사제관에 머무르면서 개종 이후로 구원의 문제에 대해 가장 관심을 갖게 된 시기로 보여지며 그래서 어쩌면 세상적인 것보다 구원의 문제에 더 마음이 가였던 상황이라는 점을 생각한다면 이해할 수 있는 부분이기도 하다.

안 된다. 천국과 지옥의 열쇠를 쥔. 영국에서
최고 유일의 자리에 있는 나로서, 교황으로부터 권력을 받아,
묶는 것과 푸는 것을 맘대로 할 수 있는 내가
그래 미미한 권력을 탐내어 몸을 굽히겠는가?
인간의 지옥행의 운명을 좌우하고 왕에게 죄를 선언하는 것이
나의 공공연한 임무일진대
그 왕의 종복들 틈에 끼어 일을 하다니, 안 된다. 물러가라.

No! shall I, who keep the keys
Of heaven and hell, supreme alone in England,
Who bind and loose, with power from the Pope,
Descend to desire a punier power?
Delegate to deal the doom of damnation,
To condemn kings, not serve among their servants,
Is my open office. No! Go. (*CPP* 249−50)

세 번째 유혹자를 통해서 대주교가 교회의 힘을 빌어서 국왕과 당당하게 맞서 싸우듯이 엘리엇도 국가의 법을 통해서 비비언과 맞서 당당

하게 싸워서 이혼문제를 해결하는 것에 대해 생각해 본다.

> 당신이 나가시려는 방향으로 눈을 돌리고 있는
> 강력한 일단을 위해서 말하는 것입니다.
> ······
> 대주교님, 당신이 우리와 함께 힘을 합하여 싸우신다면
> 영국을 위하여, 로마를 위하여 일거에 대성공을 거두실겁니다.
> 왕실이 승려를 억누르고, 왕실이 귀족을 억누르는
> 폭압적인 권한을 종식시킴으로써.

> For a powerful party
> Which has turned its eyes in your direction —
> ······
> You, my Lord,
> In being with us, would fight a good stroke
> At once, for England and for Rome,
> Ending the tyrannous jurisdiction
> Of king's court over bishop's court,
> Of king's court over baron's court. (*CPP* 251−52)

그러나 엘리엇은 시극을 집필하기 전부터 비비언과의 결별 문제로 인해서 심적인 괴로움을 겪었다. 비비언은 엘리엇과의 결별을 받아들이지 못하고 끊임없이 그를 추적하여 어떻게든 예전의 상태로 회복하려 하지만, 그럴수록 엘리엇은 더욱 멀리 도망치려 했고 결국은 소송 대리인을 통해서 법적인 대응을 하게 된다. 그러나 비비언이 정신병원에서 쓸쓸하게 죽음을 맞이할 지경까지도 둘의 법적인 이혼은 해결되지 못한다.

마지막 네 번째 유혹자는 엘리엇 스스로도 겉으로 드러내 보이고 싶지 않은, 마음속 깊은 곳에 숨겨두고 싶었던, 무의식에 감춰진 욕망을 드러낸다. 바로 자신의 모든 괴로움을 감수하고 비비언을 포용하여 순교자적인 삶을 사는 것이다.

> 너는 누구냐? 세 사람은 찾아올 줄 알았지만 넷까지는 생각지
> 않았다.
> ······
> 순교의 길을 찾으십시오.
> 천국에서 높아지기 위하여 지상에서는 몸을 가장 낮게 하십시오.
> 그리고 멀리 밑으로 심연이 펼쳐져있는 그곳에서,
> 영원한 고통 속에서 정열은 말라버리고, 속죄의 길은 아득한,
> 당신의 박해자들을 내려다보십시오.

> Who are you? I expected
> Three visitors, not four.
> ······
> Seek the way of martyrdom, makes yourself the lowest
> On earth, to be high in heaven.
> And see far off below you, where the gulf is fixed,
> Your persecutors, in timeless torment,
> Parched passion, beyond expiation. (*CPP* 252−55)

엘리엇은 무의식적인 자신의 욕망인 순교에 이끌리는 자신의 허영심과 교만함을 영혼의 병으로 생각하고 주저한다.

> 나의 영혼의 병엔 달리 길이 없는가?
> 영광을 느끼며 파멸로 이끌리는 길밖에 달리 없는가?

나는 잘 안다. 이런 유혹이란 현재의 허영과 미래의 고통을 의미하는 것을,

죄 많은 교만을 벗어 버리자면 다만 죄를 더하는 길 밖에 없단 말인가?

지옥행을 감행하지 않고서는 내게 행동도 고뇌도 있을 수 없단 말인가?

Is there no way, in my soul's sickness,
Does not lead to damnation in pride?
I well know that these temptations
Mean present vanity and future torment.
Can sinful pride be driven out
Only by more sinful? Can I neither act nor suffer
Without perdition? (*CPP* 255)

그가 현실적으로든 신앙적으로든 비비언과의 관계를 마무리 짓지 못하고 주저함을 보이는 것은 그의 선천적인 성격적 결함에서 온 것이라고 보여진다. 특히 그는 인생에 있어서 한순간 잘못 선택한 여인과의 이별 기회들이 여러 번 있었음에도 불구하고 과감하게 결단하지 못하고 혼자만의 심리적인 갈등을 겪다가 결국 아무런 결론도 못 내리고 현실에 묻혀버리는 모습들을 보여 왔다. 이러한 행동들의 결과로 인해서 어쩌면 지극히 평탄하게 살 수도 있었던 삶이 완전히 망가져버린, 즉 암흑과 같은 공포로 가로막힌 결과를 초래하게 된 것으로 볼 수도 있을 것이다.

위와 같은 상황은 엘리엇이 세 번째 유혹자의 말에 대해 심리적으로 약간 흔들리는 모습을 보이다가 마음속으로 굳게 결심이나 한 듯이 단호하게 자신의 의지를 밝히고 있지만 얼마가지 않아서 자신의 행동을

다른 사람들이 어쩌면 '한 미치광이의 어리석은 자학이거나 광신자의 오만한 정열로 밖에 보이지 않을 것이다'라고 말하면서 자신이 없는 모습을 드러내고야 만다.

이제 내 길이 뚜렷하다. 의미가 분명하다:
두 번 다시 이런 종류의 유혹에 빠지지 않겠다.
마지막 유혹은 가장 무서운 반역이었다:
그릇된 이유를 위하여 옳은 행동을 한다는 것.
가벼운 죄악 속에 담긴 자연의 생기는 우리의 생이 시작되는 모습이다.

Now is my way clear, now is the meaning plain:
Temptation shall not come in this kind again.
The last temptation is the greatest treason:
To do the right deed for the wrong reason.
The natural vigour in the venial sin
Is the way in which our lives begin. (*CPP* 258)

. . . . . .

아직도 내 자신의 얘기에 대해서 할 말이 남아있지만
그것이 너희들에게는 가장 흥미 없는 일일 것이고,
한 미치광이의 어리석은 자학이거나,
광신자의 오만한 정열로 밖에 보이지 않을 것이다.

. . . . I know
What yet remains to show you of my history
Will seem to most of you at best futility,
Senseless self-slaughter of a lunatic,

Arrogant passion of a fanatic. (*CPP* 258)

　이상과 같이『대성당의 살인』의 내용들이 엘리엇과 비비언의 관계와 무관하지 않음을, 즉 엘리엇이 비비언과의 이혼이라는 큰 문제를 앞두고서 겪었던 심리적인 고통이 그대로 드러나고 있음을 살펴보았다.

인용문헌

이창배. 『T. S. 엘리엇 전집: 시와 시극』. 서울: 동국대학교 출판부, 2001.

Ackroyd, Peter. *T. S. Eliot: A Life*. London: Hamish Hamilton, 1985.

Eliot, T. S. *The Complete Poems and Plays of T. S. Eliot*. London and Boston: Faber and Faber, 1969.

엘리엇의 미발간된 편지원본 연구:
1930-1956*

이 한 묵(명지대학교)

엘리엇(T. S. Eliot)의 편지는 1990년 제1권이 발행된 이후 지금까지 총 4권이 발간되었다. 1권은 엘리엇의 편지 중 1898-1922, 2권은 1923-1925, 3권은 1926-1927, 4권은 1928-1929년도 사본이 발간되었다. 가장 최근 2013년 1월에 발간된 엘리엇의 편지는 1928년도와 1929년도 편지 사본들만 발간되었다. 예일대학교의 바이네키 희귀도서 및 원고 도서관(Beinecke Rare Book and Manuscript Library)에 보관되어 있는 엘리엇과 파운드의 서신은 1915년부터 1956년까지인데, 대부분의 편지는 주로 1930년 이후의 편지가 주류를 이루고 있다. 특히 파운드가 정신병원에 입원하기 직전과 직후에는 엘리엇이 자신의 영혼 깊은 감정을 파운드에게 표현한 편지가 대부분이다. 필자가 2007년도에 예일대학교의 바이네키 도서관의 배려와 인가로 엘리엇의 미

---

* 본 논문은『현대영미시 연구』제13권 2호(2007년 가을)에 실린 논문「T. S. Eliot's Early Poetry」을 수정한 것임.

발간된 편지원본들을 연구하며 한 장의 엘리엇 편지를 읽은 후 그에 대한 가족사의 유산과 엘리엇의 고매하고 순수한 도덕적 양심을 이해하게 되었다. 이 연구는 엘리엇의 편지 중 현재까지 미발간된 1930-1956까지의 편지원본을 분석하여 엘리엇이 파운드(Ezra Pound)에게 고백한 양심고백에 관해 집중적으로 연구하였다.

20세기 최고의 시인이며, 현재까지도 그의 시가 신화적이라 할 만큼 영향력을 지닌다는 것은 부정할 수 없는 사실이다. 1963년 세계적으로 권위 있는 비평가인 프라이(Northrop Frye)를 비롯하여, 1965년 영국의 일간지인『타임스』(The Times)와 1998년 미국의 대중 잡지인『타임』(Time)지에 이르기까지 공히 20세기를 엘리엇의 시대라고 평가할 정도로 엘리엇의 영향력은 일반화되었다. 이런 평가를 받은 엘리엇 시의 위대성은 시인의 새로운 시적 기법, 시대상과 시대성에 대한 새로운 해석, 새로운 문화와 질서의 가능성 제시 등을 들 수 있다.

엘리엇의 시는 동서고금의 다양한 문화, 철학, 종교, 신화, 역사를 혼재해서 사용하였기에 다양한 해석과 동시에 애매모호한 의미가 극대화되었다. 특히 엘리엇의 새로운 시적 표현에 대한 평가를 가드너(Helen Gardner)가 "그는 글로써 형성되기를 계속 회피하는 극단적인 복잡다단한 내용을 다룬다"(He . . . is treating a subject of extreme complexity, which is constantly eluding formulation in words)라고 평가하면서, 엘리엇은 의미는 존재하나 언어로 표현이 불가능한 진실한 의식의 세계를 다루고 있다고 설명하였다(57). 또한 슈하드(Ronald Schuchard)는 엘리엇이 라이오늘 존슨(Lionel Johnson)의 영적인 삶인「어두운 천사」("Dark Angel")에게서 정신적인 유산을 받았다고 주장하기도 하였다(3). 존슨은 동성애로 인한 고뇌를 애매모호하게 그의「어두운 천사」라는 시에서 예술적으로 표현하였다. 물론 슈하드의 논쟁은 엘리엇의 표현 방법론에 관한 논의이지 엘리엇의 어두운 의식에 관한 연구는 아니다. 치니치(David Chinitz)는 엘리엇이 생전에 시 낭송회를 가졌을 때 엘리엇과 독자 간의 거리감과 이질감으로 동문서답하는 일화를 소개하며 엘리엇의 시들은 애매모호하고 개방된 시어와 간접적인 표현으로 가득 차 있다며 간접적인 비판을 하고 있다(210-17). 한편 제임스 밀러(James Miller)는 초기에 엘리엇이 가족들의 종교관과 갈등을 빚어 간접적으로 해소하는 방편으로 고도의 지적이고 애매모호한 표현을 쓸 수 있었을 것이라고 추론하고 있다(6-7).

그러나 가드너, 슈하드, 치니치, 밀러는 엘리엇이 왜 애매모호하고 어두운 표현을 써서 독자들을 다양하게 섭렵하게 되었는지 그 원인을 설명하지는 않았다. 애매모호한 시적 표현을 쓰는 엘리엇의 예술적 목적과 결과와 반응에 관한 연구는 지금까지 활발하였으나, 엘리엇이 왜 애매모호한 표현과 어두운 그림자 같은 배경을 사용하였는지의 원인은 부분적으로 연구가 이루어졌다. 현재까지 연구된 자료에 의하면 주로 엘리엇의 가족과 갈등, 재정적인 불안, 결혼관계와 성적인 갈등, 종교의식의 변화 등으로 연구가 집약되었다. 린달 고든(Lyndall Gorden)은 이런 엘리엇의 갈등과 전기를 "불완전한 삶"(An imperfect life)으로까지 정의하였다(ix). 그러나 엘리엇 시의 위대성은 오히려 이런 애매모호성을 포함함으로 스스로 의미가 확장되는 특성을 가지고 있다. 특히 엘리엇의 시들 가운데 의식을 다루는 주제와 소재가 많다. 또한 시적 표현이 애매모호하고 의미와 해석이 다양하게 열려 있다. 그리고 어두운 그림자와 같은 선명치 않은 배경이 주류를 이루기 때문에, 엘리엇이 왜 애매모호하고 어두운 배경적 내용과 표현을 사용하게 되었는지 원인을 규명 하는 것은 엘리엇의 시를 이해하는 데 중요하다.

엘리엇의 애매모호한 열린 시적표현의 원인은 다양하지만, 본고에서는 엘리엇 가족사의 유산에 국한하여 제한적인 연구를 시도하려고 한다. 엘리엇의 과거 가족사는 그의 문학관과 시적 표현에 지대한 영향을 끼쳤다. 데이비드 무디(David Moody)는 엘리엇이 과거를 현재 자신에 항상 혼용시키는 시인이라며 다음과 같이 설명하고 있다.

> 그리고 그의 과거 삶뿐만 아니라, 그의 선조들과 인종의 과거까지도 (혼용)하고 있다.
> 그의 시에 나타난 마음은 기억으로 회복 가능한, 상상력으로 명령 가능한 모든 것들로 구성되어 있다.
> 그것은 한 사람의 마음이지만, 특별히 역사의 가장 먼 근원으로 거슬러 올라가 자신의 역사의 전 영역에 관심을 갖는 사람의 마음이다.

> And not merely his own past life, but that of his ancestors and of the race.
> The mind in his poetry is composed of all that memory could recover and imagination order: the mind of one man, but a man extraordinarily mindful of the whole reach of his history back to its remotest origins. (*Thomas Sterns Eliot: Poet* 1)

엘리엇은 정확한 현시대상을 평가하고 미래상을 제시 했지만, 이면에는 일반 대중이 상상할 수 없을 정도로 자신의 과거를 기원까지 거슬러 올라가 자아가 누구인지 이해했다. 그래서 엘리엇에게는 자신의 과거는 현재와 미래를 이해하고 결정하는데 필수불가결한 요소이다.

1939년 3월 25일 영국의 『타임스』(*The Times*)에 실린 문학논평지에 다음과 같은 평론이 실려 있었다.

엘리엇은 과거의 의미를 가지고 동일한 현재를 추구하는 시인이다. – 여기서
그는 응접실에 고대 스타일로 **죄의식을 삽입**하려고 노력했다. –
다시 말해, 이것은 현재를 추구하는 과거이지, 과거를 흡수 동화하는 현재가 아니다. –
엘리엇은 아마도 오르페우스 신화와 같은 실예이다. 그는 죽음의 세계를 방문하고, 그가 현세를 풍요롭게 하는데 필요한 것을 가지고 돌아오는 것이다.

Mr. Eliot is a poet with a sense of the past in search of an equivalent present. . . .
Here he has tried to **insert guilt** in the ancient style, into a drawing room. . . .
Again, this is the past looking for a present, not the present reabsorbing the past. . .
Mr. Eliot is perhaps an illustration of the Orpheus legend. He has visited the world of the dead and is bringing back what he needs to enrich the modern time. (Brooker 379–80)

엘리엇의 과거 중에서 특히 가족사의 유산인 죄의식에 관해 이 평론은 언급하지 않았지만, 엘리엇의 작품이 죄의식을 직접적으로 표현하지 않고서도, 부분적으로나마 죄의식의 이미지가 상기된 것이다. 특히 엘리엇의 과거 가족 유산 중에서 그에게 잠재적인 죄의식을 가져다준 원인을 찾는데, 영혼의 친구이고 문학의 스승인 파운드(Ezra Pound)와 엘리엇의 사적인 서신들이 결정적인 도움이 되었다.

현재까지 출판된 엘리엇의 편지는 발레리 엘리엇(Valerie Eliot)이 엘리엇의 초기 편지들을 모아 출판한『티 에스 엘리엇의 편지들: 1898-

1922』(*Letters of T. S. Eliot: 1898−1922*)를 비롯해서 4권의 편지가 1929년까지의 내용이 발간되었다. 엘리엇의 1923년 이후의 편지는 주로 미국과 영국 등의 대학 도서관에 분산되어 보관되어 있다. 예일대학교의 바이네키 희귀도서 및 원고 도서관(Beinecke Rare Book and Manuscript Library)에 보관되어 있는 엘리엇과 파운드의 서신은 1915년부터 1956년까지인데, 대부분의 편지는 주로 1929년 이후의 편지가 주류를 이루고 있다. 파운드가 정신병원에 입원 직후에는 엘리엇이 자신의 영혼 깊은 감정을 파운드에게 표현한 편지가 대부분이다. 필자가 2007년도에 예일대학교의 바이네키 도서관에서 연구하며 한 장의 엘리엇 편지를 읽은 후 그에 대한 가족사의 유산과 엘리엇의 고매하고 순수한 도덕적 양심을 이해하게 되었다. 그 한 장의 편지는 1933년 12월 8/10일 엘리엇이 파운드에게 『캔토』(*Canto*) 30에 대한 자신의 의견을 보낸 편지이다. 그 편지 중 세 번째 문단에서 엘리엇은 파운드의 시를 읽고 다음과 같이 진솔한 마음을 파운드에게 고백하였다.

> 나로서는 할 수 없는 일. 내 증조부는 나다나엘 호손의 증조부와 함께 똑같은 마녀. 재판의 배심원이었고; 나는 다만 저절로 마녀와 같은 냄새를 맡게 되었다.

> As for me, I can't help it. My great-grandfather was on same witch jury with Nat Hawthorne's great-grandfather; and I just naturally smell out witches etc.[1)]

---

1) 예일대학교의 바이네키 희귀도서 및 원고 도서관의 허가를 받아 엘리엇이 파운드에게 보낸 "8/10 December 1933" 편지를 인용하였음. 이 편지에서 엘리엇은 파운드가 초고로 쓴 『캔토』 30에 대해 자신의 의견을 기술한 다음 출판에 관한 사적인 내용과 계획 등을 파운드에게 설명하고 있다.

FABER & FABER

Limited

PUBLISHERS

DIRECTORS:
G.C. FABER (CHAIRMAN)
C.W. STEWART
R.H. I. DE LA MARE
+ V. MOXLEY (U.S.A.)
T.S. ELIOT (U.S.A ORIGIN)

TELEPHONE: MUSEUM 9543
TELEGRAMS: FABBAF. WESTCENT, LONDON

24 RUSSELL SQUARE

LONDON, W.C. 1

8/10 December 1933.

Resp. Ezzum,

I remain of the same opinion, in some respects.

30Cantoes30 has gone to Marianne to review at length. Havnt told her what to say.   That's a bright girl.

As for me, I can't help it,   My great-grandfather was on same witch jury with Nat Hawthorne s great-grandfather; and I just naturally smell out witches etc.

Don't know about what you say about frogs.   Always assumed civilisation extended, thinly, from Thames to Loire.   To the eastward: Skowegians.   To west: Welsh, Irish and Connecticut Crooners.

But all the same admit that London tubeman knows he's a fool to be punching tickets: whereas people in Paris Metro take it SERIOUSLy.

What is is that I don't feel altoegether happy about rewarmed contemporanea of London periodicals.   Can't feel convinced that wartime periodicals of London (enlapping much idiocy that can be parallelledelled elsewhere) will search the vitals in 15 minutes today like Jeronimo's Snake Oil Purgative.   Not presuming to interfere after all it is your book not mine especially after what Judge Wooolley says, only I am topographically nearer to the Old Bull & Bush than you are.

The only trouble with wops is that they are wops.

I MAY or may NOT get my expenses paid to lecture or read in Rome next spring (per Bassiano) if so I might just be able to breathe long enough to take a day off at Rappalo.

The only objection to Italy is the Climate.   Clerkenwell is all right but there arent any bathrooms there.   I have just been looking into the matter.   It contains, curiously enough, Little Italy.   They have swell funerals.   Where to live?   Highbury Barn, perhaps.   Canonbury.   Don't say Belsize Park, I couldn't stand that from You.

All this indicates that I am on the Job again from 10 to 6 daily

---

엘리엇은 자신의 의식 속에 자신의 선조가 1692년 매사추세츠주의 살렘에서 열린 마녀재판의 배심원이었다는 사실을 알고 무의식적으로 나마 죄의식을 갖고 있었으나, 호손처럼 가족사를 공개적으로 양심

선언한 적이 없고, 단지 엘리엇이 가장 신뢰하는 영혼의 스승이자 친구인 파운드에게 사적인 편지로 고백하였다.

특히 엘리엇은 자신의 미국태생과 문화유산을 자신의 근본적인 감정의 근원이라고 주장하고 있다. 엘리엇의 죄의식에 관한 원인과 변화를 그의 작품과 인생에서 재고해 볼 때, 엘리엇은 1959년 『파리 리뷰』(*Paris Review*)에서 감정적인 원천은 미국이라면서 다음과 같이 고백하고 있다:

> 이것은 [오늘의 나 엘리엇] 만약 내가 영국에서 태어났었더라면 이렇게 될 수가 없고, 만약 내가 미국에서 계속 살았더라도 이렇게 될 수도 없다. 이것은 여러 것들의 혼합이다. 그러나 근본적으로 감정적인 원천은 미국에서 온 것이다.
>
> It wouldn't be what it is if I'd been born in England, and it wouldn't be what it is if I'd stayed in America. It's a combination of things. But in its sources, in its emotional springs, it comes from America." (69−70)

엘리엇은 미국의 자기 선조들로부터 유산으로 물려받은 죄의식을 직접적으로 그의 시에서 표현하지는 않았으나, 엘리엇의 특성상 그는 직접적 표현은 하지 않고, 의도한 의미를 애매모호한 이미지 표현으로 하였다. 프라이가 엘리엇을 상상이라는 단어는 사용하지 않고 이미지를 형성하는 시적표현으로 상상을 가장 많이 불러일으키는 시인이라고 평가한바와 같이(48), 엘리엇이 마녀재판에 관한 선조의 죄의식을 직접적으로 표현하지 않고 애매모호한 시적 표현을 통해 간접적으로 추론할 수 있는 죄의식을 부분적으로나마 초기시에서 찾을 수 있다.

그러나 이 연구가 엘리엇의 위대성을 경감하는 것이 아니고, 오히려 엘리엇의 도덕적 양심이 순수하여, 일반 대중 같으면 일고의 가책이 될 수 없는 것 까지도 의식하는 고매한 마음을 소유한 위대한 시인이라는 것을 반증하는 것이다.

『1692년 살렘 마녀 재판 법원 기록』(*Verbatim Transcripts of the Legal Documents of the Salem Witchcraft Outbreak of 1692*)에 의하면 앤도버 (Andover)에 사는 수잔나 포스트(Susannah Post)에 대한 마녀 재판 배심원에 윌리엄 엘리엇(William Eliott)이 포함되어 있었다(940). 무디 (A. David Moody)가 분석한 엘리엇과 호손의 가족 족보에 의하면, 나다니엘 호손(Nathaniel Hawthorne)의 5대 외증조부가 윌리엄 엘리엇 (William Eliott)이었고, 엘리엇(T. S. Eliot)의 7대 증조 삼촌이 호손의 5대 외증조부와 동일인 윌리엄 엘리엇이었다(*The Cambridge Companion to T. S. Eliot* 16). 호손은 선조가 마녀재판에 연루된 것에 도덕 양심적인 죄의식을 느껴 공개적으로 양심선언을 하고 이름을 하손(Hathorne)에서 호손(Hawthorne)으로 개명하였다. 그러나 엘리엇의 5대 친 증조부인 앤드류 엘리엇 목사(Rev. Andrew Eliot)는 공개적인 양심선언 없이 조용히 선친 앤드류 엘리엇(Andrew Eliott)에게서 물려받은 성인 엘리어트(Eliott)에서 엘리엇(Eliot)으로 개명하였다.2)

엘리엇의 가문은 가계족보에서 증명하듯이 선조들의 친가와 외가 편으로 두 명의 미국 대통령인 2대 대통령 존 아담스(John Adams), 6대 대통령 존 퀸씨(John Quincy), 문인으로는 호손을 비롯해, 멜빌

---

2) 무디의 *The Cambridge Companion to T. S. Eliot*에 기술된 엘리엇의 가계 족보에 의하면, Andrew Eliott(1627–1703)이 영국 Somerset의 East Coker에서 미국으로 1670년경 미국으로 이주하였고, 그의 두 아들 중 Andrew Eliott(1650–1688)의 계보는 T. S. Eliot으로, William Eliott(d. 1721/22)는 외가 편에 호손(Nathaniel Hawthorne)으로 이어진다. 엘리엇의 선조와 후손 중 친가와 외가와 관련된 유명인사는 호손, 멜빌. 로웰 등 많은 작가들을 배출하였는데 주로 인간의 불안하고 어두운 내면세계와 의식과 죄의식을 다룬 문인들이 대부분이다(15–19).

(Herman Melville), 로웰(Robert Lowell), 웹스터(Noah Webster), 아담스(Henry Adams), 앨컷(Louisa Alcott), 휘터(Whittier) 등 많은 시인과 소설가 정치가 역사학자등을 배출한 명망이 있는 집안이다(Moody 15-19). 또한 19세기 중반과 말에 엘리엇의 조부인 윌리엄 그린리프 엘리엇(William Greenleaf Eliot)은 미국에서 가장 영향력 있는 성직자, 인류박애주의자, 교육자중의 한사람으로 워싱턴 대학교(Washington University in St. Louis)를 설립하였다. 엘리엇의 부친인 헨리 엘리엇(Henry Ware Eliot, Sr.)은 유명 언론신문사를 소유하고 있었다. 만약에 엘리엇의 집안이 비천하여 유명인사가 없었다면 엘리엇은 선조들의 과거를 고백하고 죄의식에 억눌리지 않았을 수도 있었다. 그러나 엘리엇은 자신의 선조들이 과거 살렘 마녀 재판으로 인해 성까지 개명하면서 과거를 잊고 미국 역사상 자타가 공인하는 명문 가문에다가 종교, 교육, 언론, 문예, 정치, 사회 등 각 분야에서 혁혁한 공헌을 한 선조들의 명예를 손상 시키고 싶진 않았을 것이다. 동시에 엘리엇은 다른 선조들과는 달리 자신의 영혼 깊은 진실인 죄의식을 완전히 떨쳐버릴 수는 없어서 그의 작품에서 부분적으로나마 자신을 억누르는 죄의식을 그림자처럼 애매하고 열린 표현으로 묘사하였다.

특히 엘리엇은 그의 깊은 속마음과 억눌린 의식을 파운드에게 개인적인 편지나 시로 보내면서 조금이나마 위안을 찾았다. 그래서 엘리엇의 편지를 연구해보면 엘리엇은 자신의 가장 솔직한 마음을 가족보다도 오히려 파운드에게 고백하였다. 특히 파운드와 많은 교분을 나눈 후 파운드를 더욱 신뢰한 1925년 이후, 엘리엇은 파운드와 영혼의 친구가 되어 부끄럼 없이 자신의 진솔한 의식을 어떤 때는 직접적인 표현으로, 어떤 때는 시로, 어떤 때는 그리스어나 라틴어 같은 고전어 표현으로, 어떤 때는 자신들만의 비밀 부호로, 영혼을 나누었다.

이런 엘리엇의 의식에 관한 연구는 1945년도에 포프(John C. Pope)의 "프루프록과 라스콜리니코브"라는 『미국문학』(*American Literature*)에 발표된 연구 논문을 필두로 최근에는 2005년도에 로우(Peter Lowe)가 『현대문학지』(*Journal of Modern Literature*)에서 도스토엡스키(Fyodor Dostoevsky)의 『죄와 벌』(*Crime and Punishment*)과 엘리엇의 「J. 알프레드 프루프록의 연가」("Love Song of J. Alfred Prufrock")와의 비교 연구까지 활발히 진행되었다. 포프는 엘리엇이 독백을 하는 프루프록을 라스콜리니코브(Raskolnikov)의 독백과 유사하다는 단순비교를 하였다(213−30). 반면에 로우는 두 인물 모두 영혼의 고통을 진솔하게 표현하였다며 도스토엡스키의 라스콜리니코브 성격 등이 엘리엇의 프루프록에 절대적인 영향을 끼쳤다고 주장하고 있다(21). 그러나 이들 비평가들 역시 엘리엇의 시 화자들을 억눌린 의식과 감정을 단순 비교하였을 뿐, 엘리엇의 억눌린 진정한 감정과 의식의 원인을 분석하고 규명하는데 한계가 있었다.

엘리엇은 이런 억눌린 죄의식으로 인해 대중 앞에 나서거나 공중 앞에서 축제를 즐기기 보다는 오히려 대중과 동 떨어져서 스스로 고립된 의식과 철학을 고수하여 시에서도 특유의 독백을 많이 사용하였다. 독백을 통해 애매모호하게나마 자신에게 진실하고 자신의 감정에 충실할 수 있었다. 그러나 파운드에게는 진솔하게 편지로 자신의 자유롭지 못하고 자신만이 간직하고 갈등하고 있는 감정을 가감 없이 썼다.

엘리엇은 「억눌린 강박관념」("Suppressed Complex")이란 짤막한 시를 파운드에게 보냈다. 이 시는 엘리엇이 자신의 진솔한 심경을 파운드에게 개인적으로 고백한 일기 같은 시이다.

그녀는 완고한 눈으로 아주 가만히 침대에 누워

그녀의 숨을 멈추고 생각하지 않도록 하였네.
나는 구석에 꼿꼿이 서 있는 그림자로서
불빛에서 즐겁게 춤을 추었소.

그녀는 자면서 뒤척이다가는 그녀의 손가락으로 이불을 꽉 부
여잡았네.
그녀는 매우 창백했고 숨을 거칠게 몰아쉬었네.
아침이 누런 화분에 있는 긴 한련 덩굴초를 흔들었을 때
나는 창문을 통해 기쁘게 빠져 나갔소.

She lay very still in bed with stubborn eyes
Holding her breath lest she begin to think.
I was a shadow upright in the corner
Dancing joyously in the firelight.

She stirred in her sleep and clutched the blanket with her fingers.
She was very pale and breathed hard.
When morning shook the long nasturtium creeper in the tawny
bowl
I passed joyously out through the window.[3]

엘리엇은 이 시에서 과거로부터 자유롭지 못한 죄의식이 영혼 깊은
곳을 밤낮으로 억누르고 있다며, 강박관념을 일기장에 시로 써서 파운
드에게 고백하였다. 죄의식에 사로 잡혀 정신적으로는 다른 생각을 하
지 못하고 육신적으로도 숨을 쉴 수 없는 처지에 이르러 나중에는 자
신이 한구석에서 수직으로 서 있는 어두운 그림자가 되었다고 고백하

---

3) 「억눌린 강박관념」("Suppressed Complex") 시의 공개는 예일대학교의 바이네키 희귀도서 및 원
고 도서관의 승인을 연구 목적으로 2007년 5월 1일 받았음.

고 있다. 실체도 없는 의식이 그림자와 같이 영혼을 옥조이며, 그 의식은 밤에도 잠을 설치게 하며 손가락으로 이불을 꽉 부여잡으며 무서워하게 만들었다. 이 의식은 아주 창백한 모습으로 숨을 거칠게 쉬며 자신에게 다가오고 있다고 불안한 자신의 심경을 토로하고 있다. 파운드에게 보낸 1933년 12월의 편지에서 엘리엇은 자신의 선조라고 표현하지 않고 자신을 포함한 우리(We)라는 표현으로 우리들이 그들[살렘 마녀 재판으로 처형당한 사람들]을 화형시키지는 않았으나, 우리는 그들을 교수형에 처하게 했다면서 자신이 선조들로부터 악의 씨를 유산받았다고 고백하고 있다. 엘리엇의 도덕적 양심이 심오하여 자신의 7대 중조 삼촌이 시대에 휩쓸려 지은 잘못까지도 공개적으로 양심선언을 하지 못하는 속마음을 파운드에게 토로하고 있다. 이런 엘리엇의 도덕과 양심의 기준이 보통 사람 이상으로 고매하여서, 이에 정비례하여 그의 도덕적 양심이 행동으로 나타나기 힘든 벽에 부딪칠 때 마다 많은 고뇌와 갈등을 혼자 경험 하였다. 이런 그의 현실과 이상의 갈등은 죄의식으로 변모되어서 그의 시에 애매모호한 어두운 표현으로 기술되었다.

엘리엇은 자신의 선조가 미국 역사상 가장 부끄럽고 수치스러운 오심으로 선량한 사람들을 죽인 살렘 마녀 재판에 직접적으로 연류된 것으로 인해 무의식적으로 죄의식을 느꼈다. 그러므로 그의 시중 특히 초기시에서 그의 자아의식은 간접적인 죄의식으로 시적표현이나 주제가 어둡고 애매모호하며 그림자 같은 배경이 많았다. 그의 초기시에서 아침이나 낮 보다는 저녁이나 밤, 생동적이고 능동적인 젊은이 보다는 무기력하고 수동적인 노인, 청춘의 삶보다는 죽음을 의식하며 초조해하는 말기 인생, 명쾌하고 우렁찬 소리보다는 중얼거리며 숨죽이는 소리, 확고하고 담대한 결단보다는 우유부단하고 겁에 질린 태도가 주류를 이룬다.

엘리엇은 「J. 알프레드 프루프록의 연가」에서 "당신과 나"(you and I), "저녁"(evening), "마취된 환자"(a patient etherised), "반쯤 텅 빈길"(half-deserted streets), "중얼거리는 소리"(muttering retreats), "불안한 밤"(restless nights), "음흉한 의도"(insidious intent) 등과 같은 애매모호하고 간접적인 표현으로 일관되게 시작하였다. 또한 "자정"(Twelve o' clock), "달의 흐릿함"(lunar synthesis), "속삭이는 달의 주문"(whispering lunar incantations), "어두운 자정"(dark / Midnight), "미친 사람"(a madman), "죽은 풀"(a dead geranium) 등의 어두운 그림자와 같은 애매모호한 열린 표현으로 밤새도록 고민하는 의식을 묘사한 「바람 부는 밤의 광상시」("Rhapsody on a Windy Night")로 그의 초기시를 시작한다. 그 후에도 엘리엇의 시는 주로 저녁이나 밤, 선명한 햇빛보다는 희미한 달빛을, 색상도 주로 어둡고 흐릿한 색상을, 큰소리보다는 조용한 속삭임이, 한명의 화자보다는 다양한 목소리와 의식을 구사하는 보이지 않는 내면의 화자들을 사용하는 시가 주류를 이룬다.

엘리엇을 괴롭히는 죄의식은 자신이 스스로 부여한 숭고한 도덕, 양심, 신앙심이어서, 엘리엇의 죄의식은 영혼에 속삭이고 뇌리에서 맴돌면서 시인을 괴롭게 하였다. 엘리엇은 「불멸의 속삭임」("Whispers of Immortality")에서 웹스터가 죽음에 강박적 의식으로 억눌려 있고, 육체적으로는 피골이 상접하여 땅속에 파묻혀 숨 쉬지 못하는 시체와 같다고 속삭이는 표현을 하고 있다. 엘리엇을 집요하게 억누르며 괴롭히는 이런 불멸의 속삭임은 엘리엇이 가지고 있었던 죄의식도 일조를 하였다고 추론 할 수 있다.

　　웹스터는 무척이나 죽음에 사로잡혀 있어서

피골이 상접한 해골을 보았다;
그리고 땅속에서 가슴이 없는 존재였고
입술이 없는 웃음을 지으며 뒤로 누워있었다.

— — — — — — — — — — — —

그는 뼛속까지 쪼개는 고뇌와
뼛속까지 스며드는 한기를 알았다;
그 어떤 육신에 대해 가능한 접촉도
뼈의 열병을 진정시킬 수 없었다.

Webster was much possessed by death
And saw the skull beneath the skin;
And breastless creatures under ground
Leaned backward with a lipless grin.

— — — — — — — — — — — —

He knew the anguish of the marrow
The ague of the skeleton;
No contact possible to flesh
Allayed the fever of the bone. (*CP* 52)

　이 시에서 엘리엇은 불멸의 속삭임을 뼛속까지 사무치는 고뇌로 해골 같은 서늘한 죽음의 한기를 느껴서 아무런 육신도 뼈의 열기를 식힐 수 없다면서 자신을 항상 따라다니고 사후에도 따라다닐 죄의식에 괴로워하고 있다. 고든은 엘리엇이 자기 자신만 알고 있는 "신비한 죄" (the mystery of sin)로 인해 도덕 양심적인 고뇌가 1930년대에 최고조에 달해서 "그는(엘리엇) 결단코 자기가 부르는 '죄악의 신비'를 해결할 수 없었다. 그가 말하기를 그것은 너무 깊어서 인간의 눈으로는 측량할 수 없어 볼 수 없다고 하였다"("He never solved what he called 'the Mystery of Iniquity.' It was, he said, a pit too deep for mortal eyes to plumb"(283). 고든은 엘리엇의 '신비한 죄악'을 결혼관계의 악화와 갈등으로 설명하지만, 엘리엇이 가진 갈등의 근본적인 원인은 죄의식에서 비롯된 하나의 현상에 불과하다는 것을 간과하고 있다.

엘리엇이 의도적으로 사용한 죄악이라는 단어인 "Iniquity"는 2000년 전 신약성경에서 사용했던 성서 그리스원어에서 유래한 단어이다. 초기 신약시대의 그리스어에서는 구체적으로 남에게 고백하면 자신과 가족에게 상당한 불명예와 불이익을 초래하게 되어, 자신과 가족들만이 알고, 남에게 공개적으로 양심선언을 하지 못하면서도 항상 자신들의 영혼을 뼛속까지 괴롭히며 서서히 갉아먹는 죄의식을 지칭할 때 "Iniquity"를 사용한다. 권위 있는 성경사전인 『앵커 성경 사전』(*The Anchor Bible Dictionary* Vol. 6)에 의하면 성경에서 죄악을 지칭하는 단어가 50가지가 있다(31). 예를 들면 하나님의 율법을 어긴 종교적인 죄를 지칭하는 " פ"는 성경에서 595번이나 사용되었으나(32), 사회적, 도덕적인 인간의 규범과 기준에 어긋나서 짓는 인간적인 죄를 지칭하는 "ב"는 성경에서 135번 사용되었다(32). 그 외에도 자신의 무지로 지은 죄, 불순종의 죄, 양심에 가책이 되는 죄, 알면서도 지은 죄, 의도가 불분명하게 지은 죄, 선조부터 내려오는 유전적인 죄, 영원히 용서 받지 못할 돌이킬 수 없는 죄, 고백하면 용서 받을 수 있는 죄 등 50여 가지 다른 단어로 성경에서는 차별화하여 표현되고 있다(31-47). 특히 신약에 기술된 죄악이라는 단어는 선조들로 물려받은 죄, 개인적인 죄, 집단적인 죄 등으로 약 7가지로 요약될 수 있다(40-41). 그러나 엘리엇이 사용한 "죄악"(Iniquity)이라는 단어는 자신의 잘못이 아닌데도 불구하고 죄를 간접적으로 물려받아 남에게 고백하지 않고 자신의 신분을 유지하려고 갖고 있는 죄의식을 지칭할 때 쓰는 단어이다. 예를 들면, 신약 성경에서 예수님은 영적으로 거듭나야 천국에 간다며 영적인 말을 하는데 산헤드린 공회원(현재 국회의원급)인 니고데모(Nicodemus)는 평민으로 신분을 위장하여 계속 육적으로 해석하여 사람이 어미 배에 다시 들어갔다가 나와야 하느냐 면서 의문을 품으며 질문을 한다. 그때에 예수님이 이런 니고데모를 가리켜 게론티언(Gerontion)이라고 부른다. 게론티언은 그리스어로 작은 노인(little old man)이라는 말이며, 이런 니고데모가 영적으로 진실하지 않고 자신을 위장하여 신분을 유지 하려는 것을 가리킬 때 쓰는 단어이다.

엘리엇이 선조로부터 물려받은 죄의식을 공개적으로 양심 선언한 호손처럼 하지 못하고, 오히려 세상에서 엘리엇에 대한 존경심이 치솟을수록 엘리엇은 더욱 갈등과 죄의식이 깊어만 갔을 수도 있다. 1937년 12월 19일 엘리엇이 파운드에게 보낸 편지에는 자신이 지금 집필하고 있는 작품의 기조뿐만 아니라 엘리엇 가족들에게 유전되어진 엘리엇 가문의 신조를 다음과 같이 쓰고 있다:

에즈[파운드]에게 호소해야만 하는 정당한 논쟁 혹은 구절뿐만 아니라, **주머니쥐**[엘리엇의 별명] 가문의 신조인 '**아무 말도 하지 마시오**'라고 구절을 써야 할 것 이오.

그는 스스로 이것을 볼 수 있고 자신의 결론을 내릴 수 있소. 그래서 이번 극작품에 관한 주머니쥐(엘리엇)의 의견은 단순하게도 이렇소:
　　1) 당신은 항상 독자의 관심을 끌어야 한다.

2) 만약 관심을 잃으면 당신은 빨리 관심을 회복 시켜야 한다.
3) 아리스토텔레스와 다른 사람들이 말하는 줄거리와 인물
들과 모든 다른 것들은 앞에 기술한 것에 비하면 이차적
인 것이다.

A(n) argument or line of reasonin(g) which ought OUGHT to appeal to Ez, as well as bein(g) in line with the Possum family's mottoe which is: say nothin(g).

He can just look at this for himself and draw his own conclusions; for so far the Possum's opinions about the writin(g) of a play is simply this:
1) You got to keep the audience's attention all the time.
2) if you lose it you got to get it back QUICK.
3) Everythin(g) about plot & character and all else what Aristotle and others says is secondary to the foregoin(g).[4]

이 편지에서 엘리엇은 자신의 신조인 아무 말이나 변명이 필요 없이 작가는 독자의 관심을 계속 유지하는 것이 가장 중요하고 정당하다며 파운드에게 고백하고 있다. 엘리엇의 말 못하는 의식을 공개적으로 아무 말도 하지 않는 것을 이해 할 수 있는 편지다. 아이러니하게도 엘리엇은 진실한 의식을 강조하지만 정작 자신은 진실한 의식을 애매모호하게 열린 표현으로 하는 것을 필립 헤딩스(Philip R. Headings)는 엘리엇의 『황무지』(The Waste Land)에서, 표현된 의미와 표현되지 않은 의미, 외적인 현상과 내적인 원인, "분열과 융합," "죽음과 재생," "희망

---

4) 엘리엇이 비서를 통해 대필로 파운드에게 보낸 1937년 12월 10일 편지에는 최근에 엘리엇이 쓰는 극작품에 관한 진척과 파운드에게 자신의 새 작품에 대한 견해와 평가를 문의하는 내용 이다. 바이네키 도서관의 승인을 얻음.

과 절망" 등이 계속적으로 대조되며 다양한 다른 소리를 내며 조화를 이룬다고 주장 하였다(85−87). 또한 로버트 슈와츠(Robert L. Schwarz)는 엘리엇의 외적 표현과 내적 의미의 차이를 "불확실성과 확실성의 극과 극에서 끊임없이 반복"되는 원형이라고 주장하고 있다(11). 엘리엇의 다양한 패턴을 일관성 있는 도식적 이론으로 확립하기가 어려운 것은 엘리엇의 의식에서 나오는 시적 표현은 다양한 의식과 부분적이나마 선조로부터 유산으로 물려받은 죄의식으로 인해 생긴 현실과 이상의 갈등이 혼재 되어서 나오기 때문이다.

엘리엇이 육체적으로 노쇠해지면서 의식이 더욱 혼미해지고 의식과 무의식이 혼재하는 혼란의 시기로 접어들게 되자 죽음에 대한 두려움과 죄의식에서 자유롭지 못한 자신으로 작품 활동을 거의 포기하는 체념까지 이르렀다. 1956년 엘리엇은 자신의 육체적인 고통인 심장 질환(paroxysmal tachycardia), 무좀, 살을 파고드는 발톱 질환, 각종 노인성 질환 등으로 파운드의 요청인 『캔토』에 대한 평가와 제안을 할 수 없다고 사과 편지를 보냈다. 또한 자신의 육체적인 질환과 정신적인 강박관념과 무거운 과거에 대한 의식으로 더 이상 창작활동 하는 것이 고통스럽다는 고백을 파운드에게 호소하고 있다.5) 또한 이 편지에서 존 머레이(John Murray)와 예이츠(Yeats)가 왜 비잔틴으로 여행하는지 이해를 못하겠다며 불평을 하는 등 엘리엇은 일관성이 없는 글들을 편지에 넋두리같이 써서 파운드에게 보냈다.

엘리엇의 이런 의식은 사후 세계에 대한 두려움과 자신의 미래에 대한 불확실성으로 더욱 깊어만 갔다. 죽음과 사후세계에 관해 영향을 끼친 정신적 지주는 단연 단테(Dante)다. 1950년 엘리엇이 런던에 있

---

5) 엘리엇은 1956년 8월 11일 파운드에게 자신의 노인성 질환으로 더 이상 자신의 창작 작품에 몰두하기가 고통스러우며, 특히 파운드가 보낸 한문을 활용한 『캔토』를 해독하지도 못하겠고 이해도 할 수 없다며 사과의 내용을 보낸 편지다.

는 이탈리아 학교(Italian Institute)를 방문 했을 때, 단테가 끼친 영향에 대해 질문을 받자, 엘리엇은 자기 작품 세계에 가장 지속적으로 그리고 깊게 영향을 끼친 사람은 아직까지도 단테라고 선언했다. 특히 엘리엇은 단테의 사후 세계와 죽음에 대한 표현과 의미야 말로 자신에게 열정으로 다가왔다고 말하였다(Charity 117). 단테의 지옥은 엘리엇에게 무의식적으로 잠재한 죄의식까지도 포함할 수 있어서, 지옥에서나 진실하게 자신만이 알고 있는 모든 수치스런 죄악을 고백할 수 있었던 기도(Guido) 백작처럼, 엘리엇은 애매모호한 의미의 이미지를 통해 억눌린 죄의식을 진실하게 고백하여 그의 시에서 예술적으로 승화시키고 있다.

신앙적으로는 자신의 죄를 하나님에게 고백하여 용서를 받았다지만, 인간에게 고백하여야 그 죄가 온전히 용서받을 수 있다는 사실을 엘리엇은 잘 알고 있기에 엘리엇은 자신의 시에서 애매모호하게 개방적인 의미로 자신의 죄의식을 여성에게 고백을 자주 했다. 엘리엇의 시에는 유난히 여성에게 고백하는 내용이 많은데, 이는 1927년도에 파운드에게 보낸 편지에서 페르시아와 아랍시에서 여성을 화자로 사용하여 솔직하게 자신의 진술한 감정을 표현하는 고대 페르시아시 전통에서 영감을 얻었다고 엘리엇은 고백하였다.6) 이슬람 시대인 서기 7세기 이전의 고대 페르시아시는 유난히 여성들을 화자로 하여 인간의 진술한 감정을 표현하였다. 서기 7세기 이후 코란에 영향을 받은 이슬람시는 여자를 철저히 배격하였으나, 7세기 이전에는 고대 부귀영화를 자랑하던 세계 최대강대국인 고대 페르시아제국에서 페르시아 안방마님

---

6) 엘리엇은 1927년 8월 22일 파운드에게 자신의 시를 『크라이티어리언』(*Criterion*)지에 게재할 것이라며 게재하기 전에 자신의 작품을 파운드에게 평가를 의뢰하면서 자신의 시가 고대 페르시아시에서 영감을 받았으며 스페인 시풍을 약간 가미하였다고 설명하였다. 동시에 파운드가 보내준 시의 서언에 감사하였다.

들이 외국에서 잡혀온 젊고 지적이고 출중한 노예들에게 전통과 격식 없이 자신만이 갖고 있던 온갖 고민과 갈등과 비밀을 진술하게 위험 부담 없이 표현하였다(Jackson 17-18). 엘리엇은 고대 페르시아 시에서 영감을 얻어 인간의 진술한 의식을 표현하려고 노력했다고 파운드에게 자신의 작품을 설명하고 있다. 그래서 그의 작품에서 엘리엇은 여성에게 자신의 진술한 영혼의 감정을 토로하며 예술적으로 죄의식을 승화시키려고 애매모호한 표현을 자주 사용했을 수도 있다.

『네 개의 사중주』(*The Four Quartets*)에서 표현되었듯이 죽음은 또 다른 삶의 시작이고, 삶은 죽음을 향한 또 다른 삶이어서 그에게도 속죄의 기회가 있고 죄의식으로부터 자유를 얻을 수 있는 승화를 엘리엇은 예술과 신앙에서 찾았다. 데니스 도노휴(Denis Donoghue)는『네 개의 사중주』를 분석하면서 성육신(Incarnation)이야말로 그리스도가 하나님의 아들로 부활하여 영생을 천국에서 누리듯이 엘리엇도 재생의 기독교인으로 그리스도를 통해 속죄함을 받고 과거를 초월한 자유인이 될 수 있는 기회를 성령을 통해 얻을 수 있었다고 주장하고 있다(273). 이러한 구원을 위해서 가장 중요한 것이 보이지 않는 것에 대한 믿음과 신뢰이다. 엘리엇이 그동안 신앙적인 죄와 도덕 양심적인 죄를 혼돈하여서 괴로워 하였으나, 말기에 "엘리엇은 도덕적인 양심을 신앙의 결과로 여겼지 신앙의 원인으로 여기지는 않았다"(Eliot considered morals a consequence of one's faith, not a cause of it)라고 하면서 마음이 정리되기 시작하였다(Donoghue 273). 이제 더 이상 엘리엇은 도덕 양심적인 죄의식으로 인해 고통을 호소하지 않아도 되는 영혼육의 자유를 얻어 신앙심에 정진하게 되었다. 그러므로 엘리엇은 초기에 선조로부터 유전된 죄의식으로 생긴 억눌림을 예술과 신앙을 통해 승화한 후, 후기에는 주로 기독교의 회개와 속죄와 구원에 관해 집중하였다.

인용문헌

Boyer, Paul and Stephen Nissenbaum, eds. *Verbatim Transcripts of the Legal Documents of the Salem Witchcraft Outbreak of 1692*. Superior Court of Judicature. New Haven: Yale University.

Brooker, Jewel Spears, ed. *T. S. Eliot: The Contemporary Reviews*. Cambridge: Cambridge UP, 2004.

Charity, A. C. "T. S. Eliot: The Dantean Recognitions." *The Waste Land in Different Voices*. Ed. A. D. Moody. New York: St. Martin's, 1975.

Chinitz, David. *Ambivalence All Around*. Chicago: U of Chicago P, 2003.

Donoghue, Denis. *Words Alone: The Poet T. S. Eliot*. New Haven: Yale UP, 2000.

Eliot, T. S. "The Art of Poetry, I: T. S. Eliot" *Paris Review* 21 (Spring / Summer 1959): 69−70.

_____. *The Complete Poems and Plays of T. S. Eliot*. London: Faber & Faber, 1969.

_____. Manuscript Letters of T. S. Eliot in Beinecke Rare Book and Manuscript Library. New Haven: Yale University.

Freedman, David Noel, ed. *The Anchor Bible Dictionary*. Vol. 6. New York: Doubleday, 1992.

Frye, Northrop. *T. S. Eliot*. New York: Capricorn Books, 1963.

Gardner, Helen. *The Art of T. S. Eliot*. New York: E. P. Dutton, 1950.

Gordon, Lyndall. *T. S. Eliot: An Imperfect Life*. New York: Norton, 1998.

Headings, Philip R. *T. S. Eliot*. Boston: Twayne, 1982.

Lowe, Peter. "Prufrock in St. Petersburg: The Presence of Dostoyevsky's Crime and Punishment in T. S. Eliot's 'The Love Song of J. Alfred Prufrock.'" *Journal of*

Modern Literature 28. 3 (Spring 2005): 1−24.

Miller, James E. *T. S. Eliot: The Making of an American Poet, 1888−1922*. University Park: Pennsylvania State UP, 2005.

Moody, A. David. *The Cambridge Companion to T. S. Eliot*. Cambridge: Cambridge UP, 1994.

_____. *Thomas Stearns Eliot: Poet*. Cambridge: Cambridge UP, 1979.

Pope, John C. "Prufrock and Raskolnikov." *American Literature* 17 (1945−1946): 213−30.

Schuchard, Ronald. *Eliot's Dark Angel: Intersections of Life and Art*. New York: Oxford UP, 1999.

Schwarz, Robert L. *Broken Images: A Study of* The Waste Land. London: Associated UP, 1988.

엘리엇 시에 나타난 파편적
신체와 근대성의 눈들*

이 홍 섭(인제대학교)

모더니즘의 대표적 시인인 엘리엇은 동시대를 유럽 문명의 전반적 위기로 인식하고 있으며 자신의 시와 산문에서 근대성(modernity)의 제 현상들에 대한 강렬한 비판과 이 문제점들의 근원적 원인들에 대한 깊은 탐색을 하고 있다. 20세기 초반을 혼란과 무질서로 가득 찬 시대로 규정하고 있는 엘리엇에게 파국적 국면에 들어선 유럽문명의 위기는 산업화와 도시화라는 사회－경제적인 문제일 뿐만 아니라 문화적, 정신적인 것이다. 피폐한 도시풍경과 현대의 소외된 삶을 소묘하고 있는 엘리엇의 전반기 시들에서 근대성은 유령적인 시－공간으로, 도시인들은 그로테스크한 신체를 지닌 "비정상인"－엘리엇의 시 제목을 빌자면「텅 빈 사람들」("The Hollow Men")－으로 묘사되고 있다. 당대의 총체적 혼돈을 근대적 주체성의 위기의 측면에서 접근하고 있는 엘리엇에게 있어 신체는 단순히 생물학적 것이 아니라 자아, 타자성, 젠

---

* 본 논문은 원래『T. S. 엘리엇 연구』제14권 1호(2004.6)에 게재되었던 글임.

더 등을 둘러싼 다양한 담론들이 교차하는 문화적, 역사적인 지형이다. 본 논문은 엘리엇의 작품들에 재현되고 있는 파편적 신체—특히 눈(eye)—를 중심으로 이들 주제가 그에게 지닌 의미들을 점검하고자 한다.

1. 파편적 신체의 양가성

육체의 재현의 측면에서 바라보았을 때 엘리엇의 전반기 작품들에 나타나고 있는 주요한 한 특징은 신체의 유기성이나 통합성보다는 파편성과 물질성에 대한 강조이다. 파편적이고 감각적인 육체에 대한 엘리엇의 천착은 조화와 균형을 갖춘 인간 신체를 중시하는 서구의 미적 전통, 인간의 완전성에 대한 가능성을 탐지했던 르네상스 휴머니즘 전통, 육체와 감정으로부터 독립된 정신과 이성의 우월성을 주장하는 근대의 주체철학과 대립적이다. 대상 세계와 분리된 주체로의 전환을 통해 근대적 인식론을 정초한 데카르트의 이원론에서 신체의 감각적 반응은 불신되며, 마음의 통찰력 즉 이성적 사유만이 확실성이 보장된 것으로 특권화되고 있다. 데카르트에게 있어 진정한 시각은 마음이 지배하는 영역이며 "코키토의 눈은 신체기관으로서의 눈이 아니라 마음의 눈이다"(주은우 273). 1926년 클라크 강연에서 엘리엇은 "우리가 아는 것은 대상세계가 아니라 대상에 대한 우리의 관념"이라는 데카르트의 주장을 "사이비 인식론"(VMP 80-81)이라고 비판하면서 지난 3백년간 철학적 사유는 데카르트의 주체철학이라는 "악몽"으로부터 벗어나지 못하고 있다고 주장한다. 주체와 의식을 중시하는 데카르트와 반대로 엘리엇에게 "의식 또는 정신의 활동은 생리적 활동 또는 논리적 활동의 외화"(*KE* 153; 박경일 86에서 재인용)이다. 그에게 대상 세계와 분리된 자율적 주체는 존재하지 않으며 "자아는 선험적으로 미리 주어지고 결정 / 고정된 것이 아니라 구축 / 조작된 것이다"(박경일 88). 이런 측면에서 엘리엇에게 있어 파편적 신체는 우주의 중심으로서의 인간에 대한 휴머니즘적 믿음, 이성과 역사의 진보에 대한 낙관적 세계관, 전일적이고 통합적인 인간성을 지향하는 철학적, 미적 전통에 대한 하나의 대항적 담론으로서 작용하고 있다.

엘리엇에게 있어 파편화된 신체가 지니는 또 다른 중요성은 조각나고 그로테스크화된 육체적 이미지들을 통해 근대적 경험이 잉태하고 있는 주체성의 전반적 위기를 표상하고 있다는 점이다. 절단된 신체와 분열된 자아에 대한 엘리엇의 관심은 1910년대에 쓴 그의 전반기 시들에 광범위하게 나타나고 있다. 특히, 「서시」("Preludes")는 파편적인 신체를 도구적 존재로 전락한 후기 산업사회의 인간에 대한 "객관적 상관물"로서 배치하고 있는 엘리엇 초기시들의 특징을 보여주는 전형적인 예에 해당된다.

> 톱밥 밟힌 거리에서의
> 김 빠진 맥주의 희미한 냄새의
> 의식에 아침은 오고
> 진흙 묻은 발들은 모두
> 이른 아침의 커피 스탠드로 달린다.
> 시간이 오면 다시
> 기타의 가면극이 연출되고
> 우리는 가구 붙은 수많은 방에서
> 거무스름한 덧문을 밀어 올리는
> 온갖 손들을 생각한다. (이창배 14)

The morning comes to consciousness

Of faint stale smell of beer

From the sawdust-tramped street

With all its muddy feet

that press

To early coffee—stands—

With all other masquerades

That time resumes

One thinks of all the hands

That are raising dingy shades

In a thousand furnished room . . . (*CPP* 12)

기계와 물질문명에 의해 몰개성화되고 자동화된 현대인을 단면들을 포착하고 있는 이 시에서 인간의 영혼은 더 이상 초월적인 영역에 존재하는 것이 아니라 궁핍한 일상의 한 부산물이며, 시계의 "끊임없는 발걸음에 짓밟혀"(trampled by the insistent feet) 황량한 도시의 "하늘에 쭉 늘려있다"(stretched tight across the skies). 엘리엇의 전반기 시에 자주 등장하는 신체 재현의 한 특징인 인간의 사물화와 사물의 인간화가 나타나고 있는 이 시에서 대상 세계는 활동적이고 의식적인 반면, 눈, 발, 팔과 같은 절단된 신체 부위들은 기능적인 용도로 왜소화되고 있으며, 대상세계와 인간의 이러한 역전을 통해 자율적이고 통합적인 주체라는 근대의 신화는 조종을 울리고 있다.

「서시」에는 또한 저녁과 아침의 재빠른 이동뿐만 아니라 음습한 도시의 거리 풍경에서, 누추한 실내와 침대, 기계적인 삶에 찌든 도시인의 내면으로의 급속한 장면변환이 이루어지고 있다. 시·공간의 이러한 빠른 전환은 엘리엇의 전반기 시들에 나타나는 주요한 한 특징으로서 이러한 모더니즘적 기법을 통해 그는 한편으로 새로움과 속도를 중시하는 사회적 현상을 서정시의 영역에 내장시키고 있으며, 다른 한편 지속적인 경험의 부재와 전통적 가치들의 급격한 붕괴 속에 끝임 없이 표류하는 현대인들의 불안정하고 분열적인 내면을 효과적으로 드러내고 있다. 근대적 주체의 파편성과 시 · 공간의 빠른 전환이 결합되고 있는 엘리엇의 모더니즘적인 기획은 「서시」와 마찬가지로 「바람 부는 밤의 광상시」("Rhapsody on a Windy Night")에서도 나타나고 있다. 이 시에서 시간의 연속성은 단절되고 도시의 밤이 드러내는 풍경들은 몇몇 공간적 쇼트들로 간결하면서도 속도감 있게 배열되어 있다: "열두 시 . . . 한 시 반 . . . 두 시 반 . . . 세 시 반"(Twelve o'clock . . . Half past one . . . Half past two . . . half past three)(*CPP* 24). 1연에서 밤의 도시는 "모든 분명한 관계와 구분과 정확성"이 해체되며 모더니티가 강제하는 합리성과 규율에 억압되어 있던 야생적 활기와 욕망이 되살아나는 전복적인(subversive) 시−공간이다. 도시의 밤이 주는 묘한 신비감과 이에 동화되고자 거리를 배회하는 인물들은 엘리엇에게 영향을 주었던 보들레르, 베를렌느 등의 프랑스 상징주의 시인들의 작품들에 자주 나타나고 있다(Mayer 78−80). 어두움, 달, 가로등이 어우러진 밤의 풍경화에서 자연적인 것과 인공적인 것은 대립적이기 보다는 "융합적"(synthesis)이며, "숙명적인 북처럼 울리는"(Beat like a fatalistic drum) 도시의 가로등은 야생의 활기찬 북소리를 간직하고 있다.

하지만 1연에서 나타난 도시의 밤이 지닌 환상적 이미지는 2연에서 돌연히 사라지며, 이 시의 남성화자는 화려한 도시거리를 거닐며 군중과 일체감을 느꼈던 보들레르적인 산보자(flaneur)와는 반대로 이내 환멸감에 휩싸인다. 2연에서부터 가로등은 화자의 시선을 대체하며 마치 카메라 렌즈처럼 밤거리의 풍경과 어린 도둑, 고양이, 배회하는 젊은 여인 등을 신속하게 포착하고 있다. 시각적 테크놀로지의 발달과 더불어 객관성이 확장된 근대의 "기계적 시선"의 기표로서 배치된 가로등은 동시에 주위세계와 단절된 남성화자의 소외된 시선의 객관적 투영물이기도 하다.

「바람 부는 밤의 광상시」에는 또한 엘리엇의 다른 도시 시들에도 빈번히 등장하고 있는 환유(metonomy)가 자주 사용되고 있는데, 엘리엇에게 환유는 인물들을 인접한 사물들로 치환시킴으로써 일상의 영역에서 무의식적으로 진행되고 있는 근대적 주체의 물상화(reification)를 드러내 보이는 수사학적 장치이다. 이 시에서 환유는 찢어지고 모래로 더럽혀진 옷을 통해 거리를 배회하는 여인의 성적인 타락을 암시하는 부분에서 뿐만 아니라 남성화자가 거주하는 실내의 묘사에도 나타나고 있다.

기억!
너는 열쇠를 갖고 있다.
작은 램프가 계단에 원을 펼친다.
올라가라.
침대는 비어있다. 칫솔이 벽에 걸려있다.
신을 문간에 놓고, 잠자라, 삶에 대비하라" (이창배 19)

Memory!
You have the key,
The little lamp spreads a ring on the stair
Mount.
The bed is open, the toothbrush hangs on the wall

Put your shoes at the door, sleep, prepare for life. (*CPP* 16)

　방 안의 생활용품들은 단순히 남성화자의 곤궁한 삶을 보여주는 자연주의적인 소품들이 아니라 무의미하고 단조로운 일상을 통해 사물들의 일부로 전락한 도시인을 표상하고 있다. 인간의 시선뿐만 아니라 목소리마저 대체하고 있는 가로등과 "잠자라. 내일을 준비하라"는 명령에 복종하여 반복적이고 동일한 시 · 공간으로 복귀하는 화자의 모습은 인간과 사물의 역전된 처지를 극적으로 보여주고 있으며, 이러한 역전은 세계의 중심으로서의 인간이라는 휴머니즘적인 관념뿐만 아니라 이성적이고 자율적인 주체에 대한 근대적 믿음을 해체시키고 있다.

2. 도시의 눈들

　파편화된 근대적 신체를 재–현하고 있는 엘리엇의 전반기 시들에서 서구 전통에서 인식과 동일시되었던 눈은 그 특권적 지위를 상실한다. 육체와 감정으로부터 분리된 코기토적인 눈 / 인식에 대한 엘리엇의 비판은 브래들리에 대한 그의 박사학위논문에서 뿐만 아니라, 「육체와 영혼간의 첫 논쟁」("First Debate between the Body and Soul"), 「영원의 속삭임」("Whisper of Immortality")과 같은 초기시들에 나타나고 있다. 엘리엇이 관습에 따라 보는 것(seeing)과 아는 것(knowing)을 구별하지 않고 사용하는 시들에서 조차도, 눈 / 인식은 어떠한 긍정적 의미를 지니지 못한다. 가령, 「J. 알프레드 프루프록의 사랑노래」("The Love Song of J. Alfred Prufrock," 이하 「프루프록의 사랑노래」로 약칭)에서 프루프록은 자신이 상대 여성들이나 세상에 대해 잘 안다고(I have known them all already / known them / Have known the evenings, morning, afternoon) 말하고 있어나 그의 앎은 단지 주위 세계에 대한 그의 좌절감과 관련되어 있을 뿐이다. 프루프록을 포함한 엘리엇의 시들에 등장하는 인물들은 진정한 "새로움"을 생성하지 못하는 반복적인 일상의 삶에 갇혀 있으며 그들의 미래는 이미 정해져 있다. 예언적 능력을 지니고 있으나 죽기를 바라는 무녀 씨빌이나 "유럽에서 제일 지혜로운 부인으로 알려져"(known to be the wisest woman in Europe) 있지만 독감에 걸려 있는 "천리안"(clairvoyante)의 소소스트리스 부인에서 알 수 있듯이 인식 / 전망의 무의미성은 『황무지』(*The Waste Land*)에도 나타나고 있다. 쓰탄 스미쓰(Stan Smith)가 지적하고 있듯이 인식론적 위기 내지 "해석의 불안"은 이시의 핵심적 주제 중 하나며 "안다는 것의 의미는 모든 곳에서 의문시되고 있다"(132−33). 티레시아스는 『황무지』에서 보는 것과 아는 것의 일치라는 전통적 관념을 구현한 유일한 인물이며, 엘리엇은 주석에서 "티레시아스가 '보는' 것이 사실 시의 실체다"(What Tiresias *sees*, in fact, is the substance of the poem)라고 그의 중요성을 강조하고 있다. 하지만, 20세기 초반의 런던에 귀환한 이 신화적 인물이 보는 것 / 아는 것은 단지 모든 남녀들이 어떠한 차이도 없는 동일성의 '일상적 감옥'에 갇혀 있다는 점에서, 그 역시 시각과 전망의 무의미성에서 비껴나 있지 않다.

　이런 측면에서 「장기 두기」("The Game of Chess")에 등장하는 유한계층 여인의 "아무것도 모르시나요? 아무것도 안 보이나요?"이라는 외침은 진정으로 새로운 어떤 것도("nothing new") 없이 무("nothing")와 마찬가지인 시대의 어둠을 바라본 시인 자신의 좌절과 분노를 대변하고 있다.

"저 소리는 무엇이예요?"
문 밑을 지나는 바람소리지.
"자 저 소리는 무엇이예요? 바람이 무얼 하는 가요?"
아무것도 아무것도 아니지.
"아무것도 모르시나요? 아무것도 안 보이나요? 아무것도 기억
안 나나요?" (이창배 51)

"What is that noise?"
The wind under the door.
"What is that noise now? What is the wind doing?"
Nothing again nothing.
"Do You know nothing? Do you see nothing? Do you remember
"Nothing?" (*CPP* 40)

　30여 행에 걸친 화려한 가구와 장식품으로 가득 찬 실내 풍경묘사에
이어지는 이 대목에서 상류계층 남녀는 얼굴 없는 목소리로만 존재하
고 있다. 비경제적이라고 여겨질 수 있을 정도의 장황하고 구체적인
실내 묘사와는 대조적으로 이 공간에 거주하고 있는 사람들의 외양에
대한 묘사를 철저히 배제함으로써 엘리엇은 물질적 풍요 / 과잉과 극
명한 대립을 이루고 있는 이 남녀의 공허한 삶을 보여주고 있다. 그들
의 지워진 / 부재하는 얼굴은 그들이 갇혀있는 무(nothing)의 세계의
반영이며, 그들은 "문 두드리는 소리를 기다리고"(waiting for a knock
upon the door) 있지만 그들이 처한 절대적 고독을 벗어나게 해 줄 외
부 손님은 영원히 나타나지 않는다.
　엘리엇의 시에서 눈은 인식적 가치뿐만 아니라 무언의 의사소통이
나 친밀성과 같은 눈이 지닌 존재적 가치마저 상실하고 있다. 엘리엇
의 전반기 시들에는 눈에 대한 묘사가 자주 나타나고 있는데, 이들의

공통된 한 특징은 응시는 존재하나 눈의 교감 혹은 시선의 교차가 부재하다는 것이다. 벤야민이 지적하고 있듯이 상대방의 시선을 애써 피하는 것은 대도시에 나타나고 있는 특징적인 현상이며 "버스, 기차, 차와" 같은 대중교통 수단의 발달과 밀접한 관련이 있다"(벤야민 191). 장시간 같은 공간을 공유하면서 말없이 동행한 승객들의 눈을 피하는 이러한 현상에 대한 엘리엇의 관심은 옴니버스를 탄 소녀의 "회피하는 눈길"(averted look)이 언급된 초기 미발표 시인 「황량한 풍경」("Paysage Triste")에 이미 나타나고 있다. 기차, 버스 등의 현대의 일상적인 공간에서 일어나고 교감을 상실한 도시의 눈은 그의 후기시인 『네 사중주』(Four Quartets)에도 나타나고 있다.

> 지하철 전차가 두 정거장 사이에서 오래 멈출 때
> 승객들의 이야기가 일어났다가 서서히 침묵으로 사라지자
> 누구나 그 얼굴 뒤에 마음의 공허가 깊어지고
> 다만 점점 공포에 싸여 아무것도 생각할 여지가 없게 됨을 알
> 수 있듯이 (이창배 132)

> as, when an underground train, in the tube, stops
> Too long too long between stations
> And the conversation rises and slowly fades into silence
> And you see behind every face the mental emptiness deepens
> Leaving only the growing terror of nothing to think about
> (CPP 126)

기차가 갑작스럽게 멈춘 순간은 일상의 관습에 의해 은폐되어 있던 화려한 도시 이면의 공허감이 드러나는 순간이며 런던의 지하세계는

돌연히 세속적 공간에서 지옥의 이미지로 변화되고 있다. 도시의 진실이 탈−은폐되고 있는 이 순간에 같은 공간에 머무르고 있던 승객들은 서로에 대한 절대적 거리감뿐만 아니라 서로의 얼굴에서 텅 비어 있는 자신의 내면을 확인한다.

『황무지』의 런던교 장면에 등장하는 묵묵히 앞만 보고 걷고 있는 출근길의 런던 시민들의 모습은 도시의 일상에서 무의식적으로 진행되고 있는 소외와, 타자와의 교감을 잃어버린 눈의 연관성을 보여 주는 또 다른 예이다.

> 비실재의 도시
> 겨울날 새벽 갈색 안개 속으로
> 군중이 런던교 위로 흘러간다. 저렇게 많이.
> 나는 죽음이 저렇게 많은 사람들을 죽게 했다고는 생각지 못했다
> 때로 짤막한 한숨이 터져 나오고
> 각자 자기 발 앞에 시선을 집중하고 간다. (이창배 49)

> Unreal City,
> Under the brown fog of a winter dawn,
> A crowd flow over London Bridge, so many,
> I have not thought death had undone so many.
> Sighs, short and infrequent, were exhaled,
> And each man fixed his eyes before his feet. (*CPP* 39)

엘리엇이 「주석」에서 밝히고 있듯이 이 행들은 "개미떼처럼 우글대는 도시, 꿈이 가득한 도시 / 한낮에도 유령이 행인에게 달라붙는다" (Swarming city, city full of dreams, / Where the spectre in broad daylight accosts the passerby)로 시작하는 보들레르의 「일곱 늙은이들」("The Seven

Old Men")에 빚지고 있다. 하지만 보들레르가 이 시에서 꿈과 유령이라는 이중적 시점에서 당대의 파리를 묘사하고 있는 반면, 런던을 바라보는 엘리엇의 시선에는 근대성에 대한 낙관적 환상은 처음부터 배제되어 있다. 또한 보들레르의 시에 등장하는 유령적인 존재는 시인이 거리를 산책하다 만난 힘든 노동에 찌든 흉측한 노인으로 꿈의 도시인 파리에서 예외적인 타자인 반면, 엘리엇의 "비실재의 도시"에서 사람들은 계층에 관계없이 모두 생-중-사(death-in-life)의 상태에 있다. "자기 발 앞에 시선을 집중하고" 있는 아침 출근길의 군중은 엘리엇에게 지옥과 진배없는 대도시의 얼굴이며, 그들의 고정된 시선은 매순간 목전의 이득에 매달려 있는 도시의 눈이자 동시에 해골처럼 텅 빈 유령의 눈이다.

유동성과 이질성을 특징으로 하는 도시 공간(space)에 거주하고 있는 현대인들은 타인의 시선에서 더 이상 친밀성과 동질성을 느낄 수 없으며, 이런 측면에서 위의 런던교 장면에 앞서 등장하는 히아신스정원 장면에서 소녀의 눈을 피하는 도시 남성의 태도는 놀랄만한 것이 아니다.

> 하지만 우리가 히아신스 정원에서 늦게 돌아왔을 때
> 너는 꽃을 한 아름 안고, 머리는 젖었지, 나는
> 말할 수 없었고, 내 눈은 볼 수가 없었네. 나는 아니었지
> 산 것도 죽은 것도. 나는 아무것도 알지 못했지,
> 빛의 핵심, 침묵을 응시할 뿐

> Yet when we came back, late from the hyacinth garden
> Your arms full, and your hair wet, I could not
> Speak, and my eyes failed, I was neither

Living nor dead, and I knew nothing,
Looking into the heart of light, the silence (*CPP* 38)

『황무지』에 등장하는 인물들 중 유일하게 생명력과 아름다움을 지닌 히아신스 소녀 앞에서 도시의 남성은 그녀를 바로 쳐다 볼 수가 없으며 다만 메울 수 없는 거리감만 느낀다. 신화적인 세계의 아우라 (aura)를 간직하고 있는 소녀의 눈 대신에 그가 직시한 "빛의 핵심"은 기독교에서 말하는 절대자의 사랑이나 계몽주의적 이성의 빛이 아니라 어두운 "침묵"이며, 자신이 처한 생―중―사(death-in-life)의 상태를 느끼게 하는 절대적인 적막감의 순간이다.

3. 근대성의 시선과 젠더

엘리엇 시들에 나타난 눈이 지니는 또 다른 중요성은 그가 도시의 시선을 젠더(gender)의 문제들과 중층적으로 결합시키고 있다는 점이다. 타인의 응시(gaze)에 편집증적 집착을 드러내는 중년 남성이 등장하는 「프루프록의 사랑노래」는 신체―특히 눈―를 근대성과 젠더의 양 측면에서 동시적으로 고려하고 있는 엘리엇의 면모가 잘 나타나고 있는 대표적인 경우이다. 유한 계층의 여인들에 대한 프루프록의 상상적인 구애와 심리적인 갈등을 내면독백의 형식으로 보여주고 있는 이 시에서 근대 철학에서 특권적 위치를 점하고 있던 자율적인 자아는 해체되고 있으며 프루프록의 내면은 끊임없이 여인들의 시선에 의해 규정되고 있다. 프루프록의 의식에 내재화된 타자의 시선은 푸코가 근대적 응시의 특징으로 간주한 보이지 않으면서도 어디에든 편재하고 있는 '파놉티콘'(panopticon)한 것이며, 감시와 규율을 통해 '유순한 신체'(docile body)을 강제하고 있다. 다른 한편, 타인의 시선이라는 거울을 통해 자신의 외모와 행동을 가늠하는 프루프록에게 있어 여인들의 눈은 자신의 남성적 정체성을 마비시키는 메듀사(Medusa)의 눈이기도 하다.

> 그리고 나는 이미 그 눈들을 알고 있다. 그것들을 모두 알고 있다—
> 틀에 박힌 말로 사람을 꼼짝 못하게 노려보는 눈들을
> 그리고 내가 틀에 박혀 핀 위에 펼쳐질 때,
>
> 내가 핀에 꽂혀 벽 위에서 꿈틀댈 때,
> 어떻게 나의 나날과 생활의 한 토막 한 토막을
> 비로서 모조리 뱉아낼 수 있겠는가? (이창배 5)

> And I have known the eyes already, known them all—
> The eyes that fix you in a formulated phrase,
> And when I am formulated, sprawling on a pin,
> When I am pinned and wriggling on the wall
> Then how should I begin
> To spill out all butt-ends of my days and ways? (*CPP* 5)

카프카의 「변신」("Metamorphosis")에 등장하는 주인공을 연상시키는 벌레로 변해 버린 프루프록의 몸은 규격화(formulated)된 주체를 양산하는 근대성의 시선과 강한 남성상이라는 젠더적인 신화라는 이중의 구속 앞에 한없이 무너져 내리는 현대 남성의 한 자화상이다.

파편화된 주체의 한 극단을 보여주는 프루프록의 의식은 분열적이며 그로 하여금 환상과 현실성, 친밀감과 거리감, 사랑과 (상징적) 죽

음, 결단의 순간과 일상의 시간 사이에서 끊임없이 동요하게끔 한다. 유한 계층의 도시여성들을 욕망의 대상이자 동시에 감시적인 타자로 바라보는 프루프록에게 있어 인어들로 상징되는 신화적 세계는 탈주의 공간이면서 동시에 주체적 자아의 해체를 확증하는 곳이기도 하다. 프루프록 자신이 의식하고 있듯이 인간의 목소리가 사라진 곳에서만 존재하고 있는 인어들의 바다는 사실 존재하지 않을뿐더러 이 신화적 세계로의 상상적인 여행마저 어떠한 의미도 지니고 있지 않다. 외부세계 뿐만 아니라 자신의 내면에서마저 탈주의 공간이 완전히 차단된 프루프록은 정신분열적인(schizophrenic) 인물이 된다.

자신의 신체와 대상 세계가 해체되는 듯한 환상을 경험하고 있는 프루프록의 정신 분열적 증세는 미발표작인 「프루프록의 저녁」("Prufrock's Pervigilium")에 보다 직접적으로 나타나고 있다.

> 세상을 경험하기 위해 나는 창쪽을 향해 더듬거렸지.
> 그리고 나의 광기가 노래하는 것을 듣기위해 가두에 앉았지.
> (노래하고 중얼거리고 있는 술 취한 장님 늙은이,
> 집 시궁창에 더럽혀진 그의 장화 뒤축은 부수어져 있었지)
> 그가 노래 부르자 세상은 산산조각나기 시작했지

> I fumbled to the window to experience the world
> And to hear my Madness singing, sitting on the kerbstone
> (A blind old drunken man who sings and mutters,
> With broken boots heels stained in my gutters)
> And as he sang the world began to fall apart . . . (*IM* 43)

근대성의 파행을 극단적으로 체험하고 있는 프루프록이 자신의 내면에서 발견한 것은 영혼이나 근대철학에서 강조되었던 자율적이고 이성적인 의식이 아니라 비합리적이고 무의식적인 불안과 광기이다. 프로이드가 분열적 자아의 근원을 성 충동과 오이디푸스 콤플렉스라는 '가족 로맨스'에서 찾고 있다면, 엘리엇은 프루프록과 다른 등장인물들의 분열된 의식 / 신체를 그 기원인 파편적 근대성이라는 역사적 현실의 영역에 착종시키고 있다. 남녀 간의 '사랑노래'마저 너무나 쉽게 '광상곡'으로 바뀔 수 있는 이 '미칠' 듯한 현실은, 엘리엇이 「프루프록의 저녁」에서 암시하고 있듯이 심지어 자신의 속한 공동체마저 감시적인 시선으로 가득 찬 공간으로 느끼게 하는 메트로폴리스의 삶과 정상 / 비정상을 이분법적으로 가르는 근대성의 논리—혹은 근대성의 광기—에 의해 끝임 없이 생산되고 있다.

> 함께 기대어 있는 사악한 집들은
> 어둠 속에서 야비한 손을 나에게 겨누었다.
> 함께 속삭이며, 어둠 속에서 나를 향해 낄낄거리며 웃었다
>
> evil houses leaning all together
> Pointed a ribald finger at me in the darkness
> Whispering all together, chuckled at me in the darkness" (*IM* 43)

「프루프록의 사랑노래」과 마찬가지로 「히스테리」 역시 근대성의 경험이 내장하고 있는 광기와 분열된 의식을 젠더화된 신체의 영역에서 다루고 있다. 표면상 이 시는 여인들의 시선을 의식하고 있는 프루프록과는 대조적으로 여인이 남성화자의 응시의 대상이 된다. 레스토랑의 테이블에 마주앉은 상대 여성에 대한 남성화자의 편집증적인 관찰은 어떤 의미에서 고정된 위치 / 관점에서 타자를 관찰의 대상으로

삼고자 하는 근대적 주체의 이미지와 여성을 사물화하고 있는 남근중심주의(phallogocentrism)를 동시에 투영하고 있다. 이러한 이중의 억압적인 시선 하에서 "여인은 하나의 통합된 인격체로서가 아니라 이빨, 목구멍, 젖가슴 등으로 파편화되어 나타난다"(이정호 91). 하지만 지배와 규제를 강제하는 남성화자의 시선에 아랑곳하지 않고 여인은 거리낌 없이 행동함으로써 남성화자가 내재화하고 있는 관습과 예절이라는 사회적 규범을 거부한다. 특히, 그녀의 히스테릭한 웃음은 주위 / 사회의 시선을 의식하고 있는 남성화자를 당혹케 한다.

> 그녀가 웃었을 때 나는 그녀의 웃음에 말려들어 그 일부가 되는 것을 의식했고, 그녀의 이는 결국 분대훈련의 재능이 있는 우발적인 성좌쯤으로 보였다. 나는 그녀가 잠깐 헐떡일 때마다 끌려들었고, 잠시 숨을 돌릴 때마다 빨려 들어, 결국 그녀의 어두운 목의 동굴 속에서 길을 잃어, 보이지 않는 근육의 떨림에 상처 입었다 . . . 그녀의 젖가슴의 떨림을 멈출 수 있다면 이 오후의 조각들을 약간은 주어 모을 수 있을 것이라고 생각했으므로 나는 세심한 주의를 기울여 관심을 이 목적에 집중시켰다. (이창배 34)

> As she laughed I was aware of becoming involved in her laughter and being part of it, until her teeth were only accidental stars with a talent for squad-drill. I was drawn in by short gasps, inhaled at each momentary recovery, lost finally in the dark caverns of her throat, bruised by the ripple of unseen muscles . . . I decided that if the shaking of her breasts could be stopped, some of the fragments of the afternoon might be collected, and I concentrated my attention with careful subtlety to this end. (*CPP* 19)

자기중심적이면서도 동시에 사회적 관습을 내재화하고 있는 남성 화자와 규범화되고 형식화된 일상을 위반하고 있는 여인의 대립을 보여주는 이 시에서 시의 제목인 "Hysteria" 역시 이러한 젠더적 갈등에서 자유롭지 못하다. 줄리우스(Anthony Julius)가 지적하고 있듯이 "이 시 제목의 지시대상은 애매하며 그것이 남성화자 혹은 여인을"(66) 지시하는지 불명확하다. 표면상 히스테리는 남성 / 사회의 시선을 위반하고 있는 여성의 신체에 각인된 낙인이며, 남성화자의—그리고 남근 중심주의 독자의—이러한 관습적 독해(conventional reading) 이면에는 여성의 웃음 / 히스테리 / 광기를 동일시하는 이분법적인 사고가 자라잡고 있다. 이러한 이분법적 사고 하에서 여성은 타자화되며 진지함 / 질서 / 이성으로 특징 지워지는 근대적 남성의 공간에서 배제된다. 다른 한편, 목구멍, 젖가슴으로 대표되는 여인의 유동적이고 무정형적인 신체에 대한 남성화자의 편집증적인 집착과 불안감은 히스테릭한 중세가 실제로 나타나고 있는 영역은 남성화자의 내면임을 암시하고 있다. 특히, "그녀의 젖가슴의 떨림을 멈출 수 있다면 이 오후의 조각들을 약간은 주어 모을 수 있을 것"이라는 내면독백에 배어있는 남성화자의 극도의 불안감 이면에는, 타자를 관찰의 대상으로 사물화 하고자 하는 남성의 고정된 시선 / 관점이 유동적인 여인의 신체 앞에 한없이 흔들리고 있음을 암시하고 있다. 어떤 측면에서 여인의 일탈적인 웃음과 신체에 대한 남성의 반응은 지나친 과잉 반응이며, 이러한 과잉적인 글쓰기를 통해 엘리엇은 일상의 영역에서 무의식적으로 진행되고 있는 질서와 안정 / 고정을 추구하는 남성적 소망과, 대상 / 타자와 주체를 이분법적으로 구획하고자 하는 근대적 주체성이 겪고 있는 위기를 희화적으로 보여주고 있다.

지금까지 살펴보았듯이 엘리엇은 당대를 근대성이 경험이 한계점에 도달한 위기국면으로 진단하고 있으며, 자신의 전반기 시들에서 일상의 영역에서 진행되고 있는 이러한 사회적, 도덕적, 문화적 위기를 비판적으로 형상화하고 있다. 엘리엇의 작품들에 자주 등장하는 파편적 신체는 산업화 이후의 20세기 초반의 서구의 대도시들에서 본격적으로 노출되고 있는 근대성의 파행성에 대한 일종의 "객관적 상관물"이며, 현대인들이 내면에 자리 잡고 있는 시대와 사회에 대한 불안과 공포를 표출하고 있다. 유기성과 전일성을 강조했던 기존의 인간관 / 미학에 대한 결별을 보여주는 엘리엇의 시들에서 눈(eye)은 도시와 젠더라는 상충된 주제가 교차하는 결점점이며, 이 주제들에 대한 다양한 변주들이 이루어지고 있는 그의 작품들은 근대성의 경험을 젠더와 신체(body) 등의 측면에서 연구하고 있는 지금의 이론적 지형에서 여전히 그 현재적 의의를 지니고 있다.

인용문헌

박경일. 「T. S. 엘리엇과 불교」. 최희섭, 양병현 편. 『엘리엇과 동양사상』. 서울: 동인 2000.

이정호. 『T. S. 엘리엇 새로 읽기』. 서울: 서울대학교, 2001.

이창배. 『T. S. 엘리엇 전집』. 서울: 동국대학교, 2001.

주은우. 『시각과 현대성』. 서울: 한나래, 2003.

Benjamin, Walter. *Illuminations*. Trans. John Harry. New York: Schocken Books, 1969.

Eliot, T. S. *The Complete Poems and Plays of T. S. Eliot*. London: Faber & Faber, 1978. (*CPP*로 약함)

_____. *Inventions of the March Hare*. Ed. Christopher Ricks. San Diego: A Harvest Book, 1996. (*IM*으로 약함)

_____. *Knowledge and Experience in the Philosophy of F. H. Bradley*. New York: Farra, Straus and Company, 1964. (*KE*로 약함)

_____. *The Varieties of Metaphysical Poetry*. Ed. Ronald Schuchard. San Diego: A Harvest Book, 1993. (*VMP*로 약함)

Julius, Anthony. *T. S. Eliot, Anti-Semitism and Literary Form*. Cambridge: Cambridge UP, 1995.

Mayer, John. *T. S. Eliot's Silent Voices*. New York: Oxford UP, 1989.

Smith, Stan. *The Origin of Modernism: Eliot, Pound, Yeats and the Rhetorics of Renewal*. Boston: Harvester Wheatsheaf, 1994.

엘리엇과 젠더:
여성(성)과 『황무지』*

장 근 영(군산대학교)

그리고 나는 이미 그 눈들을 알고 있다. 그것들을 모두 알고 있다—
틀에 박힌 말로 사람을 꼼짝 못하게 노려보는 눈들을,
그리고 내가 틀에 박혀 핀 위에 펼쳐질 때,
내가 핀에 꽂혀 벽 위에서 꿈틀댈 때,[1]

And I have known the eyes already, known them all—
The eyes that fix you in a formulated phrase,
And when I am formulated, sprawling on a pin,
When I am pinned and wriggling on the wall,

(「J. 알프레드 프루프록의 연가」)

엘리엇과 여성 혹은 젠더라는 주제를 다룸에 있어 논란의 여지가 있

---

* 「엘리엇과 젠더: 여성(성)과 『황무지』」, 『영어영문학』 52. 1 (2006): 113−28.
1) 이 논문에서 엘리엇의 『황무지』와 위 시의 우리말 번역은 이창배 교수의 것을 빌어 왔다.

다. 엘리엇과 동시대에 살았던 남성 모더니스트들의 연구에서 상당부분 밝혀진 바와 같이 20세기 초의 그들은 대부분 현재의 관점에서 보수주의자, 여성혐오주의자, 반유태주의자로 낙인찍혀져 있다. 이 남성 모더니스트들에 대한 부정적 측면들을 간과하는 비평가들도 있지만, 그러한 점을 인정하면서도 그들이 처했던 시대정황에서 합리적 답안을 찾는 비평가들도 있다. 엘리엇, 파운드를 비롯한 남성모더니스트들이 여성혐오주의자이고 반유태주의자라는 사실은 여러 작품이나 그들 스스로의 발언에서 분명히 드러나고 있다. 여성혐오와 반유태주의라는 두 가지 상이한 양상은 여성과 동양이라는 두 가지 이질적 타자에 대한 배척과 희생이라는 점에서 같은 궤에 있다. 또 파시즘도 이러한 현상들과 같은 맥락 하에 있음은 이미 잘 밝혀져 있다.[2) 여기에 이 글의 주제가 될 젠더의 관점에서 엘리엇과 파운드를 볼 때 이들에게서, 적어도 초기시절의 시에서, 어느 정도 동성애의 경향이 나타나는 것은 사실이다. 이러한 점에서 대다수의 비평가들은 엘리엇, 파운드를 동성애적 경향을 가졌던 이들로 보고 있으며, 특히 엘리엇의 경우 파운드보다 동성애 논의의 시각에서 보는 비평가들이 최근 들어 발표된 연구에서 많이 나타나고 있다. 이 글은 엘리엇의 『황무지』를 중심으로 그와 여성(성)과 젠더의 관점에서 여러 가지 논의들을 살펴보려고 한다. 주요한 논의들은 대략 엘리엇의 여성관(여성혐오), 여성성, 동성애로 나눠지며, 그 논의들을 교차시키고 연결하는 과정에서 그의 여성(성)과 젠더가 어떻게 『황무지』에 전개되어 있는 지 알아 본다. 궁극적

---

2) 파운드의 경우 팀 레드먼(Tim Redman)이 *Ezra Pound and Italian Fascism* (Cambridge: Cambridge UP, 1991)을 발표하여 역사적 정황과 사실에 입각하여 파시즘과 반유태주의의 연결 고리를 밝히고 엘리엇, 파운드 등의 모더니스트들이 살았던 그 시대에서 반유태주의가 일반적 현상이었음을 보여주고 있다. 앤써니 줄리어스(Anthony Julius)의 *T. S. Eliot, Anti-Semitism and Literary Form* (New York: Cambridge UP, 1995)은 엘리엇의 반유태주의를 자세히 다루고 있지만, 그것이 엘리엇 연구의 부흥에 긍정적 효과를 거둘지는 의심스럽다.

으로 이 글은 필자의 논의에 정해진 해답을 추구하기 보다는 결론을 지연시키고 유보하면서 현재 한국 엘리엇 연구방향에 대한 문제제기를 담고 있다.

엘리엇과 젠더라는 주제는 다루기에 조심스럽다. 린덜 고든(Lyndall Gordon)은 저서 『엘리엇의 초기 시절』(*Eliot's Early Years*)의 서두에서 윈덤 루이스(Wyndham Lewis)가 그린 엘리엇의 초상화를 언급하고, 그 그림에서 그의 얼굴이 마치 마스크와 같았다고 말한다(1). 다른 상세한 설명들도 덧붙여 있지만, 엘리엇이 끊임없이 그가 직접 쓴 것은 물론이고, 주변에서 다른 사람이 쓴 것에 이르기까지 자신에 대한 기록을 모두 관리하려고 했기 때문인지, 그의 실제모습은 여전히 상당부분 두터운 마스크 뒤에 숨겨져 있다. 커샌드라 레이어티(Cassandra Laity)는 그녀의 편저 『티 에스 엘리엇에서의 젠더, 욕망, 그리고 성』 (*Gender, Desire, and Sexuality in T. S. Eliot*)의 서문에서 조이스, 예이츠 같은 다른 남성 모더니스트 작가와 다르게, 엘리엇과 그의 작품을 젠더, 성에 의하여 살펴보는 연구가 부진한 것을 지적한다. 그녀는 그 이유를 엘리엇이 초기 모더니즘문화에 있었던 획일적 엘리트주의, 남성중심주의와 반동적 개념 등을 지나치게 오랫동안 견지하였던 것에서 찾고 있다(2). 또한 엘리엇의 불행한 첫 결혼, 첫 부인 비비언(Vivienne Eliot)의 정신병원수용과 죽음으로 이어지는 일련의 사건과 그의 발언들은 젠더 혹은 성의 관점에서 그에 대한 심도 깊은 연구를 곤란하게 한다. 엘리엇의 이러한 모습은 그가 살았던 시대의 한 단면이기도 하다. 샌드라 길버트와 수전 구바(Sandra Gilbert and Susan Gubar)에 따르면, 세계 일차대전 종전 직후와 또 1920년에서 1930년에 이르는 기간은 반 페미니즘경향이 창궐했던 때이며, 바로 이 시기 여성문인들이 처한 전반적인 상황은 암울했다(*No Mans'* 2 321). 헬렌 벤들러(Helen

Vendler)는 1998년 발표한 글에서 타임지 선정 20세기 100명의 영향력 있는 시인중 하나로 엘리엇을 지정했다. 그 글의 말미에서 그녀는 조심스럽게 엘리엇의 불행한 첫 결혼과 그 결말을 그의 기독교로의 입문, 최종적으로는 시작활동의 둔화와 연결시킴으로써 엘리엇의 개인적 불행에 대하여 공식적 입장을 밝히기도 하였다(113).

엘리엇이 살아있던 시절 그 자신 억압하였던, 혹은 공표되지 않기를 바랐던 입장 중 하나가 그의 동성애성향과 동성애에 대한 공포(homoeroticism and homophobia)이다. 파운드의 경우「휴 셀윈 모벌리」("Hugh Selwyn Mauberley")의 일차대전 중 전사한 이들에 대한 애도시구를 고디에 브르제스카(Gaudier-Brzeska)에 관한 것으로, 또한 이 프랑스인 조각가에 대한 파운드의 감정을 동성애라고 본다.[3] 마찬가지로 엘리엇에 있어서 일차대전 중 전사한 그의 프랑스인 동성 친구 쟝 버드널(Jean Verdenal)을 그의 동성 연인으로 본다. 1950년대 이미 엘리엇의『황무지』에 대하여 이와 유사한 방향에서의 연구가 있었으나, 엘리엇의 반대로 발표되지 못했다. 그러나 최근 들어 동성애로 그의 시를 살펴보는 경향은 계속 그 입지를 확보하고 있으며, 정신분석학에서 그 근거를 마련한다.

엘리엇 연구의 전체적 흐름을 분석하면서 데이빗 치니츠(David E. Chinitz)는 그의『티 에스 엘리엇과 문화적 분수령』(*T. S. Eliot and the Cultural Divide*)에서 다양한 각도에서의—문화이론, 인종, 성, 젠더 등의 이론을 접목한—연구가 부족했다는 점을 지적 한다(8). 그는 웨인 코슨봄(Wayne Koestenbaum)의 연구를 제외한다면, 그러한 연구가 1995년 이후에야 겨우 가능하게 되었다고 말한다(8). 동성애이론으로 엘리

---

3) 파운드의 동성애경향에 관한 연구는 대니얼 티퍼니(Daniel Tiffany)의 *Radio Corpse: Imagism and the Cryptaesthetic of Ezra Pound*(Cambridge: Harvard UP, 1995)에 잘 나타나 있다.

엇을 설명한 코슨봄은 다음과 같이 말한다.

　시를 선택하여, 개정하고, 가치를 부여하는 파운드의 상징적
행위와 엘리엇이 그의 시를 파운드에게 양도하는 상징적 행위
는 여성적 텍스트를 동성사회 경제 내부에 있는 한 대상물로 변
환시킨다. 유사하게, 앤너 오의 히스테리컬한 담론4)은 그 언어
가 브로이어와 프로이트 사이에 교환되었을 때, 혁명적이지는
않아도, 그 반항적이었던 언어가 두 남자에 의하여 생산된 텍스
트내부에 포함되었을 때, 여성적 언어로서의 의미를 상실했다.
뤼스 이리가리는 "여성은 그들의 아버지, 남편, 획득자에 의하
여 남근적으로 표식된다"고 말한다: 파운드는 엘리엇의 여성적
『황무지』를 낳은 아버지였고, 그 남편이 되었으며, 획득하였고,
다시 남성으로 표식하였다. 파운드에게 그의 텍스트를 줌으로
써, 엘리엇은 독자들과 비평가들이 『황무지』와 확립했던 관계
에 대한 전형을 설립하였다: 남성 대 남성.

　Pound's symbolic act of taking up the poem, revising it, giving
it value, and Eliot's symbolic act of surrendering his poem to
Pound, convert the female text into an object within a homosocial
economy. Similarly, the hysterical discourse of Anna O. lost
meaning as female language when it was exchanged between
Breuer and Freud, when its rebellious if not revolutionary language
was subsumed within a text produced by two men. Luce Irigaray

---

4) 앤너 오라는 젊은 여성 환자의 히스테리증상은 주로 언어에서 많이 나타난다. 말을 중간에 멈
추거나 마지막 말을 반복하거나, 잠깐 멈추었다가 말을 계속하는 등으로 나타난다. 후에는 문
법과 구문조차도 구사하지 못하게 되어 기존 언어의 규칙도 제대로 활용하지 못한다(Freud
24-25). 한편, "히스테리아"는 그 어원이 그리스어이며, 다른 말로 "uterus" 혹은 "womb"이고
자궁을 뜻한다. 그러나 고대 학자들은 신경증인 "히스테리아"는 역설적으로 여성이 임신을
하지 않아 자궁이 비어 몸 안 이리저리 방황하는 상태에서 나오는 정신병으로 생각하여 여성
이 끊임없이 임신한 상태에 있다면 이 병에서 면제된다고 여겼다.

observes that "women are marked phallically by their fathers, husbands, procurers": Pound fathered, husbanded, and procured Eliot's feminine *Waste Land*, and marked it as male. By giving his text to Pound, Eliot set up the paradigm for the relationship that readers and critics have established with T*he Waste Land:* man to man. (136)

위 글에 따르면 엘리엇의 여성적 텍스트는 결국 그것을 낳은 아버지이자 남편이자 또 획득자인 파운드에 의하여 남근적 표식을 갖게 됨으로써 역설적으로 남성화된다. 이러한 역설적 상황은 코슨봄이 지적하는 "동성사회 경제"(homosocial economy)에서 가능한 것인데, 인용문의 끝에서 단정적으로 언급되는 것처럼 이는 "남성 대 남성"의 관계에서 나오는 경제이다. 이 용어는 본디 이브 코소프스키 세쥑(Eve Kosofsky Sedgwick)이 『남성들 사이에서』(*Between Men*)에서 사용한 것으로 남성이든 여성이든 동성 간의 사회적 유대를 묘사하는 말로 정확하게 보자면 호모섹슈얼과 그리 분리되지 않는 개념이다(1). 이것의 또 다른 특이한 점은 남성의 경우 남성적 유대, 우정−즉 여성을 배타시하는−을 포함하는 동시에 남성 동성애까지도 함의하고 있다는 것에 있다. 이 용어는 다시 이리가리가 말한 "ho(m)mo-sexuality"를 연상케 한다. 그녀에 따르면 이는 불어의 "homme"로 남자를 뜻하면서, "homo"로 동일한, 단일한 이라는 뜻도 동시에 가지는 일종의 말장난(pun)이다. 다소 동성애적 의미도 가미되어 있는 "ho(m)mo-sexuality"의 의미는 남성들 간의 단일적 혹은 독점적 질서, 가부장적 남성 질서를 칭하는 용어이며 여기에서 여성의 자리는 배제되어 있다.[5] 따라서 코슨봄의 "동성

---

5) 필자는 이러한 논의를 「파운드와 이리가리: 거울보기와 흉내내기」, 『비평과 이론』 6. 2 (2001): 169−91의 172 주4번에서 라깡의 거울단계와 연관시켜 말한바 있으며, 라깡의 거울단계가 가부장

사회 경제"는 이와 유사한 맥락 속에 있다.

이 글의 처음에서 제사로 인용된 프루프록의 시행은ㅡ핀에 고정되어 허우적거리는 실험실의 해부된 개구리를 묘사하는 듯한ㅡ이 글이 다루는 문제들을 정면으로 제시해주고 있다. 이 시행은 수동적으로 타인의 시선(여성의 시선)에 의해 좌우되어 지배당하는 나약한 프루프록을 보여준다. 「J. 알프레드 프루프록의 연가」("The Love Song of J. Alfred Prufrock")에 나오는 여성들은 파운드의 「휴 셀윈 모벌리」("Hugh Selwyn Mauberley")에 나오는 여성들처럼 강하고 남성을 지배한다. 구체적으로 당시 대표적인 그러한 여성중의 한 명을 들자면, 에이미 로웰(Amy Lowell)을 찾아볼 수 있다. 그녀는 여성 시인 겸 후원자, 시집발행인이었다. 파운드는 에이미 로웰이 자신을 제외한 채 이미지스트 시선집을 발행하자 그녀를 "하마여시인"(Hippopoetess)으로 조롱하며 불렀다. 정신분석학적인 각도에서 볼 때, 남성에게 위압감을 주는 이러한 여성이 있다면 이들은 가부장적 남성권위를 가진 남근적 어머니(phallic mother)의 모습으로 나타난다. 또 그 어머니에게 생사여탈권을 맡긴 아들들로는 엘리엇, 파운드 등의 모더니스트 남성들이 될 수 있으며, 이들은 주어진 상황에서 여성적이고, 수동적이며, 수용적이어야만 했다. 다시 뒤집어 보면 이는 황무지를 썼을 시기의 엘리엇의 동성애성향에 대한 암시이기도 하다.

남근적 어머니로서 여성후원자의 이미지는 파운드의 「휴 셀윈 모벌리」와 엘리엇의 「J. 알프레드 프루프록의 연가」 모두에 나타난다. 「J. 알프레드 프루프록의 연가」에서 무력한 중년남자로 나타나는 프루프록의 소심함과 위축된 상태는 「휴 셀윈 모벌리」에서 여성 후원자 밸런

적 질서 속으로 편입되어 유아가 사회화하는 과정이라면, 거울단계는 라깡이 말하는 분열된 주체가 아닌 닮음꼴을 찾아가는 과정이다.

타인 부인(Lady Valentine)의 명령을 거실에서 기다리면서 자신의 낡은 코트가 유행에 뒤쳐져 그 부인의 환심을 얻지 못할까 염려하는 모벌리의 안타까운 모습과 교차된다. 남근적 어머니란 말 그대로 여성에게 남근적 기표가 있다는 가정에서 출발하며, 제인 갤럽(Jane Gallop)과 같은 페미니스트 비평가는 이 용어의 사용 자체를 여성적 경험을 남성적 범주에 포함시키려는 시도로 보면서 남근적 어머니를 비판한다 (117). 그러나 필자는 편의상 이 글에서 남근적 어머니를 어린아이에 대한 절대적인 힘을 행사하는 전 오이디푸스기의 어머니(preoedipal mother)와 유사하게 사용하고 있다. 엘리엇과 파운드가 살았던 시대는 여성들의 격렬한 참정권운동(일부 여성들은 단식 투쟁 중 사망하기도 하였다), 대중문화 및 대량생산, 산업사회가 도래한 때이며, 남성들이 전보다 커진 여성들의 목소리에 대한 위협과 부담을 느끼기 시작한 즈음이었다. 그러므로 남근적 어머니는 이러한 시대상황에서 엘리엇, 파운드 등의 문학청년들을 지원하는 여성후원자 및 그녀들의 여성적 권위를 나타내며, 그들은 남성적 기표로 표시되고 상징되는 어머니와 같은 중년 여성의 권위 앞에 여성적 수용성과 수동성을 나타낼 수밖에 없었다.

파운드의 여성성 획득과 동성애성향을 연구할 경우 그의 시기법인 퍼소나(persona 탈)의 사용에서 그 단초를 찾는다. 프랑스 도적 비용(Villon), 예수, 공자와 같은 강한 남성적 영웅들이 파운드의 퍼소나가 되고 이미 죽은 과거의 남성영웅들의 목소리를 흉내 내고 받아들이기 위하여, 그는 수용적이 되고 여성적 수용체가 된다. 엘리엇의 17세기 영국 형이상학파 시인에 대한 관심은 또 다른 죽은 과거의 남성대가들의 목소리를 받아들이는 것으로 해석될 수 있고, 여기서 엘리엇은 파운드와 마찬가지로 남성적 대가들을 수용하기 위하여 여성적인 용기

(容器)로 변신한다. 특히 이들이 모두 죽은 동성 친구들에 대한 만가 및 애도시구—엘리엇의 경우『황무지』를, 파운드의 경우「휴 셸윈 모벌리」의 일부와『고디에 브르제스카』라는 일종의 추모전기를 낸 것에서—를 쓴 것에 나타나듯이, 이들의 동성애성향은 그 동성친구들이 죽은 과거의 인물일 때 애도와 애정의 대상으로 되어 작품 속에서 두드러진다. 엘리엇의 이러한 측면은 앞서 논의 한 것처럼 그의 초기시—여기서는『황무지』로 논의가 집중되어—에 잘 나타나고 있다.

『황무지』에 대한 평가와 창작과정, 그 작품 속에서의 사랑과 애정의 대상(the object of his love)에 대한 관점은 비평가에 따라 극단적인 차이를 보인다. 고든의 경우『황무지』를 엘리엇만의 작품으로 보려 한다면, 최근의 연구들은 어느 정도 비비언 엘리엇의『황무지』에 대한 기여도를 인정하고 있으며,[6] 특히 파운드가 삭제한 부분 중 일부를 그녀의 것으로 본다. 어떤 평자는 당시 엘리엇 부부의 필체가 거의 같아 구별이 불가능했었다는 점을 예로 들면서 필사체로 된 엘리엇 원고의 일부, 편집과정에서의 수정과 다시 쓴 부분에 까지 비비언의 흔적을 찾기도 한다(Ackroyd 139-40).[7] 극적인 편집과 수정 및 작품의 출판을 함께 했다는 점에서 파운드의 공도 컸겠지만, 엘리엇 이외에 이 작품을 가장 오랜 동안 지켜본 이는 당연히 그녀일 것이다.

앞서 길버트와 구바의 지적에서처럼 일차대전 직후와 1920년대, 1930년대의 반페미니즘 정서를 고려한다 해도,『황무지』에 등장하는

---

6) 비비언의 입장에 초점을 맞추어 출판된 그녀에 관한 전기로 캐롤 씨모어-존즈(Carole Seymour-Jones)의 Painted Shadow: The Life of Vivienne Eliot, First Wife of T. S. Eliot, and the Long Suppressed Truth about Her Influence on His Genius (New York: Doubleday, 2002)가 있다.

7)『황무지』에 미친 비비언의 영향을 추적하면서, 그들의 결혼생활과 엘리엇의 여성관이 어떻게『황무지』에 반영되어 있는 가를 더 자세히 알아보려면 쉐넌 맥레이(Shannon McRae)의 "Glowed into Words: Vivien Eliot, Philomela, and the Poet's Tortured Corpse." Twentieth-Century Literature 49. 2 (Summer 2003): 193-218을 참조하시오.

여성들의 형상은 참혹하다 못해 기괴하다. 여기서 특히 여성문학가에 대한 질시가 심했다는 점이 고려되어야 하며, 자이버트 머세더(Gibert-Maceda)는 반페미니즘 혹은 반여성적 담론이 남성적 유대를 강화하기 위하여 엘리엇과 파운드 사이에 실제로 교환되었다고 말한다(108). 여성도 남성도 아닌 어딘가에 존재한 자웅동체이며 눈이 보이지 않는 쭈글쭈글한 가슴이 달린 늙은 타이레시어스, 능욕당하고 혀가 잘려 제대로 노래 부르지 못하는–말하지 못하는–나이팅게일 새로 변신한 필로멜라, 여드름투성이 남자점원과 무관심한 혹은 기계적인 정사를 나누는 타이피스트, 아기를 다섯이나 낳아 서른한 살에 이미 완전히 소진된 황폐한 육체를 갖고 있는 여성 릴(Lil) 등이 등장한다. 이 여성들의 육체는 훼손당하였고 그 건강성과 순수성을 다시 회복할 수 없다. 표면적으로 제씨 웨스턴의 성배 전설의 어부 왕(Fisher King)을 통하여 남성불임의 상징을 갖고 있지만, 여기에 등장하는 여성인물들 역시 불모성과 참혹한 현실 혹은 그들이 처한 막다른 현실을 보여주고 있다. 이들이 『황무지』에서 엘리엇이 추구하는, 그의 사랑의 대상이 되는 여성들은 분명 아니다. 이 여성들은 남성적 불모의 황무지에서 길을 잃은 유린당한 자들이며, 이들이 엘리엇이 추구하는, 성배전설에 나오는 어부왕의 불임을 해소할 수 있는 목표가 될 수 없다.

　『황무지』 원고에서 삭제된 「성 나르시스의 죽음」("The Death of Saint Narcissus")과, 이 시에 변형되어 들어간 엘리엇이 이탈리아와 벨기에 여행 중 그곳 화랑에 걸린 세 개의 15세기 그림들을 본 것에서 영감을 받아 쓴 초기시 「성 세바스찬의 연가」("The Love Song of St. Sebastian")는 엘리엇의 동성애경향을 입증하는 것으로서 지적된 바 있다.[8] 화살

---

8) 이 두 시에 대한 자세한 분석, 창작과정과 출판 혹은 삭제에 대한 내용은 로리 맥덜미드(Laurie J. MacDiarmid)의 T. S. Eliot's Civilized Savage: Religious Eroticism and Poetics 첫 장 "'The Death of Saint

을 맞고 순교한 성 세바스찬의 이야기는 여러 화가들에 의하여 성화로 제작되었으며, 그 그림들에 나타나는 화살을 맞고 순교하는 순간의 묘사에서 성적인 암시는 두드러진다. 필자는 기독교전통에서 순교자 혹은 신비주의자(mystics)들의 경험은, 핍박받는 상황에서 체험하는 격심한 신체적 고통과 그렇게 희생당하고 배척당하는 것에서 갖게 되는 여성적 "부재"와 "과잉"(nothing / excess)으로 인하여, 라깡이 말하는 여성적 쥬이상스(jouissance)와 같은 것이라고 본다(144). 이러한 점에서 이리가리 비평가이기도 한 에이미 홀리우드(Amy M. Hollywood)는 예수의 옆구리 상처(로마병정들이 찌른 창으로 인한)는 남성적 거울경제(male specular economy)에 대한 "여성적 결여"(woman's lack)이며 예수는 그 상처 속에서 여성화되고 양성적이 된다고 주장한다(171). 아래에 인용된 시는 「성 세바스찬의 연가」의 일부이다.

　　　　내가 피 흘릴 때까지 나를 채찍질하려하네
　　　　기도의 시간과 시간 후에
　　　　고통과 환희 후에
　　　　마침내 나의 피가 등불을 에워싸고
　　　　그 빛 속에서 반짝일 때까지;

　　　　I would flog myself until I bled,
　　　　And after hour on hour of prayer
　　　　And torture and delight
　　　　Until my blood should ring the lamp
　　　　And glisten in the light; (*Inventions* 78)

Narcissus': A Poet's Cautionary Tale." 5-25을 참조하시오.

상당히 피학적인 모습을 묘사하는 위 시행은 종결부의 "내가 당신을 목 졸랐기 때문에 / 나의 악명 때문에 당신이 나를 사랑 하네 / 내가 당신을 망가뜨렸기 때문에 / 나를 빼고는 그 어느 누구에게도 / 당신이 더 이상 아름답지 않기 때문에 나는 당신을 더욱 사랑해야 하네"에 이르면 이번에는 가학적인 양상으로 바뀌고 있다: "You would love me because I should have strangled you / And because of my infamy; / And I should love you the more because I had mangled you / And because you were no longer beautiful / To anyone but me"(*Inventions* 78−79). 엘리엇의 동성애 논의를 유발하고 있는 「성 나르시스의 죽음」의 시행은 다음과 같다.

> 그래서 그는 하나님께 바쳐진 댄서가 되었네
> 왜냐면 그의 육체는 불타는 화살과 사랑에 빠졌기 때문이네
> 그는 뜨거운 모래위에서 춤을 추네
> 그 화살들이 올 때까지.
>
> So he became a dancer to God.
> Because his flesh was in love with the burning arrows
> He danced on the hot sand
> Until the arrows came. (*Facsimile* 97)

이 동성애적 경향이 다분한 시행들에 대한 삭제는 파운드에 의한 것으로 밝혀져 있다(Koestenbaum 125). 마치 엘리엇의 프루프록이 그에게 바쳐진 것처럼, 『황무지』는 아직도 엘리엇의 프랑스인 동성친구 버드닐에 대한 추억과 애도에서 벗어나지 못하고 있다. 1952년 존 피터(John Peter)는 "A New Interpretation of *The Waste Land*"(Essays in

Criticism에 출판되었음)에서, 비록 동성애에 대한 언급은 없었지만, 『황무지』가 테니슨의 『만가』(*In Memoriam*)와 유사한, 일차대전 중 죽은 프랑스인 동성친구에 대한 만가(elegy)임을 주장한다. 1969년 이 글이 동일한 문학잡지에 다시 출판되었을 때, 이 논문은 이 글과 엘리엇이 동성애와 전혀 관련이 없다는 괴상한 저자후기를 붙이고 출판된다 (Lamos 24).

코슨봄은 엘리엇의 『황무지』에 재현되어 있는 과거의 우유부단한 프루프록과 숨진 동성친구에 대한 추억은 그의 시행들에 여성적 "히스테리아"(Hysteria)를 재현한다고 주장한다. 엘리엇의 산문시 "히스테리아"(Hysteria)를 보면, 화자인 "나," 엘리엇이 목격하는 여성의 히스테리컬한 웃음 속으로 자신이 빨려 들어가 그 일부가 되어 감을 묘사하고 있다. 엘리엇의 산문시의 화자는 저항하지만 어쩔 수 없이 계속 끌려들어가 마침내 그녀의 목의 어두운 동굴(the dark caverns of her throat)에서 길을 잃고, 보이지 않는 근육들에 다쳐 멍이 든다. 그 순간 이런 꿈과 같은 경험에서 그를 일깨우는 것은 떨리는 손으로 식탁을 차리려는 나이든 웨이터(elderly waiter)로 그가 하는 말도 화자인 "나"를 꿈결에서 깨워내지는 못한다. "나"는 계속 그녀의 가슴의 떨림에 저녁의 조각들에 결론을 내리고 주의를 집중하려하지만, 그것은 "나"의 마음속의 결심일 뿐이다(*Complete* 32). 이 시의 나이든 웨이터는 코슨봄과 핑크니(Tony Pinkney)에게는 무력한 나이든 아버지[9]이며 가공할 "히스테리아"의 전염성과 위력에 무방비하며, 마치 여성의 히스테리아에 감염된 듯 손을 떤다. 더욱이 이 웨이터는 동일한 말을 반복함으로 그

---

9) 이 시의 화자인 나는 나약한 아들, 나이든 웨이터는 무력한 아버지, 히스테리컬한 웃음으로 이들을 전율시키고 지배하는 여성은 강력한 남근적 어머니(phallic mother)로 이 두 비평가들은 보고 있다. 토니 핑크니(Tony Pinkney)는 *Women in the Poetry of T. S. Eliot* (London: MacMillan, 1984)에서 엘리엇시의 정신분석학적 읽기를 시도했다.

자신 남성 "히스테리아"의 징후를 보이고 있다(MacDiarmid 44).

　이와는 다른 방향에서 길버트와 구바는 엘리엇이『황무지』에서 여성의 언어를 초월하기 위하여 여성의 언어를 모방하여, 결국 조이스의 주장(『황무지』자체가 "시가 여성들을 위한 것이란 것"을 종식시켰다는)을 정당화한다고 말하고 있다(*No Man's* 1 236). 길버트와 구바가 주장하는 바는 남성들이 여성적 언어를 모방하고 전유하여, 시를 여성을 위한 것이 아니라 남성을 위한 것으로 바꾸는 일종의 "전복적" 행위를 하였다고 보는 것이다. 이러한 논리는 남성의 여성성 전유 및 획득이 여성 고유의 능력인 출산에 대한 남성의 동경에서 나온다는 가정에서 출발한다. 다시 길버트와 구바에 따르면, 여성성을 전유하려는 남성의 행위는 문학적 생산 행위로 나타난다. 그러나 이에 대한 필자의 생각은 조금 다르다. 길버트와 구바의 주장은 젠더와 성이 고착된 개념이라는 것을 지지하는 것에서 나오며, 이는 젠더의 수행성과 유동성이라는 개념에 위배된다. 젠더의 수행성과 유동성이 여성성으로 혹은 남성성으로 어느 방향으로 진전해 나가던지 간에, 우리가 염두에 두어야 할 것은 바로 그 과정이며 양성의 진동에서 나오는 그 갈등과 모순의 역학이어야 할 것이다. 코슨봄이 앞서 주장하듯, 엘리엇의 경우,『황무지』에 재현된 "여성성"의 중요한 특징들인 남근적 기표의 "부재"와 "결여"에서 온 여성적 "히스테리아"는『황무지』를 여성적 텍스트로 만드는 것이 아니라 남성성을 회복하도록 도움을 주는 파운드의 개입에 의하여 결국 그의 텍스트는 그 시집의 성공적인 수정과 편집 출판에 의하여 남성성을 회복한다.

　작품 초반의 무녀 시빌의 뒤를 잇는 소소스트리스 부인(Madame Sosostris)과 그녀의 타로카드는『황무지』에서 여러 부분으로 나뉜 분절된 시를 묶어 통일성을 준다. 그보다 더욱 효과적인 것은 익사한 페니키아 선원으로 이는 4편에서 나올 플레바스(Phlebas)를 예견하고, 이 이상한 수부의 이야기는 3편 "불의 설교"와 5편 "우뢰가 말한 것" 사이에 간주곡처럼 끼어있다. 마치 후렴구처럼 반복되는 "보세요! 전날의 그의 눈은 변하여 진주로 되었지요"(Those are pearls that were his eyes. Look!)는 다시 2편의 신경중적인 대화로 복귀한다(Kirsch 15).

> "나 오늘 밤 신경이 이상해요. 네 정말 그래요. 함께 있어줘요
> 좀 말 좀 해줘요. 왜 말 안하세요. 말 좀 하세요.
> 뭘 생각하고 계세요? 무슨 생각? 무슨?
> 당신이 뭘 생각하고 있는 지 도무지 모르겠어요. 생각해봐요."
>
> 죽은 사람들의 뼈가 없어지는
> 쥐들의 통로에 우리가 있다고 생각한다.
>
> "저 소리는 무엇이에요?"
> 문 밑을 지나가는 바람소리지.
> "자 저 소리는 무엇이에요? 바람이 무얼 하는가요?"
> 아무것도 아무것도 아니지.
> "아무것도 모르시나요? 아무것도 안 보이시나요? 아무것도 기
> 억 안 나나요?"
>
> 나는 기억하고 있다.
> 전날의 그의 눈은 변하여 진주로 되었느니라. (이창배 51)

> 'My nerves are bad to-night. Yes, bad. Stay with me.
> Speak to me. Why do you never speak. Speak.
>   What are you thinking of? What thinking? What?
> I never know what you are thinking. Think.'

I think we are in rats' alley
Where the dead men lost their bones.

'What is that noise?'
                    The wind under the door.
'What is that noise now? What is the wind doing?'
                    Nothing again nothing.
                                        'Do
You know nothing? Do you see nothing? Do you remember
Nothing?'

I remember
Those are pearls that were his eyes. (*Complete* 65)

『황무지』에서 비비언의 목소리가 들리는, 혹은 사실적인 엘리엇의 결혼생활의 기록처럼 보이는 2편에, 바로 위에 인용된 시행에서처럼, 신경증적이며 히스테리컬한 의사소통의 부재를 비난하는 비비언 그녀 자신의 말이 그대로 나타나있다. 그렇다면, 이들의 의사소통의 부재와 작품자체에 빈번하게 인용되는 죽음의 이미지-무녀 시빌의 죽음 회구와 익사한 수부의 이야기-는 어떤 의미를 갖는지 알아보자. 소소스트리스 부인의 타로카드의 익사한 페니키아 선원은 일차대전 참전 중(1915년) 죽은 엘리엇의 동성친구 버드널을 나타내며, 엘리엇의 첫 시집, 『프루프록과 다른 관찰들』(*Prufrock and Other Observations*)은 그에게 바쳐지고 있다. 프루프록을 통하여 엘리엇이 우유부단한 여성적, 수동적 혹은 수용적인 자신의 모습을 드러내었다면, 그의 『황무지』는 그 연장선상에 있으며, 또 다른 프루프록이 거기 있었던 것은 아닐까?『황무지』에 관련된 세 사람의 인물들, 엘리엇 자신, 그의 첫 부인 비비언, 파운드가 그 텍스트에 가한 것은 무엇인가? 그리고 엘리엇의 사랑과 애정의 대상은 누구인가?『황무지』속에서의 여성은 모두 훼손당하였으며, 그들은 엘리엇이 애정과 연민을 느낄 만한 대상으로 보기에는 부족한 존재들이다.

이 글의 제목에 다분히 암시된 것처럼, 엘리엇과 젠더의 문제를 다룸에 있어, 그의 여성혐오, 여성성, 동성애를 함께 다루어 보고자 했으나 이 글에서 그 완전한 결론에 이르기는 어렵다. 현재까지의 특히 최근의 엘리엇 연구자들은 엘리엇의 대중성과 그의 초기 모더니즘에서의 아방가르드적10) 모습에 집중하고, 필자가 앞서 인용한 코슨봄보다도 더 적극적으로 엘리엇의 종교성, 동성애 등을 하나로 묶어 상세하게 살펴보고 있다. 엘리엇의 초기시에 나타난 동성애경향은, 앞서 본「성 세바스찬의 죽음」에서처럼 이미 반론의 여지가 없는 것으로 보인다. 그러나 최종적으로『황무지』가 진정 동성친구 버드널에게 바쳐진 만가인지 아니면 실제로 엘리엇과 버드널이 동성애 관계였는지 아직 확실히 단정하기 어렵다.

다시 정리해보자면, 우선『황무지』에서 제시된 왜곡된 비정상적인 불모의 땅 황무지 자체를 상징하는 여성들 자체가 엘리엇의 여성혐오를 직접적으로 표현한다. 엘리엇이 살았던 시대정황을 고려해볼 때 이런 반여성적 정서는 이상한 것이 아니고, 이러한 행위는 남성들 간의 유대를 위하여 일상적으로 행해졌다. 여성혐오(misogyny)는 파시즘, 반유태주의와 함께 모더니즘의 대표적인 부정적 모습 중의 하나이다. 두 번째로『황무지』가 불행한 결혼생활의 흔적을 기록한 것에 관하여

---

10) 이에 대한 더 자세한 논의를 보려면 마저리 펄로프(Marjorie Perloff)의 "Avant-Garde Eliot." *21st-Century Modernism: The "New" Poetics* (Malden: Blackwell, 2002), 7–43을 참조하시오.

짚어본다면, 그것은 여러 가지 정황에서 견주어 보아 어느 정도 사실이다. 고든에 따르면, 비비언은 정신적 신체적으로 허약했으며 그녀의 "히스테리아"는 열여섯 살 때부터 의사의 지시 하에 복용하기 시작했던 약물(처음에는 평범한 신경안정제에서 마약에 이르기까지)의 부작용이다(*Eliot's Early* 77-78). 이러한 사실에서 볼 때, 그들의 결혼생활이 행복하지 않았을 것이라는 점은 간단히 추정된다. 그러나 고든은 엘리엇이 결혼 직후 아버지에게 보낸 편지를 인용하며 그와 정반대의 견해도 보여 준다: "그녀는 내가 원하는 해줄 수 있는 모든 것을 가지고 있고, 그녀는 그 모두를 줍니다. 나는 그녀에게 모든 것을 빚지고 있습니다."(*Eliot's Early* 79에서 재인용). 물론 후에 비비언이 정신착란이 되어-전기적 사실에 따르면 엘리엇도 역시 정신병원에 한동안 머문 적이 있다(Gordon, "Waste Land" 567)-정신병원에서 죽을 정도라면 그것은 양자에게 있어 범상한 결혼생활이 아니었다. 그러나 『황무지』를 쓰는 과정에서 그녀가 엘리엇에게 미친 긍정적 영향과 그들의 초기 결혼생활을 묘사한 위에 인용된 엘리엇의 편지를 고려한다면 『황무지』가 그들의 불행한 결혼생활의 기록이라는 관점은 지나치게 단순화된 주장이다. 다음으로 만약 그의 동성애성향에 초점을 맞춘다면, 『황무지』에서 엘리엇이 추구한 것은 혹은 그가 보여준 것은 그의 사랑과 애정의 대상이 아니라, 그 자신의(비비언으로부터 전이되어 또는 그가 전유하여 획득한) 여성성이-비록 그 여성적 텍스트는 동성친구 파운드의 간섭과 중재에 의하여 독자 앞에서 남성성을 회복하지만-된다. 그리하여 우리가 『황무지』를 잃어버린 동성친구에 대한 추억과 그리움에서 나온 히스테리컬한 신경중적 괴로움의 기록으로 본다면 지금까지 진행되어온 이 글의 말미의 결론으로 가장 적합하다. 그러나 현재로서는 좀 더 자세히 알아보아야할 문제이다.

인용문헌

이창배. 『엘리엇 전집: 시와 시극』. 서울: 동국대학교 출판부, 2001.

Ackroyd, Peter. *T. S. Eliot*. London: Hamish Hamilton, 1984.

Brewer, Josef and Sigmund Freud. *Studies on Hysteria*. Trans. James Strachey. London: The Hogarth P, 1955.

Chinitz, David E. *T. S. Eliot and the Cultural Divide*. Chicago: U of Chicago P, 2003.

Eliot, T. S. *The Complete Poems and Plays of T. S. Eliot*. London: Faber, 1969, 1970, 1973, 1975, and 1978.

_____. *Inventions of the March Hare: Poems 1909−1917*. Ed. Christopher Ricks. London: Faber, 1996.

_____. *The Waste Land: A Facsimile and Transcript of the Original Drafts Including the Annotations of Ezra Pound*. Ed. Valerie Eliot. New York: A Harvest Book, 1971.

Gallop, Jane. *The Daughter's Seduction*. Ithaca: Cornell UP, 1982.

Gibert-Maceda, M. Teresa. "T. S. Eliot on Women: Women on T. S. Eliot." *T. S. Eliot at the Turn of the Century*. Ed. Marianne Thormählen. Lund: Lund UP, 1994.

Gilbert, Sandra and Susan Gubar. *No Man's Land*. Vol. 1. New Haven: Yale UP, 1988.

_____. *No Man's Land*. Vol. 2. New Haven: Yale UP, 1989.

Gordon, Lyndall. *Eliot's Early Years*. New York: Oxford UP, 1977.

_____. "The Waste Land Manuscript." *American Literature* 45. 4 (Jan, 1974): 557−70.

Hollywood, Amy M. "Beauvoir, Irigaray, and the Mystical." *Hypatia* 9. 4 (Fall 1994): 158−85.

Kirsch, Adam. "Travels in 'The Waste Land.'" *The New Criterion* (April 2005): 12−16.

Koestenbaum, Wayne. *"The Waste Land*: T. S. Eliot's and Ezra Pound's Collaboration on Hysteria." *Twentieth Century Literature* (1988): 113−39.

Lacan, Jaques. "God and the Jouissance of The Woman." *Feminine Sexuality*. Ed. Juliet Mitchell and Jacqueline Rose. London: The MacMillan, 1982, 137−48.

Laity, Cassadra and Nancy K. Gish, ed. *Gender, Desire, and Sexuality in T. S. Eliot*. Cambridge: Cambridge UP, 2004.

Lamos, Coleen. "The Love Song of T. S. Eliot: Elegiac Homoeroticism in the Early Eroticism." Laity and Gish 23−42.

MacDiarmid, Laurie J. *T. S. Eliot's Civilized Savage: Religious Eroticism and Poetics*. New York: Routledge, 2004.

Sedgwick, Eve Kosofsky. *Between Men: English Literature and Homosocial Desire*. New York; Columbia UP, 1985.

Vendler, Helen. "Time 100 / Most Influential Poet." *Time* 22 August 1998: 111−13.

"살지 않은 삶":
「여인의 초상」에 나타난 청년 화자의 초상*

허 정 자(한국외국어대학교)

1

문학이 삶을 재현하는 것이라면, 작가들은 '어떻게 사느냐' 같은 삶의 문제를 그의 작품을 통해 탐구하고자 한다. 아놀드(Matthew Arnold)는 도덕이라는 개념은 넓은 의미로 해석되어야 한다며 '어떻게 사느냐'라는 질문 자체가 도덕적 개념이라고 주장한다. 왜냐하면 이 질문은 모든 사람들의 가장 관심을 끄는 문제이며 인간은 항상 어떠한 방식으로든지 간에 이 문제에 마음을 쓰고 있기 때문이다(142). 이런 점에서 삶의 문제에 부닥칠 때 인간은 누구나 자신이 삶의 주인이 되어 삶의 한가운데 뛰어들어 적극적으로 삶을 영위하기 바랄 것이다. 삶에 대해 방관자적인 태도를 가지고 삶을 회피하며 자신의 삶을 낭비하고

---

* 이 논문은 『T. S. 엘리엇 연구』 제20권 1호(2010)에 「"살지 않은 삶"에 대한 비전: 「여인의 초상」에 나타난 청년 화자의 초상」으로 게재되었던 것을 수정한 것임.

무의미하게 흘려보내려고 하는 사람은 없을 것이다. 치열하게 인간의 고통스럽고 힘든 삶을 다른 사람 못지않게 몸소 느끼며 격렬한 삶을 살았던 엘리엇(T. S. Eliot)도 삶을 어떻게 살아야 제대로 사는 것일까 하는 문제를 그의 작품을 통해 드러내고 있다. 따라서 엘리엇은 문학의 소재는 "실제의 삶"(actual life)(*SE* 111)이라고 강조한다. 이런 점에서 제임스(Henry James)도 소설은 삶의 재현이기 때문에 "소설은 가장 넓은 의미로 개인적이고 직접적인 삶에 대한 인상이다"(A novel is in its broadest definition a personal, a direct impression of life)(Veeder 170)라는 믿음에서 인간의 다양한 삶의 양상에 관심을 갖고 그런 문제를 소설을 통해 심층적으로 탐구하고 있다.

특히 제임스는 그의 소설 속의 신빙성 있는 인물을 통해 삶을 실감 나게 그려내는 탁월한 능력이 있는데, 이런 소설 속의 인물을 논하면서 에델(Leon Edel)은 삶을 두려워하여 제대로 살지 못하고, 삶의 구경꾼 같이 일상의 삶에서 스스로를 소외시킨 채 자신의 덫에 갇혀 거기서 헤어나지 못하고 파괴적으로 죽음과 다를 바 없는 의미 없는 삶을 사는 사람을 "살지 않은 삶"(unlived life)(177)을 산 사람으로 규정짓는다. 이와는 반대로 삶의 주체자로서 삶에 대한 열정을 가지고 사회 속에서 타인과 조화롭게 삶을 능동적으로 살아감으로써 자신의 삶뿐 아니라 다른 사람의 삶까지도 개선시키면서 풍부하게 산 삶의 모습을 리(Brian Lee)는 "풍부하게 산 삶"(fullness of life)(28)으로 묘사한다. 엘리엇도 이런 점에서 황무지 같은 황폐하고 혼란스런 시대에 살면서 그가 느낀 우울, 권태, 고독의 정서와 그것을 뛰어넘는 조화롭고 가치 있는 삶의 추구에 따른 개인적 갈등 같은 특별하고 사적인 것을 시라는 예술로 변형시켜 보편적인 것으로 만들기 위해 부단한 노력을 했다. 인간의 비극적 상황을 인식하고 악에 대한 비전을 통해 인간의 삶에 대한 도덕적 문제에 관심을 가진다는 점에서 커크(Russell Kirk)는 엘리엇을 "도덕성의 시인"(ethical poet)(4) 혹은 "도덕가"(moralist)(6)로 간주한다. 이렇게 생중사의 삶 속에서 기력 없이 살고 있는 현대인의 정신적 병폐를 끊임없이 추구하며 거기에 대한 해답을 얻으려고 노력한 엘리엇은 죽음과 다를 바 없는 무의미한 삶이 어떤 것인지를 그의 작품을 통해 선명하게 보여준다. 이런 점에서 여러 비평가들이 제임스와 엘리엇의 작품에서 다뤄지는 일그러진 "살지 않은 삶"에 대한 유사성을 언급한다. 엉거(Leonard Unger)는 두 작가의 작품에서 드러나는 인지하나 행동하지 못하고 이해하고 기억하나 대화하지 못하는 삶의 비극성을 언급하고(9), 매티슨(F. O. Matthiessen)은 자신을 삶에 내던지지 못하는 인간의 무능력과 좌절을 지적한다(70).

레인(Craig Raine)도 삶과 관련되어 엘리엇의 시의 주된 제재를 "풍부하게 살지 못한 삶"(the failure to live fully)(xix-xx)이라고 지적한다. 특히 그는 아놀드의 시 「내면에 묻힌 삶」("The Buried Life")[1] 속에 그려지고 있는 "묻힌 삶"과 "살지 않은 삶," "풍부하게 산 삶"을 연관 지어 설명한다. 아놀드는 그의 시에서 사람들이 그들 내부에 깊숙이 묻혀 있는 깊은 열정, 강렬한 정서를 알려고 하지 않은 채 남들에게 보여주는 표피적인 삶만 중요하게 생각한다고 말한다. 따라서 인간은 진실한 삶의 의미를 깨닫지 못한다는 것이다. 사람이 말 그대로 풍부한 삶을 살려면 내적인 투쟁으로 아놀드가 말하는 "묻힌 삶"을 끌어내서 올바른 자아를 깨닫고 진실하게 풍부한 삶을 살아야 한다. 레인은 이렇게 진실한 "묻힌 삶"은 깊게 묻어두고 삶은 살만한 가치가 있다는 것을 깨닫지 못하고 "풍부하게 살지 못한 삶"의 모습에 엘리엇이 지속적인

---

1) 이하 「묻힌 삶」으로 표기함.

관심을 가지고 시에 그리고 있다고 언급한다.

엘리엇은 "시의 기능은 지적인 것이 아니라 정서적인 것이다"(But as this function is not intellectual but emotional)(*SE* 138)라고 주장한다. 본고에서는 "삶의 비평가"로서의 엘리엇이 "살지 않은 삶"의 유형을 생생하게 그린 「여인의 초상」("Portrait of a Lady")의 남성화자("I")인 청년의 소외된 삶의 모습을 여인의 삶의 모습과 정서적인 면에서 비교하여 살펴봄으로써 엘리엇이 우리가 어떻게 삶을 살아가야 하는가와 관련된 도덕 문제와 그것에 대한 해답을 어떠한 방식으로 제시하고 있는지 살펴보고자 한다.

2

「여인의 초상」의 연상의 중년 여인과 청년 화자는 대화와 극적 갈등을 통해서 인간 상호 간의 완전한 교류의 불가능 그리고 거기에 따른 개인의 소외감과 그들 사이에 깨뜨릴 수 없는 장벽이 놓여 있다는 것을 효과적으로 드러내고 있다(Gish 18). 특히 이 시에서는 여인이 외로움을 호소하면서 적극적으로 청년 화자와의 사귐을 원하게 되는데 거기에 대해 그가 드러내는 "끌림과 반발"(attraction and repulsion)(Williamson 71) 그리고 청년 화자의 태도에 따라 여인이 보여주는 희망과 좌절의 심리적 풍경이 관찰과 분석이라는 일련의 장면으로 연출되고 있다(Smith 10). 특히 「여인의 초상」은 여인과 청년 화자와의 대화로 이야기가 진행되는 것 같으나 실제로는 여인 혼자서 일방적으로 말하는 것을 청년 화자가 전달해 주는 방식으로 전개되고, 그 과정에서 청년 화자 자신의 여인에 대한 주관적이고 편파적인 마음속 논평이나 관점이 첨가되고 있다. 따라서 청년 화자가 그려내는 여인의 초상이라는 느낌이 들기 때문에 여인의 모습은 어디까지나 청년 화자에 의존하게 되는 모습을 띤다. 그러나 여인과의 관계를 자신이 주도하고 있다고 믿고 있는 청년 화자가 멋대로 그려내는 여인의 모습을 통해서 여인보다는 더욱 공허하고 헛된 청년 화자의 삶이 드러난다는 데 이 시의 묘미가 있다. 이런 점에서 이 시의 제목은 「여인의 초상」이나 실제로 독자들은 청년 화자의 초상화를 보게 되며 그 과정에서 드러나는 그의 허망한 "살지 않은 삶"의 모습에 더욱 관심을 갖게 된다.

엘리엇은 「신념」("Convictions")이라는 시에서 자신의 영혼을 이해해 주는 남자가 있다면 자신의 삶을 그의 손에 맡기겠다는 간절한 바람을 표현하는 여인을 묘사하고 있다.

> "나는 어디에서 나의 영혼을 이해해 주는
> 남자를 만날 수 있을까?
> 그렇다면 나는 내 심장을 그의 발 밑에 두고
> 나의 삶을 그가 지배하게 할 텐데."

> "Where shall I ever find the man!
> One who appreciates my soul;
> I'd throw my heart beneath his feet.
> I'd give my life to his control." (*IMH* 11)

「여인의 초상」의 여인도 거의 일 년이라는 세월을 보내면서 자신의 영혼을 이해해 줄 수 있는 남자와의 만남을 고대해 본다. 12월, 4월 그리고 10월 등 세 번의 티타임(tea-time) 만남 중에서 먼저 12월 오후 연기와 안개 속에서 음악회를 보고난 후 "오늘 오후는 당신을 위하여 바치기로 했어요"라고 하면서 청년 화자와의 교제를 위해 여인이 마련해 놓은 그녀의 방 풍경으로 이 시는 시작된다.

> 어느 12월 오후 연기와 안개 속에서
> "오늘 오후는 당신을 위하여 바치기로 했어요"라는 말로써
> 당신은 장면을 마련하였고 그렇게 될 성 싶어요.
> 컴컴한 방 안엔 네 개의 촛불
> 그 네 개의 빛 무리가 천정에 어리고
> 말할 것이나 안할 것이나 그 일체를 위하여 준비된
> 줄리엣의 무덤 분위기.
> ······
> "이 쇼팽 정말 가슴을 파고들어요. 아마 그의 영혼은
> 겨우 친구들 사이에서나 다시 살아날 거예요."

> Among the smoke and fog of a December afternoon
> You have the scene arrange itself—as it will seem to do—
> With 'I have saved this afternoon for you';
> And four wax candles in the darkened room,
> Four rings of light upon the ceiling overhead,
> An atmosphere of Juliet's tomb
> Prepared for all the things to be said, or left unsaid.
> · · · ·
> 'So intimate, this Chopin, that I think his soul
> Should be resurrected only among friends[2]

---

2) T. S. Eliot, *The Complete Poems and Plays of T. S. Eliot* (London: Faber and Faber, 1969) 18. 앞으로 엘리엇 시의 인용은 이 책에 의거하고 *CPP*로 표기하고 페이지수를 적겠음. 엘리엇 시의 번역은 약간 수정한 부분을 제외하고 이창배 선생님의 번역을 인용했음을 밝혀둔다.

외롭고 권태로운 여인은 청년 화자를 자신의 삶에 초대하려고 한다. 특별히 여인이 그를 위해 촛불과 불빛으로 낭만적 분위기의 방을 꾸몄다고는 하나 사실 그녀의 방은 그녀에게는 누군가를 만날 수 있고 그녀의 감춰진 삶이나 사랑의 감정 같은 정서를 유발할 수 있는 다시 말해서 자신이 외로움으로부터 도피할 수 있는 계기를 마련하는 은밀한 장소이기도 하다. 그러나 쇼팽처럼 영혼의 재생을 바라며 그녀가 장식한 방을 보고 청년 화자는 자신의 삶을 가둬두고 자아를 덮는 "줄리엣의 무덤" 같은 죽음을 연상하게 된다. 셰익스피어(William Shakespeare)의 『로미오와 줄리엣』(*Romeo and Juliet*)의 줄리엣은 위장 죽음으로 연인 로미오를 잃고 오해로 사랑을 이루지 못했듯이 이 여인의 청년 화자에 대한 일방적인 감정은 결국 그의 무관심으로 보답 받지 못하는 죽음을 동반하는 비극적 결말이 될 수도 있음을 상기시킨다. "오후," "연기와 안개," "컴컴한" 등의 단어가 암시하듯이 청년 화자는 어둡고 암울한 분위기만 느끼며 "삶의 여정 끝에 가까워진"(reach her journey's end)(*CPP* 20) 나이 많은 그녀의 방에서 여인과 만나는 것 자체를 부담스러워 한다. 이에 여인은 청년 화자의 사랑을 얻는 것은 불가능하다고 보고 사랑보다는 "우정"이 없는 삶은 "악몽"이라며 차라리 "우정"의 필요성을 강조한다. "악몽"은 바로 그녀의 무의미한 삶을 표현하는 단어가 된다. 이렇게 그녀는 상대방의 반응이 어떻든 무슨 관계든 누군가와 연관되고 싶어 한다. 여인은 자신의 산산 조각나 흩어진 "잡동사니" 같은 삶이 공허하고 외롭고 의미가 없다는 것을 깨닫기 때문이다. 여인은 그런 삶 속에서 의미를 찾으려 하나 오히려 "잡동사니" 같은 청년 화자 자신의 삶을 그는 인식하지 못한다. 그런 청년 화자의 삶의 태도 때문에 여인은 결국 자신이 바라는 "우정"도 엘리엇의 시 구절 "미소나 악수만큼 단순하고 믿음성 없다"(Simple and faithless as a smile and shake of the hand)처럼 실체가 아니라 환상에 불과하다는 것을 아직은 깨닫지 못한다(Smidt 106).

> "당신은 모를 거예요. 친구가 얼마나 내게 소중한가를,
> 이렇게 숱한 잡동사니로 꾸며진 생활에서
> 난 이런 생활이 딱 질색이에요, . . . 아셨지요? 틀림없이 보시지요!
> 참 예민하시군요.
> 정말 드물고 기이한 일이지요.
> 우정을 살리는 미덕을
> 소유하고, 그것을 남에게 주는
> 그런 미덕의 친구를 갖는다는 것은.
> 내가 이런 말을 하는 것은 괜한 소리가 아니에요.
> 이런 우정 없이는 삶이란 정말 악몽일 거예요!"

> 'You do not know how much they mean to me, my friends,
> And how, how rare and strange it is, to find
> In a life composed so much, so much of odds and ends,
> (For indeed I do not love it . . . you knew? you are not blind!
> How keen you are!)
> To find a friend who has these qualities,
> Who has, and gives
> Those qualities upon which friendship lives.
> How much it means that I say this to you—
> Without these friendships—life, what *cauchemar!*' (*CPP* 18)

자기 자신밖에 모르는 청년 화자는 처음부터 여인을 한 인간으로 대하기보다는 "초연한 사색의 대상"(an object for detached contemplation) (Smith 10)으로 간주하고 그녀를 자신으로부터 떼어놓으려고 한다. 청

년 화자는 자신과의 교제를 갈구하는 여인의 목소리를 "선회하는 바이올린 가락,"(the windings of the violins) "금간 코넷의 소곡,"(the ariettes / Of cracked cornets) "둔한 북소리,"(dull tom-tom) "변덕스런 단조음"(Capricious monotone)이 억지로 만들어내는 "잘못된 곡조"('false note') (*CPP* 19)로 단정 짓는다. 이제 여인의 요구가 너무 부담스런 그는 누군가와의 의미 있는 만남보다는 차라리 자신이 남자다워지는 세계라고 여겨지는 여인의 방이 아닌 바깥세상으로 도피하여 몽롱하게 담배 피우고, 시계나 맞추고 맥주나 마시면서 시간을 보내는 혼자만의 세계에 몸을 숨기려고만 한다.

> 담배 연기에 취한 머리, 바람이나 쐽시다.
> 기념비를 찬양하고,
> 요새 일어난 사건이나 얘기합시다.
> 공중시계에 우리 시계를 맞추고.
> 그리고서 반 시간 가량 앉아서 맥주나 마십시다.
>
> — Let us take the air, in a tobacco trance,
> Admire the monuments,
> Discuss the late events,
> Correct our watches by the public clocks.
> Then sit for half an hour and drink our bocks. (*CPP* 19)

이제 마음속 깊이 감추었던 욕망을 일깨우는 재생의 계절인 4월이 되었다. 엘리엇은 『황무지』(*The Waste Land*)에서 4월이 되면 사람은 겨울 내내 웅크리고 잠자던 죽음 같은 삶 속에서 기억과 욕망을 일깨우며 삶에 생명을 다시 불어넣는다고 말한다.

4월은 잔인한 달,
죽은 땅에서 라일락을 키워내고,
기억과 욕망을 뒤섞으며
봄비로 잠든 뿌리를 뒤흔든다.

April is the cruellest month, breeding
Lilacs out of the dead land, mixing
Memory and desire, stirring
Dull roots with spring rain. (*CPP* 61)

모든 만물이 소생하는 봄은 「여인의 초상」의 여인과 청년 화자가 겉으로 보이는 삶이 아닌 다른 깊은 삶이 있음을 한순간 깨닫는 시기가 된다.

라일락이 피었기에
그녀는 라일락 꽃병을 방에 놓고
그 한 가질 손가락으로 비틀며 이야기한다.
"아, 여보세요. 당신은 몰라요. 당신은 몰라요.
삶이 무엇인지를. 두 손으로 그것을 쥐고 있으면서"
(서서히 라일락 가지를 비틀면서)
"당신은 삶을 흘려버립니다. 흘려버리는 거예요.
청춘은 잔인해요. 회한이 없어요.
그것은 제가 못 보는 장면을 보고 조소하거든요."
물론 나는 미소 짓고,
계속 차를 마신다.

"그러나 이 4월 달 황혼엔 어쩐지
나의 내면에 묻힌 삶과 파리의 봄이 생각나요.

무척 마음이 평화롭고 암만해도 세상은
멋지고 젊게만 생각이 되요."

　　그 목소리가 돌아온다. 마치 8월 달 오후
깨진 바이올린에서 나오는 집요한 부조화음처럼.
"나는 늘 확신해요. 당신이 내 심정을
이해해 주시리라고 늘 확신해요. 공감하시리라고,
가로놓인 심연 너머로 손을 뻗쳐 주시리라고 확신해요.
. . . . .

　　난 친구들에게 차나 대접하며 여기에 앉아 있겠지요. . . . "

　　Now that lilacs are in bloom
She has a bowl of lilacs in her room
And twists one in her fingers while she talks.
'Ah, my friend, you do not know, you do not know
What life is, you who hold it in your hands';
(Slowly twisting the lilac stalks)
'You let it flow from you, you let it flow,
And youth is cruel, and has no more remorse
And smiles at situations which it cannot see.'
I smile, of course,
And go on drinking tea.

　　'Yet with these April sunsets, that somehow recall
My buried life, and Paris in the Spring,
I feel immeasurably at peace, and find the world
To be wonderful and youthful, after all.'

The voice returns like the insistent out-of-tune

Of a broken violin on an August afternoon:

'I am always sure that you understand

My feelings, always sure that you feel,

Sure that across the gulf you reach your hand.

. . . . .

I shall sit here, serving tea to friends. . . . ' (*CPP* 19−20)

4월의 여인은 양손에 쥐고 있으면서도 깨닫지 못해서 삶을 그냥 흘러버리지 말라고 청년 화자에게 충고한다. 그리고 그의 관심을 끌기 위해 "사랑과 열정을 상징하는"(love tokens or emblems of passion)(Mayer 114) 꽃과 인간의 내면에 감춰진 욕망과 회한을 언급함으로써 인간관계에는 피상적이지 않은 깊은 교류가 있음을 적극적으로 드러내려고 한다. 브룩스(Van Wyck Brooks)는 이 시의 배경이 되는 보스턴(Boston)을 "너무 지적이고 . . . 지나치게 비판적이며, 근심에 차 있고 자의식이 강한 . . . 메마른 정서의 열매인 슬픈 불모로 가득하다"(congested with learning . . . hyper-critical, concerned, self-conscious . . . filled with a sad sterility, fruit of emotional desiccation)라고 묘사하고 있다(Ackroyd 39). 여인의 노력에도 불구하고 이렇게 청년 화자는 세련되었지만 활력이 없는 불모의 어둡고 우울한 분위기 속에서 손님에게 차를 따르며 사귐을 갈망하는 여인은 남성과의 의미 있는 대화를 이끌어 갈 수 없는 존재인 동시에 두려움과 지루함 그리고 여인의 삶으로부터 도피하고 싶은 감정을 유발하는 존재로 인식하고 있다(Mayer 113). 특히 "난 친구들에게 차나 대접하며 여기에 앉아 있겠지요. . . . "라는 이 시의 반복적인 표현과 바깥이 아니라 실내에서 계속해서 라일락을 비트는 것으로 구체화되고 있는 여인의 움직임을 보고 청년 화자는 사랑의 열정보다는 불안감을 느낀다. 그녀는 "깨진 바이올린에서 나오는 집요한 부조화음"으로 인식되기 때문에 청년 화자는 그녀를 보면서 삶의 무력감과 단조로움을 더욱 느끼게 된다. 그러나 여인은 "세상은 멋지고 젊게만 생각이 되요"라고 말하면서 자신의 놓쳐버린 삶 때문에 그와의 만남을 갈망하며 그에게 다가갈 감정의 여지를 살펴보고, 언젠가는 청년 화자가 건널 수 없는 장벽 같은 "심연 너머로 손을 뻗쳐" 자신의 손을 잡아줄 것이라고 상상하게 된다. 사실 이 시의 여인은 차나 따르며 손님 접대하는 사회적 역할을 하는 "연기자"(performer)(Mayer 113)가 아니라 자신의 가치를 인정해주는 사람을 만나 사랑하고 싶은 강렬한 열정을 지닌 여인일 수도 있다. 그러나 여인은 자신의 속마음을 감춘 채 손님이 오면 응접실에서 예의상 차를 따라주며 관례적인 행동과 화법으로 남성의 관심을 끌려고 한다. 이런 점에서 여인은 이제는 터져 버릴 수밖에 없는 "억눌린 열정의 비밀스런 곪음"(dark rankling of passions inhibited)(Wilson 102)을 재현한다. 이런 여인이 화자인 청년에게 솔직하게 "파리의 봄"을 언급한다. 제임스의 『대사들』(*The Ambassadors*)의 스트레더(Lambert Strether)는 파리라는 도시를 통해 젊은 시절의 행복하고 기쁨으로 충만한 삶 그리고 정신적으로 풍족한 삶을 되찾아 살아야 한다는 삶에 대한 도덕적 의무감을 느낀다(Smith 12). 여인도 삶의 활력을 되찾아 매 순간 강렬하게 사람답게 살고 싶은 심정을 말하고 있는 것이다. 또한 여인은 "묻힌 삶"을 떠올린다. 아놀드는 그의 「묻힌 삶」이란 시에서 모든 인간의 깊숙한 곳에는 참되고 진실한 정서의 "사람들이 관심을 갖지 않는 삶의 강"(The unregarded River of our Life)("BL" 125)이 감춰진 채 흐르고 있는데, 드러내면 다른 사람들이 무시하거나 비난할까봐 내면의 진심을 숨기고 있다고 지적한다. 심장을 자물쇠로 닫은 채 사회 속에서의 자신의 겉모습 때문에 "가장 깊은 영혼"(inmost soul)("BL" 125) 속의 숨겨진 삶의 진실을 드러내지 않는다는 것이다. 그래서 모두가 낯선 이방인으로 살아가고 있다는 것이다. 아놀드의 시처럼 「여인의 초상」의 여인은 자신이나 청년 화자가 참된 자아와 진실한 정서를 공유하는 삶을 원하면서도 사회적 규범이나 다른 사람이 자신을 보는 눈길이 두려워 감정을 숨겨서 겉도는 관계가 된 것이 아닌지 생각해 보는 것이다.

　　아, 사랑도 심장의 자물쇠를 열어
　심장이 말하게 하기에는 너무 약한가요?
　연인들도 서로 그들이 진심으로 느끼는 것을 드러내기엔
　너무 무력하단 말이오?
　난 대다수의 사람들이 그들의 생각을
　숨기고 있다는 것을 알고 있소.
　그들이 생각을 말하면
　다른 사람들이 철저히 무시하거나
　비난할까봐서.
　나는 사람들이 위장을 하고 살고 행동해서
　타인이나 자기 자신에게 이방인이 되었다는 것도 아오.
　그러나 모든 사람의 마음에는 같은 심장이 뛰고 있소.

　　Alas, is even Love too weak
　To unlock the heart, and let it speak?
　Are even lovers powerless to reveal
　To one another what indeed they feel?
　I knew the mass of men conceal'd
　Their thoughts, for fear that if reveal'd

They would by other men be met

With blank indifference, or with blame reprov'd:

I knew they liv'd and mov'd

Trick'd in disguises, alien to the rest

Of men, and alien to themselves—and yet

The same heart beats in every human breast. ("BL" 125)

　스펜더(Stephen Spender)는 보스턴의 점잔빼는 귀부인이 불모의 청년에게 충동적이고, 열정적인 내면의 "묻힌 삶"을 말한다는 것이 "상황 희극"(comedy of situation) 같다고 지적한다(41). 그러면 여인이 말한 아놀드의 감춰진 진실한 삶의 의미는 무엇인가? 엘리엇이 "우리가 좀처럼 꿰뚫어 볼 수 없는 인간의 근원을 형성하는 한층 깊고 뭐라 이름 지을 수 없는 정서"(the deeper, unnamed feelings which form the substratum of our being to which we rarely penetrate)(*UPUC* 155), 그리고 "가장 원시적이고, 잊힌 것"(the most primitive and forgotten)(*UPUC* 119)이라고 언급하듯이, 아놀드는 「묻힌 삶」에서 우리가 쉽게 다가갈 수 없는 누구나의 가슴 깊은 곳에 흐르고 있는 "묻힌 강," "묻힌 삶"을 언급한다. 그리고 인간은 살아가면서 이런 "묻힌 삶"을 알아내어 삶의 신비를 깨닫고 올바르게 살고 싶은 욕망과 열정이 인다고 아놀드는 강조한다.

　　그러나 자주 세상의 가장 복잡한 거리에서도

　자주 투쟁의 소음 속에서도

　우리의 묻힌 삶을 말할 수 없이 알고 싶은

　욕망이 일어난다오.

　우리의 정열과 초조한 힘을

우리의 진정한 본래의 길을 탐색하는 데 쓰고 싶은 갈망.
우리 마음속 그렇게 깊이 거칠게 뛰고 있는
이 심장의 신비를 캐내고 싶은 욕망.
우리의 생각이
어디서 와서 어디로 가는지 알고 싶은 욕구.

> But often, in the world's most crowded streets,
> But often, in the din of strife,
> There rises an unspeakable desire
> After the knowledge of our buried life,
> A thirst to spend our fire and restless force
> In tracking out our true, original course;
> A longing to inquire
> Into the mystery of this heart that beats
> So wild, so deep in us, to know
> Whence our thoughts come and where they go. ("BL" 126)

그러나 아놀드는 아무리 알려고 해도 "묻힌 삶"을 꿰뚫어 보기는 힘들고 혼자가 아니라 서로 간의 사랑을 통해서만이 숨겨진 삶을 찾을 수 있고 완전한 삶을 갖게 된다고 강조한다. 혼자서만 사는 한 개인의 "살지 않은 삶"이 아니라 타인과의 진정한 교류를 통해서만이 "묻힌 삶"을 찾아 풍부한 삶을 살 수 있다는 것이다. 그리고 그때서만 비로소 사람들은 가장 깊은 자아와 마주치고 자기 자신이 되어 진실을 말하고 무엇을 원하는지 그리고 삶이 무엇인지에 대한 지혜를 얻게 된다는 것이다.

> 그러나 단지 드물게

사랑하는 사람의 손이 우리 손에 닿을 때,
빠르게 번쩍거리며 끊임없이
흘러가는 시간에 지칠 때,
우리 눈이 다른 사람이 눈으로 말하는 것을 분명하게 읽을 수
　　있을 때,
세상사에 먹먹해진 우리의 귀가
사랑하는 이의 목소리로 애무를 받을 때,
　　우리 가슴 속 어디선가 번개가 쳐
상실되었던 감정의 맥박이 다시 뛰게 되지요.
그러면 눈은 내면으로 가라앉고 마음은 평온해지지요.
그때 우리는 진심을 말하게 되고 우리가 무엇을 하게 되는지
　　알게 되고
사람은 자기 삶의 흐름을 깨닫게 된다오.

　　　Only—but this is rare—
When a beloved hand is laid in ours,
When, jaded with the rush and glare
Of the interminable hours,
Our eyes can in another's eyes read clear,
When our world-deafen'd ear
Is by the tones of a lov'd voice caress'd,—
　　　A bolt is shot back somewhere in our breast
And a lost pulse of feeling stirs again:
The eye sinks inward, and the heart lies plain.
And what we mean, we say, and what we would, we know.
A man becomes aware of his life's flow, ("BL" 127)

　이렇게 「여인의 초상」의 여인이 기억해 낸 "묻힌 삶"은 죽는다는 사

실을 깨닫고 거짓을 버리고 진실하게 사는 것이며, 혼자가 아니라 서로의 사랑으로 인간의 가장 깊은 곳에 흐르는 느낌과 요구와 열정적인 갈망을 갖고 삶을 풍부하게 사는 것을 말한다. 이러한 삶을 깨닫지 못하면 「여인의 초상」의 청년 화자처럼 좌절과 마비의 감정만 갖게 되는 것이다.

> 가끔 아니 드물게 연인들이 그들이 죽어야 한다는 사실을 알고, 근본적인 서로를 충족시키는 진지함 다시 말해서 사랑이 필요하다는 것을 느끼며 또 살아 있다는 존재의 핵심을 깨달으면서 그들의 가장 깊은 정서, 욕구, 그리고 갈망을 교류하게 될 때 "묻힌 삶"을 깨닫게 된다. 이런 그들의 사랑은 슬픔뿐 아니라 기쁨의 정서에 바탕을 두고 있기에, 그들이 이런 정서를 깨닫지 못하면 마비시키는 깊은 좌절감만 언제든 경험하게 된다.

> "The Buried Life" is the occasional but very rare situation in which lovers communicate their deepest feelings, needs, and aspirations consequent on the very condition of being alive, knowing they have to die, needing love—a fundamental, mutually-meeting seriousness, that is to say. On this seriousness is based joy as well as sorrow. And without this recognition there is neither joy nor grief, only a numbing and hurrying frustration. (Spender 40)

그러나 이런 사랑을 깨닫는다면 청년 화자처럼 냉소적인 소외로 게임하듯 역할 연기(role-playing)만 하면서 삶을 건성으로 살지 않게 된다(Habib 96). 이런 점에서 늘 자신을 보호하려는 화자인 청년도 인간의 깊은 정서를 자극하는 정원의 히야신스(Hargrove 46) 그리고 봄, 청춘 그리고 희망 더 나아가 젊음의 육체적 욕망을 자극하는 라일락과 히야신스 향기(Rees 89, 92)와 거리의 유행가를 듣자 처음으로 한순간 자신의 내부에서 꿈틀거리지만 드러나지 않는 욕망이 무엇인지 알고 싶은 생각이 든다.

당신은 볼 겁니다. 아침이면 언제나 공원에서
만화나 스포츠 란을 읽고 있는 나를.
특히 나는 주목해서 읽지요.
영국의 어느 백작부인이 무대에 출연한다는 얘기,
한 희랍인은 폴란드 무도회에서 살해당했고,
또 하나의 은행 공금 횡령업자는 자수를 했다는 등등.
나는 안색하나 바꾸지 않고,
나는 끝내 침착함을 유지한다. 그러나
거리의 피아노 소리가 단조롭고 싫증나게
낡은 유행가를 되풀이 하고
정원에서 히야신스 향기가 풍겨와
남들이 욕망하는 것을 회상하게 할 땐 그렇지도 않다.
이런 생각이 옳은지 그른지?

You will see me any morning in the park
Reading the comics and the sporting page.
Particularly I remark?
An English countess goes upon the stage.
A Greek was murdered at a Polish dance,
Another bank defaulter has confessed.
I keep my countenance,
I remain self-possessed
Except when a street-piano, mechanical and tired
Reiterates some worn-out common song

With the smell of hyacinths across the garden

Recalling things that other people have desired.

Are these ideas right or wrong? (*CPP* 20)

그러나 그것도 잠시뿐 청년 화자는 "이런 생각이 옳은지 그른지" 망설인다. 엘리엇은 최상의 시는 도덕과 관련이 있고 시인이 가장 관심을 갖는 것은 선(good)과 악(evil)의 문제라고 강조한다(Smidt 68). 청년 화자가 말하는 "옳다," "그르다"는 자로 잴 수 있는 단지 도덕적인 선과 악의 문제는 아닐 것이다. 그것은 '어떻게 사느냐'와 관련된 도덕적 문제와 연관된다. 그는 이전처럼 불모의 삶을 지속할 것이냐 아니면 다른 참된 삶의 기회를 잡아야 하는가에 대한 도덕적 책임감을 깨달아야 하는 것이다.

> 도덕적 결정은 단지 옳고 그름을 선택하는 도덕적인 문제는 아니다. 거기에는 대개는 두 종류의 삶의 방식간의 선택의 문제가 포함된다. 하나는 인간의 정신의 잠재력을 더욱 충족시킬 수 있는 가능성을 갖는 삶이고 다른 하나는 좌절과 불모의 결과만을 낳는 삶을 사는 것이다.

> The moral decision, however, is seldom a matter only of ethical choice between right and wrong, but more often involves a choice between two ways of life, one offering some opportunity for a greater fulfillment of the possibilities of the human spirit, and the other offering eventual frustration and aridity. (Bowden 53)

인간의 삶의 진실을 깨닫지 못하고 이렇게 청년 화자가 망설이며 삶으로부터 도피하는 이유 중 하나는 자신이 처한 꽤 미개하면서도 문명의 한계를 넘어선 세련된 사회를 벗어나는 세속성에 대한 두려움이기도 하다(Wilson 102-03). 결국 청년 화자는 안색하나 바꾸지 않고 침착함을 유지하며 다시 여전히 정신적으로나 도덕적으로 죽은 불모의 일상의 삶을 영위하려고 한다. "당신은 불사신이에요"(You are invulnerable)(CPP 19)라는 여인의 지적처럼 외부와 차단된 채 무엇이 와도 그는 지나친 침착함을 강조하며 자신의 삶의 태도를 바꾸지 않을 것이다. 청년 화자는 마음이 있다 해도 그것을 어떤 뜻있는 행동으로 옮기지 못한다. 한순간 열정적인 삶을 생각해보지만 그는 그런 삶은 자신이 아닌 "남들이 욕망하는 것"으로 인식할 뿐이다. 소심한 자신과는 달리 청년 화자가 관심 있게 보는 신문 기사 속 다른 사람의 대담한 행동을 가능하게 하는 "남들이 욕망하는 것"은 그가 잠시 떠올리고 곧 잊어버리고 마는 "묻힌 삶"을 의미한다(Mayer 115). 이렇게 청년 화자는 삶과 화해는 하지 않고, 자신의 앞에 살아있는 사람이 있는데도 얼굴 맞대고 말하는 것보다 "나는 미소 짓고"처럼 늘 미소 지으면서 그리고 한번 보고 버릴 수도 있는 신문을 보면서 삶을 흘려보내듯 세상사에 직접 부딪치길 꺼려한다. 청년 화자가 늘 짓는 미소는 자기 자신을 감추는 "형이상 가면"(metaphysical mask)으로 그는 자아를 감춘 채 가면 속에 숨어서 세상과 마주한다(Habib 92). 또 신문을 보면서 청년 화자는 신문 기사 속 다른 사람들의 삶으로 자신의 정서를 치환하면서 살아가고 있다(Jain 60-61). 이렇게 청년 화자는 사회적 존재로서의 인식을 거부하고 자기 탐닉에만 빠져 자아의 확대와 표피적이 아닌 직접 경험을 통한 삶의 계발을 인식하지 못한다. 신문 기사의 경험이나 사건은 타인의 것이기 때문에 자신의 삶과 거리감이 있게 된다. 신문을 보거나 가면을 쓰고 혹은 자기 자신을 관찰하듯 세상과 마주하는 간접적이고 외형적인 경험이 아니라 몸소 체험하는 강렬한 직접적인 경험은 모든 것을 포착하는 거미줄처럼 삶의 아주 희미한 암시라도 포착하고 바람의 숨결까지도 밝혀낼 수 있다. 다시 말해서 무의식 속의 숨겨진 삶을 인식해서 의식을 확장시키고 성숙시켜 가치 있고 활기찬 삶을 살수 있게 하는 원동력이 된다. 청년 화자처럼 신문을 보면서 시간을 보내는 것 같은 진부한 일상적인 삶을 산다면 사람은 인간 내면의 "묻힌 삶"을 경험할 수는 없고, 결국 자신의 "살지 않은 삶"을 인식하지 못하게 된다. 이런 점에서 제임스는 경험의 중요성을 강조한다.

> 경험이란 결코 제한되지 않으며 또한 결코 완전할 수도 없다. 그것은 무한한 감수성이며, 의식이라는 방에 매달려 공중에 있는 모든 입자를 조직으로 잡아들이는 가는 명주실로 된 일종의 거대한 거미줄 같은 것이다. 그것은 바로 마음을 둘러싼 분위기다. 그래서 마음이 상상력을 갖는다면 . . . 삶의 아주 희미한 암시라도 포착하고 바람의 숨결까지도 드러낸다. . . . 삶의 모든 구석을 안다는 것에 능숙할 만큼 그렇게 완전하게 총체적인 삶을 감지하는 능력이다.

> Experience is never limited, and it is never complete; it is an immense sensibility, a kind of huge spiderweb of the finest silken threads suspended in the chamber of consciousness, and catching every airborne particle in its tissue. It is the very atmosphere of the mind; and when the mind is imaginative . . . it takes to itself the faintest hints of life, it converts the very pulses of the air into revelations . . . the condition of feeling life in general so completely that you are well on your way to knowing any particular corner of it. (Veeder 172)

이제 10월이 된다. 여전히 청년 화자는 어색한 감정이 가시지 않은 채 무거운 마음으로 그녀의 방으로 올라간다. 그는 그녀를 피하기 위해 해외로 나갈 핑계를 만든다. 여인과의 교제를 끊기 위해 해외여행을 계획하는 그에게 여인은 편지라도 해달라고 하면서, 다른 사람들의 생각과는 달리 서로 간의 감정이 발전되지 못해 "왜 우리는 친구지간이 못 되었는가"(Why we have not developed into friends)(*CPP* 21) 하고 다시 안타까움을 토로하자, 여전히 자아 탐닉적인 환상에 빠져 여인과의 대화조차 시도하지 않는 청년 화자는 "거울에서 제 표정을 본 사람과 같은 기분"을 느낀다. 그는 거울을 보면서 여인이 아니라 끝까지 자신을 재확인하고 있다. 그러나 "나의 침착이 주르르 녹아 흐른다"라는 표현처럼 거울은 이전과는 다른 자기도취와 자기혐오의 감정이 섞인 당혹스런 청년 화자의 "부서지고, 왠지 친근하지 않은 왜곡된 자아의 이미지"(splintered, strangely unfamiliar, distorted image of the self)(Jain 58)를 그대로 반영해주고 있다.

> 나는 미소를 짓고 돌아서면서 문득 거울에서
> 제 표정을 본 사람과 같은 기분이다.
> 나의 침착이 주르르 녹아 흐른다. 우리는 과연 어둠 속에 있다.
> ......
>
> 　그래서 나는 표현하기 위하여
> 모든 변화하는 형체를 빌어야만 하겠다. . . . 춤을 춰야지.
> 춤추는 곰처럼 춤을 추어야겠다.
> 앵무새처럼 소리 지르고 원숭이처럼 지껄여야겠다.
>
> I feel like one who smiles, and turning shall remark

Suddenly, his expression in a glass.
My self-possession gutters; we are really in the dark.

. . . . .

    And I must borrow every changing shape
To find expression . . . dance, dance
Like a dancing bear,
Cry like a parrot, chatter like an ape. (*CPP* 21)

청년 화자는 이제 자신이 그녀에게 줄 수 있는 것은 동물원의 곰과 원숭이 같은 동물들의 무의미한 몸짓과 앵무새 같은 재잘거림이 아닐까 하고 생각하게 된다. 세상 밖으로 나가길 거부하며 나는 내 자신일 뿐이라며 자신이 일관되게 지켜온 죽음과 같은 의미 없는 삶을 변화시킬 욕구도 못 느끼고 의미 있는 삶의 필요성도 깨닫지 못하는 청년 화자는 결국 인간보다는 꼭두각시나 동물의 모습을 연상시킨다. 이제 몸을 도사리면서 그 어떤 것도 경험하지 못한 그의 삶은 대화는 물론 미소도 못 짓는 동물의 자동적인 흉내와 움직임으로 그 존재의 의미가 축소되면서 실패한 우스꽝스런 삶의 모습을 그대로 드러내주고 있다.

엘리엇은 그의 시 「작은 영혼」("Animula")에서 본능에 따라 사는 소박한 세상의 어린이가 어른이 되는 과정에서 겪게 되는 삶의 고뇌와 고통을 그리고 있다. 인간은 자라면서 "현실"(the actual)과 "환상"(the fanciful)을 구별해야 하고 "허가와 금지,"(may and may not) "욕망과 억제"(desire and control)(*CPP* 107) 사이에서 선택을 해야 하는 무거운 짐이 점점 삶을 지치고 위축되게 한다는 것이다. 결국 따뜻한 것, 좋은 것, 본능적인 욕구를 거부한 채 사람은 "망설이고 이기적이고 보기 흉한 절름발이"로 변하여 결단력이 없는 우유부단한 존재로 전락하여 자신의 "그림자의 그림자," "어둠 속의 망령"이 되어버린다는 것이다. 이렇게 「여인이 초상」의 청년 화자는 정신적 재생을 위한 갈등이나 고통을 감당하려는 시도도 하지 않은 채 정신적 죽음을 사는 황량한 인간의 모습을 보여준다.

> 시간의 손에서 소박한 영혼은 태어난다.
> 망설이고 이기적이고 보기 흉한 절름발이로,
> 나아갈 수도 뒤로 물러설 수도 없고,
> 따스한 현실, 주어진 좋은 것을 두려워하며,
> 피의 끈질긴 욕구를 그리고
> 그림자의 그림자를, 어둠 속의 망령을 거부하고,
> 먼지 낀 방에 흐트러진 종이를 두고
> 성찬 후의 침묵 속에서 처음으로 산다.

> Issues from the hand of time the simple soul
> Irresolute and selfish, misshapen, lame,
> Unable to fare forward or retreat,
> Fearing the warm reality, the offered good,
> Denying the importunity of the blood,
> Shadow of its own shadows, spectre in its own gloom,
> Leaving disordered papers in a dusty room;
> Living first in the silence after the viaticum. (*CPP* 107)

그런데 그녀와의 관계를 끝내려는 청년 화자는 홀가분한 마음 대신 그녀의 죽음을 생각해 보게 된다. 타인과의 교류는 어떻게 되든 자신은 자신의 삶을 계속하겠지만 외로움을 견디다 못해 그녀가 죽는다면, 죽음으로써 동정을 사고 무의미한 삶을 벗어난 그녀가 이기심 때문에 어떤 적극적인 행동도 하지 않고 삶을 낭비하는 자신보다 더 의미 있는 행동을 하는 것은 아닌가 하는 당혹감을 한순간 느껴본다. 삶에 갈등이 없다면 삶은 맥 빠지고 긴장감도 없을 것이다. 그러나 갈등과 고통을 통해 삶은 윤택해지고 삶의 질은 높아진다. 그러나 청년 화자는 타인과의 관계나 세상사에서 겪게 되는 문제로 갈등을 하거나 선택하고 그 결과를 기다리는 것 같은 행동은 무의미하다고 생각하고 그런 행동을 할 책임도 느끼지 못한다.

자 그런데 만일 어느 날 오후 그녀가 죽는다면 어떨까?
회색 빛 연기 낀 오후, 노란 장미 빛 저녁에
연기가 지붕 위에 내릴 무렵,
펜을 손에 쥐고 앉아 있는 나를 두고서 죽는다고 한다면.
의아스럽다. 한참 동안은
어떻게 느껴야 할지, 또는 내가 이해를 하는지조차 모르면서,
또는
현명한지 어리석은지, 더딘 것인지 너무 빠른 것인지도 모르니 . . .
결국 그녀가 한 수 앞선 것이 아닐까?
우리가 죽음을 이야기하고 있는 지금
이 음악은 조용히 훌륭히, 꺼지는 듯 끝나고 있다.
대체 내게 웃을 권리가 있는 것일까?

Well! and what if she should die some afternoon,
Afternoon grey and smoky, evening yellow and rose;
Should die and leave me sitting pen in hand
With the smoke coming down above the housetops;
Doubtful, for a while
Not knowing what to feel or if I understand

Or whether wise or foolish, tardy or too soon . . .
Would she not have the advantage, after all?
This music is successful with a 'dying fall'
Now that we talk of dying—
And should I have the right to smile? (*CPP* 21)

청년 화자가 상상하는 여인의 죽음이 역설적으로 여인의 "묻힌 삶," "풍부하게 산 삶"을 찾아 살려는 마지막 성실성의 증거라면(Spender 41−42), 그녀가 "한 수 앞선 것"은 아니냐고 한순간 불안해지면서 자신만만하던 그는 이제 두려움과 공포를 느끼게 된다. 청년 화자는 이렇게 두려움에 차서 삶을 바라보기에 어려운 문제나 갈등이 생기면 어찌할 바를 모른다. 청년 화자 마음대로 여인의 말에 객관적으로 논평만 하고 그녀의 삶이 온전히 자신의 삶에 의존하고 있어 자신이 여인의 삶을 지배한다고 믿었던 그는 이제 그녀가 자신의 통제 밖에 있다고 느끼게 된다. "어떻게 느껴야 할지," "또는 내가 이해를 하는지," "현명한지 어리석은지," "내게 웃을 권리가 있는 것일까?"처럼 자신이 어떻게 해야 할지 모르는 청년 화자는 다시 여성을 침착함을 잃게 하고 자기혐오의 감정을 불러일으키는 두려운 존재로 인식하게 된다. 따라서 청년 화자는 그녀의 존재가 자신에게 미치는 결과를 감당할 수가 없게 되자 그녀를 상상 속에서 마음대로 죽게 만들어서 시의 제목처럼 그녀를 초상화에 가둬 고정시키려는 생각을 한다. "*너는 범했다 / 간통을 그러나 타국에서의 일이다. / 게다가 그 계집애는 죽었다*"(*Thou hast committed— / Fornication: but that was in another country, / And besides, the wench is dead.*)(*CPP* 18)라는 이 시의 제사처럼 그는 지금 다른 나라로 도망치는 상상을 하고 여인은 "lady"에서 "wench"로 격하되어 죽게 되는 상황이 된다. 특히 제사의 바라바스(Barabas)가 자신의 살인죄를 감추기 위해 간통죄를 만들어 살인죄를 무마시키려고 하는 것처럼 이 시는 점잖고 세련된 응접실 사회 속에 도사린 인간관계의 잔인성과 폭력을 드러내고 있다(Jain 56). 특히 청년 화자가 상상한 그녀의 죽음이 그녀에게는 현실의 황폐한 삶을 벗어나는 것이라면 그에게 죽음이라는 단어는 "정서적인 죽음"(emotional death)(Patterson 108)을 의미한다. 따라서 "우리는 과연 어둠 속에 있다"라는 이 시의 표현처럼 청년 화자는 계속 자신의 공허하고 폐쇄된 삶을 살 수밖에 없음을 다시 확인한다. 청년 화자는 한순간 여인과 자신의 관계에 대해 당황하기는 하나 여인에게 미안하다는 말을 하거나 자신의 텅 빈 삶에 아픔을 느끼기에는 너무 무감각한 사람이다. 여인은 어떻게든 살기 위해서 청년 화자에게 "동정"(sympathy)이라도 기대하지만, 남에게 예속되기를 두려워하는 그는 인간 서로 간의 관계는 "많은 사람들이 실패하는 것"(many a one has failed)(*CPP* 20)처럼 좋은 결과를 가져올 수 없다고 스스로 변명할 뿐이다.

이렇게 이 시에는 외로움을 극복하려는 여인이나 타인과의 사귐을 자부심의 침해로 여기며 정해진 틀, 자신만의 공간에 안주하려는 청년 화자가 처한 극한 상황이 잘 나타나고 있다. 그리고 우리는 그런 시 속의 정서를 통해 소외와 감정의 억압이 주는 공포를 느끼게 된다. 엘리엇은 "우리는 각자 감방에서 열쇠를 생각한다. / 열쇠를 생각하며 각자 감방을 확인한다"(We think of the key, each in his prison / Thinking of the key, each confirms a prison)(*CPP* 74)라는 표현으로 인간의 소외에 대한 경고를 하고 있다. 특히 청년 화자는 상대방에게 희망이나 꿈보다는 늘 좌절, 포기의 정서를 유발시키면서 자신만의 세계로 도피를 꿈꾼다. 또한 그는 한 번도 상대방에게 진실한 눈길도 주지 않고 감정을 느껴보려고 시도도 하지 않고 끝까지 삶에 당당하게 맞서지 못하고 도망치는 사람의 초상을 그려낸다. 이런 화자의 모습은 삶에서 중요한 것이 무엇이며 어떻게 살아야 하는가의 문제를 떠올리게 한다. 냉정하게 자신감에 차서 여인의 삶을 평가하려던 청년 화자가 결국은 그가 자랑하던 평정을 잃고 마음대로 웃을 수도 없는 상황으로 타락하는 것은 그가 얼마나 피폐하고 모순된 삶 다시 말해서 "살지 않은 삶"을 살고 있는가를 잘 말해주고 있다. 특히 「여인의 초상」의 청년 화자가 보여주듯이 "살지 않은 삶"은 자신의 삶뿐 아니라 타인의 소중한 삶을 죽음에 이르도록 황폐케 할 수 있고, 삶의 도덕성을 전혀 고려하지 않는다는 점에서 심각한 결과를 초래하고 있다. 결국 무의미한 삶을 사는 화자는 자신의 삶의 태도 때문에 지루하게 차나 따르며 살아온 여인의 잃어버린 삶을 되찾도록 도와줄 수는 없는 것이다.

레인은 엘리엇이 세인트루이스(St. Louis)에서 태어나고, 뉴잉글랜드(New England) 가문 출신이고 하버드(Harvard) 교육을 받은 세련된 문명인인 고전주의자이기 때문에 지나친 낭만적 감성이나 정서를 극대화하거나 인간의 정서를 자유롭게 표현하는 것을 망설였다고 지적한다(xx). 아놀드가 말한 "묻힌 삶"에는 잘못 묻어둔 "무질서하고, 폭력적이고, 공격적인"(anarchic, violent, aggressive)(Jain 60) 정서도 포함되기 때문에 위험이 뒤따른다. 따라서 「여인의 초상」의 청년 화자가 여인의 지나친 낭만적 정서가 부담스러워서 그녀로부터 도피하는 것은 엘리엇의 기질과 닮아 보인다. 이런 점에서 엘리엇은 고전주의자 관점에서 인간 삶의 개선에 대한 자신의 생각을 「보들레르」("Baudelaire")에서 표현한다. 엘리엇은 인간의 선악 문제에 깊은 관심을 갖고 고통, 고뇌 속에서도 참된 삶의 방식을 추구하려 하였고, 지복의 상태를 꿈꾸었던 보들레르가 반세기 이상이나 지난 후에 고전주의자 흄(T. E. Hulme)이 말한 견해에 동의했을 것이라고 언급한다. 그러면서 엘리엇은 이 글에서 파멸에서도 삶에 의미를 부여하려 하고 아무것도 안 하느니보다 차라리 악을 행하라고 한 보들레르처럼 의미 있는 인간의 삶의 모습을 그려본다. 따라서 엘리엇은 「보들레르」에서 인간은 본질적으로 한정되고 불완전한 존재이기에 조금이라도 더 나은 인간이 되려면 윤리적, 정치적 훈련 같은 제반 장치가 필요하다는 흄의 말에 공감하며 보들레르를 대신해 흄의 말을 인용하고 있다.

　이런 절대적 가치에 비추어 볼 때 인간 자신은 본질적으로 한정되고 불완전하다. 인간은 원죄를 가지고 태어났다. 인간은 때때로 완전한 행위를 성취할 수 있지만, 결코 완전해 질 수는 없다. 여기에서 사회에서의 인간의 일상 행위에 관한 몇 가지 부가적인 결과가 생겨난다. 인간은 본질적으로 악하기 때문에 윤리적 정치적 훈련에 의하여 겨우 가치 있는 일을 할 수 있을 뿐이다. 이러하기 때문에 질서는 부정적이긴 하지만 동시에 창조적이고 인간을 해방시키는 것이며, 따라서 여러 가지 제도는 꼭 필요한 것이 된다.

'In the light of these absolute values, man himself is judged to be essentially limited and imperfect. He is endowed with Original Sin. While he can occasionally accomplish acts which partake of perfection, he can never himself be perfect. Certain secondary results in regard to ordinary human action in society follow from this. A man is essentially bad, he can only accomplish anything of value by discipline—ethical and political. Order is thus not merely negative, but creative and liberating. Institutions are necessary.' (*SE* 430)

아놀드는 시인은 시의 소재를 인간의 삶에서 얻을 수 있고 시를 통해서 인간의 외적인 면 그리고 도덕성 같은 내적인 세계를 재현 혹은 해석할 수 있고, 도덕적 개념에 반항하는 시는 삶에 반항하는 시이고, 도덕적 개념에 무관심한 시는 삶에 무관심한 시라는 입장에서 시는 "삶의 비평"(criticism of life)이라고 말한다(143–44). 엘리엇은 시를 도덕적 가치로만 판단하지는 않기 때문에 시는 "삶의 비평"이란 용어는 얕고 편협한 시에 대한 정의가 될 수도 있다고 언급한다(*SW* 36). 그러면서도 엘리엇은 자신이 단테(Dante)의 시를 좋아하는 이유는 그가 "삶의 신비에 대해 좀 더 분별 있는 태도를 설명해주기"(illustrate a saner attitude towards the mystery of life)(*SW* xii) 때문이라고 강조한다. 이런 점에서 엘리엇은 시와 삶의 도덕 문제에 관심을 갖고 시를 통해 인간의 외부적 환경뿐 아니라 인간 내부의 혼돈, 무질서를 바로잡을 수 있는 삶의 모습을 진지하게 그려냄으로써 인간의 마음을 움직이려는 시도를 끊임없이 추구한 "삶의 비평가"이다.

엘리엇은 「신념」("Convictions")이라는 시에서 "자연의 법칙에 따라 사는 법을 배우고, / 사회적 행복을 추구하고 / 도리에 맞게 / 동료들과 관계를 맺는"("learn to live by nature's laws!" / And "strive for social happiness / And contact your fellow-men / In reason:)(*IMH* 11) 바람직한 삶의 모습을 그리고 있다. 또한 그는 무질서, 무익, 그리고 삶의 고통과 신비를 느낄 수 있는 감수성을 갖고 온전한 인간으로서의 만족감을 통해 평화를 얻을 수 있는 사람의 삶의 모습을 강조한다(*SE* 416). 이렇게 엘리엇은 사람답게 사는 참된 삶과 그렇지 못한 거짓된 삶의 차이를 잘 알고 있었고 결국은 종교를 통해 지옥이 아닌 천국의 삶을 알게 된다. 엘리엇은 자아 인식을 하지 못한 채 자아의 덫에 갇혀서 마비된 삶 속에서 뛰쳐나오지 않으려는 「여인의 초상」의 청년 화자의 모습을 통해 어떻게 사는 것이 진정한 삶의 모습인가를 모색해봄으로써 올바른 삶의 형태를 찾으려고 한다. 마취된 환자처럼 자신의 삶을 치유할 능력이 없고, 고뇌하거나 고통 받지 않으려 하고 그저 존재만 하며 삶을 허송하면서 남의 일처럼 자신의 삶을 쳐다보는 "살지 않은 삶"은 자신뿐 아니라 타인의 삶도 병들게 하며 인간의 중요하고 소중한 삶을 고독과 소외 속에서 낭비하고 파괴하게 한다. 결국 엘리엇은 「여인의 초상」이라는 시에서 "묻힌 삶"을 찾아 진정한 자아를 얻고, 자기 자신이라고 하는 울타리를 깨뜨리고 나와서 사회 안에서 다른 사람과 공감하며 삶을 공유할 때 도덕적으로 풍부한 사람답게 사는 삶을 살 수 있다는 가능성을 제기하고 있다.

엘리엇은 "예술가가 아름다움을 추구하는 충동에 따르면, 거기에 따르는 무섭고 더럽고 역겨운 것 같은 부정적인 면을 불가피하게 심사숙고 하게 된다"(The contemplation of the horrid or sordid or disgusting, by an artist, is the necessary and negative aspect of the impulse toward the pursuit of beauty)(*SW* 143)라고 주장한다. 이처럼 그가 현대인의 삶의 소외, 고독, 고통 등 부정적인 면을 부각해서 시에 그리는 것은 결국 빛과 어둠, 선과 악처럼 공존하는 삶의 긍정적인 면과 비전을 제시하는 한 방법이다. 이런 점에서 아직 청년임에도 불구하고[3] 엘리엇은 불가사의한 삶의 문제를 진지하게 다룸으로써 우리에게 현실과 삶에 대한 감각을 일깨우게 하고, '어떻게 사느냐'에 대한 길을 제시하고 있다

---

[3] 「여인의 초상」은 엘리엇이 1910-1911년에 썼다고 한다. 그렇다면 그의 나이는 22-23세에 불과하다.

는 점에서 일찌감치 진정한 "삶의 비평가"의 면모를 「여인의 초상」을 통해 보여주고 있는 것이다.

인용문헌

이창배 역. 『T. S. 엘리엇 전집: 시와 시극』. 서울: 민음사, 1993.

Ackroyd, Peter. *T. S. Eliot*. London: Hamilton, 1984.

Arnold, Matthew. *Essays in Criticism: First Series*. rpt. London: Macmillan, 1927.

Bowden, Edwin T. *The Themes of Henry James*. New Haven: Yale UP, 1956.

Edel, Leon, ed. *Henry James: A Collection of Critical Essays*. Englewood Cliffs, N. J.: Prentice-Hall, 1963.

Eliot, T. S. *The Complete Poems and Plays of T. S. Eliot*. London: Faber and Faber, 1969. [*CPP*로 표기함]

_____. *Inventions of the March Hare: Poems 1909−1917*. Ed. Christopher Ricks. New York: A Harvest Book, 1996. [*IMH*로 표기함]

_____. *The Sacred Wood*. London: Faber and Faber, 1997. [*SW*로 표기함]

_____. *Selected Essays*. London: Faber and Faber, 1951. [*SE*로 표기함]

_____. *The Use of Poetry and the Use of Criticism*. London: Faber and Faber, 1964. [*UPUC*로 표기함]

Gish, Nancy K. *Time in the Poetry of T. S. Eliot*. London: Macmillan, 1981.

Habib, M. A. R. *The Early T. S. Eliot and Western Philosophy*. Cambridge: Cambridge UP, 1999.

Hargrove, Nancy. *Landscape as Symbol in the Poetry of T. S. Eliot*. Jackson: UP of Mississippi, 1978.

Jain, Manju. *A Critical Reading of the Selected Poems of T. S. Eliot*. Oxford: Oxford UP, 1991.

Kirk, Russell. *Eliot and His Age: T. S. Eliot's Moral Imagination in the Twentieth*

Century. Wilmington: ISI Books, 2008.

Lee, Brian. *The Novels of Henry James: A Study of Culture and Consciousness*. New York: St. Martin's P, 1978.

Matthiessen, F. O. *The Achievement of T. S. Eliot*. Oxford: Oxford UP, 1958.

Mayer, John. *T. S. Eliot's Silent Voices*. Oxford: Oxford UP, 1989.

Patterson, Gertrude. *T. S. Eliot: Poems in the Making*. Manchester: U of Manchester P, 1971.

Raine, Craig. *T. S. Eliot*. Oxford: Oxford UP, 2006.

Rees, Thomas L. *A Study of the Orchestration of Meaning in Eliot's Poetry*. Hague: Mouton & Co, 1974.

Smidt, Kristian. *Poetry and Belief in the Work of T. S. Eliot*. Oslo: I Kommisjon Hos Jacob Dybwad, 1949.

Smith, Grover. *T. S. Eliot's Poetry and Plays: A Study in Sources and Meaning*. Chicago: U of Chicago P, 1974.

Spender, Stephen. *T. S. Eliot*. New York: Viking P, 1975.

Trilling, Lionel, ed. *The Portable Matthew Arnold*. New York: Penguin Books, 1980. [Matthew Arnold, "The Buried Life" "BL"로 표기함]

Unger, Leonard. *Eliot's Compound Ghost*. Univ. Park and London: Pennsylvania State UP, 1981.

Veeder, William, and Susan M. Griffin, eds. *The Art of Criticism: Henry James on the Theory and the Practice of Fiction*. Chicago: U of Chicago P, 1986.

Williamson, George. *A Reader's Guide to T. S. Eliot*. London: Thames & Hudson, 1963.

Wilson, Edmund. *Axel's Castle*. New York: Charles Scribner's Sons, 1953.

제3부

『크라이테리언』· 본문비평 · 보수주의

문학 평론지의 이념:
『크라이테리언』*

노 저 용 (전 영남대학교 교수)

> 우리가 바라는 것은
> 대중을 혼란케 하여 그들을 일깨우는 일이다.
> 즉 셰익스피어, 넬슨, 웰링턴, 아이작 뉴턴 卿에
> 의존하는 것을 뒤흔들어 놓는 것이다.[1]

1

20세기 초반에 발발한 제1차 세계대전과 제2차 세계대전 사이에 T. S. 엘리엇이 편집한 계간 평론지 『크라이테리언』(*The Criterion*)은 창간호가 1922년 10월 15일에 발간되었다. 창간 후, 이 계간지는 어려운 여건을 극복하면서 17년간 지속되었으며, 제2차 세계대전을 몇 개월 앞둔 1939년 1월호를 마지막으로 폐간(廢刊)되었다. 이 글은 『크라이테리언』지가 엘리엇 한 사람의 단독 편집 체제하에서 17년 동안 어떻게 생존해 왔는가를 다루며, 또 그 잡지가 지향하는 궁극적인 목표가 무엇이었는가를 탐색한 글이다. 사실, 이 계간지는 창간부터 폐간될

---

* 이 논문은 2013년도 10월 11–12일에 열린 한국 T. S. 엘리엇학회 가을 학술대회에서 특강으로 발표된 것을 수정한 글임.

1) T. S. Eliot, "Observations." *The Egoist* (May 1918): 69–70.

때까지 생존을 위해 다양한 시련과 위기를 겪었다.

2

    최초로 크라이테리언이라는 문학잡지가 런던에서 발간될 것이라는 소식이 공개된 것은 미국의 시카고에서 발행되던 시 전문지『시』(*Poetry*)라는 매체를 통해서였고, 이 소식이 보도된 것은『크라이테리언』지가 창간되기 3년을 앞선 1919년이었다. 익명으로 보도된 이 기사에 의하면,『크라이테리언』지의 편집인으로 내정된 인물은 엘리엇이 아니라 당시 런던에서『시』지의 해외 특파원으로 근무하던 에즈러 파운드(Ezra Pound, 1885－1972)였다.『시』지 3월호에 실린 이 기사에는 "파운드 씨가 크라이테리언이라고 불릴 신간 잡지를 곧 발행할 것"[2]이라고 적고 있다. 그러나 이 기사는 잡지의 특징이나 목적이 무엇이며, 누가 그 잡지를 재정적으로 후원하는 지에 관해서는 한마디 언급도 없었다.

    그 후, 파운드가 발행할 것으로 알려진 크라이테리언이라는 잡지는 결코 발간된 적이 없다. 그러면 어떻게『크라이테리언』이라고 불릴 잡지를 엘리엇이 런던에서 편집하게 되었는가? 그것에게 관한 의문은 그의 탄생 100주년을 맞아 미망인 발레리 플레처(Valerie Fletcher, 1926－2013)가 발행한 엘리엇의 서간집에서 다소 수수께끼를 풀 수 있었으나 보다 구체적 사실은 2009년에 발간된 서간집의 재판에서 그 해답을 찾을 수 있다. 처음에 엘리엇이 국제 규모로 기고자의 글을 신

---

2) "Notes." *Poetry: A Magazine of Verse* (March 1919): 347.

는 잡지를 편집하기로 계획한 것은 1921년 7월이었다. 당시 뉴욕에서
『다이얼』(The Dial)이라는 월간 문예잡지를 편집하고 있던 엘리엇의
하버드대학교 동창생이었던 스코필드 세이어(Scofield Thayer, 1889-
1982)와 엘리엇이 로더미어(Viscountess Rothermere, 1874-1937) 자작
부인의 재정적인 지원을 받아 『다이얼』지를 흡수한 국제 평론지를 런
던에서 발행할 계획을 세웠던 것이 엘리엇이 『크라이테리언』이라는
잡지의 발간에 참여한 시발점이다. 그러나 세이어와 엘리엇이 공동으
로 편집에 참여하여 잡지를 발간하겠다는 계획은 아무런 성과를 거두
지 못했다. 놀랍게도, 1921년 10월 13일 자에 엘리엇의 부인 비비언
헤이-우드(Vivien Haigh-Wood, 1888-1947)가 뉴욕에 있는 세이어
에게 보낸 편지에 의하면, 로더미어 여사의 재정 지원을 받아 독자적
으로 런던에서 엘리엇이 잡지를 편집할 계획이라는 사실을 다음과 같
이 밝히고 있다.

> 지금부터 약 한 달 동안 톰은 잉글랜드에서 지낼 거예요 (그
> 는 마게이트에 있지요). 그 다음 그는 라 뚜르비[앨프 마리팀]
> 에 있는 로더미어 자작부인의 별장에서 머물 거예요. 이것으로
> 당신이 알겠지만, T와 로더미어 여사가 의기투합했지요. 그들
> 사이에 계간지를 발행하는 계획이 합의에 이르렀지요. 톰이 '여
> 가' 시간을 활용해서 편집할 예정이고, 문학의 이름으로 그녀가
> 넉넉지 않게 내놓은 자금에서 얼마일지 모르는 돈을 받게 될 거
> 예요.

> Tom is going to be in England for about a month from now, (he
> is at Margate) and then will be able to go and occupy Lady
> Rothermere's villa at La Tourbie [in the Alpes Maritimes]. By this

you will see that T. and Lady Rothermere have clicked. A Quarterly had been arranged between them, which Tom was to edit in his 'spare' time, and to get what pickings he could from the inadequate sum laid down by her in the name of Literature.[3]

비비언이 엘리엇과 로더미어 여사가 계간지를 발간한다는 소식을 세이어에게 보내기 약 2개월 전인 8월 21일 자에 로더미어 여사는 잡지 발행에 관한 계약을 엘리엇에게 제의했었다. 로더미어 여사는 문학 잡지의 발간 조건으로 제호를 가칭 『런던 계간』(London Quarterly)지로 하거나 아니면 쌍방이 동의할 수 있는 것으로 하되 전자와 유사한 제호를 정하고, 엘리엇을 책임 편집인으로 임명하며, 재정지원 및 운영에 관한 세부적인 계약 내용을 다음과 같이 제시했다.

1. 본인[로더미어]은 3년에 걸친 계약 기간에 매년 조직, 인쇄, 발행, 광고하는데 소요되는 경비을 포함하여 판매와 광고에 지출되는 모든 비용을 충족시키기 위해 600파운드(육백 파운드)를 제공할 것이다. 당신[엘리엇]의 노고에 대한 보수로 그리고/또는 당신이 생각하기에 적절하다고 생각하는 잡지사의 확장이나 개선에 더는 비용이 초과할 시에는 600파운드와 어떤 그런 비용의 초과분에 대한 금액을 당신은 받을 권리가 있다. 그러나 당신은 어떤 경우에 있어서도 매년 600파운드의 투자금에 대해서는 아무런 권한이 없고, 만약 당신이 하는 수고에 적절하다고 생각한다면, 600파운드에서 100파운드를 차지할 권리는 있다. 본인이 제공하려고 하는 총금액 600파운드는 매년 시작에 당신의 이름으로 로이즈 은행에 개설한 "L. Q. 계좌"로 입금될

---

3) *The Letters of T. S. Eliot*, ed. Valerie Eliot and Hugh Haughton, revised ed, vol. 1 (London: Faber, 2009) 592. 이후, 이 책에서 인용한 글은 본문에서 *L*로 표기하고 쪽수만 적음.

것이다. 첫입금은 당신이 이 편지를 공식적으로 수용하는 즉시 은행으로 입금될 것입니다. 은행계좌는 당신에 의해 단독으로 관리되어야 하고, 오직 잡지를 위해서만 사용되어야 한다.

2. 회계 장부는 본인이 임명하는 회계사에 의해서 적절하다고 생각하는 시기, 매년 혹은 반년마다 감사를 받게 한다. 그러면 회계감사를 위해, 당신은 모든 자료를 제출해야 할 것이다. 만약 사업에서 경영관리자의 경비가 필요하게 되면, 본인이 선발한 어떤 인물을 마음대로 임명할 수 있는 권한을 갖는다. 그러나 당신과 합의한다는 조건으로 당신의 동의를 얻어 그 자리에 임명한다.

3. 본인의 명시적 동의를 제외하고, 기고자들에게 지불되는 원고료와 위에서 언급한 모든 경비를 포함한 비용은 본인이 매년 출자한 총금액 600파운드로 충당되어야 한다. 향후 3년 동안 당신은 게재 원고의 문학적인 내용에 대해서 전권을 가지면 또 원고의 청탁, 수용, 사절하는데 있어서도 독점적인 권한을 갖는다. 그러나 당신이 편집권을 언제라도 철회하는 경우, 은행 계좌는 본인이거나 아니면 어떤 피임명자에 의해서 관리된다.

1. I will provide £600 (six hundred pounds) a year for each of the first three years to meet with any receipts from sales and advertisements the expenses involved in getting up, printing, issuing and advertising the Magazine. You are to be entitled to any surplus which the £600 and any such receipts may give in excess of the expenses as remuneration for your services and / or the extension or improvement of the Magazine as you may think fit, but you are in any event to retain out of each annual instalment of £600, £100 for your services if you think fit. The sums I am to provide will be

paid by me in annual instalments of £600 to an account to be opened by you at the Lloyds Bank Limited in your name 'L. Q. Account' at the commencement of each year, the first payment to be made by me immediately on your formal acceptance of this letter. All receipts are to be paid into the same account. The banking account to be operated by you solely, but for the purposes of the Magazine solely.

2. The accounts are to be audited by an Accountant nominated by me either annually or semi-annually as I think fit. all facilities for the audit to be afforded by you. If and when the business is in a position to warrant the expense of a business manager, I am to be at liberty to appoint some person selected by me, but approved by you to that post on terms to be agreed with you.

3. Except with my express consent all expenses, including payments to Contributors, are to be met out of the annual sum of £600 provided by me and any such receipts as above mentioned. You are during the three years to have the entire control of the literary contents of the paper and sole authority to solicit and accept and reject contributions but in the event of your withdrawing from the editorship at any time, thereafter the Banking Account is to be operated by me or any appointee. (*L* 577−78)

로더미어 여사의 제의를 받은 지 이틀이 지나서 엘리엇은 시드니 쉬프(Sydney Schiff, 1868−1944)에게 보낸 편지에서 그는 변호사를 통해 그 계약에 서명을 했다고 밝히고 있다(*L* 578). 쉬프는 소설가요, 번역가며, 예술 후원자였다. 그는 일 년 전에 폐간된 계간지『예술과 문학』 (*Art and Letters,* 1917−1920)을 후원하기도 했던 사람이다. 문학지 발간 사업은 엘리엇에게 엄청난 심리적, 정신적 부담을 주었음에 틀림 없다. 이러한 심리적 부담을 엘리엇은 쉬프에게 털어놓은 것이 아니라 당시 친밀한 관계를 유지하고 있던 매리 허친슨(Mary Hutchinson, 1889−1977)에게 털어놓았다.

　　여러 가지 일들로 내가 일찍이 편지를 쓰지 못했습니다. 그 일들이라는 것이 내 [미국]가족이 귀국하고, 원래 집[클라렌스 게이트 가든즈]으로 내가 돌아오고 그리고 그 계획이라는 것이 성공할지 확신이 없기에 내가 누구에게도 발설하지 말도록 부탁해야만 하는 사업이지요. 그 계획은 로더미어 여사가 후원하는 신간 계간지 발간사업입니다. 문제는 로더미어 여사가 출자하는 금액으로 운영이 가능할지 혹은 불가능할지 하는 것이지요. 그래서 추산과 견적, 사업의 업무관리에 관한 문제에 골몰하고 있습니다. 솔직하게 말해, 당신은『예술과 문학』크기 (혹은 약간 더 큰) 잡지가 (1) 가능하고 (2) 가치가 있다고 생각하는지요. 나아가서 훌륭한 기고자들이 충분하며 (1) 충분한 구독자들이 있을는 지 (2) 비용 (3) 내게 자신이 있고 충분한 시간이 있을 지입니다.

Many things have prevented me from writing before—the departure of my family, moving back [Clarence Gate Gdns], and a business which I must ask you not to mention to anyone, as I am not certain whether it will come off. It is a project for a new quarterly, the patron Lady Rothermere, the question whether it can be run on the money which Lady R. can provide. Therefore I am immersed in calculations and estimates, and problems of business management. Do you think, candidly, that a paper the size of *Art & Letters* (or a mite more in it) is (1) possible (2) worthwhile. There are the questions (1) are there enough good contributors (2) are there enough possible subscribers (3) cost (4) whether I am competent and have time enough. (*L* 579)

같은 편지에서 엘리엇은 잡지 발행 사업에 관해서 기술적인 정보를 얻기 위해서 두 세 명과 의논을 한 적은 있으나 아직 아무에게도 잡지 발간 사업에 관해 언급하지 않았음을 밝히면서 매리에게 보안을 유지 해주기를 당부했다. 또 미국에서 영국을 방문한 그의 어머니와 그의 가족들이 귀국 후, 그는 "완전히 탈진했고," 극심한 두통까지 앓았다고 털어놓았다. 그리하여 어쩌면 휴가를 한 주일 앞당겨 시월 초에 해야 만 할 것 같다는 것과 가능하면 12월에 창간호를 발간하면 좋을 것 같 다는 생각을 처음으로 피력했다. 그리하여 여러 가지 개인적인 문제 로 분망한 가운데서 그는 인쇄 및 출판업자인 리차드 코브던-샌더슨 (Richard Cobden-Sanderson, 1884-1964)에게 계간지 출판 계획을 구 체적으로 밝히면서 인쇄 및 출판에 관련된 상세한 견적서를 요청했다.

> 말씀드린 대로, 내가 계획하고 있는 것은 계간지로서 창간호 를 500부 정도 인쇄하려고 합니다. 책의 크기는 『신 프랑스 평 론지』 정도가 되거나 조금 크게 될 것입니다. 창간호 80쪽에 대 해서 견적을 내어주면 좋겠습니다.

> As I told you, what I have in mind is a quarterly review, of which we should print 500 copies for the first issue. It would be about the size of the *Nouvelle Revue Française*, or a little bigger, and I want estimates based on 80 pages for the first issue. (*L* 583)

그는 또 1922년 신년까지 창간호를 발행하기를 희망했지만 현실적으로 삼월 이전에는 불가능하다는 것도 밝혔다. 그 이유는 신경 전문의사의 진단에 의해, 그는 절대적인 휴식이 필요하다는 진단을 받았고, 고용주들로부터 3개월 동안 휴가를 허락받았기 때문이라고 밝히고 있다. 그리하여 3개월간 휴무가 있다고 하더라도 출판계획에는 차질이 없을 것임을 출판업자에게 밝힘과 동시에 치료 후 1월에 돌아와서 다시 사업에 관한 논의를 하자고 적고 있다.

그러나 1921년 12월에 창간호 발간을 희망했던 엘리엇의 계획은 그의 건강문제로 완전히 물거품으로 사라졌다. 10월 3일에 그의 형 헨리(Henry Eliot)에게 보낸 편지에서 그는 정력과 근기(根氣)의 과잉소모로 런던에서 최고의 명성을 누리는 의사에게 진단을 받은 결과 3개월 동안 철저히 휴식을 취해야 하고, 엄격한 양생법을 따라야 한다는 처방을 받았다고 밝히고 있다(L 584). 또 그는 덧붙여 자신의 은행업무 대행자를 훈련시킨 후, 우선 한 달 동안은 해변에 위치한 휴양지 이스트본(Eastbourne)으로 가서 지낼 것이고, 그 다음은 저렴하고 안락한 곳이 있으면 해외로 가겠다는 계획도 밝혔다. 아울러 그의 형이 그를 위해 미국에서 가지고 와서 몰래 선물로 두고 간 신형 타이프라이터를 받은 감동을 고마움으로 표시했다.

오랫동안 베일 속에 감춰져 있던 엘리엇의 3개월 동안 신경치료 행적이 그의 서간집 발간으로 더욱 명확히 드러났다. 물론 이 기간은 엘리엇이 그의 대표작인 「황무지」를 완성한 기간이기도 하다. 그는 해변 휴양지 마게이트(Margate)에 10월 15일에 도착하여 2주 동안 부인 비비언과 함께 알버말 호텔(Albermarle Hotel)에서 보낸 뒤, 부인이 런던으로 귀가한 이후에도 홀로 12일을 그곳에서 더 머물렀다. 그곳에서 머무는 동안, 그는 「황무지」의 제3부인 「불의 설교」의 대부분을 썼고,

또 「비가」("Elegy"), 「만가」("Dirge"), 「장례식」("Exequy")를 썼다[4]고 레이니 교수는 주장하고 있다. 그리하여 일 개월여 영국에서 보낸 뒤에 엘리엇은 다시 부인과 함께 11월 18일 자로 런던을 떠나 파리에 도착하여 몇 날을 보냈다. 그가 로잔에서 11월 24일 자에『타임즈 문학 별지』(*The Times Literary Supplement*)의 편집장에게 서신을 보낸 것을 보면, 그가 파리에 머문 것은 1주일 이내인 것으로 보인다. 파리에 비비언을 홀로 남겨두고, 로잔으로 의사 로저 비토즈(Dr. Roger Vittoz, 1863－1925)를 찾아 그는 파리를 떠난 것이다.

엘리엇은 일 개월 남짓 로잔에 있는 성 루스(St. Luce)호텔에서 머물면서 치료를 받은 후, 1922년도 1월 2일에 파리로 돌아왔다. 그곳에서 그가 몇 년에 걸쳐 쓴 「황무지」의 초고를 파운드에게 내어놓고 편집하는 데 도움을 청한 것이다.[5] 교정 작업으로 두 주일을 파리에서 보낸 뒤, 1월 16일 일요일에 엘리엇은 비비언과 함께 런던으로 귀가했다. 그는 곧『크라이테리언』의 출판인이 될 코브던－샌더슨으로부터 편지를 받았지만, 모든 계획이 아직 불투명하다고 그에게 답장을 쓴 1월 24일까지도 엘리엇은 로더미어 여사를 만나지 못한 상태에 있었다. 그 후 엘리엇은 코브던－샌더슨의 출판계획에 흥미를 느낀 로더미어 여사를 직접적으로 그와 만나게 주선했고, 그리하여 2월 초에 세 사람이 함께 만났다. 그 후, 3월 중순에 이르러 그동안 몇 사람만 알고 은밀하게 준비가 진행된 계간지 발간 계획을 파운드에게 드러내며 그의 협조를 구했다.

이제야 로더미어 여사와 계간 평론지에 관해서 합의했지요.

---

4) *Revisiting* The Waste Land (New Haven & London: Yale UP, 2005) 21－23.

5) 노저용, 「『황무지』의 재발견」, 『T. S. 엘리엇 연구』 17. 1 (2008): 177－86.

호화스럽지 않고 예술적이지 않으며, 아주 작은 판형과 깔끔한 종이를 사용할 것이며, 코브던–샌더슨이 출판하고, 나는 게재 원고만 선정하는 식으로 일이 진행될 것입니다. 어쨌든 여사가 3년 동안 계간지의 재정을 지원할 것입니다. 기고자들에게는 5,000단어 당 10파운드를 지불할 충분한 자금이 있습니다. 균형 있게 (80쪽이 될 것입니다) 시도되지 말아야 할 이유란 없고, 가능하는 한 (즉 그들이 청탁을 받는다면) 바른 기고자들은 결과에 상관없이 돈을 받게 될 것입니다. 특히 로더미어 여사는 당신 글의 예찬자이고, 물론 나 역시 당신 글을 싣는 것을 필수 조건으로 생각하지만, 각별히 당신 글을 싣고자 합니다. 만약 당신이 기고하지 않는다면, 그녀에 대한 내 신용도 역시 심각한 손상을 입을 것입니다. 그러니 다음 사항을 고려해주시기 바랍니다.

1. 『다이얼』지처럼, 매호마다 1,500단어로 파리에서 쓴 편지.
2. 물론 칸토스 등, 추측컨대 『다이얼』지에 기고하면 더 많은 원고료를 받을 것으로 기대되는 것을 제외하고. 그러나 시작(詩作)에 더 많은 고료를 드릴 수 있도록 노력할 것입니다.
3. 최고의 필자가 쓴 원고를 전송해 주길 바랍니다. 특히, 내가 깊이 존경하는 [프랜시스] 피카비아([Francis] Picabia)의 원고를 받길 간절히 바랍니다. 그렇지 않으면, 이런 사람의 글은 영국에서 출판될 수 없을 것입니다. 당신이 번역을 한다면, 번역료도 받게 될 것입니다.

I have now arranged with Lady Rothermere about the quarterly review, have decided on quite a good small format and paper, neat but no extravagance and not arty, to be published probably by Cobden-Sanderson, in such a way that I shall have only to select the contributions. She will finance it for three years anyhow, there is enough money to pay contributors at £10 per 5,000 words and proportionately (should be 80 pages) and I don't see why it shouldn't be tried and the right people as far as possible (i.e. as far as they can be enlisted) get the money regardless of consequences. Lady R. is a particular admirer of yours and especially anxious for your collaboration, as of course I also consider it an essential condition. Also, my credit with her would suffer seriously if you did not. Will you therefore consider

1. A Paris letter every quarter as per *Dial*, say 1,500 words.
2. Of course cantos etc. except that I suppose you would get more by putting them in the *Dial*, but I shall hope to arrange much higher rates for verse.
3. Sending over contributions by the best people. I am particularly anxious to obtain Picabia, for whom I have much respect. None of these people can get printed in England otherwise. When you translate, translator's fee also. (*L* 642)

같은 편지에서 엘리엇은 게재 원고를 선정하는 일은 전적으로 편집 자인 자신의 일이라는 것을 밝히면서, 만약 후일 로더미어 여사가 현 재 자신이 탐탁지 않게 여기는 삽화를 잡지에 싣기를 원하면, 파운드 의 허락을 얻어 한 작가의 작품만을 싣는 특집호를 편집하는데 전권을 발휘하도록 제의하겠다는 의견도 피력했다. 그렇지 않으면, 삽화는 잡 지에 좋은 영향을 끼치기보다는 더 많은 해를 준다는 것이 엘리엇의 생각이었다.

파운드에 뒤이어, 곧 엘리엇은 프랑스의 소설가며 비평가인 발레리 라르보(Valery Larbaud, 1881－1957), 독일의 소설가며 시인인 헤르만 헤세(Hermann Hesse, 1877－1962), 프랑스 소설가요 비평가인 앙드레 지드(André Gide, 1869－1951)에게도 계간지 창간을 알리며 원고를 청탁하는 서한을 보냈다. 라르보에게 보낸 편지의 일부에서 엘리엇은 이 계간지에 대한 그의 열의를 내비쳤다.

> 본인이 신 계간 평론지를 창간합니다. 선생의 후원을 얻고자 이 글을 씁니다. 계간지는 형태에 있어서 작고 수수한 것이 될 것이지만, 그 내용에 있어서는 런던에서 최상의 것이 될 것입니다. 3년간은 재정적으로 확보되어 있고, 만약 제가 최상의 원고를 충분히 구할 수 있다면, 적어도 그 기간 동안은 지속될 것입니다.

> I am initiating a new quarterly review, and am writing in the hope of enlisting your support. It will be small and modest in form but I think that what contents it has will be the best in London. It is guaranteed for three years and if I can get enough material of the best quality will persist for at least that time. (*L* 643)

엘리엇이 생각하는 최고의 내용을 가진 글은 라르보가 파리에서 한 제임스 조이스(James Joyce)의 『율리시즈』(*Ulysses*)에 관한 강의와 같은 것이었다.[6] 같은 편지에서, 그는 영국에서는 다른 유럽 작가들의 글을 거의 싣지 않고 있기에 자신이 편집하는 계간지는 국제적인 수준과 범세계적 경향을 띤 잡지가 될 것이라는 점을 강조했다.

> 본인은 유럽 대륙에 있는 최고의 작가들이 쓴 작품을 싣고 싶습니다. 왜냐하면, 국제적인 수준을 가진 범세계적인 경향의 문학평론지가 여기에서 거의 발행되고 있지 않기 때문입니다.

---

6) 발레리 라르보가 강연한 "The *Ulysses* of James Joyce"는 그 일부가 『크라이테리언』 1. 1 (October 1922): 94−103에 영역되어 게재됨.

본인은 지금 많은 독자를 겨냥하고 있지는 않습니다. 그러나 영국의 대중 가운데서 가장 깨우친 일부의 독자를 목표로 하고 있습니다. 본인 생각으로는 문학적인 저널리즘의 저급한 질적 상태를 인지하고 있는 사람들이 영국에는 적어도 약 천 명 정도는 있다고 사료됩니다.

I want to get work by the best writers on the continent, as other reviews here publish very little by foreign authors. There is, in fact, as you very well know, no literary periodical here of cosmopolitan tendencies and international standards. I am not at present aiming at a very large public, but at the most enlightened part of the British public-there are, I think, at least a thousand people in England who are aware of the low state of literary journalism here. (L 643)

한편 엘리엇이 저명한 대륙 작가들에게 협조를 요청하자, 그들은 런던에서 출간될 계간지 발간을 축하하는 회신을 보내왔다. 그러나 파운드는 그의 회신에서 개인적으로 엘리엇을 위하는 일이라면 무슨 일이든지 할 용의가 있지만, 영국에는 아무런 흥미가 없음을 피력했다. 자신은 영국인이 어떤 것을 이해할 수 있다는 능력에 믿음을 가지고 있지 않다고 하면서, 그의 이름이 영국의 어떤 매체에도 나타나는 것을 원하지 않는다고 언급했다. 또 자신이 기고를 한다면, 엘리엇을 제외하고 어떤 사람들과 함께 기고자가 될 것인지 알 수 없다고 말하면서, 엘리엇이 로이즈 은행에서 그대로 근무하면서 논평을 쓴다면, 그 글은 조금도 계몽적인 글은 되지 못할 것이라고 주장하면서 최후통첩은 아니지만 자신을 입장을 다음과 같이 정리했다.

(1) 제의한 평론지에 어떤 식으로든지 내가 참가하는 것은 시간 낭비로 생각됩니다. 지불할 원고료는 누구에게 여가시간을 매수할 정도로 높지도 않고, 그것은 단지 졸속의 잡문을 쓰는 시간에 대한 비용을 지불하는 정도일 것입니다.

(2) 나는 당신이 글을 쓰는데 있어서 합의한 사실을 확실히 알아야겠습니다.

   (a) 당신이 받는 월급의 액수

   (b) 당신이 잡지의 내용, 그 누구에게도 방해받지 않는 글의 선정, 평론지에 어떤 글이 실을 것인가에 대한 절대적인 권한을 가져야 한다는 것.

   (c) 이런 조건으로 3년 동안의 지속 보증

(3) 내가 당신을 로이즈 은행으로부터 해방시키려는 것을 로더미어 여사가 돕겠다는 것과 당신이 글을 쓸 수 있도록 적당한 여유를 제공하는데 적절한 합의를 이끌어내려고 하는 나의 노력에 대한 대답을 여사로부터 직접 듣고 싶습니다.

(1) I consider any participation in the proposed review would be a waste of my time; the rates are not high enough to buy one any leisure, they wd. merely pay ones expenses while one was doing a hurried piece of hack work.

(2) I want definitely to know that you have an agreement in writing re/

   (a) your salary, of which I want to know the amount

   (b) that you are to have absolute controll of the contents, choice unimpeded, of what goes into the review.

   (c) guarantee of three years duration of the review under these conditions.

(3) I want to hear direct from Lady Rothermere, that she will

help me in my endeavour to get you out of Lloyds and to
make proper arrangements for providing you with suitable
leisure for writing. (*L* 649)

　엘리엇의 협조 요청을 완강하게 거절했음에도 불구하고 파운드는
1926년 10월부터 1939년 1월 『크라이테리언』의 마지막 호가 발간될
때까지 칸토(canto)를 비롯하여 다양한 평론과 서평을 기고하여 사실상
『크라이테리언』지의 핵심적인 기고자가 되었다. 파운드가 엘리엇의
의 의욕을 꺾는 장문의 편지에도 굴하지 않고, 엘리엇은 영국의 원로
작가들에게도 잡지의 목표가 무엇인지를 설명하고 계간지에 기고를
청탁하는 서한을 보냈다. 그가 4월 초에 접촉한 원로 작가 중 한 사람
은 시인이며 예술가요 극작가였던 토머스 무어(Thomas Sturge Moore,
1870–1944)였다.

　　3년 동안 적당한 규모로 보조를 받아 발간되는 수수한 계간
　　평론지를 위해 저는 기고자를 발굴하고 선정하는 일을 맡게 되
　　었습니다. 그 계간지를 저는 삽화도 없이 단순하고 수수하게 보
　　이게 만들려고 합니다. 저의 유일한 야심은, 이 계간지가 영국
　　에서 가장 훌륭한 비평적 견해와 다른 나라에서 제가 발견할 수
　　있는 최고의 비평가들의 작품을 통합시키는 일입니다. 아주 소
　　수의 다른 장르의 작품도 싣겠지만, 우선적으로 저는 이 계간지
　　를 평론지로 만들고 싶습니다. 잡지의 마지막 재정적 성공에 있
　　어서 저는 비교적 관심이 없습니다. 그러나 저의 감독 하에 지
　　속되는 한, 그 계간지의 목표를 비평 수준을 유지하는 것과 지
　　적인 비평적 견해의 집약에 두겠습니다. 또 집결할 수 있는 그
　　런 자산을 기고자들과 대등한 사람들에게 보급하는 것입니다.

I have undertaken the task of finding and selecting the contributors for a modest quarterly review which is subsidised to a moderate extent for three years. I propose that the quarterly should be simple and severe in appearance, without illustrations, and my only ambition is that it should unite the best critical opinion in England, together with the work of the best critics whom I can find from other countries. Whilst I should admit other writing in very small quantity, I wish to make it primarily a critical review. To its ultimate financial success I am comparatively indifferent; but while it lasts, under my direction, I shall make its aim the maintenance of critical standards and the concentration of intelligent critical opinion; also, the diffusion of such funds as can be mustered, among the proper persons as contributors. (L 655−56)

엘리엇의 편지에 대한 회신에서 무어는 9월 1일까지는 무엇인가에 관해 쓴 원고를 보내줄 수 있을 것이라는 기대를 엘리엇에게 심어 주었다(L 660). 사실 엘리엇이 무어에게 보낸 편지에서 드러나듯, 그가 설정한 계간지의 목표, 비평의 수준을 유지하는 것과 지적인 비평적 견해의 집약은 창간호부터 마지막 호에 이르기까지 일관성 있게 그가 추구한 절대적 가치였다. 이런 절대적 목표를 향해 그는 영국에서 쉽게 찾아볼 수 없는 작가들을 다른 나라에서 찾았다. 이미 언급한 작가들인 독일의 헤세, 프랑스의 라르보와 지드 외에 그가 원고를 청탁한 작가는 1920년 이후 마르부르크대학교에서 교수로 재직하고 있던 에른스트 쿠르티우스(Ernst Robert Curtius, 1886−1956) 같은 문학 비평가요 학자도 있다. 7월 9자에 엘리엇이 쿠르티우스에게 쓴 편지에서 그가 편집인으로서 계획하고 있는 계간지는 그해 10월에 출간될 것이며, 그 계간지의 제호는 『크라이테리언』이라고 밝히면서 국제적인 성향의 잡지가 될 것이라는 점을 강조했다.

나는 이 평론지에 영국 최고의 작가들의 작품 옆에 외국의 가장 중요한 작가들의 작품을 싣고 싶습니다. 평론지의 성격은 문학적이며 국제적인 잡지가 될 것입니다. 프랑스와 스페인에서 행한 나의 시도는 즐거운 결과를 가져왔습니다. 예를 들면, [라몬] 고메즈 데 라 세르나와 안토니오 마리차라르, 그러나 나의 주된 희망은 당대의 영국문학과 독일문학 사이에 더 긴밀한 관계를 유발시키는 것입니다. 나의 친구 헤세는 평론 한편을 나에게 보내 왔습니다. 나는 당신의 작품도 영국에서 알려지도록 하고 싶습니다.

I want in this review to place the work of the most important writers from abroad beside that of the best English writers. The character of the review will be literary and international. In France and Spain my attempts have had happy results—for example [Ramón] Gómez de la Serna and A. Marichalar—but my principal hope is to bring about closer relationships between contemporary English and German literature. My friend Hermann Hesse has given me an essay; I would also very much like to make your work known in England. (L 695)

스페인 작가 라몬 고메즈(1888-1963)는 전위적 소설가, 극작가, 비평가였다. 또 비평가 안토니오 마리찰라르(1893-1973)는 호세 오르테가 이 가세트(José Ortega y Gasset, 1883-1955)가 편집하는 『라 레비스타 데 옥시던테』(*La Revista de Occidente*)의 기고자로서 라르보가 엘리엇에게 소개한 사람이었다. 그는 『크라이테리언』 창간호에 「당대의 스페인 문학」("Contemporary Spanish Literature")이라는 평론을 기고했을 뿐만 아니라 1926년부터 1938년까지 「마드리드 연대기」("Madrid Chronicle")와 「스페인 연대기」("Spanish Chronicle")의 정기적인 기고자였다.

스페인 작가들을 기고자로 초청하는 데 성공한 엘리엇은 쿠르티우스에게도 기고하겠다는 약속을 성공적으로 이끌어 내었다. 7월 21일자에 엘리엇이 쿠르티우스에게 쓴 편지에 의하면, 창간호에 게재될 기고자들을 벌써 확정한 상태였다. 그리하여 엘리엇은 그에게 제2호에 원고를 싣도록 적어도 11월 1일까지는 원고를 보내 달라고 요청했다. 그 결과 1923년 1월에 발간된 제2호에 쿠르티우스의 평론 「발자크」("Balzac")가 게재되었다.[7] 엘리엇이 원고를 청탁한 사람들은 이미 언급한 작가들 외에 에드먼드 윌슨(Edmund Wilson, 1895-1972), 폴 발레리(Paul Valéry, 1871-1945)와 국내 작가는 존 로버트슨(John M. Robertson, 1856-1933), 로저 프라이(Roger Fry, 1866-1934), 존 로드커(John Rodker, 1894-1955), 플랭크 플린터(Frank Stuart Flint, 1885-1960), 버지니아 울프(Virginia Woolf, 1882-1941), 쉬프, 윈드함 루이스(Wyndham Lewis, 1882-1957), 존 머리(John Middleton Murry, 1889-1957), 허버트 리드(Herbert Read, 1893-1968), 알렉 랜덜(Alec Randall, 1892-1977) 등이다. 7월 말경에 엘리엇은 이미 창간호에 게재할 필자들의 선정을 끝낸 상태였다. 엘리엇이 쿠르티우스에게 밝힌 창간호에 기고한 필자는 자신을 포함하여 영국인은 조지 세인츠버리(George Saintsbury, 1845-1933), 무어, 메이 싱클레어(May Sinclair,

---

7) "Balzac." *The Criterion* 1. 2 (January 1923): 127-42.

1863-1946), 리처드 알딩턴(Richard Aldington, 1892-1962)과 해외 필자로는 고메즈, 라르보, 헤세 등으로 모두 일곱 명이었다(*L* 710).

3

『크라이테리언』의 창간호는 엘리엇과 로더미어 여사가 1921년 8월 에 발간 계약을 체결한 후, 적어도 1년 2개월이 지난 1922년 10월 15 일에 발간을 보게 되었다. 이렇듯 몇 번의 계획을 수정하며 긴 시간이 소요된 이유는 엘리엇 자신과 아내 비비언의 건강문제도 있었겠지만, 그 나름의 치밀함과 조심성으로 내용의 완벽을 추구해서 성공하고자 하는 강한 의지를 갖고 있었기 때문이었다. 그 같은 의지를 엘리엇은 알딩턴에게 보낸 서한문에서 명백하게 드러내고 있다.

> 나는 라르보의 조이스 강연에서 율리시스 섹션을 다시 출판 하기로 했네. 잡지에 이미 출판된 것을 다시 출판하는 일은 내 원칙에 반하는 일이지만, 이 경우에 있어서 그 섹션이 아주 길 지 않기 때문에 예외로 하여도 좋을 것 같네.
> 자네가 그 섹션을 날 위해 번역할 것을 동의해 주겠는가?
> 창간호는 10월 1일이거나 아니면 15일에 발간될 것이네. 그 러니 10월 중순 이후에는 어느 때고 자네가 미국에서 출판을 할 수 있을 걸세. 내가 자네의 기사를 높이 평가하지 않는다거 나 혹은 내가 기고한 원고에 대해서 지나치게 흠잡기를 좋아하 는 사람이라고 생각하지 않길 바라네! 만약 내가 그렇다고 할지 라도 판매 부수의 양이 아니라 적어도 내용면으로 봐서 이 평론 지의 성공은 나에게 아주 심각한 성패가 달린 문제이네. 자네가

알지만 나는 피해망상광은 아니네. 그러나 런던 문단의 많은 사람들에게 아마도 내가 얼마나 불쾌한 존재이고, 또 수많은 자칼들이 내 뼈를 기다리고 있다는 사실을 나는 잘 아네. 만약 이것이 완전히 실패로 끝난다면, 내가 얻는 것이란 아무것도 없을 뿐만 아니라 위신과 유용성을 크게 상실할 것이고 무명인으로 물러나야 하거나 아니면 파운드처럼 파리로 가야할 것이네. 그러나 이 모든 것을 내가 아는 만큼 자네도 잘 알고 있네.

자네 원고에 대해서 내가 비평하고자 하는 모든 것은 이것일세. 즉 자네는 신중을 기하느라고 평론지에 적의를 불러일으킬 수 있는 어떤 글도 쓰지 않기를 바라면서, 내가 갖는 흥미에 자네는 자제하고 있다는 것을 난 아네. 그런 이유 때문에 내 생각에 자네의 원고는 톡 쏘는 맛, 예를 들면, 조이스에 관한 자네의 글에는 그 맛이 결여되어 있다는 것이네. 또 내 생각에 자네의 글은 사실에 의거한 충분한 구체성이 없다는 것이네. 나는 왜 자네가 이름들과 예문의 인용들을 언급하는 것을 피하는 지를 잘 알고 있네.

I have undertaken to reprint the *Ulysses* section of Larbaud's Joyce. The reprinting of anything that has already appeared in a review is of course against my principles, but I thought that in this case as the section is not very long, I might well make an exception.

Would you agree to translate it for me?

The first number will appear either the 1st or the 15th of October, so that you can arrange for publication in America any time after the middle of that month. I do not want you to think that I do not value your article or that I am excessively captious about contributions! If I should seem so you will realise that it is because the success of this review, at least from the point of view of its contents, if not from that of circulation, means a very serious stake to me. You know that I have no persecution mania, but that I am quite aware how obnoxious I am to perhaps the larger part of the literary world of London and that there will be a great many jackals swarming about waiting for my bones. If this falls flat I shall not only have gained nothing but will have lost immensely in prestige and usefulness and shall have to retire to obscurity or Paris like Ezra. But you know all this as well as I do.

　　All that I have to criticize in your article is this; that I know you are holding yourself in from prudence in my interest, desiring not to write anything which can arouse hostility toward the review. For that reason I think, your article lacks the bite of, for instance, your article on Joyce, and also I think it suffers from not being sufficiently concrete. I am perfectly aware of your reasons for avoiding mention of names or quotations of examples. (L 698−99)

　　엘리엇의 상기 서신을 읽은 알딩턴은 그의 동의를 구하지도 않고, 자신이 약속했던 조이스에 관한 기사를 『19세기와 그 이후』(The Nineteenth Century and After)라는 잡지에 넘겼다.8) 물론 알딩턴은 『19세기』에 보낸 기사를 대치할 다른 원고를 엘리엇에게 보내지도 않았기에 엘리엇은 몹시 당혹스러워했다. 엘리엇이 파운드에게 보낸 편지에 의하면, 알딩턴은 "(1) 엘리엇이 저명한 작가에 대해서 영어에 아주 허점이 많다고 경멸한 점을 이용하여 그를 책망할 기회로 이용했고," "(2) 크라이테리언이라는 제호는 아주 위험한 제목이고, 다소 허세를 부리는 것"이며, 또 "어떤 것에 잘 난체하는 하는 것에 대해서 영국인이 엄청난

---

8) 무슨 이유인지는 모르지만, 알딩턴이 『19세기』에 보낸 것으로 알려진 그의 원고는 출판되지 않았다. Letters of T. S. Eliot: 1898−1922, revised ed. vol. 1 (London: Faber, 2009) 708.

혐오감을 느낀다는 것을 당신(엘리엇)이 잘 이해하는지를" 묻고, (3) "모든 사람들이 [엘리엇]이 냉혹하고 혹평을 잘 하는 사람이라고 말한다"(*L* 708)는 것이다. 어쨌든, 이 불화로 인해 알딩턴이 라르보의 조이스에 관한 강연의 번역을 포기하자, 엘리엇은 예기치 않게 그것을 자신이 번역하게 되었다(*L* 757).

8월 말까지 창간호의 발행 계획은 상당한 진척이 있어 보였다. 즉 코브던-샌더슨이 제시한 총 지면 수는 96쪽에 이르고. 이것을 600부 발행하면 총 출판비는 59파운드 2실링이라는 것이다. 이 안을 엘리엇은 최선이라고 생각하지 않은 듯하다. 왜냐하면 이 안을 채택한다면, 외국에서 온 원고 중에서 길이가 짧은 것으로 국한되어야 할 뿐만 아니라 총 기고자의 수도 6명으로 줄여야 했기 때문이다. 또 96쪽 중에서 약 10쪽에 걸쳐 편집자가 지면을 맡는다면 지나치게 한 사람이 너무 많은 지면을 독차지하는 꼴이 되는 셈이라고 생각한 것이다. 이렇게 되면, 엘리엇의 시 「황무지」는 한 번에 다 실을 수 없고 2회에 걸쳐 게재되어야 한다고 생각한 것이다. 그리하여 코브던-샌더슨이 제안한 것의 대안으로 지면을 112쪽으로 늘이고 600부를 발행하면 67파운드의 경비가 소요된다는 것이다. 이런 경우, 3명의 외국인 기고자를 포함하여 모두 7명의 원고를 게재할 수 있고 또 「황무지」도 창간호에 전재할 수 있다는 계산이었다. 그러나 엘리엇의 안(案)은 로더미어 여사의 반대로 무산된 것으로 보인다. 9월 10자로 엘리엇이 코브던-샌더슨에게 보낸 편지에서, 그는 "우리는 96쪽을 고수할 것이다. 그리고 「황무지」의 3부, 4부, 5부는 배제될 것이다"(*L* 743)라고 적고 있다.

그러나 「황무지」는 위에서 엘리엇이 언급한 대로 2회에 걸쳐서 발행되지 않았다. 그렇다면 어떻게 해서 「황무지」가 창간호에 전재(全載)될 수 있었을까? 그것은 라르보가 쓴 긴 원고에서 『율리시즈』가 아닌 조이스의 다른 작품에 관한 부분을 삭제함으로써 가능해진 것이다. 예기치 않게 일어난 이 일에 대해서 엘리엇은 라르보에게 다음과 같은 사과문을 보냈다.

> 당신의 강연 원고를 책임지고 번역하기로 했던 사람[리처드 알딩턴]은 탁월한 번역자인데 마지막 순간에 나를 실망시켰지요. 그리하여 별도리 없이 일에 떠밀려 내가 번역할 수밖에 없었지요. 일을 이처럼 처리하는 것을 본인은 몹시 싫어합니다. 왜냐하면 일찍이 어떤 번역도 내가 해 본적이 없기 때문입니다. 그리하여 이 번역이 결코 원문에 충실할 수 없었다는 것을 당신이 발견하게 될 것입니다. 이것이 창간을 준비하는 과정에서 처음으로 예견하지 못한 채 발생한 불행한 일의 하나입니다.

> The translator [Richard Aldington] who was to have taken charge of your lecture, who is an eminently competent person, disappointed me at the last moment, so that I had no alternative but to set to work under great pressure and translate it myself. This I was extremely loth to do, because I had never attempted any translation before, and in consequence I am afraid that you will find that the translation hardly does justice to the original. This is only one of the unhappy unforeseen accidents that arise during the preparation of the first number of a new periodical. (*L* 757)

결국 라르보의 평론을 줄이고 96쪽의 초안에서 104쪽으로 지면을 약간 확장함으로써 엘리엇이 기획한 7명의 기고자의 글과 자신의 「황무지」를 창간호에 모두 실을 수 있게 된 것이다. 창간호에 기고한 필자와 작품은 다음과 같다. 세인츠버리의 「무료한」("Dullness"), 울프와 S.

S. 코스텔리안스키(S. S. Kosteliansky)가 공동으로 번역한 도스토예프스키의 「소설의 설계」("Plan of a Novel"), 무어의 「트리스트럼과 이솔트의 전설」("The Legend of Tristram and Isolt")의 제1부, 엘리엇의 「황무지」, 싱클레어의 「희생자」("The Victim"), 헤세의 「오늘날의 독일 시」("German Poetry of Today")와 라르보의 「율리시즈」였다. 표지에는 정가 3쉴링 6펜스와 발행인 리처드 코브던-샌더슨의 이름이 함께 인쇄되었다.

오랫동안의 배태기를 거쳐 발간된 『크라이테리언』지는 런던의 문단에서 즉각적으로 큰 파문을 일으켰고, 또한 성공적인 출발로 받아들여졌다. 저널리스트 해롤드 차일드(Harold Hannynton Child)가 10월 26일 자 『타임즈 문학 별지』(*Times Literary Supplement*)에 기고한 서평에서 『크라이테리언』지의 출발과 「황무지」를 포함한 몇몇 작품의 우수성에 찬사를 아끼지 않았다.

> 만약 우리가 창간호만 가지고 평가한다면, 『크라이테리언』은 영국의 잡지들 중에서 아주 진귀한 것으로서 순수 문학평론지일 뿐만 아니라 그 질에 있어서도 국내 혹은 국외에서 발행되는 어떤 평론지보다 조금도 떨어지지 않다. 창간호를 수록되어 있는 7편의 글 중에서 적어도 다섯 편은 "영구적"인 형태로 보존되길 바라고 싶다. 이 5편의 글에서 두 편은 예외적으로 중요한 것으로서 T. S. 엘리엇 씨가 쓴 「황무지」라는 장시와 번역된 도스토예프스키의 「소설의 설계」이다.

> If we are to judge by its first number, *The Criterion* is not only that rare thing amongst English periodicals, a purely literary review, but it is of a quality not inferior to that of any review

published either here or abroad. Of the seven items which make up this number there are at least number five that we should like to see preserved in a 'permanent' form. And of these five there are two, the long poem by Mr. T. S. Eliot called 'The Waste Land' and Dostoevski's 'Plan of a Novel,' now first translated into English, that are of exceptional importance.[9]

도스토예프스키의 「소설의 설계」에 대해서 차일드는 "도스토예프스키가 완전히 드러낼 영적 발견에 대한 암시로 가득 차 있다"고 평했다. 반면, 엘리엇의 「황무지」에 관해서는 다음과 같이 예리한 통찰력이 엿보이는 논평을 내어놓았다.

엘리엇 씨의 시(詩)도 반짝이는 섬광의 모음이지만 이질적인 인상은 없다. 이 모든 섬광들은 동일한 것에 관련되어 있고, 다함께 시인의 현대 삶에 대한 비전의 완전한 표현이라고 여겨지는 그 무엇을 주고 있기 때문이다. 우리는 이 시에서 폭과 깊이 그리고 아름다운 표현을 읽을 수 있다. 위대한 시에 그 무엇이 더 필요한가?

Mr. Eliot's poem is also a collection of flashes, but there is no effect of heterogeneity, since all these flashes are relevant to the same thing and together give what seems to be a complete expression of this poet's vision of modern life. We have here range, depth, and beautiful expression. What more is necessary for a great poem?[10]

---

9) "Periodicals: *The Criterion.*" *Times Literary Supplement* (26 October 1922): 690.

10) "Periodicals: *The Criterion.*" 690.

엘리엇도 잡지의 외형적인 형태에 관한 한 만족감을 드러냈다. 그는 창간호를 보고 곧 코브던–샌더슨에게 보낸 편지에서 "잡지의 외형은 내가 바랐던 그대로다. 그것은 훌륭한 모범이다"(L 763)라고 썼다. 엘리엇이 쉬프에게 쓴 회신으로 미루어 보아 『예술과 문학지』의 발간을 재정 지원한바 있던 쉬프도 그 잡지와 「황무지」에 대한 찬사를 아끼지 않은 듯하다(L 763). 그러나 정작 로더미어 여사가 창간호를 싫어했던 것으로 보인다. 창간 후, 그녀는 엘리엇을 당혹하게 하는 몇 통의 편지를 보낸 것으로 보인다. 이 사실은 비비언이 1922년 11월 2일 자에 파운드에게 보낸 편지에 잘 나타나 있다.

1) T가 또 그만 두려고 합니다. 내가 알기로는 그가 당신에게 계속 편지를 쓰려고 하지요. 그러는 동안 내가 먼저 이 글을 쓰고 있고, 이 편지는 사적인 것입니다.

2) 그리고 가장 중요한 것은 로더미어 여인이 『크라이테리언』에 관해서 엘리엇에게 모욕적이었고 지금도 불쾌하게 합니다. 그녀가 3통의 모욕적인 편지를 보내 왔습니다. 누군가가 적절한 때에 그것에 대해서 영리하게 처리하지 않는다면, 이것이 끔찍한 위기를 초래할까 두렵습니다. 그녀는 15일경 런던으로 올 것입니다. 그녀가 엘리엇을 만나면, 그녀는 편지에서 말한 대로 행동할 것입니다. 그러면 그가 『크라이테리언』을 내동댕이치는 것 외에는 할 수 있는 일이란 없을 것입니다. 그리고 그것이 그녀가 원하는 일이라고 나는 믿습니다. 그녀는 정신이 혼란스런 사람으로 아주 위험하고 야수처럼 미쳐 날뛰는 여인들 중 한 사람입니다. 그녀는 지금 프리외레라고 하는 정신병원이 있는 곳에서 캐서린 맨스필드[K. M.]와 함께 알몸으로 종교적인 춤을 추고 있답니다. 그녀는 매번 편지에서 'K. M.이 내가 만난 가장 지적인 여인'이라고 쓰고 있어요. 또 K. M은 (물론) 로더미어

여사의 귀에 그 누구보다도 T를 혐오한다는 말을 쏟아 붓고 있습니다.

> 1) T. is running down again. He keeps trying to write to you I know but in the meanwhile I am writing and this letter is PRIVATE.
>
> 2) —*and most important*—the Rotheremere woman has been and is being offensive to T. about the *Criterion*. She has written 3 offensive letters and I am afraid this is going to bring about an awful crisis unless someone can be clever about it—*in time*. She is coming to London about the 15th and if when she sees T. she behaves in the same way as her letters I don't see that he can do anything but throw up the *Criterion*—*and I believe that is what she wants*. She is unhinged—one of those beastly raving women who are the most dangerous. She is now in that asylum for the insane called La Prieuré where she does religious dances naked with Katherine Mansfield. 'K. M.,' she says in every letter—'is *the most intelligent* woman I have *ever* met.' K. M. is pouring poison in her ear (of course) for K. M. hates T. more than anyone. (*L* 770)

같은 편지에서 비비언은 엘리엇이 은행을 그만두고 편집에만 몰두할 수 있도록 "재사"(Bel Esprit)란 이름의 기금을 파운드가 마련할 수 있는 지에 관해서 문의했다. 또 가능하다면 로더미어 여사로부터 그 잡지사를 매입하여 다른 사람의 이름으로 경영할 수 있다면 500파운드를 제공하겠다고 했다. 그 다음날 엘리엇이 파운드에게 직접 보낸 편지에서 『크라이테리언』 출간 이후 로더미어 여사가 연속해서 그에게 모욕적인 서신을 보냈다고 실토했다. 그는 파운드에게 출판된 잡지가 거의 모두 판매되었고, 잡지가 성공을 거두었다고 로더미어 여사에게 말해 줄 것을 간청했다. 또 비비언이 시사했던 것처럼, 그도『크라이테리언』지를 매입하여 파운드와 함께 "약 2년 동안 경영할 자금을 구할 수 있다면 더없이 좋을 텐데"(L 771)라고 푸념을 털어놓았다. 엘리엇에게 보낸 회신에서 파운드는 다음과 같은 충고를 전했다.

물론, 만약 그것[크라이테리언]이 시신(屍身)처럼 보인다고 그녀[로더미어]가 말한다면, 그녀 말이 옳네. 나의 들쥐 친구야, 자넨 명안이 아무것도 구별할 수 없길 바라는 모양인데, 그거야말로 들쥐가 꾀잠을 부리는 것이 아닌가.
내 생각에는 자네나 자네 부인 둘 다 망상에 빠진 듯하네. 6개월 동안 일한 권리로 500파운드를 지불하려고 생각하다니. 다음호를 발행하게나. 그 호를 우리 글로 꽉 채우게나. 만약, 만약 청구서가 지불되었고 또 지불된다면 말일세. 한 호를 발행한 잡지를 500파운드에 산다고?? 맙소사, 만약 당신 부인이 그만한 돈을 지불할 수 있다면, 대단한 자본가이구려.
옛 친구여, 막 옥수수 곰방대에 담배를 재어 한 모금 빤 것뿐일세.
『크라이테리언』의 유일한 자산은 자네 자신이네. 자네가 그만 두면, 잡지는 끝나는 것이야. 자네도 다른 모든 사람들처럼 자신이 소유하지 못하는 잡지를 떠받치다가 모든 인류의 공동 운명인 자유 출발로 패배할 걸세.

Of course if she says it looks like a corpse, she's right, mon POSSUM, do you expect her to see what is scarce discernable to the naked eye, that it is *supposed* to be PLAYIN' POSSUM
I think both you and V. are in delirium, thinking of payin £500 for the priviledge of having worked six months. Bringing out another number. Put in all our own stuff. IF, ever IF the bills have been

and are bing paid. £500 for a review that has run one issue?? Gees she'd be SOME financier if she cd. work that dimereena

Dear ole SON. You jess set and hev a quiet draw at youh cawn-kob.

The only asset of the Crit. is YOU, youh-sellf. If you quit, *it* quits. You'll have been euchred for a free start that is the common fate of all mankind, them as boosts periodicals they dont own. (*L* 772)

같은 편지에서 파운드는 엘리엇에게 로더미어 여사와 계약은 체결했는지 하지 않았는지를 물었다. 잡지 매입에 관한 그의 충고는 그런 생각을 포기하라는 것이었다. 파운드의 관점에서 엄청난 경비지출이 예상되는 신간 잡지에 500파운드를 내던지는 것은 순전히 부질없는 짓이라는 것이다. 로더미어 여사가 가장 지적인 여성이라고 말한 맨스필드의 글은 실어도 좋으나 그녀의 남편 머리의 글은 싣지 않은 것이 좋겠다는 조언을 덧붙였다.

파운드에게 보낸 회신에서 엘리엇은 로더미어 여사와 3년간 계약을 맺었다고 밝혔다. 엘리엇에게 잡지를 포기한다면, 그가 가장 아깝게 생각한 것은 잡지의 제호였다. 그는 주장하길, "만약 그녀가 계약서를 팽개치거나 다른 사람에게 줘버린다면 계약서란 아무 소용도 없지. 계약서와 함께 우리가 제공한 제호도 그녀의 것이고, 제호 자체가 잡지지"(*L* 775)라고 적었다. 맨스필드에 관한 한 그녀의 단편을 싣는 것은 무방하다는 것이 엘리엇은 생각이었다. 그러나 그는 맨스필드의 글보다는 머리의 글을 훨씬 좋아한다고 적고 있다. 또 맨스필드는 로더미어 여사가 만난 여성 중에서 가장 지적인 여성이 아니라 단지 "고집스럽고 철판을 뒤집어 쓴 사람 중 하나며, 가장 저속한 사람 중 하나일

뿐만 아니라 감상적인 괴짜"라고 엘리엇은 혹평했다.

계속되는 편지에서 엘리엇은 로더미어 여사가 그 잡지에 대해서 못마땅해 하는 점은 어떤 구체적인 편집상의 문제가 아니라 전반적인 체제에 관한 문제였다. 내용면에서 로더미어 여사의 유일한 논평은 "이건 재미없어, 그리고 세인츠버리는 좋지 않아"라는 것이 전부였다는 것이다. 엘리엇이 파운드에게 요청한 것은 로더미어 여사를 만나 자신과 여사와의 사이에 있었던 일을 모르는 체하고『크라이테리언』지의 성공적인 창간에 칭찬을 좀 해주라는 것이었다. 또 로더미어의 면전에서 그 잡지를 혹평했을지도 모를 맨스필드의 영향에 대처해달라는 요청이었다.

그 후, 파운드는 엘리엇의 요청에 부응해서 로더미어 여사에게 면담을 요청하는 글을 보냈다. 그러나 그는 로더미어 여사로부터 면담을 거절당한 것으로 보인다. 엘리엇에게 보낸 편지에서 파운드는 그녀의 회신을 "모독"(insult)이라고 적고 있다(L 788). 이 일화는『크라이테리언』의 창간 후, 경영자와 편집장 사이에 위기라고 생각할만한 불화가 있었다는 것을 말해주지만 그렇다고 잡지가 폐간되거나 편집장이 교체되지는 않았다. 특기할 일은 1923년 1월에 35세로 세상을 떠난 맨스필드의 글은『크라이테리언』에 한 편도 게재되지 않았지만, 머리의 글은 자주 게재되었고 또 그의 저서는 종종 엘리엇의 날카로운 서평의 표적이 되기도 했다.

4

『크라이테리언』의 제4호가 발간된 1923년 7월에 엘리엇은 지난 3호에 걸쳐서 실지 않았던 편집장의 논평을 처음으로 실었다. 「문학 평론지의 기능」("The Function of a Literary Review")이라고 제목을 붙인 글에서 그는 평론지의 목적과 기능에 대한 정의를 다음과 같이 내렸다.

확실히 동호인들에게 이야기 꺼리를 제공하거나 혹은 그것에 대한 매력을 피하도록 요구하는 것이 문학 평론지의 기능은 아니다. 문학 평론지는 정치와 사적인 행동에 있어서도 필연적인 결과를 가지는 문학에 있는 원리 적용을 유지해야 한다. 또 평론지는 순수문학의 목적들과 정치나 혹은 윤리의 목적들과 어떤 혼란도 없이 지속되어야 한다. . . . 문학의 자율성과 객관성을 유지시키는 것이 문학 평론지의 기능이다. 그와 동시에 평론지의 기능은 문학과 대조되는 어떤 것으로서 "삶"이 아니라 문학을 포함한 삶의 구성 요소가 되는 모든 다른 활동과의 관계를 드러내는 것이다.

It is not, certainly, the function of a literary review to provide material for the chat of coteries — nor is a review called upon to avoid such appeal. A literary review should maintain the application, in literature, of principles which have their consequences also in politics and in private conduct; and it should maintain them without tolerating any confusion of the purposes of pure literature with the purposes of politics or ethics. . . . It is the function of a literary review to maintain the autonomy and disinterestedness of literature, and at the same time to exhibit the

relations of literature—not to "life," as something contrasted to
literature, but to all the other activities, which, together with
literature, are the components of life.[11]

이런 높은 차원의 평론지의 기능이 정간(停刊)의 위기에 봉착한 것
은 아마도 로더미어 여사와 3년간의 계약이 만료되는 1925년에 일어
난 것 같다. 1925년에 창립된 페이버 출판사의 이사 중 한사람으로서
1929년에 입사하여 1939년에 미국으로 귀국할 때까지 엘리엇과 함께
페이버에서 근무했던 프랭크 몰리(Frank Morley)는 그 위기를 이렇게
회고했다.

> 정확한 날짜에 대한 기록은 없지만 1925년 어느 목요일에 엘
> 리엇이 평상시보다 가벼운 옷차림으로 나타났다. 그는 부름을
> 받고 스위스에 다녀온 것이다. 『크라이테이언』의 청구서를 지
> 불하는 그 여사가 스위스에 있었기 때문이다. 귀국 후 그로브에
> 서 있었던 회합에서 그는 더 이상의 청구서 지불은 할 수 없다
> 는 선언을 가지고 나타난 것이다. (샐록 홈즈의 언어로써 표현
> 하기를) '붉은 머리띠를 두른 동맹은 해체되었다.' 그러나 그 이
> 상의 지불은 없을 것이다. 아울러 그 이상의 발간 잡지도 없다
> 는 것이다.

> I have no record of the date, but one Thursday in 1925—Eliot
> appeared in a costume more *sportif* than usual—he had been
> summoned to Switzerland. The Lady who had been paying the bills
> for *The Criterion* was in Switzerland. At a meeting at The Grove
> after his return he reappeared with the announcement (to put it in

---

11) "Notes." *The Criterion* 1. 4 (July 1923): 421.

Serlock Holmes language): 'The Red-Headed League is Dissolved.'
The bill for the previous issue of *The Criterion* had been paid. There
would be no further payments.There would be no further issues.[12]

'그로브'는『크라이테리언』의 지지자들이 정기적으로 회합을 가졌던
사우스 켄싱턴(South Kensington)에 있던 술집의 이름이다. 이 모임에
참가한 사람은 허버트 리드를 비롯하여 아더 휜(Arthur Wheen), K. 코
드링턴(K. de B. Codrington), W. 소릅(W. A. Thorpe), 제프리 탠디
(Geoffrey Tandy), F. 플린트, 하미쉬 마일즈(Hamish Miles), T. 비취
크로프트(T. O. Beachchroft), 몰리 등이었다. 엘리엇과 그의 후원자들
은 매주 목요일에 그곳에서 모임을 가졌다. 몰리에 의하면, 로더미어
여사가 재정 지원을 중단한 이후,『크라이테리언』지는 찰스 휘블리
(Charles Whibley, 1859-1930)와 프레드릭 올리버(Fredrick Scott Oliver,
1864-1934) 등으로부터 경비를 지원받아 2번 내지 3번 더 발행되었
다고 적고 있다. 1925년에 발행된 계간지『크라이테리언』의 첫 호는 1
월에 발행되었고, 2호와 3호는 각각 4월과 7월에 발간되었다. 그 해의
마지막 호인 10월호는 발간되지 않았다. 그리하여 로더미어 여사가 제
작 경비를 지불한 마지막 호는 1925년 1월호로써 1922년 10월 창간호
가 나온 지 만 3년이 되는 시점이다.

이 위기는 엘리엇이 옥스퍼드대학교의 올 쏘울즈(All Souls)대학 연
구교수로 있던 제프리 페이브(Geoffrey Faber, 1889-1961)를 찾아 간
것과 시기를 같이 한다. 그때, 페이버는 기존의 과학출판사를 페이버
와 과이어(Faber & Gwyer)사로 개칭하여 일반서적을 출판하는 회사로
바꿀 계획을 하고 있었다. 엘리엇과 페이버의 만남은 시티(City)의 은

---

12) Frank Morley, "A Few Recollections of Eliot." *T. S. Eliot: The Man and His Work*, ed. Allen Tate (London: Chatto and Windus, 1967) 98.

행에서 근무했던 엘리엇을 출판사의 이사직으로 전업을 하게 만든 계기를 마련한 만남이었다. 그 만남 후, 엘리엇의 진로가 1925년 4월 말까지는 결정된 것 같다. 즉 5년간의 계약조건으로 11월부터 페이버 출판사에서 근무하며 은행 급료의 5분의 4을 받는 조건이었다. 그리하여 엘리엇이 시티에서 8년 동안 은행원으로 일했던 직장을 그만두고 출판사에서 새로운 출발을 하게 된 것은 그의 인생에서 새로운 항로를 여는 대전환이었다.

피터 에크로이드(Peter Ackroyd)에 의하면, 이 위기의 전환기에 엘리엇은 "당장 두 종류의 잡지를 동시에 편집할 계획을 활발히 진행하고 있었다"[13]고 적고 있다. 그 말은 『크라이테리언』 외에 또 다른 계간지를 발행하는 것으로서 다른 나라로부터 4명 내지 6명의 글을 싣고 매 호마다 같은 주제를 다룬 특집호를 발행한다는 계획이라는 것이다. 그 같은 계획이 로더미어 여사에게 알려지자, 그녀는 엘리엇에게 『크라이테리언』지를 한 해 더 발간하도록 요청했다는 것이다. 그녀의 요청을 엘리엇이 받아들인 것이다. 그러나 기존의 『크라이테리언』의 이름을 『신 크라이테리언』(*The New Criterion*)으로 바꾸고, 재정지원은 로더미어 여사와 페이버가 공동으로 부담한다는 것이었다. 이와 때를 같이하여 그동안 『크라이테리언』지를 고가로 발행했던 코브던-샌더슨의 출판사로부터 발행처를 페이버와 과이어사로 옮겼다.

그리하여 계간 『신 크라이테리언』지의 첫 호가 1926년 1월에 발간되었다. 이 첫 호의 논단에서 엘리엇은 많은 문학 평론지와 잡지들이 그들의 목적과 가능성을 명확히 파악하는 데 실패했다고 전제하고, 문학 평론지의 기능에 대해서 다시 언급했다. 아울러 평론지가 기고자를

---

13) *T. S. Eliot* (London: Hamish Hamilton, 1984) 153.

선정하는 데 있어 지나치게 다양하거나 편협성을 드러내면 게재한 글이 서로 상반되는 과오를 범하기 십상이라는 우려를 표명하면서 그는 『신 크라이테리언』지의 편집방향을 「문학 평론지의 이념」("The Idea of a Literary Review")이라는 평론에서 다음과 같이 천명했다.

> 평론지는 문서를 기록하는 하나의 기관이 되어야 한다. 말하자면, 10년간 발간된 기록의 제본은 10년간의 가장 예민한 감수성과 명료한 사상의 발전을 표현해야만 한다. 비록 한 호의 잡지일지라도 그 시간의 제한 속에 그 세대와 시대의 경향을 실증하려고 시도해야 한다. 그것은 개별 기고자의 집합된 가치 그 이상의 가치를 가져야 한다. 그것의 내용은 지적인 독자가 정돈된 상태로 이해할 수 있는 이질성을 드러내어야 한다. 그리하여 이번 호『신 크라이테리언』지에서 볼 수 있는 이질성은 계획에 없던 일이 아니라 적어도 의도적인 시도이다.

> A review should be an organ of documentation. That is to say, the bound volumes of a decade should represent the development of the keenest sensibility and the clearest thought of ten years. Even a single number should attempt to illustrate, within its limits, the time and the tendencies of the time. It should have a value over and above the aggregate value of the individual contributions. Its contents should exhibit heterogeneity which the intelligent reader can resolve into order. The apparent hetergeneity of the present number of *The New Criterion* is, therefore, not without a plan—at least an intention.[14]

---

14) *The New Criterion* 6. 1 (January 1926): 2.

문학 평론지의 기능은 이제 문학의 자율성이나 객관성의 원칙을 인간의 모든 활동에 적용시키는 게 아니라 그 시대의 예민한 감수성가 사상을 담는 용기(容器)가 되어야 한다는 것이다. 또 엘리엇은 문학 평론지는 어떤 특정한 프로그램이나 혹은 독선적인 정책을 선전한다기보다는 어떤 경향을 제시해야만 한다는 것이다. 왜냐하면 어떤 엄정한 프로그램일지라도 끝내는 종말에 이르고 말기 때문이라는 주장이다. 이러한 관점에서 잡다한 일들을 다루는 잡지이거나 한 사람이나 한 집단의 사상을 대변하는 잡지를 배격하면서 자신이 구상하는 이상적인 문학 평론지를 다음과 같이 밝혔다.

> 앞서 피력한 것으로 미루어 봐서, 이상적인 문학 평론지란 편집인들과 합작자들 그리고 비정기 기고자들의 적절한 조절에 달려있는 것으로 보인다. 그와 같은 조절은 어떤 프로그램을 선전하는 데 있는 것이 아니라 어떤 '경향을 드러내는데 있는 것이다. 프로그램이란 깨어지기 쉬운 것이고, 독선적일수록 더 더욱 허약한 것이다. 편집장이나 합작자가 그들의 마음을 바꿀지도 모른다. 그렇게 되면 내부에서 갈등이 표출된다. 또 어떤 프로그램이나 집단일지라도 끝이 있다. 그렇지만 편집인들이나 합작자들이 그들의 마음이나 성격을 바꾸지 않는 한 어떤 경향은 지속될 것이다. 공통적인 경향의 유산이 남아 있는 한 편집인들이나 합작자들은 자유롭게 개개인의 의견이나 사상을 비정기적 기고자들의 관점에서 표현할 수 있을 것이다. 그렇지 않으면, 관련성이 전혀 없거나 심지어는 적의를 가진 많은 비정기 기고자들이 그들의 자리를 잡고, 어떤 편협한 파벌주의에 대응하게 될 것이다.

From what has been said it should appear that the ideal literary review will depend upon a nice adjustment between editor, collaborators and occasional contributors. Such an adjustment must issue in a 'tendency' rather than a 'programme'. A programme is a fragile thing, the more dogmatic the more fragile. An editor or a collaborator may change his mind; internal discord breaks out; and there is an end to the programme or to the group. But a tendency will endure, unless editor and collaborators change not only their minds but their personalities. Editors and collaborators may freely express their individual opinions and ideas, so long as there is a residue of common tendency, in the light of which many occasional contributors, otherwise irrelevant or even antagonistic, may take their place and counteract any narrow sectarianism.15)

같은 글에서 그는 문학을 "특정한 감각이나 인식, 보편적인 감정이나 비개성적인 사상의 미적 표현"으로 단정하면서 『신 크라이테리언』지에서 무엇을 싣고, 또 무엇을 싣지 않을 것인지에 관해 편집방향을 다음과 같이 제시했다.

우리는 관련성이 없는 정보, 기술적이고 제한적인 흥미를 불러일으키는 소재, 작금의 정치적, 경제적 논쟁에 관한 주제는 싣지 않을 것이다. 반면, 창작이나 문학비평 외에 일반적인 사상과 관련성이 있다고 생각되는 우리 시대의 역사, 고고학, 인류학, 심지어는 훨씬 기술적인 과학의 결과일지라도 일반적인 교양을 갖춘 사람에게 가치가 있고 이해될 수 있다고 판단되는 것들을 우리는 게재할 것이다. 그와 같은 체계로-사족처럼 들릴지 모르지만-우리와 같은 수준의 가치가 있다고 생각되는 유럽 대륙 작가들의 작품을 게재할 것이다. 특히, 영국에 이미

---

15) "The Idea of a Literary Review." *The New Criterion* 4. 1 (January 926): 3.

알려진 작가라기보다는 알려질 가치가 있다고 판단되는 작가를 실을 것이다.

> We will not include irrelevant information, subjects of technical and limited interest, or subjects of current political and economic controversy. We must include besides 'creative' work and literary criticism, any material which should be operative on general ideas—the results of contemporary work in history, archæology, anthropology, even of the more technical sciences when those results are of such a nature to be valuable to the man of general culture and when they can be made intelligible to him. In such a structure we must include—the statement ought to be superfluous—the work of continental writers of the same order of merit as our own; and especially the writers who ought to be known in England, rather than those whose work is already accepted here.[16]

위에서 천명한 편집 방향에서 『신 크라이테리언』지의 특정한 경향이 있다면, 그는 그것을 "고전주의"(Classicism)라고 명명했다. 그에게 고전주의적 경향이란 "이성의 더 높고 명료한 개념, 이성에 의해 훨씬 더 준엄하고 차분한 감성의 억제"이다. 이러한 경향이 현대의 한 경향이며 『신 크라이테리언』지가 지향하는 방향이라는 점을 그는 명확히 밝혔다. 이러한 경향이 잘 나타나는 국내와 국외의 작가와 작품을 그는 조르주 소렐(Georges Sorel, 847–1922)의 『폭행에 관한 명상』(Réflexions sur la violence), 샤를 모라스(Charles Maurras, 1868–1952)의 『지성의 미래』(L'Avenir de l'intelligence), 쥘리앵 방다(Julien Benda, 1867–

---

16) "The Idea of Literary Review" 4.

1956)의 『벨페고르』(*Belphégor*), 토머스 흄(T. E. Hulme, 1883−1917)의 『명상록』(*Speculations*), 쟈크 마리땡(Jacques Maritain, 1882−1973)의 『지성에 관한 명상』(*Réflexions sur l'intelligence*), 어빙 배빗(Irving Babbitt, 1865−1933)의 『민주주의와 지도력』(*Democracy and Leadership*) 등이라고 밝혔다. 이러한 작품에 덧붙여 그는 H. G. 웰즈(H. G. Wells, 1866−1946)의 『크리스티나 앨버타의 아버지』(*Christina Alberta's Father*), 버나드 쇼(Bernard Shaw, 1856−1950)의 『성녀 조안』(*St Joan*)과 버트런드 러셀(Bertrand Russell, 1872−1970)의 『내가 믿는 것』(*What I Believe*)도 그러한 경향을 보여주는 저서로 열거했다.

　그 후 1년이 지난 뒤에 그는 『신 크라이테리언』이 자신이 천명한 대로 편집원칙을 충실히 이행하지 못한 것을 인식한 듯하다. 1927년 1월호 논설문에서 그는 이제 잡지가 지향해야 할 것이 이상적인 목표나 시대적 경향을 추적하는 데 있다기보다는 급변하는 현실 속에서 어떻게 존립하는가가 더 시급한 문제라고 밝히고 있다. 잡지가 현실적인 또 다른 위기에 직면한 것이다.

　　어떤 저널도 첫 해를 보낸 후 그 존재를 정당화 할 수 없을 것이다. 『신 크라이테리언』지는 연속성을 유지하는 것을 그 목표로 삼고 있다. 그럼에도 매해, 매호마다 새로운 시작을 지향한다. 끊임없는 변화와 발전을 지속하고, 그것과 관련된 생동하는 마음의 변화로서 달라지고, 동시대의 세상을 위해 또 그 속에서 살아가며 그 세계의 다양한 국면에 부응하여 변하는 것, 단지 이 조건에서만 문학 평론지는 살아남을 것이다.

　　Few periodicals can justify their existence after the first year: *The New Criterion* aims to preserve its continuity, but yet to make a new beginning with every year and with every issue. To be perpetually in change and development, to alter with the alterations of the living minds associated with it and with the phases of the contemporary world for which and in which it lives: on this condition only should a literary review be tolerated.[17]

위의 글을 쓸 때, 엘리엇은『신 크라이테리언』지가 새로운 국면으로 치닫고 있다는 사실을 알고 있었던 것 같다. 1월호『신 크라이테리언』지가 발간되고 4개월의 침묵이 흐른 뒤, 이번에는 제호를『월간 크라이테리언』(The Monthly Criterion)으로 개칭하여 그 첫 호가 1927년 5월에 발간되었다.『월간 크라이테리언』의 첫 논평에서 엘리엇은『신 크라이테리언』지가 월간으로 바뀌었지만, 계간지로 발행되었을 때와 마찬가지로 보편적인 경향을 드러내는 편집원칙은 달라지지 않을 것이라고 주장했다. 또『월간 크라이테리언』지는 현대문학과 현대사상의 변화를 기록하는 기관으로서 그 기능을 지속적으로 수행할 것임도 강조했다.

> 100년 전 평론지들이 가졌던 여유, 원숙, 완전함으로『크라이테리언』지가 계간 저널리즘에서 거의 사라진 어떤 집단 체제적 성격을 가진 국면으로 접어들고 있다.『크라이테리언』지는 편협한 배타성이나 파벌적 열광 없이 기고자들이 동조하거나 아니면 반대함으로써 공동의 경향을 드러낼 것이다.『크라이테리언』은 현대문학을 감상하고 우리 시대의 문제점들을 인식하는데 앞서 갈 것이며, 또 현대문학의 발전과 현대사상의 변화를 기록할 것이다.

17) "A Commentary: *The New Criterion.* 1927." *The New Criterion* 5. 1 (January 1927): 1.

With the leisure, ripeness and thoroughness of the reviews of a
hundred years ago, *The Criterion* was to join another of their
characteristics, a certain corporate personality which had almost
disappeared from quarterly journalism; it was to exhibit, without
narrow exclusiveness or sectarian enthusiasm, a common tendency
which its contributors should illustrate by confirmity or opposition.
It was to be up-to-time in its appreciation of modern literature,
and in its awareness of contemporary problems; it was to record the
development of modern literature and the mutations of modern
thought.[18]

『월간 크라이테리언』을 발간한지 20여 년이 지난 후, 엘리엇은 『크
라이테리언』지를 회고하면서 "월간으로 발행을 시도했던 6개월 동
안"[19]이라고 술회한바 있다. 그러나 사실은 『월간 크라이테리언』지가
6개월 동안만 발행된 것이 아니었다. 『월간 크라이테리언』이 모두 11
호가 발간되었으니 『크라이테리언』은 월간으로 거의 1년 동안 발간
된 셈이다. 어쨌든 『월간 크라이테리언』이 지속되지 못한 이유는 내
부에서 일어난 불화도 없지 않았겠지만, 무엇보다도 결정적인 요인은
재정적인 손실만 늘어나는 『크라이테리언』에 실증이 난 로더미어 여
사가 더 이상 재정지원을 하지 않기로 결정한 데에 있었던 것 같다.

계약 만기에 이르렀을 때, 『크라이테리언』의 장래가 불투명
해 보였다. 12월 5일, 기고자이기도 했던 엘리엇의 비서 아이린
파세트는 편집 방향에 대해서 두 재정 후원자들의 의견 차이로
잡지 발간을 중단하게 되었다는 글을 기고자들에게 보냈다. 사

---

18) "A Commentary: *The Monthly Criterion.*" *The Monthly Criterion* 5. 2 (May 1927): 187–88.
19) *Notes towards the Definition of Culture* (London: Faber and Faber, 1948) 115.

실은 한마디로 로더미어 여사는 버틸 만큼 버티었고, 중단하기를 원했기 때문이다. 분명히, 그녀는 『크라이테리언』을 싫어했고, 계간지에서 월간지로 바뀔 때 발생했던 추가 비용이 그녀의 결정을 재촉했다. 처음에 잡지는 완전히 끝장난 것으로 보였다.

Then, at the end of the year, the future of *the Criterion* seemed to be in doubt. On 5 December his secretary and occasional contributor, Irene Fassett, wrote to other contributors that, 'owing to difference of opinion between the proprietors on a matter of policy,' publication of the magazine was to be suspended. What seems to have happened, quite simply, was that Lady Rothermere had had enough and wished to withdraw her support: she apparently disliked the *Criterion* very much, and the extra costs incurred in running a monthly rather than a quarterly no doubt hastened her decision, At first it seemed that the magazine would simply have to end.[20]

폐간으로 치닫는 잡지를 살리기 위해, 이번에도 엘리엇은 열심히 『크라이테리언』의 구명운동을 벌린 듯하다. 그리하여 1928년 1월, 2월, 3월까지는 후원자들의 지원으로 『크라이테리언』이 월간으로 발간되었다. 그러나 4월과 5월은 중단되었다가 6월에 와서 다시 속간되었다. 그러나 6월호는 월간 『크라이테리언』이 아니라 계간 『크라이테리언』이었다. 다시 계간으로 복귀한 것이다. 이제부터 『크라이테리언』지는 페이버와 콰이어사가 단독으로 재정지원을 맡게 된 것이다. 계간지 6월호의 논단에서 엘리엇은 열의를 잃은 어조로 퉁명스럽게 "이번 호의 발간으로서 『크라이테리언』지는 그 역사의 세 번째 국면을 맞이하게

---

20) Peter Acroyd, *T. S. Eliot* 166-67.

된다. 『크라이테리언』지가 다시 계간으로 복귀하게 되었다. 되돌아가지 않을 이유란 아무것도 없는 듯싶다"[21]라고 기록했다.

위에서 엘리엇이 『크라이테리언』이 세 번째 국면으로 접어든다고 한 말은 그것의 평탄하지 않았던 역사를 드러낸 것이다. 또 그 의미는 1922년 10월에 계간지로 창간되어 4년 뒤인 1926년 1월에 제호를 『신 크라이테리언』으로 바꾸고, 또 1927년 5월부터 1928년 3월까지 『월간 크라이테리언』지로 변신했다가, 마지막으로 1928년 6월에 이르러 다시 계간 『크라이테리언』으로 복귀한 것을 뜻한다. 그 이후, 계간지 『크라이테리언』는 1939년 1월에 마지막 호를 발간하고 폐간되었다.

5

17년 동안 제1차 세계대전과 제2차 세계대전 사이에서 불안한 정치, 사회의 변화와 불안정한 경제적 기반 위에서 출발한 『크라이테리언』은 초반에는 재정후원자의 일관성 없는 지원으로 존폐의 기로를 헤맸다. 그러나 중반부터 폐간될 때까지, 그 잡지는 비록 경제적 손실이 누적되었지만 안정된 페이버사의 지원에 의해 명맥을 유지하다가 국제적 정세로 평론지의 목표를 수행하는 일이 더욱 어려워지자 제2차 세계대전 직전 폐간에 이르게 된 것이다. 『크라이테리언』지는 당시 영국에서 발행되던 어떤 잡지보다도 유럽 최고의 지능을 갖춘 작가들의 사상과 작품을 소개하는 일에 앞장선 국제적인 문학 평론지였다. 또 개인적인 측면에서 『크라이테리언』지는 엘리엇을 시인으로서 불

---

21) "A Commentary: *The Quarterly Criterion.*" *The Criterion* 7. 4 (June 1928): 289–94.

휴의 명성을 얻게 해준 「황무지」를 처음으로 발표한 잡지일 뿐만 아니라 그를 번역가, 극작가, 비평가 및 서평가로서 성장 발전하는 데 필수적인 글쓰기 공간을 제공한 잡지이다. 『크라이테리언』지는 엘리엇의 중반기 문학 작품의 대부분을 고스란히 담고 있다. 아마도 『크라이테리언』지가 당대 최고의 국제 수준의 문학 평론지로 평가되는 이유는, 그가 참신하고 탁월한 유럽 최고의 필자를 꾸준히 발굴했을 뿐만 아니라 일관성 있는 편집원칙을 추구했기 때문일 것이다.

> 본인은 시종 두 가지 목표를 항상 염두에 두고 있었다. 그 첫째는 평론, 단편 소설, 중요한 외국작가의 새로운 작품을 영국 독자에게 소개하는 일이고, 둘째로는 자주 발간되는 잡지들이 할 수 있는 것보다는 훨씬 길고 진지한 서평을 게재하는 것이었다. 본인은 이상의 목표를 달성하였다고 생각한다. 그리하여 본인은 17년간 발간된 『크라이테리언』지의 전집은 2차에 걸친 세계대전 사이에 가치 있는 사상의 기록을 담고 있다고 생각한다.

> Throughout I had always two aims in view: to present to English readers, by essays and short stories, the work of important new foreign writers, and to offer longer and more deliberate reviews than was possible in magazines of more frequent appearance. I think that both of my aims were realised, and that the seventeen volumes of *The Criterion* constitute a valuable record of the thought of that period between two wars.[22]

위에서 언급한 두 가지 목표 중에서, 엘리엇이 초반기에 더욱 심혈을 기울인 것은 저명한 국외 작가들을 영국 독자에게 소개하는 것이었

---

22) Preface, *The Criterion: 1922-1939*, ed. T. S. Eliot, 18 vols (London: Faber and Faber, 1967): v.

다. 이것은 자족하는 영국인들의 섬나라 타성에 새로운 각성을 불러일으켜 비평정신을 고양시키려는 엘리엇 나름의 혁명적인 시도였다. 이를 위해, 그는 유럽과 미국의 저명한 문예 평론지와 밀접한 관계를 유지하면서 영국 독자들에게 알려지지 않는 수많은 동서양의 작가들을 『크라이테리언』지를 통해 영국에 소개했다. 그러나 1930년대로 넘어오면서 유럽의 정치적 분열은 심화되고, 국내외의 경제는 더욱 약화되었다. 이런 사정으로 『크라이테리언』지의 기고자는 점점 국내 필자로 채워졌고 또 서평란은 확장되었다. 이것은 국외 지식인들과 소통이 잘 이루어지지 않아 새로운 기고자를 발굴하는 일이 더욱 어려워졌다는 반증이다. 한 때, 엘리엇 자신이 재생되고, 강화되었다고 믿었던 유럽인의 정신은 그의 시계(視界)에서 사라진 것이다.[23] 적어도 이것이 제2차 세계대전을 앞두고 종간사(終刊辭)에서 엘리엇이 밝힌 『크라이테리언』의 주요한 폐간(廢刊) 요인이기도 하다.

---

23) T. S. Eliot, "Last Words." *The Criterion* 18. 71 (January 1939): 269−75.

인용문헌

노저용. 「『황무지』의 재발견」. 『T. S. 엘리엇 연구』 17. 1 (2008): 177−86.

Acroyd, Peter. *T. S. Eliot*. London: Hamish Hamilton, 1984.

Child, Harold Hannynton. "Periodicals: *The Criterion*." *Times Literary Supplement* (26 October 1922): 690.

Curtius, Ernst Robert. "Balzac." *The Criterion* 1. 2 (January 1923): 127−42.

Eliot, T. S. "A Commentary: *The Monthly Criterion*." *The Monthly Criterion* 5. 2 (May 1927): 187−88.

_____. "A Commentary: *The New Criterion*: 1927." *The New Criterion* 5. 1 (January 1927): 1.

_____. "A Commentary: *The Quarterly Criterion*." *The Criterion* 7. 4 (June 1928): 89−94.

_____. "The Idea of a Literary Review." *The New Criterion* 6. 1 (January 1926): 1−6.

_____. "Last Words." *The Criterion* 18. 71 (January 1939): 269−75.

_____. *The Letters of T. S. Eliot*. Ed. Valerie Eliot and Hugh Haughton. Revised ed. Vol. 1. London: Faber, 2009.

_____. "Notes." *The Criterion* 1. 4 (July 1923): 421.

_____. *Notes towards the Definition of Culture*. London: Faber and Faber, 1948. 115.

_____. "Observations." *The Egoist* (May 1918): 69−70.

_____, ed. Preface. *The Criterion: 1922−1939*. 18 Vols. London: Faber and Faber, 1967. V.

Larbaud, Valery. "The *Ulysses* of James Joyce." Trans. T. S. Eliot. *The Criterion* I. 1

(October 1922): 94–103.

Morley, Frank. "A Few Recollections of Eliot." *T. S. Eliot: The Man and His Work*. Ed. Allen Tate. London: Chatto and Windus, 1967. [90]–113.

"Notes." *Poetry: A Magazine of Verse* (March 1919): 347.

Rainey, Lawrence. *Revisiting* The Waste Land. New Haven & London: 2005.

엘리엇의 불안정한 텍스트:
본문비평과 문학비평*

봉 준 수(서울대학교)

    T. S. 엘리엇(Eliot)의 텍스트는 현재 어떤 상태로 존재하며, 그 존재 양상은 작품의 해석과 어떤 관계를 맺고 있는가? 이 질문의 앞부분이 텍스트의 존재론과 관련된 본문비평(textual criticism)의 본령에 속한다면, 뒷부분은 문학비평(literary criticism)의 영역으로 귀착된다. 엘리엇의 텍스트를 통하여 본문비평과 문학비평의 접점을 살펴보는 것이 이글의 목표인데, 이는 문학비평가들이 자칫 등한시하기 쉬운 본문비평의 필요성과 어려움을 확인하는 작업이기도 하다. 현재 엘리엇의 텍스트는 짧지 않은 세월 동안 계속된 텍스트의 전파(textual transmission)

---

* 한국 T. S. 엘리엇학회의 요청에 따라 『T. S. 엘리엇 연구』 10호(2001년 봄-여름)에 게재되었던 논문을 다시 싣게 되었다. 여러 곳에서 자구 수정이 있었고 몇 가지 오류를 바로 잡았지만 전체적인 논의의 흐름이나 초점에는 변화가 없는 까닭에 진정한 의미의 개정본은 아니다. 무엇보다도 이 논문이 처음 발표된 후 상당한 시간이 흘렀기 때문에 엘리엇의 텍스트에 대한 새로운 점검 없이는 개정이 불가능하다. 그럼에도 불구하고 이처럼 최소한의 수정을 거쳐 이 글을 다시 싣는 이유는 우선 본문비평의 차원에서 엘리엇의 텍스트에 대한 관심이 여전히 부족하며, 엘리엇의 불안정한 텍스트를 통하여 본문비평과 문학비평의 연관성을 구체적으로 확인해보는 것은 엘리엇 연구자들에게 항시 필요하다고 생각되기 때문이다.

를 통하여 본문비평의 전형적인 문제들을 여실히 드러내고 있는데, "저자의 마지막 의도"(final authorial intention)라는 개념을 중심으로 텍스트의 불안정한 부분들을 검토하는 일은 그러한 문제에 접근하는 첫 걸음이 된다. "저자의 마지막 의도"는 20세기 중반에 영미 본문비평의 중심으로 자리 잡은 그렉–바우어즈(Greg-Bowers) 이론의 핵심인데,1) 이는 여러 가지 이유에서 비판의 대상이 되어왔다. 그 비판의 주된 이유는 이 글에서 구체적인 예를 통하여 드러내려는 바와 같이 "저자의 마지막 의도"라는 개념 자체가 여러 가지로 해석될 수 있으며, 특히 텍스트의 전파라는 실제적 영역에 적용될 때 빈번하게 난관에 봉착하기 때문이다. 그렇지만 텍스트의 불안정성과 접할 때 "저자의 마지막 의도"가 무엇이었는지 질문하지 않을 수 없으며, 이는 텍스트 생산의 사회적 측면－그것이 전적으로 저자라는 한 개인의 의도에 따라 좌우되는 것이 아니라 여러 사람의 손을 거칠 수밖에 없다는 점－을 강조할 때에도 고려 사항이 되어야 한다. 설령 텍스트나 여타의 증거를 통하여 "저자의 마지막 의도"를 재구성하기가 불가능하다고 하여도, 그리고 "저자의 마지막 의도"에 입각한 '결정본'이 이상주의적 허구에 근접한다고 하여도, 그것들을 추구하는 과정에서 얻게 되는 텍스트의 불안정한 존재 양식에 대한 인식은 문학비평을 위하여 요긴하기 때문이다.

---

1) "저자의 마지막 의도"라는 개념은 W. W. 그렉(Greg)이 「모본의 원리」("The Rationale of Copy-Text")에서 제안한 편집 이론에 입각한 것으로서 원래 르네상스 희곡 텍스트를 취급하기 위한 것이었다. 프레드슨 바우어즈(Fredson Bowers)가 이를 계승하여 발전시키는 과정에서 모든 시기의 모든 텍스트에 그렉의 기본적인 통찰력이 적용될 수 있음을 주장하였고, 그 후에는 G. 토마스 탄젤(Thomas Tanselle)이 그 대표적인 옹호자로 나서고 있다. 이 글은 대체로 문학비평의 관점에서 텍스트의 불안정성을 논의하는 까닭에 "저자의 마지막 의도"에 대한 이론적인 문제는 제한적으로만 언급한다. 사실 이 개념에 대한 여러 가지 추상적인 공방이 바로 20세기 후반의 영미 본문비평사라고도 말할 수도 있는데, 그 방대하고도 복잡한 문제들을 논의하려면 별도의 이론적인 글이 필요하다.

문학비평은 하나의 특정한 텍스트가 비평가의 손에 들어올 때 비로소 시작되는 까닭에, 그 텍스트의 형태(form)를 연구하고 확립하는 본문비평-혹은 좀 더 넓은 의미의 서지학(bibliography)-에 의존하는 것은 당연하다. 인문학을 위시하여 텍스트를 취급하는 모든 학문의 토대가 되는 것이 바로 본문비평이지만, 힘들고 무미건조하다고 느껴지는 작업을 포함하기에 세속적인 '각광'을 받지 못하는 분야이기도 하다. 물론 본문비평과 문학비평의 대화가 과거에 비해 활발해진 것이 사실이지만, 아직도 대부분의 문학비평가들이 본문비평에 대해 무심하다는 점을 상기한다면 둘 사이의 관계가 더 밀착될 필요가 있다. 서지학자나 본문비평가는 화려함과는 거리가 먼, 어쩌면 조용히 무시당하고 있는 존재들이지만, "서지학자들의 상처받은 자존심을 위해 쓸데없는 눈물을 흘리지 않는다"(304)는 바우어즈의 말처럼 서지학이나 본문비평에 대한 무관심의 대가는 결국 문학비평가가 치르게 된다. 서지학자나 본문비평가에게 의존할 수밖에 없는 "궁극적인 소비자"(Bowers 304)는 바로 문학비평가이기 때문이다.

물론 외국문학 전공자가 여러 가지 판본의 추적과 비교 연구를 행하기에는 우리나라의 (대학)도서관은 아직도 불만족스러운 것이 사실이요, 이 글 또한 그러한 한계를 벗어나지 못하고 있지만, 본문비평을 수행하기 어렵다는 사실이 그 필요성을 감소시키지 않음은 두말할 나위도 없다. 텍스트의 정확성을 점검하기 힘든 환경에서의 문학비평은 그만큼 불안한 토대 위에서 행해지는 셈인데, 그러한 불안은 본문비평의 필요성에 대한 근본적인 인식을 통해서만 완화될 수 있을 것이다. 우선 문학비평가가 특정한 작품에 대하여 쏟는 해석상의 열정에 비하면 그 작품의 텍스트가 확립되기까지의 편집 과정, 혹은 이본들의 존재에 대한 관심이나 지식이 부족하다는 것이 문제인데, 이는 단순히 비평가 개인의 문제가 아니다. 왜냐하면 비평가를 길러내는 모든 과정, 가령 학부나 대학원의 문학 수업에서 본문비평이 별로 다루어지지 아니한다는 교육적 현실부터가 문제이기 때문이다. 오늘날 서지학자들이나 본문비평가들은 어떠한 정규적인 교육과정의 산물이라기보다는 자생적인 존재들이라는 엄연한 사실을 상기할 필요가 있다.

이처럼 전문적인 학문의 영역으로서 본문비평이 어느 정도 고립된 상태임을 부인하기는 힘들지만, 각도를 달리하여 생각해보면 본문비평은 우리의 일상적인 삶에 깊이 관여하고 있다. 가령 "책에서 오식을 발견한 적이 있는 사람이라면 누구나 본문비평가"(Greetham 103)라는 말은 오식의 존재 그 자체와 그것을 발견해서 고쳐 읽는 행위가 실로 보편적인 현상임을 암시한다. 본문비평은 "내가 지금 사용하고 있는 텍스트가 결함을 지닌 것은 아닐까?"라는, 단순하지만 중요한 의문에서 출발하며, 이러한 의문은 우리가 사용하는 모든 종류의 '텍스트'가, 나아가서 이 세계가, 플라톤(Plato)의 순수한 이데아(Idea)가 아니고 일종의 오염된 세계라는 인식과 연결되어 있다. 하나의 텍스트가 다양한 전파 과정을 거치면서 오류와 이문(variant)을 포함하는 양상은 인간의 '인간적' 측면을 드러낸다고 감상적으로 표현할 수도 있다.[2] 본문비평가나 서지학자라면 뚜렷하게 인식하고 있는 사실이지만, 오식은 하나의 텍스트가 출간되기 위한 일종의 "발행 허가"(imprimatur)라고 말할 수도 있고(Thorpe 21), 이러한 역설적 관점은 문학비평가의 입장에서

---

2) "이문"(異文)은 썩 만족스럽지는 않지만 사전의 번역어를 그대로 택한 것이다. 이 용어는 판본들 사이에서 발견되는 단어나 철자의 변화와 아울러 구두점이나 활자체 등의 차이도 지칭한다.

도 음미할 만하다. 만약 작가나 편집자, 식자공이 텍스트를 생산하는 과정에서 실수를 완전히 제거하기가 확률상으로 거의 불가능하다면 (Thorpe 21), 그런 텍스트에 의존하는 문학비평가들 역시 오류의 가능성을 항상 껴안고 있는 셈이다. 부정확한 텍스트의 사용에서 비롯된 비평적 오류의 구체적인 예는 바우어즈의 논문 「본문비평과 문학비평가」("Textual Criticism and the Literary Critic")에서 풍부하게 제시되는데, 가령 "them"과 그 축약형 "'em"에 의거하여 필립 메신저(Philip Massinger)와 존 플레처(John Fletcher)의 저작을 구별하려고 했던 A. H. 손다이크(Thorndike)는 그가 사용한 텍스트의 편집자가 아무런 말도 없이 "'em"을 "them"으로 바꾸어 놓았기에 오류에 빠지고 말았으며 (301), 델모어 슈와츠(Delmore Schwartz)는 W. B. 예이츠(Yeats)의 「어린 학생들 사이에서」("Among School Children")를 논하면서 "Solider Aristotle"과 오식인 "Soldier Aristotle" 사이에서 고민하다가 해석을 포기하고 "일종의 신비주의"(318-19)로 흐르고 말았다.

엘리엇 연구자들 역시 부정확한 텍스트로 인한 오류를 피해 갈 수는 없었다. 바우어즈가 제시하는 예로서 윌리엄 엠슨(William Empson)이 그의 대표적인 저서 『다의성의 일곱 유형』(*Seven Types of Ambiguity*)에서 「불멸의 속삭임」("Whispers of Immortality")을 논하는 대목을 들 수 있는데, 그는 어려운 시적 구문이 다의성을 낳는 것을 입증하기 위하여 다음 인용문을 제시하고 있다(79).

    Donne, I suppose, was such another,
    Who found no substitute for sense;
    To seize and clutch and penetrate,
    Expert beyond experience,

He knew the anguish of the marrow
The ague of the skeleton;
No torments possible to flesh
Allayed the fever of the bone. (9-16)

엠슨이 제시한 인용문에서는 11-12행의 처리가 어렵다. 그는 이 두 줄이 앞의 9-10행과 연결될 수도 있고, 뒤의 13-14행과 연결될 수도 있다는 식으로 분석하지만(79), 9-12행이 하나의 자족적 의미 단위가 될 수 있다는 그의 말은 전체적으로 수긍하기가 힘들다(12행의 끝에 마침표가 아닌 쉼표가 있기 때문이다). 이렇게 시적 구문의 처리가 복잡해진 이유는 엠슨이 사용했던 텍스트 『시집』(*Poems* [1920])의 구두점에 문제가 있기 때문이다. 『나 청하노니』(*Ara Vos Prec* [1920])가 영국에서 발간된 후 그것의 미국판으로 『시집』이 같은 해에 발간되었는데 두 판본은 적지 않은 차이를 보이고 있어서 주의를 요한다. 「불멸의 속삭임」의 경우 네 군데에서 구두점의 차이가 발견되는데 『시집』에서는 10행의 "sense" 뒤에 세미콜론이 와서 11행의 구문과 내용을 감안할 때 시의 흐름에 어울리지 않는 매듭을 짓고 있지만, 『나 청하노니』에서는 "sense" 뒤에 아무런 구두점이 없다. 설령 세미콜론을 추가한 것이 엘리엇의 의도라고 가정해도 시의 흐름을 감안할 때 이는 찬성하기 힘들다(Beare 27-28). 이렇게 자기 손에 쥐어진 판본에서 해석상의 문제를 일으키는 미심쩍은 구두점이 발견되는 경우에는 그 판본 자체를 검토하는 것이 비평가가 택할 수 있는 안전한 시나리오가 된다. 『나 청하노니』를 포함하여 『시집』 이전에 발간된 세 판본에는 "sense" 뒤에 구두점이 없기에(Beare 27) 세미콜론의 추가가 식자공의 실수로 인한 개악이 아닌지 의심하면서 그것의 존재에서 기인하는 다의성을 찾아내려는 시도는 보류해야 마땅하다. 실제로 1936년에 간행된 『시 전집 1909－1935』(*Collected Poems 1909－1935*)를 보면 "sense" 뒤의 세미콜론이 쉼표로 바뀌고, 11행의 "penetrate" 뒤에 세미콜론이 와서 구문이 정리되는데, 시의 흐름으로 볼 때 이는 첫 세 판본에서의 흐름과 일치한다. 엠슨이 『다의성의 일곱 유형』을 처음 발간한 것은 1930년이었으니 이러한 개정 이전이었지만 미심쩍게 보아야 할 구두점을 그대로 믿고서 꼼꼼히 읽기를 시도한 점, 그리고 엘리엇의 텍스트가 수정되었어도 자신의 해석을 수정하지 않고 출판사를 바꿔가면서 『다의성의 일곱 유형』을 계속 발간한 것은 문제가 아닐 수 없다(또한 『시집』에서 「불멸의 속삭임」을 인용할 때 9행의 끝에 쉼표를 첨가한 것과 15행에서 "contact"를 "torments"로 바꿔놓은 것도 실수이다).

지네시우스 존스(Genesius Jones) 역시 구두점이 부정확한 텍스트를 사용했기 때문에 오류를 범했다. 『황무지』(*The Waste Land*)의 2부에서 반복되는 구절 "HURRY UP PLEASE IT'S TIME"(141, 152, 165, 168, 169)은 영국의 주점에서 손님들에게 문 닫을 시간임을 알리는 소리인데, 다수의 텍스트에서 그러하듯 존스가 사용했던 텍스트도 "IT'S"가 "ITS"로 잘못 인쇄되어 있었다. 더욱 불운한 것은 그가 자신의 텍스트를 의심치 않는 가운데 오히려 "IT'S"와 "ITS"의 차이에 예리하게 주목했다는 점이다. 수도사인 존스는 "ITS TIME"이 성경에 대한 인유라고 주장하면서 "나 야훼가 제 때에 지체 없이 이루리라"(I am the Lord; *in its time I will hasten it*)를 포함하는 이사야서 60장 22절을 인용하고 있다(104－05).[3] 그가 사용하고 있는 영어 성경의 번역("its time")이 시 텍스트의 오식("ITS TIME")과 우연히 일치하는 바람에 해석상의 오류

---

3) 우리말 번역은 『공동번역 성서』를 따른 것이다.

를 범하게 된 것이다(존스가 가령 홈정판을 사용했더라면 "its time"이 아니라 "his time"임을 발견하고 성경에 입각한 해석을 시도하지는 않았을 것이다). 필자가 점검한바에 의하면 "IT'S"가 "ITS"로 잘못 인쇄된 것은 미국에서 간행되던 잡지 『다이얼』(*The Dial*)에 『황무지』가 실릴 때 시작되었고, 이 시의 첫 번째 단행본인 보니 앤드 리버라이트(Boni and Liveright)판 역시 이 부분을 잘못 인쇄하고 있다. 이러한 오류는 『시 전집 1909–1962』(*Collected Poems 1909–1962* [1963, 1974])와 『T. S. 엘리엇 시와 희곡 전집』(*The Complete Poems and Plays of T. S. Eliot* [1969])에 이르기까지 반복되고 있다. 그렇지만 존스가 『크라이티리언』(*The Criterion*)에 실렸던 초판이나 호가스(Hogarth)판, 마더스테이그(Mardersteig)판, 혹은 『시 선집』(*Selected Poems*)을 참조했더라면,4) 하나의 단순한 오식을 묵직한 종교적 인유로 해석하지는 않았을 것이다.

다음의 예는 앞의 두 사례처럼 오식에서 기인한 비평가의 '실패담'은 아니지만, 대수롭지 않게 생각될 수도 있는 대소문자의 차이와 그 수정이 그리 쉽지만은 아니한 비평적 문제를 야기하는 경우이다. 엘리엇이 반유태주의자(anti-Semite)라고 공격하는 앤서니 줄리어스(Anthony Julius)는 1963년 이전에 나온 그의 시 텍스트에서 "유태인"의 첫 글자가 소문자로, 즉 "Jew"가 아니라 "jew"로 인쇄되어 있음을 지적하는데(41), 이렇게 "강등된"(43) 단어가 발견되는 작품은 「지런션」("Gerontion")과 「여행안내서를 든 버어뱅크: 여송연을 든 블라이슈타

---

4) 페이버사(Faber)가 '페이버 라이브러리'(Faber Library)라는 시리즈로 간행한 『시 선집』(1961), 그리고 미국의 하코트사(Harcourt)가 발간한 『시 선집』(1967, 1988)에서는 이 부분이 제대로 인쇄되어 있다. 미국판 가운데 1988년에 발행된 판본은 '백주년판'(Centennial Edition)이다. 물론 존스의 저서는 1964년에 간행되었기에 그가 『시 선집』 가운데 미국판을 참조할 기회는 애초에 없었다. 그가 사용했던 텍스트는 1936년에 나온 『시 전집 1909–1935』였다.

인」("Burbank with a Baedecker: B1eistein with a Cigar")이다. 비록 1963년에 출간된 『시 전집 1909-1962』부터 소문자 "j"가 대문자 "J"로 바뀌었지만, 줄리어스는 그러한 수정이 유태인 독자들에 대한 모독을 오히려 증가시킨다고 말한다. 문제의 소문자를 대문자로 수정하는 것은 엘리엇이 과거에 유태인 독자들에게 상처를 입혔음을 시인하는 것이지만, 그러한 수정 자체는 줄리어스가 보기에 유태인을 부정적으로 묘사하는 시들을 철회할 생각이 없음을 나타낸다(195). 만약 엘리엇이 진정으로 자신의 반유태주의를 뉘우쳤다면, 문제의 두 작품이 더 이상 인쇄되어 이 세상에 나오는 일이 없어야 한다는 것이 줄리어스의 주장이다.5) 그렇지만 줄리어스는 엘리엇의 반유태주의적인 구절들을 인용할 때 자신이 사용하는 텍스트에 전적으로 충실하지는 않았다. 그는 별도의 표기가 없을 경우 엘리엇의 시와 희곡은 1969년에 출간된 『T. S. 엘리엇 시와 희곡 전집』으로부터 인용한다고 분명히 밝히고 있는데(xii), 그의 인용문에서 실제로 발견되는 것은 "Jew"가 아니라 "jew"이다(1, 2)-줄리어스가 『T. S. 엘리엇 시와 희곡 전집』에서 인용했다면 당연히 "Jew"라야 옳다. 줄리어스는 엘리엇의 반유태주의를 부각시키기 위하여 독자에게 알리지 않고서 엘리엇의 수정된 텍스트("Jew")를 수정 이전의 상태("jew")로 되돌려 놓은 셈인데, 이는 자신의 논점을 부각시키기 위하여 엘리엇의 텍스트를 자의적으로 '편집'한 셈이므로 논란의 여지를 남기고 있다.

지금까지 살펴본 세 가지 예들은 오식을 비롯한 '대수롭지 않은' 텍스트의 차이가 문학비평에 적지 아니한 영향을 끼칠 수 있음을 암시한

---

5) 줄리어스는 과거에 발표하였던 자신의 작품들을 스스로 비판하며 재판을 허락하지 아니한 W. H. 오든(Auden)을 엘리엇과 대조시키고 있는데(192), 이처럼 이미 발표한 작품들을 '철회'하는 것은 실로 철두철미한 '개작'이라고 볼 수 있다.

다. 꼼꼼히 읽기의 대명사인 엠슨이 난해한 시적 구문에서 비롯되는 다의성에, 프란체스코회의 수도사인 존스가 기독교적인 해석에, 그리고 유태인인 줄리어스가 엘리엇을 반유태주의자로 규정하고 비판에 열중하는 모습은 비평가의 특정한 방법론이나 논지가 텍스트의 '작은' 결함과 만나 커다란 상호작용을 일으키는 예로서, 결국 오식이 오독을 유발할 수 있으며, 텍스트의 '사소한' 측면이 비평가의 접근 방식에 따라 심각한 문제를 일으킬 수도 있음을 암시한다. 특히 고도의 전문성을 추구하면서 방법론상의 극단으로 치우치는 경향이 있는 작금의 문학비평에서는 텍스트의 부정확성이나 이문으로 인하여 해석의 문제가 발생할 소지가 그만큼 더 크다고 말할 수 있다.

2

모든 문학 텍스트가 그러하듯 엘리엇의 텍스트도 전파 과정을 통해 오식과 불확실한 부분들을 포함하게 되었으므로 체계적이며 지속적인 본문비평을 필요로 한다. 그 필요성은 엘리엇의 시, 희곡, 그리고 비평 가운데 그 어느 한 장르의 결정본도 없다는 사실을 상기할 때 더욱 심각해지는데, 이상적으로 말하자면 참고할 수 있는 엘리엇의 모든 원고와 교정쇄, 그리고 발간된 텍스트 등을 비교해가면서 우선 오식부터 발견하고 고쳐야 하며, 나아가서 교정이나 개정을 포함하는 여러 가지 이문들을 고려해야 할 것이다. 만약 모든 관련 문헌들을 참조한 후 하나의 텍스트를 모본으로 택하여 절충본(eclectic text)을 만든다면, 그것은 그렉―바우어즈 계열의 본문비평에서 추구하는 '이상적인 텍스트,' 즉 '결정본'이 될 것이다.6) 그러나 현실로 눈을 돌려보면 엘리엇의 텍스트는 장르를 막론하고 적지 않은 오식과 이문을 포함하고 있으며, 그러한 혼란상을 점검하는 본문비평 차원의 노력조차도 드물다. 결국 대다수의 연구자들이 영국의 페이버사나 미국의 하코트사가 공급하는 엘리엇의 텍스트를 별 의심 없이 받아들이고 있다고 해도 과언이 아니다. 만약 엘리엇의 텍스트 전반에 대하여 연구자들이 막연한 믿음을 가지고 있다면, 이는 그가 페이버사에서 실로 오랜 기간을 근무한 출판인으로서 자신의 작품을 바로 자신이 근무했던 출판사에서 간행했다는 점과도 무관하지 않을 것이다. 1925년에 제프리 페이버(Geoffrey Faber)가 자신의 출판사에서 일하도록 엘리엇을 받아들인 것이 필생의 인연이 되어 1965년에 엘리엇이 타계할 때까지 페이버사와 엘리엇의 관계가 흔들리지 않았음은 주지의 사실이다.7) 페이버사는 "편집 방침과 수준 높은 출판물들 덕택에 거의 신화적인 지위"(du Sautoy 171)를 누리게 되었으며, 엘리엇은 1926년 이래로 자신의 작품들을 페이버사에서 간행하였다. 이는 문인으로서의 엘리엇의 위상과 현대문학, 특히 20세기의 시를 전문적으로 취급하는 출판사의 권위가 서로 잘 맞아떨어진, 일종의 상리공생의 관계로 볼 수 있지만(Ackroyd 152, 277), 명망 있는 시인과 출판사의 지속적인 결합이 만들어 내는

---

6) 물론 '결정본'이라는 개념 자체가 도달하기 힘든 하나의 이상으로서 현실적 차원에서 텍스트의 생산 및 존재 양식을 충분히 감안하지 못한다는 비판을 받고 있다. 그러나 적지 않은 문제점에도 불구하고 이 글에서 '결정본'이라는 용어가 잠정적으로 사용되는 이유는 그것이 본문비평의 문제점과 복합성을 잘 드러내고 있으며, 나아가서 본문비평과 문학비평의 접점을 탐색하기 위한 도구적인 유용성을 지니기 때문이다. 가령 "엘리엇의 시, 희곡, 그리고 비평 가운데 그 어느 한 장르의 결정본도 없다"는 표현이 의도하는 바는 엘리엇의 텍스트가 현재 전반적으로 혼란스러운 상태이며, 그러한 상태에 대한 자의식 또한 부족하다는 점을 드러내려는 것이다. 즉 '결정본'이라는 용어의 사용이 이문과 이본을 평정할 수 있는 이상적인 판본의 존재 가능성에 대한 필자의 믿음을 암시하는 것은 아니다.

7) 엘리엇이 페이버사—당시의 명칭은 "페이버 앤드 그와이어사"(Faber and Gwyer)—와 5년 계약을 맺고서 출판인으로서의 일을 시작한 것은 1925년 가을이었다(Ackroyd 152).

일종의 신기루가 인쇄된 텍스트의 문제점을 덮어버릴 수도 있다.

엘리엇의 텍스트에 대한 본문비평의 전반적인 빈곤을 감안할 때 A. D. 무디(Moody)의 연구를 통해 불안정한 엘리엇의 텍스트의 단면을 부분적이나마 볼 수 있다는 것은 일단 다행스러운 일이다.[8] 엘리엇의 시 텍스트를 검토한 무디의 견해를 따르자면 『번트 노튼』(*Burnt Norton*)까지의 모든 시가 수록된 『시 전집 1909−1935』(*Collected Poems 1909−1935* [1936])와 그 이후에 창작된 모든 시도 포함하는 『시 전집 1909−1962』(1963)는 결정본을 내려는 엘리엇의 노력을 반영한다(301). 그러나 이 두 판본들이 바로 '결정본'이라고 단언할 수 있는 것은 아니고, 결정본에 가장 근접하는 판본이라고 보는 것이 옳다. 이 판본들은 분명한 오류를, 혹은 오류라고 단정하기는 힘들어도 의심스러운 부분들을 포함하고 있고, 이전의 텍스트들이 범하고 있는 오류들을 일부 수정하기도 했지만 철저하고도 체계적으로 그 작업을 수행한 것은 아니며, 엘리엇이 수정을 지시했지만 인쇄 과정에서 제대로 이행되지 아니한 부분도 있기 때문이다(Moody 301). 엘리엇이 사망한 후에 간행된 『전집』으로는 『T. S. 엘리엇 시와 희곡 전집』과 1974년에 나온 『시 전집 1909−1962』의 2판이 있는데, 저자 사후의 텍스트의 전파라는 측면에서 역시 고려의 대상이 되어 마땅하다. 전자는 페이버사가 간행하는 엘리엇의 여러 판본들 가운데 시와 희곡이 동시에 수록되어 있는 유일한 판본인데, 그 제목이 마치 결정본과도 같은 인상을 풍기지만 기존의 여러 텍스트들을 세심하게 참조하여 만들어진 것은 아니며, 오히려 많은 오식을 포함하고 있다(Moody 301; Brooker 237).

---

8) 그러나 무디의 연구가 세상에 나온 지도 이미 30년 이상이 흘렀음을 감안한다면 오히려 본문비평의 빈약함이 강조된다는 느낌을 지울 수 없다. 무디 이전에는 윌리엄 H. 마샬(William H. Marshall)이 「지런션」의 텍스트에서 발견되는 이문을 추적하였고, 로버트 L. 베어(Robert L. Beare)가 엘리엇의 시와 희곡 텍스트에서 발견되는 문제점들을 논한바 있다.

후자의 경우 엘리엇이 타계한 후에 발간되었음에도 불구하고 1판과의 차이점을 보인다는 점에 유의해야 한다. 우선 2판에서만 발견되는 오식 그 자체가 경계의 대상임에 틀림없고, 1판을 '수정'한 부분이 발견될 때 과연 그것이 누구의 권위로 어떤 편집 방침에 의거하여 수정된 것인지 의문을 품지 않을 수 없다.9)

무디는 위에서 언급된 네 권의 『전집』들을 중심으로 시 텍스트들을 점검하여 두 가지 목록을 제시하는데, 하나는 엘리엇이 생의 말기에 수정했다고 추측되는 부분들의 목록이요, 다른 하나는 주로 이 『전집』들에서 수정을 요한다고 생각되는 부분들, 혹은 의문을 제기할 수 있는 부분들을 열거하는 정오표(corrigenda)이다. 전자는 아홉 작품에 걸쳐 열 다섯 군데를 지적하고 있으며(305－06), 후자는 스물 한 작품에 걸쳐 일흔 군데 이상을 언급하고 있다(306－09). 이 목록들은 이처럼 엘리엇의 시 텍스트의 불안정성을 엿보게 해주지만, 비교의 방식과 목적에 있어서 뚜렷하게 제한되어 있다. 우선 무디는 텍스트의 전파에 따른 끊임없는 미동을 일일이 추적한 것은 아니다. 그는 주로 결정본에 근접한다고 생각되는 『전집』들에서 수정을 요한다고 생각되는 곳들을 지적한 것이지, 텍스트의 전파 과정에서 생겨난 변화를 모두 포착하지는 않았기 때문이다. 가령 마샬이 「지런선」의 변화를 추적한 결과는 운문 단락(verse paragraph)의 구분을 점검하지 않았음에도 불구하고(Beare 29), 무디보다 훨씬 더 상세하게 판본들 간의 차이를 보여준다. 그런가 하면 『황무지』의 경우 무디는 스무 군데 이상을 언급하고 있지만, 얼마나 많은 수의 판본들을 점검하느냐에 따라서 그 수는

---

9) 가령 『시 전집 1909-1962』의 2판을 보면 「리틀 기딩」("Little Gidding")의 160행이 "Begins as an attachment"라고 되어 있는데, 1판을 비롯한 그 어느 판본에도 "an"이 들어가 있지 않다(Moody 309). 만약 다른 판본들과의 대조를 생략하고서 이 판본을 모본으로 삼아 새 판본을 만든다면 이 오류는 지속될 가능성이 있다.

크게 변화할 수 있다. 아직까지 그러한 연구가 존재하지는 않지만 모든 작품의 모든 판본을 비교한다면 이문의 빈도가 훨씬 증가할 것이다.10)

이 대목에서 이문의 존재와 관련하여 판(edition)과 쇄(impression)의 예측불가능한 관계를 언급할 필요가 있다. 베어가 지적한바와 같이 판의 변화 없이 쇄가 거듭되는 경우에도 변화가 나타날 수 있는데(25), 활판(type)을 토대로 만들어진 판형(plate)으로 인쇄했다면 동일한 판에 속하는 쇄가 거듭되어도 이문이 발생할 가능성이 적지만, 페이버사처럼 활판에서 바로 인쇄했다면 수정이 용이한 것만큼 탈자의 가능성도 높아지며, 마모로 인하여 구두점이 제대로 찍히지 않을 수도 있다. 이러한 이유에서 베어는 각 판본의 1쇄만을 비교할 것을 제안하는데(25), 1쇄는 저자 이외의 사람들이 개입하여 변화를 일으킬 소지가 가장 적기 때문이다. 베어의 제안에 일리가 있음을 보여주는 증거를 찾기란 그리 어렵지 않다. 가령 무디는 엘리엇이 타계한 후에 출간된 『T. S. 엘리엇 시와 희곡 전집』(1969)에 실려 있는 「리틀 기딩」에서 수정을 요하는 곳으로 아홉 군데를 지적하지만, 이 판본의 3쇄(1973)를 보면 그의 지적이 불필요한 부분이 셋이나 있다. 늦어도 3쇄에서, 다시

---

10) 베어가 적절하게 요약하는 바와 같이, 그리고 『전집』들을 중심으로 한 무디의 비교 목록에서 재확인할 수 있듯이, 엘리엇의 텍스트는 특정한 부분에서 크게 차이가 난다기보다는 여러 부분에서 끊임없는 미동을 보여주고 있다(Beare 21; Moody 305−09). 여기에서 '미동'이라는 표현을 쓴 이유는 다음에 열거하는 극적인 예들과의 차이를 염두에 두었기 때문이다. 가령 헨리 제임스(Henry James)의 『대사들』(The Ambassadors)의 경우 1957년 이전에 미국에서 나온 모든 판본에서는 28장과 29장이 서로 뒤바뀌어 있으며(Bornstein 4), 메리언 무어(Marianne Moore)의 대표작인 「시」("Poetry")는 그 길이에 있어서 현격한 차이를 보이면서 변전에 변전을 거듭했고(Kappel 127), 오든은 「헨리 제임스의 무덤에서」("At the Grave of Henry James")를 개작할 때 그 길이를 크게 축소시켰으며−『시 선집』(Selected Poems)에서는 24연이지만 『시 전집』(Collected Poems)에서는 10연으로 축소되었다−몇몇 초기시의 경우 아예 시 전체를 '삭제'하여 자신의 정전으로부터 추방시켰다(이상과 같은 예들은 단지 비교의 편의를 위하여 엘리엇과 거의 동시대에 활동한 작가들의 텍스트를 임의로 언급한 것에 불과하다). 그러나 이문의 규모가 본문비평이나 문학비평의 어려움과 반드시 비례하지는 않으며, 엘리엇의 경우처럼 소규모의 차이가 해결하기 힘든 문제로 남는 경우도 빈번히 볼 수 있다.

말해서 판을 바꾸지 않고 쇄가 거듭되는 과정에서, 그 세 부분들이 누군가에 의해 교정되었기 때문이다.[11] 이처럼 판의 변화가 없이 쇄가 반복되는 과정에서도 수정이 가능하다면, 그것은 저자 이외의 사람들에 의한 간섭이 용이하다는 말이 된다.

엘리엇의 시 텍스트에서 빈번하게 발견되는 이문들은 단어, 운문 단락, 그리고 구두점의 세 종류로 대별할 수 있는데, 이들이 구체적으로 어떠한 문제를 야기하는지 살펴보고자 한다. 우선 단어 차원의 오류로는 불필요한 단어가 첨가되거나 필요한 단어가 빠진 예가 있으며, 단어 자체에 오식이 스며드는 경우도 있다. 출간된 텍스트만을 놓고 보자면 하나의 행이나 운문 단락 전체가 바뀌는 광범위한 개작의 예가 거의 없으며, 분명한 의미의 차이를 동반하는 단어의 변화가 잦다고도 볼 수 없다. 그렇지만 텍스트의 작은 부정확성이나 이문이 독자에게 큰 영향을 끼칠 수 있음을 다시금 상기해야 할 것이다. 가령 단행본으로 나온 『네 사중주』(*Four Quartets* [1944])의 「이스트 코우커」("East Coker")에 스며든 오식이 『시 전집 1909-1962』(1963, 1974)나 『T. S. 엘리엇 시와 희곡 전집』까지 이어지는 경우가 발견되는데, 203행의 "Here and there does not matter"에서 "and"는 "or"로 수정을 요한다(Moody 309). 그런가 하면 『시 전집 1909-1962』(1963)의 경우 「지런션」의 40행이 "or is still believed,"로 잘못 인쇄되어 있는데 "is"는 "if"의 오식이다(Moody 308). 단어가 바뀐 개정의 예로 『시 전집 1909-1935』에 실린 「번트 노튼」과 1941년에 단행본으로 나온 『번트 노

---

11) 이렇게 교정된 부분만을 고려한다면 『T. S. 엘리엇 시와 희곡 전집』이 첫 출간 후에 누군가에 의해 일종의 교열 편집(critical editing)을 거쳤을 가능성이 있지만, 그것이 철저하거나 체계적이지 않아서 문제이다. 이를테면 「리틀 기딩」에서는 쉽게 발견하고 수정할 수 있는 3행 단위의 들여쓰기가 계속 부정확하게 인쇄되고 있다(95, 96, 141행).

튼』의 "And reconciles forgotten wars"(51)가 『네 사중주』(1944)에서 "Appeasing long forgotten wars"로, 그리고 『드라이 샐베이지즈』(*The Dry Salvages* [1941])의 "hermit crab"(19)이 역시 『네 사중주』에서 "horseshoe crab"으로 바뀐 것을 들 수 있다. 전자의 경우 『시 전집 1909−1935』의 5쇄를 찍을 무렵에 『네 사중주』를 따라서, 그리고 후자의 경우 『네 사중주』의 3쇄를 찍어낼 무렵에 개정되었다고 베어는 말하는데(25), 이는 둘 다 동일한 판에서 쇄가 거듭될 때 변화가 있었다는 추정이다. 또한 단행본으로 나온 『드라이 샐베이지즈』에서는 "should fructify"(160)였던 것이 『네 사중주』에서 "shall fructify"로 바뀐 예도 있다(Moody 306).

단어 차원의 오식 가운데 「이스트 코우커」의 30행에서 발견되는 "commodiois"처럼 독자가 쉽게 실수를 감지할 수 있다면 큰 문제가 없지만,[12] 『시 전집 1909−1935』에 실린 『재의 수요일』(*Ash-Wednesday*)의 5부에서와 같이 오식을 즉시 알아차리기 어려운 경우도 있다.

> Still is the unspoken word, the Word unheard,
> The Word without a word, the Word within
> The world and for the world;
> And the light shone in darkness and
> Against the World the unstilled world still whirled
> About the centre of the silent Word. (152−57)

156행의 "World"는 "Word"의 오식으로서 이 대목의 추상적이며 난해한 언어 유희를 고려할 때 실로 치명적이다. 이 오식은 『시 전집 1909−1935』가 쇄를 거듭할 때마다 되풀이 되었으며, 이 판본에 입각하여 만

---

12) 이 오식은 1959년에 최초로 출간된 『네 사중주』의 염가판(paperback)에서 발견된다.

들어지는 다른 판본들, 가령 『시 선집』(1954)에서도 발견되고, 엘리엇의 난해성을 보여주는 예로도 제시된다(Beare 35). 이 오류는 『시 전집 1909-1962』(1963, 1974)이나 『T. S. 엘리엇 시와 희곡 전집』에서는 사라졌지만, 그렇다고 부정확한 텍스트에 의존하는 비평가들이 사라진 것은 아니다. 로날드 템플린(Ronald Tamplin)은 1988년에 출간한 저서에서 "말씀"이 "세상"으로 바뀐 텍스트를 인용하고 있으며(51), C. K. 스테드(Stead)의 경우 단지 대소문자의 차이, 즉 "Word"와 "word," 그리고 "World"와 "world" 사이의 미묘한 차이에 의하여 "엄청난 관념적 사유의 무게가 드러나고 독자에게 공감이 강요되다시피 한다"(221)는 부정적인 평가를 내리고 있다. 문제의 구절에서 그 개념을 가장 포착하기 힘든 "World"가 실은 "Word"임을 알았더라면 스테드의 논평은 달라졌을 것이다.

때로는 특정한 단어나 구절을 쓰려는 저자의 의도가 확실하게 파악되어도 그것만으로는 텍스트의 정확성이 확보되지 않는, 좀 특이한 경우도 있다. 예를 들어 엘리엇이 「지런선」의 제사(epigraph)로 사용한 문구는 셰익스피어(Shakespeare)의 『이척보척』(*Measure for Measure*)에서 부정확하게 인용한 것인데(Moody 306), 이를 원문에 맞게 고쳐야 할 것인가? 셰익스피어의 원문에 의거하여 "Dreaming of both"(3.1.34)의 "of"를 "on"으로 고치는 정도로 편집자의 개입은 끝날 수 있지만, 주석을 동반하는 결정본을 만드는 경우라면 엘리엇의 제사에 손을 대지 않은 상태로 주석을 통하여 그 부정확성을 지적하고 정확한 원문을 제시할 수도 있다. 『황무지』의 202행에서 부정확하게 인용된 베를렌(Verlaine)의 시구가 마더스테이그판에서 수정되었음을 고려하면(Moody 307), 「지런선」의 제사로 부정확하게 인용된 셰익스피어의 한 구절도 수정되어야 할 당위성이 높아진다.

비록 단어의 변화만큼 그 영향이 즉각적으로 감지되지는 않아도, 운문 단락의 구분 역시 시의 해석과 관련된 어려운 문제를 낳을 수 있다. 운문 단락의 구분은 특히 자유시에서 의미 단위나 논지의 흐름을 파악하기 위하여 긴요한데, 특히 엘리엇이 연(stanza)이 반복되는 정형시가 아니라 운문 단락의 길이가 변화하는 자유시를 주로 썼음을 상기한다면, 그 중요성이 상대적으로 커지는 셈이다. 시 텍스트의 인쇄나 전파 과정에서 운문 단락의 구분이 빈번하게 문제를 일으키는 이유는 단락의 첫 줄을 들여쓰기(indentation)하지 않은 상태에서 그 단락의 마지막 행이 면바꿈(page-break)과 일치할 수 있기 때문이다(Moody 304). 이를테면 염가판 중의 하나인 『황무지와 다른 시편들』(*The Waste Land and Other Poems* [1972])을 통해 「프루프록의 사랑노래」("The Love Song of J. Alfred Prufrock")를 접하는 독자들은 86행에서 하나의 운문 단락이 끝난 것인지 즉각적으로 판단하기 힘들 것이다. 혹은 「서시」("Preludes")의 4부에서 화자가 시의 전면으로 나서는 최초의 대목(48행)이 새 운문 단락의 첫 줄인지 확신할 수 없을 것이다.13) 하코트판 『시 전집 1909−1935』을 통해 「서시」를 읽는 독자들도 같은 대목에서 새 운문 단락의 존재 여부를 알기 어려울 것이며, 이렇게 단락의 구분이 불명확한 텍스트가 혹여 모본으로 채택된다면 오류의 가능성이 커지는 것은 당연하다. 하코트판 『시 전집 1909−1935』를 모본으로 삼은 하코트판 『황무지와 다른 시편들』(1958)은 「서시」의 47행과 48행을 연이어 인쇄하여 운문 단락의 구분을 아예 없애고 말았다. 그런가 하면 원래는 없던 단락 구분이 생겨나는 것도 문제인데, 하나의 짧은

---

13) 같은 염가판이라고 할지라도 『시 선집』(1954)에서는 들여쓰기 덕분에 혼돈의 소지가 없다. 그러나 적어도 시 텍스트에 있어서 매 단락의 첫 줄을 들여쓰기로 인쇄하는 것은 시각적으로 거슬릴 수 있다(Moody 305).

운문 단락으로 이루어진 「번트 노튼」의 4부를 각기 다섯 행씩 둘로 나누어놓은 『네 사중주』의 염가판(1959)이 그러한 경우이다. 빛이 사라진 세계, 그 세계에서 희망의 가능성에 대한 네 번의 질문, 그리고 그 질문에 대한 긍정적 해답이라는 전체적 흐름을 감안할 때 질문 도중에 단락을 구분 지을 뚜렷한 이유가 없다. 이렇게 불필요한 단락 구분이 생겨난 것도 염가판이 모본으로 삼은 텍스트―『네 사중주』(1944)―가 이 대목에서 면바뀜을 보이기 때문이라고 추정할 수 있다.

　운문 단락의 변화와 관련하여 좀 더 흥미로운 예는 「서시」에서 볼 수 있는데, 예를 들어 1954년에 나온 『시 선집』을 본다면 「서시」의 1 부는 단 하나의 운문단락으로 이루어져 있다.

> The winter evening settles down
> With smell of steaks in passageways.
> Six o'clock.
> The burnt-out ends of smoky days.
> And now a gusty shower wraps
> The grimy scraps
> Of withered leaves about your feet
> And newspapers from vacant lots;
> The showers beat
> On broken blinds and chimney-pots,
> And at the corner of the street
> A lonely cab-horse steams and stamps.
> And then the lighting of the lamps. (1－13)

그러나 『시 전집 1909－1962』(1963, 1974)와 『T. S. 엘리엇 시와 희곡

전집』을 보면 13행이 12행으로부터 떨어져 나와 있다. 이는『시 전집 1909-1962』(1963)에서 처음으로 바뀐 것이라고 무디는 추측하지만(305), 이렇게 마지막 행을 앞선 행으로부터 분리시킨 것은 사실 엘리엇의 노우트(334)에서 확인되는 애초의 의도이다.[14] 그러나 인쇄된 텍스트와는 약간의 차이를 보이고 있는데—"And then the lighting up of lamps!"(13)—강의어로 사용된 "up"과 느낌표가 이 한 줄의 분리를 정서적으로 정당화한다. '객관적'인 시선으로 아름답지 아니한 도시의 정경들을 관찰하던 화자가 가로등이 켜지는 것에 대하여 심리적으로 강하게 반응하면서, "자기도 모르는 사이에 빨려 들어간다"(Mayer 87). 이는 의식의 측면에서「서시」의 1부를 훨씬 더 극적으로 만든다. 「바람 부는 날의 광시곡」("Rhapsody on a Windy Night")의 마지막 행 역시 바로 앞의 행으로부터 떨어져 나와 있고 의식 혹은 심리의 측면에서 유사한 효과를 얻고 있음을 감안한다면, 적어도 심미적인 측면에서『시 전집 1909-1962』(1963)에서의 개작 혹은 원래의 의도로 되돌아 간 것에는 타당성을 부여할 수 있다.

　「바람 부는 날의 광시곡」역시 운문 단락의 구별이 문제가 될 수 있는 작품이다. 무디는 현존하는 텍스트에서 둘째와 셋째 운문 단락의 구별을 없애야 한다고 제안하는데(306), 그럴 경우(단 한 줄로 이루어진 마지막 운문 단락을 제외한) 모든 운문 단락이 시간에 관한 언급으로 시작되어(Twelve o'clock [1], Half-past one [13], Half-past two [33], Half-past three [46], The lamp said, / "Four o'clock" [69-70]) 적어도 외면적으로 시의 구조가 일관성을 갖게 된다. 그렇지만 무디의 제안과는 다르게 생각할 수도 있다. 엘리엇의 노우트에는 한 번의 예

---

14) 엘리엇의 초기시(1909-1917)를 담고 있는 노우트는 크리스토퍼 릭스(Christopher Ricks)가 편집한『3월 산토끼의 노래』(*Inventions of the March Hare*)로 출간되었다.

외―인쇄된 텍스트의 69―70행에 해당되는 부분―를 제외하고는 시간에 대한 언급으로 시작되는 모든 운문 단락 앞에 가로줄이 있는데 (338―40), 이는 마치 「서시」를 네 부분으로 구분하는 로마숫자와도 같은 기능을 가진다. 즉 작품 전체가 가로줄에 의해 크게 네 부분―69행 앞에 가로줄을 첨가한다면 다섯 부분―으로 나뉘어지며, 그 상태에서 두 번째 부분이 다시 둘로 나눠지는데, 그 구분은 인쇄된 텍스트에서도 그대로 발견된다(바로 둘째와 셋째 운문 단락인데, 무디는 이 두 단락을 하나로 합치자고 제안하는 것이다). 노우트의 셋째 부분 역시 두 단락으로 나눠지지만, 인쇄된 텍스트에서는 그 구별이 없다. 만약 노우트에서의 운문 단락을 중시하는 편집을 시도한다면, 시 전체를 크게 나누는 가로줄 혹은 그에 준하는 표시―가령 간격을 둔 다섯 개의 점들―를 해야 하며,15) 두 번째와 세 번째 부분을 각기 둘로 나누어 운문 단락의 구분을 유지해야 할 것이다.

「서시」나 「바람 부는 날의 광시곡」보다 훨씬 긴 『네 사중주』를 읽는 독자들은 작품의 전체적 흐름을 파악하기 위하여 운문 단락에 일단 상당 부분을 의존할 수밖에 없기에 그 구분이 어려운 부분들은 당연히 주목의 대상이 된다. 예를 들어 「리틀 기딩」의 5부에 나오는 다음 부분은 『T. S. 엘리엇 시와 희곡 전집』에서 인용한 것으로서 각별한 주의를 요한다.

So, while the light fails

---

15) 『시집』에 수록된 작품들 중에서 연과 연 사이에 다섯 개의 점을 찍어 길이가 다른 커다란 의미 단위를 구분한 예들을 볼 수 있다. 그런 예들은 하나같이 이 시집에서 엘리엇이 집중적으로 실험한 4행 연구(quatrain)로 쓴 작품들인데, 그에게는 규칙적으로 연을 구분하는 것 이외에도 또 다른 의미 단위의 구별이 필요했음에 틀림없다. 그리고 이 시집에 실린 것은 아니지만 자유시로 분류되는 「프루프록의 사랑노래」에서도 다섯 개의 점을 찍어서 운문 단락의 구분 이외의 더 커다란 구분을 시도하는 것을 볼 수 있다.

On a winter's afternoon, in a secluded chapel
History is now and England.

With the drawing of this Love and the voice of this Calling

We shall not cease from exploration
And the end of all our exploring
Will be to arrive where we started
And know the place for the first time. (235−42)

237행과 238행 사이에는 두 줄, 그리고 238행과 239행 사이에는 한 줄을 비워야 하는데, 이러한 '거리'는 238행의 해석에 영향을 끼친다. 238행은 한 줄로 이뤄진 하나의 새로운 운문 단락이지만, 구문을 고려할 때 239행 이하와 연결된다고 볼 수 있다. 『시 전집 1909−1962』(1974)와 『T. S. 엘리엇 시와 희곡 전집』은 238행 전후로 각기 한 줄만을 비우고 있으며, 미국에서 발간된 『시와 희곡 전집』(*The Complete Poems and Plays* [1952])에서는 237행과 238행 사이에 운문 단락의 구분이 아예 없기 때문에 독자들을 곤란하게 만든다.16) 염가판으로 나온 『네 사중주』에서는 237행 다음에 면바뀜이 오는 바람에 단락 구분이 불분명하다.

이미 살펴본 엠슨과 존스의 오독의 예가 입증하듯, 단어나 운문 단락의 변화처럼 구두점 역시 시의 의미나 음악에 크고 작은 영향을 끼친다. 가령 『T. S. 엘리엇 시와 희곡 전집』에서 「여인의 초상」("Portrait

---

16) 이 판본은 쇄를 거듭하면서 "The Complete Poems and Plays 1909−1950"으로 제목이 바뀌게 된다(Gallup 88).

of a Lady")을 읽는 독자는 다음 인용문에서 두 번째 의문문이 당혹스럽게 느껴질 것이다.

> I take my hat: how can I make a cowardly amends
> For what she has said to me?
> You will see me any morning in the park
> Reading the comics and the sporting page.
> Particularly I remark?
> An English countess goes upon the stage. (69−74)

"remark" 뒤의 물음표는 『T. S. 엘리엇 시와 희곡 전집』에서만 볼 수 있는데(Moody 306), 오류의 가능성을 의심하지 않는 독자에게는 그야말로 불필요한 고민을 안겨줄 것이다. 그런가 하면 「동방박사의 여행」("Journey of the Magi")을 1936년에 나온 하코트판 『시 전집 1909−1935』로 읽을 경우 둘째 운문 단락의 서두에서 어려움에 처할 수 있다.

> Then at dawn we came down to a temperate valley,
> Wet, below the snow line, smelling of vegetation;
> With a running stream and a water-mill beating the darkness
> And three trees on the low sky,
> And an old white horse galloped away in the meadow. (21−25)

22행의 끝에서 페이버사의 『전집』들("vegetation,")과는 달리 시의 흐름에 작은 매듭("vegetation;")을 일단 지어놓았다는 것이 문제인데, 이는 구문상 23−24행의 처리를 힘들게 만들고 있다(시의 구문을 중시한다면 일단 22행의 끝에 쉼표가 찍힌 것을 선호하게 된다). 한편 24행의

"sky"는『시 전집 1909-1962』(1963) 이후의 판본에는 "sky."로 되어 있는데, 이것이 과연 저자의 의도에 따른 수정인지 불분명하다(Moody 306).

「지런션」역시 구두점과 관련하여 저자의 의도가 문제가 되는 예인데, 마샬은 엘리엇의 의도를 온전하게 구현하고 있는 텍스트가 존재하지 않는다는 결론(214)을 오래 전에 내린 바 있다. 이는 아직까지도 유효한 결론인데, 이를테면『시 전집 1909-1962』(1963, 1974)와『T. S. 엘리엇 시와 희곡 전집』에 실려 있는 다음 구절은 엘리엇의 마지막 의도와는 다른 구두점을 포함하고 있다.

> Think now
> History has many cunning passages, contrived corridors
> And issues, deceives with whispering ambitions,
> Guides us by vanities. Think now
> She gives when our attention is distracted
> And what she gives, gives with such supple confusions
> That the giving famishes the craving. (33-39)

「지런션」이『나 청하노니』에 처음 발표되었을 때의 구두점과 비교하면 위의 인용문에서는 두 군데에서 차이가 발견된다. 35행의 "issues;"가 "issues,"로, 37행의 "distracted,"가 "distracted"로 바뀌어져 있는데,『나 청하노니』의 구두점이 실은 엘리엇의 노우트에서 발견되는 구두점으로서(350) 사유의 단위를 좀 더 명확하게 통제 내지는 구분해주며, 화자의 의식과 작품 전체의 흐름에 맞게끔 시의 속도를 늦추어주고 있다.『나 청하노니』가『시집』으로 제목을 바꾸어 미국에서 발간될 때 분명히 식자공의 오류라고 판단되는 것을 포함하여 스무 군데 가까이 변화가 있었는데 이 정도의 차이라면 마샬이 추정하듯 저자 자신의 개작이 있었다고 볼 수 있다.[17] 이렇게 한 차례의 수정을 거친 후 거의 30년 동안 위에서 인용한 대목은 어떠한 변화도 보이지 않았다. 그러나 피터스 러쉬튼(Peters Rushton)이 엘리엇에게 「지런션」의 텍스트에 대하여 문의했을 때(Marshall 214)—이때가 언제인지 마샬이 정확하게 밝히지는 않았지만 1947년 3월에서 1952년 사이라고 추정된다—그가 확인해준 35행과 37행의 구두점은 『나 청하노니』의 그것과 일치했다. 그러나 이처럼 원래의 구두점으로 되돌아가고자 한 엘리엇의 '마지막' 의도는 그 후에 인쇄된 「지런션」의 텍스트에 반영되지 않았다. 이와 대조적으로 「바람 부는 날의 광시곡」의 7행에서 "precisions,"가 "precisions."로, 「아폴리넥스씨」("Mr. Apollinax")의 19행에서 "unbalanced,"가 "unbalanced."로 바뀌었는데(Moody 305 – 06), 이는 모두 『시 전집 1909 – 1962』(1963)에서 수정된 것으로서 노우트의 구두점으로 되돌아 간 경우이다.

3

지금까지 세 가지로 대별하여 살펴본 문제들은 엘리엇의 작품 가운데 판본과 관련하여 가장 많은 논의를 유발한 『황무지』에서도 예외 없이 발견된다. 이 시의 여러 판본에서 단어의 변화를 적지 않게 볼 수 있지만 그보다는 구두점의 차이가 훨씬 더 빈번하게 나타나며, 운문

---

17) 물론 이는 『시집』이라는 특정한 판본에서 발견되는 이문의 빈도를 고려할 때 어느 정도 확신을 가지고서 추정할 수 있는 것이다. 엘리엇이 『시집』에 싣기 위한 개작을 할 때 문제의 구두점(35, 37행)을 바꿨고, 그것을 30년 가까운 세월이 흐른 후 다시 원래 상태로 돌려놓았다는 마샬의 추정(217)은 설득력이 있다.

단락의 혼란 역시 자주 볼 수 있다. 엘리엇이 『황무지』에 붙인 주석에는 영어 이외의 언어로 쓰여진 텍스트가 빈번하게 인용되는 까닭에 오식과 변화의 빈도 또한 높다. 행번호가 부정확해서 주석과 본문이 엇갈리는 수도 있는데, 가령 1936년 혹은 그 이전에 나온 텍스트에서는 309행에 맞추어져야 할 주석이 312행에 맞추어져 있다. 그런가 하면 412행에 붙어 있는 주석에서 F. H. 브래들리(Bradley)의 저서를 언급할 때 면수(page number)가 잘못된 것은 큰 불편을 초래할 수 있는데, 『시 전집 1909–1962』(1963, 1974)와 『T. S. 엘리엇 시와 희곡 전집』을 포함하는 다수의 판본들이 그러한 오식("p.306")을 품고 있다. 이는 "p.346"으로 수정되어야 한다. 마지막 행("Shantih shantih shantih")에 대한 주석이 하코트판 『시집 1909–1925』(Poems 1909–1925 [1932])에서 개정된 것도 해석과 관련된 흥미로운 변화라고 볼 수 있다.[18]

모든 텍스트가 그러하듯 일단 발생한 오류는 판이나 쇄를 거듭하면서 지속되는 경향이 있는데, 『황무지』 역시 지속적인 오류를 포함한다. 시 본문에 매긴 행번호가 한 가지 예인데, 판본에 따라서 433행 혹은 434행으로 차이가 난다(후자가 정확한 것이다). 물론 행번호는 시의 일부가 아니지만 본문비평이 연구의 대상으로 삼는 『황무지』라는 문서(document)의 일부로서, 부정확한 행번호는 텍스트의 전파 과정에서 실로 오랜 세월 동안 오류가 지속될 수 있음을 보여준다. 이 오류를 수정한 페이버사의 첫 『황무지』 텍스트는 『시 전집 1909–1962』(1963)에서야 접할 수 있다. 제대로 행번호를 매기기까지 약 40년이 걸

---

18) 빌립보서 4장 7절("The Peace which passeth understanding")을 인용하여 "shantih"의 의미를 제시하는 것은 모든 판본이 동일하나, 그 구절 혹은 그런 해설 방식에 대한 관점의 변화가 발견된다. 보니 앤드 리버라이트판과 호가스판, 그리고 『시집 1909–1925』(Poems 1909–1925 [1926])에서는 "a feeble translation of the content of this word"였지만 『시집 1909–1925』(1932)부터는 "our equivalent to this word"로 바뀌었다.

린 셈인데, 그동안 새로운 판본을 만드는 편집자나 식자공이 별 생각 없이 모본의 부정확한 행번호를 그대로 따랐다는 증거이다.『황무지』 판본의 정확성을 신속하게 검토할 수 있는 또 하나의 방법은 211행에 나오는 한 구절—"C. i. f. London"—에 어떤 주석이 붙어있는지를 살피 는 것이다(주석의 행번호는 문제의 구절 바로 앞줄에 맞추어 210으 로 되어 있다). 만약 이 부분의 주석이 "carriage and insurance free to London"으로 되어 있다면 부정확한 텍스트이다. 엘리엇의 주석이 애 초에 잘못되었는데 비록 그가 로이즈 은행(Lloyds Bank)에서 일했다고 는 하지만 "C. i. f."가 상업 용어로서 무엇의 약어인지 모르고 있었음을 드러낸다. 물론 사전을 참조하면 별 어려움 없이 해결할 수 있는 문제 이지만, 이 잘못된 주석은 1963년에 나온『시 전집 1909—1962』에 서야 비로소 "cost insurance and freight to London"으로 정확하게 수정 되었다. 그러나 이렇게 한 차례 오류가 수정되었어도 이미 언급한바와 같이 오류란 지속되는 경향이 있다. 텍스트의 전파는 저자 자신을 포 함하여 그 누구도 절대적 통제권을 행사하기 어려운 상태에서 이루어 지므로, 잘못된 주석을 포함하는 텍스트가 널리 퍼져 있는 상황에서 정확한 텍스트만이 모본으로 사용된다는 보장은 없기 때문이다. 가 령 "C. i. f. London"에 대한『노튼영문학선집』(The Norton Anthology of English Literature)의 주석은 7판(2000년)까지 엘리엇이 원래 달아놓았 던 부정확한 주석을 그대로 답습하고 있다(2376 n. 9).[19] 편집자들이 『시 전집 1909—1962』(1963)를 모본으로 삼았다고 밝히고는 있으나 (2946) 실제로는 그렇지 않을 수도 있다는 생각이 드는데, 이미 언급한

---

19) 8판(2006년)은 7판까지 실렸던 부정확한 주석을 그대로 실은 후에 "또 다른 주석"(Aneother gloss)이라고 말하면서 정확한 주석을 덧붙이고 있다(2302 n. 1). 편집자가 주석의 정확성에 대 한 판단을 애써 회피하고 있는 것이다. 가장 최근에 발간된 9판(2012년)도 8판과 동일하다 (2536 n. 1).

바와 같이 『시 전집 1909-1962』(1963)에는 "C. i. f. London"에 대한 올바른 주석이 붙어 있기 때문이다. 그런가 하면 하코트사가 각각 1967년과 1988년에 발간한 『시 선집』과 『시 선집』의 '백주년판'에도 부정확한 주석이 인쇄되어 있다.

필자가 『황무지』의 열여덟 가지 판본을 비교한 결과, 도합 이백 삼십 군데 이상의 이문을 발견할 수 있었는데, 이러한 수치는 『황무지』가 완결된 작품은 아니라는 무디의 견해(303)를 뒷받침한다. 그런 까닭에 저자인 엘리엇이 특정한 판본에 대한 자신의 의도를 표현했다는 점은 일단 주목의 대상이다. 대니얼 H. 우드워드(Daniel H. Woodward)에게 보낸 1963년 6월 26일 자 편지는 엘리엇이 1961년에 출간된 페이버판-소위 마더스테이그판-을 결정본("표준본")으로, 혹은 적어도 그것에 근접하는 것으로 보고 있음을 드러낸다.[20]

> 최근에 발간된 한정판이 표준본(standard text)으로 간주될 수 있을 겁니다. 그 판본에서 저는 주석 한 두 군데를 수정했는데 한정판의 발행인인 마더스테이그씨가 제가 전에 사용했었던 것보다 더 권위 있는 텍스트에 의거하여 단테의 인용들을 수정할 것을 제안했습니다. (qtd. in Woodward 264)

비록 엘리엇이 조심스러운 표현으로 마더스테이그판을 표준으로 삼을 수 있다고 말했지만, 그러기에는 몇 가지 문제점들이 발견된다. 우선 우드워드가 지적하는 바와 같이 마더스테이그판은 시 본문의 우아함을 고려하여 행번호를 매기지 않았고,[21] 단지 300부만을 찍어낸

---

20) 비록 '페이버'라는 명칭을 달고 나오기는 했지만 실은 이탈리아의 베로나에서 지오반니 마더스테이그(Giovanni Mardersteig)에 의하여 수작업으로 출간되었다.
21) 본문에 행번호를 매기지 아니한 마더스테이그판에서는 주석의 대상이 되는 본문의 구절을

한정판이며, 또한 10기니(guinea)라는 가격은 너무 비싸다(Woodward 265). 이 대목에서 본문의 정확성과 무관한 요소들—발행 부수와 가격—이 거론되는 이유는 텍스트의 전파를 고려해야 하기 때문이다. 마더스테이그판은 그 제한된 부수와 비싼 가격 때문에 일단 시장에서 다른 판본들과 경쟁하기가 불가능하다. 더군다나 우드워드라는 한 개인에게 보낸 편지에서 드러난 엘리엇의 의도가 텍스트의 전파라는 영역에서 어느 정도의 효력을 가질 수 있을지 의문이다. 교열 편집을 시도하는 편집자에 의해 모본으로 선택되지 않는 이상, 마더스테이그판이 『황무지』 텍스트의 혼란스러운 현 상태를 평정하기란 힘들다. 일단 마더스테이그판에서만 볼 수 있는 요소들이 많다는 것도 문제인데, 비록 엘리엇은 우드워드에게 보낸 편지에서 "주석 한 두 군데"를 고쳤다고 했지만 이는 결코 정확한 표현은 아니다. 다른 판본들과의 차이를 모두 지적하는 것이 옳겠지만 가장 두드러지는 세 가지 차이만을 지적하면 다음과 같다. (1) 제사가 페트로니우스(Petronius)의 『새티리콘』 (*The Satiricon*)에서 온 것임을 밝히고 있는데 이는 페이버시나 하코트사가 펴낸 다른 텍스트들에서는 볼 수 없는 것이다. (2) 34행과 35행 사이에 운문 단락의 구별이 있는 것도 마더스테이그판이 유일하다. (3) 206행("Tereu")이 한 줄로 이루어진 운문 단락인데, 이 역시 다른 판본에서는 볼 수 없다(게다가 이미 언급한바 있는 211행의 "C. i. f. London"에 대한 잘못된 주석이 붙어 있다).

위에서 언급한 사항들이 일단 저자의 의식적인 수정이라고 하여도, 마더스테이그판이 그 이전에 출간된 모든 판본들을 넘어서는 『황무지』

명기한 후에 주석을 붙였으며, 이러한 편집 방침은 『황무지』의 여러 판본들 가운데 유일하다. 버지니아 울프(Virginia Woolf)와 레너드 울프(Leonard Woolf)의 호가스판은 의당 있어야 할 본문의 행번호를 빠뜨린 경우로서, 행번호를 앞세우는 미주를 제공하고 있지만 이를 실제로 참조하기란 불편하다.

의 '결정본'이라고 말하기는 힘들다. 저자인 엘리엇의 '의도'가 서간문을 통해서 표현되기는 했지만 마더스테이그판 이후에 나온 페이버사나 하코트사의 『황무지』 텍스트가 저자의 또 다른 '의도,' 혹은 의도의 비일관성을 드러내기 때문이다. 단적으로 표현하자면 『시 전집 1909-1962』(1963)는 마더스테이그판에 뒤이어 출간되었지만, 그것의 개정사항들을 모두 수용하고 있는 것은 아니다(Woodword 265). 엘리엇은 편집상의 노력을 통하여 우드워드에게 밝힌 자신의 의도를 일관성 있게 구현하지 못했는데, 이러한 비일관성도 저자의 '의도'의 일부를 형성한다. 엘리엇의 경우 사정이 특수하다고도 말할 수 있는 것은 그가 다른 작가들에 비해 자기의 텍스트를 쉽게 통제하고 관리할 수 있었던 위치에 있었기 때문이다. 만약 엘리엇이 페이버사와 무관한 존재였다면 우리는 엘리엇의 '의도'에서 일관성을 덜 요구할지도 모른다.

'의도'의 처리와 관련된 또 하나의 어려운 예는 2부 「장기 놀이」("A Game of Chess")의 원고에서 발견된다. 엘리엇은 첫 아내 비비엔 엘리엇(Vivienne Eliot)의 요청에 따라서 한 줄을 삭제하였는데, 삭제된 행은 "The ivory men make company between us"로서 팩시밀리로 나온 엘리엇의 원고(12, 18)에서 확인할 수 있다. 『황무지』를 출간한 후 거의 40년 가까운 세월이 흐른 1960년 6월에 엘리엇은 기억을 되살려 삭제되었던 문제의 한 줄을 괄호 속에 넣어서 되살렸다. 이는 런던도서관의 기금을 조성하기 위하여 『황무지』 전문을 직접 손으로 쓸 때의 일이었는데, 이 필사본은 경매에서 2,800파운드에 팔리게 된다(Woodward 264). 리처드 엘만(Richard Ellmann)은 엘리엇이 자필로 복구시킨 그 시행이 이제는 텍스트의 일부로 들어와야만 한다고 자신있게 말하지만(60), 무디의 경우 분명한 태도를 보이지 않는다(303). 이 부분에 대하여 가장 자세하게 논의를 펼친 비평가는 엘로이즈 넵 헤이

(Eloise Knapp Hay)이다.

> 이제 더 이상 상처를 주지 않을 터이니 [그 시행은] 결국 복구
> 될 것임에 틀림없다. [. . .] 그 한 줄은 내면의 감옥과 외면의 황무
> 지라는 시의 통합된 비전에 있어서 필수적이다. 그것은 또한 이
> 부부―아이들 대신에 장기말을 가진―와 뒤이어 제시되는 주점
> 에서의 장면 사이의 충격적 대조를 구체적으로 보여준다. (58)

헤이가 위와 같이 주장한지 30년 이상이 흘렀으나 문제의 그 한 줄은
아직 교열 편집을 거쳐서 복구되지는 못했다. 초판 발행 후 비록 40년
이상의 시간이 걸렸지만 「서시」의 1부의 마지막 행은 원래의 의도대로
인쇄되었고, 구두점의 경우에도 그와 유사한 사례가 있었음은 이미 살
펴본 바와 같다. 그렇다면 역시 애초부터 원고에 있었고 시인 스스로
가 필사본에서 되살린 이 한 줄을 복원시키지 못할 절대적 이유가 없
다. 그러나 엘리엇은 문제의 한 줄을 필사본에서만 되살렸을 뿐, 그 이
후에 나온 마더스테이그판이나 『시 전집 1909―1962』(1963)에서 활
자화를 통해 그 부활을 재확인하지 않았다. 『시 전집 1909―1962』
(1963)는 엘리엇이 생존시에 펴낸 마지막 판본이므로 소위 '임종판'
(death-bed edition)에 해당하는데, 만약 마더스테이그판의 수정 사항
들을 충실하게 따르면서 필사본에서 되살아난 그 한 줄을 인쇄했다면
적어도 『황무지』에 관한한 "저자의 마지막 의도"라는 그렉―바우어즈
계열의 시나리오가 상당 부분 구현된 셈이었을 것이다. 그러나 실제로
는 마더스테이그판과 페이버사의 『시 전집 1909―1962』(1963)가 불
일치를 보이기에 '저자의 마지막 의도'라는 개념이 『황무지』의 '결정
본'에 도달하는 데 도움을 주는 것이 아니라 오히려 그 불안정성을 부

각시키고 있다고 말할 수 있다. 하코트판『시 전집 1909-1962』(1963)도 마더스테이그판에서의 개정을 전혀 참조하지 않았다(Woodward 269).

지금까지의 논의에서 드러난 바와 같이 저자의 의도는 다양한 방법으로 드러날 수 있으며, 그러한 다양성은 의도의 비일관성을 포함할 수도 있다. 물론 엘리엇의 의도가 일관성을 결하고 있음을 지적하기란 어렵지 않지만, 좀 더 근본적인 문제는 '저자의 마지막 의도'라는 개념 자체가 본문비평의 실제적 차원에서 여러 가지 난점을 노정할 수밖에 없다는 점이다. 우선 문제의 구절을 형성하고 있는 세 개념, 즉 '저자,' '마지막,' 그리고 '의도'는 결코 단순하지 않으며, 하나의 개념을 논하다 보면 어느 사이엔가 다른 개념이 들어오기 마련이다. 가령 비교적 단순하게 보이는 '마지막'이라는 개념도 해석하기에 따라 의미가 달라질 수 있는데, 이 개념을 단순히 시간적으로만 취급한다면『시 전집 1909-1962』(1963)가『황무지』에 대한 엘리엇의 마지막 의도가 반영된 텍스트이다. 그러나 시간적 차원을 떠나서 가장 우수한 의도가 마지막 의도라고 해석할 수도 있으며(Groden 264), 이는 넓은 의미의 형식미 혹은 효과의 차원을 중시하는 것이다. 즉 '마지막'이라는 단어가 일종의 예술적인 목적(telos)을 전제로 한다고 해석하는 것이다. 그렇지만 '마지막'에 대한 위의 두 해석 가운데 그 어느 쪽을 택하여도 마더스테이그판과『시 전집 1909-1962』(1963) 중에서『황무지』의 결정본을, 혹은 절충본을 만들기 위한 모본을 택하기란 쉬운 일은 아니다. 두 판본은 약 2년 정도의 간격을 두고 출간되었는데, 이러한 시간적인 차이에 어느 정도로 중요성을 부여할 것인지, 아니면 그 간격은 무시해도 좋은 것인지 판별하기 어렵다. 그리고 어느 판본이 시인의 예술적인 의도를 더 잘 구현하고 있느냐는 질문은 두 판본 사이의 미세한 차이에 대한 비평가의 취향을 묻는 것이다. 그렇지만 저자를 중시하는 탄젤과 같은 본문비평가는 이러한 심미적 판단을 배제한다. 즉 편집자가 미적 판단에 입각하여 저자가 마지막으로 제시한 텍스트를 무시한다는 것은 결국 저자가 아니라 편집자 자신을 앞세우는 행위이기 때문이다. 이를테면 「엘리엇씨의 일요 예배」("Mr. Eliot's Sunday Morning Service")에서 구문상의 문제를 일으키는 20행의 마침표("pence.")를 없애야 하는지 무디는 궁금히 여기는데(307), 그 마침표는 무디 자신도 잘 알고 있듯이 출간된 모든 텍스트에서 발견되며, 한 걸음 더 나아가서 저자의 노우트에서도 발견된다. 적어도 이 하나의 구두점에 관한한 저자의 의도가 완벽하게 구현되었다고 볼 수 있는 까닭에, 탄젤과 같이 저자의 의도를 중시하는 비평가라면 설령 이 마침표로 인하여 21행부터 24행이 구문상으로 불완전해도 크게 개의치 않을 것이다.22)

'저자의 마지막 의도'에서 가장 포착하기 어려운 개념은 '저자'인데, 본문비평에서의 '저자'는 텍스트를 생산하고 통제하는 존재이지만 그러한 생산과 통제의 과정에서 역으로 추출되는 존재이기도 하다. 이를테면 빈번하게 개작을 한 예이츠를 그의 친구들이 비판했을 때 그는 자기가 다시 창조하는 것은 시가 아니라 바로 자기 자신이라고 응답하였다(Thorpe 43). 그의 궁극적 관심은 정태적 의미가 부여될 수 있는 하나의 '결정본'을 제시하는 것이 아니라 계속 수정되는 텍스트―개작이라는 행위―를 통해 입증되는, 살아 있는 자아였다. 헨리 제임스 역시 출간된 자신의 작품들을 열심히 개정한 작가이지만, 뉴욕판에 포함될 작품들의 개작을 고려할 때에는 사정이 달랐다. 그 작품들이 건널 수 없는 시간적 거리를 두고서 자신과 떨어져 있음을 통감했기 때문에 그는 다시 쓴다는 것이 어렵다 못해 부조리하다고 생각했던 것이다.

---

22) 이처럼 저자의 의도를 중시하는 편집 방침은 예술적으로 열등한 텍스트나 독서대중이 원하지 않는 텍스트를 모본으로 채택하게끔 만든다는 잠재적인 문제를 품고 있다.

이는 "단순한 표현의 문제"가 아니라 두 자아—그 작품들을 쓸 때의 자신과 개작에 대해 생각하는 자신—를 조화시켜야 한다는 문제였다 (Thorpe 44).

엘리엇도 헨리 제임스의 경우와 크게 다르지 않다. 콜럼비아대학과 텍사스대학에서 자기의 시를 낭송할 때 엘리엇은 초기시를 썼던 젊은 시절의 자신과의 거리감에 대하여 언급하였다. 어쩌면 단순한 '거리감'이라기보다 "그가 젊은 날의 자아로부터 탈출하였다고 말하는 편이 더 정확할지도 모른다. 자신의 삶을 구획화하는 능력을 가졌던 것처럼 그는 과거의 무게를 벗어버리고 다시 시작할 수 있는 것처럼 보였다" (Ackroyd 323–24). 사실 엘리엇의 생애에서 때로는 인위적이라는 인상을 줄 정도로 명확한 선을 그으면서 과거를—좀 더 정확히 표현하자면 과거의 인간관계를—끊어버리는 순간을 발견하기란 그리 어렵지 않다. 그의 첫 아내를 비롯하여, 오랜 기간 사랑하는 사이였던 에밀리 헤일(Emily Hale), 친구로 지내며 그에게 거듭 청혼하였던 메리 트레블리언(Mary Trevelyan), 그리고 10년 동안 같은 집에 살면서 문학적인 동반자 역할을 하였던 존 헤이워드(John Hayward)와의 관계에서 그 명확한 선긋기의 예를 볼 수 있다. 이러한 명확한 선긋기는 엘리엇과 그의 텍스트 사이에서도 발견된다. 가령 길버트 셀디즈(Gilbert Seldes)에게 보낸 1922년 11월 12일 자 편지에서 그는 『다이얼』에 실린 『황무지』의 텍스트가 "훌륭하게 인쇄되었다"고 기뻐하면서도, 그것이 이제는 「프루프록」만큼이나 과거지사가 되었으며 자기의 현재 생각은 매우 다르다고 쓰고 있다(qtd. in Woodward 269). 그는 사흘 후에 리처드 올딩턴(Richard Aldington)에게 보낸 편지에서도 유사한 태도를 보인다: "『황무지』에 대해서 말하자면, 내 입장에서는 그것이 과거의 것이며 나는 이제 새로운 형식과 스타일을 모색하고 있습니다"(596). 이처럼 『황무지』에 대한 엘리엇의 태도가 출간 직후부터 매우 초연했다면 마더스테이그판에서의 개정 사항들이 하코트판 『시 전집 1909-1962』(1963)에 철두철미하게 반영되게끔 그가 구태여 노력하지 않은 것은 예상 밖의 일은 아니다(Woodward 269). 물론 마더스테이그판에서의 개정이 암시하듯 엘리엇과 『황무지』의 관계는 그가 타계할 때까지 어떤 형태로든 계속되었다고 보는 것이 옳지만 그 관계에서 지속적인 예술적 의도를 추출하기란 힘들다.

4

그렉-바우어즈 계열의 편집 이론에서 결정본은 본문비평가가 여러 판본들을 참조하여 만드는 일종의 '절충본'으로서 저자가 실제로는 쓰지 않은, 그야말로 이상적이며 관념적인 텍스트이다. 결정본을 편집하는 과정은 의도의 통일성 혹은 목적성을 추구하는 일이므로, 결국 '저자'란 편집자가 이문과 이본을 극복하면서 만들어내는 텍스트의 구축물이며, 이는 저자가 하나의 통합된 존재라는 낭만적인 대전제에 궁극적으로 의존한다. 이미 언급한바와 같이 그렉-바우어즈 계열의 이론은 르네상스 희곡 텍스트의 편집에서 출발하였는데, 이 시기의 텍스트를 다루는 편집자들에게는 출간된 텍스트 이외에 저자의 의도를 재구성하는데 참고할 증거가 많이 주어지지 않는다. 그러나 엘리엇과 같이 20세기 작가들의 텍스트를 취급할 때에는 사정이 크게 다르다. 20세기의 작가들은 인쇄된 텍스트 이외에도 그들의 의도를 직접, 간접적으로 드러내는 여러 가지 증거를 남겼으며, 무엇보다도 원고 자체가 남아 있는 경우가 많다. 바로 이러한 증거의 다양성은 엘리엇의 경우를 통하여 보았듯이 소위 '저자의 마지막 의도'를 구축할 때 의도의 비일관성 혹은 텍스트의 미결정성으로 이어질 수 있다. 또한 엘리엇이 자신의 과거와 의식적인 절연을 반복했다거나 낭만주의 혹은 "개인의 재능"(the individual talent)에 대하여 비판적인 시각을 보였음을 상기한다면, 소위 비개성시론(the poetics of impersonality)으로 요약되는 그의 입장(Selected Essays 3−11)이 그렉−바우어즈 계열의 본문비평에 스며들어가 있는 낭만적 전제−통합된 존재로서의 저자−와 상치된다는 점을 알 수 있다. 엘리엇이 「토마스 미들턴」("Thomas Middleton")에서 전개하는 논리에 의하면 미들턴의 우수성은 그의 개성이 아니라 그것의 부재에서 비롯하는 것이다. 좀 더 정확히 말하자면 미들턴이 남긴 텍스트에서 어떠한 개성을 추출하기가 어렵기 때문에 그는 결국 여러 텍스트들을 함께 끌어 모으는 명목상의 구심점에 불과하며(Selected Essays 140, 141), 바로 이 명목상의 역할이 그의 '비개성'을 반증한다. 텍스트를 통하여 구축되는−혹은 일관성 있게 구축되지는 아니하는−엘리엇이라는 '저자' 역시 명목상의 구심점으로서, 의도라는 개념을 내세워 저자를 통합된 존재로 이상화하는, 소위 '낭만적' 관점에 흡수되지 아니한다.

텍스트 생산의 사회적 측면을 강조하는 본문비평가라면 언어적 코드(linguistic code)뿐 아니라 서지학적 코드(bibliographical code) 역시 고려하므로, 다양한 변전을 보이는 엘리엇의 모든 판본들이 하나의 결정본으로 통일될 수 있다고 생각하지는 않을 것이다.[23] 가령『황무지』

---

23) "언어적 코드"와 "서지학적 코드"는 맥갠(McGann)의 용어인데, 문학텍스트에서는 후자가 전자와 마찬가지로 의미의 생성에 적극적으로 참여한다는 것이 그의 주장이다(77). 한 걸음 더 나아가 서지학적인 코드는 문학적 영역을 넘어서서 좀 더 커다란 사회적 혹은 문화적 의의를 지닐 수 있다.

의 마더스테이그판은 그 호화로운 장정과 제본, 그리고 제한된 부수로 인하여 수집가들을 대상으로 한다는 인상을 강하게 풍기는데, 이러한 서지학적 코드의 '의미'는 그렉–바우어즈 계열의 본문비평이 중점적으로 다루지 않는 것이다. 그리고 언어적 코드의 경우 적어도 이론적으로는 모든 판본들이 동일한 중요성을 지니며 판본의 변화는 저자의 생존 여부와는 무관하게 계속된다고 본다. 텍스트는 저자의 의도에 따라 창작 과정에서 바뀜은 물론이고, 전파를 거듭함에 따라 여러 사람들의 손을 거치면서 변화할 수밖에 없다는 것이다(West 373). 텍스트의 사회적 의의를 중시하는 이러한 관점은 저자 중심으로 텍스트를 이해하고 나아가서 '확립'하려는 영미본문비평의 전통적 관점보다 폭이 넓다. 이러한 '사회화 이론'은 포착하기 힘든 저자의 의도에서 비롯되는 어려움을 피할 수 있다는 그 '실용성'에 힘입어서 결국 저자 중심의 이론보다 강세를 보이게 되리라고 예측할 수도 있다(West 369). 그러나 출간된 텍스트들을 무조건 동등하게, 혹은 '민주적'으로 취급하는 것은 냉정하고도 비생산적인 상대주의에 빠지는 것으로서, "텍스트에 대한 무기력과 무관심"(West 369)과 다를 바가 없다. 처음부터 모든 텍스트가 그 사회성으로 인하여 존재의 정당성을 동등하게 부여받는다는 식의 사유는 결정본의 개념을 추구하다가 텍스트 생산의 사회적 측면이나 저자라는 개념의 궁극적인 불안정성에 도달하는 것과 분명히 차이가 있다. 판본의 비교를 거쳐 단순한 오식으로 판명이 나는 부분은 수정해야 하며, 텍스트의 형성에 개입하는 여러 가지 사회적, 물리적 요인들을 세심하게 구분하는 일은 불가피하다. 달리 표현하자면 '결정본'의 개념을 함부로 폐기할 수는 없는데, 완전무결한 이상적 텍스트를 얻는 것이 불가능하다는 이유로 존재하는 모든 텍스트를 무비판적으로 다 받아들일 수는 없다.

저자의 마지막 의도를 중시하여 전통적 의미의 '결정본'을 추구하면서도 텍스트 생산의 사회적 측면을 아울러 고려하는 편집 원칙은 없는가? 이 물음에 대한 부분적인—썩 만족스럽지는 아니한—해답은 오든의 유고를 관리하는 에드워드 멘델슨(Edward Mendelson)에게서 볼 수 있다. 오든은 생의 말기에 이르러 자신의 시인으로서의 입지를 굳혀준 몇몇 시들의 재판을 금했는데, 멘델슨이 편집한 오든의『시 전집』은 그의 마지막 의도를 존중하여 그가 철회한 작품들을 제외하고 있다. 가령「스페인」("Spain")이나「1939년 9월 1일」("September 1, 1939")과 같은 시들 덕분에 오든은 1930년대를 대표하는 정치적 시인이 되었지만, 이 시들은『시 전집』에서는 빠져 있다. 그렇지만 멘델슨은 무조건 "저자의 마지막 의도"만을 따르지는 않았는데, 그가 편찬한『시 선집』은 "저자의 마지막 의도"와 대비되는 초판본의 의의를 강조하는 것으로서 위의 두 시들을 포함한, 소위 '철회'된 시들을 포함하고 있다. 결국 오든의『시 전집』과『시 선집』을 나란히 놓고 본다면 이들은 일종의 병렬본(parallel text)과도 같은 의의를 가지는데, 시의 선택—더 광범위하게 말하자면 오든 정전의 선택—이라는 차원에서 개인(저자)의 의도와 사회의 의도가 병립하게 된 경우이다.

그렇지만 이러한 병렬본의 개념을 엘리엇의 텍스트에 실제로 적용하기란 어렵다. 병렬본은 절충본을 만들기 힘들 정도로 저자의 의도가 큰 차이를 보일 때 택하는 방법으로서, 예를 들어 윌리엄 워즈워드(William Wordsworth)의『서시』(The Prelude)와 같이 절충본을 위한 노력이 무의미하게 보일 정도로 변화의 규모가 큰 텍스트들을 제시할 때 효과적이다. 그러나 엘리엇의 시 텍스트의 경우 워즈워드의 경우와 같이 대규모의 개정을 통하여 극명한 차이를 보이는 둘 혹은 그 이상의 이본이 존재하는 것은 아니기 때문에 병렬본은 결코 현실적인 해결책이 되지 못한다. 변화의 규모로 볼 때 절충본을 만들고 모든 이문을 주석의 형태로 제시하는 것을 고려할 수 있지만, 이미 살펴본 바와 같이 "저자의 마지막 의도"가 여러 가지 차원에서 미동을 보이는 까닭에 쉽지 않은 작업이 될 것이다—가령『전집』들 가운데 어느 하나를 모본으로 선택하는 것이 아니라 모든 작품의 전파 과정을 개별적으로 추적하는 과정에서 모본을 선택해야 할 필요가 있다. 이처럼 엘리엇의 텍스트가 보여주는 끊임없는 '미동'은 본문비평의 이론보다도 '크다.'

5

지금까지 살펴본 바와 같이 페이버사나 하코트사가 엘리엇의 시, 혹은 시와 희곡을 함께 묶은『전집』들을 제공하고는 있지만, 그것은 여러 가지 양상을 보이면서 변전을 거듭해온 엘리엇의 텍스트들을 불완전하게 수정해가면서 함께 모아놓았다는 의미 이상은 없다. 그리고 시뿐만이 아니라 희곡이나 비평 또한 지속적인 본문비평의 대상이 되어야 함은 물론이다. 한 가지 예를 들자면 엘리엇은『대성당의 살인』(*Murder in the Cathedral*)을 폭넓게 수정한바 있는데, 그 "복잡한 텍스트의 변천사"(Beare 39) 때문에 이 작품의 연구는 본문비평의 토대 없이는 사상누각과 다를 바가 없다. 그리고 엘리엇의 비평 역시 전파가 거듭되는 과정에서 저자의 수정을 거쳤으며, 편집자의 개입을 필요로 하는 부분들도 많다. 이 글에서 이미 예시한바와 같이, 그리고 프랭크 커모드(Frank Kermode)가 밝히듯이(307), 엘리엇의 인용이 항상 정확한 것은 아닌 까닭에 본문비평가나 편집자는 인용의 대상이 되는 원문을 들춰볼 준비를 해야 한다.

　엘리엇의 텍스트가 현재 전체적으로 혼란한 상태이며 이에 대한 본문비평의 관심 또한 희박하다면, 이는 단지 현재의 어려움뿐 아니라 미래의 어려움을 암시하는 것이기도 하다. 왜냐하면 시간이 흐름에 따라서 저작권법의 보호를 받지 못하는 엘리엇의 텍스트는 그 수가 늘어갈 것이며, 이는 그나마 정확도를 유지해왔던 페이버사와 하코트사의 텍스트가 텍스트의 전파에서 힘을 잃게 될 수도 있음을 뜻하기 때문이다. 엘리엇의 텍스트가 투철하지 못한 편집 원칙을 가진 출판사에 의해 만들어질 때 지금보다 혼란이 증가할 가능성이 있는데, 사실 이러한 가능성은 1990년대 후반에 우후죽순과도 같이 등장한 엘리엇의 초기시와 『황무지』의 염가판을 통하여 이미 현실이 되었다. 1922년에 발간된 『황무지』를 75년간 보호하던 저작권법의 효력이 사라졌기 때문에 1998년에 다수의 염가판들이 앞을 다투어 등장했는데, 이러한 현상은 일단 『황무지』를 비롯한 엘리엇의 텍스트가 아직도 넓은 의미의 문화상품으로서의 가치를 지니고 있음을 나타내며, 그와 동시에 출판사들이 수익을 올리는데 몰두하지 텍스트의 정확도에 대하여서는 거의 관심이 없음을 다시금 확인시켜줄 뿐이다. 염가판들은 대체로 누가 어떠한 텍스트를 모본으로 택하여 어떤 방침에 따라 편집을 했는지 밝히지 않고 있는데, 기존의 텍스트들 가운데 하나를 임의로 선택한 후 별다른 비평적 검토 없이 그대로 베끼고 있다고 해도 과언이 아니다. 이 경우 해묵은 오류가 반복될 수밖에 없고, 나아가서 새로운 오식이 스며드는 것 또한 어쩔 수 없다. 이러한 제반 상황들을 고려한다면 현 시점은 엘리엇의 텍스트에 대한 체계적이고 지속적인 관심이 더욱 절실하게 필요한 때라고 말할 수 있다.

인용문헌

『공동번역 성서』. 서울: 대한성서공회, 1977.

Abrams, M. H., et al., eds. *The Waste Land*. By T. S. Eliot. *The Norton Anthology of Eenlish Literature*. 7th ed. Vol. 2. New York: Norton, 2000. 2369−83.

Ackroyd, Peter. *T. S. Eliot, A Life*. New York: Simon and Shuster, 1984.

Auden, W. H. *Collected Poems*. Ed. Edward Mendelson. New York: Vintage-Random, 1991.

_____. *Selected Poems*. Ed. Edward Mendelson. New ed. New York: Vintage-Random, 1979.

Beare, Robert L. "Notes on the Text of T. S. Eliot: Variants from Russell Square." *Studies in Bibliography* 9 (1957): 21−49.

Bornstein, George. "Introduction: Why Editing Matters." Bornstein 1−16.

_____, ed. *Representing Modernist Texts: Editing as Interpretation*. Ann Arbor: U of Michigan P, 1991.

Bowers, Fredson. "Textual Criticism and the Literary Critic." *Essays in Bibliography, Text, and Editing*. Charlottesville: UP of Virginia, 1975. 296−325.

Brooker, Jewel Spears. "Eliot Studies: A Review and a Select Booklist." *The Cambridge Companion to T. S. Eliot*. Ed. A. D. Moody. Cambridge: Cambridge UP, 1994. 236−50.

Du Sautoy, Peter. "T. S. Eliot and Publishing." *Agenda* 23.1−2 (1985): 171−76.

Eliot, T. S. *Ara Vos Prec*. London: Ovid, 1920.

_____. *Burnt Norton*. London: Faber, 1941.

_____. *Collected Poems 1909−1935*. London: Faber, 1936.

_____. *Collected Poems 1909−1935*. New York: Harcourt, 1936.

_____. *Collected Poems 1909—1962*. London: Faber, 1963.

_____. *Collected Poems 1909—1962*. London: Faber, 1974.

_____. *The Complete Poems and Plays*. New York: Harcourt, 1952.

_____. *The Complete Poems and Plays 1909—1950*. New York: Harcourt, 1952.

_____. *The Complete Poems and Plays of T. S. Eliot*. London: Faber, 1969.

_____. *The Complete Poems and Plays of T. S. Eliot*. London: Faber, 1973.

_____. *Four Quartets*. Faber Paperbacks. London: Faber, 1959.

_____. *Four Quartets*. London: Faber, 1944.

_____. *Inventions of the March Hare: Poems 1909—1917*. Ed. Christopher Ricks. New York: Harcourt, 1996.

_____. *Poems*. New York: Knopf, 1920.

_____. *Poems 1909—1925*. London: Faber, 1926.

_____. *Poems 1909—1925*. New York: Harcourt, 1932.

_____. *Selected Essays. New ed. San Diego:* Harcourt, 1978.

_____. *Selected Poems*. Centennial Edition. New York: Harcourt, 1988.

_____. *Selected Poems*. Faber Library. London: Faber, 1961.

_____. *Selected Poems*. London: Faber, 1954.

_____. *Selected Poems*. New York: Harcourt, 1967.

_____. "To Richard Aldington." 15 November 1922. *The Letters of T. S. Eliot*. Ed. Valerie Eliot. Vol. 1: 1898—1922. San Diego: Harcourt, 1988. 596—97.

_____. "The Waste Land." *The Criterion* 1 (1922): 50—64.

_____. "The Waste Land." *The Dial* 73 (1922): 473—85.

_____. *The Waste Land*. London: Faber, 1961.

_____. *The Waste Land*. New York: Boni and Liveright, 1922.

_____. *The Waste Land*. Richmond: Hogarth, 1923.

_____. *The Waste Land: A Facsimile and Transcript of the Original Drafts*

Including the Annotations of Ezra Pound. Ed. Valerie Eliot. New York: Harcourt, 1971.

_____. The Waste Land and Other Poems. London: Faber, 1972.

_____. The Waste Land and Other Poems. New York: Harcourt, 1958.

Ellmann, Richard. "The First Waste Land." Eliot in His Time: Essays on the Occasion of the Fiftieth Anniversary of The Waste Land. Ed. A. Walton Litz. Princeton: Princeton UP, 1973. 51−66.

Empson, William. Seven Types of Ambiguity. 1930. New York: New Directions, 1947.

Gallup, Donald, comp. T. S. Eliot: A Bibliography. London: Faber, 1969.

Greenblatt. Stephen, et al., eds. The Waste Land. By T. S. Eliot. The Norton Anthology of Eenlish Literature. 8th ed. Vol. 2. New York: Norton, 2006. 2295−308.

_____, eds. The Waste Land. By T. S. Eliot. The Norton Anthology of Eenlish Literature. 9th ed. Vol. 2. New York: Norton, 2012. 2529−43.

Greetham, D. C. "Textual Scholarship." Introduction to Scholarship in Modern Languages and Literatures. Ed. Joseph Gibaldi. 2nd ed. New York: MLA, 1992. [103]−37.

Groden, Michael. "Contemporary Textual and Literary Theory." Bornstein 259−86.

Hay, Eloise Knapp. Eliot's Negative Way. Cambridge: Harvard UP, 1982.

The Holy Bible. N.p.: Collins World, n.d. Authorized King James Vers.

Jones, Genesius. Approaches to the Purpose: A Study of the Poetry of T. S. Eliot. London: Hodder and Stoughton, 1964.

Julius, Anthony. T. S. Eliot, Anti-Semitism, and Literary Form. Cambridge: Cambridge UP, 1995.

Kappel, Andrew J. "Complete with Omissions: The Text of Marianne Moore's

Complete Poems." Bornstein 125−56.

Kermode, Frank, ed. *Selected Prose of T. S. Eliot*. By T. S. Eliot. New York: Harcourt, 1975.

Marshall, William H. "The Text of T. S. Eliot's 'Gerontion.'" *Studies in Bibliography* 4 (1951−52): 213−17.

Mayer, John T. *T. S. Eliot's Silent Voices*. New York: Oxford UP, 1989.

McGann, Jerome J. *The Textual Condition*. Princeton: Princeton UP, 1991.

Moody, A. D. *Thomas Stearns Eliot: Poet*. Cambridge: Cambridge UP, 1980.

Shakespeare, William. *The Complete Plays and Poems of William Shakespeare*. Ed. William Allan Neilson and Charles Jarvis Hill. Cambridge: Houghton Mifflin, 1942.

Stead, C. K. *Pound, Yeats, Eliot and the Modernist Movement*. New Brunswick: Rutgers UP, 1986.

Tamplin, Ronald. *A Preface to T[.]S[.]Eliot*. London: Longman, 1988.

Thorpe, James. *Principles of Textual Criticism*. San Marino: Huntington Library, 1972.

West, James L. W., III. "Twentieth-Century American and British Literature." *Scholarly Editing: A Guide to Research*. Ed. D. C. Greetham. New York: MLA, 1995. 365−81.

Woodward, Daniel H. "Notes on the Publishing History and Text of *The Waste Land*." *The Papers of the Bibliographical Society of America* 58 (1964): 252−69.

T. S. 엘리엇 비평의 근대성과 탈근대성*

이 만 식(가천대학교)

1. 서론: 비평 읽기의 문제점과 시와 비평의 구분

최근의 대표적 경향 중 하나인 전기비평을 확립한 피터 애크로이드 (Peter Ackroyd)가 엘리엇 비평의 읽는 방법을 발견하지 못했다고 고백한다.

> 판단으로 시작하는 것이 엘리엇의 특징이다. 바꿔 말하면, 그의 인지작용이 본능적으로 이러한 형식을 취하는 것 같다. 그런 다음 판단을 뒷받침할 수 있을 지 모를 증거를 주변에서 물색한다. 그러나 판단의 주장이 권위있고 최종적인 것 같아 보여도, 그런 다음 정당화하거나 공들여 마무리하는 실제 과정은 종종 모호하거나 일관성이 없다. 비평가들은 '신앙'이나 시적 '개

* 『T. S. 엘리엇 연구』 제9호(2000년 가을-겨울) 145-74.

성'의 특성 같은 핵심 문제에 있어서조차 얼마나 자주, 그리고 얼마나 편안하게, 엘리엇이 모순되는 말을 하고 있는지 주목하여 왔다. (105)

"모호하거나 일관성이 없"고 핵심 개념의 경우에도 논리적 모순이 발견된다고 지적한다. 애크로이드의 주장이 옳다면, 엘리엇 비평에 관한 진지한 학문적 검토가 불가능할 것이다. 엘리엇도 「비평의 기능」("The Function of Criticism" 1923)에서 비평의 문제점을 고백한다.

> 한때 나는 읽을 가치가 있는 '유일한' 비평가는 자기가 쓰는 예술 작품에 관해 비평을 실천하는, 그것도 잘 실천하는 비평가 라는 극단적인 입장을 취하는 경향이 있었다. 그러나 몇 가지 중요한 내용을 포함하기 위하여 이 틀을 확대 해석해야만 하였다. 그리고 그 이후 나는 원하던 것 이상이 포함된다 하더라도 포함되기 원하는 내용이 모두 들어가는 공식을 모색하여 왔다. (*SE* 31)

포함되기 원하는 내용이 들어간다면 "원하던 것 이상이 포함된다 하더라도"(even if it included more than I wanted) 상관없다는 입장이다. 비평의 주장에 정확한 함량보다 더 많은 양의 내용이 포함될 수 있다는 것이다. 무책임해 보이는 이러한 입장 표명이 모호하다, 일관성 없다, 논리적 모순이 발견된다는 불평의 원인을 설명해준다.

그런데 적정량을 초과하는 내용이 포함된 문학적 공식이 성실한 비평적 자세에서 비롯된다는 해석이 가능하면, 모호성, 비일관성이나 논리적 모순이 호의적 관점에서 재검토될 수 있다는 것이 본고의 주장이다. 작품 속에 혼재되어 있는 하나 이상의 논리나 세계관이 정확하게 이해되지 못하면, 모호하거나 모순되게 보일 수 있기 때문이다.

"아무것도 의미하지 않는다에서 모든 것을 의미한다"까지 엘리엇에 대한 해석의 편차가 극심하다(Kenner 50). 아방가르드적 요소와 반(反) 아방가르드적 요소가 시세계에 "언제나 불편하게 그렇지만 언제나 필요에 의해서 공존하고 있다"(285)고 랜트리키아(Lentricchia)가 설명하지만, 비평에 관해서는 마음이 편한 것 같다.

> 초기의 문학 비평은 후기의 많은 주요 산문 작품처럼 이상적으로 결합된 문화 속에 있는 관계에 대한 엘리엇의 희망의 표현이다. 반면에, 「재의 수요일」과 『네 개의 사중주』를 배제하지 않는다 하더라도, 시는 부조리하고 단연코 세속적인 문화 속의 엘리엇의 삶과 현실의 표현이다. (278)

시가 부조리한 현실을 표현하고 비평이 이상적 문화에 대한 희망을 표현한다는 이분법이다. 웅거(Unger)도 유사한 논리를 전개한다.

> 엘리엇의 비평이 고전적이고 전통적이며 몰개성적인 프로그램을 촉구한다. 반면에, 그렇게도 강력하게 낭만적이고, 두드러지게 현대적이며, 극도로 개인적인 시를 산출해내고 있다. (7)

시와 비평의 이분법적 대립이 강조되는데, "산문적인 반성 속에서는 이상적인 면에 합법적으로 열중할 수 있는 반면, 운문을 쓰면서는 현실적인 면만 취급할 수 있다"(같은 곳)는 엘리엇의 설명이 근거로 제시된다. 그러나 웅거와 엘리엇의 논리 사이에 편차가 있다. 산문에서 이상적인 면에 집중하는 것이 합법적이고 시에서 현실적인 면만 다룰 수 있다고 설명하는데, 여기에서 시와 산문의 극단적 대립 논리가 전개될 수 없다. 구체적 이미지를 사용하는 시에서 이상적인 면을 취급하는 것이 어렵기 때문에 산문에서 집중하는 것이 합리적이라는 것이다. 시는 현실, 산문은 이상이라는 이분법이 아니다. 산문에서도 현실적인 면이 취급될 수 있다. 사실, 시에서든 산문에서든, 이상적인 면과 현실적인 면이 둘 다 고려되지 않을 수 없다.

현실과 이상의 대립 국면에 국한하여 시와 산문이 검토될 수 없다. 엘리엇의 비평이 고전적이고 전통적이며 몰개성적이기만 한 것인지에 대해 비평적 의문이 제기될 수 있기 때문이다.

2. 세계관의 혼재

엘리엇의 비평 세계가 근대성(modernity)에 국한되지 않는다.[1]

> 내가 신뢰하는 예술가는 자신의 동시대인보다 더 문명화되어 있을 뿐만 아니라 더 원시적이며, 예술가의 표현은 문명보다 더 깊다. 원시적 본능과 여러 세대에 걸쳐 습득된 관습이 보통 사람 속에 섞여 있다. 루이스(Lewis) 씨의 작품 속에서 우리는 근대인의 생각과 혈거인의 에너지를 인식한다. (Alderman 8 재인용)[2]

---

[1] 1870년대 이후의 예술 사조인 모더니즘(modernism)이나 1960년대 이후의 예술 사조인 포스트모더니즘(postmodernism)의 경우는 원어의 발음을 그대로 사용할 수 있다. 존 하우드(John Harwood)에 의하면, 모더니즘은 "1960년대의 학문적 신조어"(13)다. Modernity의 경우, 강조되는 내용에 따라 '현대성'이나 '근대성'으로 번역될 수 있다. 당대(當代)나 동시대(同時代)의 세계관에 이어진다는 관점을 강조하기 위해서는 '현대성'이라는 역어가 사용되어야 하지만, 르네상스 이후 계속 이어지는 중세와 구분되는 역사적 관점을 생각한다면 '근대성'이라는 역어가 사용되어야 한다. 본고에서는 중세와 구분되는 세계관의 관점이 강조되고 있기 때문에 modernity를 '근대성'이라고 postmodernity를 '탈근대성'이라고 번역한다.

[2] Cyber text의 경우 한글 3.0b에 의해 관련 본문의 내용이 A4 용지로 출력된 쪽수가 표시됨.

"동시대인"(contemporaries)이나 "문명"(civilization)이 근대성의 언어다. 보다 우월한 개념으로 사용된 "원시적 본능"(primitive instincts)이나 "혈거인"(cave man)은 무엇인가. "신뢰하는 예술가는 자신의 동시대인보다 더 문명화되어 있을 뿐만 아니라 더 원시적이며, 예술가의 표현은 문명보다 더 깊다"고 주장된다. '원시적'에 문자 그대로의 적정량의 의미를 초과하는 내용이 포함된다. '원시적'은 '근대'보다 더 근대적인, 탈근대적(postmodern)이라는 의미를 함축한다. 인용문은 1918년의 작품이다. 앨더만(Alderman)은 1921년과 1922년이 "모더니즘의 경이의 해"(5)이며, 1917년과 1920년의 기간은 "이전의 구조가 무너져 내리고 새로운 구조가 이제 막 등장하려는 유동성과 부단한 변천의 공간"(5)이라고 정의한다. 여기서 '새로운 구조'는 모더니즘이다. 모더니즘 직전의 시대를 무엇이라고 명명해야 하나. '유동적이고 부단히 변천'하는 모더니즘은 모더니즘의 과거에 대한 정의일 뿐만 아니라, 모더니즘의 미래인 포스트모더니즘의 정의다. 근대성과 탈근대성의 세계관이 혼재되어 있다. 논리가 모호하고 일관성 없고 모순되는 것처럼 보인다. 혼재된 세계관의 관계가 명확하게 설정되지 않으면, 논리의 모순이라는 혐의를 벗어버릴 수 없을 것이다.

「전통과 개인의 재능」("Tradition and the Individual Talent" 1919)에서 전통의 논리와 몰개성 시론의 논리가 연결되는 부분이다.3)

> 탈개성화의 과정과 전통 의식의 관련성을 정의하는 일이 남아 있다. 예술이 과학의 상태에 접근한다고 말해질 수 있는 것

---

3) 엘리엇 시론의 공식 명칭은 'impersonal theory of poetry'인바, 'depersonalization'이란 단어가 두 번 사용된다. 'depersonalization'의 경우 '탈개성화'란 역어가 적합해보이지만, 대부분의 경우 'impersonal'이 사용된다. '몰개성'이나 '비개성'으로 번역될 수 있는데, 개성의 전면적 거부를 요구하지 않는다는 점에서 '몰개성'이 적합한 역어로 판단된다.

은 이러한 탈개성화 속에서이다. 그러므로 시사하는 바가 많은 유비로서, 미세한 백금선 조각이 산소와 이산화황이 들어 있는 용기 속에 가미되었을 때 발생하는 작용을 숙고하도록 그대에게 권할 것이다. (*SW* 44)

백금 촉매에 의한 산소와 이산화황의 화학적 결합은 근대 과학의 논리다. 그런데 '원시적 본능'과 '혈거인'에 관한 논리 전개에서 알 수 있듯이, '전통 의식'이 근대적 세계관에 대한 순응만 의미하지는 않는다. 여러 가지 세계관이 혼재되어 있다. "유비"(analogy)는 논리의 전개를 위해서 사용된 중요한 단어다. 푸코(Foucault)에 의하면 중세 이후 16세기 말까지 근대 최초의 인식 체계인 르네상스의 유사성의 에피스테메에 속한다.

유비에 의해 점령된 공간은 실제로 방사(放射)의 공간이다. 인간은 모든 면에서 유비에 의해 둘러싸여 있다. 그러나 역으로 인간은 이러한 유사(類似)한 것들을 자신이 받은 곳에서 세계 속으로 되돌려 보낸다. 인간은 조화의 위대한 받침점이며, 관계들이 집중하고 다시 한 번 반영되는 중심이다. (23)

어부왕(Fisher King) 신화[4]나 단(Donne)의 「눈물의 고별사」("A Valediction of Weeping")[5]에서와 같이 인간과 자연이 직접 연계되어 있던 시대였

---

4) 어부왕 신화가 아서왕 전설, 중세의 기독교, 엘리엇의 황무지 등에서 발견되는 등 '유비'에 기반을 둔 신화나 전설의 체계는 어느 한 시대에 국한되지 않았다. 빠스(Paz)에 의하면, '유비'는 존재와 단어의 조응이며 기독교 이전부터 시작된다; "이러한 신념은 낭만주의부터 상징주의까지 근대시의 진정한 종교이며, 때로는 암묵적으로 그러나 보다 자주 분명하게 모든 시인 속에서 나타난다. 나는 지금 유비에 관해 이야기하고 있다. 모든 존재와 단어의 조응에 관한 신념은 기독교 이전으로 거슬러 올라가며, 중세를 가로 질러, 신플라톤주의, 자연 신교(神敎)와 비교(秘敎)를 통해서 19세기에 도달한다"(55). 그럼에도 불구하고, 근대의 다른 인식 체계와 대비할 때 유사성의 인식 체계가 르네상스 에피스테메의 두드러진 특징이다.

다. 두 번째는 이성에 의해서 말과 사물의 분리가 진행되는 17세기와 18세기 고전주의의 재현의 에피스테메이며, 세 번째는 1785년부터 20세기 초까지 근대의 역사성의 에피스테메이며, 네 번째는 당대(當代)의 에피스테메다. 페트리시아 워(Patricia Waugh)는 계몽의 이성, 낭만과 모더니즘이란 친숙한 용어로 두 번째에서 세 번째 에피스테메로의 변화를 설명한다.

이성을 통한 자율적 자유 의지라는 계몽의 작용 개념이 인간 내부에 있는데 개념화할 수 없으며 실제로 신성한 힘이라고 여겨지는 낭만주의의 상상력 개념에 의해 도전받는다. 자유는 이제 상상력과 이성이라는 본질적 형식을 통해서 발견될 것이다.

---

5) 특히 다음에 인용된 제2연에서 '눈물'과 '지구본'의 조응(correspondence)은 인상적이다.

둥근 구(球) 위에
인쇄복사본을 옆에 갖고 있는 노동자가
유럽 하나, 아프리카, 그리고 아시아 하나를 올려 놓을 수 있고
그리하여 아무것도 아니었던 것을 순식간에 전체로 만들 수 있다.
바로 그렇게
당신이 정말로 갖고 있는 눈물,
구체(球體), 게다가 세계가 그러한 인쇄에 의해 자라나,
내 것과 섞인 그대의 눈물이 정말로 이 세계를
넘쳐흐르니, 그대가 보낸 물 때문에, 내 천국은 그렇게 녹아버리고 만다.

On a round ball
A workman that hath copies by, can lay
An Europe, Afric, and an Asia,
And quickly make that, which was nothing, All;
So doth each tear
Which thee doth wear,
A globe, yea world, by that impression grow,
Till thy tears mixed with mine do overflow
This world, by waters sent from thee, my heaven dissolved so.

"17세기에 감수성의 분열이 시작되었으며, 거기에서부터 우리가 결코 회복하지 못하였다"(*SE* 288)는 주장이나, 17세기 형이상학파 시인이 "16세기 극작가의 계승자"(*SE* 287)라는 엘리엇의 시대 구분이 유의미해진다. 유사성의 에피스테메가 엘리엇의 형이상학파 '전통'의 원천이다.

하지만, 일단 이상주의의 은유적 틀이 약화되기 시작하면서, 자율의 개념이 자아에서 (신비평의 모더니즘 구축에서 절정에 달하는) 내면적으로 일관성이 있으며 자기충족적 체제로 여겨지는 예술 작품 자체에로 고스란히 전이되기 시작하였다. (18)

'유비'는 첫 번째 에피스테메, '과학'은 두 번째 에피스테메, 그리고 '전통'은 세 번째와 네 번째 에피스테메에 속한다. 세계관의 혼재는 엘리엇 비평의 뚜렷한 특징이다.

3. 전통의 개념

영문학사의 관점에서 엘리엇의 모더니즘은 "교육받은 중산계급의 문화적으로 일치된 의견에 영합하던" 빅토리아조 문학 전통에 대한 대안이었다(Rubin 3). 엘리엇의 대표적 비평은 「전통과 개인의 재능」이다. 제1절이 작품(作品)의 관점에서 전통의 문제를, 제2절이 시인(詩人)과 독자(讀者)의 관점에서 몰개성 시론을, 제3절이 전통과 몰개성 시론의 연계성을 검토하는 결론이다. 세계관의 혼재가 엘리엇 비평의 뚜렷한 특징이라면, 전통의 개념에서도 근대성과 탈근대성의 혼재가 두드러지면서 논리를 모호하고 일관성 없게 만드는 현상이 발견되어야 할 것이다. 전통에 대한 모더니즘과 포스트모더니즘의 태도는 뚜렷하게 대조적이다.6)

---

6) 보통의 경우 모더니즘과 근대성은 호환될 수 없는 개념이다. 모더니즘이 1870년대 이후 예술 사조의 명칭이기 때문에 푸코의 세 번째 에피스테메와 관련된다면, 근대성(modernity)은 푸코의 두 번째 에피스테메에서부터 두드러지게 드러나는 근대의 특성이기 때문이다. 그러나 엘리엇 등 모더니즘 문학에 관한 논의에 있어서 뚜렷한 구분이 불필요하다. 근대성이 모더니즘의 정신이라고 여겨질 수 있기 때문이다. 포스트모더니즘과 탈근대성의 혼용 논리도 이와 유

또는, 모더니즘이 의미, 전통, 일관성 등의 거대한 '상실'로
경험했던 것이 포스트모더니즘에 의해 단순한 전환이나 변화
로 경험된다. 고급 문화, 서구 경험의 우월함이나 맨 처음부터
받아들이지 않았어야 했던 '현존의 형이상학'이라는 가정에서
만 '상실'이다. (Pippin 157)

전통의 상실은 모더니즘만의 고뇌이며, 포스트모더니즘의 입장에
서는 "단순한 전환이나 변화"일 뿐이다. "전통과 개인의 재능"이라는
에세이의 제목이 '전통'과 '개인의 재능'이라는 대립 개념의 길항관계
를 드러낸다.7) 제1절의 결론 부분에서 전통의 중요성이 모더니즘의
입장에서 강조된다.

벌어지는 사태는 보다 가치 있는 것에 대한 그 순간 있는 그
대로 시인 자신의 지속적인 굴복이다. 예술가의 진보는 끝없는
자기희생이며, 개성의 끝없는 소멸이다. (SW 43–44)

전통이 "보다 가치 있는 것"이며 시인의 '굴복'의 목표다. 예술가의 진
보는 자기희생과 개성소멸의 과정이다. 그러나 문학(文學)적 논리 전
개의 근간이 되는 문화(文化)적 상황 분석에 있어서 전혀 다른 입장이
제시된다.

사하다.

7) 청소년기의 반항과 가족 전통의 수용 및 해롤드 블룸의 '시적 영향에 대한 불안과 유사한 개
   념으로 엘리엇이 「고전이란 무엇인가」("What is Classic" 1944)에서 '전통'과 '개인의 재능'의 길
   항관계를 검토한다. 과거의 전통과 현재의 독창성의 균형 유지가 문학적 창조력의 배경이라
   는 것이다; "따라서 어떤 사람에게 있어서든 문학적 창조력의 지속은 보다 큰 의미에서의 전
   통, 요컨대 과거의 문학 속에 재현된 집단 개성과 현재 세대의 독창성의 무의식적인 균형 유
   지에 달려 있다"(OPP 58).

아마 세련일 지도 모르며, 복잡화는 틀림없는, 이러한 발전
이 예술가의 관점에서 볼 때 진보는 아니다. 아마 심리학의 관
점에서조차 진보가 아닐 것이다. 적어도 우리가 상상하는 정도
까지는 아닐 것이다. 아마 궁극적으로 경제학과 기계 분야의 복
잡화에 근거할 때에만 진보일 것이다. 그러나 현재와 과거의 차
이는 현재의 의식이 과거의 자기 인식이 나타낼 수 없는 방식과
정도로 과거의 인식이 된다는 것이다. (*SW* 43)

현재의 의식이 과거의 의미를 결정한다고 설명하는데, '개인의 재능'
이 '전통'에 선행한다는 주장이다. 전통의 과거가 '전환이나 변화'의 일
환일 따름이라는 포스트모더니즘의 가벼운 마음자세를 드러낸다. 더
구나, 문화의 발전이 '세련'이나 '복잡화'일지는 몰라도 '진보'가 아니라
는 주장은 근대적 진보 사관의 부정이다. 「벤 존슨」("Ben Jonson" 1919)
에서도 탈근대적 세계관이 뚜렷하게 제시된다.

존슨과 같은 예술가에 의해 창조된 세계는 비유클리트 기하
학의 체계와 같다. 나름대로의 논리를 갖고 있기 때문에 그것은
환상이 아니다. (*SW* 99)

유클리트 기학학이 근대 형이상학의 기반이라면 비유클리트 기하
학은 탈근대성의 기반이다. "나름대로의 논리를 갖고 있기 때문에" 비
유클리트 기학학에 근거한 탈근대적 세계관은 "환상이 아니다." 탈근
대적 세계관의 제시가 일과성이 아니라는 주장이다.

근대성과 탈근대성의 세계관이 혼재된 상태로 전통에 관한 논리가
전개된다.

역사의식은 과거의 과거성에 대한 인식뿐만 아니라 과거의
현재성에 대한 인식을 포함한다. (*SW* 40)

'과거의 과거성에 대한 인식'은 전통을 굴복의 대상으로 인식하며
근대성의 세계관이다. '과거의 현재성에 대한 인식'은 현재의 의식이
과거의 의미를 결정한다는 주장으로 근대적 진보 사관의 부인이다. 역
사의식의 개념 속에 근대성과 탈근대성의 논리가 미묘하게 봉합되어
있다.

시인을 홀로 평가할 수 없다. 대조와 비교를 하기 위해 죽은
자들 사이에 배치해야 한다. 단순한 역사 비평의 원리가 아니라
심미 비평의 원리를 의미한다. 순응하고 일치해야 할 필요성은
일방적이 아니다. 새로운 예술 작품이 창조될 때 벌어지는 일은
모든 선행 예술 작품에게 동시에 일어난다. (*SW* 41)

전통 개념이 역사 비평의 원리일 뿐만 아니라 심미 비평의 원리로
제시된다. 전통 개념의 정의 바로 뒤에, 논리를 일관성 없게 만들면서
모호하게 흐리는 단서 조항이 제시되어 있다. 순응하고 일치해야 하는
전통의 필요성이 비평의 원리로 명확하게 제시된 다음, 그것이 일방적
과정이 아니라는 부연 설명은 논리를 모호하게 만든다. 전통의 옹호는
근대성의 세계관에 기반을 둔다. 따라서, 전통 개념을 명확하게 지지
할 수 없게 만드는 탈근대성의 세계관에 엘리엇이 침윤되어 있었다고
해석할 수 있다.

독특한 의미에서 과거의 표준에 의해 비판받는 것을 피할 수
없다는 것도 알게 될 것이다. 비판받는다고 말했지, 재단당한다

고는 말하지 않았다. 즉 죽은 자만큼 좋은지, 더 나쁜지 또는 더 좋은지 비판받지는 않으며, 죽은 비평가의 규준에 의해 비판받지 않는 것은 확실하다. 두 개의 물건이 서로 서로에 의해 측정되는 것이 비판이며 비교다. 그저 순응하는 것이 새로운 작품이 진정으로 순응하는 것은 전혀 아닐 것이다. 그러면 새로울 수 없을 것이며, 그리하여 예술 작품이 될 수도 없을 것이다. 게다가 잘 들어맞는다고 해서 새로운 작품이 더 가치있다고 말할 수는 없겠지만, 잘 들어맞는다는 것이 작품 가치의 심사(審査)가 된다. 우리는 누구도 순응에 있어 결코 틀리지 않는 심판관이 아니기 때문에, 천천히 그리고 조심스럽게만 적용될 수 있는 심사인 것은 사실이다. 우리는 말한다. 순응하는 것처럼 보인다, 그리고 아마 개성적인 것 같다, 또는 개성적인 것처럼 보인다, 그리고 순응하는 것 같다. 그러나 이쪽이며 저쪽이 아니라는 것을 우리가 발견해 낼 것 같아 보이지는 않는다. (*SW* 42)

　전통 개념의 정의가 모호하다는 것에 대해 엘리엇이 후회하지 않는다. "우리는 누구도 순응에 있어 결코 틀리지 않는 심판관이 아니기 때문"이다. 엘리엇은 논리의 비일관성, 모호성이나 모순에 대해 반성하지 않는다. 성실한 비평가 엘리엇의 역사적이며 심미적인 판단에 의하면, 전통은 프로크루스테스의 침대가 아니기 때문이다. 단순한 전통 개념이 전부를 설명할 수 없다는 정직한 판단이다. "과거의 표준에 의해서 비판받는 것은 피할 수 없"겠지만, "재단(裁斷)당한다"는 뜻이 아니라는 모호한 설명이나, "잘 들어맞는다고 해서 새로운 작품이 더 가치 있다고 말할 수는 없겠지만, 잘 들어맞는다는 것이 작품 가치의 심사(審査)가 된다"는 비일관적인 것처럼 보이는 논리 전개는 근대성과 탈근대성의 세계관의 혼재에서 기인한다. 전통의 개념에 두 개의 세계관이 혼재되어 있다. 하나는 유클리트 기하학에 기반을 두고 현존의 형이상학 속에 닫혀 있는 과거의 과거성을 강조하는 '전통'이며, 다른 하나는 비유클리트 기하학에 근거하여 개인의 재능과 과거의 현재성을 강조하는 '전통'이다. "현재의 우리가 작고한 작가들보다 훨씬 더 많은 것을 '알고' 있기 때문에"(*SW* 43) 엘리엇보다 더 잘 볼 수 있다고 말할 수 있다. 근대성의 세계관과 탈근대성의 세계관을 동시에 인식하였지만, 포스트모더니즘이나 탈근대성의 용어 없이 엘리엇의 혜안이 제시되어야 했기 때문에, 모호하거나 일관성 없게 보였던 것이다.

후대의 비평가들도 엘리엇과 비슷한 혼란을 겪고 있는 것 같다. 셰퍼드(Sheppard)는 신화나 "산업 사회 이전의 질서"로 되돌아가기 위해서 엘리엇이 "현재를 희생하며 자신을 과거에 구속시킨다"고 생각한다(330). 빠스(Paz)는 엘리엇과 파운드가 대표하는 영미 모더니즘이 "전통의 거부가 아니라 전통의 추구이며, 반란이 아니라 복원이고, 방향의 변화, 즉 결별이 아니라 재결합"이라고 단언한다(123). 롭(Lobb)은 전통이야말로 이해 불가능의 절망적 혼란 속에서 "지탱시켜주는 힘"(148)이라고 생각하며, 애크로이드는 "회의론과 결합하는 이상론"(50)이라고 주장한다. 이들은 모두 의미, 전통이나 일관성의 상실을 심각하게 받아들이는 모더니즘의 계승자들인데, 그들 중에서도 루(Lu)의 입장은 극단적이다.

> 엘리엇의 전통 개념이 독창성의 여지를 제공하지만, 그가 생각하는 독창성은 단독자의 개체화의 결과다. (82)

독창성이 전통에 구속되어 있기 때문에, "단독자의 개체화의 결과"라는 닫혀 있는 구조가 제시된다. 반면에, 셔스터만(Shusterman)은 엘리엇의 실용주의적 성향을 지적하면서 포스트모더니즘적 입장을 취한다.

엘리엇의 실용주의 정신 속에서 전통은 '형이상학적 추구의 끝에 [존재하는 것으로] 갖고 있을 때 안심할 수 있는' '신'이나 '절대자' 같이 제임스가 '마법의 단어'나 '해결해주는 이름'이라고 깔보듯이 명명하는 사상 중의 하나가 아니다. 그 대신 전통은 개방적이고 세속적인 추구의 목표를 대변한다. 제임스의 용어를 사용하면, '실질적인 금전적 가치'가 끝없이 설명되고 검증되어야 하며, 경험의 흐름 내부에서 작동되어야 한다. '그리하여 전통은 해결책이라기보다 더 많은 작업을 위한 프로그램같이 보인다.' (191)

전통이 '신'이나 '절대자' 같이 '형이상학적 추구'의 최종 목표가 아닌 것은 확실하지만, 그렇다고 해서 셔스터만이 제시하는 것처럼 "개방적이고 세속적인 추구의 목표"를 대변하고 있는 것 같지도 않다. 전통 개념이 "해결책"(solution)의 역할을 어느 정도 하고 있는 것이 현실이기 때문이다. 앨더만(Alderman)은 현재에 대한 과거의 우위를 인정하면서 정당한 의문을 제기한다.

타락한 현재보다 과거의 우월성을 신봉하는 것처럼 보였고, 당대에 할당된 누추함에서 엘리자베스와 레이체스터의 영광된 과거로 가는 움직임과 함께 『황무지』 읽기가 이를 명백히 입증한다. 하지만, "역사의식이 과거의 과거성뿐만 아니라 과거의 현재성도 포함한다"고 엘리엇이 말한 이상, 비평 자체는 상당히 애매모호하다. 이는 과거의 연관성이 현재와의 차이 그리고 유사성 양측에 놓여 있다는 것을 시사한다. (14)

과거가 현재의 "차이"에서뿐만 아니라 "유사성"에서도 관련되기 때문에, 논리가 "애매모호"하다. 근대성과 탈근대성에 균일하게 관련된다는 주장인 것 같아 보이지만, 과거의 우위, 즉 모더니즘의 지배적 경향을 전제로 한다. 모더니즘의 논리가 본문이라면 포스트모더니즘적 반성은 단서 조항일 뿐이다. 워(Waugh)도 비슷하게 읽어낸다.

> 사실 레이몬드 윌리암스(Raymond Williams)(1958) 이래로 수많은 엘리엇 비평가들이 지적하여 온 것처럼, 전통은 물론 그 자체로 언제나 추상적인 개념이다. 하지만, 전통의 개념 속에서, 엘리엇은 울프(Woolf)의 어둠의 쐐기 모양의 핵심과 동등한 것을 발견한다. 왜냐하면 전통이 추상적인 개념이라 하더라도, 실천되는 조건으로 경험될 수도 있기 때문이다. (143)

전통이 "추상적인 개념"이라는 것은 기존의 해석이다. 그러나 동시에 "실천되는 조건으로 경험될 수도 있다"는 측면이 고려되어야 한다.

엘리엇 자신도 전통의 개념 설정에 있어서 혼란을 겪는다. 「비평의 기능」(1923)의 전통 개념은 다음과 같다.

> 따라서 충성의 의무를 갖고 있으며, 자신의 독특한 위치를 획득하고 확보하기 위해서 굴복하고 자신을 희생해야 하는 복종의 의무가 있는 어떤 것이 예술가의 외부에 있다. (SE 24)

예술가의 충성과 복종, 굴복과 자기희생만 강조된다. "전통 의식"과 "비평의 기능"이 "질서의 문제"에 국한된다(SE 23). 과거의 문학 전체를 지칭하는 용어가 「전통과 개인의 재능」의 "살아 있는 전체"(a living whole)(SW 44)에서 「비평의 기능」의 "유기체적 전체"(organic wholes)(SE 23)로 바뀌었다. '전체'를 지칭하는 것은 마찬가지지만, '살아 있는'의 개방적 개념이 '유기체적'이라는 폐쇄적 개념으로 바뀐다. 「전통과 개인의 재능」에서 읽을 수 있었던 포스트모더니즘적 반성의 국면이 사라지고, 「비평의 기능」에는 모더니즘적 국면만 남아 있다. 엘리엇 자신도 이점을 인식하고, 「비평의 경계」("The Frontiers of Criticism", 1956)에서 「비평의 기능」의 편협성을 철저히 반성한다.[8]

> 1923년 「비평의 기능」이란 제목의 에세이를 썼다. 『에세이 선집』(*Selected Essays*)에 포함시킨 것을 보면, 여전히 그곳에서 발견할 수 있는데, 내가 10년 전에 이 에세이를 좋게 생각했던 것임에 틀림없다. 최근 이 에세이를 다시 읽으면서, 도대체 이 모든 소란이 무엇에 관한 것인지 어리둥절해 하면서 차라리 당황했던 것이다. 하지만 나의 현재의 의견과 모순되는 것을 실증적으로 발견하지 못한 것이 기뻤다. (*OPP* 113)

그런 다음, 자신의 비평 작업이 "신비평"(New Criticism)과 무관하다는 것을 강조한다(*OPP* 114). 신비평이 모더니즘의 창시자이자 옹호자라는 점을 감안한다면, 「비평의 경계」가 「비평의 기능」의 모더니즘적 폐쇄성의 반성이라는 것을 알 수 있다. "예술 작품의 해명과 취미의 교정"(*SE* 24)이라는 비평의 기능에 대한 정의가 "문학의 이해 (understanding)와 향수(enjoyment)를 조장한다"(*OPP* 128)고 재해석된다. 지금까지의 용어를 사용하여 다시 정리하면, '예술 작품의 해명'이나 '문학의 이해'는 모더니즘적 국면이고 '취미의 교정'이나 '문학의 향수'는 포스트모더니즘적 국면이다. 「비평의 경계」의 결론에서 새로운

---

8) 물론 「전통과 개인의 재능」을 포함한 초기 비평에 대해서도 "미숙함"이 있었다고 반성하고 있지만, 「전통과 개인의 재능」의 논리 자체를 "부인하지는 않는다"; "「전통과 개인의 재능」을 부인하지는 않는다 하더라도, 레미 드 구르몽(Remy de Gourmont)에 대한 에즈라 파운드의 열정에 다소 영향을 받고 있었던 시기부터 시작된 초기의 비평적 에세이들은 미숙함의 산물인 것 같아 보이게 되었다"(*UPUC* 10).

방향이 다음과 같이 시사된다.

> 만약 문학 비평에서 '이해'에 모든 역점을 둔다면, 이해에서
> 단순한 설명으로 굴러 떨어질 위험이 있게 된다. 결코 과학이
> 될 수 없는 비평을 마치 과학인 것처럼 추구하는 위험까지 있게
> 된다. 반면에, 만약 '향수'를 너무 강조한다면, 주관적이고 인상
> 적인 경향에 빠져버리게 되며, 향수가 단순한 오락과 기분풀이
> 이상의 혜택을 주지 않게 된다. 33년전 '비평의 기능'에 관해 쓸
> 때 느꼈던 곤혹스러움의 원인이 되었던 것은 후자(後者) 형태의
> 인상주의 비평이었던 것 같아 보인다. 오늘날에는 순전히 설명
> 적인 비평을 좀 더 경계해야 할 필요가 있는 것 같아 보인다. 그
> 러나 당대의 비평을 책망하고 싶어 한다는 인상을 남기고 싶지
> 는 않다. 지난 30년간이 영국과 미국 양쪽에서 문학 비평의 찬
> 란한 시대였다고 생각된다. 회고해 볼 때 너무 찬란한 것 같아
> 보일 수 있을 지도 모른다. 누가 알랴? (*OPP* 131)

「비평의 기능」이 '이해'의 국면에 모든 역점을 두어 너무 "설명적"
이 되어버렸다는 것이다. 엘리엇 나름대로의 변명이 제시되어 있는데,
카이저(Kaiser)에 의하면 타당한 논리다. 1920년대에는 문학 비평이 "전
문적 지위"를 확립하기 위해서 "체계적 해석 방법을 제공하는 능력"을
갖추어야만 하였다(4−5). 따라서 인상주의 비평에 대한 비판이 비평
의 전략일 수밖에 없었다. 그러나 "1950년대에 이르러 대학의 학자들
이 전통적인 문인을 대부분 대체하게 되었다"(11). 이에 따라, 「비평의
경계」에서 비평의 학문적 경도를 경고할 수 있게 된 것이다. 모더니즘
의 근대 철학을 대체할 수 있는 포스트모더니즘적이며 탈근대적인 국
면이 있다는 점을 확신할 수 없었기 때문에, 「비평의 기능」과 유사한

열정으로 모더니즘에 대한 전면적 공격을 감행할 수 없었을 것이다.

엘리엇의 비평 전체를 조감하는 관점에서 「비평의 기능」의 모더니즘에 대한 불균형적인 경사는 간과될 수 있다.[9] 「매슈 아놀드」("Matthew Arnold" 1933)에서 엘리엇은 실천 비평의 관점에서 「비평의 기능」보다 「전통과 개인의 재능」에 가까운 전통 개념을 제시한 뒤, "이러한 형이상학적 환상은 이상적인 면만 대변한다"(UPUC 108)고 정리한다. '형이상학적 환상'이나 '이상적인 면'은 '과거의 과거성'을 강조하는 전통의 모더니즘적 국면에 대한 인식이다. 드라이든, 존슨과 아놀드 같은 비평의 대가에게도 "인간적 유약함"(UPUC 109)이 있다는 설명은 포스트모더니즘의 반성적 국면을 충분히 인식하고 있음을 드러낸다. 이렇게 균형잡힌 시각이 「미국 문학과 미국 언어」("American Literature and the American Language" 1953)에서도 제시된다.

> 어떤 새로운 운동에서든 완고한 적과 또한 멍청한 지지자가 믿고 싶어 하는 것처럼 과거를 부인했다는 것이 아니다. 과거의 개념을 확대했으며, 새 것의 관점에서 새로운 패턴 속에서 과거를 본다는 것이다. (TCC 57)

과거의 "완고한 적"이나 "멍청한 지지자"가 되지 않아야 한다. 과거의 현재성을 인식하는 열린 사고가 과거의 개념, 즉 문학의 세계를 "확대"시키기 때문이다.

---

9) 「비평의 기능」의 논리 내부에도 자신의 모더니즘적 편향에 대한 거부 반응이 기록되어 있다; "사실 문학적 '완성'에 전혀 관심이 없다. 완성의 탐구는 저급 수준의 표시다. 왜냐하면 작가가 자신의 외부에 있는 의심할 수 없는 정신적 권위의 존재를 인정하고 '순응'하려고 시도했다는 것을 보여주기 때문이다"(SE 29). 예술가의 외부에 존재하면서 '순응'을 강요하는 '의심할 수 없는 정신적 권위의 존재'에 대한 거부감의 표현이다. '전통'이 예술가의 충성과 복종, 굴복과 자기희생만 강요하는 모더니즘적 '권위'가 될 수 없다는 주장이므로 자기 모순적이라고 해석될 수 있다.

4. 문제적 몰개성 시론

　제1절이 작품의 관점에서 전통 개념을 검토한다면, 제2절은 시인과
독자의 관점에서 몰개성 시론의 문제를 다룬다. 문학 작품과 문학사의
관계를 설명하는 전통 개념이 문학 작품과 시인의 관계에 대한 몰개성
시론의 "또 다른 양상"(*SW* 44)이라고 설명된다.

> 　시인의 마음은 백금판이다. 인간 자신의 경험에서 부분적으
> 로 또는 배타적으로 작동될 수 있다. 그러나 예술가가 보다 완
> 벽해질수록 경험하는 인간과 창조하는 마음이 예술가의 내부
> 에서 보다 완전하게 분리될 것이다. 재료인 열정을 마음이 보다
> 완벽하게 소화시키고 변형시킬 것이다. (*SW* 45)

　시인의 마음은 창작 과정에서 불변하는 백금 촉매판이다. 근대의 과
학 이론은 현실과 이론의 이분법적 구분을 전제로 한다. "경험하는 인
간"인 생활인과 "창조하는 마음"인 시인의 분리가 될 수 있는 한 "완
벽"해야 한다. 시인은 삶의 열정을 "완벽하게 소화시키고 변형"시킨
다. 따라서 또 하나의 필요한 이분법은 생활인의 감정과 문학적 정서
다. 감정과 정서의 구분은 독자의 입장에서 확인할 수 있다.

> 　경험, 즉 변환 촉매가 존재하는 곳으로 들어가는 요소들이
> 감정과 정서의 두 종류라는 것을 알게 될 것이다. 즐기는 사람
> 에 대한 예술 작품의 효과는 예술이 아닌 경험과는 종류가 다른
> 경험이다. (*SW* 45)

　키츠(Keats)의 「나이팅게일 송가」("Ode to a Nightingale")에 "나이

팅게일과 아무런 특별한 관계가 없는 정서가 많이 포함되어 있지만, 나이팅게일이 일부는 그 매력적인 이름 때문에 또 일부는 그 평판 때문에 그러한 정서를 이끌어내는 역할을 하고 있다"(*SW* 46)면서, 나이팅게일이라는 새가 만드는 삶의 감정과 키츠의 시가 포함하고 있는 문학적 정서가 구분된다고 엘리엇이 강조한다. 스펜더(Spender)는 "문학적 주제가 의식적인 마음에서 나오고, 심적인 자료는 무의식에서 나온다"고 정리한 다음, 의식과 무의식 등 대립되는 힘의 "영구적으로 지속되는 갈등"에서 시가 생성된다고 주장한다(156). 스캐프(Skaff)는 전통이나 예술적 창조의 몰개성 사상이 "집단적이며 역사적인 무의식"에서 기인하는 것이기 때문에 동일한 이론의 다른 양상일 뿐이라고 설명한다(143−44). 몰개성 시론이 예술의 "완벽한"(perfect) 질서를 상정하고 있다는 점에서 "이상적 질서"(ideal order)(*SW* 41)를 상정하는 모더니즘의 전통 개념과 만난다. 이런 점에서, 전통 이론이라는 거시 이론(macro theory)이 몰개성 시론이라는 미시 이론(micro theory)의 '또 다른 양상'이라고 말할 수 있다.

전통 개념에 모더니즘과 포스트모더니즘 또는 근대성과 탈근대성의 세계관이 혼재되어 있는 것을 검토한바 있다. 전통 개념에서보다 분명하지는 않지만, 몰개성 시론에서도 포스트모더니즘적 반성이나 탈근대적 흔들림을 읽을 수 있다. 기쉬(Gish)는 엘리엇의 "생각이 점차 확언(affirmation) 쪽으로 움직여가는 반면에 감정은 뒤에 쳐진다"고 요약한다(57).

> 예술의 감정은 몰개성적이다. 그리고 완성시키기 위해 시인이 자신을 작품에 전적으로 내맡기지 않는다면 이러한 몰개성에 도달할 수 없다. 게다가 현재뿐만 아니라 과거의 현재적 순

간 속에서 살지 않는다면, 죽어 있는 것이 아니라 이미 살아 있는 것을 의식하지 못한다면, 무엇이 수행되어야 하는지 알 수 없을 것이다. (*SW* 49)

「전통과 개인의 재능」의 마지막 부분이다. 예술의 감정은 몰개성적이다. 그러나 과거의 과거성뿐만 아니라 과거의 현재성을 인식하기 위해서, "죽어 있는" 전통이 아니라 "이미 살아 있는" 전통을 의식해야 한다. 과거의 현재성을 위해서, 살아 있는 전통을 위해서, '개인의 재능'이 '전통'에 끊임없이 추가되어야 한다. 따라서 예술의 '완벽한 질서'나 전통의 '이상적 질서'라는 모더니즘적 개념은 논리 전개의 최종 결론이 아니다. 예술의 몰개성적 정서는 개성적 재능과 전통 사이의 대화에서 창조된다. 하우드(Harwood)는 "에세이의 실험적 요소"를 "엘리엇 자신이 충분히 이해하지 못했다"고 전제하면서, 다음의 주장이 "충분히 입안된 입장에 대한 전략적 표명의 거부가 아니라, 불확실성의 순수한 인정"이라고 생각한다(120).

> 내가 공격하려고 발버둥치고 있는 관점은 아마 영혼의 본질적 통일에 관한 형이상학적 이론과 관련될 것이다. 왜냐하면 시인은 표현할 '개성'이 아니라 특수한 매체를 갖고 있는데, 그것은 개성이 아니라 그저 매체일 뿐인데, 그곳에서 인상과 경험이 독특하고 예기치 못한 방식으로 결합된다는 것이 나의 의미이기 때문이다. 인간에게 중요한 인상과 경험이 시 속에서 아무런 위치를 갖지 못할 수도 있으며, 그리고 시 속에서 중요해진 것이 인간, 즉 개성 속에서 아주 미미한 역할만 할 수도 있다. (*SW* 46-47)

"영혼의 본질적 통일에 관한 형이상학적 이론"이 논쟁적 에세이의 공격 대상이었다는 설명이다. 모더니즘 예술과 근대 철학에 대한 공격이「전통과 개인의 재능」, 특히 몰개성 시론의 목표였다는 주장인데, 지금까지 '이상적 질서'를 상정하는 모더니즘 개념의 '또 다른 양상'으로 몰개성 시론을 해석하였기 때문에, 논리적 모순이다. 스퍼(Spurr)는 엘리엇의 "시와 경험의 문제적 관계"를 "지적 질서와 비현실적 상상력의 심리전"이라고 해석한다(93). 시인이 근대적 "인간"이 아닌 "특수한 매체"라는 주장도 논리적 모순이다. 시인의 백금 촉매 이론은 산소와 이산화황의 화학적 결합에 의한 아황산가스의 산출이라는 근대의 과학 이론에 기반을 둔다. 백금 촉매가 "불활성이며, 중성이고, 불변으로 남아 있다"는 설명은 질량 불변의 법칙이라는 근대 과학이론의 적용이다. 따라서 시인이 근대적 인간이 아니며 매체라는 주장은 논리적 모순이다. 비유클리트 기하학의 경우에서처럼, 근대 과학의 질량 불변의 법칙이 아인슈타인에 의해 포월되었다. 근대 철학에 대한 반성의 전략이 사용되어야 한다는 것에는 동의할 수 있지만, 근대 과학의 논리에 의해서 포월될 수 없기 때문에 방법론적으로 문제적이다. 포스트모더니즘이나 탈근대성의 전략이 뚜렷하게 확인되지 않은 상황에서, 근대 철학에 대한 근본적 반성을 시도하였기 때문이라고 엘리엇을 위해 변명할 수 있다. 사실, 몰개성 시론은 문제적이다. 이론의 기반인 감정과 정서의 이분법이 명확하지 않다. "예술과 사건의 구분이 언제나 절대적"(SW 46)이라는 강력한 주장에도 불구하고, "새로운 예술적 감정"(a new art emotion)(SW 47)이나 "'의미 있는' 감정"(*significant* emotion)(SW 49)이라는 구절이 "정서"(feeling) 대신 사용되면서, 구분이 모호해진다. 정서가 "극 전체에 의해 제공되는 구조적 감정"(the structural emotion, provided by the drama)(SW 47)이라는 정의에 의하면, 감정이 새로워지거나 의미 있어지거나 극 전체에 의해 구조적이 되면 예술적 정서로 변한다는 이론이 성립된다. 이에 따라, 루빈(Rubbin)과 포아리에(Poirier)는 엘리엇의 몰개성 시론을 정면에서 반박한다. 엘리엇 자신이 "강력한 개성"이며, "도피가 아니라 개성이 엘리엇의 시와 산문에 강력하게 표현된다"고 루빈이 주장한다(6). 포아리에도 엘리엇의 몰개성 시론은 "개성적으로 존재하는 방법이었을 따름"이라고 일축한다(10).

몰개성 시론의 문제점을 엘리엇이 잘 알고 있었던 것 같다. 「비평의 기능」의 모더니즘 편향을 「비평의 경계」에서 공개적으로 반성한 전통의 경우와 같이, 「예이츠」("Yeats" 1940)에서 몰개성 시론을 반성한다.

> 예술 속의 몰개성이라고 내가 명명했던 것을 초기 에세이에서 격찬한바 있었다. 예이츠 후기 작품의 우수성의 이유로 작품 속에 있는 보다 많은 개성의 표현을 제시한다면, 자가당착에 빠지는 것이다. 내가 졸렬하게 표현하였던 것 같다. 아니면, 사상의 미숙한 파악이었을 뿐이다. 자신의 산문적 글쓰기를 차마 다시 읽을 수 없기 때문에, 기꺼이 이 문제를 해결하지 않고 내버려두고 싶다. 그러나 적어도, 이제 나는 문제의 진실이 다음과 같다고 생각한다. 두 가지 형태의 몰개성이 있다. 단순히 솜씨 좋은 숙련공에게 어울리는 것과 성숙해가는 예술가에 의해 점차 성취되어가는 것. 첫 번째는 러브레이스(Lovelace)나 서클링(Suckling) 또는 그 중 세련된 시인인 캠피온(Campion)의 서정시 같은 '시전집류'의 것이다. 두 번째 몰개성은 강렬한 개인적 경험에서 나왔지만 시인이 보편적 진리를 표현할 수 있게 하는 것인바, 경험의 모든 특수성을 유지하면서도 그것을 보편적 상징으로 만들어낼 수 있게 하는 것이다. (*OPP* 299)

"자가당착에 빠지는 것이다," "졸렬하게 표현하였던 것 같다," "사상의 미숙한 파악이었을 뿐이다," "자신의 산문적 글쓰기를 차마 다시 읽을 수 없기 때문에, 기꺼이 이 문제를 해결하지 않고 내버려두고 싶다" 등 반성의 표현이 너무 극렬하다. 그런 다음, "문제의 진실이 다음과 같다"고 선언하면서 "두 가지 형태의 몰개성이 있다"고 지적한다.「시의 사회적 기능」("The Social Function of Poetry" 1945)에서 이와 유사하게 '괴짜' 시인과 '진짜' 시인이 구분된다.

> 그것은 그저 괴짜이거나 미친 작가와 진짜 시인의 차이점이다. 전자, 즉 괴짜의 경우, 독특한 정서를 갖고 있을 지 모르나 공유(共有)될 수 없기 때문에, 따라서 쓸모가 없다. 후자, 즉 진짜의 경우, 다른 사람들에 의해 전용(專用)될 수 있는 감수성의 새로운 변주곡을 발견한다. 게다가 그것을 표현하면서 자신이 말하는 언어를 발전시키고 풍요롭게 만든다. (*OPP* 9-10)

사회적 기능의 관점에서 시인의 독창성이 검토되어야 한다는 것이다. 시와 시인의 사회적 유용성을 검토하는 상식의 차원이다. 바버(Barber)는「시의 세 가지 음성」("The Three Voices of Poetry" 1953)이 몰개성 시론에 대한 간접적 반성이라고 지적한다(210-11). 시가 개성의 표현인지 여부에 관한 논의는 자기 자신, 청중, 극중 인물의 창조라는 세 가지 음성 중에서 '극적 독백'의 경우에 국한된 것이기 때문이다. 몰개성 시론의 결론 부분을 다시 한 번 읽어 본다.

> 시를 쓰는 데 있어서 의식하고 심사숙고해야 할 문제가 많다. 사실 나쁜 시인은 의식적이어야 할 곳에서 늘 무의식적이며, 무의식적이어야 할 곳에서 의식적이다. 이 두 가지 실수가 그를

'개성적'으로 만드는 경향이 있다. 시는 감정의 방출이 아니라 감정으로부터의 도피다. 그러나, 물론, 개성과 감정을 갖고 있는 사람들만 이러한 것들로부터 도피하기 원한다는 것이 무엇을 의미하는지 안다. (*SW* 48−49)

의식과 무의식, 개성과 비개성의 이분법적 대립 구조가 사용되고 있는데, 감정과 정서의 이분법적 대립 구조가 모순이었다는 점을 앞에서 검토한바 있다. 몰개성이라는 근대 철학에 대한 반성의 전략에서 성공하기 위해서 근대 철학의 핵심 개념인 '개성'이 있어야 한다는 주장은 논리적 모순이다. 두 가지 형태의 몰개성 이론에 대해 워(Waugh)가 명확한 설명을 제시한다.

> [울프와 엘리엇] 둘 다 '개성'을 편리하고 실용적인 기능이라고 보았다. 각각에게 '몰개성'은 보다 깊고, 잠복해 있으며, 개념화할 수 없는 현실을 표현하는 가능성을 대변한다. 누구에게도, 단순히 '개성으로부터의 도피'가 아니다. 하지만, 긍정적 양상과 부정적 양상으로 몰개성이 기능할 수 있다. [. . . . .] 정서의 새로운 결합을 허용하며 이성적 지능의 자격을 박탈한다면서 시 속에 있는 몰개성의 개념을 엘리엇이 옹호하는 것은 유명하다. 그러나 때때로 그의 글 속에서 몰개성은 강압적이고 파괴적인 모습으로 우리에게 정체성을 강요하는 사회적 관습의 힘을 구성한다. [. . . . .] 엘리엇은 (근대 세계의 합리화하는 추상 세계에 동화되는 재능인) '믿을 수 없는' 몰개성과 반대되는 (자양이 풍부한 문화적 전통 속에 있는 상황에서 자라나온 시적 재능인) '믿을 수 있는' 몰개성을 배치시킨다. (138)

부정적 양상의, 믿을 수 없는 몰개성은 "근대 세계의 합리화하는 추상 체계에 동화되는 재능"이며, "강압적이고 파괴적인 모습으로 우리에게 정체성을 강요하는 사회적 관습의 힘을 구성"한다. 엘리엇의 표현에 의하면, "단순히 솜씨 좋은 숙련공"에 의한 성취이며 근대성을 옹호하는 모더니즘 문학이 된다. 긍정적 양상의, 믿을 수 있는 몰개성은 "자양이 풍부한 문화적 전통 속에 있는 상황에서 자라나온 시적 재능"이며, "정서의 새로운 결합을 허용하며 이성적 지능의 자격을 박탈"한다. 엘리엇의 표현에 의하면, "성숙해가는 예술가"에 의한 성취인바, 성숙의 방향은 근대성에 대한 반성인 포스트모더니즘의 문학이다. 개성이 "편리하고 실용적인 기능"이었고 몰개성이 "보다 깊고, 잠복해 있으며, 개념화할 수 없는 현실"을 반영한다는 위의 설명은 엘리엇에 대한 의미 있는 변명이다. 사실, 주체에 대한 모더니즘과 포스트모더니즘의 태도 사이에는 깊은 단절이 있다.

> "모든 견고한 것은 공기 속으로 녹아버린다" 또는 "중심이 지탱할 수 없다"는 근대의 전형적인 경험이 모더니즘에서 "주체적 중심," 즉 자율적이며 자아명시적인 예술가의 창조를 촉발하였던 반면, 포스트모더니즘에게는 중심이 전혀 없으며, 주체 자체가 "해체되어" 더 이상 기원이나 원천이 아니라 그 자체로 다양한 사회적이며 심리적인 힘의 결과이며 산물이다. 모더니즘 소설가가 선호하는 내적 독백에 훨씬 덜 얽매어 있는 담론을 모두가 요구하고 있다. (Pippin 156–57)

따라서 엘리엇의 문학이 모더니즘의 대표작이면서 포스트모더니즘의 대표작일 수는 없다. 위의 변명은 엘리엇의 문학에서 포스트모더니즘이 만개했다는 해석이 될 수 있기 때문에 문제적이다. 엘리엇이 「예이츠」에서 한 일은 「전통과 개인의 재능」의 몰개성 시론의 모더니즘

편향을 반성하고 '보다 성숙한' 새로운 방향이 있을지 모른다고 탈출구를 지적했던 것뿐이다.

「나이팅게일 송가」에서 나이팅게일과 "아무런 특별한 관계가 없는 정서"가 삶의 감정보다 압도적인지 질문하지 않을 수 없다. 1819년 햄스테드(Hampstead)에서 키츠와 같이 살던 차알스 브라운(Charles Brown)은 키츠의 나이팅게일 경험과 키츠의 감정을 자세히 기록하였다.10) 작품 속에서도 현실과의 연계성이 포기되지 않는다.

> 멀리! 멀리! 내 그대에게 날아가려니,
> 바커스와 그의 레오파드의 이륜전차에 의해서가 아니라,
> 눈에 보이지 않는 시의 날개를 타고,
> 둔한 머리가 갈팡질팡하고 뒤처지더라도.

> Away! Away! for I will fly to thee,
> Not charioted by Bacchus and his pards,
> But on the viewless wings of Poesy,
> Though the dull brain perplexes and retards: (31−34)

시인이 현실의 구속에서 벗어나 나이팅게일에게 날아가고 싶어 한다. 날아가는 방법은 "바커스와 그의 레오파드의 이륜 전차"가 아니라 "눈에 보이지 않는 시의 날개"다. 포도주에 의해 취해서가 아니라 시적 상상력의 날개에 의해서 나이팅게일을 만날 수 있을지 모른다고 시인

---

10) "1819년 봄 나이팅게일이 집 근처에 둥지를 틀었다. 키츠는 새소리 속에서 온화하게 계속되는 기쁨을 느꼈다. 어느 날 아침 자두나무 아래 잔디밭에 아침 식탁에서 의자를 가져다가, 거기에서 두세 시간 동안 앉아 있었다. 집안으로 들어왔을 때, 손에 종이조각 몇 장 갖고 있는 것을 보았으며, 그것들을 책들 뒤에 조용히 끼워 넣었다. 조사해보고, 나이팅게일의 노래에 관한 그의 시적 정서를 담고 있는 네다섯 장의 종이조각을 발견하였다"(*The Norton Anthology of English Literature*, sixed edition, Volume 2, 790).

은 생각한다. 어디까지가 정서이고 어디까지가 감정인지, 어디까지가 예술이고 어디까지가 사건인지 구분되지 않는다. 낭만적 이상의 관점에서 볼 때, 현실의 감정과 무관하게 예술적 정서가 성취될 수 있다고 믿을 수 있다. 그러나 "나이팅게일이 일부는 그 매력적인 이름 때문에 또 일부는 그 평판 때문에 그러한 정서를 이끌어내는 역할을 하고 있다"는 주장은 너무 일방적이다. 또한, 최근 낭만적 이상이 아이러니의 관점에서 읽혀지기도 한다는 점이 기억되어야 한다. 나이팅게일이 유발하는 삶의 감정과 시인이 창조해낸 정서가 「나이팅게일 송가」에서 행복하게 만나고 있다.

엘리엇의 비평이 고전적인지 여부에 대한 의문의 제기와 함께, 「나이팅게일 송가」의 해석은 엘리엇의 낭만주의 비판에 대한 논란과 관련된다.

> 결과적으로, 우리는 '정적 속에서 회상된 감정'이 정확하지 않은 공식이라는 것을 믿어야 한다. 왜냐하면 그것은 감정도, 회상도, 의미의 왜곡 없이는 정적도 아니기 때문이다. 그것은 매우 많은 종류의 경험의 집중이며, 집중의 결과로서 생긴 새로운 것이다. 이러한 경험은 실제적이고 활동적인 사람에게는 전혀 경험인 것 같아 보이지 않을 것이다. 의식적으로나 또는 심사숙고 끝에 발생하지는 않는 집중이다. 이러한 경험들은 '회상'되지 않는다. 사건에 대한 수동적 참여라는 점에서만 '정적'이 되는 분위기 속에서 최종적으로 결합한다. 물론 이것이 이야기의 전부는 아니다. (SW 48)

"정적 속에서 회상된 감정"이 '잘못된'(wrong) 공식이 아니라 "정확하지 않은"(inexact) 공식이라고 지적하고 있다는 점을 주목해야 한다. 빠스(Paz)가 "흄, 엘리엇과 파운드의 고전주의는 자신이 그렇다고 의식하지 못하는 낭만주의였다"(130)고 지적하고 있고, 롭(Lobb)이 "엘리엇이 자신의 비평에서 '낭만'을 아주 정확하게 정의하고 있는데, 돈의 시대 이후 영문학에서 점증하는 경향이라고 생각되는 주체와 객체의 혼돈만 공격한다"(138)고 설명한다. 앨런(Allan)은 "적어도 엘리엇의 근본적 비평 개념이 이상주의적 인식론에 기인한다는 인식에서 엘리엇의 비평 사상이 낭만 전통의 지속"이라고 생각한다(172−73). 하지만, 앨런은 엘리엇이 "낭만적 전제"를 수용하면서도, 개성에 대한 비판에서 알 수 있듯이 "원죄"라는 입장에서 접근한다고 날카롭게 지적한다(173). 앨런은 "엘리엇의 비평 이론이 낭만적 전통에 속하지만, 비평의 실천은 그 이론으로부터의 도피의 노력"이라고 요약한다(173). 결국, 「보들레르」("Baudelaire" 1930)에서 자신이 고전주의적 성향을 가진 낭만주의자라는 사실을 엘리엇이 뚜렷하게 밝힌다.

> 낭만 시대의 시인은 경향에서만 예외일 뿐 '고전적인' 시인일 수 없다는 것이 망각되어서는 안 된다. 성실하다면, '의무'로서가 아니라 그저 참여하지 않을 수 없기 때문에, 시인은 개인적 편차를 갖고 정신의 보편적 상황을 표현해야 한다. 이러한 시인의 경우 읽으면, 산문 작품, 메모와 일기에서도 종종 많은 도움을 기대할 수 있다. 특히 머리와 심장, 방법과 목표, 재료와 이상의 불일치 해독에 도움이 될 것이다. (SE 424−25)

엘리엇 비평의 특징인 모더니즘과 포스트모더니즘의 혼재를 해독하는데 낭만주의 논란이 도움이 될 것으로 기대된다. 예를 들어, 워즈워드의 「나는 구름처럼 외롭게 떠돌았네」("I wandered lonely as a cloud")의 제4연을 읽어보자.

왜냐하면 자주, 긴 의자에 누워
멍하거나 또는 묵상에 잠긴 분위기 속에서,
그 수선화들이 저 내면의 눈 위에서 번쩍이느니
이는 고독의 축복이라오.
그런 다음 내 마음은 기쁨으로 가득차고,
그리하여 수선화들과 춤을 춘다오.

For oft, when on my couch I lie
In vacant or pensive mood,
They flash upon that inward eye
Which is the bliss of solitude;
And then my heart with pleasure fills,
And dances with the daffodils. (18-24)

　　제2연의 "수만 송이"의 수선화와 인용된 제4연의 수선화는 다르다. 제1연과 제2연의 수선화가 호수 지방의 자연 속에서 발견한 것이라면, 제4연의 수선화는 소위 '정적 속에서 회상된 감정'의 결과물이다. 엘리엇의 용어를 사용한다면, 제1연과 제2연의 수선화가 삶의 감정의 영역 속에 있다면, 제4연의 수선화는 예술적 정서의 영역 속에 있다. 감정이 새로워지거나 의미 있어지거나 극 전체에 의해서 구조적이 되면 예술적 정서로 변한다는 것이 엘리엇의 이론이었다. 자연과 인간의 교류가 전제되어 있는 범신론적 신념 체계 속에서 워즈워드의 시가 작성되었다. 반면에, 워즈워드의 이론에 대한 엘리엇의 비평은 근대성과 탈근대성의 길항관계 속에서 쓰여 있다. 워즈워드의 경우처럼 자연스럽게 '회상'될 수 있다는 신념을 엘리엇이 가질 수 없었다. '회상'보다 '집중'이 예술적 정서 창조의 논리일 수밖에 없었다. 그런데, 탈근대적 포스트모더니즘의 성향은 집중이 "의식적으로나 또는 심사숙고 끝에 발생"한다는 모더니즘적 창작론을 부정하는 자세에 있다. 그리고 또한, "물론 이것이 이야기의 전부는 아니다"고 주장한다. 낭만주의와 구별되는 모더니즘적 창작론에 만족할 수 없다는 비평적 성실성의 표현이다.

5. 결론: 비평적 성실성

엘리엇 비평 읽기의 문제점과 특징은 세계관의 혼재에 있었다. 대표적 에세이인 「전통과 개인의 재능」의 핵심 내용인 전통의 개념과 몰개성 시론의 경우, 모더니즘의 근대 철학에 기반을 두고 있지만 비평적 성실성과 혜안 때문에 무의식적으로 포스트모더니즘의 탈근대성을 고려하지 않을 수 없었다.[11] 약간의 변형을 거치면 「블레이크」("Blake" 1919)의 결론 부분이 엘리엇 자신에게도 적용될 수 있다.

> 잘못은 아마 블레이크 자신에게가 아니라, 시인이 필요로 하는 것을 제공하는데 실패한 상황에 있을 것이다. 아마도 상황이 그로 하여금 꾸며내도록 강요했을 것이다. 아마도 시인이 철학자와 신화학자를 필요로 했을 것이다. 의식적인 블레이크가 동기(動機)를 거의 의식하지 못했다 하더라도. (*SW* 134)

잘못은 아마 엘리엇 자신에게 있다기보다, 시인이 필요로 하는 것을

---

11) 엘리엇의 시에서 모더니즘과 포스트모더니즘 또는 근대성과 탈근대성의 혼재를 읽어내는 것은 다른 논문의 몫이다. 예를 들어, 킴볼(Kimball 9-10)은 『황무지』와 『늙은 주머니쥐의 실질적인 일을 하고 있는 고양이들에 관한 책』(*Old Possum's Book of Practical Cats*)을 대비하면서, 엘리엇의 문학 세계에 혼재하여 있는 심각함(seriousness)과 장난끼어린 익살(impish playfulness)의 요소를 지적한다.

제공하는 데 실패한 상황에 있을 것이다. 비평 이론을 꾸며내지 않을 수 없게 강요하는 상황 때문이었다. 시인이 요구해야 했던 것은 "철학자와 신화학자"가 아니었다. 근대성에 대한 탈근대적 포스트모더니즘이 가능해진 현재의 상황에서 보면, 근대적 철학자나 신화학자가 자신의 문학에 대한 최상급 지원 세력이라고 생각할 수밖에 없었던 엘리엇의 한계를 읽을 수 있다. 의식이 아무리 또렷했어도, 비평적 모호성, 비일관성이나 논리적 모순의 동기를 엘리엇이 제대로 인식할 수 없었던 시대의 한계가 있었다.

인용문헌

Ackroyd, Peter. *T. S. Eliot: A Life*. London: Hamish Hamilton, 1984.

Alderman, Nigel. "'Where Are the Eagles and the Trumpets?': The Strange Case of Eliot's Missing Quatrains." *Twentieth Century Literature*, 39. 2 (Summer 93): 129−51. (http://search.global.epnet.com)

Allan, Mowbray. *T. S. Eliot's Impersonal Theory of Poetry*. Lewisburg: Bucknell UP, 1974.

Barber, C. L. "The Power of Development. . . In a Different World." *The Achievement of T. S. Eliot*. F. O. Matthiessen. London: Oxford UP, 1976. 198−243.

Bush, Ronald. "Modern / Postmodern: Eliot, Perse, Mallarme, and the Future of the Barbarians." *Modernism Reconsidered*. Ed. Robert Kiely. Cambridge: Havard UP, 1983. 191−214.

Eliot, T. S. *To Criticize the Critic and Other Writings*. Lincoln: U of Nebraska P, 1965. Cited as *TCC*.

_____. *On Poetry and Poets*. New York: The Noonday P, 1961. Cited as *OPP*.

_____. *The Sacred Wood*. London: Faber and Faber, 1997. Cited as *SW*.

_____. *Selected Essays*. London and Boston: Faber and Faber, 1951. Cited as *SE*.

_____. *The Use of Poetry and the Use of Criticism*. London: Faber and Faber, 1964. Cited as *UPUC*.

Foucault, Michel. *The Order of Things: An Archaeology of the Human Sciences*. London and New York: Tavistock / Routledge, 1970.

Gish, Nancy K. *Time in the Poetry of T. S. Eliot*. London: Macmillan, 1981.

Harwood, John. *Eliot to Derrida: The Poverty of Interpretation*. London: Macmillan, 1995.

Kaiser, Jo Ellen Green. "Disciplining *The Waste Land*, or How to Lead Critics into Temptation." *Twentieth Century Literature*, 44. 1 (Spring 98): 82–99. (http://search.global.epnet.com)

Kenner, Hugh. *The Invisible Poet: T. S. Eliot*. London: Methuen, 1974.

Kimball, Roger. "A Craving for Reality: T. S. Eliot Today." *New Criterion* 18. 2 (Oct 99): 18–26. (http://search.global.epnet.com)

Lentricchia, Frank. *Modernist Quartet*. Cambridge: Cambridge UP, 1994.

Lobb, Edward. *T. S. Eliot and the Romantic Critical Tradition*. London: Routledge, 1981.

Lu, Fei-pai. *T. S. Eliot: The Dialectical Structure of His Theory of Poetry*. Chicago and London: The U of Chicago P, 1966.

Paz, Octavio. *Children of the Mire*. Trans. Rachel Phillips. Cambridge: Havard UP, 1974.

Pippin, Robert B. *Modernism as a Philosophical Problem*. Cambridge: Basil Blackwell, 1991.

Poirier, Richard. "The Waste Sad Time." *New Republic*, 216. 17 (04/28/97): 36–45. (http://search.global.epnet.com)

Rubin, Louis D., Jr. "The Passionate Poet and the Use of Criticism." *Virginia Quarterly Review*, 68. 3 (Summer 92): 460–80. (http://search.global.epnet.com)

Sheppard, Richard. "The Crisis of Language." *Modernism*. Ed. Malcolm Bradbury and James McFarlane. London: Penguin Books, 1991. 323–36.

Shusterman, Richard. *T. S. Eliot and the Philosophy of Criticism*. New York: Columbia UP, 1988.

Skaff, William. *The Philosophy of T. S. Eliot*. Philadelphia: U of Pennsylvania P, 1986.

Spender, Stephen. *T. S. Eliot*. Harmondsworth: Penguin Books, 1975.

Spurr, David. *Conflicts in Consciousnes: T. S. Eliot's Poetry and Criticism*. Urbana: U of Illinois P, 1984.

Unger, Leonard. *T. S. Eliot*. Minneapolis: U of Minnesota P, 1961.

Waugh, Patricia. *Practicing Postmodernism / Reading Modernism*. London: Edward Arnold, 1992.

앤드류즈에 대한 T. S. 엘리엇의 평가*

이 철 희(한양대학교)

1. 들어가는 말

T. S. 엘리엇(Eliot)과 종교와의 관계는 매우 밀접하며 과거부터 현재까지 지속적인 관심의 대상이다. 이것은 "종교적으로는 영국 국교도"(anglo-catholic in religion. *FLA* 7)라는 그의 선언을 통해 엘리엇의 종교적 입장을 충분히 확인할 수 있다. 사실 위의 선언은 1926년에 작성한 「랜슬럿 앤드류즈」("Lancelot Andrewes")라는 글의 서문에 나와 있으며 엘리엇의 이러한 선언을 통해서 우리는 그의 작품에도 신앙적인 모습이 매우 다양하게 투영되어 있음을 알 수 있다. 엘리엇이 이 글을 작성하기 전까지만 해도 앤드류즈는 단순히 특별히 뛰어난 작가 혹은 설교가 정도로만 생각하고 있는 사람들만 있었을 뿐(Sencourt 101)이

---

* 『T. S. 엘리엇 연구』 제23권 1호(2013년 6월), 93－120.

라고 할 정도로 엘리엇과 앤드류즈의 관계는 밀접하다고 볼 수 있다. 이 사실은 엘리엇이 「랜슬럿 앤드류즈」를 쓴 후 "앤드류즈는 엘리엇에게 일종의 스승 즉, 새로 전향한 시인의 영적ㆍ예술적 모델"(Jones 154)이 되었다고 할 만큼 엘리엇과 앤드류즈는 매우 밀접한 관련이 있다고 볼 수 있다. 이 외에도 20대 중반에 이미 엘리엇은 문학적 판단에 변화를 가져왔고 이것은 바로 "앤드류즈를 새로운 시각으로 읽었다는 사실"(Bush 109)과 "현대의 앤드류즈는 최고의 문학 예술가임에 틀림 없다"(Reisner 662)는 사실이 엘리엇과 앤드류즈의 관계 및 문학적 명성을 가늠할 수 있을 것이다. 엘리엇에 대한 앤드류즈의 영향은 다음과 같이 간단하게 요약할 수 있다.

> 1926년에 엘리엇은 이른 아침에 친교에 규칙적으로 참석하기 시작했다. 그리고 조금씩, 특히 앤드류즈 주교의 글쓰기와 사도 요한의 십자가의 영향 하에서 엘리엇은 그가 1927년 세례를 받고 영국교회로 입교할 때까지 진리의 계시적 순간에 대한 어머니의 신앙에서 벗어나 온전한 기도의 목적, 계율, 훈련, 사고와 행위로 향했다.

> In 1926 Eliot began to attend regularly early-morning Communion. And little by little, especially under the influence of the writing of Bishop Lancelot Andrewes and St. John of the Cross, Eliot moved away from his mother's faith in revelatory moment of truth toward moderate goals of prayer, observance, discipline, thought, and action until his being baptized and received into the Church of England in 1927. (Jong-Soo Choi 107)

위와 같은 분석을 통하여 우리는 앤드류즈와 십자가 성 요한의 글쓰기가 엘리엇에게 하나의 전환점이 되었다는 것을 알 수 있다. 또한 우리는 엘리엇의 앤드류즈에 대한 평가로부터 엘리엇이 파운드(Pound)와는 떨어져서 예이츠(Yeats)로 향했다는 사실(Bush 124)을 통해서도 엘리엇에게 있어 앤드류즈의 영향을 가늠할 수 있다. 앤드류즈가 또한 중요한 설교가라는 사실을 세상에 알린 장본인이 바로 엘리엇(Dale 89)이었다는 사실에서도 이 둘 사이에는 친밀한 관계가 성립됨을 알 수 있다. 이 둘 사이의 영향관계에 대한 대표적 선행연구로서는 마틴(Dorothea Martin)은 「말 속의 말: 앤드류즈와 엘리엇」("The Word within a word: Lancelot Andrewes and T. S. Eliot")이라는 글에서 앤드류즈가 엘리엇에게 끼친 영향에 관하여 엘리엇의 작품을 중심으로 비교적 자세히 분석하고 있으며, 맥클러후(McCullough)는 「앤드류즈가 변형시킨 열정」("Lancelot Andrewes's Transforming Passions")이라는 글에서 앤드류즈 설교의 특징을 분석해 놓았다. 본 글은 「랜슬럿 앤드류즈」를 통해 본 엘리엇의 생각을 비교적 자세히 고찰해 보는 것이다.

2. 본론

엘리엇은 「랜슬럿 앤드류즈」의 서두를 "앤드류즈는 생존 시에 뛰어난 명성을 구가했는데 그 이유로는 그의 설교의 우수성과 주교로서의 행동 그리고 벨라마인 추기경(Cardinal Bellarmine, 1542-1621)[1]의 주

---

1) 벨라마인은 이탈리아 추기경이자 신학자이며 카톨릭 교회의 추기경이었다. 그는 또한 반종교개혁운동(Counter-Reformation)에서 가장 중요한 인물 중에 한명이었고 그는 1930년에 성인으로 추앙되었고 교회학박사(Doctor of the Church)학위를 취득했다(Wikipedia). 반면에 앤드류즈는 영국 성공회의 격변기에 성공회 교리를 옹호하고 발전시키려고 노력했다. 그는 1575년 캠브리지 대학교 팸브루크 칼리지의 특별 연구원으로 선임되었고, 1580년에 부제로 임명되었다. 제임스 1세(James I)와 찰스 1세(Charles I)가 다스렸던 1605년부터 1619년까지는 왕가

장에 반대 논리를 펼치는 능력 및 앤드류즈 자신의 사생활의 단정함과 신앙심 때문"(*SE* 289)이라고 분석한다. 이와 같이 엘리엇은 앤드류즈의 명성에 대한 자신의 생각으로 글을 시작한다. 앤드류즈의 신앙적인 모습에 대해서는 "앤드류즈는 확실히 영국 교회의 실제적인 신학을 창조했고 그의 기도는 많은 사람들이 영적 삶을 살아가는데 지속적으로 도움을 주었으며"(Cummings 408), "앤드류즈의 많은 수입은 가난한 자들을 도우며 당대의 성직자들을 교육하는 데 소비되었다"(Cummings 410)는 사실에서 우리는 앤드류즈의 신앙생활의 모습을 가늠할 수 있다. 그러나 특이한 사실은 「랜슬럿 앤드류즈」의 구성은 앤드류즈의 신앙심을 중심으로 엘리엇이 전개해 가는 것은 아니며 서론부분에는 앤드류즈의 명성에 대해서 간략하게 언급하고, 이어서 앤드류즈의 역사적 위치에 대해서 비교적 자세히 이야기(약 2쪽을 초과하여)한다. 그리고 나머지 대부분을 주로 앤드류즈와 단(Donne), 이 두 사람의 설교와 산문을 비교하면서 엘리엇 자신의 견해를 전개해 나간다. 엘리엇은 앤드류즈의 역사적 위치에 대해서 비교적 자세히 언급한 후에[2] 앤드류즈의 설교에 대해서 다음과 같이 간단하게 요약한다.

> 그러나 설교를 읽은 그 사람들 사이에서는 이들이 정말로 그

의 구호품 분배 관리직을 맡았고, 1619-1626년에는 궁정 교회의 수석 사제로 근무했다. 수사학에 정통했던 그는 달변가이면서 학식 있는 궁정 설교가로 명성을 얻었다. 그의 주요저작은 로마 가톨릭 교회에 대해 비판적인 입장의 작품들이다. 그 작품들을 통해서 그는 로마 카톨릭 교리에 대해 분명히 비판적인 태도를 취했고, 성공회의 가르침에 대해서는 긍정적으로 서술했다. 1605년 화약음모사건이 실패한 뒤 이를 기념할 때마다 설교한 내용 중에는 반(反)카톨릭 법률에 격노한 카톨릭 교도들로 하여금 의회와 왕가를 해산시키려 하려는 의도가 들어있다. 이 설교들은 하느님이 국가와 교회를 모두 구원한다는 것을 강조한다(http://en.wikipedia.org/wiki/Robert-Bellarmine).

2) 엘리엇은 영국교회사에서 중요한 인물들로 후커(Hooker)와 테일러(Jeremy Taylor)와 앤드류즈를 꼽고 있으며 특히 후커와 앤드류즈의 지적인 업적과 산문 스타일은 영국 교회의 조기체계를 완성시켰다고 주장한다(*SE* 290-91).

들을 영어 산문의 표본으로 읽을지라도 앤드류즈는 거의 알려져 있지 않다. 그의 설교들은 매우 잘 만들어져서 쉽게 인용될 수 있다. 그들은 흥미로운 수준에 매우 가깝게 고정되어 있다. 그러나 그들은 자신들의 시대 아니 모든 시대에서 가장 훌륭한 영어 산문으로 평가한다.

But among those persons who read sermons, if they read them at all, as specimens of English prose, Andrewes is little known. His sermons are too well built to be readily quotable; they stick too closely to the point to be entertaining. Yet they rank with the finest English prose of their time, of any time. (*SE* 289)

위에서 보는 바와 같이 엘리엇은 앤드류즈의 설교는 구조상의 견고함을 지니고 있으며 동시에 즐거움을 제공할 수 있는 수준까지 이른다고 한다. 다시 말해 앤드류즈의 설교는 구조가 튼튼하며 유쾌할 정도로 흥미―오락성을 겸비한 채―를 제공하면서 당대는 물론 모든 시대의 산문 중에서 가장 훌륭한 영어 산문이라고 평가한다. 그러나 훌륭한 산문임에도 불구하고 엘리엇은 앤드류즈의 설교는 읽기가 쉽지 않다고 평가한다. 그의 설교의 어려움에 대해서는 다음과 같은 특징 때문이라 할 수 있다.

설교의 어려움에 기인하는 특징은 설교에 접근할 때의 인유적인 특징이며 우리는 고전적 언급과 교회 신부들의 인용과 함께 성서의 치밀하고 상호적인 사용을 위해 준비되어져야 한다. 앤드류즈는 그가 이들을 번역으로 일반적으로 추종하고 있을지라도 그리스어와 히브리어로부터 직접 인용을 사용하는 데 머뭇거리지 않는다.

A feature contributing to the difficulty of the sermons is their allusive nature in approaching them, one must be prepared for a dense, intertextual use of Scripture together with classical references and citations of the Church Fathers. Nor does Andrewes hesitate to employ direct quotations from the Greek and Hebrew, though he generally follows these with translations. (Jones 156)

즉, 앤드류즈 설교의 어려움은 바로 인유와 고전에 대한 참고 그리고 그리스어와 히브리어의 인용이라 볼 수 있다. 흥미롭게도 우리는 이와 같은 분석에서 엘리엇의 작품 창작 과정과 매우 일치되는 유사점을 발견할 수 있다. 그것이 바로 "인유"와 "인용"이다. 위의 존스(Jones)가 앤드류즈의 설교에 접근하는 과정에서 발생하는 어려움은 바로 인용과 인유 때문이라고 간단하게 진단한바와 같이 엘리엇은 작품 창작 과정에서 인유와 인용을 자주 사용한다. 이점이 서로 일치하고 있으며 아마도 엘리엇이 이 점을 우호적으로 평가했을 것이다. 또한 앤드류즈는 설교에서 라틴어를 사용하는데 이것은 단지 장식용이 아니며 앤드류즈에게 전체 설교로서의 주도적인 비유를 제공(McCullough 575)한다는 사실에서 그의 설교나 글쓰기의 특성을 살펴 볼 수 있다. 그러면서 엘리엇은 앤드류즈만의 스타일에서 가장 눈에 띠는 특징을 세 가지로 분류한다. 그 첫째는 구성 또는 조절과 구조(ordonnance, or arrangement and structure)이다. 즉, 앤드류즈 스타일은 각 부분의 전체적인 구성이 견고하며 또한 어조의 높낮이를 잘 조절하며 구조가 튼튼하다고 볼 수 있다. 아울러 이것은 주제와 목적 그리고 글쓰기의 외부구조 사이의 전체적인 통일성을 말한다(Martin 25)고도 볼 수 있다. 두 번째는 어휘 사용의 정밀성(precision in the use of words)이다. 다시 말해 어휘를 정확하게 사용한다는 것인데 이 부분에 있어서는 아무리 강조해도 지나치지 않는다. 그 이유는 이미지스트로서의 엘리엇이라는 평가만으로도 이를 증명할 수 있을 것이다. 그리고 마지막으로 앤드류즈의 스타일상에서의 특성을 적절한 긴장(relevant intensity)이라고 엘리엇이 분류한다. 이것은 앤드류즈의 설교는 적당한 긴장 또는 농도를 가지고 있다고 할 수 있다. 그러면서 엘리엇은 이와 같은 앤드류즈의 특성을 설명하기 위해서는 단의 설교와 비교하면 가장 명확하게 알 수 있다고 주장한다. 그 주장을 확증하기 위해서 엘리엇은 먼저 단의 설교를 다음과 같이 진단한다.

단의 설교들 또는 단의 설교의 단편들은 앤드류즈에 대해 거의 들어보지 못한 수 백 명에게도 물론 알려져 있다. 그리고 그들이 앤드류즈의 그것들보다도 더 열등하다는 이유로 정확하게 알려져 있다.

Donne's sermons, or fragments from Donne's sermons, are certainly known to hundreds who have hardly heard of Andrewes; and they are known precisely for the reasons because of which they are inferior to those of Andrewes. (*SE* 292)

위의 분석에서 우리는 단의 유명세를 엿볼 수 있다. 즉, 단의 설교는 앤드류즈를 들어 보지 못한 사람들에게 알려져 있으며 또한 앤드류즈의 설교보다 열등하다는 이유로 잘 알려져 있다고 평가한다. 한마디로 앤드류즈의 설교가 단의 설교보다는 우월하다고 엘리엇이 평가하는 것이다. 그러면서 엘리엇은 좀 더 구체적으로 접근하기 위해 스미스(Logan Pearsall Smith)가 행한 단에 대한 평가를 예로 든다.

그리고 그의 시 속에서와 마찬가지로 이들(설교들) 속에는 우리의 최종적인 분석을 여전히 회피하는 이해할 수 없으며 불가해한 어떤 것이 남아 있다. 이렇게 오래되고 장려할 만하며 교의에 관한 내용을 읽으면, 사고 그 자체로 단은 종종 다른 어떤 것, 신랄하고 개인적인 어떤 것 그러나 결국 우리에게 전달될 수 없는 어떤 것을 말하고 있음을 암시한다.

And yet in these, as in his poems, there remains something baffling and enigmatic which still eludes our last analysis. Reading these old hortatory and dogmatic pages, the thought suggests itself that Donne is often saying something else, something poignant and personal, and yet, in the end, incommunicable to us. (*SE* 292)

한마디로 스미스는 단의 설교를 부정적인 시각으로 바라보고 있다. 엘리엇도 스미스의 이러한 평가에 대해 찬성한다. 즉, 엘리엇도 비록 '전달될 수 없는'이라는 어휘에 이의를 주장할 수 있으며 그 단어가 종종 모호하지는 않은지 그리고 잘 알려지지는 않았는지를 묻기 위해 잠시 멈출 수도 있으나 그 진술 즉, 스미스의 진술은 본질적으로 옳다(*SE* 292)며 스미스의 단에 대한 평가에 찬성한다.[3] 그러면서 이제는 엘리엇이 직접 단을 분석한다.

단에 대해서는 불순한 동기의 그림자가 걸려있다. 그리고 불순한 동기는 그들의 도움으로 쉽게 성공한다. 그는 약간 그들의 종교적 웅변가이며 당대의 존경받는 빌리[4] 주일이며, 아첨꾼,

---

[3] 스미스는 단의 설교의 내용들을 훌륭하게 선집으로 선정해 놓았으며 이 선집이 몇 년 뒤에 옥스퍼드 출판사(Oxford Press)에서 출판되었는데 엘리엇은 스미스가 단의 설교를 설명하고 이 설교들을 만족할 만한 방식으로 자세히 기술하려고 노력했다고 평가한다(*SE* 292).

[4] 1862년부터 1935년 미국의 복음전도자(evangelist)였다.

정서적 유희의 마술사이다. 우리는 이러한 면을 그로테스크한 점까지 강조한다. 단은 훈련된 마음이 있었다. 그러나 그의 경험의 강도나 심오함을 축소시키지 않은 채, 그의 경험이 완벽하게 통제되지 않았으며 그는 영적 훈련이 부족했다고 할 수 있다.

About Donne there hangs the shadow of the impure motive; and impure motives lend their aid to a facile success. He is a little of their religious spellbinder, the Reverend Billy Sunday of his time, the flesh-creeper, the sorcerer of emotional orgy. We emphasize this aspect to the point of the grotesque. Donne had a trained mind; but without belittling the intensity or the profundity of his experience, we can suggest that his experience was not perfectly controlled, and that he lacked spiritual discipline. (*SE* 292)

단의 설교에는 동기가 불순하며 이 동기 덕분에 성공할 수 있다고 엘리엇이 진단한다. 또한 단은 종교적 웅변가에 불과하다는 말 속에서 우리는 "진지함" 또는 "진정성"이 부족하다고 추론할 수 있으며 아첨꾼이나 정서적 유희의 마술사, 바꾸어 말하면 단은 청중—교회식으로 보면 성도—의 감정을 자극하여 흥분시킨다는 것이다. 그리고 그 정도가 너무 심하여 그로테스크할 정도에 이른다고 엘리엇이 주장하며 단의 설교의 특징을 다소 비우호적인 시선으로 바라본다. 그러나 여기서 흥미로운 사실은 문제가 전적으로 단에게만 있는 것은 아니라는 것이다. 즉, 엘리엇은 단이 훈련된 마음을 갖고 있지만 단 자신의 경험의 농도나 심오함을 축소시키지는 못했다고 분석한다. 여기서 엘리엇이 강조하는 것은 바로 경험의 강도나 심오함은 반드시 축소되어야 하며 동시에 완벽하게 통제되어야 한다는 것이다. 다시 말해 설교 속에 개인적인 경험이 그대로 투영되어 나타나서는 안 된다는 것이다. 그래서 단은 영적 훈련이 필요하다고 볼 수 있다.[5] 여기서 우리는 다음과 같이 엘리엇을 진단한다는 사실에 주목해야 할 필요가 있다.

> 그러나 그(엘리엇)의 시의 본질에서 가장 특징적인 변화는 그가 단과 다른 형이상학파들에게서 배웠던 계획을 버리는 것이다. 그가 지금 갈망하는 특성들은 덜 대중적인 17세기 대가인 랜슬럿 앤드류즈의 그것들이다. 그런데 그는 앤드류즈의 '영적훈련'을 단의 변칙적인 긴장과 대조시켰다.

> Yet the most striking change in the texture of his verse is his abandonment of the devices that he learned from Donne and the other metaphysicals. The qualities for which he now aspires are those of a less popular seventeenth-century master, Lancelot Andrewes, whose 'spiritual discipline' he has contrasted with Donne's broken intensity. (Matthiessen 193)

그러니까 위의 주장을 통해서 우리는 엘리엇은 앤드류즈의 영향으로 변화된 모습을 보이기 시작했다는 사실을 재차 알 수 있다. 그가 현재 열망하는 것은 17세기 초 영국에서 가장 우수한 설교가 중에 한 사람인 앤드류즈의 특성(Stevenson 223)이라는 사실에서 우리가 미루어 짐작 할 수 있다. 엘리엇은 이와 같이 단의 "변칙적인 긴장"에는 반감을 보인 후에 앤드류즈를 평가하기 위해 다음 2행을 예로 든다.

---

5) 앤드류즈에게 초기 영국 교회는 두 가지 절박하게 필요한 것들이 있었다고 한다. 그것이 바로 "명백히 교리에 의거한 교육"과 "성직자와 목사 사이의 더 높은 개인적 생활수준"(Jones 재인용 160)이다.

이 세상에서 관상하며 그러한 평화를 맛보았던
그의 살아 있는 사랑을

Che in questo mondo,
Contemplando, gusto' di quella pace. (*SE* 293)

윗부분은 단테의 『신곡』(*Devine Comedy*)의 「천국」("Paradiso")편 캔토(Canto) 31의 일부분으로서 엘리엇은 바로 이 두 행을 예로 들면서 "지성과 감성이 조화를 이루었고 그래서 그의 스타일상의 특별한 특성이 나타난다"(*SE* 293)고 간단히 정의한다. 이 진단은 바로 위에서 엘리엇이 단을 평가한 내용과는 대조를 보인다. 즉, 단은 자신의 경험을 완전히 통제시키지 못했다는 분석과는 대조를 이루는 것이다. 환언하면 단은 지나치게 자신의 경험의 표현에 의지해서 설교를 진행했으며 반면에 앤드류즈의 설교는 이 경험과 지성이 조화를 이루었다고 분석하는 것이다. 그러면서 엘리엇은 앤드류즈의 이런 조화로움을 증명하고자 하는 사람은 설교에 들어가기 전에 『개인기도』(*Preces Privatae*)라는 서적을[6] 검토해 보는 것이 현명하다고 주장한다. 이 서적 일부분에서 브라잇맨(Dr. Brightman)이 앤드류즈의 기도를 감탄할 정도로 평가해 놓았다면서 엘리엇이 다음 부분을 그 예로 사용한다.

---

6) 이 서적은 앤드류즈의 사적 기도로 이루어져 있는데 앤드류즈가 사망한 직후에 출판되었으며, 몇몇의 원고 복사본(manuscript copies)이 생존 시에 배포되었을지 모른다고 엘리엇이 주장한다. 그리고 한 개의 사본에는 로우드(William Laud)의 이름이 있는데 이것은 라틴어로 쓰여져서 그가 그리스어로 번역했으며 그 중 몇 가지는 히브리어(Hebrew)로 번역되었다. 그리고 그것이 몇 번 영어로 번역되었으며 가장 최근의 판(edition)이 바로 고(故) 브라잇맨의 번역인데(Methuen, 1903년) 여기에는 흥미로운 소개가 함께 수록되어 있다(*SE* 293). 또한 "이 저서는 앤드류즈의 개인적 기도의 수집품이며 앤드류즈는 매일 이 책을 사용했으며 그가 죽기 전 마지막 순간까지 그의 손에 있었던 서적"(Stevenson 2. 9)이었다고 한다. 그리고 또한 "영국 국교의 신앙적 글쓰기의 보석들"사이에 있다는 사실에 동의한다(Pfaff 868).

그러나 구조는 단순히 외적인 계획 또는 구조가 아니다. 내부 구조는 외부만큼이나 밀접하다. 앤드류즈는 자신의 마음속에 간직하고 있는 아이디어를 개발한다. 그는 상세히 설명하지 않는다. 그러나 앞으로 전진 한다. 그가 반복한다면 그것은 반복이 실제적인 표현의 힘을 갖고 있기 때문이다. 그가 축적하면 각각 새로운 단어나 구는 새로운 전개와 그가 말하는 것에 실제적인 추가를 나타낸다. . . . 그러나 원고에서 그 의도는 매우 분명하다. 기도문이 단락으로 배열되어 있을 뿐 아니라 다소 내부 구조와 이동의 단계와 시기를 표시하기 위해 앞으로 가면서 쉬기도 하는 행들로 배열되어 있다. 앤드류즈의 기도에서 형식과 주제 두 가지 모두는 종종 어느 정도 찬송가라고 묘사될 수 있다.

But the structure is not merely an external scheme or framework: the internal structure is as close as the external. Andrewes develops an idea he has in his mind: every line tells and adds something. He does not expatiate, but moves forward: if he repeats, it is because the repetition has a real force of expression; if he accumulates, each new word or phrase represents a new development, a substantive addition to what he is saying. . . . but in the manuscript the intention is clear enough. The prayers are arranged, not merely in paragraphs, but in lines advanced and recessed, so as in a measure to mark the inner structure and the steps and stages of the movement. Both in form and in matter Andrewes's prayers may often be described rather as hymns. (*SE* 294−95)

위의 인용은 브라잇맨이 앤드류즈의 설교를 평가한 부분으로 앤드류즈의 설교에 있어 구조상의 특징을 브라잇맨이 매우 정확하고 명료하게 정의한다. 이러한 분석은 1926년의 예리한 독자들에게 영시에 대한 광범위한 토론을 체계화시킬 수 있는 새로운 수단을 제시할 수 있었다(Kenner 245)는 분석에서 우리는 당시에 앤드류즈에 대한 엘리엇의 평가가 굉장한 반향을 일으켰다는 사실을 알 수 있다. 앤드류즈 설교의 구조는 단순히 외적인 계획이나 구조에만 국한되어 우수한 것이 아니라 내부와 외부 구조가 매우 밀접하게 연결되어 있다는 것이다. 즉, 내부와 외부가 유기적인 통일성으로 연결되어 있다고 정의 할 수 있다. 또한 앤드류즈는 자신이 중요시 여기는 아이디어를 끊임없이 개발한다는 점에서 우리는 앤드류즈의 설교 준비 과정에서의 고뇌와 치밀함을 엿볼 수 있으며 진부하게 자세히 설명하지 않는다는 사실도 주의 깊게 살펴 보아야할 대목이다. 다시 말해, 필요한 어구나 내용만을 압축해서 이야기한다는 것이다. 또한 앤드류즈가 반복을 사용하는 경우에는 진정한 표현력을 갖고 있기 때문이라고 분석한다. 자칫 잘못하여 지나친 반복에 의존한 나머지 지루함을 불러일으킬 수도 있겠으나 앤드류즈는 어디까지나 표현력을 강화시키기 위해 이와 같은 방법을 사용한다고 볼 수 있다. 또한 문장 구조에 있어서도 앤드류즈의 특징을 알 수 있는데 실제로 그의 원고를 보면 그의 기도문은 단락으로 배열되어 있을 뿐 아니라, 내부구조와 이동의 단계를 표시하기 위해 행들이 앞으로 나아가거나 멈추기도 한다는 사실이다. 환언하면 글의 강약이나 음악적 효과를 위한 앤드류즈의 전략이라 할 수 있다. 아울러 한 단락 안에는 문장 구조상 한 개의 주 아이디어(main idea)가 있는 것인데 앤드류즈는 각각의 단락을 구성하는 과정에서 이 사실을 명심했다고 볼 수 있다. 부연하면, 한 단락은 한 개의 아이디어와 이를 보완해주는 보조적 상술(supporting details)로 구성되는데 앤드류즈는 이 규칙을 잘 지켰다고 볼 수 있다. 한마디로 여러 가지 면에서 앤드류즈의 설교에는 우수성이 있다고 볼 수 있으며 아마도 엘리엇은 이러한 면들을 호감으로 여겼을 것임에 틀림없다. 이를 증명하기 위해서 엘리엇은 브라잇맨의 앤드류즈에 대한 평가에 대해서 다음과 같이 진단한다.

이렇게 우수한 비평의 제1부는 앤드류즈 설교의 산문에 균등하게 잘 적용될 수 있다. 성당 참사회 회원인 브라잇맨이 암시하는 것처럼 성 이그네티우스의 훈련과 성 셀레의 프랑수아의 작품 옆에 앵글리칸들을 위한 공간을 마련해 준 기도자들 자신들은 사적 기도(앤드류즈는 하루에 거의 5시간씩 기도로 보냈다고 한다)와 앤드류즈가 로우드에게 전해준 대중 의식에 헌신했음을 설명해 준다. 그리고 종교의 질서에 대한 그의 열정은 산문의 질서에 대한 그의 열정에 반영되어 있다.

The first part of this excellent piece of criticism may be applied equally well to the prose of Andrewes's sermons. The prayers themselves, which, as Canon Brightman seems to hint, should take for Anglicans a place beside the Exercises of St. Ignatius and the works of St. Francois de Sales, illustrate the devotion to private prayer(Andrewes is said to have passed nearly five hours a day in prayer) and to public ritual which Andrewes bequeathed to William Laud; and his passion for order in religion is reflected in his passion for order in prose. (SE 294)

위에서 우리는 앤드류즈의 주교로서의 기도에 대한 노력도 어느 정도인지를 알 수 있으나 여기서 관심을 가져야할 것은 아마도 후반에 평가된 "종교의 질서에 대한 앤드류의 열정은 산문의 질서에 대한 그의 열정의 반영"이라는 사실이다. 즉, 앤드류즈는 종교적 질서는 물론 산문에 대한 그것도 매우 중요시했다고 볼 수 있다. 지금까지 앤드류즈에 대한 평가의 내용에는 개인적 정열과 질서의 조화 등이 거론되었다. 그런데 여기에 이어 한 가지 앤드류즈에게 있어서 흥미로운 사실이 있다.

> 그 자신도 신학자인 제임스 왕 앞에서 연설한 설교문에서 앤드류즈는 종종 더 많은 대중의 관중 속에서 연설했기 때문에 방해 받지 않았다. 그의 박식함이 충분하게 발휘되었고 그리고 그의 박식함은 그의 독창성에 본질적이다.

> And in the sermons preached before King James, himself a theologian, Andrewes was not hampered as he sometimes was in addressing more popular audiences. His erudition had full play, and his erudition is essential to his originality. (*SE* 294)

앤드류즈의 설교의 우수성을 엘리엇이 위와 같이 분석하고 있다. 즉, 앤드류즈는 많은 군중 속에서 연설을 한바 있기 때문에−1617년에 부활절에 앤드류즈는 더럼 성당(Durham Cathedral)에서 제임스 1세 앞에서 설교를 한바 있다(Stevenson 223)[7]−신학자이면서 왕인 제임스 앞에서도 설교에 큰 어려움이 없었다는 것이다. 이것을 엘리엇은 바로 앤드류즈의 박식함에 기인한 것이라고 보고 있다. 앤드류즈는 1589

---

7) 1606년에 제임스 1세는 네 명의 주도적인 성직자들로 하여금 런던 서쪽의 옛 왕궁인 햄프턴 코트(Hampton Court)에서 몇 명의 스코틀랜드 장관들 앞에서 정해진 주제로 설교를 시켰다. 이들 네 명이 바로 로체스터의 주교인 발로우(William Barlowe, Bishop of Rochester), 성 길스의 교구목사인 버커리지(John Buckeridge, Vicar of St, Giles), 췬체스터의 주교인 앤드류즈(Lancelot Andrewes, Bishop of Chinchester), 옥스퍼드의 그리스도 교회의 수석사제 킹(John King, Dean of Christ Church, Oxford)이었다(Klemp 15).

년에 신학박사학위를 받았으며 또한 고대의 기독교 전통의 언어뿐 아니라 15개의 언어를 알고 있었던 것처럼 보이는 데 여기에는 라틴어 (Latin), 그리스어(Greek), 히브리어, 아람어(Aramaic), 시리아어(Syriac), 아라비아어(Arabic) 등이 포함되어 있다고 한다(Cummings 410). 그래서 엘리엇은 이러한 능력 속에서 나온 앤드류즈의 박식함이 곧 그의 독창성의 본질이라고 진단한다. 이를 증명할 수 있는 논리가 바로 엘리엇은 평소에 박식함 또는 현학적인 것을 선호했던 것일지도 모른다는 점이다. 그의 대표작 『황무지』(*The Waste Land*)에 대해서 운터메이어(Untermeyer)는 "박식함을 진열해 놓은 것에 불과하다"(Selby 재인용 18)고 평가하는가 하면 그의 『네 사중주』(*Four Quartets*)는 "엘리엇의 가장 광범위하고 가장 어려운 종교시"(Callow 86)로 알려져 있다.[8] 그러면서 엘리엇은 "앤드류즈는 교의에 본질이라고 생각하는 것을 설명하는데 국한시키려 애썼고 그 자신은 16년 동안 단 한 번도 예정설 (predestination)의 문제를 언급한바 없다고 말했으며 성육신(Incarnation)[9]이 그에게는 본질적인 교리"(*SE* 294)라고 말하면서 앤드류즈 설교의 스타일을 다음과 같이 분석한다.

그런 주제에 대해서 앤드류즈를 읽는 것은 위대한 그리스학

---

[8] 스테픈(Stephen)역시 "엘리엇은 시를 더 난해하게 만들었으며 그가 전개해 나가는 개념은 종종 복합적이다. 즉, 그의 신화와 다른 작가의 작품에 대한 언급이 오히려 그의 시로 하여금 교양 있는 독자들에게 더 호소력을 지닌다"(96)고 평가한다.

[9] 성육신에 대해서 보충하자면 다음과 같다. 이 말은 라틴어 Incarnatio에서 유래했는데, 이를 분석하면 '육체(caro) 안에(in) 태어나는 것(natus)'을 의미한다. 즉, 하나님이 신 예수님께서 인간이 되셔서 인간의 모습과 신분으로 살다가 죽으셨음을 의미한다. 그러나 예수님이 이 땅에 사시는 동안 자신의 신성을 버리신 것은 결코 아니며 다만 완전한 인성을 획득하신 것뿐이다. 그분의 삶은 죄를 범하지 않은 완전한 삶이었으며, 그러기에 그 분은 죄인들을 위해 대신 죽으실 수 있었다. 또한 예수님이 자신이 인간으로서 시험을 당하시고 이를 극복하셨기에 시험을 당해 괴로워하는 그리스도인들의 아픔을 아시고 그들을 능히 도와주실 수 있는 것이다(개역 성경 신약 누가복음 2장 89, 신학해설).

자가『후서 분석론』의 텍스트를 상술하는 것을 듣는 것과 같다.
즉, 구두점을 바꾸거나 불분명한 내용을 갑자기 명료하게 만들
기 위해 코마를 넣거나 제거하며, 단 하나의 단어로 생각하며,
더 가깝고 가장 근소한 맥락으로 단어의 사용을 대조하며, 불안
하거나 비밀스런 강의 메모를 밝은 심오함으로 정화시키는 것
을 듣는 것과 같다.

Reading Andrewes on such a theme is like listening to a great
Hellenist expounding a text of the *Posterior Analytics*: altering the
punctuation, inserting or removing a comma or a semicolon to
make an obscure passage suddenly luminous, dwelling on a single
word, comparing its use in its nearer and in its most remote
contexts, purifying a disturbed or cryptic lecture-note into lucid
profundity. (*SE* 294−95)

우리는 이 사실을 통하여 앤드류즈가 설교를 작성하는 데 얼마나 많
은 정성을 들이고 신중했는가를 알 수 있다. 즉, 구두점이나 콤마(,), 세
미콜론(;)과 어휘 하나의 사용에 이르기까지 매우 섬세한 앤드류즈 글
쓰기의 스타일을 엿볼 수 있다. 변형하면 엘리엇은 바로 앤드류즈가
정확하고 정밀한 설교를 위해 혼신의 힘을 다한 모습을 호감으로 느꼈
다고 볼 수 있을 것이다. 계속해서 엘리엇은 앤드류즈 설교의 특징을
다음과 같이 진단한다.

우리가 어휘들에 대한 그의 시험이 찬성이라는 무아경 속에
서 끝나는 것을 발견하게 되는 것은 바로 우리 자신이 그의 산
문에 심취해서 그의 사고의 이동을 따라 갈 때 뿐이다. 앤드류
즈는 단어를 취해서 그것으로부터 세계를 추론한다. 우리가 소

유할 수 있는 어떤 단어를 상상할 수 없었던 의미의 충분한 본질을 생산해 낼 때까지 단어를 압축하고 또 압축한다. 이런 과정에서 우리가 언급했던 특성들 중에서, 배열과 정밀성이 훈련된다.

> It is only when we have saturated ourselves in his prose, followed the movement of his thought, that we find his examination of words terminating in the ecstasy of assent. Andrewes takes a word and derives the world from it; squeezing and squeezing the word until it yields a full juice of meaning which we should never have supposed any word to possess. In this process the qualities which we have mentioned, of ordonnance and precision, are exercised. (*SE* 295)

즉, 위에서 인상적인 것은 앤드류즈는 단어를 가지고 이 단어로부터 세계를 도출해 낸다고 한다. 다시 말해 앤드류즈는 단어가 세계를 잘 표현해 내기 위해서 단어의 본질적 의미를 생산해 낼 때까지 계속해서 단어를 압축하고 또 압축한다는 것이다. 이것이 곧, 이 글 서두에서 앤드류즈의 특성 중에 하나인 전체적인 배열과 정밀성이 훈련되어 있다고 볼 수 있다. 심지어 "앤드류즈의 언어 발명은 셰익스피어와 동위(同位)였다"(Hamlin 재인용 1321)는 주장에서도 앤드류즈의 표현법상의 우수성이 어느 정도 였는지를 우리는 짐작할 수 있다. 특히 엘리엇의 「게론티온」("Gerontion")에서 다음 부분을 앤드류즈의 영향으로 보기도 한다.

> 징조들이 기적으로 생각된다. "우리는 징조를 보고 싶다"
> 말 속의 말, 한마디도 말할 수 없는.

어둠에 싸인 말. 세월의 갱생과 더불어
호랑이 그리스도는 왔다.

Signs are taken for wonders. 'We would see a sign!'
The word within a word, unable to speak a word,
Swaddled with darkness. In the juvescence of the year
Came christ the tiger. (*CPP* 37)

이 부분은 앤드류즈에 대한 글을 쓰기 약 6년 전에 출판된 것으로서
앤드류즈의 설교에서 인용한 부분(Scofield 104)이며[10] 특히 '말 속의
말, 한마디도 말할 수 없는'이라는 표현은 앤드류즈의 설교에 있었는
데 엘리엇이 여기에 '어둠에 쌓여진'을 추가 했다고 한다(Drew 51). 또
한 예로 "호랑이 그리스도" 역시 앤드류즈의 "그리스도는 살쾡이가 아
니다"(Christ is no wild-cat)에서 차용한 것(Martin 27)이라고 본다. 이
외에도 1927년에 「에어리얼 포임즈」("Ariel Poems")의 제8판이 출판
되었는데 이 여덟 번째 판의 『에어리얼 포임즈』(*Ariel Poems*)는 앤드류
즈의 예수공현설교(Epiphany sermon)에서 그 주제를 차용했다고 한다
(Sencourt 115). 이와 같이 앤드류즈의 내용은 엘리엇이 자신의 작품에 소
재를 끼워 넣는 방식의 하나의 예가 되기 때문에도 흥미롭다(Willamson
109). 쉽게 말해 소재는 앤드류즈의 것이고 여기에 첨가한 사람이 엘
리엇이라는 결론이 나온다. 계속해서 엘리엇은 앤드류즈의 산문을 예
로 들면서 자신의 생각을 이어간다.

---

10) 앤드류즈가 1618년 성탄절 설교에서 누가복음 2:12–14절의 내용을 엘리엇이 차용한 것으로
보고 있다(Herbert 21). 그 내용은 "너희가 가서 강보에 싸여 구유에 뉘어있는 아기를 보리니
이것이 너희에게 표적이니라 하더니, 홀연히 수많은 천군이 그 천사들과 함께 하나님을 찬
송하여 이르되 지극히 높은 곳에서는 하나님께 영광이요 땅에서는 하나님이 기뻐하신 사람
들 중에 평화로다 하니라."

나는 방법은 모른다. 그러나 우리가 구원을 들을 때 또는 구세주를 언급할 때 곧 우리의 마음은 우리의 피부, 우리의 일시적 상태, 우리의 육체적인 삶, 우리가 생각지 못하는 더 깊은 구원으로 운반된다 . . . . 정말로 우리의 주된 생각과 관심은 그것을 위한 것이다. 분노에서 벗어나는 방법, 우리의 죄가 확실히 우리에게 가져다 줄 다가올 파멸로부터 구제받을 수 있는 방법일 것이다. 죄 그것이 우리 모두를 파멸시킬 것이다.

I know not how, but when we hear of saving or mention of a Saviour, presently our mind is carried to the saving of our skin, of our temporal state, of our bodily life, and farther saving we think not of . . . . Indeed our chief thought and care would be for that; how to escape the wrath, how to be saved from the destruction to come, whither our sins will certainly bring us. Sin it is will destroy us all. (*SE* 296−97)

이 산문에 대해서는 엘리엇의 평가를 직접 살펴보는 것이 바람직할 것이다.

반복적이며 평온한 것처럼 보이지만 그럼에도 불구하고 가장 신중하고 질서정연한 방식으로 나아가는 이런 비범한 산문에는 결코 기억을 져버리지 않는 번쩍이는 구가 종종 있다. 언어에 있어서 모험과 실험의 시대에 앤드류즈는 주의력을 잡고 기억에 감명을 주기위한 그의 계획에 있어서 가장 기략이 풍부한 작가들 중 한 명이다.

In this extraordinary prose, which appears to repeat, to stand still, but is nevertheless proceeding in the most deliberate and orderly manner, there are often flashing phrases which never desert the memory. In an age of adventure and experiment in language, Andrewes is one of the most resourceful of authors in his devices for seizing the attention and impressing the memory. (*SE* 297)

비록 앤드류즈의 산문은 반복을 중시하고 고요한 것처럼 보일 수도 있으나―평범하거나 지루함을 불러일으킬 수도 있으나―신중하고 질서가 정연하다는 것이다. 이 사실에서 우리는 엘리엇이 강조하는 것이 무엇인지 재차 확인할 수 있다. 그것은 바로 신중함과 질서정연함이다. 아울러 "기억을 져 버리지 않는 번쩍이는 구"라는 사실도 우리는 간과해서는 안 될 것이다. 다시 말해 엘리엇은 앤드류즈가 우리의 기억 속에서 늘 살아남아 되새길 수 있는 어구를 사용한다는 사실을 암시하고 있다. 결론적으로 산문이든 설교든 간에 앤드류즈의 것은 항상 우리의 기억 속에 남아서 되새기게 해 주는 효과―일종의 뇌 속에서 살아 숨쉬게 하는 효과―가 있다는 것이다. 게다가 그것이 지성과 감성의 적절한 조화를 이루었기 때문에 많은 군중들에게 인상적으로 다가갔을 것임에 틀림없다. 그래서 언어의 모험과 실험에서 앤드류즈는 가장 기략이 풍부한 작가 중에 하나인데 그것은 바로 우리의 관심을 유도하고 기억에 감명을 주기 때문이라고 엘리엇이 분석한다.11) 이와 같이 앤드류즈를 평가한 후에 엘리엇은 단의 설교 일부분 2개를 예로 든다.

　　i) 나는 여기서 당신께 말하고 있습니다. 그러나 나는 그렇

---

11) 이 외에도 앤드류즈의 설교의 특징을 스티븐슨은 5가지로 요약한다. 그것이 교회학적인 (ecclesiological) 설교, 전례(典禮)적 설교, 성서 해석학적인(exegetical) 설교, 목자(牧者 pastoral) 적인 설교, 기도에 기초한 설교(devotional)이다(Stevenson 2, 6-9).

지만 같은 순간에 당신이 서로서로에게 말할 것이 무엇인지 고려하고 있습니다. 내가 끝냈을 때, 여러분 모두가 여기 없는 것은 아닙니다. 당신은 내말을 들으며 지금 여기에 있습니다. . . . 그렇고 그러한 개인적인 방문을 하기에는 이것이 가장 적기였고 지금 다른 모두가 교회에 있을 때입니다. 그리고 당신이 거기에 있게 될 것이기 때문에 당신은 거기에 있습니다.

I am here speaking to you, and yet I consider by the way, in the same instant, what it is likely you will say to one another, When I have done, you are not all here neither; you are here now, hearing me. . . . This had been the fittest time, now, when everybody else is at church, to have made such and such a private visit; and because you would bee there, you are there. (*SE* 298)

ii) 어제의 즐거움에 대한 추억, 내일의 위험에 대한 공포, 내 무릎아래의 밀짚모자, 내 귀의 소음, 내 눈 속의 빛, 어떤 것, 아무것도 아닌 것, 환상, 내 뇌의 키메라가 내가 기도할 때 괴롭힌다. 그래서 확실히 아무것도 없고 영적인 것 들 속에서도 없고 이 세계에는 완벽한 것이 없다.

A memory of yesterday's pleasures, a feare of tomorrow's dangers, a straw under my knee, a noise in mine eare, a light in mine eye, an anything, a nothing, a fancy, a Chimera in my braine, troubles me in my prayer. So certainly is there nothing, nothing in spirituall things, perfect in this world. (*SE* 298)

이 두 가지 단의 설교에 대해서 엘리엇은 다음과 같이 단호하게 평가한다.

이것들은 결코 앤드류즈에게는 다가올 수 없었던 생각이다. 앤드류즈가 설교를 시작할 때 처음부터 끝까지 당신은 다른 어떤 것도 모른 채 그가 완전히 주제에 몰입하며, 그의 정서는 그가 주제로 더 깊게 스며들 때 성장하며, 그가 더욱 더 굳건하게 붙잡으려고 애쓰는 신비와 더불어 그의 설교는 마침내 "완벽한 것"임을 확신한다.

These are thoughts which would never have come to Andrewes. When Andrewes begins his sermon, from beginning to end you are sure that he is wholly in his subject, unaware of anything else, that his emotion grows as he penetrates more deeply into his subject, that his is finally "alone with the Alone," with the mystery which he is seeking to grasp more and more firmly. (*SE* 298)

위와 같이 엘리엇은 단의 설교에 대해서 평가하기를 앤드류즈는 전혀 상상도 할 수 없는 생각이었다고 진단한다. 이것은 사고의 독창성을 엘리엇이 이야기하는 것이 아니다. 앤드류즈가 설교의 주제에 전적으로 몰입한 나머지 다른 어떤 것도 생각하지 않으며 정서가 상승하는 순간은 그가 주제에 더 깊이 들어갈 때라는 것이다. 이 주장으로 유추해 볼 때 정서를 전혀 사용해서는 안 된다는 결론을 내릴 수는 없다. 다만 정서는 말하고자 하는 주제 속으로 더 깊게 스며들 때에만 사용해야 한다는 것이다. 이것이 잘 수행되어서 앤드류즈의 설교는 어떤 다른 도움 없이도 완벽성에 도달한다는 것이다. 그러면서 엘리엇은 이제 앤드류즈와 단을 같은 평면 위에 놓고 동시에 평가하기에 이른다.

앤드류즈의 정서는 순수하며 명상적이다. 그것은 개인적이지 않으며 그것이 적당한 명상의 대상에 의해 완전히 환기된다.

그의 정서는 전적으로 대상에 포함되고 그것에 의해 설명된다. 그러나 단에게는 항상 스미스가 그의 소개에서 말하고 있는 다른 어떤 것, 즉 좌절이 있다. 단은 어떤 의미에서 앤드류즈가 없는 개성이 있다. 그의 설교들은 자기표현의 수단이라고 우리는 느낀다. 그는 끊임없이 자신의 정서에 적합한 대상을 찾고 있다. 앤드류즈는 완전히 대상에 흡수되어서 적절한 정서에 반응한다. 앤드류즈는 *영적인 삶에 대한 맛*이 있다. 그러나 그것은 단에게는 타고나지 않았다.

Andrewes's emotion is purely contemplative; it is not personal, it is wholly evoked by the object of contemplation, to which it is adequate; his emotions wholly contained in and explained by its object. But with Donne there is always the something else, the "baffling" of which Mr. Pearsall Smith speaks in his introduction. Donne is a "personality" in a sense in which Andrewes is not: his sermons, one feels, are a "means of self-expression." He is constantly finding an object which shall be adequate to his feelings; Andrewes is wholly absorbed in the object and therefore responds with the adequate emotion. Andrewes has *the gout pour lar vie spirituelle*, which is not native to Donne. (*SE* 299)

여기서 엘리엇은 앤드류즈와 단의 주된 차이점을 정확하고 상세하게 분석한다. 앤드류즈의 정서는 순수하게 명상적이며 이것이 개인적이지 않고 명상의 대상에 의해 앤드류즈의 정서가 환기된다는 것이다. 그리고 그의 정서가 완전히 대상에 포함된 채 그것에 의해서 설명된다는 것이다. 쉽게 말하면 앤드류즈의 정서는 대상에 완전히 몰입된 채 전달된다는 것이다. 이 논리를 시 창작 방법으로 변형하면 정서란 대상에 의한 완전한 변형물이 되어야 한다고 볼 수 있다. 반면에 단은 앤드류즈와는 차이를 보인다는 것이다. 그러나 그 차이가 특이성이나 독창성을 말하는 것이 아니라 "개성"이며 심지어 단의 설교는 "자아표현의 수단"이라는 주장에 우리는 관심을 가져야 한다. 이를 좀 더 강조하기 위하여 엘리엇은 "단은 자신의 정서에 적합한 대상을 끊임없이 찾고 있다"고 분석한다. 여기에서 엘리엇이 강조하는 것은 "개인적 자아 표현이 아니라 자아 표현을 위한 대상 찾기"라고 할 수 있다. 그래서 앤드류즈는 대상에 완전히 몰입되어 있고 적절한 정서전달을 위한 그 대상을 잘 찾았는데 단은 이것을 적절히 수행해 내지 못했다고 엘리엇이 분석한다. 간단히 말해 엘리엇이 현재 가장 표현하고 싶은 것은 그가 앤드류즈에게서 찾은 "순수하게 명상적인 정서"(purely contemplative emotion)에 필적할 만한 것(Matthiessen 194)을 찾는 것이라 정의할 수 있다. 이 정서에 필적할 만한 것을 찾는 것이 엘리엇에게는 주요 과제가 되고 있으며 이 과제를 앤드류즈가 훌륭하게 실행으로 옮겼다고 보는 것이다. 그리고 또한 우리가 여기서 간과해서는 안 되는 것은 "대상에 대한 완전한 몰입"(Wholly absorbed in the object)라는 표현이다. 이 표현의 중요성에 대해서 부쉬(Bush)는 다음과 같이 진단한다.

> "대상에 완전히 몰입한다는 것은" 이때부터 계속 삶과 예술에 있어서 엘리엇의 목표가 될 것이며, 그리고 적어도 『재의 수요일』을 통해서 그가 주장하는 대상은 전통적으로 사고와 감정의 인정된 형식이 될 것이다.

> Being "wholly absorbed in the object" will be Eliot's aim in life and art from this time on, and at least through *Ash-Wednesday*, the object he seeks will be a traditionally sanctioned form of thinking and feeling. (110)

위의 주장을 통해서 "대상에 완전히 몰입하기"라는 명제가 엘리엇에게 얼마나 중요했는지 알 수 있다. 이와 유사한 견해를 무디(Moody)도 가지고 있다.

> 『재의 수요일』에서 지배적인 형식은 단테와 카톨릭 의식 그리고 아마도 또한 랜슬럿 앤드류즈의 설교와 개인적 기도의 형식으로부터 유래했다.
>
> In *Ash-Wednesday* the dominant forms are derived from Dante, from the Catholic liturgy, and probably also from the modes of Lancelot Andrewes' sermons and private prayers. (138)

우리가 이와 같이 부쉬와 무디의 분석을 통해서 알 수 있는 공통적인 사실은 엘리엇은 분명 앤드류즈의 영향을 받았다는 것이다. 앤드류즈는 1602년 2월 17일 엘리자베스(Elizabeth) 앞에서 『재의 수요일』(*Ash Wednesday*)이란 설교를 했는데 이 설교의 내용은 진리는 알지만 하나님(God)을 외면한 사람들을 슬퍼하는 내용이다(Wesley 680). 그러니까 『랜슬럿 앤드류즈를 위하여』(*For Lancelot Andrewes*)가 1928년 11월 20일 페이버 앤 과이어(Faber and Qwyer)사에서 출간되었고 1932년에 『에세이 선집』(*Selected Essays*)에 포함되었다. 『재의 수요일』이 1930년에 출간된 것으로 보아 분명 앤드류즈의 영향이 있다고 볼 수 있다. 그러면서 「랜슬럿 앤드류즈」의 종반부에 가면 엘리엇은 단과 앤드류즈에 대한 총체적인 평가를 내린다. 그는 단에 대해서 "그럼에도 불구하고 단은 소중하며 이 둘 중에서 앤드류즈는 더 순수하고, 그의 유대관계는 교회와 전통에 있기 때문에 더 중세적(medival)이며 반면에 단의 지성은 신학과 감성에 의해 만족되며 기도와 전례(liturgy)에 의해 만족된다"(*SE* 299)고 정의한다. 동시에 엘리엇은 "단은 더욱 더 신비적인데 이유는 그는 주로 인간에게 관심을 가지며 또 한편으로는 예수회 교의주의자들(Jesuits)과 공통점이 더 많고 또 한편으로는 칼뱅교도들(Calvinists)과 공통점이 더 많기 때문"(*SE* 299)이라면서 단에 대해 다음과 같은 아쉬움을 토로한다.

> 그는 그의 설교에서 그들의 감성의 즐거움을 찾는 사람들 또는 단어의 낭만적인 감각에서 "개성"에 매료된 채 개성에서 최종적 가치를 찾고 영적 성직자 계급에는 단의 것 보다 더 높은 곳들이 있다는 것을 잊어버리는 사람들에게만은 위험하다.

> He is dangerous only for those who find in his sermons an indulgence of their sensibility, or for those who, fascinated by "personality" in the romantic sense of the word—for those who find in "personality" an ultimate value—forget that in the spiritual hierarchy there are places higher than that of Donne. (*SE* 299–300)

즉, 단의 설교상의 낭만적 언어감각 속에서 개성에 매료되거나 자신들의 정서의 즐거움을 그의 설교에서 찾거나, 단의 등급보다 더 높은 영적 등급은 없다고 생각하는 사람들에게는 단이 위험하다고 주장한다. 그러면서 엘리엇은 앤드류즈에 대한 자신의 생각을 표현하면서 「랜슬럿 앤드류즈」를 마무리한다.

> 앤드류즈는 어떤 한 세대에서는 결코 많은 독자를 각지 못할 것이며, 그의 것은 결코 명시가 가진 불후의 명성도 없을 것이다. 그러나 그의 산물은 그것이 뉴먼의 것 중 어떤 것[12]이 아닐지라도 언어에 있어서 어떤 설교들의 그것보다도 열등하지 않

다. 그리고 그를 읽지 않는 더욱 더 많은 대중들조차도 역사상 그의 위대성-영국교회의 형성의 역사 속에서 둘째가라면 서러운 위치-을 기억하는 것이 현명할 것이다.

> Andrewes will never have many readers in any one generation, and his will never be the immortality of anthologies. Yet his prose is not inferior to that of any sermons in the language, unless it be some of Newman's. And even the larger public which does not read him may do well to remember his greatness in history—a place second to none in the history of the formation of the English Church. (*SE* 300)

비록 앤드류즈의 설교가 불후의 명시선집에 포함되지 않을지라도 그의 산문만큼은 어떤 설교의 산문에 뒤떨어지지 않는다는 찬사를 보내며 또한 대중들이 역사상 그의 위대성을 기억해줄 것을 엘리엇이 바라고 있다.

3. 나오는 말

지금까지 앤드류즈에 대한 엘리엇의 생각을 살펴보았다. 앤드류즈는 설교자와 주교로서의 행동 그리고 신앙심으로 유명했지만, 엘리엇

---

12) 사실 1926년에 엘리엇의 환상은 앤드류즈에 취해 있었는데 이 당시에는 테일러 또는 뉴먼의 웅변술이 뛰어났었다. 이에 비하면 앤드류즈는 이 둘 만큼의 낭랑한 음조나 리듬 그리고 고양된 웅변술을 갖추지 못했다고 한다. 이런 이유가 엘리엇으로 하여금 앤드류즈와 동질성을 갖게 된 계기라고 한다. 즉 "앤드류즈는 정열 또는 상상력이 아니라 계율, 위트(wit), 분석, 정밀성에 의존했다. 그는 교의의 본질을 고수하지만 자신의 시대의 욕구에 조심스럽게 대답하면서 후커의 합리성을 꾸준히 이어갔다"(Sencourt 101)고 분석한다.

의「랜슬럿 앤드류즈」에서는 엘리엇이 앤드류즈의 신앙적인 측면에 초점을 맞춰서 의견을 전개하지는 않았다. 주로 엘리엇은「랜슬럿 앤드류즈」에서 앤드류즈와 단의 설교의 특징을 동일 평면 위에 올려놓고 비교 · 분석하며 자신의 생각을 표현한다.

앤드류즈의 설교의 특징은 구조상의 견고함 및 정밀성, 그리고 어휘 사용의 정확성 및 적절한 긴장감을 지니고 있다고 엘리엇이 평가한다. 물론 앤드류즈는 고대 히브리어와 그리스어를 차용했기 때문에 읽는 것이 쉽지는 않지만 그래도 전달력에 있어서는 단 보다는 우수하다고 평가한다. 특히 앤드류즈는 지성과 감성이 조화를 이루었으며 자신의 정서를 표현하기 위한 대상을 적절히 찾아냈다고 분석한다. 반면에 단은 이것을 찾아내지 못하고 자신의 정서 표현에 의지했다고 평가한다.

인용문헌

이국진 편찬. 『투데이 컬러성경: 21세기 찬송가』. 서울: 한국성경학회, 2007.

이창배. 『T. S. 엘리엇 전집: 시와 시극』. 서울: 동국대학교 출판부, 2001.

Bush, Ronald. *T. S. Eliot: A Study in Character and Style*. London: Oxford UP, 1983.

Callow, James T. and Robert J. Reilly. Guide to *American Literature: From Emily Dickinson to the Present*. New York: A Branes & Noble Outline, 1977.

Cummings, O. F. "Bishop Lancelot Andrewes (1555−1626), Liturgist." *Worship* 85. 5 (2011): 408−24.

Dale, Alzina Stone. *T. S. Eliot: The Philosopher Poet*. Illinois: Harold Shaw Publishers, 1988.

Drew, Elizabeth. *T. S. Eliot: The Design of His Poetry*. New York: Charles Scribner's Sons, 1949.

Eliot, T. S. *The Complete Poems and Plays of T. S. Eliot*. London: Faber and Faber, 1978. [*CPP*로 표기함]

_____. *For Lancelot Andrewes: Essays on Style and Order*. London: Faber and Faber, 1970. [*FLA*로 표기함]

_____. *T. S. Eliot: Selected Essays: 1917−1932*. New York: Harcourt, Brace and Company, 1932. [*SE*로 표기함]

Hamlin, H. "Lancelot Andrewes: Selected Sermons and Lectures." *Renaissance Quarterly* 59. 4 (2006): 1320−21.

Herbert, Michael. *T. S. Eliot: Selected Poems*. London: Longman York P, 1982.

http://100.daum.net/encyclopedia/view.do? docid=b15a0381a.

http://en.wikipedia,org/wiki/Robert-Bellarmine.

Jones, M. "The Voice of Lancelot Andrewes in Eliot's *Ash-Wednesday*." *Renascence* 58. 2 (2005): 153−64.

Jong-soo, Choi. T. S. Eliot: *His Art and Faith*. Seoul: Hanshin Publishing Co., 1992.

Kenner, Hugh. *The Invisible Poet: T. S. Eliot*. New York: Mcdowell, Obolensky, 1959.

Klemp, P. J. "Lancelot Andrewes, Plagiarism, and Pedagogy at Hampton Court in 1606." *Philological Quarterly* 77. 1 (1988): 15−39.

Martin, Dorothea. "The Word Within a Word: Lancelot Andrewes and T. S. Eliot." 『영미어문학』(한국영어문학회 경남지부) 37 (1996): 23−40.

Matthiessen, F. O. *The Achievement of T. S. Eliot: An Essays on the Nature of Poetry*. London: Oxford UP, 1976.

McCullough, P. E. "Lancelot Andrewes's Transforming Passions." *The Huntington Library Quarterly* 71. 4 (2008): 573−90.

Moody, A. D. *Thomas Stearns Eliot: Poet*. London: Cambridge UP, 1979.

Pfaff, R. W. "Lancelot Andrewes: Selected Sermons and Lectures." *The Sixteenth Century Journal* 38. 3 (2007): 868.

Reisner, N. "Textual Sacraments: Capturing the Numinous in the Sermons of Lancelot Andrewes." *Renaissance Studies* 21. 5 (2007): 662−78.

Scofield, Martin. *T. S. Eliot: the Poems*. London: Cambridge UP, 1984.

Selby, Nick. *T. S. Eliot: The Waste Land*. New York: Columbia UP, 1999.

Sencourt, Robert. *T. S. Eliot: A Memoir*. Somerset: Butler & Tanner Ltd., 1971.

Stephen, Martin. *An Introductory Guide to English Literature*. London: Longman Group Limited, 1984.

Stevenson, K. "Worship and Theology: Lancelot Andrewes in Durham, Easter 1617." *International Journal for the Study of the Christian Church* 6. 3 (2006): 223−34.

_____. "Lancelot Andrewes on Ash Wednesday: A Seventeenth-Century Case Study in How to Start Lent." *Theology* 841 (2005): 3–13. [Stevenson 2로 표기함]

Wesley, J. "Acting and Actio in the Sermons of Lancelot Andrewes." *Renaissance Studies* 23. 5 (2009): 678–93.

Williamson, George. *A Reader's Guide to T. S. Eliot: A Poem-by-Poem Analysis*. New York: Farrar, Straus and Giroux, 1966.

보수주의와 T. S. 엘리엇:
심리학적 관점*

조 병 화(거제대학교)

1. 보수주의와 엘리엇

엘리엇(T. S. Eliot)이 진지한 보수주의자라는 사실은 명백해 보인다. 스스로 여러 차례 그렇게 언명했고, 1927년 개종 이후의 주요 작품들, 특히 『재의 수요일』(*Ash-Wednesday*) 그리고 『네 사중주』(*Four Quartets*) 등은 주제와 태도 측면에서 이 점을 분명하게 뒷받침한다. 그런데 엘리엇이 아방가르드(avant-garde)적인 모더니스트라는 점이 문제를 복잡하게 만든다. 보수주의의 본령(本領)에 해당하는 초월적 존재에 대한 믿음 혹은 의존은[1] 데카르트(René Descartes, 1596−1650) 이후의 인식과 가치의 기준을 사고하는 주체에 두고자 하는 모더니즘(근대성)이 가진 태도와 정면으로 대립되는 것이기 때문이다. 기독교도로서 초월

---

*『T. S. 엘리엇 연구』 제23권 1호에 실린 글임.

[1] 보수주의에 대한 개념은 본 논문 제2장에서 다루고 있음.

적 존재를 모든 가치의 준거로 삼는 것은 그 기준을 인간 자신의 인식
능력과 의지, 그리고 양심으로 대체하고자 했던 근대성의 노력과 배치
되는 것이다. 엘리엇이 가진 이 모순은 그의 초기 작품들2)에 직접적으
로 혹은 은유적으로 모두 내포되어 있다. 그가 「프루프록의 연가」("The
Love Song Of Alfred J. Prufrock")나 『황무지』(*The Waste Land*) 등의 시
에서 천착했던 다양한 소외(alienation)의 편린들 저변에는 초월적 존재
와 그에 근거한 전통적 질서를 상실한 근대성이 가졌던 문제가 자리하
고 있다. 또한 금융자본의 세계 지배에 노골적인 불만을 품고 서구의
체제에 반기를 들었던 파운드(Ezra Pound)와의 긴밀한 교류도 엘리엇
이 완벽한 보수주의자라는 점을 의심하게 만든다. 실제로 엘리엇의 초
기시들은 보수주의의 교의(教義)에 저항하는 분위기를 가진 작품들이
주류를 이루고 있다. 나아가 이 시기의 작품 일부는 엘리엇이 당시의
산문에서 뚜렷하게 밝혔던 보수주의적 경향과 충돌하는 주제를 보이
기도 한다.

엘리엇은 본인이 산문을 통해 표현한 의견이나 이상(理想)을 시에서
는 제대로 구현하지 못했음을 인정하며 시를 쓰는 능력과 "최고로 강
렬한 종교적 감성"(religious emotion of the first intensity)이 부족함을
그 이유로 들고 있다(*ASG* 30−31). 하지만 비평보다는 시에 더 많은
감정 혹은 정서(affect)가 반영된다는 개연성을 고려하면 엘리엇의 시
가 그가 산문에서 피력한 사상과 대립하는 심리성향 혹은 상태를 드러
낼 수 있는 것이다. 엘리엇이 천명한 입장이나 태도가 그의 인성(人性)
전체 혹은 그의 무의식 부분까지 설명할 수는 없다. 엘리엇이 보여준

---

2) 1925년 작품인 「텅 빈 사람들」("The Hollow Men")까지를 초기 작품으로 그 이후의 작품을 후기
작품으로 보고자한다. 1927년 작품인 「동방박사들의 여행」("Journey of the Magi")부터는 기독
교적 색채가 뚜렷해지는데 이 변화가 이 글의 논점과 관련이 있기 때문이다. 편의상, 『3월 산
토끼의 노래』(*Inventions of the March Hare*)에 실린 작품들은 습작기에 속하는 것으로 보고자 한다.

새로운 문학 실험들과 관련해서 전통에 반기를 드는 모습은 그의 의지와 관계없이 그가 처한 심리 단계 혹은 상태와 관련이 있으며 그가 가진 무의식의 욕구를 반영하는 것으로 볼 수 있다.[3]

엘리엇의 초기 작품에는 회의주의적 태도가 강하고 다양한 가치를 수용·옹호하려는 태도가 분명히 보인다. 가령,『황무지』에서 무수하게 발견되는 다의적이고 애매한 표현들에 대해 다른 해석들을 압도하는 특정한 해석을 상정하는 일은 무모한 시도로 보인다. 엘리엇이 의도하는 것은 가능한 해석 모두의 총합일 것이기 때문이다. 주어진 표현에 대한 시도된 해석들은 엘리엇이 의도한 것일 수도 있고 그렇지 않은 것도 있을 것이다. 하지만 엘리엇의 더 큰 의도는 설득력 있는 모든 해석에 대해 그 가능성과 가치를 인정해야 한다는 입장에 있는 것으로 보인다. 즉, 원관념(tenor)과 보조관념(vehicle) 사이를 넓게 벌려놓음으로써 독자로부터 적극적이고 창의적인 개입을 요구하고 있다고 할 수 있다. 엘리엇이 적어도『황무지』와 그 이전의 작품들에서 행한 문학 실험이나 그 작품들과 관련해서 주창한 시론(poetics)들은 모두 독자의 지적(intellect) 개입을 요구하는 장치들이다. 일방적으로 주어진 절대적 가치를 제시하는 대신에 다양한 상대적 가치를 인정하고 이를 추구하려는 엘리엇의 이러한 태도는 자유주의의 입장과 다르지 않다.

예를 들면, 엘리엇이『황무지』에서 행한 가장 커다란 문학 실험은 그 작품을 구성하는 크고 작은 구성 단위들이 다양하고 확정적이지 않은 의미를 갖도록 설계되었다는 점이다. 이는 독자의 이성 능력에 제한을 두지 않는 선택이며 보수주의의 태도와는 다른 것이다. 독자는

---

3) 다시 말해 주어진 사회나 가족의 전통적 가치나 입장을 받아들인다는 것은 심리적으로 어머니원형(原型)이 강하게 작동한다는 의미이다(Joh 2009, 210). 반면 독립적인 태도로 삶과 세상에 맞서려면 스스로의 이성(理性)에 의지해야 하고 이는 어머니원형에 대한 배신을 수반한다(CW 9ii 12).

『황무지』를 읽으며 '이 부분의 화자는 누구일까,' '이 표현은 어디서 빌려온 것일까,' '이 부분은 작품 전체 혹은 일부 어느 부분과 어떤 연관성을 갖는 것일까,' 혹은 '표면적 의미가 의도된 의미일까 아니면 숨겨진 다른 의미를 찾아야 할까' 등의 무수한 질문을 던져야 한다. 또한 그가 제시하여 모더니즘 문학을 대표하는 특징이 되다시피 한 '몰개성' 이론, '감수성의 통합,' 그리고 '객관적 상관물' 이론 등도 앞서 언급한 시에 대한 다의적인 해석 가능성과 함께 독자의 이성과 지식을 한껏 동원할 것을 요구하는 장치들이다. 또한 그의 초기시의 기법을 규정하는 꼴라쥬(collage)는 근대성의 인식과 가치의 복합성과 혼돈의 단면을 대변하는 것이다. 엘리엇의 주된 시적 실험이 이같이 이성의 능력에 대한 신뢰를 중심으로 이루어졌다면 그를 일관된 보수주의자라고 부르기는 어려울 것이다. 『재의 수요일』에서 화자가 현재의 자신과 이전의 자신 사이에 뚜렷한 선을 긋듯이 이 작품 이전의 엘리엇은 그 이후의 엘리엇과는 다르게 이해되어져야 할 것이다. 주어진 가치에 회의하며 이성의 작동을 극대화하려는 시도는 계몽주의자, 진보론자, 그리고 자유주의자들의 특징이다.

하지만 이 당시의 엘리엇의 시에서 발견되는 이성과 지력에 대한 옹호를 그의 산문에서는 발견할 수 없다. 적어도 엘리엇의 '선언적' 입장에서는 이성은 언제나 수단적인 위치에 머물러 있으며 이점은 개종 이후에 더욱 뚜렷해진다. 그가 『이신을 찾아서』(*After Strange Gods*)에서 '전통'의 개념에 대해 다소 수정적인 입장을 밝히며 "지성이 결여된 전통은 지킬 가치가 없다"(a tradition without intelligence is not worth having(*ASG* 20)고 했을 때도 최종적으로 강조한 것은 종교적 단일성이 전통의 핵심이자 근간이라는 것이다. 『네 사중주』에는 이 문제에 대한 보다 확고한 엘리엇의 입장이 발견된다. 이 시에서 그는 로고스를 경험하기 위해서는 이성의 작동을 멈춰야 한다고 주장한다. 「리틀 기딩」("Little Gidding")의 다음 구절은 엘리엇은 이 같은 시각을 잘 보여준다.

> 당신은 잠시 접어야만 한다
> 감각과 관념을. 당신은 이곳에 확인하러 온 것이 아니다.
> 스스로에게 무엇인가를 가르치거나 호기심을 채우거나
> 보고를 위하여 이곳에 온 것이 아니다.
> 당신은 무릎 꿇기 위해 여기 온 것이다
> 기도가 통해온 곳에서. 그리고 기도는
> 단어의 배열, 기도하는 마음을 의식하는 것,
> 혹은 기도하는 목소리가 내는 소리를 넘어서는 것이다.

> You would have to put off
> sense and notion. You are not here to verify,
> Instruct yourself, or inform curiosity
> Or carry report. You are here to kneel
> Where prayer has been valid. And prayer is more
> Than an order of words, the conscious occupation
> Of the praying mind, or the sound of the voice of praying. (*CPP*
> 192)

이성의 작동을 멈추라는 권고는 이성이 가진 인지능력에 대한 화자의 회의를 반영한다. 엘리엇이 궁극의 가치를 지니는 것으로 제시하는 이 초월적 경험은 이성의 영역을 넘어서는 문제이다. 다시 말해 초월적 경험의 순간에 그 능력이 제한되어 있는 이성이 개입하여 방해하지 말라는 권고인 것이다. 물론 이성의 능력과 가치를 전적으로 배척하는 것은 아니지만 이성은 단지 이 초월적 경험을 위한 준비과정에만 관계한다고 볼 수 있다.

엘리엇은 이성의 능력과 가치에 대해 시기별로 상호 대립되진 않지만 구별될 수 있는 태도를 보인다. 가령, 감수성의 통합은 보다 커다란 문학적 효과를 위하여 이성과 감정을 통합하라는 주장이라는 해석, 그 이상은 초기의 엘리엇에게 불필요해 보인다. 하지만 그 주장이 단순히 보다 포괄적인 문학적 효과를 위한 것이라는 접근은 후기의 엘리엇에게는 그다지 잘 들어맞지 않는다는 느낌을 준다. 엘리엇은 1935년에 쓴 「종교와 문학」("Religion and Literature")에서 문학은 기독교에 기초해야 된다고 주장한다(SE 392). 1927년의 「동방박사의 여행」 그리고 1930년의 『재의 수요일』(1930)을 통해 명확한 종교적 입장을 밝힌 엘리엇에게 문학의 목표가 독립적으로 존재한다는 주장은 성립하기 어렵다. 이후 엘리엇은 문화나 사회사상이 의미를 가지려면 기독교에 뿌리를 두어야 한다는(SE 480) 점을 명백히 하고 있다. 하지만 『황무지』 전후의 엘리엇은 종교문제에 보다 유연한 입장을 보인다. 『황무지』를 발표한 다음 해인 1923년에 쓴 「비평의 기능」("The Function of Criticism")에서 엘리엇은 문학이나 비평이 도달해야 할 목표는 "우리 자신 외부에 있는 어떤 것"(something outside of ourselves) 즉 "진리"(truth)(SE 34)라고 말한다. 이 '어떤' 것이 초월적 진리를 가리키는 것은 명백해 보인다. 하지만 후기의 그와는 달리 그 점을 명시하고 있지 않으며 기독교적 진리를 말하고 있다고 확신할 근거도 없다. 당시 엘리엇은 불교를 포함한 다른 종교에 대해 보다 유연한 태도를 가지고 있었으며 "종교가 가장 커다란 만족을 준다는 확신도 없었다"(unconvinced that it[religion] was the greatest of all satisfactions)(Gordon 112). 엘리엇의 보수성이 기독교에 대한 신념과 깊은 관련이 있음을 볼 때 이 점은 주목할 만한 차이라 하겠다.

산문과 시가 가지고 있는 차이 그리고 시기별로 다른 농도를 보이고 있는 엘리엇의 보수성을 심리적 관점에서 조망하는 것은 유용한 시도일 수 있다. 문학에 투영된 세계관은 전적으로 시인의 의지에 의한 선택의 문제가 아닐 수 있으며 의지와 인격의 다른 요소 간의 충돌이 반영될 수 있기 때문이다. 사상(思想)적 관점에서 보면 그가 문학적 실험을 왕성하게 감행하던 1920년 전후에도 철저한 보수주의의 입장을 나타내고 있다. 그가 지지했던 유럽의 극단적 보수주의를 대표하는 악숑 프랑세즈(Action Française)운동을 접한 것이 1906년까지 거슬러 올라가고(Noh 139) 그 운동의 핵심적 위치에 있었던 샤를 모라(Charles Maurras)의 글을 읽고 공감을 보인 것은 1910년 전후이다(Bradshaw 266–67). 이 시각에서 보면 엘리엇의 특정 시기를 진보적 사고와 연결하기는 어려워 보인다. 최근 들어 엘리엇이 대중문화에 보였던 관심을 들어 그가 편협한 고전주의자 혹은 보수주의자가 아니라는 주장들이 등장하고 있지만 이는 엘리엇 자신이 일관되고 분명하게 밝히고 있는 입장과는 다른 것이다. 오히려 쿠퍼(John Xiros Cooper)가 주장하듯이 대중문화에 대한 관심은 엘리엇이 정치적 목소리를 내기 시작한 노동계층에게 품었던 반감이나 공포를 드러내는 것으로 보는 관점이(Cooper 35, 37) 보다 설득력 있어 보인다.

그러나 전기적 관점에서 보면 엘리엇이 철학을 포기하고 문학적 성취를 위해 영국행을 선택한 것, 그리고 가족이 반대하는 결혼을 감행한 것 등은 그가 가졌던 반항적 성향의 극적인 표출로 볼 수 있다. 주어진 환경에 맞서려는 태도는 심리적 성장 혹은 발전과정에서 일정 단계의 특징이라고 볼 수 있다. 엘리엇이 이 시기 전후에 쓴 작품들에 이 같은 성향이 드러나는 것은 자연스러운 일일 것이다. 문제는 이 시기의 엘리엇에게 심리적 요구 혹은 욕구와 대외적 혹은 선언적 입장 사이에 어느 정도의 괴리가 있었다는 점이다. 심리적 성향은 그 주체의 가치관을 강화하는 방향으로 작용할 가능성이 높고 가치관이 자신의 심리적 성향과 일치할 경우 주체의 심리적 안녕에 도움이 될 것이다. 영국행 그리고 결혼 전후의 엘리엇은 그가 보여준 일련의 판단과 선택이라는 시각에서 그가 주창했던 전통적이고 보수적인 가치와 어울리지 않는 모습이다. 당시 엘리엇이 겪은 "심리적 어려움"(psychological troubles) (Gordon 172) 결혼생활의 어려움에[4] 더해 본인이 추구하는 가치와 심리적 상태의 괴리와도 관련이 있는 것으로 보인다. 엘리엇의 문학작품에 드러나는 반보수적 색채는 가치관의 표현이라기보다는 시인 자신이 인식하지 못했던 당시의 심리적 성향 혹은 상태의 반영이라고 볼 수 있는 이유가 여기에 있다.

2. 보수주의: 심리학적 접근

보수주의는 간단하게 정의될 수 있는 개념이 아니고 개인이나 집단이 경험한 역사나 처한 입장에 따라 이에 대한 다양한 이해가 가능하리라 본다. 더욱이 이에 대한 개념이나 규정은 그에 대한 대립적 용어인 '진보주의' 혹은 '자유주의'와 마찬가지로 정치·경제적 입장을 달리하는 상대에 대한 선동적 공격에 동원되기도 한다. 이같이 보수주의는 이해나 감정에 기초한 비합리적 개념이 될 수도 있어 그에 대한 이해는 더욱 복잡한 문제로 보인다. 모두가 동의할 수 있는 완전하고 개

---

4) 첫 번째 부인인 비비엔(Vivienne Haigh-Wood)과의 불화는 엘리엇의 다른 심리적 요소 간의 충돌의 결과로 볼 수도 있다(Joh 2008, 200–01).

관적인 정의는 가능하지 않다는 것을 전제로 미국의 정치·사회학자인 커크(Russell Kirk)의 의견과 이봉희가 그의 저서 『보수주의』에서 공통적으로 꼽고 있는 보수주의의 여섯 가지 정전(canon)을 소개하면 다음과 같다.

> 1. 초월적 혹은 신성성에 대한 신념을 갖는다.
> 2. 인간의 본성을 신뢰하지 않으며 원죄의식을 받아들인다(이봉희). 인간 존재에 대한 다양성 그리고 그 신비에 대한 애정을 갖는다(커크).
> 3. 인간의 자연적 불평등을 받아들이며 사회는 질서와 계층을 필요로 한다고 믿는다.
> 4. 사유재산을 침해할 수 없는 권리라고 생각한다.
> 5. 관습, 관례, 규정에 대한 신념을 갖는다.
> 6. 새로운 것들이 현존하는 전통이나 관습에 기초해야 한다고 생각하며 역사가 진보한다는 점에 회의적이다. (이봉희 61-68; http://en.wikipedia.org/wiki/Conservatism)

이들 정의에 따르면 보수주의는 인간의 기원에 대해 실증적이고 과학적 접근보다는 종교적 시각을 가지며 우주에 존재하는 만물에는 주어진 태생적 질서 혹은 차이가 있다는 입장이다. 인간의 본성에 대해서는 서로 엇갈리는 생각을 가지고 있다. 커크는 보수주의가 인간의 신비한 측면과 존엄성을 높이 산다고 보지만 이봉희는 보수주의가 인간을 악하고 부정적인 존재로 본다고 소개하고 있다. 이 차이는 서로 본질적인 시각이 다르기 때문이 아니라 인간의 어느 면을 강조해서 보느냐의 문제이다. 즉, 신과 기타 존재들 사이의 중간자로 위치하는 인간의 양면성을 반영하는 차이로 보인다. 보수주의는 사회적으로는 개인들에게 보다 많은 자유를 인정하는 정치적 입장을 지지하며 정치적 불평등이나 빈부의 격차를 인정해야 한다는 태도와도 연결된다. 또한 기존의 관습이나 제도를 중시하며 새로운 사고나 제도를 수용하는 데 있어 소극적이다. 다시 말해 보수주의자는 일반적으로 이성의 능력이나 가치에 회의적인 태도를 보이며, 개인, 진보, 평등 등의 가치에 동의하지 않으며 전통과 질서를 중시하는 동시에 초월적 혹은 신비적 세계관을 가진다. 역사가 진행된 온 방식이나 사회가 기존에 가지고 있는 체계는 그럴 수밖에 없는 이유가 있기 때문이라고 받아들이는 것이다.

이 같은 보수주의적 태도를 분석심리학 관점에서 보면 의식(consciousness) 혹은 자아(the ego)가 보다 강력하고 근원적인 심리적 실체인 무의식 혹은 무의식을 포함한 전체 정신의 중심인 자기(the Self)에 압도당하는 양상과 관련이 있다. 앨슐러(Lawrence R. Alschuler)는 인간들의 정치 · 사회적 구조는 심리적 현상인 투사(projection)와 관련된다고 말한다.

> (유아기로부터) 남아있는 자아-자기의 동일시가 내적인 것과 외적인 것 그리고 의지가 발휘될 수 있는 문제와 그럴 수 없는 문제에 대한 구별을 어렵게 한다. 자아−자기의 동일시는 사람들이나 외부 사건들에 원형적 투사를 가져오기도 한다. 그 결과로 사람들이나 사건들에는 신성이 부여되기도 한다. 이 투사는 자아의 의지와 관계없이 스스로 작동되어 자아를 압도하기 때문에 그 자동성을 가지고 감정을 수반하는 투사는 공포와 운명주의를 초래한다. 정치 그리고 종교 지도자를 포함하는 권위 있는 인물들은 피투사체로서 초월적 능력을 가진 것처럼 보이기도 한다.

The residual ego-Self identity blurs the distinction between inner and outer, between willing and causation. The ego-Self identity also produces archetypal projections onto people and events, endowing them with a numinous quality. The autonomous and emotional nature of these projections evoke fear and fatalism, for spontaneously they overwhelm the ego independently of its will. Authority figures, including political and religious leaders, as carriers of these projections will have an aura of supernatural power. (Alschuler 289)

앨슐러는 에딩거(Edward F. Edinger)의 자아－자기 동일시 이론과 위트몬(Edward C. Whitmont)의 투사 이론을 빌어 정치 혹은 종교적 지배가 어떻게 의식과 무의식의 상호작용과 관련될 수 있는지를 설명하고 있다. 주체가 자신보다 크고 강력하며 보다 권위가 있는 다른 대상을 인정하며 그에 복종하려는 태도는 심리적 현상에 기초한다는 것이다. 다시 말해 유아기 때의 심리적 상태, 즉 자아가 무의식 혹은 무의식을 포함한 전체 정신의 중심인 자기에 대해 복종적인 태도를 보일 경우 일반적인 보수주의적 세계관과 일치하는 심리적 상태라고 볼 수 있는 것이다. 자아는 원래 의식 범주에서 일어나고 경험되는 내용을 조정하고 통제하는 기능을 맡는다. 하지만 자아 스스로가 인지할 수 없는 어떤 대상을 보다 강력하고 우월한 존재로 받아들일 경우, 이는 인간 개인이 알 수 없는 어떤 초월적 존재가 우주를 다스리고 있으며 그 초월적 존재가 부여하는 임무를 수행하는 것을 지상과제로 여기는 비이성적 세계관과 유사성을 갖는 것이다.

분석심리학의 관점에서 보면 '정치적 각성'은 흔히 진보주의 그리고 민주적 입장과 관련된다. 심리적 발전의 목표 즉, 개성화(individuation)

가 의식이 점차 발전하며 무의식과의 새로운 관계를 정립해 나가듯, 정치적으로는 개인 혹은 집단에게 주어진 정치적 관념이나 제도를 받아들이는 과정에도 일정한 유형이 있다고 보는 것이다. 심리적 인격은 의식이 그 모태인 무의식에 무조건적으로 의지한 상태에서 출발해, 무의식으로부터의 소원(alienation)기를 거쳐, 무의식을 다시 의지적으로 받아들이려는 순서로 진행된다. 정치적 관점에서는 개인이나 집단은 주어진 정치적 환경에서 태어나지만 점차 자신을 둘러싼 제반 환경을 자신의 이해관계 속에서 이해하고, 나아가 그 과정에서 의식화된 문제를 개선하려는 노력을 기울이는 과정을 밟는다. 이 의식화 과정은 각층의 사회적 구성원들이 본인 입장뿐만이 아니라 다른 사람들의 처지를 헤아리는 "양심화"(conscientization) 과정(Alschuler 292)이자 민주화 과정이기도 하다.

이 관점에서 보면, 엘리엇이 자신이 처했던 경제, 사회 그리고 종교의 문제를 정치적으로 어떻게 받아들였는가의 문제와 영국의 중산층 혹은 그 이하의 시민들과 식민지 그리고 기타의 제3세계 사람들의 어려움을 어떻게 받아들였느냐의 두 가지 문제가 제기될 수 있다. 엘리엇의 개종은 자신 개인의 문제와 자신이 처한 사회의 문제들에 대한 해결을 전통, 기존 체제, 그리고 초월적 요소에 맡긴다는 선언과 다름없다. 이처럼 강화된 보수주의적 입장은 당시 존재했던 영국 내의 정치적 불평등 문제와 식민지 국가의 어려움에 대해서는 어느 정도 눈을 감겠다는 태도를 밝힌 것이기도 하다. 엘리엇 본인이 처했던 시대적 상황을 비상한 조치를 필요로 하는 심각한 위기였다고 진단했을 수는 있다. 하지만 보수 쪽으로의 점차 짙어지는 경도(傾度)는 현실 속에 나타나는 구체적인 정치, 경제, 사회의 문제들에 대해서는 관심을 거두겠다는 의지의 표현이기도 하다.

3. 엘리엇의 보수성과 반보수성

앞서 언급했듯이 심리학 관점에서 보면 보수주의는 정신(the psyche) 중 의식(consciousness)이 무의식(the unconscious) 혹은 전체 정신을 어떻게 받아들이고 반응하느냐의 문제와 관련된다. 의식이 무의식에 압도되어 복종하는 태도를 가지고 불평등한 관계를 인정하는 상황은 보수주의적 세계관과 관련된다. 반면 의식이 무의식에 대해 가질 수 있는 신비적 요소 혹은 초월적 요소들을 상대화해가면서 전체 정신에서 자신의 영역을 확대해가는 노력은 진보적 태도와 일치한다고 하겠다. 의식이 무의식에서 비롯되었다고 생각하며 의식의 태동기에 의식에 대한 무의식의 절대적 영향력이 감소해가는 과정이 심리적 발전과정이라는 것이 융(C. G. Jung)과 노이만(Erich Neumann)과 같은 분석심리학자들의 주장이다. 이 같은 의식이 무의식에 대해 갖는 발생적 그리고 의존적 관계로 인해 의식은 '아들'로 무의식은 '어머니'로 흔히 비유된다. 분석심리학의 논의에서 '어머니'는 생물학적 혹은 전기(傳記)적 어머니가 아닌 무의식의 일정 부분 혹은 전체가 심리적 원형(原型)화되어 의식에 작용하는 모습이다.

엘리엇이 작품에서 어머니와 연상될 수 있는 요소들에 대해 어떻게 반응하는가를 살피는 것은 그의 보수주의적 태도를 논하는 데에도 유용할 수 있다. 그를 둘러싼 세계는 심리적 어머니의 외부 환경적 등가물이기 때문이다. 엘리엇이 이들에게 드러내는 감정적 태도는 당시 그의 심리적 성향을 나타낼 뿐만 아니라 (잠재적) 정치적 태도를 가리키고 있다고 볼 수 있다. 엘리엇의 습작기라 할 수 있는 1910년대에 주로 쓴 『3월 산토끼의 노래』에 들어있는 「성 세바스찬의 연가」("The Love

Song of St. Sebastian")로부터 「프루프록의 연가」, 「부인의 초상」("A Portrait of Lady"),『황무지』, 그리고『재의 수요일』에 이르기까지 그의 거의 모든 시에는 여성과의 관계 즉, 성(sex)과 성애(erotic)의 문제가 강력하게 작용하고 있음을 볼 수 있다(Duplessis 296). 엘리엇 작품 속의 화자 그리고 등장인물들은 예외 없이 스스로의 정서적 안위나 존재 의미에 있어 주목할 만큼 여성과의 관계 혹은 여성으로부터의 평가에 의존하고 있다.

분석심리학 관점에서 볼 때 이 같은 여성과의 관계는 주로 두 가지의 유형으로 나타난다. 첫 유형은 어머니와의 관계이다. 어머니는 아들에 대해 영양을 공급하고, "포함하며"(encompass), 보호하는 관계를 지향한다(CW 9ii 11). 이 상태에서는 기존에 주어진 상태를 유지하는 것이 가장 큰 과제이고 그 안에서 작동되는 최고의 가치는 평화와 조화이다. 심리적 성장단계의 관점에서 보자면 유아기가 이에 해당된다. 반면 이 단계를 지나면 연인과의 관계가 보다 중요하게 부상하게 된다. 이 단계에 등장하는 여성(anima)과의 관계는 일방적이고 불평등한 관계가 아니라 평등한 협력자의 관계이다. 어머니와의 관계가 독립과 자치(autonomy)를 억제했다면 아니마(anima)는 성장과 변형(transformation)이라는 발전과제의 유발자이자 이 과정의 동반자가 된다(14). 더 나아가 아니마는 단테(Alighieri Dante)가 베아트리체(Beatrice)의 안내로 천국을 경험하듯, 초월적 경험을 가능하게 하는 촉매제이기도 하다.5)

엘리엇 문학 전반에 걸쳐 나타나는 압도적인 심리적 모티프는 그가

---

5) 반복해서 말하면 이 모든 관계와 그에 작용하는 존재들은 심리적 모티프들로서 엘리엇의 정신 안에서 일어나는 일이지 엘리엇의 삶의 외부 과정이나 사건 그리고 주변 인물들과는 제한적인 관계만을 가질 뿐이다. 하지만 상상력과 정서적 에너지가 한껏 동원되는 것이 요구되는 문학작품들에는 저자의 심리적 특징이나 성향이 잘 드러난다는 전제를 기초로 한다.

『황무지』를 위해 주로 참조했다고 밝힌 프레이저(James Frazer)의 『황금가지』(*The Golden Bough*) 중 두 권, 『아도니스, 아티스, 오시리스』(*Adonis, Attis, Osiris*)의(CPP 76)의 주인공들의 그것이다. 이들 모두 어머니에 의해 살해당하는 운명을 가진 풍요의 신(fertility god, vegetation god)들이다(Neumann 46, 72−73). 초기 작품부터 『네 사중주』에 이르기까지 엘리엇의 시 작품 전반에 흐르는 비장감(悲壯感)은 바로 이 자학(masochism)적 자기 살해와 깊은 관련이 있는 것으로 보인다. 「성 세바스찬의 연가」의 경우, 신격화된 여성으로부터 살해당하거나 그 여성을 살해하려는 충동은 대상을 독점하려는 시도로서 아도니스 콤플렉스 혹은 그 역전의 표출인 것처럼 보인다. 일반적으로는 어머니를 위해 기쁘게 죽는 아들로 표현되는 이 모티프는 정서적 강렬함과 죽음을 통한 결합이라는 공통점을 가지고 있다. 둘 가운데 누가 죽든지 두 존재의 완전한 결합이라는 도달하려는 목표는 같은 것이다.

> 나는 따가운 털로 짠 셔츠를 입고 가겠소
> 나는 밤에 등불을 들고 가겠소
> 그리고 그대의 집 계단 아래 앉을 것이오
> 피 흘릴 때까지 내 자신을 채찍질 할 것이오
> ‥‥‥‥
> 그러면 당신이 나를 안으로 들일 것이오
> 당신 보기에 내 모습이 끔찍하기에
> 당신은 나를 부끄럼 없이 (안으로) 들일 것이오
> 나는 죽어 있을 것이기에
> 그리고 이내 아침이 오면
> 내 머리는 당신 가슴 사이에 놓여있을 것이오.

I would come in a shirt of hair

I would come with a lamp in the night

And sit at the foot of your stair;

I would flog myself until I bled,

. . . . . .

Then you would take me in

Because I was hideous in your sight

You would take me in without shame

Because I should be dead

And when the morning came

Between your breasts should lie my head.

나는 수건을 들고 갈 것이오

그리고 당신의 머리를 굽혀 내 무릎사이에 넣을 것이오

당신의 귀는 뒤로 접히겠죠

이 세상의 누구의 귀하고도 다른 방식으로 말이오.

. . . . . .

내가 당신 목을 졸랐으니 그대는 나를 사랑할 것이오

그리고 내 악명 때문에라도;

그리고 나는 그대를 더욱더 사랑하게 될 것이오 내가 그대를 망
가뜨렸으니

그리고 당신은 이제 더 이상 아름답지도 않소

나 말고 다른 이들에게는.

I would come with a towel in my hand

And bend your head beneath my knees;

Your ears curl back in a certain way

Like no one's else in all the world.

. . . . . .

You would love me because I should have strangled you
And because of my infamy;
And I should love you the more because I mangled you
And because you were no longer beautiful
To anyone but me. (Eliot 1996, 78-79)

첫 연에서는 폭력적인 자기파괴를 통해 사랑하는 대상과의 결합을 추구한다. 이 같은 죽음을 통한 완전한 결합은 자기학대적 충동으로 심리적으로는 어머니의 요구에 복종하는 아들-연인(son-lover)의 모습이다. 『황무지』에 등장하는 풍요의 신도 대지(大地)의 어머니에게 스스로를 희생하는 아들-신의 유형으로 이 단계에서는 어머니와의 관계가 절대적인 의미를 가지며 어머니의 요구와 명령이 지상과제로 다가오는 심리적 단계를 보여준다(Neumann 43-44). 반면 두 번째 연은 대상을 살해함으로써 사랑을 독점하려는 가학증(sadism)을 드러낸다. 앞의 연에서 드러난 완전한 합일에 대한 충동이라는 점에서는 동일하지만 살해의 주체와 대상이라는 관점에서는 위치의 역전을 보이고 있다. 이 같은 가학적 태도는 자기를 확립하려는 심리적 발전 단계에서 진일보한 것을 나타내지만 일방의 죽음을 통한 완전한 합일에 대한 욕구라는 측면에서는 아니마가 활발하게 작동하는 관계라고 보기는 어렵다. 정치적으로는 성원 간 불평등과 일방의 복종이 당연시되고 상대를 위한 희생이 최고의 미덕으로 치부되는 단계로 절대 권력을 가진 왕이나 사제가 통치하는 체제를 연상시킨다.

「프루프록의 연가」에서는 화자 자신이 인식하는 스스로의 존재 가치는 상당 부분 화자가 접근하지 못하고 있는 방, 그 안에서 이루어지는 여인들의 대화에 의존해 있다. 소시민이며 육체적으로 나약하고 정신적으로는 무기력하다는 자의식을 가진 예민하기만 한 화자는 방안에 있는 여인들의 대화의 소재인 미켈란젤로와의 비교에 의해 더욱 강화된 자기비하에 빠지게 된다. 「여인의 초상」에서도 역시 화자는 상대방 여성에게 상당한 부정적 느낌과 비판의식을 가지고 있지만 그녀와의 인연을 필연적인 것으로 받아들인다. 이 점은 그녀의 죽음을 감당할 수 있을지 걱정하는 모습의 결말에서 잘 드러난다. 화자는 대화상대인 여인을 떠나려고 하지만 그녀가 죽을 경우 어떤 형태로든 사후개입에 대한 책임을 느끼고 있는 것이다.

> 그러나저러나 그녀가 어느 날 오후 숨을 거둔다면 어떻게 하지
> ......
> 그녀가 결국은 그 혜택을 누리지 않을까?

> Well! and what if she should die some afternoon,
> ......
> Would she not have the advantage, after all? (*CPP* 21)

이 같은 여성의 지배적 성향은 어머니가 가진 속성으로 아들은 일정 시기에 이에 대해 반발하는 것이 일반적이지만 이 작품에서 상대방 여성에 대한 부정적인 평가에도 불구하고 더 두드러지는 것은 그녀들의 평가에 스스로의 존재 가치와 정서적 안위를 내맡기는 화자의 의존적 태도이다. 심리적 관점에서 이 같은 특성은 주어진 삶의 조건의 불가피성 혹은 불가항력적인 측면을 받아들이는 보수주의적 세계관과 일치하는 것이다.

매우 예외적인 관점을 보이는 시가 「프루프록의 연가」와 『황무지』 사이에 나타난다. 「중역」("Le Directeur")이라는 제목이 붙은 이 불어

(佛語)시는 직접적으로 당시의 사회적 모순에 비판을 가한다. 파운드의 반자본주의적 세계관을 연상시키는 이 시는 보수주의 입장을 대변하는 주간지인『스펙테이터』(*The Spectator*)지(紙)를 빗대어 지배계층에 대한 날카로운 공격을 품고 있다. 부와 권력을 소수가 독점하는 데서 비롯하는 사회문제에 대해 이처럼 직접적인 비판을 가하는 것은 엘리엇에게는 이례적인 것이다. 이 시는 보수 혹은 반동주의가 무력한 개인들의 불행에 어떤 양상으로 작용하고 있는지 아니면 적어도 그러한 문제들을 어떻게 외면하고 있는지 보여주고 있다.

> 『스펙테이토』지(紙)사 근처를 흐르는
> 슬픈 템스 강 그 위로 슬픔이.
> 『스펙테이토』지(紙)의
> 중역인
> 보수주의자가
> 산들바람을 더럽힌다.
> 『스펙테이토』지(紙)의
> 주주들인
> 반동분자들이
> 팔장을 끼고
> 속임수를 쓰고 있다
> 살금살금 움직이며.
> 강 배수구에는
> 넝마를 걸친
> 작은 소녀가
> 슬픈 얼굴로
> 『스펙테이토』지(紙)의
> 보수주의자

중역을
쳐다본다
그리곤 사랑에 주려 죽음을 맞는다.

Malheur à la malheureuse Tamise

Tamisel Qui coule si pres du Spectateur.

Le directeur

Conservateur

Du Spectateur

Empeste la brise.

Les actionnaires

Réactionnaires

Du Spectateur

Conservateur

Bras dessus bras dessous

Font des tours

A pas de loup.

Dans un égout

Une petite fille

En guenilles

Camarde

Regarde

Le directeur

Du Spectateur

Conservateur

Et crève d'amour. (*CP* 46)

이 시는 엘리엇의 언론에 대한 부정적 평가(이홍섭 155)와 결합한 그의 계급 혹은 계층적 비판의식을 보여준다. 앞서 언급했듯이 보수주의는 주어진 조건이나 환경에 어떤 불가항력적이거나 개인이 파악할 수 없는 어떤 신비적 혹은 초월적인 요소가 있다는 믿음에 기초한다. 주어진 세상의 질서와 구조 그리고 스스로 처해진 조건에도 그럴만한 필연적인 이유가 있다는 믿음, 혹은 구성원인 개별적 인간이 받아들여야 하는 운명적인 요소가 있다는 생각과도 맥락을 같이 한다. 따라서 사회적 지도층 혹은 상위층과 거지소녀의 불행한 죽음을 연결하는 이 시의 비판의식은 보수적 태도를 견지하는 엘리엇에겐 흔치 않은 문제의식이다. 『황무지』를 발표하기 직전 작품인 이 시는 『황무지』가 가지고 있는 다면적이고 회의적인 태도를 예고 · 반영한다.

엘리엇은 『황무지』의 「불의 설교」에서 의미 있는 창조나 생산과 무관한 말초적 쾌락을 추구하는 성애(性愛)를 현대의 불모적 상황을 보여주는 대표적인 타락상으로 비난하고 있다. 이 시의 첫 연은 템스 강을 공간적 배경으로 하고 있다는 점, 사회지도층이 등장한다는 점, 그리고 그 둘 모두가 엘리엇의 부정적 시선을 받고 있다는 점에서 앞선 시 「중역」과 공통점을 가지고 있다. 일반적으로는 긍정적 이미지를 가진 "요정"(nymphs) 그리고 "다정한"(sweet)도 모두 반어적으로 사용되어 시인의 비판적 음조를 더한다. 중역들의 자제들과 어울리다 연락처 교환도 없이 떠난 요정들은 타락한 젊은 여인 군상의 일면이며 시인에게 난잡한 여름밤을 연상시키는 템스 강은 아름다움과는 거리가 멀다. "요정들은 떠났다. / 그리고 그들의 친구들, 방황하던 시에 거주하는 중역들의 자제들도"(The nymphs are departed. / And their friends, the loitering heirs of City directors)(*CPP* 67)라는 구절은 중역들 그리고 그들의 자제로 대표되는 지도층이 어떤 양상으로 시인이 고발하고 있는 불모(不毛)성에 책임이 있는지를 말하고 있다.

『황무지』가 모더니즘의 대표성을 갖는 이유는 이처럼 단지 그 실험적인 기법에만 있지는 않다. 이 작품에는 초월적 혹은 근본적 존재로부터 멀어져서 방황하고 격리되고 소외된 근대성의 문제에 노출된 군상들이 모여 있다. 이 불모지의 구성원들은 텍스트 자체의 파편성 만큼이나 상호 의사소통이 단절되어 있으며, 의미 있는 생산에 참여하지도 못하고 그들의 행위나 노력에 대해서는 어떤 대가나 보상도 뒤따르지 않는다. 희망도 개선도 없는 고통의 반복 혹은 타락 그리고 삶의 본질적인 측면 혹은 "진정한 경험"으로부터의 단절이(이홍섭 148) 그들 삶을 규정짓는다.

　보수성의 관점에서 보자면 『황무지』는 기본적으로 상호대립적인 요소들이 공존하고 있다. 이 작품에서 엘리엇은 불모상태에 빠진 세계를 당황스럽게 조망하는 근대적 문제의식을 가지고 이성의 능력을 한껏 동원하려는 기법을 실험하며 보수주의적 세계관에 반발하고 있다. 하지만 한편으로는 그 가치에 대한 동경을 드러내기도 하는 이중성을 가지고도 있다. 엘리엇은 여기서 근대적 정서를 탐구하고 그 문제의식을 표현하는 데에 머물러 있지 않는다. 『황무지』의 마지막 장 「천둥이 말한 것」("What the Thunder Said")에서 엘리엇은 뚜렷하게 초월적인 해결책을 구하고 있다. 황무지에 비를 예고하는 천둥은 인간영역의 문제가 아니며 인간은 단지 그 메시지에 귀 기울여야 할 뿐이다. 화자가 불모의 상황을 예리하게 인식하고 그 탐구에 열성을 기울이더라도 화자의 최종적인 관심은 다른 차원에 있었던 것으로 나타난다. 즉, 상황을 비판적으로 인식하는 이유가 질서와 위계를 갖추고 절대적인 힘을 행사하는 어떤 대상에 대한 동경이 자리 잡고 있기 때문인 것이다.

　이 작품을 쓰던 시기 전후에도 엘리엇은 '대중,' '민주주의,' '낭만주의' 등 근대성과 관련된 가치에 대해 반감을 드러내고 있다. 엘리엇이 황무지에서 모더니즘의 실험을 하고 있을 때도 그의 사상은 샤를 모라(Charles Maurras)나 로버트 필머(Robert Filmer)같은 전통(반동)주의자들에게 경도되어 있었고 낭만주의에 대한 부정적 평가를 공공연히 표현하고 있다(Bradshaw 266-67). 시인에게 존재했던 이 같은 모순이 『황무지』의 결론이 가진 다소의 의외성을 설명한다고 볼 수 있다. 「사자의 매장」("The Burial of the Dead"), 「체스 시합」("A Chess Game"), 그리고 「불의 설교」가 황무지의 문제적 상황 묘사에 치중했기 때문에 「천둥이 말한 것」은 다소 갑작스럽고 강제된 느낌을 주는 것이 사실이다. 이 점은 심리 상태와 관련된 정서적 성향과 시인 자신의 대외적 입장 혹은 이성적 가치와의 간극을 보여주는 것으로 보인다.

『황무지』가 일관되지 못하게 그리고 있는 세계는 엘리엇이 가지고 있는 심리적 경향과 밀접한 관계가 있는 것으로 보인다. 이 작품에 표현된 모티프들은 어머니에 저항하는 아들의 모습이다. 아도니스나 오시리스처럼 어머니에게 복종하여 목숨을 바치는 아들에서 진일보한, 어머니의 세계에서 탈출하려는 상태를 보여준다. 엘리엇 전기를 쓴 사람들은 그에게 가장 깊은 영향을 끼친 사람이 종교적 정서와 "도덕적 열정"으로 충만했던 어머니라는 점에 동의한다(Ackroyd 16; Gordon 8). 그 같은 영향 아래서 성장한 엘리엇이 예상치 못한 영국행을 감행하고 가족이 반대하는 비비엔(Vivienne Heywood)과 결혼한 것조차 어머니의 깊은 영향에 대한 그 반작용으로 볼 수 있는 것이다(Gordon 114-15; Joh 2009, 210).

『황무지』에 등장하는 여성들 가운데 소소스티리스 부인(Madame Sosostris)과 릴(Lyl)의 부인에게 충고하는 여인은 어머니의 속성을 가지는 반면 "히야신스 소녀"(hyacinth girl), 필로멜(Philomel), 그리고 「불의 설교」에 등장하는 타이피스트는 연인의 속성, 즉 심리학적으로 아니마의 모습을 띤다(Joh 2008, 197). 어머니 속성을 가진 인물묘사에서 엘리엇이 빈정거리듯 비판적인 음조를 보이는 것은 당시에 시인이 어머니에 대해 품었던 반항적인 태도와 관련된다. 물론 이는 당시의 엘리엇의 심리상태를 시사하는 것으로서 어머니 속성을 띤 환경 전체에 대한 태도를 드러낸다고 할 수 있다. 반면, 아니마의 속성을 띤 대상들도 예외 없이 불모적 관계에 빠져있거나 죽임을 당하는 모티프로 표현된다. 이 또한 시인이 의식하지 못하는 본인의 심리적 충동 혹은 욕구를 반영한다고 볼 수 있다.

그러나 이 같은 이중성은 오래 유지되지 않는다. 앞에서 논의한 보수주의 일반적인 특징에 비추어 본다면 1920년 후반 이후의 엘리엇은 완전한 보수주의자의 모습으로 등장한다. 『재의 수요일』이 보수주의자로의 회귀 혹은 보다 진지한 유형의 기독교에 대한 믿음을 절절하게 선언하는 작품이라는 사실에 동의한다면 엘리엇이 그전에 쓴 작품에는 진보 혹은 자유적인 입장이 어느 정도는 나타나야 한다는 논리가 성립한다. 다시 말해 기존의 사회질서 혹은 기존의 가치에 대립하고 반항하는 시인의 고민이 담겨있어야 하는 것이다. 『재의 수요일』에 나타난 과거에 대한 회한은 앞선 「프루프록의 연가」나 『황무지』의 반보수성을 설명할 수 있는 하나의 근거이다.

> 내 다시 돌아가길 원치 않기에
> 진정으로
> 내 다시 돌아가길 원치 않기에
> 이 사람의 재능을 원하고 저 사람의 능력을 부러워하며
> 난 다시는 그런 것들을 얻으려 애쓰지 않는다
> (왜 늙은 독수리가 날개를 펼쳐야 하는가?)
> 왜 내가 슬퍼해야 하는가

저 속된 통치가 누렸던 사라져 버린 권력에 대해

내가 다시는 알기를 원치 않기에
세속 시간의 무능한 영광을
나는 생각지도 않고
내가 알지 못할 것을 알기에
하나의 덧없는 세속적 권력을
(또한) 내가 마실 수 없기에
나무가 꽃을 피우고, 샘이 흐르는 그곳에서, 그곳에 다시는 아
무것도 존재치 않기에

Because I do not hope to turn again

Because I do not hope

Because I do not hope to turn

Desiring this man's gift and that man's scope

I no longer strive to strive towards such things

(Why should the aged eagle stretch its wings?)

Why should I mourn

The vanished power of the usual reign?

Because I do not hope to know again

The infirm glory of the positive hour

Because I do not think

Because I know I shall not know

The one veritable transitory power

Because I cannot drink

There, where trees flower, and springs flow, for there is nothing

again

『재의 수요일』이후 엘리엇이 헌신적으로 전파하려 노력했던 기독교 가치에 대한 신념은 심리적 관점에서 보면 의식−무의식의 동일시 결과로 초래되는 태도와 일치하는 바가 있다. 의식에 대한 무의식이 가장 압도적인 영향을 발휘하는 시기는 어머니원형이 지배하는 시기이다. 초월성 그리고 주어진 가치나 제도를 인정하고 받아들이는데 보다 적극적인 보수주의적 태도는 어머니의 권위를 무비판적으로 수용하는 사춘기 전(前) 단계의 심리적 특성과 관련된다. 그리고 이 태도는 다음과 같이 비타협적이며 상대방의 가치를 인정하지 않는 경향을 시사한다. 보수주의가 이성적이고 합리적이 사고를 반대하는 경향은 다음의 심리적 태도와 관련이 있다고 할 수 있다.

> 집단 심리와의 동일화를 통해서 그는 틀림없이 그의 무의식의 요구를 다른 사람들에게 강요할 것이다. 왜냐하면 집단 심리와의 동일화는 언제나 보편적 타당성이라는 느낌을 수반하는 것이기 때문이다. − 신적인 것 − 이것은 그의 동료들의 개인적 심리가 가진 모든 차이를 완전하게 무시한다.

> Through his identification with the collective psyche he will infallibly try to force the demands of his unconscious upon others, for identity with the collective psyche always brings with it a feeling of universal validity − "godlikeness" − which completely ignores all differences in the personal psyche of his fellows. (*CW*7 152)

'어머니'의 입장에서 보자면『네 사중주』는 어떤 의미에서 완전한 승리를 나타내는 기념비이다. 의심할 바 없이 시인의 보수주의적 성향을 드러내는 이 작품은 초월적 존재에 대한 탐구와 그 의미를 그리고 있다. 초월적 존재 즉 로고스는 모든 존재하는 것들에게 의미와 질서를 부여하며 초월적 경험은 모든 것에 앞서는 가치를 갖는다. 앞선 작품들과 달리 이 반근대적인 작품에는 여성이나 성적인 문제가 두드러지지 않는다. 물론 여성적이고 성적인 제재들을 억제한 것은 엘리엇의 의식적인 선택일 수도 있겠지만 심리적으로는 이 상태는 어머니의 품으로 완전하게 돌아간 아들이 있을 뿐이기 때문이기도 하다. 회의하고 갈등하는 아들에게 어머니의 대안 혹은 경쟁자로 작용했던 아니마가 거의 완전하게 억압된 것이다. 따라서 이 작품은 엘리엇이 이제 모든 면에서 절대자에게 순종하는 아들의 모습, 즉 완벽한 보수주의적 대열에 서게 된 것을 보여주는 것이다.

4. 결론을 대신해서

여러 각도에서 엘리엇의 보수주의를 설명할 수 있을 것으로 본다. 먼저 그가 활동하던 20세기 초, 중반은 세계의 일부 지역이 산업화된 뒤 그 체계를 떠받치기 위하여 새로운 구조와 질서를 모색하는 과정에서 전례 없는 규모의 혼란을 겪었던 때라는 점이다. 정치, 경제적 권력이 빠른 속도로 재편되고 그 과정에서 기술, 제도 그리고 사상들이 대규모로 새로운 계층과 지역으로 이동, 전파되었고 전 세계가 경제적인 이권을 두고 두 차례의 대규모 전쟁을 치르기도 했다. 엘리엇처럼 혜택을 받은 계층 출신이 이 같은 변화에 대해 깊은 반감을 가졌다는 사실은 쉽게 이해될 수 있다. 전통적 가치나 체계와 대립하는 '대중,' '자유주의,' '민주주의' 그리고 '평등' 따위는 구체계의 질서와 대립되는 가치이고 엘리엇이 목격하고 겪은 혼란에 대한 책임이 그 같은 새로운 움직임의 탓으로 돌려지는 것도 이해할 수 있는 점이다.

　그러나 유사한 사회적 환경에서 같은 정도의 혜택을 누린 많은 사람들이 새로운 실험과 가치에 공감하고 그 운동에 동참한 예를 보면 전기적 사실만으로 엘리엇의 보수주의가 모두 설명되지는 않는다. 엘리엇이 깊은 종교적 영향 아래서 태어나고 성장했다는 점도 그의 보수주의를 설명할 수 있을 것이다. 하지만 그가 사회적 책임과 도덕을 강조하는 유니테리언 종파에서 보다 진지한 태도를 갖는 영국국교로 개종한 사실은 뭔가 엘리엇에게 고유한 어떤 것이 그의 보수주의를 강화하는 방향으로 작용했다고 볼 수 있는 근거가 된다. 다시 말해, 엘리엇이 기질적으로 보수주의적 성향을 가지고 태어났으며 이 성향이 주어진 환경과 상호작용하면서 어느 정도의 혼란기를 겪은 뒤, 마침내 타고난 성향이 강화되는 방향으로 귀착된 것으로 보이는 것이다. 분석심리학 이론을 빌리자면 엘리엇은 의존적 성향을 갖는 자아를 가진 심리유형에 속하는 것이다. 이는 자아가 동등한 파트너인 아니마보다 어머니원형과 더 긴밀한 관계를 형성할 때 나타나는 특징이기도 하다.

　이처럼 엘리엇의 사회적 그리고 정치적 입장은 개인적인 기질 그리고 거기에 작용한 환경과의 상호 작용의 결과라는 관점이 가능하다. 엘리엇에게 있어 타고난 기질이 부여한 심리적 성향은 타자 의존적이며 권위를 인정하는 특징을 보인다. 그리고 이점은 엘리엇이 관계했던 여성 혹은 여성성과 긴밀하게 관련이 있으며 그의 작품에 나타난 여성상이나 여성들과 화자의 관계에서 가장 잘 들어날 것이다. 이점은 엘리엇이 의식적으로 그리고 있는 구체적 사건보다는 작품 속에 나타나는 여성의 전체적인 이미지나 여성들과 화자의 관계를 통해 접근할 수 있을 것이다. 의도되지 않았으나 작품에 존재하게 된 요소들이야말로 작가의 무의식의 산물일 것이기 때문이다.

인용문헌

이봉희. 『보수주의: 미국의 신보수주의를 중심으로』(인문사회과학 대우학술 총서 89). 서울: 민음사, 1995.

이홍섭. 「근대성과 기억: 발터 벤야민과 T. S. 엘리엇」. 『T. S. 엘리엇 연구』 20. 2 (2010): 139−70.

Ackroyd, Peter. *T. S. Eliot: A Life*. New York: Simon and Schuster, 1984.

Alschuler, Lawrence R. "Jung and Politics." *The Cambridge Companion to Jung*. Eds. Young-Eisendrath and Terence Dawson. Cambridge: Cambridge UP, 1997. 281−95.

Bradshaw David. "Politics." *T. S. Eliot in Context*. Ed. Jason Harding. Cambridge: Cambridge UP, 2011. 265−74.

Cooper, John Xiros. "Sex, Crimes, Cannibalisms, and T. S. Eliot." *Journal of the T. S. Eliot Society of Korea* 21. 2 (2011): 21−40.

DuPlessis Rachel Blau. "Gender." *T. S. Eliot in Context*. Ed. Jason Harding. Cambridge: Cambridge UP, 2011. 295−304.

Eliot, T. S. *After Strange Gods: A Primer of Modern Heresy*. New York: Harcourt, Brace and Company, 1933. [Abbreviated as *ASG*]

_____. *The Complete Poems and Plays of T. S. Eliot*. London & Boston: Faber and Faber, 1969. [Abbreviated as *CPP*]

_____. "The Function of Criticism." *SE*. 23−34.

_____. "The Humanism of Irving Babbitt." *SE*. 471−80.

_____. *Inventions of the March Hare: Poems 1909−1917*. San Diego: Harcourt Brace & Co, 1996.

_____. "Religion and Literature." *SE*. 388−401.

_____. "Tradition and the Individual Talent." *Selected Essays*. London: Faber and Faber, 1951. [Abbreviated as *SE*] 13−22.

Gordon, Lyndall. *T. S. Eliot: An Imperfect Life*. New York & London: W. W. Norton & Company, 1998.

Joh, Byung-Hwa. "Feminine Conflicts in Eliot's Early Poems." *Journal of the T. S. Eliot Society of Korea* 18. 2 (2008): 185−207.

_____. "*Four Quartets*: Defeated Anima." *Journal of the T. S. Eliot Society of Korea* 19. 2 (2009): 209−34.

Jung, C. G. "The Relations between the Ego and the Unconscious." *CW* 7. 139−58. *CW = *The Collected Works of C. G. Jung*, (Bollingen Series XX) Eds. Herbert Read, et al. and Trans. R. F. C. Hull. 20 vols. Princeton: Princeton UP, 1953−78.

_____. "Archetypes of the Collective Unconscious." *CW* 9. 3−41.

_____. "Conscious, Unconscious, and Individuation." *CW* 9. 275−89.

_____. "The Psychology of the Child Archetype." *CW* 9. 151−81.

_____. "The SyzygyA Anima and Animus." *CW* 9ii.

Gordon, Lyndall. *T. S. Eliot: An Imperfect Life*. New York & London: W. W. Norton & Company, 1998.

Neumann, Erich. *The Origins and the History of Consciousness* (Bollingen Series XLII). Trans. R.F.C. Hull. Princeton: Princeton UP, 1954.

Noh, Jeo-Yong. "The Political Thoughts of T. S. Eliot." *Journal of the T. S. Eliot Society of Korea* 2−3 (1995): 137−67.

Wikipedia. "Conservatism." Web. 30 April, 2013. <http://en.wikipedia.org/wiki/Conservatism>

제4부

중국과 인도의 종교 사상적 관점

『네 사중주』와 동양의 성인:
『바가바드 기타』와 노자를 중심으로*

양 재 용(강원대학교)

1. 서론

T. S. 엘리엇은 "인생의 궁극적 목표는 인격의 완성이며 성인다움 (聖人)을 이루는 데" 있다고 말하면서 "개인에게 최대한의 기회를 주려 면 개인의 성장이 사회와 경제 구조에 있어 유일한 목적이어야 한다" 고 말했다(*A Commentary*: The Criterion 78-79). 이런 엘리엇의 말은 신 비주의나 종교의 가장 높은 경지인 성인을 염두에 두고 있다고 생각된 다. 그는 또한 「종교와 문학」에서 문학과 종교를 완전히 분리해서 생 각할 수 없다고 말한(*SE* 392) 것으로 보아 종교의 궁극적인 문제를 문 학에서 구현하려는 것으로 볼 수 있겠다.

엘리엇은 자신을 어떤 특정 종교나 전통으로 한정하지 않는 폭넓은

---

* 이 논문은 『T. S. 엘리엇 연구』 제8호(2000년)에 게재된 논문을 수정 보완한 것임.

시야를 가진 시인이었다. 그의 시 속에 인도와, 불교, 희랍 사상, 기독교 사상이 내재되어 있는 것은 그를 보편적이고 영구적인 비젼(vision)을 가진 시인으로 생각하게 한다. 엘리엇은 하버드 대학에 재학 중에 그의 스승인 어빙 베빗(Irving Babbitt)의 영향을 받아서 동양종교에 심취하게 되었고, 챨스 란만(Charles Lanman) 교수에게 산스크리트어를 제임스 우즈(James Woods) 교수에게는 『파탄잘리요가경』(*The Yoga-system of Patañjali*, 1914)을 배웠다. 그는 동양 종교와 관련한 경험을 말하면서 이런 경험을 얻는 과정에서 깨달았지만 얼떨떨한 상태를 자신에게 주었다고 고백했다(*ASG* 40−41). 엘리엇의 이런 고백은 지식의 차원이 아닌 신비 경험인 종교의 차원이라는 점에서 흥미롭다. 그는 『이신(異神)을 찾아서』(*After Strange Gods*)에서 공자의 인기를 가볍게 언급하면서 "중국에 대한 지식과 최선의 중국 사회를 빈번히 방문하지도" 않고 어떻게 공자를 이해할 수 있겠는가 라고 말하면서 의문을 제기한다(유병천 160 재인용). 그는 하버드에서 인도 철학을 공부하면서 느낀 자신의 소감을 말한다.

　　2년 간은 챨스 란만으로부터 산스크리트어를 배우는데 보냈고 그리고 일년간은 제임스 우즈의 지도하에 파탄 잘리 형이상학의 미로에서 헤매며 보냈다. 이렇게 3년은 나에게 깨달았으나 얼떨떨한 상태를 주었다. 인도 철학자들이 추구한 것을 이해하려는 노력의 상당 부분은−그리고 그들의 미묘함이 대부분의 위대한 유럽의 철학자들을 초등학생들처럼 보이게 만드는데−그리스 시대부터 유럽 철학에 공통적인 모든 특징의 범주와 종류를 내 마음에서 지워 버리려고 노력하는 데 있었다. 나의 유럽 철학에 대한 이전의 연구나 상응하는 연구는 거의 방해보다 나을 것이 없었다. 쇼팬하우어, 하트만 그리고 도이센의 경우처럼, 유럽에 대한 브라만과 불교 사상의 "영향은 낭만적 오해를 통해 일어났다는 것을 알고 진정으로 나는 불가사의한 마음에 스며드는 나의 유일한 희망은 미국인이나 유럽인으로 생각하고 느끼는 방법을 잊는데 있다는 결론에 이르게 되었다. 감정적 이유뿐만 아니라 실재적 이유로 나는 그런 일을 하고 싶지 않았다. (*ASG* 40−41)

엘리엇은 자신이 동양 사상 특히 인도와 불교 철학의 신비(神秘)의 핵심에 도달하기 위해서는 미국인이나 유럽인으로 느끼고 생각하는 것을 잊어버리는 것이 필요하다고 말했다. 과연 서양과 동양의 사고 간에는 어떤 괴리가 존재하기에 그런 충격적인 고백을 하는 것일까? 이질적인 문화나 철학, 종교를 이해하기 위해 자신의 문화적 토양을 버리는 것이 필요했느냐는 매우 흥미 있는 진술이다. 엘리엇은 결국 동양의 신비를 포기하고 앵글로 캐톨릭으로 개종하게 된다. 그가 유럽인으로 남기를 선택하였기 때문에 그가 과연 인도나 불교 철학의 핵심에 도달했다는 것은 의문으로 남는다. 이처럼 동양과 서양의 사고 사이에는 어떤 괴리가 존재하고 있음은 동서양의 철학에 대한 김홍호 선생의 글에서 알 수 있다.

동양과 서양 철학은 대조적인 점이 있다. 서양 철학은 방대한 철학의 체계가 있는데 비하여 동양철학은 체계가 없다. 그러한 점은 칸트의 순수 이성 비판과 논어를 대조해 보면 알 수 있다. 그것은 서양이 체계를 가지고 우주를 설명하는 데 비하여 동양은 각(覺)을 통하여 인생이 새로워지기를 바라기 때문이다. 그런고로 서양에는 형이상학이 발달하지만 동양에는 인생관이 있을 뿐이다. 아리스토텔레스의 형이상학과 노자의 도덕경은 좋은 대조를 보여준다. 아리스토텔레스는 우주의 생성을 발하

고 부동(不動)의 원동자인 신(Unmoved Mover)을 제시한다. 그
러나 노자는 도를 말하고 소국과민을(小國寡民)을 말할 뿐이다.
아리스토텔레스는 철학자(哲學者)요, 노자는 철인(哲人)이다. 철
학자는 철학 체계를 구축(構築)하지만 철인은 처세적 지혜(處世
的 智慧)를 내놓을 뿐이다. 그런 의미에서 동양에는 지혜는 있지
만 철학은 없다. (김홍호 1986 1)

　서양의 철학자와 동양의 철인은 각기 지식과 지혜를 준다고 생각할
수 있겠다. 서양과 동양의 학문 간에는 각기 철학적 체계를 구축하는
것과 깨달음을 통해 새롭게 하루를 산다는 차이가 있다. 그래서 동양
의 성인에게는 삶의 기쁨이 있을 뿐 무엇을 체계화하는데 흥미가 없
다. 그들은 "지자불언(知者不言)이요 언자부지(言者不知)를 누구보다
도 잘 알고 있었다. 그들은 산(山)을 보고 청정신(淸淨身)을 느끼고 물
을 보고 장광설(長廣舌)을 듣는다. 밤새도록 흐르는 시냇물에서 팔만
사천의 설법을 보는 눈을 가졌기에, 관음(觀音)과 공관(空觀)의 눈을 갖
고 있다. 동양의 성인은 학문을 체계화하거나 지식을 추구하는 데 관
심이 없기에 서양학문의 인식론과는 차이가 있다.
　이런 동양과 서양의 사고에 있어서의 차이에도 불구하고 인간의 궁
극적인 실재와의 만남으로 말해지는 종교체험은 모든 시대에 나타날
뿐 아니라 모든 종교의 경험 속에서 발견된다. 모든 종교의 진실은 인
류에게 정신적 성장을 이끌어 온 사람들의 신비적 체험에 그 기원을
갖고 있다. 이것은 모든 종교에서 말하는 근본 체험이며 모든 종교의
목표이다. 또한 "이성적인 추론의 과정으로부터 신앙으로 가득 찬 전
이(轉移)가 그 목표이다"(김홍호 1986 18). 이 전이(轉移) 속에 인간은
초월을 경험한다. 이런 구원의 경험은 기독교, 힌두교, 불교와 같은 종

교에서 공통되는 근본 체험이다. 이런 과정에서 인간은 표현 방법이나 접근 방법은 다르지만 궁극적으로 자기(自己)를 부정하고 수행(修行)을 거쳐 거룩하고 깨끗하며 참된 실재(實在)로 간다. 이런 깨끗한 실재가 성인(聖人)이다. 성인의 경지는 신비주의에서 말하는 정화(Purgation)와 계시(Illumination), 그리고 신과의 합일(Mystic Union)의 경지다. 그런데 이런 길은 신이 아닌 성인(聖人)이 가는 길이다. 이런 점에서 엘리엇의 『네 사중주』에는 동양의 성인(聖人)이 경험하는 신비 체험을 볼 수 있다.

엘리엇은 "유럽 문화의 통합에 대한 고찰"에 관한 1946년 대화에서 자신의 입장을 밝히고 있다. "오래 전 나는 고대의 인도어를 공부했으며, 그 당시의 철학에 깊은 관심이 있을 때, 나는 약간의 시도 읽었다. 그리고 나 자신의 시가 인도 사상과 감수성의 영향을 받았다는 것을 안다"(*NTDC* 113)고 말했다. 이런 엘리엇의 고백에서 그가 받은 인도 사상의 영향을 가늠할 수 있다. 엘리엇은 『단테』론에서 "『바가바드 기타』는 『신곡』다음으로 위대한 철학 시"(*SE* 258)라고 말했다. 이런 엘리엇의 말에서 그가 인도 사상에 지대한 영향을 받았음을 알 수 있다. 그리고 엘리엇은 『황무지』를 쓰면서 개인적으로 정체성의 위기를 경험했고 심각하게 불교 신자가 되기를 고려했다고(Spender 40) 말했다. 이것은 그가 인도 사상뿐 아니라 불교 등과 같은 동양사상에 대단한 관심이 있었음을 보여준다. 그러나 이런 인도 사상의 영향에도 불구하고 국내에서 불교의 연구만큼 심도 있게 연구되어 있지 못한 것은 사실이다.

노장(老莊)의 사상이 불교에 영향을 주어 선불교가 되었다는 점에서 노장 사상과 불교는 유사성이 있겠다. 무엇보다도 노자 사상에서는 성인(聖人)이 되는 근본 체험이 필수적이라는 것은 불교와 힌두교에서 불(佛)과 범(梵)을 성인의 이상으로 추구하는 것과 유사점을 가질 수 있을 것이다. 이 논문에서는 인도의 경전가운데 『바가바드 기타』와 노자의 사상에서 보여지는 성인의 관점을 『네 사중주』에서 어떻게 나타나 있는가를 조명(照明)해 보겠다. 성인에 이르는 과정에서 『바가바드 기타』에서 크리슈나는 아리쥬나에게 은총을 얻기 위해 신에게 모든 것을 내맡길 것을 충고한다. 즉 "신에게 모든 것을 헌신하는 사람에게 내리는 신의 특별한 은총을 믿는 신앙이 있다"(다스굽타 150). 그러나 노자에서는 이런 신의 은총이라는 개념은 나타나 있지 않다. 이러한 상이한 관점에도 불구하고, 프리즘을 통해 사물의 다면을 보아 궁극적 실체를 입체적으로 봄으로서 폭넓은 시야를 갖고 깨달음을 통한 봄(vision, 觀)을 얻는 성인의 세계를 밝히는 데 그 의의가 있겠다.

2. 『바가바드 기타』(이하 『기타』로 약함)와 성인

엘리엇은 『시의 효용과 비평의 효용』에서 구약의 몇 부분이 그에게 영향을 주었듯이 초기 불교 경전들 중 몇 부분도 그에게 영향을 주었다(91)고 말했다. 엘리엇의 스승인 배빗(Babbitt)은 유교와 불교인의 심성이 기독교인 심성보다 비개성적(非個性的)이며, 방기(renunciation)와 명상(meditation)이 기독교인에게 부족한 부분이라고 지적하고 있다(Hay 91). 엘리엇은 비이성적인 요소인 방기와 명상을 엘리엇은 불교와 힌두교에서 찾았는지 모른다. 이런 배빗의 영향으로 엘리엇은 부처에 대한 성전들인 부처의 대화를 모아 놓은 『바흐샤』(*Bhāshya*)와 『바티카』(*Vārttika*)가 첨가된 『파탄잘리의 경』(Patanjali' Sūtras)과 불

교 성인들의 전설인 앙구타라 니키야(*Anguttara Nikiya*)에 대한 부다고
사(Buddhaghosa)의 주석인 쟈타카스(Jātakas) 그리고 바차스파티-미
스라(Vachaspati-Mishra)의 주석서『판챠-탄트라』(Pancha-Tantra)와
『기타』(*The Bhagavad Gita*)를 모두 원어로 연구하였다(Hay 71 재인용).
엘리엇의 불교에 대한 이런 연구는 우리의 생각보다 그가 동양의 불교
에 더 깊이 빠져 있다고 생각해야겠다. 한국의 많은 학자들도 이런 연
구를 발표했고 많은 비평가들도 엘리엇의 이런 불교에 대한 태도에 많
은 공감을 표시했다.

　헤롤드 맥카시(Harold McCarthy)는 개별적으로 보이는 모든 작품
가운데『네 사중주』는 불교의 정신에 가장 가깝다고 말한다(39).『황
무지』가 엘리엇이 인도 경전 연구 기간에 쓰여진 것이라면『네 사중
주』는 종교에서 앵글로 캐톨릭으로 자신이 선언한 기독교시기에 속한
작품이라고 하겠다. 이 작품은 종교시이며 기독교의 요소가 있다는 것
은 비평가의 의견이 일치되지만 그 속에 많은 인도적 요소가 있음을
부인할 수는 없다(Yu 165). 레이먼 슈미(Raymond Tschumi)는 헤라클
리투스나 기독교의 전통으로 시를 읽는 가능성은 인정하지만 동시에
시간과 행동의 중심 주제를『기타』와 관련짓고 있다(133).

　레셀 파울러(Russel T. Fowler)에 따르면『신곡』의 영향과는 달리『기
타』의 영향은『네 사중주』에서 연구가 전체적으로 사소하게 다루어
져 왔다. 그러나 그 영향은 전체적으로『네 사중주』의 네 가운데 마지
막 사중주는 구조로나 주제로서 대단히 중요하다(427-23). 이런 비평
가들의 상이한 견해로 볼 때『네 사중주』를 단일한 사상이나 종교로
만 볼 수 없게 된다.『기타』는 행동의 윤리를 가르치고 있으며 철학적
인 요소와 윤리적인 요소가 통합된 가장 고상한 시의 형태로 되어 있
다. 크리스티안 스미트(Kristian Smidt)도 엘리엇이 기독교와 힌두교

양자를 서로 싸우지 않고 화해하려 했음을 지적한다(228－29). 『네 사중주』에 『기타』가 끼친 심오한 영향을 부인할 수는 없다. 그러나 무엇보다도 『네 사중주』에서 인용된 『기타』의 사상이 작품 속에 직, 간접으로 무의식적으로 사용되었느냐 아니면 휴 케너(Hugh Kenner)가 말했듯이 『네 사중주』의 시적 구조에서 총체적 구성 성분으로 사용되었느냐 하는 점이다. 엘리엇은 기독교 전통을 지키기 위해 브라만(Brahman)과의 합일을 지향하는 힌두교를 완전히 수용하는 것을 거부했지만, 크리스티언 스미트가 지적했던 것처럼 『기타』 사상을 인용한 것이 결코 싫었던 것이 아님은 분명하다. 은총을 통한 구원의 사상이 기독교의 핵심이듯이 은총을 통한 구원의 사상이 크리슈나(Krishna)의 가르침에서도 중심적이다.

　동양의 종교 중 힌두교는 지배계급이 아리안 족이며, 그들은 매우 종교심이 강한 민족으로 『리그』, 『사아마』, 『야주르』, 『아르마 베다』(Veda)를 남겼다. 영적 지혜의 찬송이라는 『베다』는 기원전 천이 백 년경부터 작성되었으며 산스크리트(Sanskrit)어로 쓰져 있으며, 천여 개의 찬가가 암송으로 전해졌다. 거기에서 『우파니샤드』가 나오고 불교가 나오고 자이나교가 나오고 힌두교가 그 원천을 『베다』에 두고 있다. 『우파니샤드』는 '선생님의 무릎 가까이에 앉아서'라는 뜻으로, 성인을 찾아가 그 무릎 밑에 앉아서 우주와 인생의 비의를 듣고 실천 수도하여 인간의 의식을 넘어선 최고의 지식인 부라마뷔디야에 도달하는 것이다. 『우파니샤드』는 『베다』 문헌의 결론적인 부분이라는 의미에서 「베단타」("Vedanta")라고도 불린다. 『카타 우파니샤드 베단타』(Katha Upanishad Vedanta)의 핵심을 이루는 『기타』는 『마하바라타』(Mahabarata)에 일부분으로 '신의 노래'라는 뜻이다. 『기타』는 『리그 베다』와 『우파니샤드』의 사상을 계승 발전한 것이다. 브라만은 성인

(聖人)이 달성하는 사마디(Samadhi, 신과의 결합상태)로서 경험할 수 있는 초 의식의 상태이다.『기타』에는 이런 상태에 도달하는 방법이 상세히 설명되어 있으며, 분별, 정신수양, 명상으로 외부와의 감각적 교섭이 완전히 사라졌을 때 마음은 그 내부로 들어가 마음의 신인 아트만(Atman)의 존재와 합일된다.

『기타』의 내용은 크리슈나(Krishna)와 아르쥬나(Arjuna)의 대화로 되어 있다. 아르쥬나는 사촌 형제와 자신을 가르쳐준 스승과의 전쟁을 해야 하는 골육상잔의 운명에 처해 있다. 이때 최고신인 비쉬뉴(Vishnu)의 화신인 크리슈나는 의무를 다하기 위해 다른 것을 돌보지 말고 싸우라고 명한다. 자신의 본분을 다하는 것이 의무의 완성이기 때문에 일의 성공이나 실패, 풍요나, 쇠멸에 관심을 가져서는 안 된다. 전념해야 할 것은 오직 행동이며 그 결과는 아니다. 크리슈나는 행동의 결과에 집착하지 말라고 충고한다. 신에게 완전히 그를 내맡길 것을『기타』는 권고하고 있다. 신과의 결합에 도달하려는 그의 행동은 그를 행동에 집착하지 않게 한다. 나를 자신의 피난처로 알라. 나와 결합하면 너는 모든 어려움을 은총을 통해 극복될 것이다. 그는 은총으로 너는 최상의 평화를 찾을 것이며 여기에 행동의 신비주의가 있다(Happold 149-53). 이제 아르쥬나는 인과론적 죄에서 해방되어 성인이 될 가능성이 보여진다.

> 정신에서 너의 모든 행동을 나에게 맡겨라. 나를 너의 가장 사랑하는 존재로 생각하며 나와의 결합이 너의 유일한 피난처로 알아라, 너는 나의 은총으로 너의 모든 어려움을 극복할 것이며 그의 은총에 힘입어 그를 여전히 피난처로 삼아라. 그러면 너는 지극한 평화와 모든 변화를 초월한 상태를 찾을 것이다.

Mentally resign all your action to me, Regard me as your dearest loved one. Know me to be your only refuge. United with me, you shall overcome all difficulties by my grace: Take refuge utterly in him by his grace, and you will find supreme peace, and the state which is beyond all change. (*Bhagavad Gita* 128–29)

사실 죽음의 공포가 밀려올 때 모든 것을 체념하고 신에게 맡긴다는 것은 매우 어려운 태도이다. 이런 태도는 자기를 완전히 비우고 절대 자에게 모든 것을 내맡기는 인도의 요가(Yoga)의 마지막 단계에 이르는 자아(自我)가 죽는 과정과도 같다. 그러면 신과의 합일이 이루어져 해탈을 얻게 된다. 엘리엇이 1924–1925년에 친구들에게 배포한 『스위니 애고니스트』(*Sweeney Agonistes*)에서 보여진 격렬하고 아이로닉한 제사(題詞)에서 알 수 있듯이 일찍부터 십자가의 성요한(St. John of the Cross)의 『깔멜산의 오름』을 비명에는 "창조물인 존재의 사랑을 완전히 박탈하지 않는다면 영혼은 신과의 합일을 이룰 수 없다"(Hay 153)는 십자가의 성요한의 말이 나온다. 이 말은 자아의 죽음을 목표로 하는 인도의 요가와 다르지 않음을 알 수 있다. 또한 엘리엇의 시에서 파탄 잘리 형이상학의 영향을 느낄 수 있으며 요가의 수행자들에게 요구되는 고행과 엄격함에서 엘리엇은 종교적인 해답을 발견했을 뿐 아니라, 시의 문제에서도 강렬하고 극적 명상이 필요했음이(Smidt 186) 보여진다. 이런 고행과 자아가 멸각되는 요가의 과정은 동양이 성인(聖人)이 가는 부정(否定)의 길이다. 이런 부정의 길은 십자가의 성요한이 말하는 명상가의 길인 "영혼의 어둔 밤(dark night of the soul)"으로 가는 길이다. 「번트 노튼」("Burnt Norton")에는 『기타』로부터 차용한 요가를 통한 해방의 구절이 보인다.

실재 욕망에서 얻는 내적 자유
행동과 번뇌에서 해방, 내면과 외부에서 오는
강박에서 벗어남, 그러나 어떤 감각의 은총에 싸여서
정중동의 하얀 빛, 움직임이 없는 공중부양, 제거 아닌
집중, 부분적인 환희가 이루어지는 과정에서
이해되고 새로운 세계와 낡은 세계가 분명해져
부분적인 공포가 해결되는

The inner freedom from the practical desire,
The release from action and suffering, release from the inner
And the outer compulsion, yet surrounded
By a grace of sense, a white light still and moving,
Erhebung without motion, concentration
Without elimination, both a new world
And the old made explicit understand
In the completion of its partial ecstasy,
The resolution of its partial horror. (*CPP* 173)

엘리엇의 「번트 노튼」에는 모든 감각 세계에서 해방되어야 평화로운 마음을 얻는다는 무집착(無執着)의 요가의 구절이 잘 드러나 있다. 이런 감각과 정신의 절제는 아래의 시구에서 성인(聖人)이 가야 하는 부정의 길(*via negativa*)이며 모든 감각을 박탈해야 하는 과정으로 아래에 구체적으로 묘사되어 있다. 『카타 우파니샤드』의 4장에는 인간의 오감(五感), 생각, 인식 등의 작용이 모두 멈추어 버리는 상태가 있음을 설명한다. 이처럼 모든 감각 작용이 완전히 정지하는 최고의 상태를 요가 혹은 영적 융합(spiritual union)이라고 부른다(다스굽타 88). 감각을 억제함으로써 얻는 은총은 그 감각에서 벗어나서, 비본질적인 것에

서 해방됨을 뜻하는 것이다.

> 더 아래로 내려가라 다만
> 영원한 고독의 세계로,
> 세상 아닌 세상, 아니 세상이 아닌 곳으로
> 내면의 암흑으로, 그곳 모두 소유물이
> 박탈되어 없는 곳,
> 감각 세계의 건조 지대,
> 공상 세계가 텅 비워진 곳
> 정신세계의 정지

> Descend lower, descend only
> Into the world of perpetual solitude,
> World not world, but that which is not world.
> Internal darkness, deprivation
> And destitution of all property,
> Desiccation of the world of sense,
> Evacuation of the world of fancy,
> Inoperancy of the world of spirit. (*CPP* 174)

여기에 나오는 구절은 파탄 잘리 요가에서 요구하는 수동적인 감각의 절제를 통해, 정신을 해체하여 완벽하게 신과 합일하는 요가의 수도자만이 성취할 수 있는 상태다. 우리의 감각은 그 대상을 좇아 움직인다. "영혼은 정신이라는 색색(色色)의 반구형 덮개로 덮여 있는 순수한 흰빛과 같다. 이 덮개가 순수한 흰빛을 덮고 있기 때문에 비록 그 본래의 순수한 흰빛의 본성이 바뀐 것은 아니지만, 겉으로는 그 빛이 본래부터 색색의 빛인 것처럼 보인다. 그리고 그 덮개 자신은 본래 아무런 빛도 지니고 있지 않은 것이면서도, 마치 그 덮개 자신이 색색 빛의 근원인 것처럼 보이게 한다. 우리는 그 안에 있는 흰빛을 알아차리지 못하고, 그 빛이 본래 색색이고 색색의 덮개 자체가 그 근원인 것으로 인정해 버리게 된다. 본래의 흰빛을 회복시키는 유일한 방법은 색색 덮개를 깨부수는 것이다. 마찬가지로, '영혼'의 외로운 빛을 실현시키는 유일한 방법은 '정신'을 산산조각 내버리는 것이다"(다스굽타 97). 정신은 감각과 인식 등과 같은 그 자신의 작용을 통해 존속한다. 정신은 망상과 환상을 만들어 내고, 기억 속에 간직되어 있는 과거의 인상(印象)들을 되살려 내고, 때로는 몽상을 만드는 수면의 상태로 들어가기도 한다. 만일 이 같은 정신의 작용들을 완전히 멈출 수 있다면, 정신을 와해하는데 매우 효과적일 수 있다(97). 요가는 정신 활동을 통제하고 여러 단계의 상태들을 거쳐 그 작용이 완전히 멈추는 과정으로 구성되며, 모든 정신적인 상태들이 정지된 것이 요가이다. 요가의 신비주의는 절대적으로 순수하고, 독립적이며 참 자아를 이루는 궁극적 진리를 파악하기 때문에 감각적 인식과 논리적 사고 능력을 신뢰하지 않는다. 또한 정신 작용 자체를 해체시키지 않는 한, 이 같은 지고한 진리를 실현하는 것이 불가능하다고 생각한다. 오히려 적극적 측면에서 지성을 파괴함으로써 직관적 지혜는 명확하게 진리를 실현하게 된다. 물론 지성의 파괴는 궁극적으로 이 직관의 파괴마저 수반한다. 즉, 우리의 논리적 사고든 직관적 지혜든 그 어느 것도 우리들을 궁극적인 자아 실현으로 이끌지 못한다(108). 파탄잘리 요가(Patanjali's Yoga)는 수동적으로 실행하기 때문에 신체와 정신의 활동의 완전한 중단을 수반하는 영적 수련을 통해 정신 작용을 해체시키는데 목적이었다. 반면에 크리슈나 요가(Krishna Yoga)는 능동적으로 실행하도록 가르친다. 많은 형태의 요가 가운데 행동의 요가인 카르마 요가(Karma Yoga)는 엘리엇에게 심오한 영향을 주었다. 엘리엇은 『기타』의 아르쥬나에 대한 크리슈나신의 가르침인 '희생의 행동'이 중요함을 강조한다. 엘리엇의 시들인 「바위」('The Rock')와 「이스트 코우커」("East Coker") 그리고 「드라이 샐베이지즈」("The Dry Salvages")에서 카르마 요가의 교리가 잘 나타난다.

> 인간의 운명은 끊임없는 수고
> 그렇지 않으면 이직 더 힘든 끊임없는 게으름.
> 그렇지 않으면 유쾌하지 않은 것은 불규칙한 수고

> The lot of man is ceaseless labour,
> Or ceaseless idleness, which is still harder,
> Or irregular labour, which is not pleasant (Choruses from 'The Rock,' I 148)

> 우리에게 단지 노력만 있다.
> 나머지는 우리의 몫이 아니다.

> For us, there is only the trying.
> The rest is not our business. ("East Coker" 182)

> 행동의 결과를 생각하지 말라.
> 잘 가지말고 앞으로 가라.

> And do not think of the fruit of action.
> Fare forward, not fare well. ("The Dry Salvages" 188)

> 올바른 행동은 과거와 미래의 사슬에서 자유롭다.

And right action is freedom from past and future also. ("The Dry Salvages" 190)

엘리엇의 시에서 보여지는 이런 메시지는 요가를 수행하는 성인(聖人)이 겪는 자기 방기(self-surrender)의 과정이다. 요가를 수행하는 사람은 명성, 가족, 부와 같은 세속적인 소유물에서 초탈한 삶을 사는 사람이다. 『기타』는 "인간의 욕정과 증오가 사라질 때 그의 극기 (renunciation)는 흔들리지 않는다(Bhagavad Gita V 3)"라고 말한다. 순수하고 깨끗한 성인이 되는 길은 자신을 온전히 내맡기고 포기하여 (renunciation) 이루어진다. 위의 엘리엇의 시구는 자신을 완전히 버리는 과정을 잘 보여 주고 있다. "모든 욕망을 포기하고 집착과 이기 그리고 쾌락에 대한 갈증에서 벗어나서 자유로운 자는 평화를 얻는다" (Bhagavad Gita II 71)는 『기타』의 메시지는 요가로서 무소유의 길을 가는 성인(聖人)의 길이다. 크리슈나는 아르쥬나에게 집착을 끊으면 마음의 평정을 얻을 수 있고, 단지 의무를 수행할 뿐 성공과 실패에 무관심할 것을 충고한다. 엘리엇은 이런 평정의 상태를 "욕망의 포기" (abstention from desire)라고 묘사한다. 이런 사상들은 올바른 행동을 가르치는 기타 철학의 메시지와 깊은 관련이 있으며 올바른 행동은 시간의 족쇄로부터 해방을 얻는 또 다른 길을 제공한다. 즉 "우리는 단지 노력만 할 뿐이며, 나머지는 우리의 임무가 아니다"(CPP 182)는 메시지는 행동을 강조하는 『기타』 철학과 다르지 않다는 것을 알 수 있다. 『네 사중주』의 엘리엇의 시구는 『기타』의 2장 47절에서 크리슈나가 아르쥬나에게 한 말인 "당신의 정의는 단지 일하는 것이며 일의 결과는 생각하지 마라"(Your right is to work only, but never to the fruit of) 에서 인용했으며 이 뜻은 결과에 초연 하라는 행동 철학을 의미한다.

인간의 행동은 시간에 묶여 있고 시간에 묶여 있는 동안은 결과를 기대하기 때문에 그 행동은 자유롭지 못하다. 그런데 이런 시간에서 벗어나는 것은 행동의 결과에 집착하지 않는 것이며 무시간인 영원 세계를 경험하는 것이다. 『기타』와 카르마 요가(Karma Yoga)에도 인간의 진정한 목적지인 정적 중심(still center)에 이르려면 보상의 기대 없이 행동해야 한다는 사상이 나온다.[1] 『기타』에서는 정신과 지성을 신에게 집중할 것을 요구한다. 왜냐하면 그렇게 했을 때 이러한 집중에 만족한 신이 그 수행자를 도와주고, 신의 거룩한 은총에 의해 수행자는 다른 방법보다 훨씬 더 쉽게 자신의 목적을 달성할 수 있기 때문이다. 이처럼 신에게 모든 행위를 봉헌한다는 이상(理想)은 파탄 잘리 요가에서도 발견할 수 있다(다스굽타 149). 대승불교에서도 헌신과 같은 실제적 행위와 다른 사람을 구하려는 보살로 인해 덕(德)이 전승됨을 인정하고 있다(Srivastava 98).

엘리엇은 시간세계인 변화의 영역은 욕망의 길이며 이런 욕망에서 벗어나는 길이 사랑임을 제시한다. "사랑이 감소해서는 안 되고, 욕망을 버린 사랑이 증대되어 해방을 얻게 되고, 해방은 과거뿐만 아니라 미래에서 벗어나는 것"(For Liberation—not less of love but expanding / Of love beyond desire, and liberation / From the future as well as the past CPP 195)이라는 엘리엇의 시구는 욕망에서 초월한 사랑이 많아진다면 과거와 미래로부터 해방될 수 있음을 시사하는 것이다. 인생의 의미는 앞으로 여행하는 것이지 잘 여행하는 것이 아닌 것이다. 엘리엇은 "잘 여행하려 하지 말고 단지 앞으로 나아가라"(But fare forward,

---

1) Do Your duty, always but without attachment: by working without anxiety about results. The ignorant work For the fruit of their action: the wise must work also without desire. *The Song of God (Bhagavad Gita)*, 46–7.

Not fare well *CPP* 188)고 충고한다. 여기서 결과를 생각하지 않는 행동과 초탈의 철학이 『기타』에서 온 것이라고 스리바스타바(Srivastava)는 힘주어 말하고 있다(105). 잘하려 하는 것은 자신의 욕심에서 나온 것이기 때문에 행동의 결과를 생각하게 된다. 생존하려 한다면 행동에 얽매일 수밖에 없고 그러면 우리는 시간 속에 갇히게 된다. 그러나 우리가 시간 속에서 벗어나려면 먼저 우리의 관심사(preoccupations)에 초월해야 한다.

사람은 "유행(有行)도 무행(無行)도 아닌"(not of action or inaction) 상황이거나, 그리고 양자로부터도 완전히 자유로운 순간 속에서 평안을 얻는다. 이런 행동은 인간의 욕심에서 나온 행동이 아니기 때문에 무시간의 상태를 경험하지 못한 다른 사람의 삶에 영향을 준다. 그러므로 인간은 "정점"인 무시간의 방향으로 나아가야 한다. 정점은 모든 인간의 진짜 목적지이며 인간은 보상의 기대 없이 행함으로써 단지 얻는다(Srivastava 106). 그리고 무시간의 순간은 현재의 순간에 집중한다. "죽음의 순간은 매순간이다"(And the time of death is every moment *CPP* 188)는 시구는 "인간의 마음은 죽음의 순간에 집중된다"(The mind of a man may be intent At the time of death)는 시구를 보충하면 분명한 의미를 띄게 된다. 『기타』의 8장의 6번째 연의 첫 행에서 크리슈나 신은 아르쥬나에게 "사람이 죽을 때에 육체에 남기는 대상이 무엇이든지 그것을 생각하면서 그 생각에 몰두하면 그는 그것만을 얻을 것이다"(thinking of whatever object one leaves the body at the time of death, and that alone he attains, being ever absorbed in its thought)는 구절이 나온다. 그런데 이 구절의 의미는 다음의 스리바스타바가 해석한 것과 비슷하다. 스리바스타바는 "자신의 일생에서 인간의 마음에서 차지했던 대상이 죽음의 순간에 그의 가장 두드러진 관심사가 되며, 마지막 순간에 두드러진 생각이 그의 미래를 결정짓는 것은 윤회의 원리이다. 그리고 이런 사상은 힌두교와 불교에 공통으로 발견된다"(106)고 말하면서 힌두교를 불교의 윤회 사상과 연관 지어 해석하고 있다. 그러나 죽음에 대한 엘리엇의 시구가 『기타』에 나오는 구절과 매우 유사한 표현이지만, 윤회의 입장으로만 해석하는 것은 좀 무리라는 생각이 든다. 왜냐하면 엘리엇의 이런 죽음의 행동은 "다른 사람의 삶에 열매를 맺히는" 행동이기 때문이다. 그의 죽음은 한 알의 밀 알이 떨어져 많은 열매를 맺히는 그리스도인의 삶으로 보는 것이 타당할 거 같다. 그러나 필립 휠라이트(Phillip Wheelwright)는 죽음의 순간은 매순간이라는 시구를 괄호 속에 넣어서 힌두의 재생 사상과 매순간의 재생과 관련된 헤라클리투스의 사상을 통합한다고 주장한다(105). 헤라클리투스는 "시간은 끊임없는 현재이며 죽음은 매순간의 경험이어야 한다"고 말한다. 이런 관점에서 볼 때 재생은 정신의 재생을 의미하며, 이 정신의 재생은 매순간의 행동에 의존하는 연속적 재생을 이루면서 더 큰 깨달음을 얻는 힌두와 불교 사상과 갈등하지 않는다는 필립 휠라이트의 주장(106)도 타당한 해석처럼 보인다. 이런 정신적 재생은 깨달음의 경험이며 다른 사람에게 빛과 같은 존재가 되기 때문에 기독교적 해석도 타당하다는 생각이 든다.

이 매 순간은 한 생명에게 죽음을 가져오지만 다른 생명을 탄생시킨다. 이런 탄생은 본질적으로 정신의 탄생이며 이런 탄생은 정신의 발전을 가져오며 궁극적으로 자기를 해방시킨다. 이런 자아는 기도를 통하여 신에게 끊임없이 전념하고 영교(영교)함으로 정화되고 재생된다. 스리바스트바는 동양사상과 함께 영적 재생을 목표로 하는 기독교 사상과 헤라클리투스의 사상 모두를 통합하여 시간 속에서 인생의 목적과 본질을 발견했고, 이 모두는 무시간과 시간이 합쳐져서 정신의 재생과 초월, 구원, 해탈, 열반을 목표로 한다(107)고 결론을 내리고 있다. 이런 정신의 재생, 초월, 해탈, 열반은 동양의 성인(聖人)이 궁극적으로 목표로 삼은 길이다. 이런 성인(聖人)이 가는 길은 「드라이 샐베이지즈」의 마지막 부분에 구체적으로 등장한다.

> "그러나 무시간과 시간의 교차점을
> 이해하는 것은 성인(聖人)의 임무이다
> 아니 임무이기보다는 사랑과 정열과 무아와
> 자기 방기(放棄)속에 일생을 사랑에 죽는 동안에
> 주고받는 그 무엇이다. . . .
> 이러한 순간들은 다만 암시와 추측에 지나지 않는다.
> 추측이 따르는 암시. 나머지 일은 기도와 의식과 훈련과
> 사색과 행동이다. 반쯤 추측된 암시, 반쯤 이해된
> 천해(天해)는 그리스도의 화신이다"

> But to apprehend
> The point of intersection of the timeless
> With time, is an occupation for the saint
> No occupation either, but something given
> And taken, in a lifetime's death in love,
> Ardour and selflessness and self-surrender. . . .
> These are only hints and guesses,
> Hints followed by guesses; and the rest
> Is prayer, observance, discipline, thought and action.
> The hint half guessed, the gift half understood, is Incarnation.
> (*CPP* 189−90)

성인(聖人)이 가야 하는 길은 보통의 나머지 사람의 길과는 분명히

다른 것 같다. 성인은 사랑과 정열 그리고 무아(無我)와 자기를 내버리는(放棄) 일생 동안의 죽는 과정 속에서 주고받는 어떤 임무를 수행해야 한다. 「드라이 샐비지스」에서 행복의 순간은 "잘산다는 느낌이나 성취, 결실, 안전함, 애정, 혹은 좋은 저녁 식사가 아니라 갑작스러운 깨달음"(The moments of happiness—not the sense of well-being, / Fruition, fulfillment, security or affection, or even a very good dinner, but the sudden illumination—*CPP* 186)이라고 엘리엇은 말한다. 갑작스런 깨달음(頓悟, sudden illumination)은 이제까지 보지 못한 것을 새롭게 볼 수 있으며 이런 관점에서 새로운 관(觀)을 얻은 것이다. 이런 환희의 순간은 모든 사람이 경험할 수 있는 것은 아니며 우리의 생에서 우연하고 드문 기회에 도달한다. 이런 순간은 다석 유영모의 '가온찍기'(The Still Point)2)와도 같으며 이런 순간에 도달하여 이해하는 것이 "성인(聖人)의 임무"다. 대부분의 사람에게 있어 이런 환희의 순간은 방심하여 자아에서 벗어난 순간에 있고 최선의 경우조차도 암시와 추측(hints and guesses)으로 할 뿐이다. 성인을 제외하고는 목표에 도달할 수 있는 사람은 없으며 보통 사람은 단지 "기도, 규율 지키기, 훈련, 사색, 행위"(prayer, observance, discipline, thought and action)만을 해야 하며 단지 노력하는 수밖에 없다. 그러나 성인인 가야 하는 '가온찍기'로의 분투는 일생 동안의 노력과 무아 방기를 통해야 한다. 성인은 신비주의에서 정화(purification)와 계시(illumination), 그리고 은총을 통해서 신과의 합일(union)이 (Cornwell 4–5) 이루어지며 이 길은 성인이 되는 길이다.

『네 사중주』에는 정점에 이르는 길이 제시되어 있고 끊임없이 시간

---

2) 다석(多夕) 유영모 선생의 다석일지(多夕日誌)에 나오는 개념.

에 있어 "이곳과 지금"(here and now)의 중요성을 불러일으킨다. 엘리엇은 "이제, 여기"의 가치를 역설하며 구원은 현재에 일어나는 것이라고 말한다. 사도 바울의 "지금은 받아들일 때이며, 지금은 구원의 날이다"(now is the acceptable time, now is the day of salvation)는 말씀도 시간을 통해 무시간인 하나님의 말씀이 현재에 내재한다는 뜻이다. 유영모 선생은 "이제, 여기"라는 시간과 공간엔 대하여, "구원의 때도 하늘로 가는 것이 아니라 "이제, 여기"로 오는 것이 된다. 영원한 미래와 영원한 과거 사이에 "이제, 여기"라는 한 점이 접촉하고 있을 뿐이다. 과거와 미래의 접촉점을 "이제, 여기"라 한다. 지나가는 한 점 그것이 "이제, 여기"이며 그 점은 영원이라는 미래를 향해 가고 있다(김홍호 1984 233−4)고 말한다. 여기서 시공(時空)인 '현재와 이곳'이 구원의 초점을 이루게 되고 있음을 알 수 있다. 『네 사중주』 가운데 『기타』로부터 가장 직접적으로 인용한 부분은 「드라이 샐비지스」("The Dry Salvages")의 세 번째 단원에서 나온다.

> 나는 때때로 다른 것들 가운데 크리슈나가 의미하는
> 것−그것은 같은 것을 표현하는 한 방법인지 궁금하다.

> I sometimes wonder if that is what Krishma meant
> Among other things−one way of putting the same thing. (*CPP*
> 187)

은유나 상징으로 표현하는 경우와는 달리 크리슈나(Krishna)를 직접적으로 언급한 것은 파격적인 일이다. 『네 사중주』에서 『기타』를 직접적으로 인용한 것은 서양의 기독교와 동양의 힌두교간의 의도적인 유사성을 지적하는 것으로 볼 수 있겠다. 『기타』에서 신적인 예언자인 크리슈나는 비인격(非人格)인 브라만의 화신(化身)이다. 크리슈나는 현혹되고 압제받는 인류의 구원자로서 악마적 힘의 파괴자로서 나타난다. 기독교의 예수처럼 유한의 모습으로 성육화(成肉化)된 무한자(無限者)이다. 크리슈나는 결정론적인 시간 즉 흘러가버리는 시간에 사는 아르쥬나에게 선언한다.

> 미래는 한 흘러간 옛 노래이고, 여기에서 아직 뉘우치지 않는
> 사람들을 위해 아쉬운 후회의 왕장미이거나 라벤더 불가지
> 한 번도 펴 본 일이 없는 노란 책장에 끼어 늘려진 꽃.

> That the future is a faded song, a Royal Rose or a lavender spray
> Of wistful regret for those who are not yet here to regret,
> Pressed between yellow leaves of a book that has never been
> opened. (*CPP* 187)

아르쥬나는 결정론적 시간에 사는 인간의 전형이다. 이런 결정론적 시간에 갇힌 인간은 미래도 과거의 결과인 현재에서 비롯된 것이기 때문에 흘러간 노래에 지나지 않고 그에게는 과거는 새로운 의미를 띠지 못한다. 그는 과거의 책갈피 속에 들어있고 누구도 펴 본 일이 없어서 과거가 고스란히 현재에 유전(遺傳)되어 흘러가는 시간에 갇힌 인간의 자화상이다. 이런 시간에 갇힌 인간은 영원의 흔적과도 마주치지 못한 사람이다. 아르쥬나는 시간 속에 갇혀 일시적인 안목(眼目)으로 밖에는 볼 수 없기 때문에 미래에 다가오는 전쟁의 결과를 두려워하고 있다. 현재의 원인이 미래의 결과를 결정(決定)하기 때문에 그는 당연히 두려워하는 것이다. 그는 "가온찍기"인 정적 중심에서 훨씬 떨어져 변방에 머물러 있는 존재이기 때문에 무명(illusion)에 사로잡혀 있다. 무명

에 사로잡혀 있는 인간은 실재(實在)를 꿰뚫어 볼 수 없다. 그래서 크리슈나는 실재(實在)를 직접 봄으로 겪는 방법과『기타』에 나오는 교리의 깨달음을 통해 아르쥬나에게 무명(無明)에서 벗어날 것을 충고한다.

크리슈나의 은총으로 통찰력을 얻은 아르쥬나는 이제 무명(무명)에서 벗어났다. 모든 것을 삼켜 버리려는 신의 입 속에서 죽이기를 두려워했던 적의 전사들이 죽은 채로 누워 있는 것을 그는 이제 축복 받았기 때문에 눈으로 생생히 볼 수 있게 된다. 이것은 하나님을 직관(直觀)으로 아는 어거스틴의 Visio Dei(Vision God)와도 같다(양명수 139). 이런 단계는 지관법문(止觀法門)에서 지관수행(止觀修行)을 완성했을 때 마음이 편안하고 헛된 욕심이 없어 맑고 깨끗해져 맑은 물과도 같다. 그러면 [마음이 편안하여 물과 같이 맑아 사물을 밝게 비추면서도(觀照) 활연히 내적으로 고요한 경지를 증득하게 된다]. 또한 청정한 마음 자체가 환하게 들어나 법계(法界)로 자유자재하게 그 작용을 나타낼 수 있게 된다. 그리고 한량없이 긴 시간을 아주 짧은 시간으로 줄여서 사용할 수 있고, 현재의 짧은 순간을 한량없이 긴 시간으로 늘려서 쓸 수도 있는(無量遠劫即一念一念 即是無量劫) 신비한 힘이 나타나는(南嶽慧思 327-8)는 불교의 경지이다. 이처럼 동양의 불교의 관(觀)과 서양의 어거스틴의 신학에서 봄(vision)을 얻는 깨달음의 경지에 아르쥬나는 이르게 된다. 이런 경지는 죄가 사해지는 성인의 경지이다.

이제 아르쥬나의 적들은 일시적 과거와 미래에 존재할 뿐 영원한 현재(eternal now)에는 존재하지 못하기 때문에 "시든 노래"(a faded song)이며 "아쉬운 후회"(wistful regret)에 불과한 존재다. 여기서 시간은 치료해 주는 의사가 아니기 때문에 무시간의 깨달음만이 시간에 갇힌 족쇄로부터 구제해 주는 유일한 길로서 제시된다.『네 사중주』는 구원받지 못한 현재의 시간에서 영원을 탐험함으로써 구원의 길인 영원(永

遠)을 제시하고 있다. 엘리엇은 구원의 길인 무시간(無時間)의 상태로 진입하려면 무욕(無慾)과 초탈(detachment)에 이르는 길이 중요하다고 강조한다. 엘리엇은 크리슈나를 직접 인용함으로써 보통 사람인 아르 쥬나에게 이런 구원의 길을 제시하고 있다. 여기서 보통 사람도 성인 이 될 수 있는 가능성을 주는 것 같다. 크리슈나는 성인이 아닌 신이기 때문에 보통 사람이 성인이 될 가능성을 보여줄 수 있다. 궁극적으로 엘리엇은 여기서 다른 종교나 사상들과 동양 사상들을 통합하는 이중 의 목적을 동시에 수행하고 있다(Srivástava 102).

> 나는 신들에 관하여 많이 모른다. 그러나 나는 강이
> 퉁명스럽고, 야성적이고, 고집 센 강력한 갈색의 신이라고 생각
> 한다.
> 어느정도 참을 수 있는, 처음에는 미개의 영역으로 생각되었고
> 통상의 운송 수단으로서는 쓸모가 있었지만 믿음성이 적었다.

> I do not know much about gods: But I think that the river
> Is a strong brown god—sullen, untamed and unattractable,
> Patients to some degree, at first recognized as a frontier;
> Useful, untrustworthy, as a conveyor of commerce. (*CPP* 184)

강과 바다의 상징으로 시작되는 「드라이 샐비지스」는 일시적 질서 의 운동으로서 강과 삶 속에 있는 시간에 궁극적으로 용해되어 있는 무한한 실재를 구현하는 바다로 시작된다. 이런 강과 바다의 상징들의 출처는 『기타』뿐 아니라 『우파니샤드』에서도 나타난다. 이런 상징들 은 특히 『챤도그야 우파니샤드』(*Chandogya-Upanishad* VI 101)에서 유 한과 무한의 연결을 묘사하는 데 사용하였다(Srivastava 103).

『드라이 샐비지스』의 단원 2의 마지막에는 시간이 무시간으로 나타난다. 시간은 보존자의 파괴자("Time the destroyer is time preserver")로서 제시된다. 이런 신성한 시간은 삼위일체의 보존자로서 뷔시뉴(Vishnu)와 창조자로서 브라만 그리고 파괴자로서 쉬바(Shiva)의 성격을 갖는다. 이 삼위일체의 신이 크리슈나이며 『기타』에는 엘리엇의 무시간(無時間)과 유사한 무시간으로서의 크리슈나의 시간이 등장한다. 크리슈나는 "나는 모든 행위의 원천이며: 세상의 모든 것은 나 때문에 움직인다"(Gita X 8)고 선언한다. 나중에 크리슈나는 "나는 분노하는 시간이며(I am the inflamed kālā=Time as a destroyer), 세계를 파괴하는 자(the destroyer of the world)"(Gita XI 33)라고 선언한다. 이런 시간의 전지적 능력은 인간이 신에 대한 유한한 한계를 분명히 드러내는 말이며 이것은 신과 깨끗한 사람(聖人)이 가야 하는 길이다. 이런 구원에 이르는 길은 "육(肉)도 비육(非肉)도 아닌; 그곳으로부터도 아니고 그곳을 향하지도 않는"(Neither flesh nor fleshless; / Neither from nor towards) 가온찍기의 경험이다. 이런 가온찍기의 경험은 "궁극적 실재(實在)와의 만남"이다(Sri 95−96). 이것은 무시간의 실재와의 만남이 부정적이고 역설적으로 표현해야 한다는 것을 말한다. 이런 유형은 불교와 『베단타』에서 공통적으로 볼 수 있다(Sri 95−96).

가온찍기의 경험은 양자부정인 "neti-neti"(neither-nor)나 모순의 통일인 "sive-sive"(simultaneously either-or, both-and)를 통해서 가능하다. 이런 경험은 시간의 경지에서 측정되는 것도 아니다. 이런 경험은 "변하는 세계(turning world)"인 상대 세계에 속해 있는 모든 것을 부정함으로써 가능하다. 하지만 인간은 온갖 경험이 있는 상대 세계를 벗어날 수는 없다. 즉 양자를 부정하거나 양자의 모순을 통일하는 초월적 내재인 절대계(絕對界)의 원리(原理)를 시도하는 데 있다(김홍호 1986

18). 이런 가온찍기의 경험은 종교와 신비주의에서 만날 수 있는 체험이다. 이런 경험은 말로 표현할 수 없는 신비 체험을 포함하고 있어서 궁극적으로 신비적이다.

이런 신비 체험의 순간은 요가의 수행자를 위해 규정된 파탄잘리(Patanjali)요가 수행자의 고행과 엄격함을 통해 볼 수 있다. 엘리엇은 이런 파탄잘리 요가 경에서 종교의 필요성을 발견하였고 강렬하고 극적인 명상을 시에 문제에서 발견하였다(Smidt 196). 요가의 수행자는 운동과 육체와 정신의 자제(自制)가 필요하다. 파탄 잘리의 팔정도(Eight-fold-path)[3]는 수행자에게 강렬하고 극적인 명상을 얻는 데 도움을 준다. 「번트 노튼」에는 『기타』로부터 차용한 요가를 통한 해방의 구절이 보인다.

> "실제적 욕망으로부터의 내적 자유,
> 행동과 번뇌에서의 해방, 내적
> 외적인 제약에서의 해방, 그러나
> 그것은 감각의 은총, 정중동(靜中動)의 흰빛에
> 싸여, 동작 없는 <앙양>, 배제 없는 집중,
> 부분적인 법열이 완성되고
> 부분적인 공포가 해소되는 데서
> 새 세계와 낡은 세계가
> 뚜렷해지고 동시에 이해된다.

> The inner freedom from the practical desire,

---

3) Patanjali는 완벽한 명상의 상태에 이르려면 8가지 연습의 중요성을 제시한다. 이 길은 브라만이나 이스바라와의 결합과의 영혼의 결합을 가능하게 한다. A List of the Eight Paths: ① Forbearance, ② Observance, ③ Posture, ④ Breath-Control, ⑤ Sense-Withrawal, ⑥ Concentration, ⑦ Contemplation, ⑧ Profound Meditation.

The release from action and suffering, release from the inner

And the outer compulsion, yet surrounded

By a grace of sense, a white light still and moving,

Erhebung without motion, concentration

Without elimination, both a new world

And the old made explicit, understood

In the completion of its partial ecstasy,

The resolution of its partial horror. (*CPP* 173)

여기서 모든 감각 세계에서 해방하여 평화로운 마음 상태를 획득하는 요가로서 무 집착의 구절이 표현되어 있다. 해방된 영혼의 상태를 구현한 장소인 「리틀 기딩」에 도달하려면 "그대는 감각과 관념을 제거해야 한다"(you have to put off sense and notion 192). 요가의 수행은 자기 방기(放棄)의 과정이며 세상적인 것에서의 초탈이다. 이런 과정을 거치면 깨끗한 사람인 성인이 된다. 『기타』는 "사람이 욕정과 증오가 사라질 때 그의 극기(克己)는 흔들리지 않는다. . . . 그의 망상의 사슬은 곧 던져 버리게 된다"(*Gita*, Ⅴ 3)고 설파한다. 이런 평정을 얻으려면 부정의 길을 가야 한다. 엘리엇은 이런 부정의 길을 제시한다. 이런 부정의 길은 무소유의 길이며 자기를 버리는 길이며 무지의 길이다.

"당신이 존재하지 않는 곳에 이르려면
당신이 존재하지 않는 길로 가야 한다.
당신이 모르는 것이 당신이아는 유일한 것이고,
그대가 소유하는 것은 그대가 소유하지 않는 것이며,
당신이 존재하는 곳이 당신이 존재하지 않는 곳"

In order to arrive at what you are not

You must go through the way in which you are not.

And what you do not know is the only thing you know

And what you own is what you do not own

And where you are is where you are not. (*CPP* 181)

양자부정(neti-neti)을 통한 역설의 표현은 진리는 체득하는 세계이지 지식으로 아는 세계가 아니라는 뜻이다. 진리는 비요지장(秘要之藏)이기 때문에 말로서 표현할 수 없고, 진리의 내용을 말로서 표현하는 순간 진리는 사라지기 때문에 부정하는 것이다. 이것은 상카야(Sānkhyā) 철학의 해방 사상에도 있고 도한 십자가의 성요한(St. John of the Cross)과 아우구스티누스의 금욕철학에도 자기 부정과 박탈의 길도 이런 언어를 통한 역설로서 표현한다. 『우파니샤드』에서 말하는 부라만의 경험은 이성으로 터득할 수 없고 차별과 분별을 넘어선 직관의 경험인 체득으로 파악된다. 크리슈나는 아르쥬나에게 브라만을 다음과 같이 묘사한다. "일 천 개의 태양들이 하늘에 올라간다고 생각하라. 그것은 무한한 신의 형상인 영광 . . . 연꽃으로 숭상된 브라만 신을 보라"(Suppose a thousand suns should rise together into the sky. Such is the glory of the shape of Infinite God . . . See Lord Brahman throned upon the lotus. Fowler 413 – 14).

절대 실재는 인간에 내재하지만 인간의 이성적 논리로는 포착될 수 없고 오직 깨달음으로 체험된다. 양자 부정(neti-neti)이나 공(空)과 같은 부정의 표현이나 상징을 통해 실재가 표현되는 것도 진리의 초월성을 말하는 것이다. 이런 절대 실재인 브라만에 도달하는 방법은 직접적 포착의 방법인 분별성을 무시하는 데 있다. 선(禪)과 베단타 철학에서 강조하는 정신 집중과 직관도 이런 방법을 사용하여 요가의 방법도 감각되고 이론적으로 생각된 요소를 제외시키고 오직 분별적인 것과 비이원적 직관만 남겨 두는 방법이다(김하태 75). 엘리엇은 이런 상태를 다음과 같이 묘사한다.

> "더 아래로 내려가라
> 영원한 고독의 세계로,
> 세계 아닌 세계, 아니 세계 아닌 그곳으로
> 내면의 암흑으로, 무든 소유물이
> 박탈되고 결핍된 곳,
> 감각 세계가 말라 버린 곳,
> 공상 세계가 텅 빈 곳,
> 정신세계가 정지된 곳"

> Descend lower, descend only
> Into the world of perpetual solitude,
> World not world, but that which is not world,
> Internal darkness, deprivation
> And destitution of all property,
> Desiccation of the world of sense,
> Evacuation of the world of fancy,
> Inoperancy of the world of spirit. (*CPP* 174)

이런 경지는 완벽한 요가를 이룬 사람만이 경험할 수 있는 상태다. 이런 경지는 부정을 통해 긍정으로 나아가는 것이며 상대적인 것의 부정에서 절대적인 것의 긍정에 이르고 있다. 이런 표현은 『베단타』와 불교에서 공통되는 표현이다. 크리슈나와 부처가 힘주어 강조하는 것은 이 생에서 이기적인 집착에서 벗어나 동료에 헌신적인 봉사를 통해

"이제, 여기에"서 실현된다고 하였다. 그때에 무명(illusion)의 어두움은 파괴되고 환상의 베일은 찢겨져서 무시간의 실재는 깊고 강렬한 느낌으로 자신의 존재 속에서 실현된다(Sri 96). 신인 크리슈나는 "모든 욕망을 포기하고 집착과 이기 그리고 쾌락에 대한 갈증으로부터 자유를 얻는 자는 평화를 얻는다"(Who gives up all desires and moves free from attachment, egoism and thrist for enjoyment, attains peace *Gita* II 71)고 선언한다. 크리슈나는 요가를 통한 초탈의 길을 제시하면서 성공과 실패에 무관심으로 마음에 평정을 얻으라고 충고한다(*Gita* 48). 엘리엇은 "욕망에서 자제"(abstention from desire)를 통해 평정의 상태에 이른다고 말한다. 그는 「번트 노튼」에서 "욕망 자체는 動"(Desire itself is movement)으로 다르게 표현한다. 욕망은 시간에 갇힌 세계의 행동이며, 무시간의 세계는 욕망의 결과에 얽매이지 않는 행동이다. 일시적인 영역이 영원의 영원으로 변할 때 행동의 신비주의가 있으며 이것을 성스럽게 수행할 때 브라만과의 체험이 있게 된다. 이런 체험이 성육신의 체험이다.

엘리엇은 "반쯤 추측된 암시 반쯤 이해된 선물은 성육신(成肉身)이다. 여기서 존재의 영역인 불가능의 결합은 실재한다. 엘리엇은 여기서 과거와 미래는 정복되고 화해되는"(The hint half guessed, the gift half understood, is Incarnation. / Here the impossible union Of spheres of existence is actual, / Here the past and future / Are conquered, and reconciled *CPP* 190) 성육신을 언급한다. 성육신은 심미적인 각성과 정신이 만나는 순간이다. 가온찍기도 시간과 무시간의 역설적 교차점에서 불가능한 결합을 이루는 순간이며 이 사건은 그리스도의 성육신(成肉身)을 의미한다. 그리고 힌두의 『기타』에서도 이런 성육신의 사상을 볼 수 있다. 『기타』에서 크리슈나는 무한한 신의 성육신이다. 동시에 그는 화신(avatar, incarnation)들 가운데 하나다. 이것이 기독교의 교리와 화신의 베단타의 인식사이의 고통점이며 이점을 엘리엇은 화해시켰고, 화해할 수 없는 존재의 두 영역인 크리슈나와 그리스도의 결합을 시도한 것이다. 기독교의 관점에서 그리스도가 시간을 구원했으므로 인간은 시간을 구원할 수 없다는 기독교의 역설이 이 시의 핵심이다(Brett 99). 그러나 그리스도와 크리슈나는 신이기 때문에 인간에게 은총을 주고 그들을 구원하여 성인이 되게 하나 인간은 성육신을 반쯤만 이해하고 반쯤만 추측할 뿐이다.

3. 노자에서의 성인

노자의 도덕경 2장에는 성인(聖人)에 대한 언급이 나온다. "이런 이유로 성인은 행함을 아니함에 처하고 말 안고 가르침을 행한다. 성인은 그것을 자라게 하고 간섭하지 않고 잘 키우면서도 키움의 열매를 소유하지 않고 잘 되어가게 하면서도 그것에 기대지 않는다. 공(功)이 이루어져도 그 공 속에 살지 않고 대저 영원히 산다(是以聖人處無爲之事, 行不言之敎, 萬物作焉而不辭, 生而不有, 爲而不恃, 功成而不居, 夫唯弗居, 是以不去). 노자에게 있어 성인은 함이 없이(無爲)하고 말이 없다(無言). 이것은 자기의 욕심으로 하지 않기에 공(功)이 있어도 공을 자기 것으로 돌리지 않는다. "장자의 소요유(逍遙遊)에 지인(至人)은 자기 것이 없고 신인(神人)은 공적을 쌓음이 없고 성인(成人)은 이름을 소유하지 않는다"고 했다. 생명을 얻고 진리로 사는 사람이 성인이요, 자유인이요, 도인이다. 성인은 깨끗하고 거룩한 사람이기에 씻어난이라고 한다. 깨끗은 깨끗하다는 뜻도 있지만 대각(大覺)이라는 깨와 인격의 완성이라는 끗을 합쳐 깨끗이라고 한다. 깨끗을 성(聖)이라고 하여 성인을 씻어난이라고 한다(김흥호 1984 106). 이런 성인(聖人)에 대한 정의는 인도의 요가에서 수행을 닦는 사람과 신비주의에서 정화 (purification)와 관조(觀照)를 거쳐 신과 합일하는 신비가와도 다르지 않음을 알 수 있다.

엘리엇은 그의 시에서 이성으로 우주와 세계와 인간에 대해 철학적 인 체계를 설명하는 것에는 관심이 없었다. 오히려 그의 관심을 끈 것 은 힌두교나 불교에서 직관을 통한 깨달음의 실현에 있는 생명철학으 로의 성인(聖人)의 문제에 관심이 있었다고 보아야겠다. 그러기 때문 에 『네 사중주』에는 깨달음의 신비 체험이 도처에 등장한다. 이런 경 험은 '하나'(Oneness) 또는 '유일자'(The One)를 경험하는 것이며 이런 경험은 감각이나 이성으로 파악할 수 없다. '하나'(Oneness)와 무(無)와 같은 신비 경험에 대한 표현을 쓰는 것은 신비의식의 역리성(逆理性) 을 드러내는 것이다. 이 역리성은 부정과 긍정, 존재와 무, 충만과 공허 의 역리성이다(Stace 163). 성인(聖人)은 "귀가 밝은 사람으로," "신의 소리를 듣는 자"로 해석하고 있으며 신의 소리를 인간에게 매개하는 자들은 모두 "성인(聲人=聖人)으로 보고 있다. 헤브라이즘 전통에서 예언자들은 성인이고 예수도 이런 성인 가운데 하나로 보고 있다. 그 러나 노자(老子)의 시대에 오면 그러한 종교적 함의는 탈락되고 철저 히 비신화적 개념의 성인이 된다. 노자의 성인은 곧 백성의 소리, 도 (道)의 지혜의 소리를 잘 듣고 구현하는 사람인 것으로 성인을 정의하 고 있다. 또한 『노자』일서(一書)는 본시 성인(聖人)을 위해 쓰여진 책 으로 범인의 개인적 수양을 위하여 쓰여진 책이 아니라고(김용옥 130-1) 못 박고 있다.

도덕경 3장에 성인은 텅 빈 마음을 가지고 있다고 설파한다. 이 장에는 성인(聖人)은 텅 빔을 생명의 근원으로 보아 마음을 비우고(虛其心) 그 뜻을 약하게 하여(弱其心) 건강한 정신이 되고, 배를 채워 주어(實其腹) 뼈를 강하게(强其骨)하게 한다. 마음이 허(虛)하고, 뜻은 약(弱)하게 하라는 것은 마치 자연(自然)의 이치가 진공묘유(眞空妙有)에서 힘이 나오기 때문에 인간도 허(虛)한 자연이 되라는 뜻이다. 「이스트 코우커」에는 노자의 함(爲)에 대한 메시지가 나온다. 노자의 함(爲)은 부정적인 의미를 갖고 있다. 이런 함(爲)에서 나오는 행동은 희망도 사랑도 믿음도 진정 없다. 그래서 엘리엇은 아래와 같이 말한다.

> "나는 내 영혼에게 말했다. 고요해라. 희망을 갖지 말고 기다려라.
> 왜냐하면 희망이란 그릇된 것을 위한 희망일 것이니, 사랑 없이 기다려라.
> 왜냐하면 사랑이란 잘못된 것을 위한 것이기에; 그러나 아직 믿음이 있다.
> 그러나 믿음과 사랑과 희망은 모두 기다리는 과정 속에 있다.
> 생각 없이 기다려라. 왜냐하면 당신은 생각할 준비가 되지 않았기 때문이다"
>
> I said to my soul, be still, and wait without hope
> For hope would be hope for the wrong thing; wait without love
> For love would be love of the wrong thing; there is yet faith
> But the faith and the love and the hope are all in the waiting.
> Wait without thought, for you are not ready for thought. (*CPP* 180)

엘리엇이 말하는 희망과 사랑과 믿음에 대하여, 여기서 노자(老子)

도 믿음과 희망과 사랑과 생각도 허심(虛心)에서 나온 것이 아니기 때문에 잘못됐다고 본다. 왜냐하면 노자에게 있어 마음(心)과 뜻(志)은 사라져야 할 대상이기 때문이다. 자연은 "스스로 그러함"이기에 함(爲)보다는 하지 않음(無爲)이 자연의 이치에 더 맞다. 하지 않음의 이치로 행할 때 이루어지는 것이 무불위(無不爲)인 것이다. 「이스트 코우커」의 2막에서 엘리엇은 지식과 지혜에 대해 통찰력 있는 혜안(慧眼)을 제시한다.

> "지혜도 다만 죽은 비밀에 대한 지식이어서
> 그들이 들여다보거나, 그들이 눈길을 돌린
> 암흑에서는 쓸모가 없다. 경험에서 나온 지식은
> 기껏해야 제한된 가치처럼 보인다. 그 지식은 패턴을
> 부과하고 그릇되게 한다.
> 왜냐하면 패턴은 매순간마다 새롭고
> 매순간은 지금까지 우리가 가졌던 모두 가치를
> 새롭게 하고 놀라게 한다. . . .
> 길의 중도에서, 아니 길의 중도에서뿐만 아니라
> 가는 길 내내, 암흑 숲 속의 가시밭길에서,
> 안전한 발판도 없는 늪 가에서
> 마혹과 대결하며
> 요괴들과 환상의 불빛에 위협받는다.
> 나에게 늙은이의 지혜를 들려주지 말라.
> 차라리 그들의 어리석음을 들려달라. . . .
> 우리가 얻기를 바라는 단 한가지의 지혜는
> 겸양의 지혜다: 겸손에는 끝이 없다"

The wisdom only the knowledge of dead secrets

는 낮은 곳에 처하기를 좋아한다. 그러므로 도에 가깝다"(上善若水 水善利萬 物而不爭 處衆人之惡 故機於道『도덕경』8장). 노자는 이런 세계를 물이나 어머니, 어린이처럼 약(弱)하고 유(익)한 것에서 보았고 어린 아이를 생명으로 생각했다. 내가 무엇을 알고 있다는 의식도 없고(知者불언) 똑똑하다는 의식도 없이 행하는 것이 무위(無爲)의 경지며 무불위(無不爲)의 행을 실천하게 된다. 자기가 무엇을 안다는 의식이 있다면 교만하고 마음이 꽉 차게 된다. 즉 무(無)와 공(空)의 경험을 거치지 못하면 자아(自我)에 매인 상대 세계를 사는 것이다. 엘리엇은 『네 사중주』에서 십자가의 성 요한이 말하는 영혼의 어두운 밤인 박탈(deprivation)의 세계를 보여주고 있다.「이스트 코우커」의 이런 역설의 세계는 노자의 무위(無爲)의 세계와 강력한 유사성을 보여준다.

> "그곳에 도달하려면,
> 그대가 있는 곳에 도달하려면, 그대가 없는 곳에서 벗어나려면
> 그대는 환희가 없는 길을 가야 한다.
> 그대가 알 수 없는 것에 이르려면
> 그대는 무지의 길을 가야 한다.
> 그대가 소유하지 않은 것을 소유하려면
> 그대는 무소유의 길을 가야 한다.
> 당신이 아닌 것에 이르려면
> 당신이 아닌 길로 가야 한다.
> 당신이 모르는 것이 당신이 아는 유일한 것이고,
> 그대가 소유하는 것은 그대가 소유하지 않는 것이며,
> 당신이 있는 곳이 당신이 있지 않는 곳"

> In order to arrive there,
> To arrive where you are, to get from where you are not,

You must go by a way wherein there is no ecstasy.

In order to arrive at what you do not know

You must go by a way which is the way of ignorance.

In order to possess what you do not possess

You must go by the way of dispossession.

In order to arrive what you are not

You must go through the way in which you are not.

And what you do not know is the only thing you know

And what you own is what you do not own

And where you are is where you are not. (*CPP* 181)

엘리엇의 여기서 십자가의 성 요한이 『깔멜산의 오름』(*The Ascent of Mount Carmel*)에서 주장하는 역설의 논리를 적용하고[4] 있다. 이 역설은 인간의 차원이 종교의 차원과 어떻게 다른가를 보여주고 있다. 신의 세계에 가려면 인간적인 욕심에서 나온 것을 부정해야 한다. 노자도 "인간의 눈과 귀와 입은 인간의 눈을 멀게 하고 귀를 먹게 하고 입맛을 마비시키기 때문에 성인은 근원적인 밑배를 위해야 하지 말단적인 안목을 자극하지 말아야 한다"(노자 12장)고 말한다. 19장에서 노자는 "어진이를 숭상하지 말고 지모를 버려야 백성은 훨씬 이로운 생활을 할 수 있다. 어짊(仁)을 끊고 옳음(義)을 버리면 백성이 다시 따르고 사랑으로 돌아올 것이고 공교(巧)를 끊고 이로움(利)을 버리면 도적질이 없을 것이다. 이것은 진리를 깨닫고(見素) 생명을 얻은(拘樸) 사람

---

4) In order to arrive at possessing everything, desire to nothing.
   In order to arrive at being everything, desire to be nothing.
   In order to arrive at knowing everything, desire to know nothing. . .
   In order to arrive at that which thou knowest not, thou must go by
   a way that thou knowest not. . .
   In order to arrive at that which thou art not, thou must go through
   that which thou art not. Peter Milward 103에서 재인용.

만이 능히 할 수 있다. 진리를 깨닫고 생명을 얻는 것은 나를 줄이고 욕심을 적게 하는 것이다"(김홍호 1984 19장). 성(聖)이나 지(智) 그리고 인(仁)과 의(義)는 성인이 추구하는 세계다. 모두가 따르는 이런 목표를 노자는 끊거나(絶) 버리라고(棄) 말한다. 왜냐하면 이런 모든 기대는 나의 욕심에서 나오기 때문이다. 여기서 노자는 부정(否定)을 통해 역설에 이르는 진실을 말하고 있다. 장자의 무(無)도 형이상학적 주제로서 궁극적 의미가 아니라, 오히려 유(有)의 세계가 가지고 있는 택일적, 선택적 사고논리(either-or)의 부정을 결행하기 위한 초월적 사고의 기능으로 보아야 한다(김형효 280)고 말한다. 장자가 말하는 무위(無爲), 무욕(無慾), 무심(無心), 무기(無己), 무지(無知), 무형(無形) 등으로 표현한 까닭은 이 세계가 지식과 오성의 판단에 의존하는 그런 사유방식의 절대적 타자(他者)임을 표시하기 위함(김형효 284)이다. 장자는 "진인(眞人)이나 진지(眞知)를 이중 부정(neither-nor, neti-neti)으로 보았다. 진지가 곧 무지(無知)이다. 이중 부정의 논리는 결국 하나의 중심, 하나의 초점이 있을 수 없음을 나타낸다. . . . 즉 장자가 말하는 '진인(眞人)'이나 '지인(至人)' 또는 '성인(聖人)' 등은 현존적 화신이 아니고 구체적 내용이 없는 도의 능기(能記)일 뿐이다(김형효 287)라는 주장에서 기독교나 힌두교에서 말하는 화신(incarnation)과는 다르다는 것을 알 수 있다.

엘리엇도 「이스트 코우커」에서 겸손은 끝이 없다고 말한다. 노자도 허심(虛心)하기를 바란다. 텅 빔만이 모든 것을 포용하고 무한한 가능성을 줄 수 있기 때문이다. 이런 노자의 허(虛)에 대한 생각은 텅 빈 마음을 추구하는 엘리엇의 겸손(humility)을 말하는 것이다.

　더 아래로 내려가라

다만 영원한 고독의 세계로,
세상 아닌 세상, 아니 세상이 아닌 곳으로
내면의 암흑으로, 그곳 모두 소유물이
박탈되어 없는 곳,
감각세계의 건조 지대,
공상세계가 텅 비워진 곳
정신세계의 경지

Descend lower, descend only
Into the world of perpetual solitude,
World not world, but that which is not world.
Internal darkness, deprivation
And destitution of all property,
Desiccation of the world of sense,
Evacuation of the world of fancy,
Inoperancy of the world of spirit. (*CPP* 174)

이 시구에서 엘리엇은 감각도 박탈하고, 정신세계도 정지시키고, 공상도 없는 영혼의 어둔 밤을 보여주고 있다. 노자도 "인간의 눈과 귀와 입은 인간의 눈을 멀게 하고 귀를 먹게 하고 입맛을 마비시키기 때문에 성인은 근원적인 밑 배를 위해야 하지 말단의 안목을 자극하지 말아야 한다"(노자 12장)고 말한다. 회랍인이나 인도인들은 인간의 감각을 눈(眼), 이(耳), 비(鼻), 설(舌), 신(身)의 오관으로 생각했지만, 중국인들은 5관이라는 개념 대신 일곱 구멍이라는 내외의 통로 개념의 현상적 인식만 있었다(김용옥(2) 155). 그래서 이런 통로는 뚫려야 한다고 보았다. 그래서 육근(六根)은 청정(淸淨)해야 된다. 장자도 이렇게 감각을 부정한다. "눈이 잘 통해서 보는 것을 명(明)이라 하고, 귀가 잘 통해서 소리를 듣는 것을 총(聰)이라 하고, 코가 잘 통해서 냄새를 맡는 것을 전(顫)이라 하고, 마음이 잘 통해서 사물을 분별하는 것을 지(知)라고 하고, 지가 잘 통해서 미혹(迷惑)하지 않는 것을 덕(德)이라 한다"(김달진 410). 이렇게 동양에서는 모든 감각을 부정적으로 생각한다. 그래서 감각을 제어하고 억제함으로 지행합일(知行合一)을 추구한다. 그런데 이런 지행합일을 이루기 위해서는 근본 체험이 필요하다.

엘리엇은 절대 실재를 체험하는 방법을 제시하고 그 표현법이 보여지고 있다. 엘리엇이『네 사중주』에서 제시하는 길은 무지(無知)의 길이고 무소유(無所有)의 길이며 무위(無爲)의 길이며 무주(無住)의 길이다. 이런 길만이 생명을 얻는 길이고 진리에 이르는 길이다. 돈과 지위와 지식과 이름은 사람이 사람되는 것을 막는 길이다. 무지, 무위, 무주, 무소유의 길만이 "가온찍기"에 이르는 길이다. "성인은 그 몸을 뒤로하기에 몸이 앞서고, 그 몸을 밖으로 던지기에 몸이 안으로 보존된다"(是以聖人後其身而身先, 外其身而身存『도덕경』7장)고 노자는 부정을 통한 역설로 성인의 길을 제시하고 있다. 그리고「번트 노튼」에서 제시한 자기 부정과 박탈의 길도 성인이 가야 하는 길로서 이런 역설의 진리를 표현하고 있다.

> 변하는 세계의 정지점에, 육도 비육도 아닌 어느 곳으로
> 부터도 아니고 그곳을 향하는 것도 아닌, 정지점에 그곳에 춤이
> 있다.
> 정지도 운동도 아니다. 그곳을 고정되어 있는 곳이라 불러도 안
> 된다.
> 그곳은 과거와 미래가 합치는 점이다. 그곳으로부터 또는 그곳
> 을 향한 운동도 아니고, 상승도 하강도 아니다. 이 점, 이 정지
> 점 없다면 춤도 없다.

그리고 단지 그 춤만 있을 것이다. 나는 그곳에 우리가 있었음을 말할 수 있을 뿐이다. 그러나 어느 곳에 있는지 말할 수 없다. 나는 얼마동안이라
말할 수도 없다. 그러면 그곳은 시간안에 있기 때문이다.

At the still point of the turning world, Neither flesh nor fleshless:
Neither from nor towards; at the sill poingt, there the dance is,
But neither arrest nor mevement. And do not call it fixity,
Where past and future are gathered, Neither movement from nor towards,
Neither ascent nor decline. Except for the point, the still point,
There would be no dance, and there is only the dance.
I can only say, there we have been: but I cannot say where.
And I cannot say, how long, for that is to place it in time.
(*CPP* 173)

　실재의 표현은 부정을 통해 긍정으로 나가려는 것이요, 상대적인 것의 부정에서 절대적인 긍정에 이르는 것이다. 이런 표현은 베단타와 불교에서 공통된 표현이지만 노자도 도(道)를 부정을 통한 역설로 표현하고 있다.

　도를 도라고 말하면 그것은 늘 그런 도가 아니다.
　이름을 지어 부른다면 그것은 늘 그런 이름이 아니다.
　이름 없는 것은 하늘땅에서 비롯되고, 이름 있는 것은
　만물의 어머니라. 그러므로 늘 욕심이 없으면 그 묘함을
　보고 늘 욕심이 있으면 그 가생이만 본다.
　그런데 무와 유는 함께 나와 달리 부르니 이를 다같이
　까맣고 또 까맣니 모든 묘함이 이 문에서 나오지 않는가!

道可道, 非常道; 名可名, 非常名.
無名, 天地之始; 有名 萬物之母.
故常無欲以觀其妙, 常有欲以觀其徼
此兩者同, 出而異名.
同謂之玄, 玄之又玄, 衆妙之門. (『도덕경』 1장)

노자는 여기서 도(道)를 표현하기 위해 언어가 갖는 한계를 보여주고 있다. 도는 시시각각 변하기에 도라고 말할 수 없고 규정지을 수 없다 도의 개념을 정의한다면 "도 자체는 일체의 근원이 되며, 영원하고 무소부재하며, 시공을 초월하고 또 공허무상(空虛無常)한 것이다. 한 비자에 따르면 도란 만물이 그러한바요, 만리가 모여드는 바이며. . . 만물이 이루어지는 원인이다. 이 해석이야말로 고금을 통틀어 가장 타당한 해석이다"(김충렬 88)에서 정의하기 어려운 도의 개념을 알 수 있다. 우리가 도를 논할 때 도 자체를 직접 대상으로 할 수 없으므로, 사실은 도를 의미하는 부호 또는 개념을 가지고 논하는 것이다. 도를 정의하는 데 노자가 쓰는 수법은 '홍운탁월법'이라는 것이 있다. "우리가 설명할 수 있는 대상은 어디까지나 부분이지 전체는 아니다. 부분은 완전무결할 수 없고 자기만으로 존재할 수는 없다. 즉 불완전하므로 영원불변한 자가 될 수 없다. 그래서 노자는 말로 설명될 수 있는, 곧 차별이나 분별의 대상이 되는 도는 영원불별한 도가 아니라고 한 것이다. . . . 문맥상으로 볼 때 말로 설명할 수 없는 도라야 그리고 바로 차별이나 분별이 없는 정체(整體)로서의 도, 즉 '영원불변한 도(道)임을 알 수 있다. 이것이 노자 철학의 표현 방법 가운데 하나인 '홍운탁월법'(달을 그리려는 목적을 갖고 있으나 직접 달을 그리지 않고 구름을 그려서 달의 모습이 드러나게 하는 방법)이다"(김충렬 119). 노자만이 이런 홍운탁월법을 쓴 것은 아니다. 엘리엇도 가온찍기를 묘사할 때 이런 표현 방법을 사용하고 있음을 알 수 있었다.

그래서 영원하지 않은 도의 차원인 차별, 분별 세계의 만유 현상을 볼 수 있으려면 말할 수 있고 이름 지을 수 있는 유(有)를 숭상해야 하고, 영원불변의 도의 차원인 무차별, 무분별의 세계를 보기 위해서는 말할 수 없고 이름 지을 수 없는 무(無)를 추구하지 않으면 안 된다. 여기서 노자는 무를 위한 유를 말하는 것이 아니고, 유도 말하면서 이것을 부정하여 궁극적으로 무도 말하고 있는 것이다. 그리고 이 모든 것이 결국 현(玄)에 귀결되고 있다. 현은 "비가시적 세계를 나타내는 것으로 어떤 고정된 생각이나 또는 고착될 수 없는 관념을 거듭 깨뜨려 나가는"(설태수 154) 허(虛)한 온갖 묘용(묘용)의 유일한 문이다. 결국은 "온갖 묘용들이 자유자재로 하염없이 묘용을 전개할 수 있도록 문을 활짝 열어 놓고 있는 것, 어쩌면 확장이라는 말이 더 가까울 수도 있는 것이 도의 묘용이다"(김충렬 124). 이처럼 말할 수 없는 현(玄)이나 묘(妙) 도(道)의 의미를 설명하는 노자의 수법은 궁극적으로 보통 사람이 성인이 될 때 인간적인 것을 부정해야 한다는 것을 설파하기 위한 것이며 그런 방법으로 언어에 대한 부정을 통해서 역설을 보여주고 있는 것이다. 엘리엇도 가온찍기나 신비 체험에서 이런 방법을 사용하고 있다.

4. 결론

『네 사중주』에서 엘리엇은 기독교 사상과 그 외에 힌두교, 불교 그리고 고대 철학사상까지 그의 시 속에서 통합하여 시간과 무시간, 인간과 신성(神性), 현실과 열반(涅槃), 아르쥬나와 크리슈나, 죄와 구원, 어부와 성모마리아, 말씀과 성육신 등에서 상대 세계가 절대 세계와 융합 내지 통합을 감행하고 있다. 이런 시에 대한 태도는 그를 편협한 기독교의 틀에서 벗어나게 했으며 다른 종교의 가치를 인정하고 포용하는 시인이 되었다. 이쉬아크(Ishak)도 엘리엇과의 인터뷰에서 동양 종교와 서양 종교가 신비주의적 관점에서 공통점이 있다고 다음과 같이 말한다.

> 그 시인과의 나와의 인터뷰에서, 그는 나의 다음 질문에 대답했다. "당신은 불교와 힌두교 그리고 기독교는 적어도 신비적 고나점에서 그것들의 성례식의 차이들에도 불구하고 똑같은 목적을 향하냐?" 예, 사람은 종교 모두를 믿을 수는 없죠. 사람은 믿음을 가져야죠. 나는 부처가 구원을 가져올 수 있다는 것을 설명하는 불교인들의 경전과 기독교가 공통점이 더 많다고 생각한다. 기독교와 불교인의 경전들은 사물에서 초달하려 함과 온갖 소유물을 포기하는 것들이 눈에 띄게 비슷합니다. 이런 특징들은 인간들에게 긴박한 손실에서 벗어나게 해주며 필연적으로 속죄를 얻는데 근본적 역할을 한다고 생각합니다. (Ishak, 147−48)

엘리엇과의 인터뷰에서 알 수 있듯이 엘리엇의 관심사는 기독교와 불교가 공통적으로 안고 있는 구원이었다. 이런 구원의 문제는 시간에서 초탈하려는 시도로서 힌두교의 『우파니샤드』와 『기타』 그리고 불교에서도 공통으로 안고 있는 문제이고 노자에게도 근본 문제였다. 엘리엇은 서양 철학이나 종교 그리고 동양 종교나 철학에서 공통되는 것을 그의 시 속에 용해했을 뿐 아니라 병치시켜 놓았다. 시간 세계도 무시간의 초월이 있기에 가치가 있듯이 현상 세계도 절대 세계의 가능성에 희망이 있다. 헤라클리투스의 "위로 가는 길은 아래로 가는 길은 하나이고 같다"는 제사는 동양과 서양의 길로서 어떤 길에도 진리가 있다는 것을 암시해 주는 것이다. "로고스의 진리는 공통이지만 사람들은 각기 자신의 지혜를 갖고 있다는" 말 속에서 동서양의 로고스 즉 보편적 형이상학의 진리는 같지만 제각기 자기들의 종교나 철학만이 절대적이라고 생각하는 편협함을 암시하는 것이라 생각된다. 엘리엇은 동양의 불교와 힌두교 그리고 서양의 고대 철학과 기독교 사상에 보편적인 체험을 신비 체험으로 생각했다. 이런 신비 체험은 "가온찍기"의 경험으로 표현하고 있다. 동양이나 서양 모두 공통되는 신비 체험의 첫 단계는 인간의 오감을 부정하고 고난을 통해 금욕을 이겨낼 때 영혼은 악으로부터 정화되는 정화의 길(Via purgativa)이다. 두 번째 단계는 이 전의 속박에서 벗어나 영혼은 성스러운 신의 존재를 환희로 받아들이는 관조되는 계시의 길(Via illuminativa)이며 세 번째 단계에 가면 영혼은 아름다운 절대성과 완전한 섭리 속에서 신과 합일하는(Via unitiva)단계로서 이 단계에서 육체와 영혼이 완전히 분리되는 것을 인식하는 동시에 영혼이 신과 접촉하는 감격적이고 황홀한 순간을 맛보는 단계이다(김현창 305).

　동양 사상은 성인이 되는 것을 이상으로 삼는다. 그리고 성인은 자연 속에 살면서 자연을 깨닫고 자연이 된다. 도(道)와 불(佛) 그리고 역(易)이나, 열반(涅槃)이나 범(梵)은 동양의 성인이 목표이며 이런 것들은 생명을 찾는 성인(聖人)들의 목표다. 그러나 서양 사고는 존재론이요, 형이상학이요, 자연 신학이다. 그것은 철학자의 철학이기 때문이다. 『네 사중주』는 지(知)와 행(行)의 통일을 추구하는 성인의 세계가 제시되어 있다. 성인인 동양의 종교에서 궁극적으로 추구하는 이상이라는 것은 역(易)에 대한 성인의 묘사에서 알 수 있다.

"성인(聖人)이 하늘과 땅 사이에서 만물의 운행을 보고 깊이 생각하는 것이 역이다. 그런고로 역이란 땅 사이에서 만물의 운행을 보고 깊이 생각하는 것이 역이다. 그런고로 역이란 세 가지 뜻을 가지고 있는데 이간(易簡)은 성인의 길이요. 변역(變易)은 만물의 길이요. 불역(不易)은 하늘땅의 길이다. 이간은 성인이 우주와 인생의 원리를 가지고 살고 있기 때문에 쉽고 간단하게 살고 있다는 것이고 변역은 우주 안에 있는 만물이 변하고 바뀐다는 것이고 불역은 우주의 모체가 하늘 땅이기 때문에 하늘과 땅은 언제나 불변한다는 것이다." (김홍호 1986 15)

주역에서의 성인은 이런 하늘땅의 이치를 깨닫고 우주와 인생의 원리를 가지고 사는 사람이다. 이것은 동양의 성인의 길이다. 노자의 도덕경은 성인을 위한 책이라 할 정도로 성인이 되는 여러 방법이 제시되고 있다. 그 방법으로 노자는 인간이 긍정적으로 생각하는 마음(心)과 지(知) 그리고 명(名)에 심지어는 성(聖)까지도 부정하고 끊거나 버리라고 경고하고 있음을 주목해야 한다. 그 이유는 이런 것들이 결국 욕(欲)을 일으킬 수 있기 때문이다. 이와 같은 이유로 무위(無爲)조차 무불위(無不爲)가 되어야 한다. 그래야 무욕(無慾)이 되기 때문에 이때에 비로소 무위(無爲)한 자연(自然)에 가장 가깝기 때문인 것이다. 자연은 허(虛)해서 모든 것을 포용하고 채워 줄 수 있으며 그래서 실(實)하다. 노자는 인간에게 어짊(仁)이나 올바름(義) 그리고 성(聖)이나 지(智)조차 버리고 끊으라고 양자 부정(neti-neti)의 언어의 논리를 쓴다. 이런 것들을 추구하는 바탕에는 욕심(慾心)이 있기 때문이다. 엘리엇도 사랑도 믿음도 소망도 버리라고 한다. 그런 것들이 인간의 욕심 때문에 잘못될 수 있기 때문인 것이다. 도(道)와 묘(妙) 그리고 현(玄)과 무(無)에 대한 노자의 표현은 성인(聖人)이 겪게 되는 근본 체험으로 말로 표현할 수 없는 신비 체험이며 그래서 언어에 대한 부정과 역설로서 표현될 수 있는 것이다. 이런 신비 체험은 "다시 물체 없는 데로 돌아가니 이를 일컬어 모습 없는 모습이요, 물체없는 형상이라 한다. 이를 일컬어 홀황하다"(是謂無狀之狀, 無物之象, 是謂恍惚『도덕경』14장)에서 보여지는 '황홀'의 상태이며 이 단어는 "매우 우주론적 기술이다. 상하와, 밝음, 어두움이 구분되지 않는 토탈한 우주의 상태, 모든 존재가 생상되는 비존재의 상태, 모습 없는 모습의 그 근원적 인식을 가리켜 '홀황'이라고 한다"(김용옥(2) 166). 이런 황홀한 상태는 신비 체험을 경험하는 사람이 겪는 상태인 것이다. '무상지상(無狀之狀)'과 '무물지물(無物之物)'은 역설의 표현이며 엘리엇도 정점을 역설로 표현한다.

엘리엇은 "시간과 무시간의 교차점은 성인의 임무이며 사랑과 열정, 무아 그리고 방기 속에서 일생 동안 죽음을 통해 주고받는 어떤 것"으로 성인의 임무를 선언한 것으로 보아 엘리엇이 그의 시에서 지행합일(知行合一)을 성인의 임무로 제시한다고 생각된다. 이런 과정에서 겪는 신비 체험은 상사라(상사, samsâra)서 열반(nirvâna)을 겪는 경험이다. 『네 사중주』에는 성인의 길과 보통 사람의 길이 구분되어 있다. 보통 사람의 길은 기도, 훈련, 준수, 행동을 한다. 그러나 보통 사람도 "반쯤 추측된 암시"와 "반쯤 이해된 재능"으로 성육신(Incarnation)을 알 수 있다. 그리고 성육화만이 "과거와 미래가 정복되고 화해되는" 불가능한 결합이 일어날 수 있으며, 이런 결합은 신의 몫이라는 암시를 준다.

엘리엇은 불교나 힌두교 그리고 기독교 같은 종교의 세계를 그의 시와 극 속에서 구현했다. 엘리엇이 노자를 읽었다는 증거는 없지만 노자의 사상의 핵심이 자연의 무위 무불위(無爲 無不爲)한 물과 어머니 그리고 어린이 같은 겸허(謙虛)한 세계를 도의 경지로 본다면 이런 진리 또한 그의 시에서 발견할 수 있을 것이다. 윤회의 수레바퀴는 끊임없이 돌아간다. 이 세상의 식물, 동물, 인간은 다양한 삶의 형태로 그들의 업에 따라 생명을 영위한다. 그러나 성인은 수레바퀴의 정점을 이해하고 정점에 의해 회전하는 세상을 이해함으로써(Sri 51) 현실과 마야(Maya)의 무명(illusion) 속에서 벗어나서 새롭게 볼 수 있는 관(觀)을 얻게 된다. 그래서 "성인은 가지 않고도 알고 보지 않고도 이치로 알고 하지 않고도 이룰 수 있는(聖人은 不行而知하고 不見而名하며 不爲而成하니『도덕경』47장)의 단계에 이르는 것이다. 성인은 눈으로 보는 소견(所見)에서 이치로 보는 법안(法眼)을 거쳐 영으로 보는 공관(空觀)을 얻은 사람으로 마음이 청결하여 하나님을 보는 기독교인이며 "영혼의 가장 높은 상태이며 거기에 기쁨이 있고 최고이며 참 진리인 봄(visio)을 누리고 그 거룩함과 영원함을 호흡하여 진리의 봄을 관조(visio et contemplatio veritatis)"(양명수 148)하는 사람이다.

『네 사중주』에는『황무지』와는 다르게 추상적인 관념보다는 구체적인 사물이 상징을 통해 그림을 보듯이 생생하게 보여진다. 이것은 시인이『황무지』를 쓸데 자신이 무엇을 쓰려는지 모르겠다는 말에서 볼 때『황무지』가 추상적으로 쓰여진 데에 반해『네 사중주』에서는 자연에 대한 구체적인 이미저리(imagery)를 통해 보여주고 있다는 점에서 엘리엇이 사물들을 구체적으로 보는 관조의 상태로 변화되었다는 것을 알 수 있다. 엘리엇은『네 사중주』에서 시간의 욕망에 갇힌 현대인에게 깨달음을 통해 초탈하여 해탈하거나 도(道)에 도달한 성인의 경지를 제시한다. 불교에는 깨달음을 통한 해탈과 열반을 추구하나 힌두교에는 크리슈나의 은총을 통한 구원이 핵심이다. 동양의 성인 특히 노자는 무위무불위(無爲無不爲)의 경지를 목표로 한다. 그리고 힌두교의 성인은 크리슈나의 은총을 얻어 구원에 이른단. 기독교에서도 인간은 그리스도의 은총으로 죄가 사해진다. 그러나 동양과 서양의 성인은 종교적인 실존의 길은 다르겠지만 이들 모두의 '임무'(occupation)나 길(道)은 사랑과 열정, 무사(無私)와 영혼의 어둔 밤을 거쳐 궁극적인 근본 체험을 하는 공통된 체험을 거쳐야 한다. 그런데 동양 신비주의에서는 신이 아닌 자연과의 합일을 목표로 한다. 그리고 자연과의 합일을 이루기 위해서도 근본 체험은 필요하며, 동양의 성인은 자아를 부정하고 감각을 억제하여 무화(無化)를 이루는 근본 체험을 한 사람이다.

인용문헌

김달진.『장자』. 서울: 문학동네, 1999.

김승혜.『종교학의 이해』. 서울: 분도출판사, 1985.

김용옥.『노자와 21세기』. 1, 2, 3. 서울: 통나무, 1999.

김충열.『노장철학 강의』. 서울: 예문서원, 1999.

김하태.『동서철학의 만남』. 서울: 종로서적, 1986.

김현창.『세계문학 속의 동양사상』. 서울: 서울대출판부, 1996.

김형효.『노장 사상의 해체적 독법』. 서울: 청계, 1999.

김홍호.『노장사상과 무문관 해설』. 서울: 풍만 출판사, 1984.

_____.「역경이 본 역신학」.『현대신학』. 서울: 감신대, 1986.

_____.『제소리』. 서울: 풍만 출판사, 1984.

_____.『푸른 바위에 새긴 글』. 서울: 솔, 1999.

남악혜사. 원경 옮김.『지관의 이론과 실천』. 서울: 도서출판 삼양, 1995.

다스굽타, 수렌드라나트. 오지섭 옮김.『인도의 신비사상』. 서울: 영성생활, 1997.

박경일.「T. S. 엘리엇과 불교」.『T. S. 엘리엇 연구』창간호 (1993): 37-90.

_____.「불교, 니체, 그리고 포스트모더니즘」.『동서비교문학저널』2 (1999): 87-109.

양명수.『어거스틴의 인식론』. 서울: 한들출판사, 1999.

이명섭.「*Four Quartets*와 태장계 만달라에 육화된 자비와 신앙」.『T. S. 엘리엇 연구』창간호 (1993): 117-94.

_____.「불교와 데리다의 연기(緣起/延期)와 시간관」.『동서비교문학저널』2 (1999): 9-85.

이창배.『T. S. 엘리엇 연구』. 서울: 민음사, 1988.

_____.『T. S. 엘리엇 전집』. 서울: 민음사, 1988.

정병조『불교와 인도고전』. 서울: 현대불교신서, 1981.

최민순.『깔멜의 산길』. 서울: 성바오로 출판사, 1986.

최희섭.「*The Waste Land*의 인도 사상적 접근」.『T. S. 엘리엇 연구』창간호 (1993): 211−32.

Ackroyd, Peter. *T. S. Eliot*. London: Harnish Hamilton, 1984.

Blakney, R. B. Trans. *The Way of Life: Lao Tzu*. New York: A Mentor Books, 1955.

Brett, R. L. "Mysticism and Incarnation in *Four Quartets*." *English*. XI, No 90 (Autumn, 1965).

Cornwell, Ethel F. *The Still Point*. New Brunswick: Rutgers UP, 1962.

Coulson, Michael. *Sanskrit*. Oxford: Kent at the University, 1976.

Dwivedi, Amarnath. *Indian Thought and Tradition in T. S. Eliot's Poetry*. Bareilly Praksh Book Depot, 1977.

Eliot, T. S. *After Strange Gods: A Primer of Modern Heresy*. London: Faber and Faber, 1934. *ASG*로 약함.

_____. *Christianity and Culture*. New York: A Harvest / HBJ Book, 1962.

_____. *The Complete Poems and Plays of T. S. Eliot*. London: Faber and Faber, 1969. *CPP*로 약함.

_____. "A Commentary." *The Criterion*. XII (Oct. 1932).

_____. *Notes towards the Defintion of Culture*. London: Faber and Faber, 1962. *NTDC*로 약함.

_____. "Religion and Literature." *Selected Essays*. London: Faber and Faber Limited, 1963. *RL*로 약함.

_____. *The Sacred Wood: Essays on Poetry and Criticism*. New York: Methuen, 1960.

_____. *Selected Essays*. London: Faber ad Faber, 1932. *SE*로 약함.

_____. *The Use of Poetry and the Use of Criticism*. London: Faber and Faber, 1970. *UPUC*로 약함.

Folwer, Russell T. "Krishna and the 'Still Point': A Study of The *Bhagavad Gita*'s Influence in Eliot's *Four Quartets*." *Sewanee Review* 79 (July-September 1971).

Gardner, Helen. *The Art of T. S. Eliot*. London: Faber and Faber, 1979.

Gish, Nancy. *Time in the Poetry of T. S. Eliot*. London: The Macmillan P Ltd.,1981.

Gordon, Lyndall. *Eliot's Early Years*. Oxford: Oxford UP, 1978.

Grant, Michael. *T. S. Eliot: The Critical Heritage*. Vol. 2. Routledge & Kegan Paul Ltd, 1982.

Happold, F. C. *Mysticism*. Middlesex: Penguin Books Ltd, 1964.

Hay, Eloise, Knapp. *T. S. Eliot's Negative Way*. Cambridge: Harvard UP, 1982.

Ishak, Fayek M. *The Mystical Philosophy of T. S. Eliot*. New Haven: College & University P, 1975.

Johnston, William. *The Still Point: Reflection on Zen and Christian Mysticism*. New York: Harper & Row, 1971.

Lucy Sean. *T. S. Eliot and the Idea of Tradition*. London: Lowe & Brydone, 1967.

Matthiessen, F. O. *The Achievement of T. S. Eliot: An Essay on the Nature of Poetry*. New York, 1947.

McCarthy, Harold E. "T. S. Eliot and Buddhism." *Philosophy East and West* 2 (April 1952).

Murray, Paul. *T. S. and Eliot and Mysticism*. London: Macmaillan, 1991.

Otto, Rudolf. *Mysticism East and West*. Trans. Bertha L. Bracey and Richenda C. New York: Merian Books, 1957.

Radhakrishnan, Sarvepalli. *The Bhagavad Gita*. London: Georye Allen & Unwin Ltd, 1948. 『기타』로 약함.

Smith, Grover. *T. S. Eliot's Poetry and Plays*. Chicago: The U of Chicago P, 1974.

Smidt, Kristian. *Poetry and Belief in the Work of T. S. Eliot.* London: Routledge, 1961.

Spender, Stephen. "Remembering Eliot." *T. S. Eliot: The Man and His Work.* Ed. Allen Tate. London: Chatto and Windus, 1967.

Sri, P. S. *T. S. Eliot, Vedanta and Buddhism.* Vancouver: U of British Columbia P, 1985.

Srivastava, Narsingh. "The Ideas of *Bhagavad Gita* in *Four Quartets.*" *Comparative Literature.* No. 2 (Spring 1977).

Stace, W. T. *Myticism and Philosophy.* New York: J. B. Lippncottco, 1960.

Yu, Beongcheon. *The Great Circle.* Michigan: Wayne State UP, 1983.

Underhill, Evelyn. *Myticism: A Study in the Nature and Development of Man's Spirtual Consciousness.* London: Methuen, 1977.

Wheelwright, Philip. "Eliot's Philosophical Themes." *T. S. Eliot: A Study of Writing by Several Hands.* Ed. B. Rajan. London: Dobson, 1947.

오든과 엘리엇의 흐르면서 흐르지 않는 시간:
동양사상과 특수상대성 원리의 시각

이 명 섭(성균관대학교 명예교수)

"시간은 시간을 통해 정복된다
(Through time time is conquered)" (T. S. Eliot)

오든(W. H. Auden)의 시, 「어느 날 저녁 산책 나갔을 때」("As I Walked Out One Evening")에서 젊은 연인이 **"넘실거리는 강가"**(by the **brimming river**)에서 "철로의 홍예문(虹霓門) 밑에서"(under the arch of a railway) **"사랑은 끝이 없다"**(Love has no ending)고 노래한다. 그러나 강은 흐른다. 그의 사랑도 흐르는 강물처럼 흘러가버릴 것이다. 그러므로 사랑은 영원하지 않다. 아뽈리네르(Guillaume Apollinaire)의 연인들의 사랑처럼 미라보 다리 아래로 흐르는 강물처럼 "우리의 사랑도 흐른다." 오든의 시에서 '넘실거리는' 시간의 강물은 미래에서 와서 과거로 흘러가 버린다. 이 흘러넘치는 강물은 가을 추수 밭의 수확처럼 풍성하지만 시간의 지배를 받는 가을철처럼 곧 불만의 겨울을 맞이할 것이다. 영원을 상징하는 무지개 문(홍예문) 아래에서 영원한 사랑을 맹세하는 젊은 연인들의 영원은 과거에서 미래를 향해 직선으로 달리는 시간의 '철도'에 의해 제한 받는다. 그러한 사랑은 "중국과 아프리카가 만날 때까지," "바다가 빨랫줄에 걸려 마를 때까지"만 지속될 것이다. 가을과 같은 저녁이 지나고 곧 겨울과 같은 밤이 다가와 시간의 종이 울린다. 연인들은 결혼하여 가정을 이루지만, "두통과 근심걱정 속에" "생명과 사랑의 강물이 새어나간다." 식은 사랑의 찬장 속에서 빙하가 덜거덕거리고, 깨진 찻잔에 간 금은 사자의 땅으로 인도한다. 세숫대야에 두 팔을 깊이 담그고 무엇을 '놓쳤는지' 생각해 본다. 놓친 것은 강의 '의미'이다. 그 고통을 주는 강이 동시에 구원의 강이라는 역설적 진리를 놓친 것이다. 이 진리를 깨달을 때 "우리가 인생을 축복할 수는 없을지라도 인생은 여전히 축복이다"(Life remains a blessing / Although you cannot bless).

고요한 밤에 뜨거운 눈물을 흘리며 창문 가에 서 있을 때 **"네 비뚤어진 가슴으로 비뚤어진 이웃을 사랑하라"**(You shall love your crooked neighbour / With your crooked heart.)는 소리가 시인의 귓전을 두드린다. 이 소식은 『황무지』의 5부에서 "공감하라"(*Dayadhvam*)는 천둥의 말에도 아랑곳하지 않고 새장의 문을 꼭 걸어 잠그고 있는 황무지인 코리올라누스의 귀에 "땅거미 질 때에만" 들리는 "공중의 소식"(aethereal rumours)이다. 이 고요하면서도 우렁한 천둥소리는 "잠시 동안 파멸한 코리올라누스를 되살려낸다." 밤이 깊어 온 도시의 종소리는 그치고 **"깊은 강물이 흘렀다"**(The deep river ran on). 이 시의 처음에 흐르던 강은 '넘실거리는 강(brimming river)'이다. 'brimming'이란 술잔 가장자리(brim)까지 술이 가득 찼다는 뜻이다. 연인들이 영원한 사랑을 맹세한 '넘실거리는 강'은 깊은 강이 아니고 술잔처럼 얕은 강이다. 이러한 생의 강물은 세월처럼 흘러가고 '새어나간다.' 이 얕은 강물과 달리 "비뚤어진 이웃을 사랑하라"는 천둥의 말을 듣고 자기를 발견한 화자가 체험한 마지막 강은 용솟음치는 샘물처럼 "깊다." 강은 강이지만 앞의 강과는 다른 강이다. 과거에는 보지 못했던 의미를 "다른 형태로 회복한" 강이다. 가장자리에 찰랑거리던 처음의 강은 강이었다. 그러나 시간의 흐름과 더불어 흘러가 버린 사랑의 강은 강이 아니었다: 색즉시공(色卽是空)이었다. 마지막에 다시 찾은 강은 경이로운 강이다: 공즉시색(空卽是色)이다. 놓쳤던 의미를 다시 찾은 이 공을 거친 색의 강은 놀라운 진공묘유(眞空妙有)의 강이다. 흑백 눈이 바다의 변화를 거쳐 진주로 변한 진주 눈이 영롱한 강이다.

연인은 철도 아치 밑에서 "사랑은 끝이 없다"고 노래하지만 철도가 끝이 있듯이 사랑도 끝난다. 그러면 어떻게 사랑이 끝나지 않게 할 수 있을까? **나를 끝내야 사랑이 끝나지 않는다. 나를 비워 끝내는 "겸허는 영원하다"**(humility is endless)(EC II). 흐르는 무상한 시간에 나를 던져 버릴 때 시간이 정지한다. "비뚤어진 이웃을 사랑하라"는 깊은 밤에 들려오는 "공중의 소식"은 다시 『바다가드 기타』에서 크리슈나가 아르쥬나에게 한, "행동의 결과를 생각하지 말라. / 앞으로 가라"(And do not think of the fruit of action. / Fare forward)(DS III)는 말로 바뀐다.

이러한 크리슈나(Krishna) 신의 충고는 시간의 흐름을 따라가지 말라는 말처럼 들린다. 왜냐하면 과거에서 미래로 도피하지 말고 현재에 행동하라고 말하기 때문이다. 그러나 미래로 가지 말라는 이유를 살펴보자. 시간의 물결에 흘러가는 미래의 나는 현재의 나와 다른 내가 될 것이다. 불변하는 나의 실체는 없다. 그러므로 현재를 버리고 미래로 도피할 수 있다는 생각은 망상이다. 흐르는 시간의 물결에 자아를 던져버리고 시간과 더불어 흘러야 역설적으로 시간이 정지한다. 내가 시간과 같이 달리면 나를 잡으려고 과거에서 미래로 따라오던 "시간의 날개 달린 전차(Time's wingèd chariot)"[1]가 갑자기 기적같이 멈추고 내가 영원한 "신과 같은 존재에 이르게 된다": "차안과 피안 사이에 있는 이곳에서 시간이 후퇴한다." 시간의 흐름이 멈추면 현재 시점에 "과거와 미래가 모인" 정점이 된다(BN II). 변하는 시간의 물결에 따라 나를 변화시키는 것은 불변하는 실체로 여기던 나를 죽이는 것이다: "죽을 때에(죽을 때는 모든 순간이다) 어떠한 존재 영역에 / 인간 정신이 몰두(沒頭)하고 있든지" – 그것이 진정한 행동이며 / 그것이 다른 사람들의 삶에 열매를 맺으리라"(DS III). 이 말은 『바가바드 기타』(8:5)에서 "죽을 때에 나를 생각하면서 육체를 벗어나 떠나가는 자는 나의 존재에 이를 것이다"라는 말을 인유한 것이다. "죽는 시간이 매 순간이라"는 말은 매 순간 나의 생각을 버리고 타자인 신만을 생각하라는 것이다. 타자는 하나님과 이웃이다. "네 비뚤어진 가슴으로 네 비뚤어진 이웃을 사랑하라"에서 '이웃'은 타자이다. 타자를 생각하고 사랑할 때에 내 존재가 신의 존재처럼 영원에 이르게 된다. 이러한 타자 사랑이 시간을 통하여 시간을 정복하는 길이다.

미래의 소득에 집착하는 나를 시간의 물결에 던져버릴 때에(Not fare well), 인생의 나그네는 "앞으로 나아간다(fare forward)." 무소득이지만 소득 아닌 것이 없다(無所得而無不所得). 그러면 미래에 소득하지 않은 것은 무엇이며, 시간이 후퇴한 영원한 현재의 고요한 점에서 얻은 것은 무엇인가? 잃은 것은 무실체 공(無實體空)이고, 얻은 것도

---

1) 『불설 비유경』에서는 코끼리이다. 새장 속에 매달려 있는 시빌과 같은 황무지인은 생사의 나무 뿌리에 매달려 나무 뿌리에 있는 벌꿀 통에서 떨어지는 꿀을 받아먹는 중생과 같다. 사는 길은 밑에서 반석이 나를 받아주리라는 믿음(siddhā 聞信)을 가지고, 나무에 거꾸로 「매달린 사나이」(The Hanged Man)처럼 손을 놓고 밑으로 가라앉는 데 있다. 그래야 마음이 가라앉아 정화된다. 이것이 淨信(prasāda)이다.

공이다. 둘 다 공이지만 전자는 오온(五蘊)의 인연화합으로 이루어진 무상한 공이고, 후자는 불변하는(常) **무아(無我) 곧 대아(大我)[2]로서의 공이다.** 공을 버릴 때에 공을 얻는다. 버리는 공은 무상할 뿐만 아니라, 깨끗하지 못하고(無淨) 기쁘지 않은(無樂) 무상한 자아이다. 무상한 시간의 물결은 깨끗하지 못한 나의 **때(垢)를 씻는 때(時)**이다. **때(時)를 통하여 때(不淨)를 정복한다.** 그러려면 시간의 물결과 하나가 되어, 생사계에 속한 내가 상락아정(常樂我淨)의 실체라는 4전도 망상을 시간의 물결에 흘려보내야 한다. 그럴 때에 무상한 내가 역설적으로 상락아정의 4덕을 지닌 열반에 이르러 영원한 나를 되찾게 된다.

물은 파괴적인 원소인 동시에 정화제이다. 이러한 양면성을 지닌 무분별의 원소에는 물뿐만 아니라 현상을 구성하고 있는 불, 흙, 공기도 있다. 『황무지』 4부 「수사」에서 "바다 밑 조류가 속삭이며 그의 뼈를 뜯어먹는다." 물뿐만 아니라 다른 원소들도 뼈에 붙은 살을 뜯어먹는다. 살을 뜯어먹은 다음에 남는 것은 무엇인가? 하얀 세 마리 표범이 뜯어먹어 하얗게 표백된 에스겔 골짜기의 뼈들이다(*Ash Wednesday* II). 이 뼈들은 그 자체로서는 생명력이 없으나 야웨의 영을 받으면 부활할 수 있는 정화된 몸이다. 이 뼈들에 영을 불어넣으면 부활하여 아름다운 "새처럼 노래부르는 뼈들"이 된다. 현상의 파괴적 원소들이 주는 고통은 정화 작업이 주는 고통이다. 『황무지』 1부와 『네 개의 4중주』 「번트 노튼」에서 **공기(空氣)**는 "성(性)적 원천"에서 흘러나온 애착(attachment)을 정화시켜 "욕망을 초월한 사랑"(love undesiring)으로 변화시키는 **공상(空想 Fancy)**이 지닌 창조적 생명의 기운이다. 이 공기는

---

[2] "무아성에 있어서 청정한 공성에 있어서 도를 얻은 제불은 청정한 자아를 얻기 때문에 그 자아는 대아성(大我性)에 도달하였다."(『대승장엄경론』 9:23); "일체중생은 모두 불성을 가졌다. 즉 이것이 자아의 뜻이다."(『「대반열반경」 북본 여래장품』); 가나쿠라 엔쇼, 『인도철학의 자아사상』(서울: 여래, 1994), 152.

오든과 엘리엇의 흐르면서 흐르지 않는 시간: 동양사상과 특수상대성 원리의 시각 **675**

달걀을 부화하려고 어미 닭이 달걀을 품듯 태초에 수면을 "품은"(Heb. *rachaf*, to brood) "하나님의 영"(Heb. *ruach, Gr. pneuma*, spirit)이다. 이 영(רוּחַ, ruach)은 움직이는 공기, 즉 바람이다. 공기는 성서에서 생명의 상징이기도 하지만 공허의 상징이기도 하다.『네 개의 4중주』에서도 공기는 허무의 상징이다: "공중에 떠있는 먼지는 한 이야기가 끝난 곳을 표시한다"(LG II). 흙(土)은『황무지』의 1부와『네 개의 4중주』의「이스트 코커」에서 죽음인 동시에 밀 알 한 알을 땅에 떨어트려 썩혀 육의 탐(貪 lobha) 진(瞋 dosa), 치(癡 moha)의 껍질을 벗기는 정화 매체이다. 물(水)은『황무지』의 4부,『네 개의 4중주』의「드라이 설베이지즈」에서 인생을 난파시키는 동시에 나무에 거꾸로「매달린 사나이」인 그리스도와 성모 마리아로 하여금 자기의 뜻을 버리게 하는 뜻 정화제이다. 마지막으로 불(火)은 메마른 열사(熱砂)의 사막을 여행하는 나그네에게 참을 수 없는 고통을 안겨주지만 동시에 황무지인의 자아의 탑을 무너뜨리는 해방자이며,『네개의 4중주』의「리틀 기딩」에서는 독일 폭격기의 폭탄의 불인 동시에 죄를 정화하는 성령의 불로 나타난다. 이 4원소가 안겨주는 죽음은 선악과의 독을 해독하는 해독제이다. 그 고통을 통하여 때문은 살이 떨어져 나가고 정화된 옛사람이 영체(σώμα πνευματικόν, spiritual body)(1 Cor 15:44)로 되살아난다. 고생은 높은 생명으로 다시 태어나는 진통이다. 고생(苦生)은 고생(高生)이다. 그러므로 고통의 불은 동시에 사랑의 장미이다: "The fire and the rose are one."(LG V). "화중생연(火中生蓮)"(『유마경』)이다. 무상한 현상 속의 모든 경험은 두 가지 의미를 지닌다. 苦生이 高生이므로 무분별이다. 무분별은 전체를 자세히 보는 체관(諦觀)이다.

"비뚤어진 가슴으로 비뚤어진 이웃을 사랑"하는 것이 시간을 정복하는 길이다. 사랑은 자기를 물에 빠뜨려 죽이는 몰아(沒我)이다. 이웃 사랑은 자기를 시간의 물결에 던져버리고 무상한 자아를 무상한 시간과 일치시키는 몰두(沒頭 'intent on')의 행위이다. 몰두는 자아의 생각과 뜻의 원천인 머리를 물에 빠뜨려(涵泳)[3] 자기의 애착을 포기(Datta)하는 초탈((detachment)(LG III)이다. 시간의 강물에 나를 던져 버릴 때, 오히려 내 깊은 생명의 강물이 흐르기 시작한다. 깊은 강물은 얕은 강물과 달리 흐르면서도 흐르지 않는 것처럼 보이며, 흐르지 않는 것처럼 보이면서도 깊은 곳에서 흐른다. "정중동"(靜中動 still and moving)이며 동중정이다. 자기애에서 초연한 이웃 사랑의 **"깊은 강물"(deep river)은 샘물처럼 밑에서 위로 용솟음친다. 미래에서 과거로 수평적으로 흘러가 사라지는 얕은 시간의 강물과는 달리, 이 깊고 영원한 강물은 과거와 미래가 영원한 현재의 정점에 모여 수직으로 솟아오른다. 영원한 현재**를 경험하는 이에게는 "지나가기보다 생겨나고, 빼앗아가기 보다 주며," "무진장의 힘이 용솟음친다."[4] 이 영원의 **정점(the still point)**을 경험하는 이의 마음속에서 강물이 생수같이 솟아 나온다. 흘러가는 시간의 강가에 선 사람의 삶은 아무리 긴 시간이 흘러가도 그가 가진 시간을 계속 빼앗아가기 때문에 천 년을 살아도 한순간도 산 기억이 없는 일장춘몽이다("the waste sad time / Stretching before and after." — BN V). 그러나 정점에 선 사람의 체험 속에서는 순간이 곧 영원이다(一念卽是無量劫). 왜냐하면 시간이 샘물처럼 끊임없이 솟아 나오기 때문이다. **이러한 사람은 뿌리에서 빨아들인 물이 물관을 따라 올라가는 물과 하늘에서 내려오는 불(빛)로 푸른 생명의 에너지를 합성하는 생명의 나무와 같다. 물의 본성은 내려가는 것이고 불의 본성**

---

3) "涵泳從容"(깊히 잠겨 조용하다)(『논어』 7.6 "遊於藝"에 대한 주자의 註); "虛心涵泳"(마음을 비우고 몰두)(『주자어류』 11:21).

4) Peter Manchester, "Eternity." Mircea Eliade, ed., *The Encyclopedia of Religion*, vol. 5 (New York: Macmillan, 1987), 168b.

은 올라가는 것이지만 물과 불이 자기의 본성을 서로 주고받아 "불같은 물, 물 같은 불"(fiery water, watery fire)이 되면, 물이 불처럼 올라가기도 하고, 불이 물처럼 내려오기도 한다. 이것이 수승화강(水昇火降)이다. 그와 반면 물과 불이 서로 주고받지 않으면 촛불처럼 촛물은 흘러 내려가고 불은 올라가기만 한다. 이것이 염상누수(炎上漏水)이다. 그와 반대로 흐르는 시간 속에 사는 사람은 시간이 생명을 빼앗아가므로 "생명이 새어나간다." 이것이 염상누수의 "누수"이다. 마음이 평화로울 때에는 (모세혈관을 수축시키는 부신피질 호르몬이 억제되어 모세혈관이 확장되어) 혈액순환이 활발해지지만, 오히려 마음은 고요해진다. 혈액순환이 잘 되어 신체 하부의 손발이 따뜻하면 상부의 이마가 서늘해진다. 이것이 한의학의 수승화강(水昇火降)이다. **수승화강하면 『주역』의 제63괘 수화(水火) 기제(旣濟) 괘처럼 이미 번뇌와 죄의 바다를 건너 간 것이다.**

　황무지인들은 2부의 신경질적인 부인 벨라돈나처럼 심화가 머리끝까지 치밀어 올라 머리칼이 곤두서서 「리틀 기딩」의 독일 폭격기의 폭탄처럼 갈라진 불 혀가 되어 말로 폭발한다. 황무지인의 상화(相火)에 불타는 마음은 새장과 같은 벨라돈나의 침실에서 위로 솟아오르며 천장 무늬를 어지럽히는(천장은 그녀의 마음을 상징한다) 일곱 촛대의 촛불과 같다. 그의 메마른 정신은 불은 위로 올라가고 촛물은 밑으로 새는 염상누수의 촛불이다.

　『황무지』 4부에서 바닷물에 거꾸로 몸을 던진 태로 카드의 「매달린 사나이」(The Hanged Man)는 발레리나처럼 한 발을 들고 후광에 쌓인 황홀한 모습으로 물구나무서기를 즐기고 있다. 나무는 물구나무서기하는 요가 수행자처럼 거꾸로 서서 밑에서 물을 빨아올리고 위에서 내려오는 햇빛을 흡수하여 녹색 생명을 광합성 한다. **거꾸로 서는 '물구**

나무서기'는 물을 구하는 나무처럼 선 요가의 좌법이다. 나무는 거꾸로 서 있다. 왜냐하면 나무는 물과 영양분을 빨아들이는 뿌리가 머리이고, 가지가 손발이며, 광합성하고 산소를 내보내는 잎이 소화기관이며 배설 기관이기 때문이다. 나무는 거꾸로 서 있기 때문에 밑으로 흘러내리는 물의 성질을 거슬려 위로 역류한다. 나무 속에서는 생명의 수액이 상승하고 심화(心火)는 하강한다. 사람도 나무처럼 물구나무서면 수승화강한다. 이 수승화강의 진리는 『네개의 4중주』 제사(epigraph)로 인용된 헤라클레이토스의 "올라가는 길과 내려가는 길은 하나이며 같다"는 말에 잘 표현되어 있다. 이러한 생명의 나무는 낙원의 생명의 나무이며 「번트 노튼」 2악장의 우주수(宇宙樹 cosmic tree), **이그드러실(Yggdrasil)이다.**5) "피 속에서 떨리는 철사가 / 해묵은 상처 밑에서 노래 부르며 / 잊은 지 오랜 전쟁을 진정시키고, / 춤추며 동맥 속을 흐르는 피와 / 임파액의 순환이 . . . 나무를 타고 올라간다. / 우리는 . . . 그 움직이는 나무 위에서 움직이며 / 저 밑 축축한 땅바닥에서 / 멧돼지 사냥하는 개와 멧돼지가 / 예전처럼 그들의 패턴에 따르고 있으나 / 별들 사이에서 화해하는 소리를 듣는다"(「번트 노튼」 2악장).6) 서로 싸움하는

---

5) 북구 신화에서 우주수 '이그드러실'은 거대한 물푸레나무(ash tree)로서 최고신 오딘(Odin)이 9일간 그 나무에 거꾸로 매달려 그 나무에 정신 집중하여 북구의 신비한 문자인 룬(rune)을 땅에서 얻어 그 문자의 신비한 능력으로 부활 · 회춘한다.

6) The trilling wire in the blood
   Sings below inveterate scars
   Appeasing long forgotten wars.
   The dance along the artery
   The circulation of the lymph
   Are figured in the drift of stars
   Ascend to summer in the tree
   We move above the moving tree
   In light upon the figured leaf
   And hear upon the sodden floor
   Below, the boarhound and the boar
   Pursue their pattern as before

멧돼지와 사냥개는 여전히 싸운다. 그러나 별들 사이에서 화해한다. 시간의 강물은 여전히 흐른다. 그러나 나를 강물에 흘러 보낼 때, 내가 우주수의 십자가에 거꾸로 매달린 사나이처럼 나를 비울 때, 서로 앞을 다투어 흐르는 강물은 별들 사이로 수승(水昇)한 대아(大我) 속에서 화해한다. 불교의 밀교에서 대일 여래(大日如來)의 4법신 중 하나인 등류법신(等流法神)은 흐르는 물처럼 대상과 동등하게 되어 대상과 같이(等) 흐르는(流) 신이다. 대승불교의 삼신 중에서 중생의 근기(영적 수준)에 응하여 육화한 응(화)신이나 밀교에서 응신(應身)에 해당하는 변화법신[7]이나, 기독교에서 그리스도의 성육신도 마찬가지이다. 성육신한 그리스도는 신과 동등한 지위를 버리고 겸허하게 자기를 비워(*kenosis*, self-emptying) 인간의 수준으로 낮아진 신인(神人)이다(Phil. 2:7). 『황무지』4부에서 자기를 비워 정점처럼 구심운동을 하는 "소용돌이"(whirlpool)에 거꾸로 떨어진 물구나무선 「매달린 사나이」는 "상승과 하강"을 하면서 노년기와 청년기를 지났다." 떨어지는 하강 운동은 바다에 자기의 머리(생각과 뜻)를 물에 빠뜨리는 극기(克己)(*Damyata*)의 행위이다. 이 탐진치의 3독을 해독하는 하강 / 화강을 통하여 생명의 수액이 상승한다. 이 수승화강은 게론티온과 시빌의 노년기를 청년기로 거꾸로 돌려 황무지의 겨울 땅 속에서 구근으로 연명하는 "작은 노인"을 "회춘"(rejuvescence)시킨다.

콘래드(Joseph Conrad)의 『로드 짐(*Lord Jim*)』의 스타인(Stein)의 말대로 그는 "파괴적 원소인 바다에 머리를 빠뜨릴(沒頭)" 때 다시 떠오른다.[8] **머릿속에 있는 나의 생각과 뜻을 버릴 때 머리가 가벼워져 생**

But reconciled among the stars.

7) 이명섭, 「[T. S. Eliot의] *Four Quartets*와 태장계 만달라에 육화된 자비와 신앙」, 『T. S. 엘리엇 연구』1 (한국엘리엇학회 회지) 1 (1993년 5월), 117–94.

명의 수액이 위로 올라가는 물구나무서기 하는 나무(我無)처럼 상승한다. 나의 생각과 뜻뿐만 아니라 몸도 던지므로 감각도 버린다. 감각과 생각과 뜻은 신비의 길의 첫 단계인 정화의 길에서 버려야 할 세 가지 내용이다. 이때에 파괴자인 시간(time destroyer)의 물결이 보존자(time preserver)로 바뀐다(EC II). 카라일(Thomas Carlyle)의 『의상철학』(*Sartor Resartus*)의 주인공도 하강할 때 상승한다고 말한다. 1을 0으로 나눌 때 무한이 되는 것처럼 바닷물에 나(1)를 던질 때(0) 시간의 물결에 삼킴을 당하지 않고 높이 떠올라 영원의 창공으로 들어간다:

> 1을 0으로 나누면 무한대가 된다. 그대의 임금 요구를 0으로 하라. 그러면 그대는 온 세계를 그대 발 밑에 가질 것이다. . . . '포기를 통해서만 인생은 시작한다고 말할 수 있다'고 우리 시대의 가장 슬기로운 이가 잘 말했다. . . . 그대의 자아를 소멸시킬 필요가 있다. . . . 그러면 시간의 물결에 그대는 삼킴을 당하지 않고 높이 떠올라 영원의 창공으로 들어가리라. 쾌락을 사랑하지 말고, 신을 사랑하라. 이것이 영원한 긍정이다.[9]

내가 강물의 속도로 흐르면 강물이 멎는다. 내가 탄 기차가 옆 선로로 달리는 기차 속도와 같으면 내 기차가 정지한 것같이 느껴진다. 시간이 강물이라면 강물과 같은 속도로 달릴 수는 있다. 그러나 시간이 빛의 속도로 달린다면 사람이 따라갈 수가 없다. 아인슈타인의 특수상

---

8) "The way is to the destructive element submit yourself, and with the exertions of your hands and feet in the water make the deep, deep sea keep you up. . . . In the destructive element immerse" (*Lord Jim*, chapter 20).

9) "Unity itself divided by Zero will give Infinity. Make thy claim of wages a zero, then; thou hast the world under thy feet. Well did the Wisest of our time write: 'It is only with Renunciation (*Entsagen*) that Life, properly speaking, can be said to begin.'" "the Self in thee needed to be annihilated. . . . On the roaring billows of Time, thou art not engulfed, but borne aloft into the azure of Eternity"(Chapter IX. THE EVERLASTING YEA).

대성원리에 의하면 질량을 가진 물체는 광속으로 달릴 수 없다. 왜냐하면 빛의 속도에 가까워질수록 속도에 비례하여 질량이 증가하기 때문이다. 인간의 육체도 질량을 가진 물체이므로 빛의 속도로 달릴 수 없다. 빛의 속도로 달리려면 질량이 없어야 한다. 이러한 조건을 만족시키는 것은 영밖에 없다. 영은 빛이다. 왜냐하면 영은 빛인 하나님(John 8:12)에게 속해 있기 때문이다. 영은 빛이므로 빛의 속도로 달릴 수 있다. 빛의 속도로 달리는 우주선 안의 한순간이 우주선 밖에서는 영원이다. 그 우주선 안에서는 과거, 현재, 미래가 한 점으로 수축되어 동시에 존재하므로 시간이 흐르지 않고 정지한다. "끝없는 삶을 동시적으로 소유"(*interminabilis vitae simul possessio*)하는 보에티우스(Boethius)의 영원한 현재이다. 우주선 바깥의 시간은 광속으로 지나가지만 그 안에서는 시간이 점점 느려지다가 광속에 이르는 순간 시간이 멈춘다. 그래서 오든의 시에서 연인은 "세월은 토끼처럼 달릴 것이다. 만세(萬歲)의 꽃을 내 품에 안고 있으니까"(The years shall run like rabbits, / For in my arms I hold / The Flower of the Ages)라고 노래한다. 앤드류 마블(Andrew Marvell)의 "쌀쌀한 애인에게"(To His Coy Mistress)라는 시의 마지막 부분에서도 연인들은 "태양을 멈출 수 없을지라도 달리게 하겠다"(Though we cannot make our sun / Stand still, yet we will make him run)라고 말한다. 이 연인들은 광속으로 달리는 우주선을 타고 있어 태양이 멈춘 영원한 현재를 경험하고 있다. 그러나 우주선 밖에서는 우주선이 광속으로 달리므로 "태양을 달리게 하겠다"는 것은 우주선 밖의 관찰자의 시각에서 한 말이다.

　빛이 일순간에 온 우주에 퍼지면 광속으로 달리는 우주선처럼 시간이 정지할 것이다. 우주 공간에 빛이 미치지 못하는 곳이 있으면 빛이 그곳으로 달리겠지만 빛이 일순간에 모든 공간을 채우면 더 이상 채울 곳이 없으므로 더 진행할 필요가 없을 것이다. 그러므로 빛의 속도가 온 우주 공간을 일순간에 채울 만큼 빠르다면 빛의 운동이 정지할 것이다. 아인슈타인의 **특수상대성 이론**에서 **로렌츠—피츠제럴드 수축률**(Lorenz-FitzGerald contraction factor)이라 불리는 시공 수축률에 따라, 우주선의 속도가 빨라지면 빨라질수록 하나의 연속체인 시간과 공간의 길이가 동시에 수축한다. 우주선 속도(v)가 광속(c)과 같아지면 시간과 더불어 공간도 한 점으로 수축되어 마지막에는 시공이 모두 사라진다. 그 수축률이 0이 되면 (즉 시공의 길이가 0으로 수축되면), 광속으로 달리는 우주선 안의 시간이 1(한순간)일 때 우주선 밖의 시간은 무한대가 된다. **우주선 밖 관찰자의 시간(T)**은 우주선 안의 시간(To)을 로렌츠—피츠제럴드 수축률($\sqrt{1-(\frac{v}{c})^2}$)로 나눈 값,

$$T = \frac{T_o}{\sqrt{1-(\frac{v}{c})^2}}$$

이다. 그러므로 우주선 안의 시간 To=1, 수축률이 $\sqrt{1-(\frac{v}{c})^2} = 0$이면 우주선 밖에 있는 관찰자의 시간은 $T = \frac{1}{0} = \infty$이므로 무한대(∞), 즉 영원이 된다. 수학에서 0은 위치는 있지만 크기가 없으므로 이 시간의 더러운 **때(垢)가 씻긴, 때(垢) 없는 때(時)**를 '間'이 없는 '時'라고 할 수 있을 것이다. 앞 시간이 끊어지고 다음 시간으로 넘어가는 전후제단(前後際斷)[10]의 순간은 이 순간과 다음 순간이 만나는 접점 한가운데(中)에서 그 '間'을 끊어 전후 순간들을 하나로 통일한 **無時間**이므로 '**시중時中**'이라고 말할 수도 있을 것이다. **그러므로 시중은 '시간과 무시간의 교차점'**(The point of intersection of the timeless / With time)[11]

---

10) 『禪源諸詮集都序』, 卷下 1: 「一聞千悟, 得大總持 ; 一念不生, 前後際斷」.

11) 『네개의 사중주』, '드라이 셀베이지즈' V.

에서 전후의 순간들을 공간적으로 잇는 '時間'의 '間'이 단절되어 그 전후의 순간들이 교차점의 초점으로 수렴되어 시간이 사라진 무시간의 순간이다. 이 시중은 기독교의 카이로스(kairos)와 **道成人身** (**Incarnation**)이며 정신을 통일·집중하여 진리에 귀기울이는 불교의 통일된 '일시一時'이다. 이 일시가 '삼마야'(범어 samaya, 三摩耶)이다. 이 '일시'는 무상한 시간인 크로노스(chronos)와 '칼라'(범어kala, 迦羅)가 영원인 카이로스와 삼마야로 다시 태어나는 순간이다.[12] "비육비불육(非肉非不肉), 비래비거(非來非去), 비정비동(非動非靜), 비승비강(非昇非降)"(BN II)[13]의 한 가운데에 있고도 없는 '가온 찍기'(still point)이다. 이 순간은 참 내가 오염된 거짓 나를 잊고 잃어버리는 『장자』의 오상아(吾喪我)"(2:1), 좌망(坐忘)(6:38), 심재(心齊)(4:12)의 순간이다. 과거와 현재가 없어지고(無古今) 죽음도 없고 삶도 사라지는(不死不生) 눈부신 아침 햇살(朝徹)같이 황홀한 순간이다. 이 집중의 순간에 '빛의 핵심'인 하나의 님이 보인다(獨見)(6:19). 이러한 불사불생의 무고금의 순간은 무위의 경지에서만 체험할 수 있는 영원의 정점이요, 엘리엇에 따르면 "성자가 차지하는 자리"(The point of intersection of the timeless / With time, is an occupation for the saint)요, 유교에 따르면, "聖人의 큰 기능이다"(聖人之大用).[14] 聖人은 천도를 따른다. 天道

---

12) 이명섭, 「불교와 데리다의 연기(緣起 / 延期)」, 『동서비교문학저널』 2 (1999), 63.

13) Neither flesh nor fleshless; / Neither from nor towards; at the still point, there the dance is, / But neither arrest nor movement)('BN' II).

14) 『論語』子罕 29에 대한 朱子의 集註: "洪氏가 말하기를 ... 권도는 聖人의 큰 기능이다(洪氏曰 權者聖人之大用 權者聖人之大用)." 이것은 맹자가 "공자와 같이 때를 아는 성인(孟,萬下−0105/2 孔子 聖之時者)"만이 할 수 있다고 한 말과 일치한다. 『論語』子罕 29에서 또 주자는 權道를 그때그때 상황에 따라 時宜適切하게 措處하는 "時措之宜"라는 楊氏의 해석을 인용하고 있다. 『중용』 25. 3에서는 天之道(2018)인 "誠을 때에 맞게 사용하면 마땅하다(誠者 ... 時措之宜)"라고 말하고 있는데, 이 誠은 20. 18에서 "힘쓰지 않고 도에 맞으며(中), ... 자연스럽고 쉽사리 도에 맞는다(誠者 不勉而中 從容中道)." 그러므로 하늘의 道 즉 誠은 도에 맞는 中이다. 그리고 "군자가 하는 이 중용은 때에 맞게 하는 時中이다(0202. 君子之中庸也, 君子而時中)."

는 至誠이다. 지성은 神과 같이 미래를 豫知(precognition)할 수 있는 초 감각적 지각인 神通力(ESP)이 있다('至誠如神 可以前知'-중용 24). 성 자가 차지하는 자리에서는 모든 시간이 영원한 현재의 0점으로 수렴 되기 때문이다.[15] 엘리엇은 靜点(still point)에서 생기는 신통력의 예 로 공중부양(Erhebung)을 들고 있다: "정중동의 백색광, 부동의 공 중부양(a white light still and moving, Ehrebung without motion"(『네 개의 사중주』).『파탄잘리 요가경』(Patanjali Yoga: iii 42)에서 공중부 양은 神足通(ṛiddhi-pada)의 하나다: "몸과 허공과의 결합을 위한 總制 (saṃ-yama, 감각억제, 정신집중)를 하거나, 또는 가벼운 솜에 마음의 집중을 하면 공중을 걸을 수가 있다."

태로 카드의「연인들」(The Lovers) 패에는 선악과를 따먹은 아담과 하와를 낙원에서 추방한 라파엘(Raphael) 천사가 그들 뒤에 서서 선악 과의 독을 해독(解毒)하기까지 생명 나무에 접근하지 못하도록 낙원으 로 들어가는 길을 가로막아 선 그림이 그려져 있다. 라파엘의 추방은 아담과 하와에게 벌이 아니라 축복이었다. 라파엘 천사가 위에서 두 팔을 벌려 막는 몸짓은 또한 그들을 축복하는 자세이기도 하다. 그들 의 몸에 독약이 퍼진 상태에서 생명과를 따먹으면 젊음이 없는 영생을 사는 시빌의 경우처럼 고통을 영속화시키는 것이 되기 때문이다. '라 파엘'은 히브리어로 "하나님이 우리를 고쳐주셨다"는 뜻이다. 선악과 는 나는 선하고 너는 악하다는 분별을 낳는 독과(毒果)이다. 인생 고해 에 연인들을 던져 넣은 것은 그들이 고통을 통하여 선악과의 독을 해

그러므로 權道는 時中之道이며, 그것은 聖人의 大用이다.

15) 이러한 예지력은 스텐포드연구소(SRI International)와 프린스턴대학의 공학비상연구실험실 (Engineering Anomalies Research Laboratory)과 같은 신통력 연구소들의 연구 결과와 일치한다. Elizabeth A. Rauscher and Russell Targ, "The Speed of Thought: Investigation of a Complex Space-Time Metric to Describe Psychic Phenomena." (Jan. 15, 2001; submitted for publication to *The Journal of Scientific Exploration*). <radiant@pacbell.net>.

오든과 엘리엇의 흐르면서 흐르지 않는 시간: 동양사상과 특수상대성 원리의 시각 **685**

독시키려는 '잔인한 자비'(sharp compassion)에서 나온 것이다. "온 지구는 망한 백만장자가 / 증여한 우리의 병원이다"(EC IV).[16] 4원소는 선악과의 독을 정화하는 약이다. "그 병원에서 우리가 잘 하면, / 우리를 떠나지 않고, 가는 곳마다 우리를 앞지르시는 / 아버지의 절대적인 보살핌으로 우리가 죽으리라."[17]

　　오든의 시에서 "넘쳐흐르는" 강물은 우리에게 생명과 사랑을 주기보다는 오히려 빼앗아가는 시간이다. 그 강에 나를 던져버리고 강과 하나가 되면 그 강물이 정지하여 깊은 곳에서 생명의 강물이 샘물이 되어 위로 용솟음친다. 자기포기는 수평으로 흘러가는 시간의 강물을 정지시켜 수직으로 흐르게 한다. 이 용출하는 생명의 강이 엘리어트가 말하는 영원한 현재의 정점이다. 이 정점이 불교의 영원인 상락아정의 열반이며, 노장 사상에서 말하는 무위이며 불생불사의 초시간적 무고금(無古今)이다. 흐르는 시간의 강물을 정복하려면 강물과 같은 속도로 달려 시간과 하나가 되어야 한다. 아인슈타인의 특수상대성원리에서 광속으로 달리면 시간을 정복할 수 있다. 이것이 시간을 통하여 정복하는 동서양 사상에 공통된 이열치열 요법이다. 현재 우리가 살고 있는 시간은 우리에게 고통을 안겨주면서도 우리의 영혼을 구원하는 필수불가결한 독약이며 양약(*pharmakon*)이다. 그러므로 "인생은 비록 우리가 축복할 수 없을지라도 그래도 여전히 축복이다."

---

16) The whole earth is our hospital / Endowed by the ruined millionaire)(FQ, 'EC IV).

17) Wherein, if we do well, we shall / Die of the absolute paternal care / That will not leave us, but prevents us everywhere.

As I Walked Out One Evening

W. H. Auden

As I walked out one evening,
Walking down Bristol Street,
The crowds upon the pavement
Were fields of harvest wheat.

And down by the **brimming river**
I heard a lover sing
Under an arch of the railway:
Love has no ending.

I'll love you, dear, I'll love you
Till China and Africa meet,
And the river jumps over the mountain
And the salmon sing in the street,

I'll love you till the ocean
Is folded and hung up to dry
And the seven stars[18] go squawking
Like geese about the sky.

The years shall run like rabbits,
For in my arms I hold
The Flower of the Ages,
And the first love of the world.

---

18) 북두칠성: the Great Bear(영), the Great Dipper(미)=Ursa Major.

But all the clocks in the city
Began to whirr and chime:
O let not Time deceive you,
You cannot conquer Time.

In the burrows of the Nightmare
Where Justice naked is,
Time watches from the shadow
And coughs when you would kiss.

In headaches and in worry
Vaguely life leaks away,
And Time will have his fancy[19]
To-morrow or to-day.

Into many a green valley
Drifts the appalling[20] snow;

Time breaks the threaded[21] dances
And the diver's brilliant bow.[22]

O plunge your hands in water,
Plunge them in up to the wrist;
Stare, stare in the basin
And wonder what you've missed.

---

19) fancy: caprice, whim.

20) appalling [making pale]: shocking, paralyzing with fear, dismaying.

21) strung on or as on a thread (as beads); interlaced, *twined: fingers threaded*.

22) bow [bou]: bent line.

The glacier knocks in the cupboard,
The desert sighs in the bed,
And the crack in the tea-cup opens
A lane to the land of the dead.

Where the beggars raffle the banknotes[23]
And the Giant is enchanting to Jack,
And the Lily-white Boy is a Roarer,
And Jill goes down on her back.

O look, look in the mirror?
O look in your distress:
Life remains a blessing
Although you cannot bless.

O stand, stand at the window
As the tears scald[24] and start;
You shall love your crooked neighbour
With your crooked heart.

It was late, late in the evening,
The lovers they were gone;
The clocks had ceased their chiming,
And the deep river ran on.

---

23) dispose of promissory notes given by a raffle: 물건 값의 일부를 지불한 사람들이 제비를 뽑거나 주사위를 던져서 성공한 사람에게 물건을 주는 추첨식 판매법으로 은행이 발행한 약속어음을 처분하다.

24) [skɔ : ld]: burn.

어느 날 저녁 산책 나갔을 때(1940)

위스튼 휴 오든,

어느 날 저녁 산책 나가
브리스틀 가를 거닐다 보니
길가의 뭇 사람들이
추수철 밀밭이었다.25)

넘실거리는26) 강가에서
철로의 홍예문 아래에서
들려오는 사랑의 노래:
"사랑은 영원해."

"나 그대 사랑하리, 나 그대 사랑하리,
중국과 아프리카가 만날 때까지,
강이 산 위로 뛰어오르고
연어가 거리에서 노래하기까지."

"나 그대 사랑하리, 동해물이
접혀 **빨랫줄**에 걸려 마르기까지,
북두칠성이 거위처럼
꽥꽥거리며 하늘을 빙빙 돌기까지."

"세월이 토끼처럼 달리리,
내 품에 만세의 꽃을,
이 세상의 첫사랑을
안고 있기에."

---

25) 군중들은 곧 시간의 추수 낫에 의해 수확되어야 할 추수철 밀밭의 밀 같은 운명이었다.
26) 얕은 물 컵에 가득 찬 물처럼 찰랑찰랑하는.

그러나 도시의 시계들이
온통 윙윙 돌며 울리기 시작했다:
"오 시간이 그대를 속이지 못하게 하라,
그대는 시간을 정복할 수 없으니."

정의의 여신이 발가벗고 서 있는
악몽의 굴27) 속에서
늙은 시간이 그늘 속에 숨어 지켜보다가
그대 입맞추려 할 때 헛기침한다.

두통과 근심 속에서
인생이 슬며시 새어나가고
시간은 내일이나 오늘이나
제 멋대로 하리라.

수많은 푸른 계곡 속으로
소름끼치는 백설이 쌓인다.28)

시간이 깨뜨린다, 손에 손을 잡고 추는 춤을,
다이버의 눈부신 곡선을.

"오 그대의 두 손을 물에 담가라,
팔목까지 담가라,
세숫대야 속을 들여다 보라, 들여다 보라,
그대가 놓친 것이 무엇인지 곰곰이 생각해 보라."

---

27) 무의식.

28) 푸른 청춘이 늙어 백발이 성성해진다. "소름끼치는"으로 옮긴 "appall"은 "창백하게 하다"라
는 어원을 가진 단어로서 여기에서는 녹색 계곡을 창백하게 한다는 뜻이다.

빙하가 찬장 속에서 덜거덕거리고,
사막이 침대에서 한숨쉰다,
찻잔에 간 금은
죽은 자의 땅으로 길을 연다.

거지들이 지폐를 자선 사업용 추첨판매
경품으로 내놓고,29)
소년이 잔인한 거인에게 매력 느끼는 땅,
백합같이 하얀 소년이 깡패 노릇하고,
소녀가 타락하는 땅.

"오, 거울 속을 들여다 보라, 들여다 보라,
그대의 슬픔을 들여다 보라;
그대가 인생을 축복할 수 없을지라도,
인생은 여전히 하나의 축복."

"뜨거운 눈물이 솟아오를 때,
오 창가에 서라, 창가에 서라,
그대의 비뚤어진 가슴으로
그대의 비뚤어진 이웃을 사랑하라."

밤이 깊고 또 깊어,
연인들은 모두 가버렸다.
시계들도 울기를 멈추었다,
깊은 강물이 흘렀다.

---

29) 'raffle'은 번호가 붙은 티켓을 판 다음 추첨을 하여 당첨된 번호에 상으로 물건을 주는 추첨식
판매 방식. 이렇게 물건을 팔아 번 돈을 특히 자선 사업 같은 공공 목적에 사용한다. 여기에
서는 거지들이 은행 어음 즉 지폐를 상품으로 내놓아 자선 사업을 한다. 이 죽은 자들의 땅,
황무지는 모든 것이 거꾸로 된 세상이다. 부자들은 자기의 배만 불리고 있는데 거지들이 자
선 사업에 돈을 내놓고, 순진한 소년이 잔인한 거인에게 매력을 느끼고 깡패가 되며, 소녀가
창녀가 되는 곳이다.

인용문헌

A. 일차 자료

Auden, W. H. "As I Walked Out One Evening." *Another Time*. New York: Random House, 1940.

Eliot, T. S. *The Complete Poems and Plays of T. S. Eliot*. London: Faber & Faber, 1969.

B. 이차 자료

「密敎」.『현대불교신서』36. 서울: 동국대학교역경원, 1981.

『불설 비유경』. http://compassion.buddhism.org/main3/0305.html.

이명섭.「*Four Quartets*와 태장계 만달라에 육화된 자비와 신앙」.『T. S. 엘리엇 연구』1 (1993): 117-94.

_____.「*Four Quartets*의 시각에서 해석한 *The Waste Land*, 'Dans le Restaurant', 'Prufrock'」.『인문과학』17. 서울: 성균관대학 인문 과학연구소, 1988. 5-29.

_____.「불교와 데리다의 연기(緣起) / 연기(延期)와 시간」.『동서비교문학저 널』2 (1999.12): 9-87.

_____.「연금술사의 돌과 물불풀: 신비의 길과 <원각경>의 3靜觀과 엘리엇 의 시에 형상화된 깨달음의 길」.『동서비교문학저널』3 (2000.12): 13-53.

정태혁.『요가의 복음: 요가수행법과 요가수트라』. 서울: 까치, 1980.

Boethius, *Consolatio Philosophiae*. http://www9.georgetown.edu/faculty/jod/ boethius/jkok/list_t.html.

Gardner, Helen. *The Composition of* Four Quartets. London: Faber and Faber,

1978.

Manchester, Peter. "Eternity." *The Encyclopedia of Religion*. Ed. Mircea Eliade. Vol. 5. New York: Macmillan, 1987, 168b.

Milward, Peter. A *Commentary on T. S. Eliot's* Four Quartets. Tokyo: Hokuseido P, 1968.

Sargeant, Winthrop, trans. *The Bhagavad G īta*. New York: State U of New York P, 1944.

Underhill, Evelyn. *Mysticism*. 1911. New York: Meridian Books, 1955.

Warren, Henry Clarke. *Buddhism in Translations*. New York: Atheneum, 1979.

신애 요가 사상과『네 사중주』

전 종 봉(서일대학교)

1

상키야(Sāṁkhya) 철학에서 파생된 요가 철학은 해탈(mokṣa)의 이론에 치중한 상키야 철학에 비하여 실천적이며 수행적인 특징을 보인다. 절대 신의 교리를 확립하고 그 절대자에 합일하는 수단을 제시하는 요가 철학은 무신론적 상키야 철학과는 달리 전지전능한 인격신 이슈바라(Īśvara, 主)의 존재를 인정하는 유신론적 사상이다.

『우파니샤드』의 압권이며, 힌두교의 신약성서 격인『바가바드 기타』(Bhagavadgita)는 해탈의 방법을 제시한 요가의 고전이다. 지(智)의 요가(jnana-yoga), 신애(信愛)의 요가(bhakti-yoga), 행(行)의 요가(karma-yoga) 등은『기타』에 언급된 주요한 세 종류의 요가다. 이 중에서 신애 요가는 신에 대한 믿음과 사랑으로 구원을 추구한다. 『우파니샤드』에서부터 나타나는 신애 사상은『기타』에 집대성되어 있으며 유신론적 철학사상과 신앙 대중화에 큰 영향을 끼쳤다.

엘리엇(T. S. Eliot)이 고대 인도의 지혜에 매료되었음을 잘 보여 주는 것은 그의 시이다. 그의 시가 인도의 사상과 감수성을 드러내준다는 사실은 엘리엇 자신도 시인(Yu 161)한바 있지만, 엘리엇 시에 구상화된 사상은 인도 사상에 대한 그의 식견의 정도를 보여 준다. 엘리엇의 초기시에 잠재되어 있던 인도 사상이『황무지』(*The Waste Land*)에서 가시적 모습으로 나타나고(Yu 161)『네 사중주』(*Four Quartets*)에서는 상징적이고 정교한 시적 형상으로 드러난다. 엘리엇 시에서 불교 사상이 중요함은 잘 알려진 바이지만,『기타』의 요가 사상 역시 엘리엇이 선호한 사상이다. 1949년 인터뷰에서 그에게 가장 큰 영향을 미친 인도 사상이 무엇이냐는 질문에 그는『우파니샤드』와『기타』라고 대답하였다(Kearns 36). 또한「단테」에서 엘리엇은『기타』를『신곡』(*The Divine Comedy*)에 버금가는 위대한 철학시(*SE* 258)라 하였고, 1947년 콩코드 아카데미 연설에서는 설득이 아니라 느끼게 하는 시로서『기타』의 탁월함을 언급하였다(Drew 140 재인용). 자연히 그의 시에『기타』의 은유나 이미지 등이 많이 배어들어 있다(Kearns 50). 엘리엇의『기타』에 대한 이러한 각별한 관심은 그의 작품 연구에 요가 사상이 유용함을 말하여준다. 여기에 엘리엇의 신애적 성향(104)을 고려하면 신애 요가는 그의 시 연구에 요긴한 사상이다. 이에 엘리엇의『네 사중주』에 형상화된 신애 요가 사상을 고찰해보고자 한다.

2

신애로 번역되는 범어 박티(Bhakti)라는 단어의 어원은 신애 요가의 기본적인 의미를 말하여준다. 박티라는 말이 파생된 어근 '*bhaj*'의 의미는 'to serve'인 사실에서 박티는 신을 섬긴다는 의미를 암시한다. 신애 요가는 신의 은총을 확신하고 헌신하여 신을 섬긴다.

여기서 잠시 인도 철학사의 맥락에서 신애 요가 사상을 정리할 필요가 있다. 샹카라(Śaṅkara) 철학에서는 영혼의 존재를 부인한다. 영혼이라는 것은 무지(avidyā)와 환술(māyā)에 의한 환상이라는 것이 샹카라의 불이론적(不二論的) 철학이다. 영혼의 존재를 부인하면 영혼의 해탈 또한 의미가 없어지는 까닭에 모든 종교적 노력이 무의미해지는 결과를 초래하였다. 이러한 샹카라 철학하에서 신애 사상은 자연히 경시되었다. 반면 11세기 주요한 신애 신학자인 라마누자(Rāmānuja)는 브라만이 실재라면 브라만에 근원을 두고 있는 세계 역시 실재이며 부분으로 완전에 이를 수 있다(Chari 307)고 하였다. 이는 영혼과 물질의 실재를 인정함으로써 베단타(Vedānta) 철학이 신앙적으로 해석될 수 있는 사상적 뒷받침이 되었으며 신애 사상의 물길을 터준 계기가 되었다. 이에 따라 많은 신앙적 베단타 철학자들은 브라만과 별개의 존재로서 영혼과 물질의 존재를 주장하게 되었다. 또한 라마누자 이후 중세 인도의 베단타 철학자들은 구원의 방법으로 신의 은총과 신애를 크게 강조하였다. 『기타』의 신애 사상은 명상적이고 윤리적인 면을 강조한 반면, 중세기 인도의 신애는 신앙을 토대삼아 종교적 엑스터시를 추구하는 정서적 열렬주의로 흐른 점이 있지만(Kumar 103) 신을 향한 마음이라는 신애의 근본은 동일하다.

신애에 대한 중세 인도의 이러한 종교적 경향에 편승하여 신애 사상은 여러 철학자들의 손을 거쳐 더욱 다듬어진 종교 철학적 체계를 갖추게 되었다. 그 철학자들 중에서 발라바(Vallabbā, 1473−1531)의 신애 사상은 간결하고 핵심적이다. 그가 수용한 세 종류의 브라만 중에서 파라브라만(Para-brahman)은 지복과 지존의 주(主)로서 사랑과 경배의 대상이다. 파라브라만의 다음 단계는 영혼에 거주하며 내면을 지배하는 안타랴민(Antaryāmin)이며, 그 다음의 아크슈라브라만(Akṣra-Brnhman)은 지에 의한 명상의 대상이다. 파라브라만의 지복은 무한이지만, 그보다 하위인 두 브라만은 유한하다. 따라서 최고의 지복은 파라브라만을 경배하고 사랑하는 데서 나온다(Bhatt 349). 크리슈나가 지로서 해탈의 은총을 주고자 할 때 아크슈라 브라만으로 현시된다. 신애자들은 아크슈라 브라만을 크리슈나의 발(foot)이라고 하였는데, 이는 그만큼 지가 신애의 낮은 단계라는 비유이다. 지식만으로는 열등한 구원을 얻을 뿐이며 최고의 구원은 신애로 가능하다는 것이 발라바 사상의 요점이다. 모든 죄를 멸하여 주는 신의 은총은 신에게 모든 것을 맡기는 자에게 주어진다.

> 스리 크리슈나:
> 불변의 사랑으로 마음을 내게 주고,
> 확고한 신념으로 나를 경배하는 자들
> 그들에게 더욱 위대한 요가의 예지를 주고자 한다.

> SRI KRISHNA:
> Those whose minds are fixed on me in steadfast
> love, worshipping me with absolute faith. I consider them to have
> the greater understanding of yoga. (Swami 97)

신애 요가는 신에 대한 신뢰와 사랑이 그 토대이며, 사랑의 원천인 신을 향하여 곧바로 나아간다. 『바가바타 프라나』(*Bhagabata Purana*)에서는 이를 바다로 향하는 갠지스 강물에 비유하였다.

> 갠지스 강이 대양으로 쉼 없이 흐르는 것처럼, 만인의 가슴에 있는 절대자인 나를 향하여 신애자의 마음이 끊임 없이 흐른다면, 그들은 직접 나의 목소리를 들으리라.

> As the water of the Ganges flow incessantly toward the ocean, so do the minds of (the bhaktas) move constantly toward Me, the Supreme Person residing in every heart, immediately they hear about My qualities. (Smith 36)

이와 유사하게 「드라이 샐베이지즈」("The Dry Salvages") I에서, "강은 우리의 안에 있고, 바다는 우리의 둘레를 에워싼다 / The river is within us, the sea is all about us(15)"라는 구절 역시 신애 요가에서 신과 신애자(bhaktas)의 관계를 바다와 강으로 은유한 시적 형상화로 볼 수 있다. 신애 요가는 바다를 향한 강의 부단한 흐름이다.

세 가지 요가 중에서 신성으로 나아가는 지름길은 지의 요가(Smith 35)이지만 이성과 영적 투쟁을 요하는 까닭에 그 길은 힘들다. 중생들이 이러한 수행으로 신에게 합일하는 것이 어렵다. 이와 관련하여 『기타』는 브라만을 향한 길을 두 가지로 대별하고 있다. 첫째는 아뱌키아 우파사나 (avyakia-upāsnā)이다. 이는 비가시적이고 비인격적인 브라만에 대한 순수한 지적 명상으로 고도의 수련을 요하는 길이다. 단지 소수의 수행자들만 이 길을 갈 수 있다. 반면 뱌키아 우파사나(vyakia-upāsnā)는 브라만을 구체적이고 명시적인 인격자로 대한다. 인격화된 브라만을 명상함으로써 절대자에 접근하는 것이 뱌키아 우파사나이다. 이 방법은 중생이 행할 수 있는 길이고, 절대자와 직접적인 접촉이 가능하다(De 102). 유사한 구분으로 중세 인도의 신앙적 베단타 철학자이며 크리슈나의 숭배자인 님바르카(Nimbārka)는 일(work), 지(knowledge), 명상(medetation), 헌신(self-surrender to God), 영적 지도자 추앙(self-surrender to precepter)이라는 다섯 가지 수행 수단을 들면서 전반부 세 가지는 개인적인 노력을 통한 해탈이며, 후반부 두 가지가 신에게 의지한 방법이라고 했다(Chaudhuri 343).

인간 심성은 지보다는 정서가 우세한 경우가 많다. 그만큼 삶은 정서의 지배를 많이 받는다. 한편 인간 정서들 가운데 사랑(preman)은 전파력이 크다. 신애 요가는 인간 내면의 근저에 깔려 있는 이러한 사랑의 힘을 이용하여 해탈을 도모한다(Smith 36). 학자들에 따라서는 이 방법을 해탈의 가장 손쉬운 방법으로 간주한다(Dasguputa 141). 신에게 전념할수록 세욕(世慾)이 감소될 것이라는 믿음을 바탕으로 헌신을 통하여 구원을 지향한다. 이렇듯 신애 요가는 범아일여를 직관하는 자각의 종교가 아니라 전존재로 신을 숭배하는 신앙의 종교이다. 숭배는 대상이 필요하다. 따라서 신애 요가는 범아일여의 일원론에서 벗어나 창조주와 피조물을 구분하는 유일신 사상으로 전개되었다.

사랑은 신애 요가의 핵심이다. 이 사랑의 정의(情意)적인 특성으로 인하여 신애 요가는 자연히 인격신 숭배를 강조하게 되었다(37). 그는 모든 사람의 마음속에 거주하는 신이다. 그 신은 숭배자의 기도를 들어주며 경배하고 기도하는 자와 인격적인 관계를 유지한다. 수행자가 명상의 엑스터시 상태가 될 때 그가 내면에서 대면하는 신과 평소 경배하던 신이 동일함을 발견하는데 스마트(Ninian Smart)는 이 현상을 인격신이 존재하는 증거로 삼고 있다(87).

'이슈바라 프라니다나(Īśvarapraṇidhāna)'라는 범어는 지금까지 살펴 본, 인격신에 대한 절대적인 사랑이라는 신애 요가의 핵심적 교의를 간추려 정리해준다. 『파탄잘리 요가경』(pātanjali Yogasūtra) 첫 권에서 이 말은 '이슈바라((Īśvara)에 대한 사랑과 헌신(praṇidhāna)'이라는 의미로 사용된다(Dasguputa 141). 이슈바라는 인격화된 브라만이므로 신애 요가는 '인격신에 대한 절대사랑'이라고 요약할 수 있다. 박티의 동의어인 '이슈바라 프리마(Īśvaraprema)' 또한 이 말에서 그 의미를 파악할 수 있다.

『기타』의 요가에서 인격신은 크리슈나(Kṛṣṇa)이다. 크리슈나와 아르쥬나(Arjuna)의 문답 형식으로 전개되는 것이 『기타』의 구조이다. 본래 크리슈나는 중인도 서부의 바가바타족의 영웅이었다. 이후 신격화되어 숭배 되던 크리슈나는 바가바드 신앙이 확산되어 바라문 문화의 중심지에 이르렀을 때 만물의 근원인 비슈누(Viṣṇu)의 화신(avatāra)으로 되었다. 인격신의 숭배라는 점에서 이 크리슈나 신앙은 신애 요가의 중추이다. 엘리엇의 「드라이 샐베이지즈」 III은 인격신 크리슈나에 대한 언급으로 시작이 된다.

> 나는 때때로 그것이 크리슈나가 말한 뜻이거나, −
> 무엇보다도−같은 것을 표현하는 한 가지 방법이 아닐까 한다.

> I sometimes wonder if that is what Krishna meant −
> Among other things−or one way of putting the same thing:
> (1−2)[1]

---

1) T. S. Eliot, *The Complete Poems and Plays of T. S. Eliot* (London & Boston: Faber and Faber, 1978). 이후 엘리엇 시는 이 책에서 인용함.

헬렌 가드너(H. Gardner)는 크리슈나와 『기타』 사상의 이러한 도입이 시적 상상력의 균형을 파괴한다(173 f. n. 1)고 했는데 일면 타당하다. 얼핏 돌출적이고 사상에 대한 명시적 이미지 추출이 어렵다. 그러나 이는 「드라이 샐베이지즈」 III에 국한된 지엽적 해석이며 크리슈나와 그의 권고를 하나의 시어로 간주하여 국부적 기능 파악에 치중한 평이라고 생각된다. 엘리엇은 동서를 포괄하는 시인이라는 점을 염두에 둘 필요가 있다. '동서양 사상의 융합이 일어나는 엘리엇의 시'(최희섭 179)는 조감(鳥瞰)적 통찰을 요한다.

가드너와는 달리 루도익(E. F. C. Ludowyk)은 크리슈나 도입이 '인도 사상에 낯설지 않은 독자'에게는 '상징적 셋팅'으로 호소력을 갖는다 (Dwivedi 105)라고 하였다. '인도 사상에 낯설지 않은 독자'라는 전제는 동양적인 통합적 시각이 필요함을 말하고 있다. '상징적 셋팅'이라는 말은 부분이 아니라 시의 전체 구조에서 크리슈나가 갖는 의미를 상정해볼 수 있게 한다. 『네 사중주』가 종교적 구원시라는 사실을 상기하면, 크리슈나를 정점으로 하는 요가 사상이 시의 내면적 자양분으로 관류한다고 볼 수 있다. 인격신 크리슈나 숭배를 통하여 구원을 지향하는 신애 요가 사상이 시 전편에 명시적 암시적으로 흐른다는 상징적 메시지이다. 이삭(Fayek M. Ishak) 역시 이러한 관점에서 크리슈나와 십자가의 성 요한 등의 동서양 사상 도입은 시적 경험을 풍부하게 함은 물론 시의 주제 전개에 지속적인 역할을 한다고 하였다(129). 시에 이러한 사상을 도입함으로써 내부로부터 생기를 주는 일련의 신비적 상징적 함의를 내포한 이미지 창출이 가능하다(130). 사물의 내면을 직관하는 신비적 통찰을 상징화함으로써 그러한 신비적 함의는 더욱 풍부해진다.

인격신과 밀접한 육화(avatarana)는 『네 사중주』에서 볼 수 있는 신애 요가의 또 다른 요소이다.

> 이들은 단지 추측이고 암시일 뿐,
> 추측이 따르는 암시이니, 나머지 일은
> 기도와 의식과 훈련과 사색과 행동이다.
> 반쯤 추측된 암시, 반쯤 이해된 은총은 육화이다.

> These are only hints and guesses,
> Hints followed by guesses; and the rest
> Is prayer, observance, discipline, thought and action.
> The hint half guessed, the gift half understood, Incarnation
> ("The Dry Salvages," V. 308−11)

크리슈나는 이 세상의 타락을 구원하고자 육신의 형태를 취하였다. 이 육화의 모습은 헌신적인 신애자에게 현시된다. 육화의 대면은 큰 은총이다. 그러나 흔들림 없는 신애만이 이 은총을 받을 수 있다. 개념으로써 육화는 단지 추측이고 암시이다. 신을 향한 '기도(prayer),' '의식(observance),' '사색(thought)'이라는 부단한 신애의 수행으로 육화의 현시를 경험할 수 있다. 라마누자에 의하면 인격신 역시 인간의 신애에 의존하는 까닭에 신애를 갈망한다고 한다(Ellwood 55). 신은 신을 사랑하는 자를 살펴 주고 신애자 역시 신을 지탱해주는 상호 보완 관계로 신애를 파악하였다. 이러한 관점에서 신애 요가를 남녀로 비유하기도 한다. 신애 요가에는 사랑, 헌신, 자비, 다정, 겸손, 순종, 동정 등과 같은 여성적인 어휘들이 많다. 연인 관계의 이미지 역시 흔하다.『기타』에서 소녀들이 지고의 여신에게 크리슈나와 결혼할 수 있게 해 달라고 기도한다. 쿠르카슈트라(Kurukashetra) 대 회전[2] 직전 크리슈나가 보인 목녀(牧女)들과의 애정은 신과 그 숭배자의 알레고리로 보아도 무방하다. 크리슈나가 달밤에 피리를 불면 처녀들이 달려 나와 춤을 추는 장면은 지상에서 신의 부름을 듣고 응답하여 나아가는 사람들의 모습을 시적으로 형상화한 것이다. 「이스트 코우커」("East Coker") I 의 다음 구절로 이러한 장면을 연상할 수 있다.

> 여름날 밤에 음악 소리가 들릴 것이다.
> 가냘픈 피리와 작은 북소리의.
> 그리고 그들이 모닥불 가에서 춤추는 것을 보리라.
> 뜻 깊은 혼례식에서
> 남녀가 한데 어울려
> 춤추는 그 모습은 남녀의 친밀한 관계,
> 장엄하고도 적절한 성찬식 광경.

> On a summer night, you can hear the music
> Of the weak pipe and the little drum
> And see them dancing around the bonfire
> The association of man and woman
> In daunsinge, signifying matrimonie-
> A dignified and commodious sacrament. (24-30)

절대자는 남자가 되고 숭배자는 그의 연인이 되기를 열망하는 여성으로 비유된다. 그러나 여성은 사랑을 함과 동시에 사랑을 받고 싶어한다. 수동성과 능동성의 병존이다. 인간이 열과 성의를 다하여 신을

---

2) 비슈누의 육화 신으로서 크리슈나가 감행한 폭군들에 대한 정벌의 여정은 이 전투에서 절정을 이룬다. 『바가바드기타(*Bhagavadgita: the Song of God*)』는 이 대회전의 전날 밤에 전차병으로 육화된 크리슈나가 전사(戰士) 아르쥬나에게 교설하는 내용으로 이루어졌다(Hinnells ed. Dictionary of Religions 184).

모시면 신도 인간을 구원해 준다. 이러한 신뢰로 신을 사랑한다. 발라바와 동시대인으로 크리슈나에 대한 열렬한 신앙운동을 전개한 차이타니야(Caitanya 1485-1533)는 개별 영혼(jīvas)과 신의 관계를 타오르는 불과 그 불로부터 튀어나오는 불꽃으로 파악한 후, 해탈이란 이 점을 깨달아 신을 믿고 의지하는 신애에 의하여 주어진다고 하였다(Maitra 364-365). 신과 합일로 자아내는 충만한 영적인 엑스터시는 바로 이 신애를 통하여 가능하다. 이 신애의 극치가 목동 크리슈나에 대한 라다(rādhā)의 사랑으로 표현되어 있다(366).

3

박티는 사랑의 감정을 최대한 분기하여 에고로부터 벗어나는 해탈의 방법이다. 이 신애의 전제는 겸손(namasedupa sidata)이다. 우파니샤드에서 겸손은 지혜의 문턱으로, 불교에서는 해탈의 길(Ishak 113)로 이해된다. 힌두 경전에 의하면 겸손은 신애를 위한 최적의 방법이며, 신을 향한 길은 오직 겸손이다.

> 오 식자들이여, 겸손하게 신을 섬겨라
> 응시와 집중을 하여 영적으로 신에게 열성을 다하고
> 영혼이 신으로부터 떠나지 않도록 하여라.

> O learned persons, worship God with humble homage,
> strengthen Him internally with contemplation
> and concentration. Fix the soul God ! (Dwivedi 99)

겸허하면 신은 기뻐한다. 인간이 자만 할 때 신을 향한 응시와 집중은 불가하다. 저서로써 신애 사상의 형성에 큰 영향을 준 고대 인도의 철인 나라다(Narada)는 '신은 자신이 성취한 것에 자부심을 가진 자들을 싫어하고 겸손을 좋아하는 까닭에 겸손은 신을 향한 가장 좋은 길이다(Ellwood 54)'라고 하였다. 『네 사중주』의 「이스트 코우커」 II의 다음 구절은 이렇듯 박티의 제일 조건인 겸손에 대한 시적 진술로 볼 수 있다.

> 나에게 노인의
> 지혜를 들려주지 마라. 차라리 그들의 우둔함을 들려 달라.
> 그들은 공포와 광란을 두려워하고, 매혹되기를 두려워하고,
> 상대방에게, 아니 남에게, 아니 신에게 귀속되기를 두려워한다.
> 우리가 얻고자 하는 단 한 가지 지혜는
> 겸손의 지혜뿐이다. 겸손은 무한이다.
>
> 집들은 모두 바다 밑으로 사라지고,
> 무희들은 모두 산 밑으로 사라진다.

> Do not let me hear
> Of the wisdom of old man, but rather of their folly,
> Their fear of fear and frenzy, their fear of possession,
> Of belonging to another, of to others, or to God.
> The only wisdom we can hope to acquire
> Is the wisdom of humility: humility is endless.
> The houses are all gone under the sea.
>
> The dancers are all gone under the hill.

("East Coker," II 93-100)

「드라이 샐베이지즈」 III에서 "행동의 효과를 생각지 말라 / Do not think of the fruits of action(161)"라는 구절이 '행의 요가' 사상에 대한 직접 진술이라면, "우리가 얻고자 하는 단 한 가지 지혜는 겸손의 지혜 뿐이다"라는 것은 '신애 요가'의 시적 진술이다. 인간은 겸양을 통하여 찰나의 삶과, 속세의 이기심을 버릴 수 있다. 절대자 앞에서 겸손은 절대자를 경외하는 것이다. 인간을 영성의 삶으로 이끄는 것 중의 하나가 절대자에 대한 경외심이다. 이렇듯 무한한 영적 세계로 이끄는 의미에서 겸손은 무한하다. 헌신의 목적은 이기심을 버리기 위함이다(Kearns 52). 겸양을 통하여 신애의 길로 가는 것은 자아 포기의 길이다. 지혜에 머문다면 그 지혜는 오히려 어리석음이다. 위에서 언급한 "오 식자들이여, 겸손하게 신을 섬겨라"라는 베다의 구절은 성취한 지혜에 집착하는 인간의 우(愚)를 말한다. 신은 자신들이 성취한 것에 자부심을 갖는 인간을 싫어한다(Ellwood 54)라고 한 것도 지식의 자만에 빠진 인간은 신을 사랑할 수 없음을 말한다. 나라다에 의하면 '지의 요가'에 심취한 수행자들 중엔 깨달음에 이르는 경우가 별로 없다(55)고 한다. 이는 지가 자기 집착과 자만의 원인이 될 수 있다는 것이다. 지를 추구하는 지의 요가는 신애 요가의 준비 단계이며 지는 신애에 이르는 수단으로 간주하기도 한다(길희성 83). 여기서 말하는 "노년의 지혜"란 자기애(自己愛)에 머무는 어리석음을 말한다. 자애를 버려야 신애로 나아갈 수 있다. 이룬 업적이나 인습에 매인 노년의 지혜란 자아 집착으로 상대방에게, 더 나아가 신에게 귀속되기를 두려워한다. 진정한 신애는 인간애를 불러일으킨다. "귀속"이라는 말은 겸손의 다른 표현이다. 또한 귀속은 자신을 버리는 행위이다. 귀속되기를 두려워한다는 것은 자아 집착이라는 의미이다. "상대방에게, 귀속되기를 두려워한다"라는 것은 신애가 없으니 이웃애 인간애도 어렵다는 의미이다. "집과 댄서들이 사라진다"는 구절은 겸양의 지혜를 얻음에 따라 신애로 나아갈 수 있고, 이에 맞추어 찰나적인 속세의 것들을 모두 방기시킬 수 있다는 의미로 생각해볼 수 있다. 겸손하면 신애가 가능하고 그 신애로써 신과 합일이 가능하게 하기 때문에 겸손은 무한이다.

4

신애의 구체적 방법은 다양하지만 '세속적인 쾌락 포기,' '신에 대한 찬가,' '신에 대하여 말씀 듣기,' '스승(위대한 신애자)에 대한 명상' 등은 나라다가 제시한 신애의 방법이다(Ellwood 55). 여기서 스승은 힌두교의 구루(guru)이다. 종교적 스승인 구루는 제자(chela)들을 감화시켜 영적으로 인도한다. 구루는 신의 하인(Singh 523)이며 더 나아가 신의 목소리와 동일시되기도 한다(Hennells138). 스승의 가르침에 입각하여 산다면 그 제자는 윤리적으로 완전하게 된다(Singh 524). 신을 직접 숭배하는 것도 좋지만 그 전단계로 스승을 따르는 것도 또 다른 신애 방법이다. 이러한 의미에서 나라다는 스승 숭배를 신애의 구체적 방법의 하나로 제시하였다. 2장에서 언급한 님바르카의 다섯 가지 수행법에서 '영적 지도자 추앙' 역시 스승 명상과 관련된다(Chaudhuri 343).

「리틀기딩」("Little Gidding") II를 이 스승 숭배와 관련시켜 볼 수 있다. 이 장은 스승에 대한 장문의 신애적인 시적 명상이라고 생각된다. 『신곡』의 「지옥편」에서 단테가 그의 스승 브루네트를 만나는 장면의 번안이라고 하는 「리틀기딩」 II는 신애 요가의 관점에서 탐색이 가능하다. '어두운 밤 도시의 길'은 현세를 살아가는 모습일 것이다. 이 거리에서 유령인지 실재인지 모호한 사람을 만난 화자는 "나는 불현듯 어느 죽은 스승의 모습을 보았다 / I caught the sudden look of some dead master(92)"라고 독백 한다. "죽음의 순례로서 포도를 걸으며 / We trod the pavement in a dead patrol(107)" 행하는 스승의 말은 간곡하다.

> 그러자 그는 말했다. 나는 그대가 잊은 내 사상이나 이론을
> 애써 다시 되풀이하고 싶진 않소.
> 그런 것들은 제 몫을 다했으니 버려둡시다.

> And he: I am not eager to rehearse
> My thoughts and theory which you have forgotten.
> These things have served their purpose: let me be.
> ("Little Gidding," II 27 – 29)

신애 요가에서 '지'는 신을 파악하는 지혜이다. 신을 파악했다면 신앙으로 갈 수 있다. 신애의 길로 접어들었다면 지는 목적을 다했으니 버려도 무방한 방편의 사다리이다. 이 스승은 지를 떠나 신애로 들어선 신애자라 할 수 있다. 수행 과정에서 지의 역할을 일정 부분 인정한 『기타』의 신애 사상과는 달리 중세 인도 신애 요가는 지(jnāna)까지 부정(De 103)하였다. 이는 신애를 통한 해탈의 과정에서 인간의 사상과 이론이 절대적 역할이 아니라는 점을 말한다. 이에 스승은 사상과 이론은 버리고 기도하자고 하고 있다. 기도는 신애의 가장 구체적인 방법이다. 기도는 절대자와 대화하는 방법이다. 그는 "간직했던 선물을 내보이리다 / Let me disclose the gifts(129)"라고 하며 다음과 같이 설한다.

우선, 영육이 산산이 흩어져가기 시작할 무렵
시들어가는 감각의 차디찬 마찰,
매력도 없고, 그늘진 곳에 맺은 과일의 쓰디쓴 무미 이외는
아무런 희망도 주지 않는.

First, the cold friction of expiring sense
Without enchantment, offering no promise
But bitter tastelessness of shadow fruit
As body and soul begin to fall asunder.
("Little Gidding II," 47−50)

'세속적인 쾌락 포기'는 나라다가 제시한 신애의 구체적 방법이다. 쾌락의 포기는 쾌락의 무의미함에 대한 자각에서 출발한다. 찰나인 쾌락은 희망이 없다. 고(苦)가 수반되는 까닭에 쾌락은 본질적으로 고통이다. 신애자의 삶은 감각의 충동에 이끌리는 것이 아니라 신을 위하여 모든 것을 포기하는 것이므로 감각적 쾌락은 포기의 첫 번째 대상이다.

그가 마지막으로 말한 것은 죄에 대한 뉘우침, 인간 과오에 대한 회한이다. 인간이 정화되지 않는 한 죄는 되풀이된다.

그대가 댄서처럼 박자 맞추어 움직이지 않으면 안 되는
정화의 불 속에서 거듭 태어나지 않는 한
흥분한 영은 과오에서 과오로 그침이 없을 것이오.

From wrong to wrong the exasperated spirit
Proceeds, unless restored by that refining fire
Where you must move in measure, like a dancer.

("Little Gidding II," 60−62)

고대로부터 춤은 여러 문화에서 종교적 표현의 주요 형식이다. 힌두교의 경우 이미 베다 이후 몇몇 의식에서 소녀의 춤이 등장한다 (Eliade 350). 이러한 인도의 영향을 받은 종교에서 제의(祭儀)적인 춤은 한층 중요하다(Hinnells 102). 예컨대, 교단의 정규 댄서로서 춤으로 법열 상태에 이르는 이슬람 수피의 데르비시(dervishe)의 경우, 종교 의식에서 박자에 맞추어 의식(儀式)적인 춤동작에 전념하는 동안 댄서는 감각적 기능이 제어되고 심리적 변화를 겪으며 초월자의 완전한 사랑으로 자아방기(prapatti)의 경험을 한다. 이때 댄서는 순수한 신애자 (devotee)가 된다(Ellwood 126). 카일라사(Kailasa) 산정에 거주하며 깊은 명상으로 세상을 유지시키는 요기(yogi)(Hinnells 300)로서 쉬바가 춤을 추는 것은 망상의 함정에 빠진 영혼들을 해방시키기 위함이다. 제의 중에 쉬바의 경배자들은 마야의 족쇄로부터 벗어나 신과 합일하기 위하여 쉬바의 춤동작을 따라한다(Sri 98). 이 춤에 대한 시적 표현은『네 사중주』에 간간이 등장하는데,「번트 노튼」("Burnt Norton")에서 볼 수 있는 정지점(still point) 명상에서 춤은 이러한 신애적 합일의 시화(詩化)라고 할 수 있다.

회전하는 세계의 정지점, 육도 비육도 아닌,
그곳으로부터도 아니고 그곳을 향하여서도 아닌, 정지점 거기
에 춤이 있다.

At the still point of the turning world, Neither flesh nor fleshless;
Neither from nor towards; at the still point, there the dance is.
(II 62−63)

자아가 초월된 법열의 상태이다. 댄서는 신애자로, 춤은 헌신에 전념하는 종교적 행위로 본다면, 춤과 댄서는 신애를 통한 정화 끝에 신과 합일이 되는 구도적 과정을 시적으로 형상화라고 한 것이다. 겸양의 신애로 정화를 권하는 시적 메시지이다.

댄서가 영혼과 육신을 다하여 춤에 진력하는 것처럼 마음을 다한 신애를 '집중(dhāraṇā)'이라고 한다. '집중(concentration)'은 신애 요가에서 중요하다. 신애는 신에 대한 부단한 기억과 명상과 경배로 온 정신을 모아 신에게 집중하는 것이다. 그렇게 할 때 신의 은총을 받아 감각적이고 찰나적인 현세를 초월할 수 있다. 신에 대한 집중이 없을 때 인간은 감각적인 삶에서 벗어날 수 없다.

> 착란에 의한 착란으로 넋이 나간 얼굴들,
> 환상에 매여 의미를 읽고
> 집중 없는 부어오른 무감각,
>
> Distracted from distraction by distraction
> Filled with fancies and empty of meaning
> Tumid apathy with no concentration
> ("Burnt Norton," II 101−03)

파탄잘리는 집중을 "한 점에 생각을 고정시키는 것"이라고 정의하였다(Eliade 70). 신애 요가에서 생각을 고정시켜야할 한 점은 신이다. dhāraṇā(concentration)라는 범어가 '꽉 붙잡다'라는 의미의 dhr라는 말에서 파생(70)된 것에서 유추한다면 신애 요가의 집중은 신을 붙잡는다는 의미다. 신에게 모든 관심을 쏟으며 '집중'을 한다면 인간은 순수함으로 돌아갈 수 있다. "집중 없는 부어오른 무감각"은 신애로써 자기 정화를 이루지 못한 모습이다. 세욕으로 자아 본연의 모습을 잃은 상태이다. 바이사(Vyāsa)가 말한 '마음의 로터스(the lotus of the heart)' (70)에서 멀어진 무감각한 영혼의 모습이다. 욕망을 씻어 낸 순수함으로 인간은 이기적 경향을 제어하여 새로운 경험을 할 수 있다. 감각적 욕망과 탐욕이 제어된다면 신애의 '집중'으로 새로운 영적 경험이 가능한 것이다. '집중'을 통한 새로운 경험이 없기 때문에 착란에서 착란으로 이어지는 감각적 환상에서 벗어날 수 없다.

> 동작 없는 부양, 제외 없는 집중
> 부분적인 법열이 완성되어
> 부분적인 공포가 해소되는 데서
> 이해되고 밝혀지는
> 세로운 세계인 동시에 낡은 세계.

> *Erhenbug* without motion, concentration
> without elimination, both a new world
> And the old made explicit, understood
> in the completion of its partial ecstasy,
> The resolution of its partial horror
> ("Burnt Norton," II 74−78)

"욕망으로부터 내적 자유"는 바로 신에 대한 '집중'에서 온다. 집중을 통하여 집착에서 오는 공포가 해소되며 차츰 진리의 길이 보인다. 절대자와 합일의 상태에서는 모든 것이 포괄된다. 그곳은 쾌도 불쾌도 선악도 없는 세계일화(世界一花)이며 만물을 차별 없는 눈길로 관조하는 구루(Singh 523)의 세계이다. 따라서 새로운 세계이면서 낡은 세계,

모든 구분이 사라진 정지점이다. 바로 신애 요가가 추구하는 합일의 세계이다.

5

    신에 대한 신뢰와 사랑은 신애 요가의 토대이다. 신애 요가는 인간 근원적인 정서 중에서 강한 호소력을 지닌 사랑을 이용하는 연유로 인격신에 대한 숭배가 두드러진다. 인격신 크리슈나는 궁극적 실재의 현시이며 그에 대한 경배는 에고이즘을 벗어날 수 있는 길이 된다. 따라서 신애 요가는 '인격신에 대한 절대사랑'이라고 요약할 수 있다. 『네 사중주』에 언급된 크리슈나는 주로 행의 요가 측면에서 해석되어 왔으나 이와 달리 인격신 숭배라는 신애 요가 사상의 관점에서도 접근할 수 있다. 「이스트 코우커」 II에서 보았던 겸손에 대한 시적 진술은 인격신 숭배와 관련된 주요한 신애 요가 사상이다. 인간의 겸양은 인격신을 경배하는 조건이다. 자기가 이룩한 것에 집착하는 인간의 자만은 신애의 장애물이다. 자애(自愛)와 신애(神愛)는 병존 불가이다. 신애가 없으면 인간애도 없다. 자기애로 신과 격리되고 타인과 격리된다. 겸허하면 신애가 가능하고 그 신애로써 신과 합일이 가능한 연유로 겸손은 신애에서 꼭 필요한 덕목이다.

    『네 사중주』에는 신애의 이러한 핵심 사상은 물론 신애를 위한 구체적 방법 역시 구상화되어 있다. 신애의 구체적 방법은 다양하지만 '세속적인 쾌락 포기,' '신에 대한 찬가,' '신에 대하여 말씀 듣기,' '스승(위대한 신애자)에 대한 명상' 등은 초기 주요한 신애 사상가인 나라다가 제시한 신애의 구체적 방법이다. 또한 신애는 절대자에 대한 집중이다. 영혼과 육신의 모든 관심을 신에게 집중하는 것이 신애이다. '세속적인 쾌락 포기'는 그 집중을 위함이다.『네 사중주』에서는 이러한 구체적인 방법이 시적으로 형상화되어 있다.「리틀 기딩」II의 스승에 대한 명상은 이러한 예들 중의 하나로 신애 요가의 관점에서 조명이 가능하다. 가까이 모시는 스승의 모습과 가르침을 통하여 신을 부단히 기억하며 집중을 실천할 수 있다.

어느 시인보다도 사색적이고 종교적 시인인 엘리엇은 동서양의 많은 사상과 철학을 시작(詩作)에 이용하였다.『네 사중주』라는 직물에 기독교는 물론 비기독교적인 다양한 주제와 상징을 짜 넣었다(Murray 256). 그의 작품 속에 이러한 사상들이 항상 명시적이고 쉽게 알아 볼 수 있도록 직접 인용된 것은 아니지만, 시의 총체적인 구조로서 혹은 사색의 패턴으로 또는 복잡한 메타포의 형태로써 분명하다(257). 이 논문에서는『네 사중주』를 중심으로 신애 요가의 요소를 분석하였고, 신애 사상 관점에서 시를 음미하였다. 행위의 선택이 주제가 되는 경우가 흔한 극의 특성을 살려서 엘리엇은 그의 극시에서 행의 요가 사상을 자주 원용하였다(Kearns 53). 반면 신애 요가는 시에 적합하다. 특히 종교적 구원시라는『네 사중주』에 시적으로 다양하게 형상화되어 있다.

인용문헌

吉熙星. 『印度哲學史』. 서울: 民音社, 1984.

최희섭. 「「번트 노튼」과 「이스트 코우커」에 나타난 엘리엇의 시간관」. 『동서비교문학저널』 2003 가을 · 겨울호. 한국동서비교문학회, 177-99.

Bhatt, Govindal Hargovind. "Vallabha(Śuddhādvaita)." Sarvepalli Radhakrishnan, et al., eds. 347-57.

Chaudhuri, Roma. "Nimbārka." Sarvepalli Radhakrishnan, et al., eds. 338-46.

Chari. P. N. Srinivasa. "Rāmānuja" Sarvepalli Radhakrishnan, et al., eds. 305-21.

Dasguputa, Surendranath. *A Study of Patanjali.* Delhi: Motilal Banarsidass, 1989.

De, Sushil Kumar. "The Mahābhārata." Sarvepalli Radhakrishnan, et al., eds. 85-106.

Drew, Elizabeth. *T. S. Eliot: The Design of His Poetry.* New York: Charles Scribner's Sons, 1953.

Dwivedi, Amar Nath. *Indian Thought and Tradition in T. S. Eliot's Poetry.* Bara Bazar: Gurukul Kangri UP, 1977.

Eliade, Mircea. *Yoga: Immortality and Freedom.* 2nd edition, Trans. Willard R. Trask. New Jersey: Princeton UP, 1969.

Eliot, T. S. *The Complete Poems and Plays of T. S. Eliot.* London & Boston: Faber and Faber, 1978.

_____. *Selected Essays.* London: Faber and Faber, 1980.

Ellwood, Robert S. Jr. *Mysticism and Religion.* Jersey: Prentice Hall, 1980.

Gardner, Helen. *The Composition of* Four Quartets. London & Boston: Faber and Faber, 1978.

Hinnells, John R. Trans. *Dictionary of Religions*. New York: Penguin Books Ltd, 1984.

Ishak, Fayek M. *The Mystical Philosophy of T. S. Eliot*. New Haven, Conn: College & UP · Publisher, 1970.

Kearns, Cleo McNelley. *T. S. Eliot and Indic Traditions: A Study in Poetry and Belief*. Cambridge: Cambridge UP, 1987.

Maitra, Sushil Kumar. "Chitanya(Acinatya-bhedābheda)." Sarvepalli Radhakrishnan, etal., eds. 358−68.

Matthiessin, F. O. *The Achievement of T. S. Eliot: An Essay on the Nature of Poetry*. 3d ed. New York: Oxford UP, 1958.

Murray, Paul. *T. S. Eliot and Mysticism*. London: Macmillan, 1991.

Prabhavananda, Swami and Isherwood, Christopher. trans. *The Song of God: Bhagavad Gita*. New York: New American Library, 1972.

Radhakrishnan, Sarvepalli. trans. *The Bhagavadgita*. London: George Allen & Unwin Ltd., 1976.

_____, et al., eds. *History of Philosophy Eastern and Western*. Vol. 1, London: George Allen & Unwin. 1967.

Singh, Bhāhi Jodh. "Śikh Philosophy." *History of Philosophy Eastern and Western*. Sarvepalli Radhakrishnan, et al. London: George Allen & Unwin, 1967. 515−25.

Smart, Ninian. "International and Mystical." *Understanding Mysticism*. Ed. Woods, Richard. London: The Athlone P, 1980.

Smidt, Kristian. *Poetry and Belief in the Work of T. S. Eliot*. Philadelphia: Richard West, 1978.

Smith, Huston. *The Religions of Man*. New York: Perennial Library, 1986.

Sri, P. S. *T. S. Eliot, Vedanta and Buddhism*. Vancouver: U of British Columbia P,

1985.

Yu, Beongcheon. *The Great Circle*. Detroit: Wayne State UP, 1983.

Woods, Richard, ed. *Understanding Mysticism*. London: The Athlone P, 1980.

동양사상적 관점에서 본 "정점"의 의미*

최 희 섭(전주대학교)

1. 서론

엘리엇이 태어나고 자라난 가정이 유니테어리언이즘을 신봉하는 집안이었고 그가 영국국교회로 개종을 하였다고 선언하였지만 기독교 이외에도 불교, 힌두교 등의 동양종교가 그의 정신적 성장과정에 큰 기여를 했다. 그는 대학원시절에 찰스 란만(Charles Lanman)의 지도하에 2년 동안 산스크리트어를 공부하고, 제임스 우즈(James Woods)의 지도하에 1년 동안 파탄잘리(Patanjali)의 형이상학을 공부했다(ASG 40).[1] 그가 인도사상 연구에 몰두한 기간이 자그마치 3년이라는 긴 기간이

---

* 1996년 『T. S. 엘리엇 연구』 제4호에 수록되었던 「동양사상적 관점에서 본 "정점"의 의미」를 수정하였음.

1) 추후 인용되는 엘리엇의 작품은 약어로 표기함. *ASG : After Strange Gods, OPP : On Poetry and Poets, UPUC : The Use of Poetry and the Use of Criticism, NTDC : Notes Towards the Definition of Culture, SE : Selected Essays.* 시는 *The Complete Poems and Plays of T. S. Eliot*에서 인용하며 작품명과 행만 표기함.

었음을 생각할 때 그가 단지 일시적인 흥미로 인도철학에 관심을 가졌고 우연히 산스크리트어를 배운 것이 아님을 알 수 있다. 그의 인도사상 연구가 결코 일시적인 것이 아니라 진지한 것이었음은 그가 『황무지』 (*The Waste Land*)를 쓸 당시에 불교도가 되려고 했다는 술회를 하고 있는 것을 보아도 분명하다.[2]

그의 불교에 대한 이해는 대학원 재학시절에 시작된 것이 아니라 그보다 앞선 시기에 이미 시작된 것이라 할 수 있다. 왜냐하면 그는 부처의 생애에 관한 장편 서사시인 『아시아의 빛』(*The Light of Asia*)에 관하여 다음과 같이 말하고 있기 때문이다.

> 나는 이러한 방식으로 내가 지금 까지도 따스한 애정을 지니고 있는 시편인 에드윈 아놀드 경이 쓴 『아시아의 빛』을 소년시절에 우연히 접하게 되었다. 이 작품은 고타마 붓다의 생애에 관한 장편의 서사시였는데 내가 그 내용에 잠재적인 공감을 지녔었음에 틀림없다. 왜냐하면 나는 이 작품을 즐겁게, 한 번 이상이나 읽었기 때문이다.

> It was in this way that I came across, as a boy, a poem for which I have preserved a warm affection: *The Light of Asia*, by Sir Edwin Arnold. It was a long epic poem on the life of Gautama Buddha: I must have had a latent sympathy for the subject-matter, for I read it through with gusto and more than once. (*OPP* 42)

---

2) "At the time of writing this poem [*The Waste Land*] he [Eliot] said he was on the brink of accepting Buddhism. . . . In one of the notes he recalls knowledge of H. C. Warren's *Buddhism in Translation*, from which the third title is derived; the sermon is briefly quoted at the end of part III"(A. C. Partridge 166). Stephen Spender도 다음과 같이 Eliot가 불교도가 되려고 했음을 말하고 있다. Buddhism remained a lifelong influence in his [Eliot's] work and at the time when he was writing *The Waste Land*, he almost became a Buddhist— or so I once heard him tell the Chilean poet Gabriele Mistral, who was herself a Buddhist(20).

여기서 우리는 그가 이 작품에 대하여 "따스한 애정을 지녀왔다"는 말과 그 내용에 관하여 "잠재적인 공감을 지녔었음에 틀림없다"는 말에 주목할 필요가 있다. 그가 영국국교로 개종한 시기를 전후한 작품에서 명백히 기독교적인 태도를 보인다는 사실은 부정할 수 없다. 그러나 그의 작품 전체를 오직 기독교적인 관점에서 쓰여진 것이라고 해석하는 것은 다소 편협한 태도라고 여겨진다. 왜냐하면 윗글에서도 보이듯이 그가 부처의 생애에 관한 작품에 "따스한 애정"을 지녀왔으며 (현재완료 시제로 되어 있는 것에 주의해야 한다. 이 글이 들어 있는 「무엇이 저급한 시인가」("What is Minor Poetry")는 그의 모든 시편이 발표된 이후인 1944년 9월에 처음 행해진 연설이며, 이 연설이 실린 『시와 시인에 관하여』(On Poetry and Poets)는 1957년 9월에 처음 출판되었다. 따라서 붓다에 대한 그의 관심이 일과성의 것이 아니라 지속적인 것임을 알 수 있다), 지금(1944년 이 연설이 행해질 때)은 어떤지 모르겠으나 적어도 한동안은 "잠재적인 공감을 지녔었음에 틀림없는" 것으로 보아 그의 작품에 그 흔적이 남아 있음을 그도 긍정하는 것으로 확대해석할 수 있기 때문이다.

그는 구약성서의 일부가 끼친 영향과 같은 영향을 초기 불교성전의 일부로부터 받았음을 자인하기도 하고(UPUC 91) 자신의 작품에 동양사상의 영향이 남아 있음을 긍정하기도 한다.3) 그가 초기 불교성전으로부터 영향을 받았다고 밝힌 『시의 효용과 비평의 효용』은 1933년에 발표되었고, 자신의 작품에 동양사상의 영향이 남아 있음을 긍정한 『문화의 정의에 관한 소고』는 1948년에 발표되었다. 그가 영국국교회로 개종한 것이 1927년인데 그때를 전후한 시기 즉 「황무지」를 집필할

---

3) ". . . I know that my own poetry shows the influence of Indian thought and sensibility"(NTDC 113).

당시인 1922년과 그 이후 1933년, 1944년에 공언한 말로 볼 때 그의 작품을 동양사상적인 관점에서 해석하는 것이 전혀 무리한 일이 아니라고 생각된다.

필자는 이러한 관점에서 『네 사중주』(*Four Quartets*)를 중심으로 하여 엘리엇이 불교와 힌두교 등의 동양의 종교사상 및 철학사상들을 작품에 표현하고 있음을 고찰하고자 한다. 여기서는 주로 정점과 장미원의 이미지를 고찰할 것인데 이것이 별개의 것이 아니라 동일한 것의 다른 표현일 뿐이며 이것들이 불교와 힌두교 등의 동양 사상에 기인한 것임을 살펴볼 것이다. 그리고 이 작품에 많이 사용되고 있는 기독교적인 이미저리가 서구인들이 익히 알고 있는 상징을 사용하여 동양사상의 내용을 전하려 한 것임을 보이고자 한다.

2. 장미원

『네 사중주』는 그 제목이 시사하듯이 「번트 노튼」("Burnt Norton"), 「이스트 코우커」("East Coker"), 「드라이 샐베이지즈」("The Dry Salvages"), 「리틀 기딩」("Little Gidding")이라는 네 편의 장시로 구성되어 있고, 각 시편은 다시 각각 다섯 부분으로 구성되어 서로 대응되는 의미를 지닌 음악적 구성을 보이고 있다. 따라서 네 편의 시는 동일한 주제를 각각 다르게 변주시켜 제시한 것이라고 할 수 있다. 그 첫 번째 작품인 「번트 노튼」은 시간에 관한 명상으로 시작된다.

> 현재의 시간과 과거의 시간은
> 아마 모두 미래의 시간에 존재하고

미래의 시간은 과거의 시간에 포함된다.
. . . . . .
있을 수 있었던 일과 있었던 일은
한 점을 지향하고, 그 점은 항상 현존한다.
발자국 소리는 기억 속에서 반향하여
우리가 걸어보지 않은 통로로 내려가
우리가 한 번도 열지 않은 문을 향하여
장미원 속으로 사라진다. . . .

Time present and time past
Are both perhaps present in time future
And time future contained in time past.
. . . . . .
What might have been and what has been
Point to one end, which is always present.
Footfalls echo in the memory
Down the passage which we did not take
Towards the door we never opened
Into the rose-garden. . . . (1−14)

시인은 초월적인 위치에서 현상세계와 영원세계를 한눈에 내려다보며 모든 시간은 구별이 없이 영원히 존재할 뿐이라고 말한다. 현재의 시간과 과거의 시간이 미래의 시간에 현존하고 미래의 시간이 과거의 시간에 포함되어 있다는 것은 불교적인 시간관의 표현으로 시간의 과정과 진전의 실체를 부정하는 것이다. 2세기의 승려 용수(Nagarjuna)는 현재, 과거, 미래의 시간의 관계에 관하여 다음과 같이 말하고 있다.

만약 "현재"와 "미래"가 과거를 전제로 존재한다면
"현재"와 "미래"는 "과거"에 존재하리라.
만약 "현재"와 "미래"가 "과거"에 존재하지 않는다면
어떻게 "현재"와 "미래"가 그 "과거"를 전제로 존재할 수 있겠
는가?
"과거"를 전제로 하지 않는다면 "현재"와 "미래" 두 가지는 그
존재가 증명될 수 없을 것이다.
그러므로 현재의 시간도 미래의 시간도 존재할 수 없으리라.

If "the present" and "future" exist presupposing "the past,"
"The present" and "future" will exist in the "past."
If "the present" and "future" did not exist there [in "the past"],
How could "the present" and "future" exist presupposing that
"past"?
Without presupposing "the past" the two things ["the present" and
"future"] cannot be proved to exist.
Therefore neither present nor future time exist. (Hay 166)

현재가 있음으로 과거와 미래가 존재하고, 과거가 있음으로 미래와
현재가 존재하고, 과거도 또한 현재와 미래가 있음으로 존재한다. 일
련의 흐름으로서의 과거, 현재, 미래가 아니라 이들의 상호 간의 몰입
과 상대적인 존재를 말하는 이 시간관은 시간의 존재 자체를 부정하는
것이 아니다. 이는 선에서 말하는 시간이 나로부터 시작된다는 개념의
다른 표현이다(석지현 210-11). 선에서는 오직 현재, 지금 여기에 있
는 나로부터 무한한 과거와 미래의 시간이 시작된다. 다시 말하여 선
에서의 시간관은 시간 속에 내가 소속되어 있는 것이 아니라 나에게
시간이 속해 있다는 것이다.

과거에 "있을 수 있었던 일과 있었던 일"은 모두 "항상 현존하는 한 점"을 지향한다. 순수한 가능성의 세계와 실제로 있었던 세계가 엄연히 다른 세계이면서 "항상 현존하는 한 점"으로 귀착되어 연결된다. 바로 이 귀착점에서 단지 기억 속에서만 존재하는 장미원으로 통하는 문이 우리가 경험하지 못했던 통로를 통하여 열린다. 이 장미원은 실제의 장소인 장미원이면서 동시에 궁극적 실재의 내재적 특성이 드러나는 시간적 경험의 상징, 즉 영원과 순간이 만나는 순간을 상징한다 (Bergonzi ed. 146).

화자는 지빠귀의 말에 따라 "첫 번째 문을 통하여, / 우리의 첫 번째 세상"(22−23행)으로 갈 것인지를 망설이다가 장미원에 들어가서 궁극적 실재를 눈으로 확인한다.

> 연못은 마르고, 콘크리트는 마르고, 가장자리는 갈색,
> 그리고 연못은 햇빛에서 쏟아진 물로 가득 찼고,
> 연꽃이 고요히, 고요히, 솟아오르며,
> 수면은 빛의 중심으로부터 빛났다,
> 그리고 그것들은 우리의 등 뒤에서 연못에 반사되고 있었다.
> 그 때 한 가닥 구름이 지나니 연못은 텅 비었다.
> 가라, 새가 말했다, 나뭇잎 밑에 아이들이 가득
> 소란하게 웃음을 머금고 숨어 있으니.
> 가라, 가라, 가라, 새가 말했다. 인간이란
> 너무 많은 실재에는 견딜 수 없는 것이니.
> 과거의 시간과 미래의 시간
> 있을 수 있었던 일과 있었던 일은
> 한 끝을 지향하며, 그 끝은 언제나 현존한다.

> Dry the pool, dry concrete, brown edged,

And the pool was filled with water out of sunlight,
And the lotos rose, quietly, quietly,
The surface glittered out of heart of light,
And they were behind us, reflected in the pool.
Then a cloud passed, and the pool was empty.
Go, said the bird, for the leaves were full of children,
Hidden excitedly, containing laughter.
Go, go, go, said the bird: human kind
Cannot bear very much reality.
Time past and time future
What might have been and what has been
Point to one end, which is always present. (B. N. 36−48)

　　"구름이 흘러가자 텅 빈 웅덩이"가 남아 있는 장미원은 「황무지」에서 나온 "히야신쓰 정원"에 상응한다. 화자가 「재의 수요일」에서도 접한바 있는 장미원은 엘리엇에게 있어서 "실재와 접촉하는 순간, 일상적인 삶의 단조로운 유동 속에서 삶의 의미심장한 순간으로 잠시 접하게 되는 의식의 드문 순간, 갑작스러운 계시의 순간을 상징하는 것으로, 개인이 항상 노력은 하지만 달성하지 못하는 경험"(Unger ed. 447)을 나타낸다. 이 순간은 영원한 것과 일시적인 것이 만나는 순간이다 (Bergonzi ed. 146). 지금 화자가 과거로 돌아가서 일시적으로 접하는 장미원은 "텅 비어 물이 없는 웅덩이"에 불과하지만 "햇빛에서 쏟아진 물"로 채워진다. 엘리엇의 작품에서 물은 정신적 구원을 가져오는 요소로 사용되고 있다(Ward 235). 여기서 화자는 영적인 은총으로 순간적이나마 실재를 경험하지만 그것이 환상으로 나타난 실재이기 때문에 그의 탐색이 끝나지 않았음이 암시된다.

햇빛에서 쏟아진 물로 채워진 웅덩이에 떠오르는 연꽃은 불교의 전통적인 상징물이다. 연꽃은 진흙 속에 뿌리박고 있으나 더럽혀지지 않고 순수한 빛깔로 피어나는 꽃으로 순결과 완성을 암시하며 세속적인 것과 신성한 것의 결합을 상징한다(Gish 98). 그러므로 연꽃은 가까우면서도 멀고, 모르면서도 알고, 현실이며 해탈인 불교의 공의 개념과 긴밀하게 관련되어 있다(Kearns 84). 장미원은 서구적인 상징인데 여기에 동양적인 구원의 상징인 연꽃이 함께 사용됨으로써 동양과 서양의 구원의 상징을 동일시하는 시인의 모습이 드러난다. 즉 불교와 우파니샤드의 연꽃과 에덴의 정원이 함께 만나고 공이 빛의 중심과 연관된다(Kearns 234). 이는 「리틀 기딩」의 마지막 부분에 제시된 에덴 정원의 이미저리와 연관되기도 한다. 데렉 트라베르시(Derek Traversi)도 연꽃이 불교도의 명상의 경험과 관련되는 것과 정신적 실재의 본질을 전달하기 위하여 단테적인 빛의 상징이 이 작품에서 반복적으로 환기되고 있음을 지적한다(102).

이와 같은 동양과 서양의 상징이 함께 등장하는 장미원은 화자가 실재와 접촉하는 순간으로 일상생활 가운데서의 의미심장한 순간이다(Unger ed. 447). 화역 이샥(Fayek M. Ishak)도 장미원을 실재로 보면서 그것을 정점과 관련시켜 불교의 궁극적 실재의 존재(Be-ness), 힌두교의 '아트만,' 플라톤적 이데아, 플로티누스적 절대라고 말하고 있다(132). 이는 장미원이 우리가 세상의 근심 걱정으로부터 해방될 때 도달하는 궁극적 실재임을 인정하는 것이다. 그러므로 장미원은 현실과 절연되어 있는 세계가 아니라 현실 가운데 있는 궁극적 실재의 순간을 나타낸다.

장미원의 묘사에서 우리는 인간의 경험, 인간의 사회가 타락한 것이지 인간의 본성이 타락한 것은 아님을 알 수 있다. 여기의 장미원에서는 어린이들이 "나뭇잎 사이에서 즐겁게 웃고" 있다. 어린이들이 장미원에서 웃고 즐기는 것은 타락하지 않은 상태의 인간만이 실재와의 접촉을 계속 유지할 수 있음을 뜻한다. 그러나 보통의 인간은 새가 말하듯이 너무 "많은 실재"를 지닐 수 없기 때문에 화자가 장미원에 계속 머무를 수는 없다.

"빛의 중심으로부터 표면이 빛난다"는 말은 장미원의 이미저리가 「황무지」에서의 "히야신쓰 정원"과 연관됨을 나타낸다. "히야신쓰 정원"에서 화자는 "빛의 중심, 침묵"을 들여다보면서 "아무 말도 할 수 없었다." 이제 "히야신쓰 정원"의 숭고한 공허함의 비전이 여기서는 충만함의 비전으로 변형되었다. 여기서 화자는 "빛의 중심"을 충만함의 비전으로 인식하기는 하지만 그 상태를 계속 유지하지 못하고 현실로 돌아온다. 비록 그가 실재에 계속 접하지 못하고 현실로 돌아오지만 이제는 현실에서도 실재의 현존을 명확히 인식한다. 그것은 연꽃의 상징에서 보이듯이 궁극적 실재와 현실이 연관됨을 그가 알았기 때문이다. 그는 이제 일상적인 모든 시간과 일상적인 모든 일들이 "항상 현존하는 한 점"으로 지향함을 인식하는 것이다.

『네 사중주』의 두 번째 작품인 「이스트 코우커」는 메어리 스튜어트(Mary Stuart)의 "나의 시작에 나의 종말이 있다"는 구절로 시작된다. "나의 시작에 나의 종말이 있다"는 말은 엄격한 결정론적 진술로 보이는데 이 첫 단락은 운율과 반복에 의해 인간의 삶과 인간의 역사의 순환적인 견해를 수립한다. 인간과 인류의 생명과 인간이 이룩한 일의 생명은 지상에서의 모든 삶의 양식과 동일한 양식 즉 끊임없이 반복되는 탄생, 성장, 부패, 죽음의 연속적인 양식을 가진 것으로 파악된다 (Gardner 164−65). 이는 불교적인 윤회의 개념이 변형된 것으로서 불교에서는 물질이 유전하는 것이 아니라 본질적인 정신이 윤회하는 것으로 말하지만, 여기서는 물질의 변화 유전이 언급되어 있다. 엘리엇은 여기서 삶의 시작은 이미 그 종말을 향해서 움직이는 것이라고 말한다. 「이스트 코우커」의 끝에 나오는 "나의 종말에 나의 시작이 있다"는 말은 사람의 지상에서의 종말은 진실한 시작, 즉 다른 실재의 시작임을 표시하는 말이다. 다시 말하여 첫 행이 인간의 시간상의 딜레마를 이야기한다면 끝 행은 인간의 영적 패러독스를 말하는 것이다(Olney ed. 91). 첫 행에서 현상계에서의 인간과 인간의 모든 일들의 일시성, 불영속성에 대한 인식이 표현된다. 현상계에서의 모든 것들이 변화의 과정에 종속되어 있다. 불영속성이 일상생활에서 가치가 있고 의미가 있는 것들을 부식하는데 아무것도 이 과정의 냉혹한 수레바퀴를 멈출 수 없다. 인간은 과거와 현재 사이에 찢겨져 현재의 순간을 충만하게 살 수 없는 "찬바람에 날리는 종이조각"과도 같다. 시간의 수레바퀴에서는 죽음이 불가피하고 죽음은 파국적이다. 모든 해체는 혼돈으로의 일시적인 귀환이다. 해체되었던 것들은 새로운 삶으로 형태를 취하여 다시 살아난다.

화자는 자신의 영혼에게 아무 "생각도 없이 기다리라"고 말한다. 그러면 "신의 어둠이 신의 빛"으로 되어 그는 재생을 이룰 것이고 장미원의 순간이 도래할 것이라고 말한다. 장미원의 순간은 현실이 변화한 곳으로, 현실이 "죽음으로의 행진"(Masirevich 60)을 그치는 곳이다. 필립 헤딩스(Philip R. Headings)도 우리가 겸손함으로써 장미원에 도달할 수 있다고 말하고 있다(127-28). 우리가 겸손함으로써 도달하는 장미원은 일시적인 사물들로 구성된 세계로부터의 우리의 해방을 암시하며 보다 높은 실재를 암시한다. 이 효과는 흐르는 물, 빛, 정원, 웃음, 계절의 순환 등의 다섯 가지 개인적인 상징에 의존한다.

이러한 장미원에 도달하는 방법을 시인은 다시 설명한다.

그곳에 도달하자면,
그대가 있는 그곳에 도달하자면, 그대가 있지 않은 그곳에서 벗
어나려면,
그대는 환희가 없는 길로 가야 한다.
그대가 모르는 것에 이르자면
그대는 무지의 길로 가야 한다.
그대가 소유하지 않은 것을 소유하고자 한다면
그대는 무소유의 길로 가야 한다.
그대가 아닌 것에 이르자면
그대는 그대가 아닌 길로 가야 한다.
그리고 그대가 모르는 것이 그대가 아는 유일한 것이고
그리고 그대가 가진 것은 그대가 갖지 않은 것이고
그리고 그대가 있는 곳은 그대가 있지 않은 곳이다.

In order to arrive there,
To arrive where you are, to get from you are not,
You must go by a way wherein there is no ecstasy.
In order to arrive at what you do not know
You must go by a way which is the way of ignorance
In order to possess what you do not possess
You must go by a way of dispossession.
In order to arrive at what you are not
You must go through the way in which you are not.
And what you do not know is the only thing you know
And what you own is what you do not own
And where you are is where you are not. (EC 137—48)

이 구절은 진실한 자아완성을 이루기 위해서는 자기 방기에 의해 자

신을 규율할 필요가 있다는 사실을 다양하게 표현한 것이다. 첫째, 진실로 충만하게 존재하고 시끄러운 세상으로부터 벗어나기 위해서는 부정의 길로 가야 한다. 둘째, 진실한 지식을 얻기 위해서는 사실을 자기중심적으로 획득하려고 하지 말고, 인간 무지의 한계를 받아들여야 한다. 즉 마음으로부터 정보를 찾으려는 성향을 비우고 침묵에 마음을 열어 놓아야 한다. 셋째, 부족한 것을 소유하기 위해서는 자신을 벗어버리는 방법을 배워야 한다. 트라베르시는 이것이 적극적인 삶을 사는 것이라고 하며 십자가의 성 요한(St. John of the Cross)의 부정의 길이라고 말하고 있으나(143−44) 십자가의 성 요한의 영성의 암야로 이르는 길은 불교의 "공"에 이르는 길과 크게 다르지 않다. 다시 말하여 자아 완성을 위하여 나아가는 길은 기독교의 길과 불교나 힌두교의 길이 동일하다.

「이스트 코우커」의 제5부에서는 화자가 "그리하여 나는 중도에 있다"(174행)고 말하는데 우리는 여기서 불교의 중도를 생각하게 된다. 숲 속의 성자 용수는 "중도의 기본원리"에서 존재와 비존재 사이의 중간의 길에 대해 언급한다(Hay 173). 용수에게는 중도가 존재와 비존재에 관한 모든 고정된 방식을 포함한 모든 "양식"으로부터 자아를 해방시킴으로써 달성되는 자유의 길이다. 그러나 중도를 추구하는 불교도들은 인간이 변화하는 존재로부터 독립된 영원한 실재를 알 수 없다고 주장하면서, 변화하는 형태와 그 속에 형태가 존재하는 공 사이의 관계에 초점을 맞춘다. 엘리엇이 여기에서 중도를 말한 것은 이 작품에서 인생 자체가 존재와 비존재 사이의 중도라는 의미에서인 것으로 생각된다. 그러므로 "우리들은 노력할 뿐이고 나머지는 우리의 일이 아니다"(191행). 이 구절은 『바가바드 기타』(Bhagavad Gita) 2장 47절 "그대의 지금 할 일은 오직 행동하는 것이지, 결코 그 행동의 결과에 대한 생각이 아니다. 오, 아르쥬나야, 행동의 결과에 대한 집착은 없이 행동하라. 그러나 또 행동 아니함에도 집착하지 마라"의 초탈한 행동의 철학적 표현을 그대로 옮겨놓은 것이다. 인간의 행동이 시간에 묶여 있고 변화의 영역에 속하기 때문에 시간 속에 있는 동안은 인간이 행동에서 벗어날 수 없다. 그러나 그 결과에 대해 집착하지 않고 행동할 때 우리는 무시간의 상태인 영원에 도달하게 된다.

그러므로 우리는 현실 가운데서 장미원을 인식하기 위해서 계속 탐구해야 한다. 비록 시인이 겸손함으로써 장미원으로 나타나는, 신과의 순간적인 합일을 경험하고, 다양한 종교와 사상을 통하여 다각적으로 명상해보고, 정죄의 불로 자신의 원죄를 태워버렸으나 아직 현실의 구원에 이르지는 못했다. 그리하여 화자는 "더 완전한 합일, 더 깊은 영교를 위하여 / 어두운 추위와 공허한 폐허를 통하여 / 다른 강열함 속으로의"(207-09행) 탐험가가 되어야 하는 것이다. "더 깊은 영교"로의 탐구는 우리가 현실적, 시간적 차원을 넘어서는 것이다. 이런 의미에서 인간의 현실의 종말은 새로운 시작이라고 할 수 있다. 그렇기 때문에 화자는 현재의 상태에 만족하지 못하고 "나의 종말에 나의 시작이 있다"(211행)고 말하여 탐구를 계속할 것임을 다짐한다. 크리스챤 슈미트(Kristian Smidt)도 이 구절을 "재생이 죽음을 뒤따른다는 것뿐만 아니라 나의 목표(나의 종말, 나의 사랑)에 나의 노력의 추진력이 있다"(218)는 뜻이라고 설명하고 있다.

화자는 「드라이 샐베이지즈」에서 더 넓은 바다 가운데로 탐험해 나간다.

> 나는 신들에 대해서는 그리 많이 모르지만, 강은
> 힘센 갈색 신이라고 생각한다―퉁명스럽고, 야성적이고, 고집센,
> ......

강은 우리의 내면에 있고, 바다는 우리의 주변 도처에 있다.
바다는 또한 육지의 끝이고, 그 속으로 바다가 뻗어 있는 화강
암이다.
그리고 해안이다. 바다는 거기로
태초의 창조, 그리고 다른 창조를 상징하는 것들,
불가사리, 참게, 고래의 등뼈 등을 밀어 올린다.
그 웅덩이 속에서 바다는 더욱 미묘한 해조류와 말미잘로
우리의 호기심을 자극한다.
바다는 우리가 잃은 것들, 찢어진 어망,
깨어진 새우잡이 통발, 꺾어진 노, 죽은 외국인의 장신구 따위를
밀어 올린다. 바다에는 여러 목소리가 있다,
여러 신들과 여러 목소리가 있다.

I do not know much about gods; but I think that the river
Is a strong brown god—sullen, untamed and intractable,
. . . . . .
The river is within us, the sea is all about us;
The sea is the land's edge also, the granite
Into which it reaches, the beaches where it tosses
Its hints of earlier and other creation:
The starfish, the horseshoe crab, the whale's backbone;
The pools where it offers to our curiosity
The more delicate algae and the sea anemone.
It tosses up our losses, the torn seine,
The shattered lobsterpot, the broken oar
And the gear of foreign dead men. The sea has many voices,
Many gods and many voices. (1—25)

이 구절은 여러 종교에 대한 암시를 지닌다. 특히 여기서 강을 신으

로 보고 그것이 우리 내면에 있다고 함으로써 이 구절은 불교 내지는 힌두교에 대한 암시를 지닌다. 불교에서는 개개인에게 불성이 내재되어 있다고 생각하며 이것을 깨우치는 것을 이상으로 삼고 있지만, 힌두교에서도 개개인이 '아트만'을 지니고 있다고 생각하며 이것이 브라만과 합일하는 것을 이상으로 삼고 있다. 우리 주변에 있는 현상계의 바다는 인간의 이성으로는 이해할 수 없는 발견되지 않은 진리이다. 현상계에 살고 있는 우리는 노력하지 않으면 끊임없이 변화하는 현상계의 배후에 또 그 너머에 있는 브라만을 인식할 수 없다(Sri 100). 강과 바다의 상징은 일시적인 질서의 운동과 삶 속에 있는 시간에 궁극적으로 용해되어 있는 무한한 실재를 구현하고 있다.

3. 정점

「번트 노튼」의 제2부에서는 "회전하는 세상의 정지점"이 수레바퀴의 굴대로 비유되어 묘사된다.

> 마늘과 사파이어는 진흙 속에서
> 파묻힌 차축에 엉겨붙는다.

> Garlic and sapphires in the mud
> Clot the bedded axle-tree. (49−50)

인간을 암시하는 마늘과 신성한 속성을 암시하는 사파이어가(Headings 123) 굴대에 엉켜붙는다는 것은 현실세계가 중심인 로고스에 부착되어 있다는 것이다. 특히 마늘과 사파이어가 있는 진흙은 연꽃이 진흙에 뿌리박고 있음에서 알 수 있듯이 현실을 암시한다. 실재를 나타내는 굴대축은 회전하지 않으나 세상을 암시하는 원주는 계속 순환한다. 중심은 항상 원주로부터 일정한 거리를 유지하고 있으며 원주의 균형을 유지해주는 모든 움직임이 정지된 곳이다. 따라서 굴대축의 중심점은 정점(still point)의 개념을 도입하는 상징으로 사용되고 있다. 이 중심의 개념은 회전하는 세계를 암시하는 순환의 이미저리와 더불어 사용된다. 여기서는 굴대축의 이미지가 사용되어 수레바퀴와 중심이 동시에 제시됨으로써 불교적인 현상계를 상징하는 윤회의 수레바퀴와 그 중심점 즉 원초적인 무의 세계 내지는 해탈의 개념이 도입된다.

끊임없이 움직이는 수레바퀴의 원주가 변화와 유동에 종속되는 물질 세계를 암시한다면 수레바퀴의 중심 즉 정점은 절대와 영원의 세계를 암시한다(Bergsten 79). 수레바퀴의 이미지에서는 이 두 세계가 서로 연결되어 있다. 이는 현상계와 절대세계가 비록 분리되어 있으나 상호 교통이 있고, 연결되어 있음을 암시한다. 수레바퀴는 원주나 중심 어느 한 가지만으로 존재할 수 없다. 따라서 이는 현상계도 절대세계가 있음으로 존재할 수 있고 절대세계도 현상계가 있음으로 존재할 수 있음을 암시한다.

수레바퀴의 이미지는 불교에서 뿐만 아니라 힌두교에서도 사용되고 있다.[4] 인도 철학에서 재생의 수레바퀴 즉 삼사라(Samsara)라고 알

[4) 스베타스바라타 우파니샤드에는 수레바퀴의 개념으로 현상계를 설명한 구절이 있다. "이 거대한 우주는 바퀴이다. 그 위에는 태어남, 죽음, 그리고 재생에 얽매여 있는 모든 창조물들이 있다. 그것은 꼬리를 물고 돌며 결코 멈추지 않는다. 이것이 브라만의 바퀴이다. 개아는 그것이 브라만과 떨어져 있는 것으로 생각되는 만큼, 태어남과 죽음 그리고 재생의 율법인 멍에를 지고 바퀴를 따라 돌아간다. 그러나 브라만의 은총을 통하여 그것이 브라만과 합계한다는 것을 알았을 때, 그것은 바퀴를 따라 더이상 돌지 않는다. 그것은 영원성을 얻는다. 깊은 명상 속에 인과응보의 세계를 초월하므로 알게된 그는, 경전에서 최고의 브라만이라고 선언된다. 그는 본질이며, 그 밖의 모든 것은 그림자이다. 그는 소멸되지 않는다. 브라만을 깨달은 자는, 그

려진 존재의 수레바퀴는 익히 알려진 개념이다. 이 개념은 모든 생물체는 그것이 완성에 도달할 때까지 수많은 죽음과 재생을 경험한다는 것이다. 완성은 사람이 모든 세속적인 욕망으로부터 뿐만 아니라 감각세계가 진실한 존재라는 잘못된 의식으로부터 자유롭게 되는 것을 말한다. 이렇게 모든 구속으로부터 자유로워질 때 인간의 진실한 자아는 절대인 브라만과 하나가 된다. 이러한 궁극적인 목표에 도달하지 못한 사람은 영원한 재생의 수레바퀴에서 벗어날 수 없다. 인간의 진정한 자아인 '아트만'은 영원하고 결국에는 브라만과 하나가 되지만, 인간이 재생의 수레바퀴에 매여 있는 동안에는 자신의 진정한 자아를 인식하지 못한다. 자아의 브라만과의 합일은 언제라도 가능한 것으로 합일을 이루면 그는 재생을 그치게 된다. 쿠마라스와미(Coomaraswamy)는 수레바퀴의 원주를 시간과, 그 중심을 무시간과 동일시한다(Bergsten 83). 이는 정점이 현상계의 시간을 벗어난 시간 세계에 속하는 것임을 뜻하는 것으로 불교적인 시간관과 동일하다. 수레바퀴의 원주인 삼사라를 따라 움직이는 움직임과 무시간의 중심인 브라만 사이의 차이는 인도철학의 일원론적 경향 때문에 흐려지기도 한다. 그러나 여기서 시간과 영원이 수레바퀴의 이미지로 표현되고 있음은 분명하다.

엘리엇은 회전하지 않는 중심점인 정점을 다음과 같이 설명하고 있다.

> 회전하는 세계의 정점에, 육체도 육체 없음도 아닌,
> 곳으로 부터도 아니고 그곳을 향하여서도 아닌, 정점, 거기에
> 춤이 있다,
> 정지도 운동도 아니다. 고정이라고 불러선 안 된다,

가 나타나 있는 모든 존재의 안에 있는 유한한 실재자임을 안다. 이런 까닭에 그들은 그에게 헌신한다. 그에게 몰두함으로써 그들은 윤회의 법칙에서 벗어나 해방을 얻는다"(박석일 역 191).

과거와 미래가 모이는 점이다. 그곳으로부터 또는 그곳으로
　　향한 운동도 아니다,
상승도 하강도 아니다. 이 점, 이 정점이 없는는,
춤은 없으리라, 거기에만 춤이 있다.
나는 거기에 우리가 있었음을 말할 수 있을 뿐이다. 그러나 어
딘지는 말할 수 없다.
그리고 나는 얼마 동안이라고도 말할 수 없다, 왜냐면 그곳을
시간 안에 두는 것이기 때문이다.

At the still point of the turning world. Neither flesh nor fleshless;
Neither from nor towards; at the still point, there the dance is,
But neither arrest nor movement. And do not call it fixity,
Where past and future are gathered. Neither movement from not
　　towards,
Neither ascent nor decline. Except for the point, the still point,
There would be no dance, and there is only the dance.
I can only say, *there* we have been: But I cannot say where.
And I cannot say, how long, for that is to place it in time. (B. N.
64-71)

　이 정점은 수레바퀴의 굴대와 마찬가지로 회전하는 시간의 세상 즉
현실을 지탱해주는 지점으로 현실 속에 있으면서도 현실을 초월한 지
점이기 때문에 "육체도 육체 없음"도 아니다. 이 정점이 육체를 지니고
있으면 현실 가운데 안주하는 것이기 때문에 육체를 지니지 않은 것이
고, 또 육체를 지니지 않았다면 현실과는 별개의 것이기 때문에 육체
없음도 아닌 것이다. 이 정점은 모든 시간적인 행동과 움직임이 집중
되고 용해되는 초점, 또는 인간적인 열망의 궁극적인 지점으로 규정될

수 있다(Maxwell 173). 정점은 시간과 공간으로부터의 해방이 아니라 시간과 공간에 구속되어 있다는 느낌으로부터의 해방이며, 욕망으로부터의 해방이 아니라 변화하는 욕망의 구속으로부터의 해방이다. 정점은 또 고통으로부터의 해방이 아니라 이해와 동정을 통하여 고통의 파괴적인 힘으로부터의 해방이며, 죽음으로부터의 해방이 아니라 죽음의 두려움으로부터의 해방이다(Sri 118). 이와 같은 정점에 "멈춤도 움직임도 아닌" 조화로운 춤이 있다. 이 춤은 힌두교의 삼위일체의 신 중의 하나인 쉬바(Shiva, Siva)의 춤이다(Chaitanya 332). 힌두교의 삼위일체의 신은 창조자인 브라마(Brahma), 보존자인 비쉬누(Vishnu), 파괴자인 쉬바로 구별되며 크리쉬나(Krishna)에서 합일한다.[5]

『바가바드 기타』에서 크리쉬나는 "나는 모든 것의 근원이다. 이 세계의 모든 것이 다 내게서 나왔다"(10:8), "나는 완벽한 힘을 가지고 있는데 그것은 시간(Kala)이다. 이 시간을 가지고 나는 모든 것을 파멸시킨다"(11:32)고 선언하여 그가 삼위일체의 신임을 말한다. 이러한 크리쉬나의 한 화신인 쉬바의 춤은 이 세상의 정점에서 이루어진다. 베르그스텐(Staffan Bergsten)도 정점에 있는 이 춤을 쉬바의 춤으로 보며 이 구절이 힌두교에 근원을 두고 있다고 말하고 있다(91). 쉬바는 무용의 신이며 파괴와 창조의 기쁨을 춤으로 나타내는 힌두교 최고의 신 중의 하나이다. 쉬바가 춤을 추는 곳은 우주의 중심으로 우리의 마음 속에 있다. 쉬바는 끊임없이 형성되어가는 현상계를 지탱해주는 존재의 중심을 나타낸다. 즉 그는 정점이다. 정점이 없다면 그의 춤도 없을

---

5) 브라마와 브라만, 브라흐만은 동일한 신을 지칭하는 것이다. 카르바르야 우파니샤드 8절에 다음과 같은 브라만의 설명이 있다. "그는 창조주 브라흐마(Brahma)이며, 또 그는 최고 절대자의 심판자인 시바신(Siva)이며, 또 인드라(Indra)이며, 불멸의 존재이며, 위대한 그 자신의 신이다. 또 그는 모든 존재를 그 존재답게 유지해주는 신인 비시누(Visnu)요, 또 생명이며, 또 시간이요, 불이요, 달이다"(석진오 편저 188).

것이다. 인간은 자신의 자아를 신성한 본질과 융합시키고 정점에 도달할 때 무시간의 상태에 도달하고, 영원에 참여한다(Sri 98).

회전하는 굴대의 중심은 고정된 곳도, 움직이는 곳도 아닌 지점으로 과거와 미래가 모이고 전후 좌우 상하의 모든 방향으로부터의 중심점으로 움직임이 정지된 곳이다. 정점은 "과거와 미래가 모이는" 곳이므로 "항상 현존하는 한 점"과 동일하다. 정점은 그 지속기간이 연속도, 부분도, 유동도, 분할도 없는 하나의 영원한 점이라고 할 수 있다(Maxwell 173). 정점은 "시간과 무시간의 교차점"으로 그 속성이 이성에 의하여 결정될 수 없기 때문에 우리가 그것을 시간 속에 명확하게 위치시킬 수는 없다. 이 장소는 현실적인 욕망이 없어지고, 행동과 고통이 끊어진 곳이므로 현실을 초월한 장소이다. 그러면서도 "감각의 은총"에 둘러싸여 있으므로 현실과 완전히 절연되어 있는 장소도 아니다.

현실에서 중심인 정점으로 가는 길은 제사에서 밝혀졌듯이 위로 올라가는 길, 즉 빛의 중심으로 상승하는 길과 아래로 내려가는 길, 즉 현실의 관능적인 모든 것을 벗어버리는 길이 있다. 엘리엇은 아래로 내려가는 길을 다음과 같이 설명하고 있다.

> 더 아래로 내려가라, 다만 영원한
> 고독의 세계로,
> 세계가 아닌 세계, 아니 세계가 아닌 그곳으로,
> 내부의 암흑으로, 모든 소유들이
> 상실되고 없는 곳,
> 감각 세계의 건조지대,
> 공상 세계의 철거지대,
> 정신 세계의 무활동지대.

이것이 한 길이고, 다른 길도
동일하다, 움직임에서가 아니라
움직임을 삼가는 것이라는 데서. 그러나 세계는 욕망 속에서
움직인다, 과거의 시간과 미래의 시간의
금속제 길 위로.

Descend lower, descend only
Into the world of perpetual solitude,
World not world, but that which is not world,
Internal darkness, deprivation
And destitution of all property,
Desiccation of the world of sense,
Evacuation of the world of fancy,
Inoperancy of the world of spirit;
This is the one way and the other
Is the same, not in movement
But abstention from movement; while the world moves
In appetency, on its metalled ways
Of time past and time future. (B. N. 117−29)

여기에 제시된 실재를 추구하는 길은 모든 재산, 감각세계, 공상세
계, 심지어는 정신세계까지도 버리는 부정의 길이다. 신과의 합일에
이르는 이 방법은 인도의 요가 수행자, 신플라톤적인 신비주의자, 십
자가의 성 요한이 가르친 방법과 다르지 않다. 일시적인 모든 것을 제
거함으로써 우리는 신, 영원과의 합일에 이를 수 있다(Bergsten 183).
이 구절은 기독교적 신비주의의 관점에서 해석할 수 있지만 엘리엇의
철학은 "위대한 종교들의 심오하고 비극적인 철학이며 이교적인 세계

에서의 고대 신비의 심오하고 비극적인 철학"(Masirevich 21)이기 때문에 이것을 동양사상적인 관점에서 해석하는 것이 전혀 무리한 일이 아니다. 이 구절에 나오는 내부의 암흑으로 내려가는 길은 불교에서 말하는 자신의 마음자리 즉 자신의 내면에 자리하고 있는 본성을 찾아가는 길이다. 자신의 본성이 우주의 원리이므로 그 본성을 찾아 자신의 마음속으로 깊이 침잠하는 것은 현실적인 소유관념뿐만 아니라 우리의 오관 나아가 우리의 이성적, 감성적 정신활동까지 뛰어넘는 일이다. 이처럼 자신의 본성을 깊이 탐구하는 일은 수행을 통하여 점진적으로 해탈의 길에 이르는 방법이다. 이것을 불교에서는 점수라고 한다. 이와 상반되는 방법은 돈오라는 것인데 이것은 점진적인 수행이 아니라 불현듯 일시에 우주의 원리를 깨우치는 것을 말한다. 시인은 여기서 점수의 방법을 내면의 암흑을 찾아내려가는 것으로 설명하고 이와는 다른 방법이 있다고 하는데 이는 돈오의 방법을 지칭한다. 점수의 방법이 움직임이라면 돈오의 방법은 움직임을 삼가는 것이다. 이렇게 하여 이루어지는 해탈은 현실을 초월한 상태, 즉 진전과 진행이 있는 시간의 세계 밖에 존재한다. 다시 말하여 정점은 계속적인 시간의 실체에서 벗어나 있다. 그러나 현실에 매여 있는 사람들은 그 의미를 파악하지 못하기 때문에 현실적 시간은 과거에서부터 현재를 거쳐 미래로 이어지는 진전이 있는 시간만을 인식한다. 세상사람들이 현실에 얽매여 그 현실에서 벗어나는 방법을 인식하지 못한다고 하여 그 현실을 벗어나는 방법이 없는 것은 아니다. 그들은 단지 그 방법이 있음을 인식하지 못하고 있을 뿐이다. 시인은 여기서 그들에게 보다 깊은 내면의 세계로 내려가 자신의 본성을 깨우치라고 권고하지만 그들은 그 소리에 귀를 기울이지 않는다.

　엘리엇은 그 정점의 중심을 사랑으로 파악한다.

패턴의 세부는 움직임이다,
십 단의 계단의 모습에서처럼.
욕망 그 자체는 움직임이나
그 자체가 바람직하지 않다.
사랑은 그 자체는 부동이고,
움직임의 원인과 목적일 뿐,
무시간이고, 시간의 양상에서가 아니면
바라지 않는 것,
비존재와 존재 사이의
모방의 형태로 파악된다.
티끌이 움직이는 순간에도
한 줄기 햇빛 속에서 갑자기
나뭇잎 속에서 아이들의
숨은 웃음소리가 일어난다
빨리, 당장, 여기, 지금, 언제나—
우습게도 쓸모 없는 슬픈 시간은
앞으로 뒤로 뻗친다.

The detail of the pattern is movement,
As in the figure of the ten stairs.
Desire itself is movement
Not in itself desirable;
Love is itself unmoving,
Only the cause and end of movement,
Timeless, and undesiring
Except in the aspect of time
Caught in the form of imitation
Between un-being and being.
Sudden in a shaft of sunlight

Even while the dust moves
There rises the hidden laughter
Of children in the foliage
Quick now, here, now, always—
Ridiculous the waste sad time
Stretching before and after. (162−78)

　엘리엇은 어떤 양식에 의하여 정지에 이른다고 하면서 그 양식의 내용이 움직임이라고 하는데 이것은 정중동(靜中動)의 양식이라 할 수 있다. 사랑 그 자체는 움직이지 않는 중심인데 반하여 욕망은 그 자체가 움직이는 현실을 나타낸다. 사랑이라는 중심은 현실의 동인(動因)이지만 그 자체는 부동이다(Swarbrick 66). 현실과 그 중심인 사랑의 이와 같은 관계는 현실 가운데의 장미원의 이미저리에 의하여 보다 분명하게 된다. 세상인 티끌이 선회하는 반면에 장미원이라는 실재는 움직이지 않는 것이고, 그 세계는 순수한 세계로서 "지금, 여기에, 지금, 항상" 있다. 그러나 평범한 사람들은 그것을 이해하지 못하고 슬픈 시간을 보낼 뿐이다. 이 사랑은 그리스 철학의 플라톤적 사랑, 절대와 동일시된다(Bergsten 93). 사랑은 장미원의 중심에 위치하고 있으며 이 사랑의 결실인 아이들이 웃는 모습은 가능했었을 수도 있는 세계에 속하는 것이다. 이러한 가능성의 세계인 실재 세계와 현실은 서로 관련되어 있다. 낸시 기시(Nancy K. Gish)도 "중심에 있는 정점은 실제적이며, 변화하는 세상이 그것에 의존하고 있다"(102−03)고 하여 실재와 현실이 밀접한 관계가 있음을 긍정한다.

　「드라이 샐베이지즈」의 제3부에서는 비쉬누의 화신으로 숭배되는 힌두교의 위대한 신인 크리쉬나가 등장하여 현실과 종교세계의 융합을 꾀한다. 이에 앞서 나오는 제2부의 끝 부분의 "파괴자인 시간이 보존자인 시간"(117행)이라는 구절은 비쉬누와 쉬바에 대한 암시이다. 시간의 두 측면에 관한 이 고찰은 시간이 영원의 파괴자와 고통의 보존자로서의 역할을 하고 있음을 나타내는 것이면서 동시에 힌두교의 신들에 대한 암시를 지닌다. 비쉬누와 쉬바는 브라만과 함께 힌두교 최고의 신인 크리쉬나의 한 화신이다. 이러한 암시는 그것이 직접적으로 가리키는 것보다 엘리엇의 시가 힌두교와 불교에 깊이 젖어 있음을 드러낸다. 인도인들은 실재는 한 영적인 브라만이고 감각인식의 세계는 상대적이고 기만적인 마야(maya)라고 생각했다. 브라만은 움직이지 않는 존재이면서 움직이는 존재이고, 그의 다양한 현시 중의 하나가 도처에 편재한 존재인 '아트만'(개인)이다. 브라만은 무시간이기 때문에 깨달음을 원하는 사람은 마치 열반을 추구하는 사람이 자신을 시간의 얽매임에서 풀어내야 하듯이 시간의 흐름을 망각해야 한다.

엘리엇은 『바가바드 기타』에서 크리쉬나를 인용하고 있는데 이 작품은 그가 단테의 『신곡』에 버금가는 것으로 여기는 작품이다(SE 258). 힌두교를 전체적으로 가장 정확하게 표현해 주고 있는 『바가바드 기타』는 『마하바라타』(Mahabharata)라는 서사시의 일부분이다. 『마하바라타』는 바라타왕으로부터 세습되어 내려온 판다바스와 카우라바스라는 적대시하는 두 가문 사이에서 벌어지는 왕권 다툼을 중심으로 전개된다. 양편의 군대가 마지막 싸움을 앞두고 쿠룩쉐트라 평원에 정열해 있을 때 아뤼나는 상대편의 진영에도 자신의 친척, 친지들이 포진해 있는 것을 보고 동족 사이의 대량 학살이 벌어져서 그들 사회가 완전히 파멸해버릴 끔찍스러운 결과를 예상하고 전율을 금치 못한다. 그는 무사로서의 의무와 도덕적인 인간으로서의 가책으로 괴로워하는 나머지 싸움을 포기하겠다고 선언한다. 이때 판다바스의 영웅인 아뤼나와 비쉬누의 화신이자 아뤼나의 전차몰이인 크리쉬나 사이의 대화가 『바가바드 기타』의 내용을 이룬다. 이 대화는 인간과 신 사이의 무시간적 대화로서 모든 시대에 모든 영웅의 마음속 깊은 곳에서 일어난다(Chaitanya 176). 크리쉬나는 아뤼나의 정신적 안내자로 행동한다. 아뤼나의 그릇된 망상을 없애고 그가 올바른 행동의 길을 갈 수 있도록 크리쉬나는 절대적이며 상대적인 두 가지 측면에서 이야기를 전개시켜 나간다. 우선 그는 인간의 영혼이란 결코 파멸될 수 없으며 불멸이기 때문에 어느 누구도 진정한 죽음을 당할 수 없다고 지적하면서, 죽음이란 평범한 인간들을 구속하는 환상에 지나지 아니하므로 식견이 높은 자들은 이 사실을 잘 알고 자유롭게 행동한다고 말한다. 그리고 나서 그는 이야기를 절대적인 측면에서 상대적인 측면으로 바꾸면서, 아뤼나에게 행동의 결과에 연연하지 말고 무사로서의 의무를 다하도록 종용한다. 엘리엇은 이를 무사의 행동에 국한시키지 않고 모든 인류에게 하는 권고로 여기서 도입하고 있다. 자기방기를 통하여 인간이 이 세상에서 행동과 정신력의 영원한 갈등을 조화시켜 가는 동안에 비로소 그는 브라만과 하나가 될 수 있다. 결국 인간은 이 지상에서 자신의 운명을 성취하기 위해서는 신적이며 인간적인 양 극단의 이상을 동시에 만족시켜야 하는 만큼 이 이론은 우리에게 평상시나 전쟁시를 막론하고 행동의 가능성을 확신시켜 줌으로써 인간 내부에 내재해 있는 모순을 해결해준다. 크리쉬나에 의하면 이 길이야말로 지상에 얽매여 사는 인간이 신성(神性)의 일부를 나누어 가질 수 있는 유일한 방법인 것이다. 크리쉬나와 아뤼나 사이의 대화는 시간 속에서의 움직임, 움직임의 불가피성과 영원성, 움직임 아님에 대한 올바른 태도, 보다 높은 차원에서 본 움직임의 현존 등을 다룬다.

화자는 크리쉬나의 가르침의 의미를 생각하는데 여기서 수레바퀴의 이미지가 도입된다. 제사에 사용된 헤라클레이토스의 말을 부연설명한 "위로 올라가는 길이 아래로 내려가는 길이고, 앞으로 나아가는 길이 뒤로 물러서는 길"(130행)이라는 구절은 수레바퀴의 이미지로서가 아니면 설명될 수 없다. 중앙에 차축이 있는 수레바퀴에서는 전후 좌우 상하 어느 방향으로 가도 중심을 향해 가는 길이다. 따라서 여기서 "위로 올라가는 길과 아래로 내려가는 길, 앞으로 나아가는 길과 뒤로 물러서는 길"은 모두 중심인 정점, 장미원으로 지향하는 길이 된다. 이 모든 길이 우리를 유일한 실재로서의 현재로 데려온다. 즉 긍정의 길과 부정의 길이 하나의 길이고 주어진 계시의 길과 자기수양의 길이 하나의 길이다(Blamires 104). 이 길은 기독교, 불교, 힌두교 등의 모든 종교가 공유하는 신비적인 경험의 길이다(Antrim 66).

엘리엇은 이 작품에서 다양한 철학사상 및 종교의 개념을 사용하여 중심에 도달하는 방법을 설명하고 있다. 여러 종교로부터의 이미저리를 엘리엇이 사용하는 것에는 힌두교의 포용적인 태도가 반영되어 있다. 여기서는 주로 크리쉬나를 통하여 힌두교의 개념이 도입된다. 크리쉬나의 설교를 통하여 정점이 설명되는 것이다.

화자는 크리쉬나가 말하듯이 우리에게 행동의 결과에 연연하지 말고 앞으로 나아가라고 권고한다. 화자는 크리쉬나의 설교 형식을 빌어 현실 가운데 살고 있는 모든 사람을 시시각각 변화하는 여행자, 과거와 미래에 연결되어 있는 매순간 죽어가는 존재로 생각하고 이야기한다. 화자는 기선의 이미저리와 기차여행의 이미저리를 이용하여 현실에 집착하지 말도록 권고한다. 강을 건너는 이미지는 불교에서뿐만 아니라 베단타에서도 끊임없이 형성되는 존재로부터 영원한 존재로의 전이를 나타내기 위하여 종종 사용되었다. 기선의 이미지는 철도여행의 이미지와 마찬가지로 무시간적인 동요하는 "현재"를 상징한다. 이두 가지 이미저리는 붓다의 욕정과 열반이라는 두 해안에 대한 말을 현대화한 것이다. 열반은 때로는 삶의 강물이 비워지는 바다에 비유되기도 한다. 붓다는 『담마파다』(Dhammapada)에서 "이 해안도 저 해안도, 또 둘 다도 없는 사람, 두려움도 없고 구속받지도 않는 사람 그 사람을 나는 브라마나(Brahmana)라고 부른다"고 말한바 있다. 불교의 가르침은 본래가 현실생활을 차안(此岸)으로, 또 이상적인 생활을 피안(彼岸)으로 단정하는 것은 아니지만 그와 같은 가정이 있어야만 이상에 정진하는 것이 보통사람의 사정이라 하겠다. 그래서 불교에서는 현실을 차안으로 이상세계를 피안으로 설명하기도 한다. 도피안(到彼岸)은 추상명사이지만 이상의 완성을 뜻하기도 한다. 엘리엇은 여기서 불교와 힌두교의 개념을 융합하고 있다. 불교와 힌두교는 행동이나 비행동의 목표를 윤회의 수레바퀴로부터의 해방에 두고 있다. 과거가 현재에 의해 보상받듯이 현재는 미래에 의하여 보상받는다. 그러나 현재만이 경험의 순간을 유지하며, 모든 경험은 현존하므로 "앞으로 나아가는" 사람들의 진실한 목적지는 현재이다.

여기서 과거와 미래가 현재에 연결되어 있다는 단선적인 시간개념이 설명되는 것은 아니다. 여기서의 시간은 앞에서 설명한바 있는 불교적인 시간개념으로 우리가 올바로 이해하기만 하면 현실이 낙원으로 변하듯이 순간이 영원으로 확장될 수 있는 시간이다. 크리쉬나는 이런 시간 속에서 과거나 미래 혹은 현재에 대한 집착이 없이 행동하라고 우리에게 권고한다. "행동의 결과를 생각하지마라"(162행)는 구절은 『바가바드 기타』 제2장 47절 "그대의 지금 할 일은 오직 행동하는 것이지, 결코 그 행동의 결과에 대한 생각이 아니다. 오, 아르쥬나야, 행동의 결과에 대한 집착은 없이 행동하라. 그러나 또 행동 아니함에도 집착하지 마라"에서의 직접 인용이다. 우리가 앞으로 나아가는 것은 어떤 목적이 있는 세속적인 고려에 의해서가 아니라 현실을 낙원으로 바꾸기 위해 보다 깊은 영교로 나아가는 것이다(Scofield 225). 크리쉬나의 권고는 우리가 현실 속에 살면서 행동의 결과에 초탈하고 공평무사함을 견지하라는 것이고 초탈에 의한 공평무사한 행동은 자아의 광휘(sattva)에로 이끈다는 것이다. 불교에서 공평무사한 행동은 영혼의 고통 또는 일련의 재생(윤회)으로부터의 해방의 길을 닦고 우리를 해탈로 이끈다. 여기서 우리는 크리쉬나의 권고에 따라 행동하면 현실 가운데 장미원의 순간을 경험할 수 있다는 암시를 받는다.

　　시인은 이것이 자신의 말이라기보다는 크리쉬나의 말임을 밝히면서 공평무사하게 행동하라고 다시 권고한다.

　　　　　　　　　"오 항해자들이여, 오 선원들이여,
　　　　　　항구로 간 그대들이여, 몸으로
　　　　　　바다의 시련과 심판을, 또는 어떠한 사고라도
　　　　　　그것을 겪을 그대들이여, 이것이 그대들의 참된 목적지이다."
　　　　　　크리쉬나가 전쟁터에서
　　　　　　아르주나에게 충고했을 때도 이러했다.
　　　　　　　　　　　　　　　고별이 아니다,
　　　　　　앞으로 나아가라, 항해자들이여.

　　　　　　　　'O voyagers, O seamen,
　　　　　　You who come to port, and you whose bodies
　　　　　　Will suffer the trial and judgement of the sea,
　　　　　　Or whatever event, this is your real destination.'
　　　　　　So Krishna, as when he admonished Arjuna
　　　　　　On the field of battle.
　　　　　　　　　　　　　Not fare well,
　　　　　　But fare forward, voyagers. (D. S. 165−72)

이 충고는 미래를 위한 삶과 결과에 따라 행동을 정당화시키는 것에 대한 엘리엇의 경고와 일치한다. 현대인들은 마치 내일이 없는 것처럼 행동하기 때문에 이 권고는 이러한 현대인들에게 윤회의 사슬로부터 벗어나기 위해서는 현실적인 것에 욕망을 두지 말고 진실한 목적인 해탈을 위하여 노력하라고 하는 것이다. 공평무사한 행동은 윤회의 법칙에 매여 있는 자아로부터의 초탈이다. "앞으로 나아가라"는 말은 이 자아로부터 초탈하여 "또 다른 강렬함"으로의 영적인 탐험을 계속하라는 것을 의미한다(Drew 184). 크리쉬나의 이러한 가르침에 따르면 이 명상된 "존재의 영역"이 항해자들의 진정한 목적지이다(Williamson 226). 우리는 미래를 기대하거나 행동의 결과를 추구해서는 안 된다. 우리는 마치 미래가 없는 듯이, 마치 모든 순간이 죽음의 순간인 듯이 살아야 한다. 이와 같은 힌두교의 행동관은 다른 종교의 그것과 동일하다. 왜냐하면 모든 종교가 추구하는 궁극적 이상향은 비록 그 언어적 표현은 다르다 하더라도 동일하기 때문이다. 따라서 힌두교의 이와 같은 종교적 감정은 불교에도 그대로 적용될 수 있다. 그것이 가능한 이유는 불교에서의 현실을 해탈하는 방법이 힌두교에서 말하는 방법과 큰 차이가 없기 때문이다.

「드라이 샐베이지즈」의 제5부에서 정점이 현실 가운데 존재한다는 사실이 분명하게 드러난다.

> 인간의 호기심은 과거와 미래를 탐색하고
> 그 차원에 집착한다. 그러나 무시간과
> 시간의 교차점을 인식하는 것은
> 성자의 직무이다—
> 아니 직무라기 보다 사랑과

열정과 무아와 자기 방기 속에
사랑에 죽는 일생 동안에 주고받는 그 무엇이다.
대부분의 우리들에게는 다만 방심한 순간,
즉 시간세계를 들락날락하는 순간,
한 줄기 햇빛에 없어지고 마는 정신착란의 발작이나,
보이지 않는 야생 백리향, 또는 겨울 번개,
또는 폭포, 또는 너무도 심원하게 들려서
전혀 들리지 않지만, 그 음악이 계속되는 동안
듣는 이 자신이 음악인 그런 순간들만이 있을 뿐. 이러한 순간
들은
다만 암시와 추측일 뿐이다. 나머지는
기도, 준수, 규율, 사고 그리고 행위이다.
반쯤 추측된 암시, 반쯤 이해된 천혜는 성육이다.

Men's curiosity searches past and future
And clings to that dimension. But to apprehend
The point of intersection of the timeless
With time, is an occupation for the saint —
No occupation either, but something given
And taken, in a lifetime's death in love,
Ardour and selflessness and self-surrender.
For most of us, there is only the unattended
Moment, the moment in and out of time,
The distraction fit, lost in a shaft of sunlight,
The wild thyme unseen, or the winter lightning
Or the waterfall, or music heard so deeply
That is not heard at all, but you are the music
While music lasts. These are only hints and guesses,
Hints followed by guesses; and the rest

Is prayer, observance, discipline, thought and action.

The hint half guessed, the gift half understood, is Incarnation.

(203-19)

　"회전하는 세상의 중심에 있는 정점을 가리키는 시간과 무시간의 교차점"(Blamires 118)은 만달라의 개념이기도 하다. 『네 사중주』에서의 무시간의 순간, 시간과 무시간의 교차점, 정점, 장미원 등은 만달라의 다른 표현이다(Martin 133). 여기서 이 정점을 인식하는 일은 성자의 경우와 보통 사람의 경우로 나뉘어 설명된다. 윤회의 수레바퀴는 끊임없는 유동을 상징하며 계속 돌아간다. 이 세상에 있는 식물, 동물, 인간 등의 다양한 삶의 형태는 그들의 업에 따라 삶을 계속 영위한다. 그러나 성자는 수레바퀴의 정점을 이해하고 정점에 의하여 회전하는 세상을 이해함으로써 현실의 구속에서 벗어나 조화롭게 살 수 있다. 성자는 "사랑과 열정과 무사함과 자기방기"를 통하여 신을 직접 인식하고 신과의 합일을 이룬다. 사랑의 본질로서의 희생과 더불어 육체적인 자아는 정복되고 진실한 자아 즉 힌두교의 우파니샤드적인 '아트만'이 자기굴복의 정신을 통하여 드러난다(Ishak 121). 그러나 대부분의 인간들은 성자들처럼 신을 직접 인식할 수 없고, 종교적인 규율을 통하여 "주의하지 않은 순간"에 일시적으로 신과의 합일을 이루는 장미원의 순간에 접할 수 있을 뿐이다. 불교에서 성자는 궁극적으로는 집착을 버리고 현실의 모든 구속으로부터 해방된 자유로운 인간을 말한다. 여기서 말하고 있는 성자는 불교에서 말하는 성자와 다르지 않다.

　그러나 현실의 구속을 벗어버리지 못한 평범한 사람들은 성자처럼 신과의 완전한 합일을 기대하지 못하고 "반 정도 추측된 암시, 반 정도 이해된 천혜"를 성육으로 받아들일 수밖에 없다. 성육은 엘리엇이 모든 시작(詩作)과정을 통하여 추구한 이상이며 사고의 중심점이다. 여기서의 성육은 그리스도의 성육이지만 반드시 이에 국한되는 것은 아니다. 인도적인 성육의 개념과 기독교적인 성육의 개념 사이의 외관상의 대립이 여기에서 화해된다. 여기서 성육은 단일하거나 특별한 것이 아니라 반복될 수 있는 사건으로 언급되고 있다. 다시 말하여 그리스도의 성육은 독특한 사건이지만, 이것은 시간과 무시간의 교차점이기 때문에 황홀한 비전의 순간인 다른 교차점과도 관련되어 있다(Bergsten 231). 엘리엇은 「이스트 코우커」의 끝 부분에서 "더 완전한 합일, 더 깊은 영교를 위하여 / 또 다른 강렬함 속으로"(207-08) 탐험해야 한다고 말하는데, 그렇게 탐험하는 목적이 신과의 완전한 합일, 즉 성육을 이루기 위해서임을 여기서 보여주고 있다. 대부분의 평범한 사람들이 "실재의 속성에 대한 직관적 통찰의 순간"(Drew 144)인 성육을 이루는 것은 "반 정도는 이해된 천혜"에 의하지만, 나머지는 "기도, 준수, 규율, 사고와 행위" 등 자신의 노력을 통해서이다. 이 다섯 가지 인간의 노력은 불교의 팔정도를 상기시키는 것으로 우리가 현실의 얽매임에서 해방되기 위해서는 올바른 노력이 필요하다는 것을 뜻한다. 우파니샤드와 『바가바드 기타』에도 해탈을 이루기 위하여는 인간의 노력이 필요하다는 사실과 인간의 삶에 신의 은총이 작용한다는 사실이 암시되어 있고 『바가바드 기타』에는 무시간적 존재가 때때로 육화하여 이 세상에 나타난다는 사실이 암시되어 있다. 엘리엇은 우리가 궁극적인 깨달음에 도달하기 위하여는 각자의 노력이 필요하다는 생각을 여기서 보여주고 있는 것이다. 대부분의 평범한 사람들에게 천혜는 신의 은총으로 주어지지만, 그들은 신의 은총만으로 성육을 이루는 것이 아니라 스스로의 노력을 통하여 그것을 이루게 된다. 성육은 평범한 사람들이 성자들처럼 "시간과 무시간의 교차점"을 인식하는 것으로, 평범한 사람이라도 성육을 이루면 그에게는 현실적인 모든 시간 구분이 없어지고, 그는 신과의 완전한 합일을 이루게 된다. 성육은 신과 인간, 영원과 시간의 불가능한 합일을 상징한다(Ishak 122).

4. 낙원

「리틀 기딩」에서 화자는 현실이 그대로 장미원임을 인식하게 된다. 이 작품은 앞의 세 편의 사중주뿐만 아니라 엘리엇의 모든 시의 결산을 시도하는 작품으로서 지금까지 그의 작품에 나온 모든 개념과 사상이 융화, 통일되어 하나로 된다. 여기서 현실과 종교세계 사이의 갈등도 해소되고 이 두 세계가 하나로 융합된다. 작품의 제목인 '리틀 기딩'은 1625년에 니콜라스 페라(Nicholas Ferrar)와 그의 가족이 설립한 종교적 유토피아사회로서 종교와 현실이 하나로 융합된 신앙촌이다. 이 장소 이름을 제목으로 사용함으로써 엘리엇은 현실과 종교세계가 별개의 것이 아님을 상징적으로 암시한다. 가정생활과 종교생활이 화해를 이루는 이 장소이름을 제목으로 사용함으로써 엘리엇은 가정생활과 종교생활의 어느 한쪽에 중점을 두는 것이 아니고 양편에 균등한 가치를 두고 있음을 암시한다. 이는 시각만 달리하면 지금까지의 현실이 그대로 절대세계가 되기 때문에 이제 구태여 이 둘을 구분할 필요가 없어졌기 때문이다.

이러한 현실을 묘사하고 있는 이 작품은 계절에 관한 고찰로 시작된다.

한겨울 봄은 독자적인 계절이다.

해질 무렵엔 질퍽거리지만 영원하고,
극지와 열대 사이, 시간 속에 부유하는 계절이다.
· · · · · ·
　　　　　　　이것이 봄철인데
시간의 계약 중엔 없다. 지금 산울타리 나무들은
한 시간 동안 일시적인 눈꽃송이들로
하얗다. 그것은 여름 꽃보다
더 순간적이고, 꽃망울도 안맺고, 시들지도 않으며,
생성의 체계에는 없는 꽃이다.
그 여름이 어디에 있는가, 상상도 할 수 없는
영도의 여름이?

Midwinter spring is its own season
Sempiternal though sodden towards sundown,
Suspended in time, between pole and tropic.
· · · ·
　　　　　　　This is the spring time
But not in time's covenant. Now the hedgerow
Is blanched for an hour with transitory blossom
Of snow, a bloom more sudden
Than that of summer, neither budding nor fading,
Not in the scheme of generation.
Where is the summer, the unimaginable
Zero summer. (1－20)

　지금 계절은 겨울인데 이때의 한 낮의 햇빛은 현실 가운데 위치하는
영원한 순간이라는 오묘한 순간을 만들어낸다. "상상도 할 수 없는 영
도(零度)의 여름"은 바로 이러한 오묘한 순간으로 시간의 구별이 불분

명해지는 순간의 영원한 행복을 나타낸다(Partridge 245). 이 순간은 시간 세계 즉 현실 가운데서 순간적으로 파악되는 무시간의 순간이다 (Brooks 80). 이 오묘한 순간은 불교적인 용어로 말하면 자성이 드러나는 순간이다(Masirevich 51). 불교의 교리에 따르면 인간은 누구나 불성을 지니고 있다. 평범한 인간들은 이 불성을 계발하여 해탈에 이르지 못한 상태에 있을 뿐이다. 평범한 인간들도 현실 가운데서 생활하면서 자신의 불성을 깨우치면 해탈에 이르게 된다. 화자는 여기서 이와 같은 오묘한 순간이 현실 가운데 있음을 인식하고 있다. 컨즈(Cleo McNelly Kearns)도 눈으로 피어난 "이 꽃이 현실(Samsara)이며 해탈 (Nirvana)"(257)이라고 말하여 이를 긍정하고 있다. 이런 오묘한 순간은 '리틀 기딩'이라는 현실이 있음으로 해서 존재할 수 있다.

'리틀 기딩'은 우리가 어느 길을 통해서 오든지 도달할 수 있는 장소이고 이 곳에 도착함으로써 그 목적이 완수되는 장소이다. 결국 이 장소는 영국의 한 장소이면서 추상적인 세계가 되는 장소이다.

> . . . . 그리고 그대가 온 목적이라고 생각한 것은
> 다만 한 껍질, 의미의 껍질로서,
> 목적은 그것이 다소라도 실현되는 때에 비로소
> 그 껍질에서 터져나온다. 그대에겐 목적이 없었거나
> 또는 그 목적이 그대가 상상한 목표를 지나치고,
> 달성될 때에는 변질되거나 한다. 다른 곳에도
> 또한 세계의 끝은 있다, 어떤 곳은 바다의 턱에,
> 또는 시커먼 호수 위에, 사막이나 도시에ー
> 그러나 이곳이 시간과 장소에 있어 가장 가깝다,
> 지금 그리고 영국에서는

.... And what you thought you came for
Is only a shell, a husk of meaning
From which the purpose breaks only when it is fulfilled
If at all. Either you had no purpose
Or the purpose is beyond the end you figured
And is altered in fulfilment. There are other places
Which also are the world's end, some at the sea jaws,
Or over a dark lake, in a desert or a city —
But this is the nearest, in place and time,
Now and in England (31 — 40)

이 곳이 모든 목적이 완수되는 장소라는 것은 「드라이 샐베이지즈」에서 크리쉬나의 말을 빌어 화자가 권고한 앞으로 나아가는 일이 완수되는 장소라는 의미이다. 즉 이 장소는 현실 가운데 있는 시간과 무시간의 교차점, 즉 정점인 것이다. 정점은 이 삶 자체에서 획득될 수 있는 깨달음의 상태이지 죽음 너머의 어떤 세상에 있는 것이 아니다. 정점은 감각을 초월하고 욕망, 행동, 고통으로부터의 자유를 가져오며 우리에게 이해를 초월하는 평화를 부여한다. 정점은 순간적이면서도 잊을 수 없고, 일시적이며 영원하고, 시간 안과 밖에 있는, 과거와 미래가 모여 있는, 모든 대립이 해소되는 현재의 순간이다. 이 장소는 장미원이며 현실의 모든 잡다한 것이 끝나는 장소이므로 "세상의 끝"인 것이다. 엘리엇은 여기서 세상이 끝나는 방법 즉 성육을 이해하는 방법이 다른 곳에도 있다고 함으로써 다른 종교에서도 추구하는 궁극적 이상은 동일함을 말하고 있다.

화자가 이 정점으로 온 것은 의미의 껍질을 위해서이다. 이 양파의 이미지는 디오니서스나 십자가의 성 요한이 부정의 길에서 그들의 규율을 위해 사용한 이미지이다. 하지만 붓다도 중심에 아무것도 없이 오직 껍질만으로 구성되어 있는 양파의 이미지를 사용하여 깨달음에 이르는 길을 설명하고 있다. 붓다는 우리가 마치 양파의 껍질을 한 꺼풀씩 벗겨나가듯이 자신의 마음을 계속 벗겨나가면 결국 아무것도 남지 않게 되는데 이때 깨달음에 이른다고 했다. 화자가 이와 같은 깨달음을 위해서 온 장소가 '리틀 기딩'이다. 그러므로 우리는 이곳에서 현실과 종교적인 깨달음이 하나로 됨을 알 수 있다. 화자는 시간과 무시간의 교차점을 인식하기 위하여 이곳에 온 것이다. 그가 이곳에 온 것은 무엇을 "증명하거나, 지식을 늘리거나, 호기심을 채우거나 보도하기 위해서"(45–47)가 아니다. 그는 "기도가 효험 있었던 장소에서 기도하기 위하여"(47–48) 온 것이다.

우리가 현실과 종교 세계가 하나로 되는 곳에 도달하기 위해서는 "감각과 개념" 즉 육체적인 오관과 정신적인 사려분별을 버리고 겸손해야 한다. 이 작품에서 겸손이 직접 언급되지는 않았지만 인간의 한계를 인식하는 것이야말로 사실상의 겸손이라 할 수 있다(Grant ed. 505). 우리가 겸손함으로써 죽은 사람과의 영교도 시간을 뛰어넘어 가능해진다. 진실한 기도는 말이나 의식으로 하는 것이 아니다. "기도가 직관의 단계를 넘어 전적으로 의식적인 실재의 단계로 나아갈 때 장미원에서 계시의 순간이 위치시키는 것처럼 보이는 실재"(Traversi 187)가 진실한 기도인 것이다. 진실하게 기도할 때 신 및 신과의 합일의 상태를 상징하는 정점인 "시간과 무시간의 교차점"은 지금 '리틀 기딩'이라는 명확한 한 지점으로 나타난다. 이 지점은 현실 속의 한 지점이므로 바로 영국이며, 일상적으로 구분되는 시간의 과정 밖에 존재하는 지점이기 때문에 아무 곳도 아니며, 따라서 현실 가운데에는 결코 없으면서도 항상 현존하는 지점인 것이다. 여기서 '리틀 기딩'이라는 특별한 순례지는 신비적인 영교가 이루어지는 모든 장소를 뜻하기 때문에 "영국이며 아무 곳도 아니고 결코 없으면서도 항상 있는"(55행) 보편적인 장소가 된다.

이곳에서 우리가 진실로 영교를 원할 때 '리틀 기딩' 자체가 장미원으로 변하고, 우리는 시간과 무시간의 교차점에 위치할 수 있게 된다. 우리가 시간과 무시간의 교차점을 인식하는 것은 해탈을 이루어 윤회의 수레바퀴에서 벗어나는 것이고 신과의 합일을 이루는 것이다. 그렇게 될 때 우리의 육체와 정신 및 이 세상을 구성하고 있는 흙, 물, 불, 바람 등의 4대원소가 모두 허망한 것으로 보이게 된다.

화자는 현실을 바라보는 관점에는 세 가지가 있다고 말한다. 첫째는 현실에 집착하는 것이니 이는 현실을 벗어나려는 정신적인 노력이 전혀 없이 현실에 만족하며 지내는 삶이다. 둘째는 현실에서 초탈한 것이니 이것이 바람직한 삶의 길이다. 셋째는 이 양자 사이에 존재하는 무관심이니 이것은 "죽음과 같은 상태"(Grant ed. 507)인 황무지적인 삶이라 할 수 있다. 바람직한 삶은 초탈의 길로서 『바가바드 기타』에서 크리쉬나가 말한 것처럼 행동의 결과에 연연하지 않고 오직 공평무사한 태도로 살아가는 것이다. 또한 초탈, 비집착은 불교적인 개념으로서 자연적인 것이 아니라 의식적으로 노력함으로써 이루어지는 것으로, 자기 몰각 즉 완전히 자신을 방기함으로써 자신을 잊는 것과 같다(Conze 135). 공에 대하여 생각하는 사람만이 이 초탈의 길을 갈 수 있다. 집착과 초탈은 외견상 무관심에서 화해를 이루는 듯하지만 이는 거짓된 것이고, 사랑에서 진실로 조화를 이루게 된다. 이 세 가지 길 중에서 가장 나쁜 것은 무관심이다. 집착은 현실에의 관심이 과도하기 때문에 생기는 것이고, 초탈은 현실에 관심이 있기는 하지만 그것이 바람직한 것이 아니라는 사실을 알기 때문에 취할 수 있는 행동이다.

그러나 무관심은 현실에 대한 생각이 전혀 없고, 이를 초월하려는 의식조차 없는 상태이기 때문에 가장 나쁜 것이다. 초탈이 가장 좋지만 집착도 무관심보다는 낫다(Headings 140).

「리틀 기딩」의 제5부에는 지금까지 『네 사중주』에 나왔던 모든 개념과 상징이 종합되어 있다.

> 우리가 시초라고 부르는 것은 흔히 끝이고
> 끝을 맺는 것은 시초를 만드는 것이다.
> 끝은 우리가 출발한 그곳이다.
> ······
> 우리는 죽어가는 이와 함께 죽는다.
> 보라, 그들이 떠나고, 우리도 그들과 함께 간다.
> 우리는 죽은 자들과 함께 태어난다.
> 보라, 그들이 돌아오며, 우리를 함께 데리고 온다.
> 장미의 순간과 주목나무의 순간은
> 동등한 기간. 역사 없는 민족은
> 시간에서 구원받지 못한다. 왜냐하면 역사는
> 무시간의 순간의 한 패턴이기 때문이다. 그래서 겨울날 오후,
> 외딴 예배당 안에, 빛이 희미해질 때
> 역사는 지금이고 영국이다.

> What we call the beginning is often the end
> And to make an end is to make a beginning.
> The end is where we start from. . . .
> . . . .
> We die with the dying:
> See, they depart, and we go with them.
> We are born with the dead:

See, they return, and bring us with them.
The moment of rose and the moment of the yew-tree
Are of equal duration. A people without history
Is not redeemed from time, for history is a pattern
Of timeless moments. So, while the light fails
On a winter's afternoon, in a secluded chapel
History is now and England. (216−39)

　시작과 종말이 간단없이 뒤섞이는 것은 불교적인 관점에서의 현실
의 계속되는 윤회를 철학적으로 표현한 것이다. 해탈을 이루지 못한
상태에서는 생이 무한히 계속된다. 우리는 죽으면 다시 태어나고 태어
나면 다시 죽는 윤회를 거듭한다. 그러므로 사랑의 시간과 죽음의 순
간이 동일한 지속기간을 갖는다. 주목나무는 죽음과 불멸의 상징이기
때문에 인간은 그 그늘에서 평화로이 휴식을 취할 수 있다. 여기서 "현
세의 삶에서 발생하는 신비로운 황홀의 순간"(Bergsten 241), 즉 사랑
에 대한 두려움이 죽음에 대한 두려움과 결합되어 각각이 모두 삶에
대한 두려움을 지닌다. 현실에서의 신의 편재를 이해하는 것이 현세의
실체를 부정하거나 현세의 실체가 없는 특성을 선언하는 것은 아니다.
그것은 현세의 실체양식을 처음으로 신의 창조물로 이해하는 것이다
(Bergonzi ed. 152). 그러므로 그것은 현실 가운데의 한 장소에서 무시
간의 순간을 경험하는 것이다. 전기시에서는 의미가 없는 것으로 부정
되었던 역사도 무시간의 양식으로 인식되고 '리틀 기딩'에서 한 겨울
의 "영도의 여름"이라는 오묘한 순간의 실현이 기약된다. 다시 말하면
'리틀 기딩'이라는 현실에서 현실과 종교생활이 결합되어 중심인 정점
이 현실을 상징하는 원주의 각 부분과 연결되게 된다(Gish 118).
　화자는 사랑에 이끌려, 소명의식을 지니고 탐구를 계속하여 낙원에

도달한다.

우리는 탐구를 그치지 않으리라
그러면 모든 우리의 탐구의 끝은
우리가 처음 출발했던 곳에 도달하는 것이며
그 장소를 처음으로 아는 것이리라.
미지의, 기억된 문을 지나서
아직 발견되지 않은 마지막 땅이
바로 시초였던 곳일 때,
가장 긴 강의 근원에서 일어나는
숨겨진 폭포소리나
사과나무 속의 어린이들의 목소리는
찾은 것이 아니니까 알려지지도 않았지만,
들린다, 반쯤 들린다
바다의 두 파도 사이 정적 속에서.
빨리, 당장, 여기, 지금, 언제나—
하나의 완전히 단순한 상태
(모든 것 이상을 댓가로 하는)
모든 것이 잘 되리라
사물들의 모든 방식이 잘 되리라
화염의 혀들이 한데 겹쳐지고
불의 왕관을 쓴 매듭이 되고
불과 장미가 하나로 될 때.

We shall not cease from exploration
And the end of all our exploring
Will be to arrive where we started
And know the place for the first time.

Through the unknown, remembered gate

When the last of earth left to discover

Is that which was the beginning;

At the source of the longest river

The voice of the hidden waterfall

And the children in the apple-tree

Not known, because not looked for

But heard, half-heard, in the stillness

Between two waves of the sea.

Quick now, here, now, always—

A condition of complete simplicity

(Costing not less than everything)

And all shall be well and

All manner of things shall be well

When the tongues of flames are in-folded

Into the crowned knot of fire

And the fire and the rose are one. (241−61)

　여기에는 지금까지 『네 사중주』에 나온 인간의 속성과 자연세계에 관한 모든 은유가 요약되고 융합되어 있다. 시인의 탐구는 끝이 없지만 "더 깊은 정신적인 강도와 영교로의 탐구는 우리를 다시 자연과 인간의 세상, 즉 장미원으로 이끌어 그 장미원이 다른 형식으로 새로워지고 변형된 것을 발견하도록 한다"(Drew 198). 우리의 진실한 목적은 우리의 시작의 진실한 속성을 이해하는 것, 다시 말하여 우리 자신과 우리 세계의 신성한 기원, 우리의 탄생과 타락으로 인해 우리가 일시적으로 향유할 수 없었던 기쁨과 신의 진실한 속성을 아는 것이다. 우리가 일시성의 한계와 죄의 사실에 매여 있는 인간이고 지상에 추방당해 있는 인간이기 때문에 우리의 유일한 진전은 "문"을 통하여야 한다. "기억된 문," "사과나무 속의 어린이들의 목소리," "고요 속에서 들린, 반 정도 들린" 등의 말은 「번트 노튼」과 「드라이 샐베이지즈」에서 나온 가능한 실재의 순간적 인식을 암시한다. 또한 여기서 에덴 동산의 신화와 낙원에 있는 근원으로부터 흐르는 강물이 언급된다. 이 강물은 또한 「드라이 샐베이지즈」에서 나온 "강은 신"이라는 구절을 상기시켜 기독교 이외의 다른 종교의 원천도 이와 다를 바 없음을 암시한다. "기억된 문"은 생명의 강물의 근원인 낙원에 있는 "숨겨진 폭포소리"와 사과나무에 어린이들이 있는 곳, 즉 장미원으로 통하는 문이다. 「번트 노튼」에서 도입된 장미원의 궁극적 형태가 시작이면서 동시에 종말인 것이다(Williamson 233). 사과나무는 「드라이 샐베이지즈」의 "쓴 사과와 사과 한 입"(118행)을 상기시키며 아담의 타락 이후 인간이 원죄를 지고 있음을 말한다. "바다의 두 파도 사이에서 고요 속에 들리고 반 정도 들린"은 「드라이 샐베이지즈」에서의 "조종"과 "반 정도 추측된 암시, 반 정도 이해된 천혜"를 상기시킨다. 이는 기독교적인 의미뿐만 아니라 불교적인 의미와 힌두교적인 의미를 지니고 있음은 앞에서 설명한바 있다. 이것은 현실 가운데서 장미원의 순간을 경험하기 위하여 인간이 노력해야 할 바인 것이다. 여기서 자연의 이미저리를 사용한 상징적인 탐구는 끝나고 이어서 순수한 추상의 세계가 전개된다.

　"빨리, 지금, 여기, 지금, 항상"이라고 우는 새의 소리는 일상적으로 구분되는 모든 시간이 지향하는 "항상 현존하는 한 점"이 현실 가운데 영원히 현존함을 암시한다. 이 한 점은 "회전하는 세상의 중심점"과 동일한 지점으로 「드라이 샐베이지즈」에서 "성육"으로도 표현된 "시간과 무시간의 교차점"이다. 이 교차점은 기독교적인 의미뿐만 아니라 불교와 힌두교적인 의미를 지니는 지점이다(Grant ed. 569-70). "완전히 단순한 상태"는 "겸손은 인간이 얻기를 바랄 수 있는 유일한 지혜"라는 말을 상기시켜 모든 현실적인 구속을 떨쳐버리고 신을 받아들일 수 있는 상태임을 말한다. "모든 것 이상을 댓가로 하는"이란 성자의 일은 "사랑에서의 평생의 죽음, 열정, 무사함, 자기방기"를 통하여 "시간과 무시간의 교차점"을 인식하는 일임을 상기시킨다. "모든 것은 잘 되리라"라는 말은 이 작품의 제3부에서 나온 노력과 죄악과 죽음 등 인간이 이 세상에서 받는 고통이 모두 "거룩한 신의 계획에 필요한 것"이라는 말을 상기시킨다. 여기서 시인은 신이 인간에게 가한 악과 고통도 신의 섭리에 의하여 주어진 것으로 받아들이는 겸손함을 보여준다. 따라서 신의 은총과 인간의 노력이 하나로 합쳐질 때 모든 것이 신의 섭리에 따라 잘 되리라고 시인은 말하는 것이다. 여기에서 "불의 왕관을 쓴 매듭"은 불교적 개념을 내포하기 때문에[6] 마지막 결론은 불교와 기독교 사상의 융합을 보여준다.

5. 결론

엘리엇은 기독교 사상을 버리지는 않지만, 개종 이후 기독교로만 경도되던 태도를 지양하고 힌두교, 불교 등의 동양종교와 고대 철학사상까지 융합하면서 현실과 절대세계의 타협 내지는 융화를 구한다. 그는 모든 종교의 근본이 동일함을 인식한 것이다. 화엑 이샥도 엘리엇과의 인터뷰에서 그가 동양의 종교와 서양의 그것이 근본적으로는 동일하다고 생각하고 있음을 알게 되었다고 다음과 같이 말하고 있다.

---

6) "불은 성자의 정신적, 심리적, 윤리적 고행에 대한 불교도의 강조와 연관된 상징이다"(Kearns 266).

그 시인[엘리엇]과 나와의 인터뷰에서, "당신은 불교, 힌두교, 기독교가 상호간의 종교의식의 차이에 관계없이 동일한 목적을 위해 일한다고, 적어도 신비주의적 관점에서는 그렇다고 생각하는가"라는 나의 질문에 그는 다음과 같이 대답했다. "그래요, 그러나 우리가 그것 모두를 믿을 수는 없습니다. 우리는 '하나의' 신앙을 가져야 합니다. 나는 기독교가 불교 경전과 공통점이 더 많다고 생각합니다. 불교 경전에는 붓다가 타인의 구원을 위하여 부활할 것이라고 적혀 있습니다. 이 종교들은 사랑과 자비, 그리고 구원을 추구하는 점에서 같습니다." 이 종교들은 또한 "물질"에서의 초탈과 모든 유형의 소유를 포기하는 점에 있어서도 명백히 똑같다. 이 특징들은 인간을 절박한 상실로부터 지키는 일이 뒤따르게 될 그러한 필연적인 구원을 성취하는 데 있어서 근본적인 역할을 한다.

In my interview with the poet, he gave me the following answer to my question: "Do you think that Buddhism, Hinduism and Christianity work for the same purpose irrespective of the sacramental differences among them, at least from the mystical point of view?" "Yes. One can't believe in them all. One should have 'a' faith. I think Christianity has more in common with the Buddhist Sutra which states that Buddha will come back for the salvation of others. These religions are in common in love, in charity and in seeking salvation." They are notably alike too in the fields of detachment from "matter" and renunciation of all types of possessiveness. These features play fundamental roles in bringing about the necessary redemption which may ensue in the rescue of mortals from imminent loss. (147−48)

엘리엇은 이와 같이 동서양의 종교의 본질이 사랑과, 인간의 구원에 있어서 공통된다고 생각하고 있었던 만큼 그러한 생각이 그의 작품에 명시적 또는 암시적으로 드러나는 것은 당연한 일이다. 이러한 생각은 장미원과 정점으로 구현되어 있는데 장미원은 현실과 절연되어 있는 장소가 아니라 바로 현실이며, 정점은 기독교의 신뿐만 아니라 동서양의 모든 종교 및 고금의 철학사상을 포용하는 지점이 된다.

엘리엇은 수레바퀴의 이미지를 이용하여 수레바퀴의 원주는 현실이고 수레바퀴를 수레바퀴이게 지탱해주는 중심점은 정점이라고 표현한다. 정점은 비록 언어적 표현은 다르지만 실제로는 로고스, 기독교의 하나님, 불교의 해탈의 경지, 힌두교의 쉬바의 춤이 있는 곳으로, 그 춤 또는 쉬바 자신, 시간과 무시간의 교차점, 장미원 등의 실재와 동일하다. 그러므로 엘리엇은 이것을 "사랑"으로 표현하고 크리쉬나의 권고를 인용하여 우리에게 "앞으로 나아가라"고 말한다. 이 말의 의미는 현실에 대한 집착이나 결과에 대한 기대 없이 공평무사한 마음으로 삶을 살아가라는 것이며 죽음을 전제로 한 무시간적인 운명에 순응하라는 의미를 내포하고 있다. 동양사상의 무상 또는 윤회의 의미가 여기에 내포되어 있음은 재언(再言)할 필요가 없지만 그보다 참된 순간순간을 사는 것이 현실의 궁극적인 구원방도라는 것을 우리에게 알려주는 것이 그의 목적이라고 생각된다.

이와 같은 인식은 「리틀 기딩」에서 밝혀지듯이 평범한 사람들에게는 반 정도는 천혜로 주어지고 나머지는 자신의 노력에 의하여 달성하는 경지이지만 성자는 항상 인식하고 있는 경지이다. 엘리엇은 현실 속의 모든 종교, 사상의 근본이 동일하고, 그것이 현실과 관계를 맺고 있을 때에만 가치가 있음을 인식하였다. 다시 말하여 현실도 절대세계가 있음으로 해서 가치가 있고, 절대세계도 역시 현실이 있음으로 해서 가치가 있음을 인식하였다. 또한 그는 현실에서 절대세계로 가는 길도 비록 외관상 다르게 보일지라도 궁극적으로는 하나의 길임을 인식하고 그것을 헤라클레이토스의 말을 제사로 사용하여 표현하고, 작품 속에서 부연 설명한다.

『네 사중주』는 화자가 현실 가운데서 장미원의 순간의 구현을 상상함으로써 끝난다. 현실이 비록 고통스러운 것이기는 하지만 우리가 크리쉬나의 권고대로 결과에 연연하지 않고 겸손한 자세로 공평무사하게 행동한다면 그 현실 가운데서 우리는 신도, 실재도, 시간과 무시간의 교차점도, 또 정점도 경험할 수 있는 것이다. 이러한 여러 가지 용어로 설명된 개념들은 별개의 것이 아니라 동일한 것인데 이해를 쉽게 하기 위하여 여러 이름으로 불렀을 뿐이다. 우리가 이러한 실재를 인식하기만 하면 현실이 그대로 장미원이 되고 우리는 윤회를 그치고 해탈에 이를 수 있다. 이 이상향은 엘리엇이 전기시에서부터 계속 추구해 온 현실의 구원이 이루어진 상태라 하겠다. 결국 이 작품에서 현실의 구원이 이루어지게 되었으므로 엘리엇의 전 시작과정(全 詩作過程)은 보람찬 것이었다고 할 수 있다.

엘리엇은 현실을 고통의 바다로 파악하고 있다. 현실을 고통의 바다로 보는 이유는 현실이 흥망성쇠의 변전을 거듭하는 것으로서 영속적인 것이 아니기 때문이다. 이는 불교적인 관점에서 현실을 고통의 바다로 파악하는 것과 같다. 엘리엇은 순환하는 현상계의 중심을 강조함으로써 불교와 힌두교, 기독교의 개념을 융화시키고 있다. 이 정점의 이미저리는 동서양의 정신적인 지주의 융합을 꾀할 뿐만 아니라 고금의 철학사상까지 포용하여 시간과 무시간의 중심점이 되어 융화의 상징으로 사용되고 있는 것이다.

인용문헌

박석일 역. 『바가바드 기타』. 서울: 정음사, 1987.

석지현. 『선으로 가는 길』. 서울: 일지사, 1989.

석진오 편저. 『우파니샤드: 인도의 사상』. 서울: 홍법원, 1984.

Antrim, Harry T. *T. S. Eliot's Concept of Language: A Study of Its Development*. Gainsville: U of Florida P, 1971.

Bergonzi, Bernard, ed. *T. S. Eliot:* Four Quartets: *A Casebook*. London: Macmillan, 1969.

Bergsten, Staffan. *Time and Eternity: A Study in the Structure and Symbolism of T. S. Eliot's* Four Quartets. Stockholm: Svenska Bokforlaget, 1960.

Blamires, Harry. *Word Unheard: A Guide through Eliot's* Four Quartets. London: Methuen, 1969.

Brooks, Cleanth. *The Hidden God: Studies in Hemingway, Faulkner, Yeats, Eliot, and Warren*. New Haven: Yale UP, 1963.

Chaitanya, Krishna. *Sanscrit Poetics: A Critical and Comparative Study*. New York: Asia Publishing House, 1965.

Conze, Edward. *Buddhism: Its Essence and Development*. Oxford: Bruno Cassirer, 1957.

Drew, Elizabeth. *T. S. Eliot: The Design of His Poetry*. New York: Charles Scribner's Sons, 1953.

Eliot, T. S. *After Strange Gods: A Primer of Modern Heresy*. London: Faber and Faber Limited, 1933.

_____. *Notes Towards the Definition of Culture*. London: Faber and Faber, 1979.

_____. *On Poetry and Poets*. London: Faber and Faber, 1979.

_____. *Selected Essays*. London: Faber and Faber, 1976.

_____. *The Use of Poetry and the Use of Criticism*. London: Faber and Faber, 1975.

Gardner, Helen. *The Art of T. S. Eliot*. London: Faber and Faber, 1949.

Gish, Nancy K. *Time in the Poetry of T. S. Eliot: A Study in Structure and Theme*. London: Macmillan, 1981.

Grant, Michael. Ed. *T. S. Eliot: The Critical Heritage*. Vol. II. London: Routledge and Kegan Paul, 1982.

Hay, Eloise Knapp. *T. S. Eliot's Negative Way*. Cambridge: Harvard UP, 1982.

Headings, Philip R. *T. S. Eliot*. New Haven: College and UP, 1964.

Ishak, Fayek M. *The Mystical Philosophy of T. S. Eliot*. New Haven: College and UP, 1970.

Kearns, Cleo McNelly. *T. S. Eliot and Indic Traditions: A Study in Poetry and Belief*. Cambridge: Cambridge UP, 1987.

Martin, Graham and Furbank, P. N. Ed. *Twentieth Century Poetry: Critical Essays and Documents*. Stratford: The Open UP, 1975.

Martin, P. W. *Experiment in Depth: A Study of the Work of Jung, Eliot and Toynbee*. London: Routledge, 1955.

Masirevich, Constance De. *On the Four Quartets of T. S. Eliot*. London: Vincent Stuart Publishers Ltd., 1963.

Maxwell, D. E. S. *The Poetry of T. S. Eliot*. London: Routledge and Kegan Paul, 1954.

Olney, James, ed. *T. S. Eliot: Essays from the Southern Review*. Oxford: Clarendon, 1988.

Partridge, A. C. *The Language of Modern Poetry: Yeats, Eliot, Auden*. London: Andre Deutsch, 1976.

Scofield, Martin. *T. S. Eliot: The Poems*. Cambridge: Cambridge UP, 1988.

Smidt, Kristian. *Poetry and Belief in the Work of T. S. Eliot*. London: Routledge, 1961.

Spender, Stephen. *T. S. Eliot*. New York: The Viking P, 1975.

Sri, P. S. *T. S. Eliot, Vedanta and Buddhism*. Vancouver: U of British Columbia P, 1985.

Swarbrick, Andrew. *Selected Poems of T. S. Eliot*. MacMillan Master Guides. London: Macmillan, 1988.

Traversi, Derek. *T. S. Eliot: The Longer Poems*. New York: Harcourt Brace Jovanovich, 1976.

Unger, Leonard, ed. *T. S. Eliot: A Selected Critique*. New York: Rinehart and Company Inc., 1948.

Ward, David. *T. S. Eliot: Between Two Worlds*. London: Routledge, 1973.

Williamson, George. *A Reader's Guide to T. S. Eliot: A Poem-by-Poem Analysis*. New York: Farrar, Straus and Giroux, 1966.

✿ 편집 후기

단행본 발간에 부쳐

1991년도에 창립된 한국 T. S. 엘리엇학회는 창립 20주년을 기념하는 행사의 일환으로 2011년에 고려대학교에서 국제학술대회를 성대히 개최한바 있습니다. 이 국제학술대회는 학회의 위상과 학문적 성과를 국내외에 알리는 좋은 계기가 되었습니다. 우리 학회는 매년 2회 이상의 학술대회를 개최하며, 2013년 10월 현재 총 23권 1호에 이르는 학술논문집을 발간했습니다. 창립 10주년을 맞은 2001년에는 이를 기념하고자 엘리엇의 업적을 기리기는 단행본『T. S. 엘리엇을 기리며』를 발간했습니다. 그리고 학회지 창간 10주년을 기념사업으로 2006년에 총서 제1권『T. S. 엘리엇 詩』, 2007년에는 총서 제2권『T. S. 엘리엇 批評』, 2009년에는 총서 제3권『T. S. 엘리엇 詩劇』을 발간했습니다. 이어 학회 창립 20주년을 기념하여 본 학회는『T. S. 엘리엇을 기리며』를 수정 · 보완해서 증보판을 발간하기도 했습니다.

2013년은 학회지 창간 20주년이 되는 해입니다. 이를 기념하기 위해 본 학회는 그간의 학술적 업적을 정리하여 총서 제4권『T. S. 엘리엇 詩 · 社會 · 藝術』을 간행하고, 뒤이어 단행본『21세기 T. S. 엘리엇』을 발간하게 되었습니다.

총서 발간을 위한 첫 모임을 가진 것은 2013년 1월이었습니다. 학회지 편집 위원장인 양병현 교수가 금년 8월 정년퇴임을 앞둔 노저용 교수의 안을 토대로 총서발간위원회를 구성하였습니다. 광화문 주변에서 모임을 가졌고, 이 모임에 김성현, 김양순, 김재화, 노저용, 박성칠, 배순정, 양병현, 양재용, 이만식, 이철희, 조병화 선생님이 참석하여 편집기획, 주제, 논문 선정에 관해 심도 있게 논의했습니다. 총서 제3권을 준비하던 2009년까지 주제에 맞지 않는 우수 논문들이 총서에서 누락되었다는 사실과 그 후 많은 논문들이 발표된 사실에 착안해서 논문 선정 작업에 착수했습니다. 그 뒤, 제4차 총서편집회의에서 창간 20주년에 맞추어 그간 발간된 우수 논문들을 기반으로 단행본을 발행하자는 김재화 회장님의 제의에 호응하여 총서와 단행본을 동시에 기획하게 되었습니다. 이 단행본이 출간되기까지 김성현 선생님이 간사 일을 맡았고, 학회의 연구 부회장을 맡은 이만식 교수의 주선으로 L.I.E 출판사에서 『21세기 T. S. 엘리엇』을 발간하게 되었습니다.

재정과 인력이 부족하여 일을 추진하는데 많은 어려움이 있었음에도 불구하고 그동안 단행본 발간사업에 협력해 주신 발간위원님들에게 먼저 감사의 말씀을 드립니다. 또 발간사를 기꺼이 맡아주시고, 이 책이 발간될 때까지 철저히 감수해 주신 노저용 교수님에게 심심한 사의를 표합니다. 아울러 『21세기 T. S. 엘리엇』에 옥고를 기고해 주신 필자님들에게 감사의 마음을 전합니다. 그리고 자문을 해주신 안중은 교수와 허정자 선생님에게도 감사를 드립니다. 끝으로 기꺼이 출판을 맡아주신 L.I.E.—SEOUL(국학자료원) 출판사의 정구형 사장님과 편집을 담당한 신수빈 양에게도 감사의 마음을 전합니다.

2013년 10월 10일
단행본 편집위원장 양병현

🐾 필진

김구슬(협성대학교)
김병옥(인하대학교 명예교수)
김성현(서울과학기술대학교)
김양순(고려대학교)
김용권(서강대학교 명예교수)
김재화(성공회대학교)
노저용(전 영남대학교 교수)
봉준수(서울대학교)
안중은(안동대학교)
양병현(상지대학교)
양재용(강원대학교)
여인천(칼빈대학교)
이만식(가천대학교)
이명섭(성균관대학교 명예교수)
이준학(전남대학교 명예교수)
이철희(한양대학교)
이한묵(명지대학교)
이홍섭(인제대학교)
장근영(군산대학교)
전종봉(서일대학교)
조병화(거제대학교)
최희섭(전주대학교)
허정자(한국외국어대학교)

발간위원장: 노저용(전 영남대 교수)
편집위원장: 양병현(상지대)
편집위원: 김성현(서울과학기술대), 김양순(고려대), 박성칠(안동대), 배순정(연세대), 양재용
(강원대), 이만식(가천대), 이철희(한양대), 조병화(거제대), 허정자(한국외국어대)

21세기 T. S. 엘리엇

인쇄일 초판1쇄 2014년 1월 14일
발행일 초판1쇄 2014년 1월 15일
지은이 한국 T. S. 엘리엇학회
발행인 정구형 / **발행처** *L. I. E.*
등록일 2006. 11. 02 제17-353호

서울시 강동구 성내동 447-11 현영빌딩 2층
Tel : 442-4623,4,6 / Fax : 442-4625
homepage : www.kookhak.co.kr
e-mail : kookhak2001@hanmail.net
ISBN 978-89-93047-65-3 *94800 / 가 격 55,000원

L. I. E. (Literature in English)